Patricia Cornwell

INSEL DER REBELLEN

Roman

Aus dem Amerikanischen
von Hainer Kober

Hoffmann und Campe

Die Originalausgabe erschien 2001 unter dem Titel
»Isle of Dogs«
bei G. P. Putnam's Sons, New York

1. Auflage 2004

www.hoffmann-und-campe.de
Schutzumschlaggestaltung: Design Team München
Umschlagfoto: LOOK/Ingolf Pompe
Satz: Buch-Werkstatt GmbH, Bad Aibling
Druck und Bindung: GGP Media, Pößneck
Printed in Germany
ISBN 3-455-01024-5

HOFFMANN
UND CAMPE

Ein Unternehmen der
GANSKE VERLAGSGRUPPE

Meiner Freundin und Verlegerin
Phyllis Grann

EINS

Unique First – dieser Name passte wie angegossen, jedenfalls nach Meinung ihrer Mutter. Unique setzte sich stets an die erste Stelle und war wirklich einmalig. Niemand kam ihr gleich – und das war auch verdammt gut so, wie ihr Vater, Dr. Ulysses First, zu sagen pflegte, der nie begriffen hatte, welcher genetische Teufel dieses böse Spiel mit seinem einzigen Kind getrieben hatte.

Unique war ein zartes Geschöpf von achtzehn Jahren mit langen, glänzenden Haaren, schwarz wie Ebenholz, einer Haut wie Milch und Honig und vollen roten Lippen. Sie wusste, dass ihre hellblauen Augen einen Zauber ausstrahlten und ein Blick aus diesen Augen genügte, um jeden Menschen für ihr *Projekt* zu benutzen. Wochenlang konnte sie jemanden geduldig im Visier haben, bis die Spannung schon fast unerträglich wurde und sich schließlich explosionsartig entlud, worauf dann gewöhnlich ein Zustand vollkommener Leere folgte.

»Hey, aufwachen, mein Auto springt nicht an.« Sie klopfte ans Fenster des Peterbilt-Sattelschleppers, der einsam auf dem Obst- und Gemüsemarkt am Stadtrand von Richmond stand. »Haben Sie vielleicht ein Handy?«

Es war vier Uhr morgens, stockdunkel und der Parkplatz kaum beleuchtet. Obwohl Moses Custer sehr gut wusste, dass es nachts in dieser gottverlassenen Gegend nicht ungefährlich war, hatte er nach dem Krach mit seiner Frau seine übliche Besonnenheit vergessen, war in seinen Truck gesprungen und mit aufheulendem Motor davongerast. Jetzt wollte er hier draußen die Nacht verbringen; einsam und verloren zwischen den Gemüseständen. Das soll ihr eine Lehre sein, dachte er wie jedes Mal, wenn sich seine Ehe wieder von ihrer hässlichsten Seite zeigte. Als das Klopfen nicht aufhörte, öffnete er die Tür zum Führerhaus.

»Oh, Mann, was macht'n so 'n hübsches Ding wie du um diese

Zeit hier draußen?«, fragte Moses, der verwirrt und betrunken in ihr helles, fein geschnittenes Gesicht starrte, das ihn engelsgleich anlächelte.

»Sie werden gleich etwas Einzigartiges erleben.« Wie immer erinnerte Unique mit diesen Worten an ihren Vornamen, bevor sie sich anschickte, ihr *Projekt* in die Tat umzusetzen.

»Was meinst'n damit?«, fragte Moses verwirrt. »Was meinst'n mit einzichartich?«

Die Antwort kam von einer Schar Dämonen, die ihn mit Tritten und Schlägen überschütteten, seine Kleidung zerfetzten und an seinen Haaren rissen. Die Hölle explodierte und spie Obszönitäten aus, und in seinen Muskeln und Knochen schien ein infernalisches Feuer zu brennen, als die wütenden Teufel ihn zerschlugen und in Stücke rissen. Er blieb wie tot am Boden liegen, während sein Truck davonfuhr. Moses schwebte eine Weile über seiner sterblichen Hülle und betrachtete seinen misshandelten Leib, der leblos auf der Teerstraße lag. Blut strömte aus seinem Kopf und mischte sich mit dem Regen. Er hatte nur noch einen Stiefel an, und sein linker Arm war in einem unnatürlichen Winkel vom Körper abgespreizt. Als Moses so auf sich hinabblickte, fühlte sich ein Teil von ihm unendlich müde und bereit für die Ewigkeit, während ein anderer Teil bekümmert dem Leben hinterhertrauerte.

»Mein Kopf ist hinüber«, jammerte er und begann zu schluchzen, als alles um ihn herum schwarz wurde. »Ohhh, mein Kopf ist hinüber. Gott, ich bin noch nicht so weit. Meine Zeit ist noch nicht gekommen!«

Aus der vollkommenen Dunkelheit löste sich Moses' Geist abermals und betrachtete das Geschehen erneut von oben: pulsierende Blaulichter und hektische Feuerwehrleute, Notärzte und Polizisten in gelben Regenjacken, deren reflektierende Streifen in der Nacht weiß glühten. Lichter zuckten auf dem nassen Asphalt, ein kalter Regen fiel, und er hörte aufgeregte Stimmen, aber nichts, was sie sagten, ergab einen Sinn. Sie schienen ihn geradezu anzubrüllen, und Moses fühlte sich klein und erbärmlich. Er versuchte, die Augen zu öffnen, doch sie waren wie zugenäht.

»Was ist mit dem Engel passiert?«, murmelte er immer wieder. »Sie hat gesagt, ihr Auto springt nicht an.«

Der weiße Mazda Miata lief einwandfrei wie immer, und Unique fuhr ein paar Stunden durch die Stadt, während die Radiosender über den Überfall auf dem Obst- und Gemüsemarkt berichteten. Es handle sich offensichtlich um die gleiche Bande von Highway-Piraten, die Virginia bereits seit Monaten unsicher machte. Doch diesmal genoss Unique das Nachbeben ihrer Tat ein bisschen weniger als sonst. Sie hätte zwar schwören können, dass der alte schwarze Trucker tot war, aber sie war wütend, weil ihre Komplizen so eilig das Weite gesucht hatten, sodass sie um das halbe Vergnügen gebracht worden war. Wäre es nach ihr gegangen, hätte sie zu Ende gebracht, was sie angefangen hatte, und dafür gesorgt, dass er ganz sicher nie wieder hätte reden können.

Sie machte sich keine Sorgen, dass sie der Polizei auffallen könnte, weil sie zu dieser ungewöhnlichen Stunde in ihrem kleinen Cabrio umherfuhr. Unique wusste genau, dass ihr niemand ansehen konnte, wie sie in Wirklichkeit war. Und vor allem, dass sie nicht danach aussah, was sie tat. Sie fühlte sich so sicher, dass sie an Fred's Mini Market hielt, obwohl dort ein Polizeiwagen stand.

Schon von weitem konnte Unique jedes Zivilfahrzeug der Cops identifizieren, und das hier war ein klarer Fall. Leise betrat sie den Laden und erblickte einen attraktiven jungen blonden Mann, der an der Kasse stand und seine Milch bezahlte. Er trug Jeans und ein Flanellhemd. Sie suchte nach einem Anzeichen für eine Waffe und entdeckte eine kleine Ausbuchtung in Taillenhöhe.

»Danke, Fred«, sagte der blonde Polizist in Zivil zum Mann hinter der Kasse.

»Alles klar, Andy. Ich hab dich vermisst. Du warst ja ein Jahr lang wie vom Erdboden verschwunden.«

»Nun bin ich ja wieder da«, erwiderte Andy und verstaute sein Kleingeld. »Sei vorsichtig. Da draußen treibt sich eine üble Gang herum. Heute Nacht hat es einen Trucker erwischt.«

»Hab's im Radio gehört. Wie schlimm isses denn? Ich nehme an, du warst am Tatort.«

»Nee, keinen Dienst heute. Ich hab's genauso erfahren wie du«, sagte Andy mit einem Unterton der Enttäuschung.

»Na, ich denke jedenfalls, die Zeitungen haben Recht, was die rassistischen Hintergründe angeht«, sagte Fred. »Soweit ich informiert bin, ist der Anführer weiß, und alle Opfer waren Schwarze, außer der Truckerin vor ein paar Monaten. Aber die gehört ja auch zu 'ner Minderheit, wenn du weißt, was ich meine. Bin ja kein großer Lesbenfan, aber das war ganz schön schlimm. In der Zeitung stand, sie haben ihr einen Stock reingeschoben und sie mit dem Messer bearbeitet … Oh!«, rief Fred erschreckt, als Unique plötzlich wie aus dem Nichts auftauchte und ein Sixpack Bier auf die Theke stellte. »Sie sind so leise hereingeschlichen, Herzchen, dass ich Sie gar nicht bemerkt habe.«

Unique lächelte süß und sagte mit leiser, sanfter Stimme: »Ich hätte gern eine Schachtel Marlboro.«

Sie sah bildhübsch aus und war ganz in Schwarz gekleidet. Allerdings waren ihre Stiefel abgestoßen und ziemlich schmutzig, und sie sah aus, als sei sie vom Regen überrascht worden. Andy bemerkte den weißen Miata auf dem Parkplatz, als er zu seinem Caprice hinüberging. Kaum war er vom Parkplatz gefahren, als das zarte Geschöpf mit den eigenartigen Augen in den Miata stieg. Sie folgte ihm durch die gesamte Innenstadt bis in den Fan District. Doch in dem Moment, als er langsamer wurde, um ihr Nummernschild zu entziffern, bog sie in die Strawberry Street ein. Andy überkam ein merkwürdiges Gefühl, das er nicht richtig einordnen konnte. Er betrat sein kleines Reihenhaus, und während er sich eine Schüssel Müsli bereitete, meinte er zu spüren, dass er beobachtet wurde.

Unique wusste, wie man Leute verfolgte, auch wenn sie Polizisten waren. Sie stand auf der gegenüberliegenden Straßenseite im tiefen Schatten der Bäume und beobachtete Andy, der von Zimmer zu Zimmer wanderte und etwas aus einer Schüssel aß. Mehrmals schaute er hinter dem Vorhang hervor auf die verlassene, stille Straße. Sie blickte in seine Richtung und dachte an die Macht, die sie über ihn hatte. Sicherlich fühlte er sich unbehaglich und ahnte *etwas*, denn Unique war schon sehr lange am

Werk. An ihre letzte Station konnte sie sich noch erinnern, das KZ Dachau, wo sie im Körper eines Nazis gewohnt hatte. Jahrhunderte zuvor war sie der Teufel gewesen – das wusste sie aus den Tarotkarten.

Andy zog erneut die Vorhänge zurück und war nun so nervös, dass er sein Waffenholster wieder umschnallte. Vielleicht war es ihm einfach auf die Laune geschlagen, wie jedes Mal, wenn er, wie jetzt im Fall Moses Custer, nicht an den Ermittlungen beteiligt war. Frustriert hatte er in den Nachrichten gehört, dass sie den Trucker getreten, niedergetrampelt, geschlagen und erst von ihm abgelassen hatten, als sie ihn für tot hielten. Und er war nicht am Tatort gewesen, um sich selbst ein Bild machen und etwas unternehmen zu können. Vielleicht war er aber auch einfach niedergeschlagen, weil er die ganze Nacht nicht geschlafen hatte und dem, was ihn erwartete, mit einer Mischung aus Angst und Aufregung entgegenfieberte.

Ein ganzes Jahr hatte Andy Brazil auf diesen Tag gewartet. Nach vielen Stunden harter Arbeit sollte nun endlich der erste einer Reihe von Internetartikeln ins Netz gestellt werden. In einigen Stunden würde der Beitrag auf seiner Homepage *Trooper Truth* zu lesen sein. Das Projekt war so ehrgeizig wie ungewöhnlich, aber er war sehr überzeugend gewesen, als er es seiner Chefin zum ersten Mal in ihrem eindrucksvollen Büro im Hauptquartier der Virginia State Police beschrieben hatte.

»Bitte, lassen Sie mich ausreden, bevor Sie Nein sagen«, hatte Andy gesagt, nachdem er die Tür hinter sich geschlossen hatte. »Und schwören Sie mir, mit keinem Menschen darüber zu reden.«

Superintendent Judy Hammer hatte sich von ihrem Schreibtisch erhoben und schwieg eine Weile. Wie sie so, die Hände in den Taschen, vor den Flaggen Virginias und der Vereinigten Staaten stand, sah sie wie die personifizierte Staatsmacht aus. Sie war 55 Jahre alt, eine imposante Frau mit scharfen Augen, denen man zutraute, kugelsichere Westen zu durchbohren und Menschenmengen in Schach zu halten. Das elegante Kostüm konnte ihre Figur nicht verhüllen, und Andy musste sich zusammennehmen, um sie nicht unverhohlen anzustarren.

»Also«, sagte Hammer und ging wie üblich in ihrem Büro auf und ab, während sie das Für und Wider von Andys Vorhaben erwog. »Spontan würde ich sagen – auf keinen Fall. Ich glaube, es wäre ein Riesenfehler, ihre Arbeit so früh zu unterbrechen. Bedenken Sie, Andy, Sie waren nur ein Jahr bei der Polizei in Charlotte, ein weiteres Jahr hier in Richmond, und jetzt sind Sie kaum sechs Monate Trooper bei der State Police.«

»Und in all der Zeit habe ich Hunderte von Polizeiberichten für Lokalzeitungen verfasst«, erinnerte er sie. »Das ist doch bisher meine größte Leistung, oder? Sollte ich nicht in erster Linie über unsere Arbeit berichten, damit die Bevölkerung erfährt, was die Polizei tut? Öffentlichkeitsarbeit war Ihnen doch immer wichtig, und die will ich jetzt einfach in größerem Maßstab und für ein größeres Publikum fortsetzen.«

Andy hatte eine ungewöhnliche Vita hinter sich. Nach dem Collegeabschluss hatte er eine Laufbahn als Journalist eingeschlagen und war dadurch mit der Polizeiarbeit in Berührung gekommen. Er war in Streifenwagen mitgefahren und hatte Artikel über Verbrechen und ihre Opfer für die lokale Presse verfasst. Das war noch in Charlotte, North Carolina, gewesen. Hammer, die zu dieser Zeit dort Polizeichefin war, hatte ihn schließlich in den regulären Polizeidienst übernommen, ließ ihn aber weiterhin Polizeiberichte und Leitartikel schreiben. Diesen unüblichen Weg hatte ihm Hammer eröffnet, weil sie selbst eine ungewöhnliche Aufgabe übernommen hatte. Mit Fördermitteln des National Institute of Justice, einer Forschungsbehörde des Justizministeriums, wurde sie als Troubleshooter eingesetzt, das heißt, sie übernahm die Leitung der Polizeidienststellen, die in Schwierigkeiten steckten, und brachte sie wieder auf Vordermann. Seit dieser Zeit war sie Andys Mentorin und hatte ihn stets gefördert, doch als er nun in ihrem Büro saß und ihr zusah, wie sie ungeduldig im Zimmer auf und ab ging, beschlich ihn das ungute Gefühl, sein Plan könnte ihr undankbar erscheinen.

»Ich bin Ihnen dankbar für alles, was Sie für mich getan haben«, hatte er zu ihr gesagt. »Und ich habe auch nicht vor, Sie im Stich zu lassen und zu verschwinden.«

»Ich habe keine Angst, dass sie verschwinden könnten.« Es hatte sich angehört, als würde sie ihn nicht einmal vermissen, wenn er sich monatelang nicht blicken ließe.

»Es würde sich bestimmt lohnen, Superintendent«, versprach er. »Ich sollte endlich mal über was anderes schreiben. Wen interessiert schon, wer was geklaut hat oder wie viele Autofahrer geblitzt wurden oder wie die letzte Statistik aussieht. Ich will kriminelles Verhalten vor dem Hintergrund der menschlichen Natur und der historischen Bedingungen betrachten. Das ist heute wichtiger denn je. Würden Sie mir helfen, das Geld aufzutreiben, das ich für die Recherchen, das Schreiben und die Flugstunden brauche?«

»Wer hat denn was von Flugstunden gesagt?«

»Die Hubschrauberstaffel hat Fluglehrer, und ich denke, ich könnte Ihnen viel mehr nützen, wenn ich den Pilotenschein hätte.«

Am Ende willigte Hammer ein, denn sie wusste, dass sie ihn ohnehin nicht aufhalten konnte. Sie sagte, er könne seine Website anonym ins Netz stellen und offiziell in ihren Diensten bleiben, allerdings unter der Bedingung, dass er die Sache für sich behielt. Gouverneur Bedford Crimm IV, ein unerträglicher alter Mann von aristokratischem und autokratischem Auftreten, habe ihr, Hammer, untersagt, ohne seine ausdrückliche Zustimmung Öffentlichkeitsarbeit zu betreiben. Selbstverständlich dürfe nichts von dem, was Andy schrieb, direkt mit der Virginia State Police in Verbindung gebracht werden, doch gleichzeitig sei er gehalten, sie so positiv darzustellen, dass sie Unterstützung in der Öffentlichkeit finde. Für Notfälle müsse er unbedingt zur Verfügung stehen. Wenn er unbedingt Flugstunden nehmen wolle, müsse er eben sehen, wie er zurechtkomme.

Noch einmal stellte er sein Glück auf die Probe und fragte: »Bekomme ich Reisespesen?«

»Wofür, wo wollen Sie hinfahren?«

»Ich muss archäologische und historische Recherchen unternehmen.«

»Ich dachte, es geht Ihnen um die menschliche Natur und das Verbrechen. Und nun wollen Sie Hubschrauber fliegen und in der Weltgeschichte herumkutschieren?«

»Wenn ich wissen will, was heute nicht stimmt in Amerika, muss ich erst einmal herausfinden, was in seinen Anfängen nicht stimmte. Und Sie brauchen Piloten. In den letzten drei Monaten haben zwei gekündigt.«

Andy saß am Esszimmertisch, den er zu einem hoffnungslos überladenen Schreibtisch umfunktioniert hatte, tippte das Passwort in den Computer und öffnete eine Datei. Nach zwölf Monaten mühseliger Recherchen, Schreibarbeiten, Flugstunden und theoretischem Unterricht brannte er darauf, Gesetzesbrecher zu jagen und Gewaltverbrechen aus der Luft und am Boden aufzuklären. Genauso lag ihm daran, dass die Leute lasen, was er zu sagen hatte. Oft malte er sich aus, er wäre mit seinen Kollegen unterwegs und könnte hören, wie sie sich über die neuesten Artikel auf der Website von Trooper Truth unterhielten. Niemand würde ahnen, dass Trooper Truth mitten unter ihnen war und neue Informationen aus ihren Kommentaren gewann. Nur Hammer wusste Bescheid. Sie und er hatten sich große Mühe gegeben, die Identität von Trooper Truth geheim zu halten.

Als er beispielsweise Reisen nach England und Argentinien unternommen hatte, um dort zu recherchieren, war er einfach ein 28-jähriger Student, der sich mit Geschichte, Kriminologie und Anthropologie befasste. Zum ersten Mal hatte Andy undercover gearbeitet, und er wunderte sich noch heute, dass niemand überprüft hatte, ob er tatsächlich an irgendeiner Uni eingeschrieben war.

Obwohl Andy sich nicht ständig mit den Augen anderer betrachtete, war ihm doch bewusst, dass er gewisse Vorzüge besaß. Er war groß, ein richtiger Modellathlet. Seine Gesichtszüge waren so fein und gleichmäßig, dass er als Junge oft verspottet worden war, weil er so *süß* aussah. Er hatte hellblondes Haar, und in seinen blauen Augen spiegelten sich seine Gedanken und Stimmungen, wie der Himmel seinen Ausdruck mit den ziehenden Wolken und dem Licht verändert. Mal waren sie stürmisch, mal friedlich oder außerordentlich eindringlich. Sein Verstand arbeitete rasch und mühelos, und seine Worte konnten wie Silber glänzen – und genauso hart sein, wenn nötig.

Nie hatte Andy Mühe gehabt zu bekommen, was er haben wollte, weil sich die Menschen meist zu ihm hingezogen fühlten oder zumindest seine Nähe suchten. Er hatte hart daran gearbeitet, die Leere seiner frühen Kindheit zu kompensieren. Der Vater war umgebracht worden, als Andy noch klein war, und er blieb mit einer alkoholkranken Mutter zurück, die ihren Sohn nie richtig akzeptiert oder wahrgenommen und ihn der einsamen Welt seiner Nöte und Phantasien überlassen hatte.

Wäre er anders aufgewachsen, hätte er sicherlich die Isolation nicht ertragen, die notwendig war, um die Artikel zu recherchieren und zu schreiben, die die Welt jetzt lesen sollte. Doch nun, da der Zeitpunkt der Veröffentlichung gekommen war, fühlte er sich so unruhig und düster wie der Morgen, der vor seinen Fenstern dämmerte. Schwere Wolken hingen über der Stadt. Als ein Blitz die dunkle Dämmerung äderte, dachte er, dass es ein schlechtes Omen wäre, wenn ein Stromausfall seinen Computer abstürzen ließe. Das Telefon riss ihn aus seinen Gedanken.

»Immerhin sind Sie schon wach«, sagte Judy Hammer, ohne sich damit aufzuhalten, ihm einen guten Morgen zu wünschen. »Ich bin …«

»Ich dachte, ich sei für Notfälle da«, unterbrach er sie. »Warum bin ich bei der Sache mit dem Trucker auf dem Wochenmarkt nicht hinzugezogen worden?«

»Das war nicht erforderlich«, sagte sie.

»Gleicher Tathergang? Hatte er Schnittwunden?«

»Ja. Mehrere Schnitte am Hals, vermutlich durch Rasierklingen, aber keiner tödlich«, antwortete sie. »Offenbar hatten die Täter es eilig, und er war lange genug bei Bewusstsein, um den Notruf einzutippen. Aber deswegen ruf ich nicht an. Ich warte auf Trooper Truth. Sie haben doch gesagt, die Website wäre um halb sieben im Netz. Das war vor fünf Minuten.«

Ihre Art, ihm viel Glück zu wünschen.

Eine kurze Einleitung

von Trooper Truth

Die abwechslungsreiche Frühgeschichte der Vereinigten Staaten stützt sich größtenteils auf Briefe von Augenzeugen, Erlebnisberichte, Dokumente, Karten und Bücher, die Anfang des 17. Jahrhunderts veröffentlicht wurden. Die meisten dieser Originalzeugnisse sind für immer verloren oder aber unzugänglich, weil sie sich in Privatsammlungen befinden. Andere historische Dokumente wurden in Richmond gelagert und sind leider im Bürgerkrieg verbrannt, was den Nordstaatlern ermöglichte, die Tatsachen umzuschreiben und Schulkindern in aller Welt weiszumachen, die Geschichte unseres Landes hätte in Plymouth begonnen, was schlicht und einfach falsch ist.

Diese und andere Lügen sollten niemanden mehr überraschen. Vieles von dem, was uns als »Fakten« verkauft wird, ist in Wahrheit nichts als Propaganda oder Schönfärberei – ein Bild von Ereignissen und Menschen, das aus Vorurteil und Kurzsichtigkeit erwächst. Die Geschichten wandern von Mund zu Mund, von Nachrichtensendung zu Nachrichtensendung, von E-Mail zu E-Mail, von Politikern zu Bürgern, von Augenzeugen zu Richtern, bis wir schließlich an alle möglichen Dinge glauben, egal, wie entstellt oder falsch sie sind. Deshalb werde ich mich in diesen Artikeln auf meine eigenen Nachforschungen und Erfahrungen verlassen, mich auf Wissenschaft und Medizin konzentrieren, in denen es weder um Phantasien noch Persönlichkeiten geht, weder um Politik noch um Gefühle.

Die DNA zum Beispiel schert sich keinen Deut darum, ob Sie der Täter sind oder nicht. Die DNA kann genau bestimmen, wer Sie, wer Ihre Eltern und Ihre Kinder sind, aber das kümmert sie nicht, weil es ihr nicht um Freundschaften oder Wählerstimmen geht. Die DNA weiß, dass Sie derjenige waren, der seine Samenflüssigkeit in einem anderen Körper zurückgelassen hat, doch sie betrachtet die Frage, wie oder warum es zu dieser Absonderung kam, weder moralisch noch voyeuristisch. Aus diesem Grund vertraue ich weit eher der DNA als dem Angeklagten im Zeugenstand. Es ist schade, dass die DNA zu sehr damit beschäftigt ist, Kriminalfälle zu lösen und Vaterschaften zu klären, anstatt die Geschichte der USA aufzurollen. Wenn die DNA genügend Zeit hätte, würden wir vermutlich feststellen, dass die meisten historischen Fakten, an die wir heute glauben, entstellt sind – möglicherweise schlimmer, als wir uns vorstellen können.

Da die DNA leider nicht als Verfasserin für diese Folge von Beiträgen zur Verfügung stand, werde ich mich im Rahmen meiner bescheidenen Möglichkeiten bemühen, Ihnen zu berichten, was ich über die Anfänge Britisch-Amerikas in Erfahrung gebracht habe, und ich hoffe, dass es Ihnen vor Augen führen wird, wer wir sind und was aus unserer Gesellschaft geworden ist.

Die Geschichte beginnt am 20. Dezember 1606 mit einer kleinen, aber höchst bedeutsamen Episode in den Londoner Docks, als 36 Matrosen und 108 Siedler tränenreich Abschied nahmen und ihren Kummer vermutlich in den Schankstuben auf der *Isle of Dogges* – dies die Schreibweise, die ein Londoner Stadtplan aus dem Jahr 1610 angibt – ertränkten.

Die Siedler und die Besatzung der Schiffe, die sich auf den langen Weg nach Virginia machen sollten, stiegen die Blackwell-Treppe zu den Docks hinab. Von dort begaben sich die kühnen Abenteurer, die mehr von ihrem Leben haben wollten als bisher, unter anderem Gold und Silber, an Bord der Schiffe *Susan Constant*, *Godspeed* und *Discovery* und begannen ihre historische Fahrt in die Neue Welt damit, dass sie erst einmal sechs Wochen in der Themsemündung festsaßen. Laut den historischen Quellen war der Grund für diese Verspätung Windstille oder Wind aus der falschen Richtung.

Ob einer dieser Siedler seine Meinung änderte, ist nicht bekannt, aber eine einfache Rechnung legt nahe, dass niemand vorzeitig von Bord ging. Während der Überfahrt starb ein Siedler in der Karibik, vermutlich durch Hitzschlag, und am 14. Mai 1607 gingen 107 Siedler in Jamestown Island am Nordufer des James

River in Virginia von Bord, wo die drei Schiffe endlich angelegt hatten. Kurz darauf wurden drei Siedler von Indianern getötet, und im Juli nahmen die Schiffe wieder Kurs auf England, um Proviant zu holen, und überließen 104 Siedler ihrem Schicksal.

Deren Zahl verringerte sich rasch und bedrohlich, nachdem sich die Matrosen unter Captain Newports Kommando auf die endlose Reise nach England begeben hatten. Dort angekommen, suchten die Männer vermutlich erst einmal die Bierschenken der Isle of Dogs und das Sir Walter Raleigh House auf, um sich zu erholen und Pläne zu schmieden, während die Siedler dringend auf Proviant warteten und sich bemühten, friedliche Beziehungen zu den Indianern – oder Naturals, wie die Siedler die Ureinwohner nannten – zu unterhalten, indem sie ihnen Kupferstücke schenkten oder anderen Tand gegen Tabak und Nahrung tauschten.

Niemand konnte mir bisher überzeugend erklären, warum die Siedler und die Naturals eine so schwierige Beziehung unterhielten, doch ich fürchte, die Antwort liegt in der menschlichen Natur, die uns verleitet, andere zu unterdrücken, die uns empfindlich, fanatisch, egoistisch, gierig und heuchlerisch macht und uns dazu bringt, andere zusammenzuschlagen und ihnen ihre Trucks zu rauben. Mir konnte auch noch niemand erklären, woher die Isle of Dogs ihren Namen hat, und auch hier kann ich mich nur an nahe liegende Vermutungen halten: Der Name könnte sich von *Sea Dogs* – »Freibeuter« – herleiten, denn es ist bekannt, dass im elisabethanischen England viele Seeleute und Piraten in diesen Bierschenken verkehrten, um sich von den Fahrten zu erholen, die sie schon hinter sich hatten, und auf die Fahrten zu warten, die sie noch vor sich hatten.

Schon sehr bald werde ich mich ausführlicher mit den Piraten befassen, denn sie spielten sicherlich eine entscheidende Rolle, als Amerika in den Kinderschuhen steckte, und noch heute haben wir Probleme mit ihnen auf unseren Land- und Wasserstraßen, obwohl die Freibeuter im Laufe der Jahrhunderte stolze Fortschritte gemacht haben, was ihre Beförderungsmittel, Ausrüstung und Waffen anbelangt. Leider muss ich Ihnen sagen, dass sich die modernen Piraten in Mentalität und Methoden nicht von ihren Zunftgenossen aus alter Zeit unterscheiden. Wie eh und je sind sie unbarmherzige Killer, die gemäß ihrem Wahlspruch *Tote reden nicht* alle unliebsamen Zeugen beseitigen, wenn sie Schiffe und Trucks kapern. Doch damit niemand sich einbilde, die Geschichte Virginias sei frei von solchen Verfehlungen, gestatten Sie mir, Sie daran zu erinnern, dass es in der Chesapeake Bay einst von Piraten wimmelte, dass Tangier Island vor der Küste Virginias offen mit ihnen Handel trieb, ihnen Unterschlupf gewährte und der Legende nach sogar den englischen Piraten Blackbeard willkommen hieß.

Ich hoffe sehr, geschätzter Leser, dass diese Artikelserie Sie anregt, sich ein paar Gedanken über Ihr eigenes Leben zu machen, sodass Sie heute vielleicht einmal die Bedürfnisse und Gefühle eines anderen Menschen über Ihre eigenen stellen. Wie die Dinge im Rückspiegel näher sind, als es den Anschein hat, so hängt uns unsere Vergangenheit auf der Autobahn des Lebens an der Stoßstange, vielleicht sitzt sie sogar auf dem Beifahrersitz. Wir sind, wer wir waren, und je mehr sich die Welt auch zu ändern scheint, desto weniger tut sie es in Wirklichkeit, solange wir nicht in unserem Herzen mit dieser Veränderung beginnen.

Passen Sie gut auf sich auf!

ZWEI

Gouverneur Bedford Crimm IV ahnte nichts von der Existenz von Trooper Truth, bis sein Pressesprecher Major Trader ihn um ein Uhr mittags aufsuchte und ihm die »Kurze Einleitung« auf den antiken Wurzelholzschreibtisch legte.

»Kennen Sie das, Governor?«, fragte Trader.

Gouverneur Crimm nahm den Computerausdruck und warf einen kurzen Blick darauf. »Was ist das denn?«

»Gute Frage«, antwortete Trader grimmig. »Wir konnten es nicht verhindern, weil Trooper Truth natürlich ein falscher Name ist. Und den Urheber im Internet zu erwischen ist völlig ausgeschlossen.«

»Verstehe«, murmelte der Gouverneur, während er sich hilflos bemühte, wenigstens hin und wieder ein Wort davon zu begreifen. »Vermutlich einer von uns, oder? Oh«, rief er freudig überrascht, als Trader ihm einen Schokoladenbrownie auf einem kleinen Wedgwoodteller reichte. »Das ist aber nett, danke.«

»Heute Morgen mit feinster belgischer Schokolade gebacken. Ich habe leider schon viel zu viele davon gegessen.«

»Ihre Frau ist wirklich eine ausgezeichnete Köchin«, bemerkte der Gouverneur, während er die Hälfte des Brownies mit zwei Bissen verschlang. »Ich wette, sie nimmt keine Backmischungen. Oder haben wir schon mal darüber gesprochen?« Er verputzte den Rest des Brownies, unfähig, irgendeiner Leckerei zu widerstehen, die Schokolade enthielt.

»Nur eigene Zutaten. Sie ist in ihrer Küche völlig autark.«

»Komisches Wort«, sagte der Gouverneur nachdenklich, während er sich die Finger an einem Taschentuch abwischte. »Woher kommt das eigentlich: *autark*?«

»Ich glaube von griechisch *autós* und …«

»Tsst, tsst«, zischte der Gouverneur, wie üblich, wenn er nicht wirklich an einer Antwort interessiert war, sondern nur vage Neugier zum Ausdruck brachte. »Lassen Sie uns weitermachen«, fügte er ungeduldig hinzu.

»Okay«, sagte Trader. »Trooper Truth. Es gibt niemanden in der State Police, der Truth heißt oder zugibt, schon mal von einem Trooper Truth gehört zu haben. Doch bevor er diesen ersten Artikel ins Netz gestellt hat« – er zeigte auf den Computerausdruck –, »hat er für die Trooper-Truth-Website die Werbetrommel gerührt. Egal, wer er ist, er kennt sich im Internet aus und weiß, wie man Werbebanner und Anzeigen so platziert, dass sie nicht zu übersehen sind.«

Gouverneur Crimm nahm die englische Elfenbeinlupe aus dem 19. Jahrhundert und starrte durch das Glas. So erschloss sich ihm genügend von dem Text, um sein Interesse zu wecken und seine Gefühle zu verletzen.

»Wir wissen seit einiger Zeit, dass dieser Trooper Truth hier in Virginia stationiert ist oder auf unseren Staat aufmerksam machen will«, fuhr Trader ungehalten fort, während der Gouverneur langsam weiterlas. »Ich habe eine Datei angelegt mit allen Beiträgen, die er bisher für Newsgroups geschrieben hat, und mit allen E-Mails, die er massenhaft verschickt. Er scheint die E-Mail-Adressen jeder Regierungsstelle im ganzen Staat zu haben, einer der Gründe, warum ich überzeugt bin, dass es sich um einen Insider handelt, einen Nestbeschmutzer und Querulanten.«

»Hm, ich bin ganz seiner Meinung, wenn er sagt, dass Amerika seinen Ursprung in Jamestown und nicht in Plymouth hat«, bemerkte der Gouverneur, dessen Familie seit der Amerikanischen Revolution in Virginia ansässig war. »Mir geht es gewaltig gegen den Strich, dass andere Staaten die Lorbeeren für all das einheimsen, was wir erreicht haben. Aber diese Sache mit der Geschichtsfälschung gefällt mir gar nicht. Damit wird er wohl einigen Leuten auf den Schlips treten. Und was soll das Gerede über die Piraten?« Seine Lupe schwebte über dem Namen Blackbeard.

»Sehr ärgerlich. Ich nehme an, Sie haben heute Morgen die Nachrichten gehört?«

»Ja, ja«, sagte der Gouverneur abwesend. »Weiß man inzwischen Genaueres?«

»Das Opfer, Moses Custer, wurde übel zugerichtet und kann sich kaum an etwas erinnern. Er faselt ständig etwas von einer einmaligen Erfahrung mit einem Engel, der eine Autopanne hatte. Doch nach weiteren Vernehmungen durch die State Police schien er etwas klarer zu werden und konnte sich an einen jungen Weißen mit Rastalocken erinnern, der obszön fluchte, als er die Ladeklappe des Trucks öffnete und Tausende von Kürbissen entdeckte. Wahrscheinlich haben er und seine Gang sie so rasch wie möglich im James River verschwinden lassen. Der Typ, wie hieß er noch gleich … Custer, hatte dieselben merkwürdigen Schnittwunden wie einige der anderen Opfer.«

»Ich dachte, wir wollten uns bei dieser Straßenpiraterie, diesen Raubüberfällen, möglichst bedeckt halten.« Der Gouverneur schien sich jetzt zu erinnern. »Habe ich Superintendent Hammer nicht angewiesen, keine Mitteilungen an die Presse zu geben ohne meine ausdrückliche Erlaubnis?«

»Das haben Sie. Bis jetzt konnten wir auch verhindern, dass die Medien irgendwelche Sensationsmeldungen brachten.«

»Sie glauben doch nicht etwa, dass Trooper Truth beabsichtigt, diese Geschichte im Internet breitzutreten, oder?«

»Doch, Sir.« Trader schien sich seiner Sache ganz sicher zu sein. »Wir können davon ausgehen, dass diese Website ein Stich ins Wespennest wird. Alles deutet auf einen Insider hin, und ich fürchte, wenn die Dinge aus dem Ruder laufen, wird das Ihrer Regierung angelastet.«

»Da haben Sie wohl Recht. Man macht mich ja für alles verantwortlich …«, räumte der Gouverneur ein, während es in seinem Magen zu rumoren begann und seine Eingeweide in Aufruhr gerieten, als trieben dort die aufgescheuchten Wespen ihr Unwesen. Er wünschte, Trader hätte die Insekten nicht erwähnt.

Crimms Gesundheit war nicht mehr das, was sie einst gewesen war. Oft, viel zu oft fühlte er sich jetzt höllisch schlecht. Gestern Abend hatte er wieder mal ein offizielles Abendessen in der Gouverneursvilla über sich ergehen lassen müssen. Weil er einige seiner wichtigsten Geldgeber bewirtete, hatte die Haushälterin drängt, man müsse unbedingt regionale Speisen und Weine servieren. Wie immer hieß das Schinken aus Smithfield, Bratäpfel aus Winchester, Brötchen nach einem Rezept aus uralten Zeiten vor dem Bürgerkrieg und ein »guter Tropfer«, wie sie es nannte, aus Virginias Weinbergen.

Crimms Verdauungstrakt hatte nichts von all dem vertragen, die Äpfel am wenigsten, und so hatte er den größten Teil des Vormittags auf der bequemsten und sichersten Toilette des Capitols verbracht, bis er schließlich die Kabinettssitzung abgebrochen und sich in sein eigenes Büro zurückgezogen hatte. Das war mit dicken Wänden und einem privaten Badezimmer ausgestattet. Dort konnte er sich seinen Verdauungsproblemen widmen, ohne dass der Personenschutz der State Police vor der Tür Stellung bezog. Und als wäre das alles noch nicht schlimm genug, hatte der Wein auch noch einen heftigen Stirnhöhlenschmerz ausgelöst.

»Schlimm genug, dass man mich drängt, meinen Gästen minderwertigen Wein vorzusetzen, aber warum muss ich den auch noch selber trinken?«, klagte der Gouverneur entrüstet, während seine Lupe weiter über den Computerausdruck wanderte.

»Wie bitte?« Trader sah verwirrt aus. »Was für ein Wein?«

»Ach, Sie waren wohl gestern nicht dabei«, seufzte Crimm. »Warum servieren wir nicht französische Weine? Denken Sie nur an Thomas Jefferson und seine Liebe für französischen Wein, überhaupt für alles Französische. Wieso wäre es dann ein Bruch mit der Tradition, wenn es französischen Wein gäbe?«

»Sie wissen doch, wie kritisch die Leute sind«, erinnerte Trader ihn. »Aber ich bin ganz Ihrer Meinung, Governor. Französische Weine sind viel besser, genau das Richtige für Sie. Andererseits hat dann bestimmt irgendjemand was zu meckern, die Medien greifen es auf, und schon haben Sie eine schlechte Presse. Das bringt mich wieder auf Trooper Truth. Der Artikel ist erst der Anfang. Wir sitzen auf einer Zeitbombe. Egal, wer er ist, wir müssen ihn zum Schweigen bringen oder uns zumindest in irgendeiner Weise dazu äußern.«

Auf das Gerede von der Zeitbombe hätte der Gouverneur gut verzichten können, während er langsam die Wörter entzifferte und kaum auf seinen Pressesprecher achtete, der ein Besserwisser und eine Nervensäge war. Crimm hatte keine Ahnung, warum er Major Trader eingestellt hatte oder ob er es überhaupt getan hatte. Jedenfalls war Trader nicht sein Fall, oder nicht mehr, falls er es jemals gewesen war. Sein Pressesprecher war ein blöder Fettsack, dem mehr an großen Mahlzeiten, großen Geschichten und großen Worten gelegen war als an der Wahrheit. Für Crimm lag der einzige Vorteil seines nachlassenden Sehvermögens darin, dass er Leute wie Trader kaum noch richtig erkennen konnte, selbst wenn sie sich im selben Zimmer befanden, und er dankte Gott dafür, denn Trader mit seinen Hamsterbacken, schlecht sitzenden Anzügen und den fettigen langen Strähnen, die er sich sorgfältig über die kahle Stelle auf seinem Kopf legte, wurde ein immer abstoßenderer Anblick.

»*Wie die Dinge im Rückspiegel näher sind, als es den Anschein hat*«, las der Gouverneur langsam vor, während er durch seine Lupe starrte, »*so hängt uns unsere Vergangenheit auf der Autobahn des Lebens an der Stoßstange, vielleicht sitzt sie sogar auf dem Beifahrersitz.*« Die Lupe in der Hand, richtete er ein riesiges Auge auf Trader. »Na, das ist doch eine ganz interessante Idee.«

»Ich habe keine Ahnung, was das bedeuten soll, wenn es überhaupt etwas bedeutet.« Trader war verärgert, dass sich der Gouverneur eigene Gedanken machte, statt sich an seine Vorgaben zu halten.

»Es scheint ein Rätsel zu sein«, fuhr der Gouverneur fasziniert fort und bewegte sein Vergrößerungsglas über den Artikel, als läse er die Buchstaben von einem Hexenbrett ab. »Erinnern Sie sich noch an den Riddler in *Batman*? All diese kleinen Rätsel waren Hinweise darauf, wo, wann und wie der Riddler das nächste Mal zuschlagen würde, doch Batman und Robin mussten die Rätsel natürlich erst lösen. Dieser Trooper Truth gibt uns einen Hinweis darauf, was er als Nächstes tun will oder vielleicht was *ich* als Nächstes tun sollte. Irgendwas, was mit der *Autobahn des Lebens* zusammenhängt.«

»Apropos …« Trader nutzte die Gelegenheit, ein Thema anzuschneiden, bei dem er wieder festen Boden unter den Füßen hatte.

»Geschwindigkeitsüberschreitungen sind nach wie vor ein großes Problem, Governor. Darauf sollten wir die Aufmerksamkeit der Wähler lenken, damit das lästige Interesse an den Straßenpiraten endlich aufhört.«

»Überhöhte Geschwindigkeit auf der *Autobahn des Lebens*. Vielleicht will er darauf hinaus. Vielleicht ist das das Rätsel«, überlegte der Gouverneur, fasziniert von den eigenen Schlussfolgerungen. »Aber ich wusste gar nicht, dass die Raserei schlimmer geworden ist.«

War sie auch nicht. Trader wollte Crimm nur von den Rätseln ablenken. Der Gouverneur war berüchtigt dafür, dass er sich töricht und unpassend über alle seine Marotten und fixen Ideen äußerte, und es wäre ziemlich peinlich, wenn er öffentlich erklärte, dass er sich bei seinen Regierungsentscheidungen von Rätseln oder Batman-Comics beeinflussen ließ.

»Die Leute behaupten, sie wären gezwungen, die Geschwindigkeitsbegrenzungen zu überschreiten. Selbst auf der langsamen Spur werden sie durch aggressives Auffahren und Lichthupen genötigt«, ließ Trader seiner Phantasie freien Lauf. »Wir können nicht alle zwei Kilometer einen Polizisten mit einer Radarkontrolle aufstellen. Ganz zu schweigen von der wachsenden Aggressivität am Steuer, nur weil diese Idioten unbedingt hundertfünfzig fahren müssen und es ihnen scheißegal ist, ob sie andere in Gefahr bringen.«

»Die Leute haben nicht genug Angst. Das ist das Problem.« Der Gouverneur hörte nur mit halbem Ohr zu, während er zu entziffern begann, was Trooper Truth über die DNA zu sagen hatte. »Sehen Sie, er hat ganz Recht, wenn er erklärt, dass man eher der Technik als den Menschen vertrauen sollte. Vielleicht können wir der Öffentlichkeit irgendwie weismachen, dass wir eine neue Technik entwickelt haben, mit der wir Raser erwischen, auch wenn kein Polizist in der Nähe ist.«

Der Gouverneur gewann die heilige Überzeugung, er habe des Rätsels Lösung gefunden, die Lösung, die Trooper Truth im Sinn hatte. Verdammt, es war an der Zeit, den Leuten ein bisschen Angst einzujagen, damit sie sich anständig benahmen. Genauso sprangen die Ermittlungsbeamten schließlich auch mit ihren Verdächtigen um, wenn sie ihnen mit DNA-Analysen drohten, obwohl keine DNA gefunden worden war oder eine Analyse keinen Sinn machte. Konnte der Gouverneur da nicht auch ein bisschen Schrecken verbreiten? Er hatte es satt, nett zu sein. Was brachte ihm das?

»Wozu haben wir diese neuen Hubschrauber?«, sagte er zu seinem Pressesprecher. »Damit könnten wir den Rasern doch eine Heidenangst einjagen.«

»Was? Sie wollen die Raser mit Hubschraubern jagen?« Trader gefiel die Idee überhaupt nicht, vor allem, weil sie nicht von ihm war.

»Nein, nein. Aber ich sehe keinen Grund, warum wir nicht ein bisschen Druck aus der Luft machen sollten. Wir können doch behaupten, die Hubschrauber seien alle mit Supercomputern ausgestattet, die Raser registrierten. Und die Piloten würden dann die Polizisten auf der Straße anfunken, und die könnten sich die Scheißkerle schnappen.« Die Eingeweide des Gouverneurs gerieten wieder in Aufruhr und verlangten dringend nach einem stillen Örtchen. »Wir brauchen auf den Straßen nur ein paar Warnhinweise anzubringen, und schon haben die Leute Schiss, dass man sie drankriegt, selbst wenn weit und breit kein Hubschrauber und kein Polizist zu sehen ist.«

»Verstehe, ein Bluff.«

»Klar. Und Sie machen sich am besten gleich an die Arbeit.« Der Gouverneur musste die Unterredung schnellstens beenden. »Legen Sie mir einen Entwurf vor, und wir geben noch heute eine Pressemitteilung heraus.«

»Hubschrauber gegen Raser, das ist keine besonders gute Idee«, warnte Trader. »Es könnte sich negativ auf Ihre Umfrageergebnisse auswirken und für Empörung sorgen …«

In den Eingeweiden von Gouverneur Crimm herrschte bereits helle Empörung, er sprang aus seinem Ledersessel auf und winkte Trader hinaus. Wenig später saß der Gouverneur bei verschlossener Tür und laufendem Ventilator und überlegte, wer Trooper Truth sein könnte und ob es eine Möglichkeit gebe, seine Veröffentlichungen im Internet zu beeinflussen. Es wäre schon sehr nützlich, wenn der Gouverneur einen so klugen und nachdenklichen Menschen dazu bringen könnte, seine, Crimms, Ideen und Vorstellungen zu verbreiten. Er griff nach dem schnurlosen Telefon im Fach neben dem Toilettenpapier.

»Wer spricht da?«, fragte Crimm, als eine männliche Stimme sich meldete.

»Trooper Macovich«, kam zögernd die Antwort aus der Sicherheitszentrale im Keller der Regierungsvilla.

Thorlo Macovich erkannte die Stimme des Gouverneurs sofort und hoffte, Crimm würde seine nicht erkennen. Vielleicht hatte er ja auch Glück, und der Gouverneur hatte den Zwischenfall bereits vergessen, der sich neulich abends im Billardzimmer der Villa zugetragen hatte. Es war auch möglich, dass der Gouverneur es gar nicht gesehen hatte, denn viel konnte er ja nicht mehr sehen in letzter Zeit. Doch die jüngste Tochter des Gouverneurs würde sich bestimmt daran erinnern. Noch nie hatte er erlebt, dass jemand so ausrastete, weil er ein Billardspiel verloren hatte – sie hatte ihn auf obszönste Weise beschimpft und ihm befohlen, im Keller zu bleiben und sich oben nie wieder blicken zu lassen, was sich schlecht mit seinen Pflichten vertrug.

»Trooper Truth ...«, begann Crimm, krümmte sich dann aber unter einem fürchterlichen Krampf.

»Alles in Ordnung, Sir?« Macovich war überrascht und besorgt. »Himmel, was ist das für ein Geräusch?«

»Haben Sie eine Idee, wer dieser Trooper Truth sein könnte?« Der Gouverneur konnte kaum sprechen.

»Nein, Sir. Aber alle reden über ihn. Was ist das? Hört sich an, als würde jemand Verpackungsmaterial zerreißen. Ist wirklich alles in Ordnung, Sir? Verdammt, das klingt, als schießt jemand im Capitol! Irgendwas stimmt da nicht! Ich bin gleich oben ...!«

»Nein, bleiben Sie, wo Sie sind!«, stieß der Gouverneur hervor, während die Gase in ihrem Bestreben zu entweichen auf seine Organe drückten. »Finden Sie heraus, wer Trooper Truth ... wer das ist. Das ist Ihre neue Aufgabe, verstanden? Und sagen Sie in der Küche Bescheid, dass ich heute Abend nur eine leichte Mahlzeit will. Auf keinen Fall Äpfel und Schinken. Vielleicht ein paar Meeresfrüchte.«

»Ich nehme an, aus Virginia, Sir.« Macovich war erleichtert. Offensichtlich konnte sich der Gouverneur nicht an ihn erinnern.

»Solange kein Alsenkaviar dabei ist.«

»Ich glaube, in dieser Jahreszeit gibt es gar keinen Alsenkaviar. Ich könnte mit dem Hubschrauber nach Tangier Island hinüberfliegen und ein paar frische Blaukrabben besorgen – falls Sie es wünschen, Sir.« Das fügte Macovich zögernd hinzu, weil er äußerst ungern nach Tangier Island flog. »Und vielleicht eine Forelle.«

»Das ist es!«, rief der Gouverneur aus, gleich doppelt überwältigt – einerseits von der Idee, die er gerade gehabt hatte, und andererseits von einem Vorgang, der sich für Macovich anhörte, als würde man aus einem Heißluftballon die Luft herauslassen. »Wir beginnen mit Tangier Island! Die State Police richtet dort die erste Raserfalle ein. Wussten Sie, dass die Inselbewohner mit Blackbeard unter einer Decke gesteckt haben? Eine Bande von Piraten, das sind sie. Aber ich werd's ihnen schon zeigen.«

»Es gibt keine Geschwindigkeitsbegrenzungen auf Tangier«, bemerkte Macovich und hatte keine Ahnung, von welchen Fallen der Gouverneur redete. »Die meisten Bewohner fahren dort in Golfcarts herum, Sir. Oder in kleinen Booten. Und mit dem Rest von Virginia vertragen sie sich schon jetzt nicht. Darf ich fragen, von was für Raserfallen Sie reden?«

»Wir haben noch keinen Namen dafür.« Gouverneur Crimm wischte sich den Schweiß von der Stirn, während sich seine Eingeweide weiterhin als laute, peinvolle Rhythmusgruppe gebärdeten. »Vergessen Sie die Meeresfrüchte. Die können Sie mitbringen, wenn Sie gleich morgen früh hinüberfliegen, um die Fallen aufzumalen. Hören Sie zu, Trooper, melden Sie sich bei Trader, er wird Ihnen alles erklären. Wir machen die Autobahn des Lebens wieder sicher, so wie Trooper Truth es im Rätsel auf seiner Website verkündet.«

Macovich konnte sich nicht erinnern, auf Trooper Truths Website etwas von einem Rätsel gelesen oder sonst etwas gesehen zu haben, was den Gouverneur zu der Überzeugung gebracht haben könnte, dass man auf einer einsam gelegenen Insel in der Chesapeake Bay mit weniger als siebenhundert Einwohnern Radarfallen aufstellen sollte. Auf keinen Fall wollte Macovich in irgendetwas hineingezogen werden, was mit Tangier Island zu tun hatte, denn dort gab es nicht einen einzigen Schwarzen. Tatsächlich hatte er jedes Mal, wenn er dorthin geschickt wurde, um Meeresfrüchte zu holen, das komische Gefühl, er sei der erste Afroamerikaner, den die Insulaner zu Gesicht bekamen, abgesehen von denen im Fernsehen oder in den Katalogen, die das Postboot brachte.

Macovich verließ die Villa und steckte sich eine Salem Light an, während er den Platz vor dem Capitol umrundete, nicht besonders darauf erpicht, mit dem Pressesprecher über diese oder irgendeine andere Angelegenheit zu reden. Major Trader war ein Scheißkerl, dem man nicht trauen konnte, das wusste jeder außer dem Gouverneur. Mist, dachte Macovich und hüllte sich wieder in eine Rauchwolke. Wenn die State Police anfing, auf den Inselbewohnern herumzuhacken, handelte sie sich damit nichts als Ärger ein.

»Darf ich Sie etwas fragen?«, sagte Macovich, als er Traders Büro betrat. »Sind Sie schon mal auf Tangier Island gewesen, oder haben Sie mal jemanden von dort kennen gelernt?«

»Da würden mich keine zehn Pferde hinkriegen.« Über seine Tastatur gebeugt, machte er sich über einen Chili Dog her, den ihm eine Assistentin geholt hatte. »Wie oft soll ich Ihnen noch sagen, dass Sie nach Beginn der Dunkelheit oder in Gebäuden Ihre Sonnenbrille abzunehmen haben? Wozu bemühe ich mich eigentlich, das Image der Polizei aufzupolieren, damit die Öffentlichkeit euch nicht länger für einen Haufen brutaler Dummköpfe hält?« Er verschlang die Hälfte des Hotdogs mit einem Bissen und kleckerte Senf auf seinen schmuddeligen, altmodischen Schlips. »Nur weil ihr Zivil tragt und in Hubschraubern rumfliegt, braucht ihr euch nicht einzubilden, dass ihr euch über alles hinwegsetzen und uns zum Affen machen könnt.«

»Keine Sorge, wir machen uns schon selbst zum Affen«, gab

Macovich zurück und ließ seine Sonnenbrille, wo sie war. »Wir steigen in unsere tollen Hubschrauber, fallen auf der Insel ein und verteilen Strafzettel wegen Geschwindigkeitsübertretungen. Das lassen sich die Leute doch nie gefallen!«

»Es wäre in der Tat ein Fehler.« Trader wischte sich die wulstigen Lippen mit einer fettigen Serviette ab und dachte fieberhaft nach. Der Gouverneur hatte ihn noch nicht informiert, dass die ersten Fallen auf Tangier Island aufgestellt würden, doch das wollte er Macovich nicht auf die Nase binden. »Dann sperren wir sie eben alle ein«, fügte er hinzu, als hätte er sich schon ausgiebig mit den Konsequenzen einer Inselrebellion befasst.

»Tolle Idee!«, sagte Macovich sarkastisch. »Wir bringen sie einfach alle hinter Schloss und Riegel, Fischer, Frauen und Kinder und die Alten natürlich auch. Da draußen machen Autobahnpiraten die Gegend unsicher, prügeln unschuldigen Truckern die Eingeweide aus dem Leib und schmuggeln Drogen nach Kanada, aber wir sorgen dafür, dass die Golfcarts auf Tangier Island nicht zu schnell fahren.«

Trader leckte sich die Finger ab und wischte sie an seinen weiten Hosen trocken. »An Ihrer Stelle würde ich keine so große Lippe riskieren«, meinte er hinterhältig. »Nicht nach dem Beschiss neulich beim Billard. Böse Geschichte, sehr böse Geschichte.«

»Ich hab nicht beschissen!« Macovich brüllte so laut, dass überall auf dem Flur die Bürotüren aufgingen und neugierige Beamte die Köpfe rausstreckten.

»Die First Family ist jedenfalls davon überzeugt, und Sie haben Glück, dass der Gouverneur derzeit Wichtigeres zu tun hat«, gab Trader herablassend zurück. »Ich würde ihn ungern daran erinnern, dass Sie in der Villa Persona non grata sind. Sie wären nicht der Erste vom Personenschutz, der wieder Streife fahren darf.«

»Das wird mir Superintendent Hammer wohl kaum antun. Wer soll dann den halbblinden Arsch des Gouverneurs durch die Gegend fliegen? Und die anderen faulen Ärsche der First Family?«

»Würden Sie bitte ihren Ton mäßigen?«, sagte Trader mit erhobener Stimme.

Macovich machte einen Schritt auf den Schreibtisch im imitierten Kolonialstil zu, die Sonnenbrille auf Trader gerichtet. »Nur falls Sie es schon vergessen haben«, knurrte er. »Wir haben hier noch genau zwei Hubschrauberpiloten, weil die First Lady die übrigen vergrault hat.« Macovich machte kehrt und wollte gehen, wandte sich dann aber noch einmal um. »Noch eins, Trader. Mit der Plantagenherrlichkeit ist es vorbei, aber vielleicht wachen Sie ja eines Tages auf und sitzen mitten in Ihrem beschissenen *Vom Winde verweht.*«

Unique First hatte *Vom Winde verweht* nie gesehen oder gelesen, aber mit dem Titel konnte sie etwas anfangen. Sie war schon immer in der Lage gewesen, spurlos zu verschwinden. Wenn sie als Kind in die Häuser der Nachbarn eingebrochen war, konnte sie sich unsichtbar machen, indem sie die Anordnung ihrer Moleküle änderte. Sie folgte dem Kopfsteinpflaster des Shockhoe Slip und betrat die Tobacco Company, ein vornehmes Restaurant mit Bar in einem renovierten alten Tabakspeicher unweit des Flusses. Unique setzte sich in die Nähe des Klaviers, bestellte ein Bier und zündete sich eine Zigarette an, während sie die Ereignisse der vergangenen Nacht noch einmal Revue passieren ließ.

Wenn sie ehrlich war, wurde es langweilig, als Lockvogel für die Autobahnpiraten zu arbeiten. Diese Straßenratten, mit denen sie sich vor ein paar Monaten zusammengetan hatte, waren kleinkariert und den größten Teil der Zeit zugedröhnt. Besonders ihr Anführer brachte sich mit Alkohol und Pot um den letzten Rest von Verstand und war so abgedreht, dass Unique nicht einmal mehr Sex mit ihm haben wollte. Sie streifte die Asche ihrer Zigarette ab und bestellte bei der Kellnerin noch ein Bier, als sie den Blick einer Frau auffing, die allein an der Bar saß.

»Von hier?«, fragte die Frau. Unique spürte, dass es hier auf ein sexuelles Abenteuer hinauslief, als sie die Ausstrahlung der anderen und das Interesse in ihrem Blick wahrnahm.

»Mal hier, mal dort«, antwortete sie ausweichend mit süßem Lächeln.

»Oh. Darf ich mich setzen?« Sie stellte ihr Bier auf Uniques

Tisch und zog einen Stuhl heran. »Ich heiße T.T. Ziemlich komisch, was? Wo jetzt alle von diesem Trooper Truth sprechen. Es ist idiotisch, aber plötzlich bildet sich jeder ein, ich wäre Trooper Truth, bloß weil ich mit T.T. anfange und mal für die Schülerzeitung geschrieben habe. Sie denken, ich will es nur nicht zugeben.«

Unique erwiderte T.T.s langen Blick und nahm einen Schluck Bier.

»Also, ich bin es nicht«, fuhr T.T. fort. »Aber ich wünschte, zum Teufel, ich wäre es, wenn sie daraus so 'n Gewese machen: Wer ist Trooper Truth? Wer kennt die Wahrheit über Trooper Truth? Als wäre er Robin Hood oder so was. Hast du irgendeine Idee? Jedenfalls hast du tolles Haar. Da bist du bestimmt ständig am Kämmen.«

»Ich weiß nicht«, antwortete Unique, während T.T. nervös mit dem Fuß wippte und herumzappelte wie ein verliebter Teenager. »Mein Auto hat 'ne Panne. Kannst du mich nach Hause fahren?«

»Klar!«, sagte T.T. »Kein Problem. Mensch, du hast 'ne tolle Stimme. Tut mir Leid wegen deinem Auto. Ist schon beschissen, wenn das Auto streikt.«

Während T.T. weiterschwafelte, knallte sie einen Zehner auf die Theke und zog ihre Motorradjacke an. Gewöhnlich hatte sie nicht so viel Glück, wenn sie versuchte, Frauen aufzureißen. Höchste Zeit, dass es endlich mal klappte. T.T. arbeitete in einer Behörde, in der niemand über ihr Privatleben Bescheid wusste. Im Büro wurde weibliche Kleidung von ihr erwartet, Röcke und Ähnliches. Die einzige Möglichkeit, ihrer Einsamkeit zu entkommen, war, sich abends und am Wochenende aufzustylen und in Bars rumzuhängen. Das war teuer und meist erfolglos, deshalb zitterten ihr jetzt die Hände vor Aufregung, als sie Unique die Beifahrertür ihres alten Honda aufschloss.

»Wohin?«, fragte sie, als sie in die Cary Street einbogen.

»Lass uns zu den Docks hinunterfahren, du weißt schon, hinter dem Kanal. Ich schau so gern auf den Fluss. Wir könnten auf Belle Island spazieren gehen«, antwortete Unique mit ihrer zarten, sanften Stimme und dachte an ihr *Projekt*, während es in ihren Schläfen pochte und eine uralte Wut sich brennend in ihr Gehirn fraß.

Wenige Minuten später stiegen sie aus dem Honda und traten ans Wasser. Die kalte Septemberluft spielte mit Uniques Haar, als wäre es schwarzes Feuer. Sie waren ganz allein, und von fern drang in Uniques Bewusstsein der Gedanke, wie unglaublich naiv T.T. war, einer vollkommen Fremden hierher zu folgen. Wie kam sie überhaupt darauf, Unique könnte die gleiche Neigung haben und sich für sie interessieren? Die anderen waren genauso töricht gewesen. Unique ergriff T.T.s Hand und zog sie über die Fußgängerbrücke, die nach Belle Island führt. Während des Bürgerkriegs hatte man dort Soldaten der Union gefangen gehalten; heute führen zahlreiche Fahrrad- und Fußwege über die dicht bewachsene Insel. Hinter einem Baum brachte Unique die Frau mit ihren Küssen und Liebkosungen fast um den Verstand.

»Ich möchte dir ein einmaliges Erlebnis verschaffen«, flüsterte Unique, während sie ihre Zunge tief in T.T.s Mund gleiten ließ und ein Teppichmesser aus der Tasche zog.

DREI

Major Trader war lange genug in der Crimm-Administration, um ein paar Dinge gelernt zu haben. Erstens, der Gouverneur hatte in der Tat viel um die Ohren, daher war es ein Leichtes, ihn von Strategien oder Vorschlägen zu überzeugen, die von Crimms ursprünglicher Vorstellung abwichen. Zweitens, er war nicht nur schon etwas wirr im Kopf und fast blind, sondern auch vergesslich und leicht abzulenken, vor allem wenn seine Verdauung verrückt spielte. Drittens, am besten kam Trader zurecht, wenn er gute Ideen klaute und die Schuld für die schlechten anderen in die Schuhe schob.

Während er von seinem Bürofenster aus beobachtete, wie sich Macovichs Rauchwolke über den gepflegten Rasen des Capitols entfernte, dachte er über die Positionen des Gouverneurs zu bestimmten politischen Themen nach und erinnerte sich, dass man Crimm wiederholt wegen der Verkehrsprobleme in Massachusetts kritisiert hatte. Der Verkehr auf den Straßen wurde immer chaotischer und die Autofahrer im Norden Virginias immer aggressiver. Straßen und Brücken waren in erbärmlichem Zustand. Züge hatten, wenn sie denn überhaupt fuhren, meist Verspätung und waren in der Regel überfüllt, und Fliegen war auch keine Alternative.

Obwohl Trader nicht daran dachte, sich bei Macovich zu bedanken, weil er ihn vor dem Tangier-Projekt gewarnt hatte, musste er ihm beipflichten. Der neueste Einfall des Gouverneurs – diese Raserfallen auf der Insel – würde auf heftige Kritik stoßen, weshalb es auch besser war, wenn jemand anders dafür verantwortlich gemacht werden konnte. Er kritzelte ein paar Entwürfe auf ein Blatt Papier und überlegte, wie man das neue Projekt nennen könnte. Er versuchte es mit *Speed Check Aviation Regulation* (Geschwindigkeitsüberwachung aus der Luft), fand jedoch, dass die Abkürzung SCAR – Narbe – die Sache nicht wirklich traf, war aber von SCARE – Schrecken – ziemlich angetan. Das konnte für *Speed Check Aviation Regulation Emergency* (Notfall-Geschwindigkeitsüberwachung aus der Luft) stehen. Ja, dachte er, das könnte passen. SCARE brachte zum Ausdruck, dass es dem Gouverneur ernst war, dass er dem Gesetz Geltung verschaffen wollte, und das Wort Notfall vermittelte der Öffentlichkeit den Eindruck, man halte es in der Regierung für eine Frage von Leben und Tod, den Rasern auf Tangier Island und anderswo Einhalt zu gebieten. Egal, was Trooper Truth über die Autobahnpiraten verlauten ließ, die Öffentlichkeit würde es kaum beachten, weil sich alle viel zu sehr über die Raserfallen aufregen würden. Trader versuchte, den Gouverneur auf seiner Privatleitung zu erreichen.

»Ja?« Crimms Stimme klang schwach und zittrig.

»Ich glaube, ich habe etwas, Sir. Wie finden Sie SCARE?« Trader klopfte mit dem Kugelschreiber auf den Schreibblock. »Das vermittelt auf jeden Fall die gewünschte Botschaft. Ich stelle mir dabei SCARE-Schilder über den ganzen Staat verteilt vor.«

Crimms Hintern war wund. Er zitterte, war in kalten Schweiß gebadet, und als er sich zu erinnern versuchte, worüber er und Trader vor dem schrecklichen Ausbruch seines Magen-Darm-Traktes geredet hatten, konnte er sich lediglich an das Rätsel von Trooper Truth erinnern.

»Sie meinen, wir sollten ihn in solchen Schrecken versetzen, dass er seine Identität von allein preisgibt?« Der Gouverneur setzte sich in seinen großen Ledersessel, nahm sein Vergrößerungsglas in die Hand und entdeckte einen neuen Stapel Memos und Zeitungsausschnitte. »Wo kommen die denn her?«

»Wo kommt was her? Meinen Sie die SCARE-Schilder?« Trader hatte keine Ahnung, wovon die Rede war – der Normalfall, wenn er mit dem Gouverneur sprach.

»Ach, ich verstehe.« Es war natürlich nur eine Redensart. »Sie meinen, wir sollen Trooper Truth so viel Angst einjagen, dass er verrät, wer er ist. Natürlich kann es sich auch um eine Frau handeln. Aber im Augenblick geht es mir nicht gut, ich kann das jetzt wirklich nicht erörtern.«

»Ich rede von den Radarfallen.« Trader hasste es, wenn der Gouverneur ihm das Wort abschnitt. »Wir müssen uns einen Namen für das Programm einfallen lassen, und ich dachte, SCARE würde genau das rüberbringen, was Ihnen vorschwebt …«

»Blödsinn!« Der Gouverneur erinnerte sich plötzlich an die Unterhaltung von vorhin. »Wenn Sie die Sache SCARE nennen, wissen doch alle auf Tangier Island, dass wir ihnen nur einen Schrecken einjagen wollen, und keiner nimmt die Sache ernst. Lassen Sie sich was einfallen, was offizieller klingt und weniger Bedeutung hat. Das werden die Inselbewohner ernst nehmen.«

»Wie gesagt, die Insulaner werden uns Schwierigkeiten machen.« Trader wollte sich nicht nachsagen lassen, dass er den Gouverneur nicht gewarnt hatte. »Vergessen Sie nicht, dass ich es Ihnen gesagt habe, und machen Sie mir keine Vorwürfe, wenn die Leute auf die Barrikaden gehen.«

»Wenn ich Ärger bekomme, mache ich Sie sowieso dafür verantwortlich.«

»Das ist Ihr gutes Recht«, sagte Trader. »Sie sollen sich durch meine Warnung ja auch nicht davon abhalten lassen, dem Gesetz Geltung zu verschaffen, Governor.« Trader war ein Meister der Doppelzüngigkeit. »Ich denke, wir sollten sofort einen Hubschrauber hinüberschicken und unser Programm ausprobieren. Was meinen Sie?«

»Warum nicht? Wir schicken sowieso einen Hubschrauber hin, um meine Meeresfrüchte zu holen.«

»Ganz meine Meinung«, stimmte Trader zu.

Trader legte den Hörer auf und kritzelte eine weitere Stunde auf seinem Block herum. Er probierte jede bedeutungslose Kombination von Wörtern aus, die ihm einfiel oder die er im Synonymwörterbuch finden konnte. Am Ende des Nachmittags verfiel er auf VASCAR, was in etwa für *Visual Average Speed Computer* stehen konnte – Visuelle Computererfassung der Durchschnittsgeschwindigkeit – und hieß: Wenn ein Fahrer erkennbar schneller fuhr als erlaubt, wurde von einem Computer entschieden, ob ein Verkehrsvergehen vorlag, indem er die Durchschnittsgeschwindigkeit zwischen zwei festgelegten Punkten, A und B, errechnete. A und B sollten durch zwei aus der Luft gut zu erkennende weiße Streifen auf dem Straßenpflaster markiert werden. Trader war überzeugt, dass die Abkürzung unklar und bürokratisch genug klang, um allen Angst einzujagen. Vor allem aber musste er dafür sorgen, dass sich der öffentliche Zorn gegen die State Police richtete und nicht gegen die Regierung oder ihn selbst.

Einfach brillant, dachte er beglückt, während er sich ins Internet einloggte. Rasch zeichnete sich in seinem Kopf ein Plan ab. Als er die Trooper-Truth-Website auf den Bildschirm holte, beschleunigte sich sein Puls. Nichts fand er aufregender als die eigene Schlauheit und seine Gabe, andere zu manipulieren. Dank seiner Initiative würde sich VASCAR in Windeseile über den Cyberspace verbreiten und aller Welt klar machen, dass Virginia jetzt und in Zukunft keine Raser duldete und dass der Staat bereit war, von seiner Macht rücksichtslos Gebrauch zu machen, indem er mit seinen gewaltigen Hubschraubern eine Insel voller friedlicher Fischer heimsuchte. Er würde dafür sorgen, dass sich die Öffentlichkeit darüber aufregte und alle Kritik gegen die Chefin der State Police, Superintendent Hammer, richtete. Damit hatten der Gouverneur und natürlich auch er, Trader, alle Vorwürfe, die das Verkehrswesen und die Straßenpiraterie betrafen, abgewälzt.

Judy Hammer war neu im Amt und kam nicht aus Virginia, daher bot sie sich als Zielscheibe an. Trader konnte sie nicht leiden. Bisher waren alle Polizeichefs kräftige, raue Typen aus alteingesessenen Virginia-Familien gewesen. Sie hatten die Hackordnungen gekannt und waren dem Pressesprecher mit dem gebührenden Respekt begegnet, bestimmte der doch letztlich, was der Gouverneur dachte und die Öffentlichkeit glaubte. Hammer war die Pest. Sie war unverblümt, konfliktbereit und trug gern Hosen. Als Trader ihr bei ihrem Vorstellungsgespräch vorgestellt worden war, hatte sie ihn behandelt, als sei er Luft und kein einziges Mal über seine zweideutigen Anekdoten und Witze gelacht, ja sie nicht einmal zur Kenntnis genommen.

Traders Finger hielten auf der Tastatur inne, dann begannen sie, eine E-Mail einzutippen:

Lieber Trooper Truth,

ich habe Ihre »Kurze Einleitung« mit großem Interesse gelesen und hoffe, Sie haben Verständnis für die Sorgen einer alten Frau, die nie verheiratet war und allein lebt und sich nicht ans Steuer wagt, weil sie Angst vor all den Verrückten auf der Straße hat, besonders vor diesen schrecklichen Autobahnpiraten!

Doch Raserfallen und Hubschrauber, die Jagd auf ehrliche Bürger machen, sind bestimmt keine Lösung! VASCAR wird einen neuen Bürgerkrieg auslösen. Ich hoffe, Sie gehen in Ihrem nächsten Artikel darauf ein.

Mit freundlichen Grüßen
A. Friend

Trader hatte den Punkt aus Versehen hinter das *A* gesetzt. Eigentlich hatte er nur *A Friend* schreiben wollen und den Tippfehler gar nicht bemerkt, als er die Schaltfläche »Abschicken« angeklickt hatte. Sein Fehler wurde ihm erst bewusst, als er wenige Augenblicke später eine Antwort erhielt:

Liebe Miss A. Friend,

vielen Dank für Ihr Interesse. Es tut mir Leid, dass Sie allein leben und Angst haben, sich ans Steuer zu setzen. Das ist sehr traurig. Haben Sie bitte keine Scheu, mir zu schreiben, wann immer Ihnen danach zumute ist.

PS: Was ist VASCAR?

Trooper Truth

Major Trader gelangte zu der Auffassung, er könne von nun an genauso Miss A. Friend sein, und schickte eine weitere E-Mail hinterher:

Lieber Trooper Truth,

ich freue mich sehr, dass Sie sich die Zeit nehmen, einer einsamen alten Frau zu antworten. Superintendent Hammer weiß, was VASCAR ist. Es war ihre Idee. Ich bin überrascht, dass Sie noch nichts von den Raserfallen gehört haben, die sie auf Tangier Island einrichten will. Ich vermute nämlich, dass sie durch Ihre »Kurze Einleitung« auf die Idee gekommen ist.
Ich kann Sie nur beglückwünschen, dass Sie nicht mitverantwortlich sind für ihre Entscheidung, an diesen Leuten ein Exempel zu statuieren, auch wenn sie einst gemeinsame Sache mit Piraten gemacht haben und nun Touristen ausnehmen.

Mit freundlichen Grüßen
Miss A. Friend

Trader gluckste fröhlich, während er eilig ein Memo an Hammer schickte. Es war kurz und verworren, und im Anhang befand sich eine Pressemeldung, die auf Anweisung des Gouverneurs sofort herausgeben werden sollte.

»Was zum Teufel soll das?«, fragte Hammer ihre Sekretärin Windy Brees, als diese ihr das Fax aus dem Gouverneursbüro reichte, in dem sie über eine neue Maßnahme zur Geschwindigkeitskontrolle namens VASCAR informiert wurde.

»Ist mir neu«, antwortete Windy. »Was für 'n blöder Name. Der sagt doch gar nichts aus, wenn Sie mich fragen, außer dass er an NASCAR erinnert – den Stock-Car-Rennverband –, und das kann ja wohl kaum im Sinne des Erfinders sein. Wieder ein Beispiel dafür, dass man erst nachdenken und dann reden soll.«

Hammer las das Memo und die Pressemeldung mehrmals durch, erbost, dass der Gouverneur ein solches Programm in Kraft setzen wollte, ohne vorher mit ihr darüber gesprochen zu haben.

»Verdammt«, murmelte sie. »Das ist das Dämlichste, was ich je gehört habe. Hubschrauber für die Jagd auf Raser? Und als Erstes haben sie sich Tangier Island ausgeguckt, was aber geheim bleiben soll, bis sie weiße Streifen auf alle Straßen gemalt haben, die es dort gibt? Holen Sie mir sofort den Gouverneur ans Telefon!«, befahl Hammer. »Er ist wahrscheinlich im Büro. Egal, wer abnimmt, sagen Sie, es ist dringend.«

Windy kehrte an ihren Schreibtisch zurück und wählte das Büro des Gouverneurs, obwohl sie wusste, dass es keinen Zweck hatte. Der Gouverneur rief Hammer nie zurück und war seit ihrer Ernennung nicht einziges Mal mit ihr zusammengekommen. Windy hatte gelernt, komplizierte Entschuldigungen dafür zu finden, dass sie es nie schaffte, den Gouverneur zu einem Rückruf zu bewegen. »Ich sag immer«, pflegte Windy den anderen Sekretärinnen und Büroangestellten zu erklären, wenn sie sich draußen auf ein Zigarettenpäuschen trafen, »lieber die Axt in der Hand als den Zimmermann auf dem Dach.«

Es war ihre Art auszudrücken, dass sie mit Notlügen dem Anschiss aus dem Wege ging, der ihr drohte, weil der Gouverneur wie üblich keine Lust hatte, sich mit seiner Polizeichefin herumzuärgern.

Ihre Bekannten und Kollegen hatten längst aufgegeben, Windys Sprachverdrehungen zu verbessern. Die meisten wussten, was sie meinte, egal, was sie mit den Redensarten anstellte, verloren aber nach und nach die ursprünglichen Fassungen aus dem Blick und gewöhnten sich an Windys Versionen. Was Hammer in den Wahnsinn trieb, die nicht mehr hören konnte, wenn jemand aufgefordert wurde, sich etwas *hinter den Schornstein zu stecken* oder nicht ständig *aus der Ordnung zu tanzen.*

»Superintendent Hammer?« Windy stand zögernd in der Tür. »Es tut mir Leid, aber der Gouverneur ist momentan nicht zu erreichen. Offenbar ist er behindert.«

Hammer sah von einem Stapel Berichte und Aktennotizen auf, mit denen sie sich gerade beschäftigte. »Was soll das heißen, er ist *behindert?*«

»Kann im Moment nicht telefonieren. Vielleicht ist er auf dem Weg in die Villa. Ich weiß nicht genau.«

»Er ist *verhindert?*«

»Vielleicht ist es auch was anderes.« Windy verstrickte sich immer tiefer in ihre Schwindelei. »Jedenfalls ist er zurzeit für niemanden zu erreichen. Es hat also nichts mit Ihnen zu tun.«

»Natürlich hat es was mit mir zu tun!« Hammer blickte erneut auf das VASCAR-Memo und fragte sich, was sie mit diesem neuesten und möglicherweise gefährlichsten Schwachsinn der Regierung anfangen sollte. »Er will nicht mit mir sprechen, und Sie können sich die Mühe sparen, es mir schonend beizubringen.«

»Das ist wirklich nicht nett von ihm.« Windy stemmte beide Hände in die Hüften. »Ich hoffe, Sie kreiden es mir nicht an, dass er Sie so schlecht behandelt. Machen Sie mich nicht zum Sündenschaf.«

Sünden*bock*, dachte Hammer gereizt. Das schwarze Schaf ist ein Schaf, und der Sündenbock ist ein Bock. Mein Gott, ich hör überhaupt nicht mehr auf, in Redensarten zu denken. Dabei kann ich Redensarten nicht ausstehen!

»Einer der Männer, mit denen ich letzten Monat ausgegangen bin, hat gesagt, Sie haben den Posten nur gekriegt, weil der Gouverneur wegen all der Autobahnprobleme in der Presse so schlecht wegkommt und weil er jemanden braucht, dem er den schwarzen Peter an die Fahne heften kann«, sagte Windy. »Sie sollten sich keine Vorwürfe machen oder es persönlich nehmen.«

Hammer konnte es noch immer nicht fassen, dass sie eine so schwachsinnige Person als Sekretärin hatte übernehmen müssen. Leider war es äußerst schwierig, Beamte zu entlassen. Kein Wunder, dass der letzte Polizeichef frühzeitig mit Herzfehler und Parkinson-Krankheit in den Ruhestand gegangen war. Was zum Teufel hatte er sich dabei gedacht, Windy Brees einzustellen? Schon der Name hätte ihn stutzig machen müssen: *Windy* – hohl und geschwätzig.

Spätestens als sie den Mund aufmachte, hätte ihm klar sein müssen, dass sie peinlich und unfähig war – eine dreiste kleine Idiotin, die sich mit Make-up zukleisterte, umhertrippelte und anmutig das Köpfchen neigte, so gefügig und niedlich und schutzbedürftig, dass kein Mann umhin konnte, ihr seine starke Schulter zum Anlehnen anzubieten.

18 Uhr war vorbei, Hammer packte ihren Aktenkoffer und begab sich auf den Heimweg. Während sie den Wagen durch das Stadtzentrum lenkte, gewann sie die Überzeugung, dass VASCAR das Ende ihrer Karriere bedeuten würde und dass es offenbar nichts gab, was sie dagegen tun konnte. War es nur ein Zufall, dass genau an dem Tag, an dem Andy die Website ins Netz gestellt hatte, die das Image der State Police aufpolieren sollte, der Gouverneur ein Programm ins Leben rief, das den Ruf der State Police zugrunde richten musste? War es bloßer Zufall, dass sich der Gouverneur die Inselbewohner vorknöpfte, nachdem Andy Tangier Island aufs Korn genommen hatte, indem er andeutete, es sei einst ein Piratennest gewesen? Ganz zu schweigen davon, dass sie kaum noch Hubschrauberpiloten hatte und dass sie die wenigen Trooper in der Lufteinheit, die ihr noch blieben, dringend brauchte, um Straftäter zu jagen und Marihuanafelder aufzuspüren, statt mit ihnen Raser auf einer winzigen Insel oder anderswo dingfest zu machen.

Andy ging ihr im Kopf herum, während sie sich in einen Zustand hochgradiger Paranoia hineinsteigerte. Niemals hätte sie ihm erlauben dürfen, diesen Artikel unzensiert ins Internet zu stellen. Doch gerade das war Teil ihrer Abmachung gewesen.

»Ich mache es nicht, wenn sie meine Artikel überarbeiten«, hatte er ihr letztes Jahr mitgeteilt. »Ein entscheidender Grund für die Anonymität liegt darin, dass niemand weiß, was Trooper Truth schreiben wird, und dass niemand Einfluss darauf nehmen kann, sonst würde die Wahrheit auf der Strecke bleiben. Wenn Sie meine Artikel lesen, bevor ich sie ins Netz stelle, Superintendent, weiß ich genau, was passiert. Sie fangen an, sich Sorgen zu machen über mögliche Kritik, Schuldzuweisungen und politische Probleme. Das ist es, was Bürokraten vor allem beschäftigt, leider. Nicht, dass ich damit sagen will, Sie wären eine Bürokratin.«

»Und ob Sie das sagen wollen«, hatte sie tief beleidigt geantwortet.

Und vielleicht hatte er Recht, dachte Hammer bedrückt, während sie der East Broad Street folgte und sich Church Hill näherte, dem sanierten Viertel, in dem sie wohnte. Vielleicht wurde sie *wirklich* langsam zu einer Bürokratin, die sich viel zu sehr darum kümmerte, was andere Leute von ihr dachten oder sagten. Was war aus ihrem früheren Geschick geworden, mit den Beschwerden und Forderungen der Öffentlichkeit bestimmt und doch diplomatisch umzugehen?

Sie rief Andy vom Handy aus an. »Möglicherweise haben wir ein Problem«, eröffnete sie ihm. »Der Gouverneur will Raserfallen auf Tangier Island einrichten. Das gibt fürchterlichen Ärger.«

»Ich habe davon gehört«, erwiderte er.

»Wie das?« Sie war überrascht.

»Ich wünschte, Sie hätten mir was davon gesagt«, fügte Andy enttäuscht hinzu, während er vor seinem Computer saß und die Liste mit Hunderten von E-Mails durchging, die Trooper Truth an diesem Tag erhalten hatte. »Ich hatte keine Ahnung, bis mir Miss Friend eine E-Mail schickte. Es könnte sein, dass ich einen Assistenten brauche. Ich schaffe die E-Mails einfach nicht mehr«, sagte er, während sein Computer vier weitere Male verkündete: *»Sie haben Post.«*

»VASCAR war nicht meine Idee, verdammt noch mal!«, gab Hammer zurück. »Und wer ist Miss Friend? Wir sollten uns lieber um diese Überfälle kümmern – nicht um Geschwindigkeitsüberschreitungen! Andy, ich brauche Ihre Hilfe. Wir müssen uns was einfallen lassen.«

»Da gibt's nur eins«, sagte er, während er weitertippte. »Ich fliege selbst nach Tangier Island, male die Fallen auf und warte ab, wie die Leute reagieren. Besser, ich mache das als jemand anders, und Trooper Truth benutze ich dazu, alle Angriffe auf Sie und die State Police aufzufangen. Ich mache der Öffentlichkeit klar, was für ein blöder Einfall VASCAR ist. Vielleicht lässt der Gouverneur sein neues Projekt dann fallen, und wir können uns mit richtigen Verbrechen beschäftigen. Alles, was ich brauche, sind ein paar Eimer reflektierende und schnell trocknende Farbe, einen Pinsel, einen Hubschrauber und ein bisschen Zeit, um meinen für morgen vorgesehenen Artikel über Mumien entsprechend zu überarbeiten.«

»Was haben denn Mumien mit all dem zu tun?«, fragte Hammer entgeistert.

Mumien

von Trooper Truth

Wie die meisten Leute habe ich meine ersten Vorstellungen über Mumien in Horrorfilmen gewonnen. Nachdem ich in letzter Zeit umfangreiche archäologische Nachforschungen angestellt habe, muss ich Ihnen sagen, geschätzter Leser, dass diese furchteinflößenden Darstellungen von lebenden Toten in ihren Stoffstreifen nicht besonders realistisch sind – oder fair.

Mumien sind vollkommen harmlos, es sei denn, sie sind Träger einer Infektionskrankheit aus alter Zeit, was höchst unwahrscheinlich ist, obwohl ich annehme, dass es unseren Atemwegen nicht eben zuträglich ist, wenn wir an einem schaurigen, kalten Ort ganze Schwaden von Staub einatmen. Ferner ist nicht auszuschließen, dass wir uns auf der Suche nach einer Mumie böse verletzen, dass wir uns im Inneren einer Pyramide verlaufen und elendig verhungern und verdursten oder dass wir einem Grabräuber begegnen und uns seiner wütenden Angriffen erwehren müssen.

Bei polizeilichen Untersuchungen von Todesfällen bezeichnet man als *Mumie* einen toten Menschen, dessen Körper extremer Kälte oder Trockenheit ausgesetzt war. Statt zu verwesen, trocknet der Körper aus und kann in diesem konservierten Zustand Jahrzehnte oder gar Jahrhunderte überstehen. Solche Mumien findet man gewöhnlich in Kellern oder Wüsten, und auch wenn sie nichts mit ägyptischen Mumien zu tun haben, werden Anthropologen und andere Experten den ausgetrockneten Leichnam als mumifiziert bezeichnen, denn der Begriff hat sich nun einmal eingebürgert. Ich gebe gerne zu, dass es besser klingt, wenn der Gutachter im Zeugenstand das Opfer mumifiziert nennt, statt zu sagen, der arme Teufel sei zusammengeschrumpft und ausgetrocknet und sehe aus wie ein Skelett, das man mit Schuhleder überzogen hätte.

Das Wort *Mumie* leitet sich von dem arabischen Wort für Bitumen her, das in seiner ursprünglichen persischen Form *Wachs* bedeutet. *Mumie* ist also ein Stoff wie Bitumen, eine Art von Asphalt, den man in Kleinasien verwendete, und *eine Mumie* ist ein künstlich konservierter Leichnam – Mensch oder Tier –, obwohl es ganz richtig wäre, einen derart präparierten Leichnam auch heute als Mumie zu bezeichnen. Der Grund dafür ist ganz einfach. Leichen, die in Formaldehyd gelegt werden, sind nicht optimal konserviert. Wenn man einen mit Formaldehyd behandelten Leichnam nach hundert Jahren ausgräbt, wird man, je nach dem Erdreich, in dem er bestattet wurde, feststellen, dass der Tote nicht so gut erhalten ist wie eine jahrtausendealte ägyptische Mumie.

In unserer Gesellschaft wird der Leib eines einbalsamierten Toten nicht mehr mit Palmwein, Myrrhe, Sennesblättern oder anderen duftenden Essenzen ausgewaschen, seine Gliedmaßen nicht mehr mit Bitumen gefüllt, der Leichnam nicht mehr 70 Tage mit trockenem Natron bedeckt, um ihn anschließend in Flachsstreifen einzuwickeln und diese mit Kautschuk zu bestreichen, der im alten Ägypten häufig als Klebstoff verwendet wurde. Ein konservierter Leichnam wird heute nicht mehr in eine Holzkiste von Menschenform gebettet und diese nicht mehr in einer kalten, trockenen Grabkammer aufrecht an die Wand gelehnt.

Ich will damit nicht sagen, dass Sie einen geliebten Menschen, der das Zeitliche gesegnet hat, nicht auch noch heute auf diese althergebrachte Weise für die Ewigkeit herrichten könnten, vorausgesetzt natürlich, Sie finden einen hinreichend bewanderten Gelehrten, der Ihnen zeigt, wo die Schnitte für die Einbalsamierung gesetzt werden müssen, und einen Arzt, auch *Zerschneider* genannt, der Ihnen mit einem scharfen äthiopischen Stein zu Hilfe käme, bevor er dann fliehen müsste, denn die Ägypter betrachteten es als Verbrechen, einem Toten körperlichen Schaden zuzufügen, auch wenn der Zerschneider für ebendiese Aufgabe angeworben wurde, jedenfalls behauptet das der griechische Geschichtsschreiber Diodorus.

Vor kurzem führte mich meine Beschäftigung mit Mumien nach Argentinien, wo Wissenschaftler zurzeit damit beschäftigt sind, zahlreiche Tests an ihnen vorzunehmen, unter anderem Kernspintomographien, Computertomographien und Nadelbiopsien für DNA-Analysen. Ich fragte bei *National Geographic* an, ob man mir erlaube, die Mumien zu besichtigen. Das wurde mir unter der Bedingung gestattet, dass ich bis zur Veröffentlichung der Titelgeschichte in *National Geographic* nichts über meine Beobachtungen verlauten ließe.

An einem kalten, klaren Morgen traf ich in Salta ein, einer Stadt im Nordwesten Argentiniens, die sich zu einem archäologischen Forschungszentrum für die Geschichte der Inkas und anderer präkolumbianischer Indianerkulturen entwickelt hat. Dort traf ich die Archäologen, die auf einer Expedition zum Gipfel eines Andenvulkans an der argentinisch-chilenischen Grenze drei weitgehend erhaltene, fünfhundert Jahre alte Mumien von Inka-Kindern gefunden hatten. Sie waren bei religiösen Riten geopfert und mit Gold, Silber und Töpfen voller Nahrung bestattet worden. In einem Jeep brachten mich die Archäologen auf einer staubigen Straße zur Katholischen Universität, wo man ein kleines Gebäude kurzzeitig in ein Labor umgewandelt hatte und von Posten mit Maschinenpistolen bewachen ließ. Wie Piraten sind Grabräuber auch heute noch eine stetige Bedrohung unserer Gesellschaft – selbst in so entlegenen Gebieten.

Während ich beobachtete, wie die Archäologen das erste kleine Bündel aus dem Gefrierschrank nahmen und auf den mit Papier bezogenen Untersuchungstisch legten, wurde mir klar, dass es kaum einen Unterschied bedeutet, ob man die gefrorenen Überreste von drei Inka-Kindern, zwei Mädchen und einem Jungen, auswickelt, die vor einem halben Jahrtausend getötet wurden, oder, wie ich, die Schauplätze von Autounfällen oder Gewaltverbrechen untersucht. Der größte Unterschied besteht darin, dass man in der Archäologie Artefakte und Todesursachen nicht untersucht, um juristische Schuldfragen zu klären, sondern um eine rätselhafte und nur verschwommen erkennbare Vergangenheit zu deuten – in diesem Fall die Vergangenheit eines Volkes, das zwar keine Schriftsprache besaß, aber seine Geschichte doch in hoch entwickelten Webarbeiten und Kunstwerken offenbarte. Ich gestehe, dass ich nicht sonderlich an Krankheiten, Essgewohnheiten, Bekleidung oder Sitten interessiert war, sondern nur wissen wollte, ob die Inka-Kinder, als man sie bei lebendigem Leib vergrub, infolge der Höhe und ritueller Getränke wie *Chicha* (Maisbier) das Bewusstsein verloren hatten.

Ich fragte mich, was die beiden Mädchen und der Junge wohl gedacht haben mochten, als man sie in kunstvoll gewebte Gewänder steckte, ihnen den Federkopfschmuck aufsetzte und sie mit Schmuck behängte, um sie anschließend in einer Prozession auf den 6600 Meter hohen Gipfel des Berges Llullaillaco hinaufzuführen. Ich hoffe, sie wussten nicht, was mit ihnen geschah, als man sie in Stoff wickelte, hockend in tiefe Gräber setzte und diese schließlich mit Steinen und Erde füllte, in der Hoffnung, die Götter dadurch gnädig zu stimmen.

Ich habe die Gesichter der drei ermordeten Kinder noch immer vor Augen, vor allem das des Jungen, der etwa acht Jahre alt gewesen sein mochte, als man ihm fellverzierte Mokassins anzog, ein silbernes Halsband anlegte und ihm noch zwei Paar Sandalen und eine Jagdschlinge auf die lange Reise ins Jenseits mitgab. In seiner Miene drückte sich Schmerz und Protest aus. Seine Knie waren wie bei einem Fötus an die Brust gepresst, die Fußgelenke eng zusammengebunden. Ich vermute, er war beunruhigt und nicht sehr glücklich über die Rolle, die ihm seine Religion zugedacht hatte, und ich habe den schrecklichen Verdacht, dass er sich gewehrt hat und bei Bewusstsein war, als man ihn unter Erde und Steinen begrub. Die Mädchen, etwa acht und vierzehn, waren nicht gefesselt und sahen eher friedlich aus, doch seltsamerweise war eines ihrer Gräber von einem Blitz getroffen worden, und als die kleine Mumie in dem provisorischen Labor in Salta ausgewickelt wurde, konnte ich noch immer den Geruch verbrannten menschlichen Fleisches riechen. Mir kam es vor, als habe der Allmächtige den Inkas zu verstehen gegeben, dass Er keineswegs erbaut war, wenn sie ihre Kinder bei lebendigem Leib vergruben.

Leider muss ich feststellen, dass sich gar nicht so viel verändert hat. Im Zuge meiner Recherchen verbrachte ich einige Zeit an der Ausgrabungsstätte von Jamestown und unternahm eine Pilgerfahrt nach Großbritannien, wo ich versuchte, die ersten Siedler mit jenen Seefahrern in Verbindung zu bringen, die auf der Themse festsaßen. Ich untersuchte den Schlamm stromabwärts der Isle of Dogs, das Marschland, die Kneipen und Parkplätze und den Millennium Dome – ein gigantisches pochiertes Ei, das mit goldfarbenen Kränen gespickt ist –, doch ich konnte keine Spur von John Smith und seinen Gefährten entdecken.

Auch schien sich in den Pubs niemand im Geringsten für den wenig bekannten Umstand zu interessieren, dass zwischen Tangier Island und der Isle of Dogs eine Verbindung besteht, wurde doch Tangier im Jahr 1608 von Captain John Smith entdeckt.

Worauf ich hinaus will, meine lieben neuen Freunde und Leser, ist eine höchst bedauerliche Nachricht.

Tangier Island wurde inzwischen ein zweites Mal entdeckt, und ich meine damit nicht die Touristen, die auf der Suche nach leckeren *Crab Cakes* sind. Gewissenlose Politiker sind entschlossen, die schlichten Insulaner für ihre politischen Zwecke einzuspannen, und das ist unfair, trotz aller alten Verwicklungen in Piratenmachenschaften, die wie ein Schatten über der Vergangenheit dieses Fischervölkchens liegen. Weitere Einzelheiten werden folgen.

Passen Sie gut auf sich auf!

VIER

Enttäuscht und verwirrt schloss Hammer die Trooper-Truth-Site. Was dachte sich Andy nur dabei? Was hatten Mumien und Jamestown mit den aktuellen Problemen Virginias und mit Verbrechen zu tun?

Das war alles höchst seltsam und brachte bestimmt nichts als Ärger, dachte sie, während sie eine Schublade zuknallte und sich wünschte, irgendjemand in diesem Büro wüsste, wie man einen anständigen Kaffee kochte. Was sollte sie mit diesem Mumienartikel anfangen?

Es war wenige Minuten nach acht. Jeder im Headquarter las, so schien es, Trooper Truth, und die Kommentare liefen hörbar durch alle Büros die Flure hinab und hinauf. Entsetzt und genervt hatte Hammer morgens auf der Fahrt ins Büro im Radio die Sendung *Billy Bob am Morgen* gehört, in der es auch um den Mumienartikel ging.

»Hey! Ratet mal, was wir machen! Wir starten hier bei *Billy Bob am Morgen* einen Wettbewerb. Unsere Hörer da draußen können uns anrufen und raten, wer der echte Trooper Truth ist. Ist das cool? Und wer es errät, bekommt einen Preis, den wir später bekannt geben. Wow! Schaut euch das an! Unsere Telefone laufen bereits heiß. Hallo? Hier ist Billy Bob am Morgen. Sie sind auf Sendung, wer spricht?«

»Hi, hier ist Windy.«

Hammer konnte es nicht glauben, als die hohe Piepsstimme ihrer Sekretärin aus dem Autoradio ertönte. Nach der schlechten Verbindung zu urteilen, rief Windy von ihrem Handy aus an, vermutlich war sie auf dem Weg zur Arbeit.

»Also, Windy, sag uns, wer ist Trooper Truth?«

»Ich glaube, es ist der Gouverneur, aber wahrscheinlich hat er einen Pseudowriter.«

Hammer hantierte mit den Papieren auf ihrem Schreibtisch, während sie lauschte, ob sich nebenan in Windys Büro etwas regte. Kaum segelte ihre Sekretärin durch die Tür und setzte ihr Lunchpaket auf den Schreibtisch, sprang Hammer auf und fiel über sie her.

»Wie konnten Sie so etwas Hirnloses tun?«, herrschte Hammer sie an. »Und was zum Teufel ist ein Pseudowriter?«

»Oh!« Windy war begeistert, aber auch ein wenig betroffen über Hammers Wutanfall. »Sie müssen mich im Radio gehört haben. Keine Sorge, ich habe ja nur gesagt, dass ich Windy heiße, und nicht meinen Nachnamen oder wo ich arbeite. Was für ein Pseudowriter? Ach ja. Sie wissen schon, wenn man jemanden anders hat, der heimlich für einen schreibt, weil man selbst nicht so gut schreiben kann.«

»Da haben Sie mal wieder was verwechselt«, sagte Hammer mit unterdrückter Wut in der Stimme, während sie vor Windys Schreibtisch auf und ab marschierte und sich dann entschloss, die Außentür zu schließen. »Es heißt Ghostwriter und Pseudonym! Habe ich nicht schon genug Ärger mit dem Gouverneur, ohne dass Sie in der verdammten Radiosendung anrufen und ihn bezichtigen, Trooper Truth zu sein?«

»Woher wissen Sie, dass er's nicht ist?« Gelassen frischte Windy ihren Lippenstift auf.

»Es geht nicht darum, ob ich etwas weiß oder nicht weiß, sondern um Indiskretion und Instinktlosigkeit, Windy.«

»Ich wette, Sie wissen, wer Trooper Truth ist«, sagte Windy mit gespielter Naivität und klimperte mit ihren dick getuschten Wimpern. »Kommen Sie. Sagen Sie's mir. Ich verwette mein letztes Hemd, dass Sie genau wissen, wer er ist. Ist er süß? Wie alt ist er? Ein Single?«

Bisher hatte Hammer sich kaum Gedanken darüber gemacht, wie es wohl wäre, wenn sie gefragt würde, ob sie wisse, wer Trooper Truth sei. Es war nicht ihre Art zu lügen, es sei denn, eine Verhaftung oder ein Geständnis hing davon ab, oder sie packte für eine Reise, versteckte die Koffer und versprach Popeye, sie sei gleich wieder zurück. Warum Hammer ausgerechnet in diesem

Moment an Popeye dachte, war schwer zu sagen, doch die Erinnerung an ihren geliebten Boston Terrier, der ihr diesen Sommer gestohlen worden war, machte Hammer schwer zu schaffen und zwang sie, in ihr eigenes Büro zurückzukehren, wo sie die Tür hinter sich schloss und tief durchatmete. Langsam stiegen die Tränen in ihr auf.

»Hammer«, meldete sie sich knapp, als ihr Privattelefon läutete.

»Ich bin's, Andy.«

Sie verstand ihn kaum und schnäuzte sich vernehmlich, während sie sich zur Ruhe zwang.

»Die Verbindung ist sehr schlecht«, sagte Hammer. »Sind Sie auf der Insel?«

»Roger. Ich wollte Ihnen nur mitteilen, dass wir um null achthundert gelandet sind … Ich befinde mich auf der Janders Road. Dachte, die sei gut … nicht so stark befahren wie … und … blöd … wen kümmert's …?«

»Die Verbindung wird schlecht, Andy«, sagte Hammer. »Und wir müssen über den Artikel von heute Morgen reden. Der ist doch unmöglich! So kann das nicht weitergehen. Hallo? Hallo? Sind Sie noch da?«

Die Leitung war tot.

»Verdammt«, murmelte Hammer.

Auf Tangier Island hatte man so gut wie nirgends Empfang. Kaum einer von den Fischern hier tummelte sich im Internet oder kümmerte sich um Trooper Truth. Aber keinem der Inselbewohner war entgangen, dass vor einer Stunde ein Hubschrauber der State Police von der Bucht her hereingedonnert und auf dem Flugplatz gelandet war. Ginny Crockett zum Beispiel hing seither am Fenster und ließ sich nichts entgehen. Nur einen Augenblick lang hatte sie die Augen abgewandt, um ihre Katze Sookie zu füttern, und als sie wieder ins Wohnzimmer ihres sauberen, rosafarbenen Hauses zurückkehrte, sah sie einen Trooper in seiner grauen Uniform mit dem großen Hut eine breite, strahlend weiße Linie auf den brüchigen Asphalt der Janders Road malen. Der rätselhafte

Streifen begann genau vor dem What Not Shop jenseits des Unkrauts, das sich durch den Straßenbelag zwängte, und führte direkt zum Familienfriedhof in Ginnys Vorgarten.

Wasser strömte kalt in die drei Stahltanks ihrer Krebszucht, die unmittelbar hinter der Veranda im Schatten der Holzapfelbäume standen. *Peeler* – wie die Blaukrabben, die von ihrer Größe her stattliche Krebse sind, in der Zeit heißen, in der sie ihre Schalen abwerfen – hatten gerade keine Saison und würden deshalb auch für den Rest des Jahres keine Touristen mehr mit vorwurfsvollen Teleskopaugen anstarren. Das hielt Ginny jedoch nicht davon ab, ein Schild aufzuhängen und den Touristen einen Quarter für einen Blick auf *Big Jimmy* abzuknöpfen, den sie in einem der Tanks hielt. Tatsächlich hatte ihr das gewaltige Exemplar bisher schon zwanzig Dollar und fünfzig Cents eingebracht. Vielleicht war der Streifen auf der Straße nur ein Vorwand, damit der Trooper sie besser ausspionieren konnte. Die Behörden schnüffelten ja überall herum, um herauszufinden, ob Leute wie Ginny auch Steuern zahlten für die Gewinne, die sie mit ihren unternehmerischen Initiativen erzielten.

Die Inselbewohner hatten über die Jahre gelernt, dass die Touristen beinahe alles kauften. Am beliebtesten waren Rezepte und Straßenkarten, die von Hand geschrieben oder gemalt und auf farbiges Papier fotokopiert waren.

Ginny trat jetzt an ihren Maschendrahtzaun, um einen genaueren Blick auf den Trooper zu werfen, der sich langsam auf der Straße vorarbeitete, bewaffnet mit einem breiten Pinsel und einem Eimer Spezialfarbe, die, soweit Ginny das Etikett entziffern konnte, versprach, wasserdicht und schnell trocknend zu sein und im Dunkeln zu leuchten. Der Trooper war ein junger und attraktiver Bursche, der sich mühsam im Krebsgang fortbewegte und offenbar wenig Freude an seiner Aufgabe hatte – was immerhin für ihn sprach.

»Däs därfscht nöd!« Ginny fand, dass die Straße nicht bemalt werden sollte. »Däs ghört si nöd!«, fügte sie mit dem höchst eigenartigen Dialekt hinzu, mit dem sich die Einwohner von Tangier verständigten, seit sie vor Jahrhunderten aus England ausgewandert waren und auf diesem Eiland ihre kleine, geschlossene Gemeinschaft erhalten hatten.

Andy wandte ihr seine dunklen Gläser zu und bemerkte auf den ersten Blick, dass sie das schlechteste Gebiss hatte, das er je gesehen hatte. Als er eben im What Not Shop eine Flasche Evian gekauft hatte, waren ihm zwei andere Inselbewohnerinnen aufgefallen, deren falsche Zähne ebenfalls miserabel waren.

»Gibt es auf der Insel keinen Zahnarzt?«, fragte Andy die alte Frau, die ihn misstrauisch durch den Maschendraht beäugte.

»Kummt jed Wuch vun dä feschte Land«, erwiderte sie zögernd, denn der Zahnarzt war ein heikles Thema auf der Insel, das lieber totgeschwiegen wurde.

»Kommt er schon lange?«, fragte Andy, der immer noch auf der Straße hockte, aber mit dem Malen innegehalten hatte.

»Jo. Allerwil dersälb, kummt nu scho so lang, wiss nöd, wie lang«, antwortete sie, jetzt eher unsicher als unfreundlich, und ihre Lippen fältelten sich wie Krepppapier um die großen falschen Zähne.

»Leider gibt's 'ne Menge schlechter Zahnärzte, Ma'am«, sagte Andy freundlich. »Es geht mich zwar nichts an, aber Sie sollten sich alle überlegen, ob Sie sich nicht einen neuen Zahnarzt suchen und ihren jetzigen verklagen.«

Seine Bemerkung und seine weißen, gesunden Zähne gingen ihr an den Geist – denn auf Tangier ging einem etwas an den Geist und nicht an die Nieren, wenn es einem einen Stich versetzte. Es war nicht so, dass die Inselbewohner sich untereinander nicht über den Zahnarzt beklagten, der vom Festland herüberkam. Aber ohne ihn hätten sie gar keinen gehabt.

»Ich nehme an, Sie haben Trooper Truth nicht gelesen«, bemerkte Andy, als er seine Arbeit am Streifen wieder aufnahm. »Der hat etwas Interessantes über die Wahrheit gesagt – dass man ihr ins Gesicht sehen und sie fordern muss. Aber es führt nur ein Weg zur Wahrheit, Ma'am, man muss sich dem stellen, was einem Angst macht, egal, ob es nun eine Mumie ist oder ein gewissenloser, schlechter Zahnarzt.«

Dieser junge Trooper machte Ginny nervös. Sie hatte keine Ahnung, was sie von ihm und seiner freundlichen Art halten sollte, die so gar nicht zu seiner Achtung gebietenden Uniform und der Art und Weise passte, wie er die Straße vor ihrem Haus verunstaltete.

»Na, nu lenk nöd ab von dä Striff, dä du vor min eigen Aug pinselscht«, wechselte sie das Thema.

»Hab ich gar nicht vor«, sagte Andy. »Ich muss diese Raserfalle aufmalen – auf Anordnung des Gouverneurs, Ma'am.«

Das war Ginny neu, und sie war sofort hell empört. Auf der ganzen Insel gab es keine zwanzig Motorfahrzeuge, meist Pickups, die Transportzwecken dienten. Ansonsten gingen die meisten hier entweder zu Fuß oder waren mit Golfcarts, Motorrollern, Mopeds oder Fahrrädern unterwegs. Tangier war keine fünf Kilometer lang und etwas mehr als einen Kilometer breit. 650 Bewohner gab es insgesamt, was kümmerte es den Gouverneur da, ob einer mit seinem Golfcart mal ein bisschen über die Stränge schlug? Das Leben auf der Insel ging seinen gemächlichen Gang. Die Straßen waren kaum breiter als ein Fußweg, nur wenige waren gepflastert, und wer eine Kurve unterschätzte, landete kopfüber im Marschland. Raserei auf den Straßen gehörte wahrlich nicht zu den Problemen der Insel, und soweit Ginny wusste, hatten Bürgermeister und Gemeinderat das Problem nicht ein einziges Mal behandelt.

»Nu, da sin gnueg Strass uff dä feschte Land, do muesch nöd dä unsrigen 'moln. Hal uff, sonscht giz Prügel, Bueb.«

Andy war sich nicht ganz sicher, was die alte Frau gerade gesagt hatte, aber er hörte eine Drohung heraus.

»Ich mach bloß meine Arbeit«, sagte er und steckte den Pinsel in den Eimer.

»Was gschieht, wenn man druf fahrt?« Ginny deutete auf die noch feuchte weiße Linie auf der Straße.

»Noch nichts«, erklärte Andy in geheimnisvollem Ton und hoffte, er könne die Frau dazu bringen, sich zu beschweren, und käme auf diese Weise zu ein paar schönen Zitaten für seinen nächsten Trooper-Truth-Artikel. »Ich muss noch einen zweiten Streifen in genau 400 Meter Entfernung von diesem aufmalen.

Wenn unser Hubschrauber dann über der Insel patrouilliert, kann der Pilot genau sehen, wie lange ein Auto von einem Streifen zum nächsten braucht. VASCAR zeigt uns dann, wie schnell es gefahren ist.«

»Herrjemine? Dä hol NASCAR na Tangier?« Ginny war schockiert.

»VASCAR«, wiederholte Andy, der entzückt war bei dem Gedanken, dass die Leute VASCAR und NASCAR verwechselten. »Das ist ein Computer, der feststellen kann, ob Sie zu schnell fahren.«

»Und do?« Ginny verstand immer noch nicht, in ihrem Kopf wirbelten die Bilder von Stock-Car-Rennen und betrunkenen Fans durcheinander.

»Dann wird ein Trooper am Boden dem Raser folgen und ihm eine Verwarnung erteilen.«

»Wovor warne?« Ginny stellte sich den jungen Trooper mit seinem großen Hut und seiner dunklen Sonnenbrille vor, wie er einen armen Insulaner auf seinem Fahrrad abkanzelte, vermutlich mit erhobenem Zeigefinger, und versuchte, ihn mit seiner Warnung einzuschüchtern – *Sie haben das Recht zu schweigen. Sie haben das Recht auf einen Anwalt. Alles, was Sie sagen, kann später gegen Sie verwendet werden* –, mit diesem Spruch, den sie aus unzähligen Fernsehfilmen kannte, der Satellitenschüssel sei Dank, die zwischen bunten Glaskugeln und anderem Zierrat in ihrem Garten stand.

»Ein Strafzettel«, fuhr Andy streng fort. »Sie wissen, was ein Strafzettel ist?« Der Pinsel erreichte den Rand der Asphaltdecke, nur wenige Zentimeter entfernt von Ginnys Zaun und all den toten Familienmitgliedern, deren windschiefe Grabsteine vom rauen Seeklima glatt geschliffen waren. »Wir schreiben einen Strafzettel aus, und dann gehen Sie hinunter ins Rathaus und bezahlen die Strafe. Bar oder mit einem Scheck.«

Er wusste natürlich, dass es auf Tangier Island keine Bank gab.

»Wieviel hätt mer z' zahle, wenn mer locht wän?« Ginnys Unruhe nahm sichtlich zu.

Andy stand auf und streckte seinen schmerzenden Rücken, während er verzweifelt versuchte herauszufinden, was die Frau gerade gesagt hatte. Dann erinnerte er sich an seinen Abstecher in den What Not Shop, unmittelbar bevor er mit dem Aufmalen des Streifens begonnen hatte. Dort hatte er gehört, wie sich zwei Einwohnerinnen im Flüsterton über ihn unterhalten hatten und über jemanden sprachen, der *locht wän* sollte und dass sie keinen Schimmer hätten, ob jemand was angestellt hätte, aber dass es wohl *der Shores Bueb gwäs isch, der uff de angre Sit von dä Schuel wonnt. Dä si Mul so vollnimmt wi ä Schoff und dä si Vadder so aam isch wi ä Kirchmus. Glubb mi gtroscht, Hattie. Wenn dä si Vadder bloß nöd bi jäd Suwetter uffd See wän. Dem ko au dä Lehrer nöd län. Dä Bueb gaht allewil an dä Kant und sucht do irgend so än Gschiss. I schwör di, dä isch nöd kluger als än bleder Kräbs, Lula.*

Locht wän hieß also verhaftet werden, dachte Andy, und wenn man Hattie und Lula glauben schenken durfte, dann gab es hier auf der Insel einen Jungen namens Fonny Boy Shores, der zu Hause nicht gerade eine große Hilfe war, eine große Klappe hatte, nie lernte und seine Zeit lieber damit verbrachte, am Wasser nach Strandgut zu suchen, statt seine arme Familie mit ehrlich verdientem Geld zu unterstützen.

»Die Höhe eines Strafgelds für zu schnelles Fahren ist abhängig davon, um wie viele Meilen Sie die zulässige Geschwindigkeit überschritten haben«, informierte Andy die betroffene Inselbewohnerin.

Er ließ sich nicht einen Augenblick anmerken, dass er es für skandalös hielt, Verwarnungsgelder für Geschwindigkeitsübertretungen zu erteilen, die aus der Luft beobachtet worden waren. Flugzeuge oder Hubschrauber besaßen weder geeignete Radargeräte, noch konnte man von oben die Nummernschilder einwandfrei erkennen. Er malte sich aus, wie das Ganze auf dem Festland vor sich gehen würde: Der Pilot berechnete beispielsweise die Geschwindigkeit eines weißen Kleinwagens, der nach Norden fuhr, und benachrichtigte einen Trooper am Boden, damit der sich den Verkehrssünder schnappte. Daraufhin ließ der Trooper den Motor aufheulen, schoss hinter einem Gebüsch hervor und raste mit Blaulicht und Sirene auf die Interstate, suchte mühsam aus einer

Reihe weißer Kleinwagen, die auf derselben Interstate in dieselbe Richtung fuhren, denjenigen heraus, den er für den richtigen hielt, und machte sich an die Verfolgungsjagd. Was für eine gigantische Verschwendung von teurem Flugbenzin, Steuergeldern und Zeit.

»In der Regel sind es zwei Dollar für jede Meile drüber plus dreißig Dollar für Gerichtskosten«, fasste Andy zusammen. »Wie heißen Sie eigentlich?«

»Warum willscht däs wisse?« Misstrauisch wich Ginny einen Schritt zurück.

»Sind Sie schon mal im Netz gewesen?«

Stumm starrte sie ihn an.

»Nein, nicht das Ding zum Fischefangen«, sagte Andy, dem der zähe Dialog allmählich auf die Nerven ging. »Sie haben wohl keine PCs und Modems auf der Insel?« Er blickte auf die lange Reihe der schindelgedeckten Häuschen an der brüchigen Asphaltstraße. In der Ferne sah er ein paar Golfcarts durch die Schlaglöcher hüpfen. »Vergessen Sie die Sache mit dem Internet«, fügte er hinzu. »Aber ich wüsste gern Ihren Namen. Dann kann ich Trooper Truth eine E-Mail schicken, damit er Sie zitiert und die Welt erfährt, was Sie von der neuesten Verkehrsinitiative des Gouverneurs halten.«

Ginny war verwirrt.

»Es könnte mehr Touristen für ihre Krebstanks anlocken.« Er deutete auf die drei Tanks. »Die Quarter ergeben doch bestimmt ein hübsches Sümmchen, oder?«

»Hier ä Quarter un do. Nöd toll«, sagte Ginny in dem Bemühen, ihre steuerfreien Einkünfte herunterzuspielen. »Abä z' diese Zit giz ko Kräbs mäh. Do isch nur dä olte Jimmy im Tank. Das isch än ordentlich Brocke, abä dä Zit isch nöd gued, und bald suach sich dä Tourist än angers Plätz, und denn kummet se nöd mer her.«

»Man kann nie wissen. Werbung ist immer gut. Vielleicht läuft's dann besser.« Andy versuchte weiter, ihr den Namen zu entlocken.

Ginny gab schließlich nach und sagte dem Trooper, wie sie hieß, denn sie hatte den Eindruck, er sei kein Steuerprüfer und verfolge auch sonst keine undurchsichtigen Absichten, und die Quarter ergaben wirklich ein hübsches Sümmchen. Heutzutage, so ihre Beobachtung, waren die Leute sowieso viel zu leichtfertig im Umgang mit ihren Quarters, Dimes und Nickels – und ihren Pennies erst recht. Nicht, dass sie besonders interessiert war an Pennies, das bestimmt nicht. Jeder auf der Insel versuchte ständig, seine Pennies bei den Nachbarn loszuwerden. Die kleinen braunen Münzen machten in einem fort die Runde. Mittlerweile kannte Ginny die einzelnen Geldstücke und war knallwütend, wenn sie beim Einkaufen eine ungebührliche Menge der alten Bekannten ausgehändigt bekam.

»I will dei Pennies nöd«, schimpfte sie ständig mit Daisy Eskridge, der Kassiererin im einzigen Supermarkt der Insel.

»Nu, mei Liäb, i versuch ja ganöd, sä di unterz'jubel, abä i muess sä ussgäb«, hatte Daisy das letzte Mal geantwortet, als Ginny sich beschwerte. »Däs isch, sit Wheezy Parks hier gwän isch und Mehl und Seife kufft het und mi mär als vierhunnert Pennies gän het. I sag, du tickscht woll nöd, abä sä wollt unb'dingt är Pennies loswerde, und was soll i domit muoche, Ginny?«

Ginny konnte Wheezy nicht ausstehen, weil sie sie nie anschreiben ließ und allen die Portemonnaies mit Pennies verstopfte. Mit den Pennies machte das hartnäckige und schimpfliche Gerücht die Runde, Wheezy öffne des Nachts die Geldkisten und tausche ihre Pennies gegen Quarters, Nickels und Dimes ein. Als wäre das noch nicht genug, versuchte diese hinterhältige Person auch noch bei jeder Gelegenheit, ihre restlichen Pennies loszuwerden. Bestimmt hatte Wheezy das meiste Kleingeld auf der Insel – vermutlich in Socken verstaut unter ihrem Bett.

»Zehn Meilen drüber sind also dreißig Dollar plus die Gerichtskosten, Ms. Crockett.« Der Trooper erklärte Ginny komplizierte juristische Sachverhalte, deshalb musste sie ihre Pennies vergessen und sich wieder auf den jungen Mann konzentrieren. »Fünfzehn drüber gilt als Rücksichtslosigkeit am Steuer und kann mit Gefängnis bestraft werden.«

»Jemine! Sä kunnt us do nöd ifach loche tue!«, protestierte Ginny heftig.

Damit hatte sie Recht, allerdings nicht ganz. Auf der Insel konnte zwar niemand einsitzen, gab es hier doch weder ein Gerichtsgebäude noch ein Gefängnis. Aber es konnte natürlich jeder, der beim Rasen erwischt wurde, aufs Festland gebracht werden. Diese Vorstellung löste auf der ganzen Insel Urängste aus, kaum dass Ginny die Janders Road hinuntergelaufen und in Spanky's Place gestürzt war, wo Dipper Pruitt gerade hausgemachtes Vanilleeis für drei stille Amish-Touristinnen in langen Kleidern und Haarnetzen abfüllte.

»Wi wän all uffde feschte Land locht!«, rief Ginny. »Un uss dä Insel muochet sä ä Rennbahn!«

Die Amish-Frauen lächelten scheu und entnahmen winzigen schwarzen Portemonnaies das begehrte Silbergeld, wobei sie eine glänzende Münze nach der anderen geräuschlos auf die Theke zählten. Touristen aus Pennsylvania bekam Ginny nicht oft zu Gesicht. Sie bewunderte die Art, wie sie sich kleideten und benahmen und wie hell ihre Haut war. Stundenlang fuhren sie auf der *Chesapeake Breeze* umher oder stiegen von der Fähre *Captain Eulice* und liefen eine Ewigkeit auf der Insel herum, ohne sich einen Sonnenbrand zu holen, vom Wind zerzaust zu werden oder zu frieren. Nie setzten sie sich in die Schaukelstühle auf den Veranden der Einheimischen oder auf Grabsteine, nie schauten sie in die Krebstanks, ohne zu bezahlen, oder machten sich über die seltsame Ausdrucksweise der Inselbewohner lustig. Noch nie hatte Ginny einen Amish-Touristen über das Alkoholverbot oder die frühe Sperrstunde auf Tangier klagen hören, Maßnahmen, die Nachtleben und Fluchen verhinderten und dafür sorgten, dass die Fischer rechtzeitig zu ihren Familien nach Hause zurückkehrten und früh zu Bett gingen. Wenn alle Fremden wie die Leute aus Pennsylvania wären, würden Ginny und ihre Nachbarn die Touristen vielleicht nicht ganz so verachten.

»O Gott! Wä verzellt, dass mer locht wän muesset?«, wollte Dipper wissen, während sie den Eislöffel in einer Schüssel mit lauwarmem Wasser spülte. »Ond warum?«

»Wil mer rase tuet in Golfcarts«, antwortete Ginny, als die Amish-Frauen leise in den kalten, feuchten Morgen hinausgegangen waren. »Un de Landjäger mol Striff uff dä Strass und wolln us alle loche mit dä Heli. Dä wolln us no und no verschrecke, damit sä hi är NASCAR veranstalte kunnt un ä Fäschle uffmoche.«

Binnen einer Stunde strömte die ganze Inselflotte der *Bateaus*, der flachen weißen Fischkutter, aus den Rinnsalen und Prielen der Insel und aus der offenen Chesapeake Bay zurück. Die Außenborder zischten und stotterten wie Rasenmäher, als die Männer das Letzte aus den Motoren herausholten, weil sie von Gefängnissen, NASCAR und den abfälligen Bemerkungen des Troopers über die Zähne der Inselbewohner gehört hatten. Das Suchflugzeug, das eigentlich nach Köderfischen Ausschau halten sollte, wurde abberufen und kreiste nun tief über der Janders Road, vorsichtig darauf bedacht, dem verrosteten Kran nicht zu nahe zu kommen, der südlich der gekrümmten Landspitze aufragte, unweit der Müllverarbeitungsanlage und dem Flugplatz, der mit Baggersand angelegt worden war.

Zum Glück für Andy trocknete die Farbe so rasch, dass die wachsende Menge aufgebrachter Frauen und Kinder, die sich mit Gartenschläuchen und Wassereimern bewaffnet hatte, kaum etwas gegen sein Werk ausrichten konnte. Aber er wurde nun doch nervös und fragte sich, ob es wirklich eine so gute Idee gewesen war, die Bewohner aufzuhetzen, nur um ein paar gepfefferte Zitate für seine Artikel zu bekommen. Vielleicht hätte er Trooper Macovich nicht im Hubschrauber warten lassen sollen. Der Job war vielleicht doch zu gefährlich für einen Mann allein. Andy beeilte sich mit dem Streifen, den er vor dem Gladstone Memorial Health Center aufmalte, wo Dr. Sherman Faux gerade damit beschäftigt war, ein neues Loch in Fonny Boys Zähne zu bohren.

FÜNF

Der Morgen hatte für Gouverneur Crimm nicht sehr viel versprechend begonnen. Auf dem Weg hinunter zum Frühstück hatte er sich verlaufen und war wieder einmal in einem Empfangszimmer der Villa gelandet, wo er nun geduldig darauf wartete, dass Pony, der Butler, ihm Kaffee aus einer antiken Lampe in einen Kerzenhalter goss, der neben ihm auf einer niedrigen Chippendalekommode stand – unschuldige Objekte, die er in seiner Fastblindheit für das Frühstücksgeschirr hielt. Unglücklicherweise hatte Crimm sein silbernes Vergrößerungsglas verlegt, obwohl er es doch sorgfältig auf dem Marmorsims des Kamins in seiner großen Suite aufzubewahren pflegte.

»Wo bin ich?«, fragte er laut, für den Fall, dass jemand in der Nähe war. »Heute Morgen will ich keinen Schinken, aber ich brauch jetzt meinen Kaffee. Pony? Komm sofort her! Warum ist es hier so kalt? Es zieht.«

»Du liebe Zeit!« Die Stimme der First Lady Maude Crimm drang ins Empfangszimmer. »Bist du's, Bedford?«

»Wer zum Teufel soll es sonst sein?«, kollerte der Gouverneur. »Wer hat mir das Vergrößerungsglas weggenommen? Ich glaube, jemand macht das mit Absicht, damit ich nicht seh, was hier vor sich geht.«

»Das bildest du dir nur ein, mein Lieber.« Das schwere Parfum von Mrs. Crimm eroberte den Raum, während ihre Pantoffeln leise über den Brüsseler Teppich glitten. »Es gibt keine Verschwörung, Liebster«, log sie, während sie ihre verschwimmenden Formen nach vorn beugte und einen Kuss auf das immer kahler werdende Haupt ihres Gemahls drückte.

Es gab in der Tat eine Verschwörung, und die First Lady wusste das nur zu gut. Sie litt an einer unheilbaren Sammelleidenschaft. Dank der fortschreitenden Blindheit ihres Gatten und dem Internet war es ihr endlich möglich, diesem Laster hemmungslos zu frönen. So hatte Maude Crimm in jüngster Zeit eine Leidenschaft für kostbare Untersetzer entwickelt und in den vergangenen Monaten Unmengen von ihnen erworben, Untersetzer mit verschnörkelten Beinen, mit Putten, filigranen Randverzierungen, Tulpen, Weintrauben, verschlungenem Laub- und Astwerk und »Gott schütze unser Heim«-Inschriften, einige aus Gusseisen, andere aus Messing. Als sie heute Morgen eifrig die Tastatur bearbeitet hatte, während der Gouverneur noch schnarchend im Bett lag und mit den Zähnen knirschte, war sie auf ein wundervolles poliertes Exemplar mit Sternen- und Kranzmuster gestoßen, das ihr nicht mehr aus dem Sinn ging.

Sie hatte eine hochmoralische Kaufphilosophie: Hier und da etwas Selbstbeherrschung zeigen, weitergehen, an etwas anderes denken, egal, worauf sich ihr begehrlicher Blick gerichtet hatte, ein neues Kleid oder einen Untersetzer. Erst wenn das Objekt der Begierde weiterhin nach ihr rief, war ein Kauf unausweichlich und musste vollzogen werden. Ihr Mann schien diese Philosophie nicht zu teilen, daher hatte sie sich angewöhnt, die Anschaffungen seinen Blicken vorzuenthalten, was immer leichter wurde. Allerdings wurden seine blinden Irrwege durch die Villa zu einer zunehmenden Gefahr. Sie fürchtete, dass er eines Tages in einem der begehbaren Kleiderschränke landen und dort über den wachsenden Haufen von kostbaren Untersetzern stolpern würde, der sich auf dem Fußboden aus Kiefernkernholz ausbreitete. Die First Lady konnte gut und gern auf eine weitere Moralpredigt ihres Mannes verzichten. Er hatte sich noch immer nicht von ihrem letzten Sammelfimmel erholt, in dessen Verlauf der Hausstand der First Family um achtunddreißig Dochtscheren aus dem frühen neunzehnten Jahrhundert sowie eine seltene Monarch-Toffeedose »Teenie-Weenie« reicher wurde. Selbstverständlich hatten sich die Lieferungen über einen Zeitraum von mehreren Tagen erstreckt. Mrs. Crimm war schlau genug, nicht alles auf einmal zu bestellen, sondern die Lieferungen von Federal Express geschickt zu staffeln.

»Hast du im Lafayettezimmer nachgesehen?«, fragte Mrs. Crimm ihren Mann. »Manchmal liegt das Vergrößerungsglas dort auf der Sheratonkommode neben der Öllampe. Wenn ich darüber nachdenke, meine ich mich sogar zu erinnern, ich hätte es neulich unter dem zweiteiligen Spiegel gesehen.«

»Was hat es im Lafayettezimmer zu suchen?«, antwortete der Gouverneur mürrisch. »Da übernachten doch nur andere Gouverneure und frühere Präsidenten. Jemand versteckt es vor mir. Was willst du vor mir verbergen?«, wollte er von ihr wissen, als er sich mühsam aus dem gebrechlichen alten Stuhl erhob.

»Du weißt, dass ich nie etwas vor dir verheimlicht habe«, erwiderte sie, während sie ihn aus dem Empfangszimmer führte. »Allerdings habe ich heute Morgen diesen üblen Trooper Truth gelesen. Du hast wohl noch nicht gesehen, was er da wieder auf seiner Website verzapft hat?«, fügte sie hinzu, um ihn auf ein anderes Thema zu bringen.

»Was?« Während der Gouverneur sich ihrer Führung überließ, stieß er in einem der Salons an einen kleinen Klapptisch, wobei er beinahe eine antike Leuchte umstieß. »Hast du's ausgedruckt?«

»Selbstverständlich«, sagte Mrs. Crimm hoheitsvoll. »Da du deine Lupe nicht finden kannst, muss ich es dir wohl vorlesen. Doch ich fürchte, es wird dich ärgern, Bedford, und dein U-Boot ins Schlingern bringen.«

Der Gouverneur konnte es nicht ausstehen, wenn seine Frau sein U-Boot, so ihre familieninterne Bezeichnung für sein Verdauungssystem, in aller Öffentlichkeit diskutierte.

»Ist noch jemand da?«, fragte er und blinzelte umher, um sicherzugehen, dass sich niemand in Hörweite befand.

»Niemand ist hier, Liebster. Nur du und ich. Jetzt sind wir fast im Frühstückszimmer. Hier nach rechts, und pass auf mit der Lithographie. Hoppla! Warte, ich häng sie wieder gerade.«

Er hörte ein scharrendes Geräusch, als sie die Lithographie zurechtrückte, die er gerade mit seiner großen Nase angestoßen hatte.

»Wenn ich mir noch einmal an dem verdammten Ding den Kopf stoße …«, drohte er, während er ins Frühstückszimmer schlurfte und nach einem Stuhl griff. »Was ist das überhaupt?«

»William Penns Vertrag mit den Indianern.« Mrs. Crimm

schüttelte eine Leinenserviette aus und steckte sie unter den Kragen seines Hemdes, das er falsch zugeknöpft hatte und das weder zu seinen Hosenträgern mit Paisleymuster passte noch zu der grünen Samtweste oder der gestreiften Krawatte.

»Wir sind nicht in Philadelphia, und ich verstehe nicht, was William Penn in der Villa zu suchen hat«, sagte der Gouverneur. »Seit wann hängt das hier?«

Offenbar hatte er die flüchtige Affäre seiner Frau mit kostspieligen Lithographien vergessen, wenn er sie überhaupt je zur Kenntnis genommen hatte. Der Gouverneur seufzte, als Pony mit der Kaffeekanne auftauchte.

»Guten Morgen, Sir«, grüßte Pony, während er Kaffee einschenkte.

»Überhaupt nicht gut, Pony. Ganz im Gegenteil. Die Welt geht zum Teufel.«

»Bestimmt, Sir, das is so«, pflichtete ihm Pony unter mitfühlendem Kopfnicken bei. »Ich sach Ihnen, ich dachte, die Welt is schon lange beim Teufel, aber da hab ich falsch gelegen. Ganz falsch. Alles wird bloß immer schlimmer, ja, so isses. So schlimm, dass ein Mann in die Kirche rennen und den Herrgott anflehen möchte, uns doch bitte bitte aus unserm Elend zu erlösen und uns und allen unsern Feinden unsre Sünden zu vergeben und die Menschen auf den rechten Weg zu bringen. Was is bloß los mit den Menschen?«

»Wissen Sie noch, neulich, wenn die Leute mit dem Essen für Ihr Fest aufgetaucht sin?«, fuhr Pony fort. »Ich hab mich bloß um meine Sachn gekümmert, hab ihnen Tee gebracht, da hör ich, wie eine zur annern sacht: ›Ich frag mich, ob ich wohl eine von diesen kleinen Teetassen mitnehmen kann, die mit dem ‚Commonwealth of Virginia' drauf. Was glaubst du?‹ – ›Ich wüßte nicht, warum nicht‹, sacht die annre. ›Du zahlst Steuern‹, sacht die erste. ›Und gehört sowieso nichts der Crimm-Familie persönlich. Es gehört uns allen.‹ – ›So wahr es einen Gott im Himmel gibt. Es gehört uns allen.‹«

»Und denn«, fuhr Pony fort, während er sich für seine Geschichte erwärmte, »haben sich beide ihre Teetassen in ihre großen Handtaschen gestopft, können Sie mir glauben.«

»Warum in aller Welt …?« Die First Lady stotterte vor lauter Schreck und Abscheu. »Warum um Himmels willen hast du sie nicht davon abgehalten! Ich hoffe doch nur, dass sie nicht die Tassen ohne Henkel und die Untertassen genommen haben, diese entzückenden Pearlware-Dinger mit dem Blumendekor.«

»O nein, Ma'am«, versicherte Pony. »Es waren die mit Henkel und dem Staatswappen in Gold.«

»Sie hätten diesen Leuten überhaupt gar keinen Tee servieren sollen«, rügte Mrs. Crimm Pony. »Und vor allem nicht in den offiziellen Teetassen. Die Leute vom Partydienst sind Dienstboten, keine VIPs. Ist doch wahr?« Sie blickte Beistand suchend zum Gouverneur hinüber, der gerade Kaffee auf die Tischdecke gekleckert hatte und beim Absetzen der Tasse die Untertasse verfehlte. »Wir müssen wirklich aufhören, so großzügig mit den Leuten umzugehen, Bedford. Das nächste Mal taucht hier irgendein Taxifahrer oder Müllkutscher auf und verlangt eine private Führung und eine Tasse Tee aus den Staatstassen.«

»Die Villa gehört uns nicht«, erinnerte sie der Gouverneur, und düstere Gedanken sammelten sich in seinem Kopf wie eine Schar unfreundlicher Menschen in einem Fahrstuhl, als sich die Tür zu seinem Geduldszentrum schloss und es mit seiner Stimmung abwärts ging. »Jeder x-Beliebige kann kommen und um eine Führung bitten, wenn du die Wahrheit wissen willst. Aber das heißt nicht, dass wir uns danach richten müssen oder dass sie uns zwingen können. Die Leute wissen nicht, dass sie das Recht haben, und ich werde es ihnen nicht auf die Nase binden. Und nun lies mir diesen verdammten Artikel vor, Maude.«

Er hoffte verzweifelt auf ein weiteres Rätsel, das ihm einen Weg aus dem Gestrüpp der Ungewissheit weisen könnte, das ihn von allen Seiten einzuengen schien.

»Mumien«, sagte sie, über ihre Brillengläser auf den Computerausdruck blickend. »Weißt du, ich habe mich immer vor Mumien gefürchtet. Ich hatte keine Ahnung, dass es anderen Leuten genauso gehen könnte. Aber was soll das Gerede über Tangier Island? Es ist schon das zweite Mal, dass Trooper Truth die Insel erwähnt. Was geht da draußen vor, Bedford?«

»Möchten Sie Hafergrütze oder Röstis zu Ihren Eiern?«, fragte Pony höflich.

»Ich wusste nicht, dass es Eier gibt«, antwortete der Gouverneur.

»Ich hatte pochierte Eier bestellt«, informierte Mrs. Crimm ihren Mann, während sie ihren Morgenmantel über ihrem ausladenden Schoß glatt strich. »Ich dachte, dass sie gut bekömmlich sind. Es geht doch nichts über Schonkost, wenn dein U-Boot in Not ist.«

Des Gouverneurs Aufmerksamkeit folgte dem Beispiel seines »U-Boots«, sie tauchte ohne klaren Kurs ab. Er hörte kaum noch auf ein weiteres Wort von dem, was seine Frau sagte oder vorlas, während sich in seinem Bewusstsein ein Verdacht abzeichnete, der sich rasch zu einer Überzeugung verdichtete. In dem, was Trooper Truth da über Mumien – Mummies auf Englisch – schrieb, war eine verschlüsselte Botschaft, und plötzlich erinnerte sich Crimm daran, dass er als kleines Kind seine Mutter *Mummy* genannt hatte.

Lutilla Crimm hatte ihren ersten Sohn während eines schrecklichen Schneesturms in Farmington empfangen, einem Nobelviertel von Charlottesville. Crimm versuchte, sich zu vergegenwärtigen, was er von diesem Ereignis wahrgenommen hatte. Er meinte sich zu erinnern, dass sein Vater, wenn er über seine Frau verärgert war, Bedford gegenüber bissige Bemerkungen machte – etwa dass er nie einer Frau gestatten dürfe, über sein Leben zu bestimmen und es zugrunde zu richten.

»Verlogen sind sie, die Weiber, alle miteinander«, pflegte Bedfords Vater zu sagen, wenn die beiden Holzscheite für den Holzofen herbeischleppten oder den Schnee von dem gepflasterten Gehweg vor ihrem imposanten Backsteinhaus schaufelten, das sich vor dem Hintergrund einer Gebirgskette abzeichnete. »Erst schmieren sie dir Honig um den Bart, und gaukeln dir vor, dass sie ganz versessen auf Sex mit dir sind, und wenn sie dich dann rumgekriegt und dir einen Haufen Kinder angedreht haben, rat mal, was dann passiert?«

»Was?« Bereits in zartestem Alter hatte Bedford sich schon an die Frage gewöhnt, die er in seinem Leben weitaus am häufigsten stellen sollte.

»Was?«, wiederholte sein Vater. »Ich werde dir sagen, *was*! Plötzlich erklären sie, dass die Decken neu verputzt werden müssen oder dass der Stuck abbröckelt oder dass der Kronleuchter voller Spinnweben ist, wenn ihr mitten beim ...«

»Oh«, sagte Bedford und ließ die gespaltenen Holzscheite in den Eimer neben dem Ofen fallen.

»Lass es mich so sagen«, fuhr sein Vater fort, während seine Mutter oben in ihrem Zimmer an einer Stickerei arbeitete. »Du warst zur Hälfte über die Bettdecke verteilt. Wahrscheinlich bist du deshalb solch ein Hänfling mit schlechten Augen geworden.«

»Was genau hat Mummy gesagt?« Bedford musste die Wahrheit erfahren. »Hat sie von der Decke oder von den Spinnweben gesprochen?«

»Weder noch. Nicht in dieser Nacht. Sie setzte sich auf und sagte: ›Oh, ich glaube, ich habe die Katze nicht gefüttert.‹«

»Und hatte sie?«, forschte der junge Bedford weiter, und er sollte nie seine Bestürzung vergessen, als er erfuhr, dass er für immer mit Sehschwäche, Kleinwüchsigkeit und Reizlosigkeit geschlagen sein würde – einer Katze wegen. »Warum hat Mummy ausgerechnet in diesem Augenblick an die Katze gedacht?«

»Das ist doch genau das, was ich dir sage, mein Sohn. Ausgerechnet in diesem Moment denken sie an alle möglichen Dinge, weil ihnen jedes Ablenkungsmanöver recht ist.« Sein Vater warf ein Scheit in den Holzofen, der seinen Protest in einem Funkenregen zum Ausdruck brachte. »Deine Mummy wusste ganz genau, was sie tat, als sie von der Katze anfing.«

Seitdem waren dem Gouverneur nicht nur Katzen verhasst, sondern sein Herz war auch voller Trauer, und er war in seinem innersten Wesen verunsichert, weil sich seine Mummy bei seiner Zeugung ihrem Mann im letzten Moment entzogen und einen Großteil seiner Lebenskraft auf der Bettdecke verschwendet hatte. Sie konnte ihren werdenden Sohn nicht sehr geliebt haben, dachte Bedford unglücklich, als er grübelnd auf sein pochiertes Ei einstach, das er kaum erkennen konnte, und nach der Pfeffermühle griff, während er seine Frau weiterhin aus seinem Bewusstsein ausblendete, die mit Pony eine ergreifende Unterhaltung über Menschen führte, die vom Blitz erschlagen worden waren. Crimm hatte geglaubt, er habe seine unglückliche Kindheit hinter sich gelassen, als er die politische Karriereleiter erklomm, doch nun hatte Trooper Truth die Erinnerung an jene unglückselige Zeit wieder wachgerufen.

Ein Pesthauch von Verfolgungswahn und Wut breitete sich wie eine Giftwolke über die Gedanken des Gouverneurs, und auf seinem U-Boot wurde Alarm ausgelöst. Aus irgendeinem Grund kannte Trooper Truth die Wahrheit über die schmachvollen Anfänge des mächtigen Gouverneurs. Crimm brach der Angstschweiß aus bei dem Gedanken, dass noch mehr Leute davon erfahren könnten. Natürlich wusste Trooper Truth Bescheid! Der wusste alles. Warum hätte er sonst Crimms Mummy in seinem Artikel erwähnt?

»Das ist ja ungeheuerlich!« Er ließ seine Faust auf den Tisch niederfahren, woraufhin ein silberner Kerzenhalter in die Butterschale fiel.

Der Frühstücksraum erstarrte in der folgenden Stille.

Nach einer Schrecksekunde sagte die First Lady: »Mein Gott! Gut, dass die Kerze nicht brannte, mein Lieber. Die Butter hätte Feuer fangen können. Echte Butter besteht aus tierischem Fett und brennt genauso schnell wie Feuerzeugbenzin.«

»Nicht ganz so schnell, Ma'am«, mischte Pony sich ein. »Aber bloß nich kein Risiko eingehen.« Er nahm den Kerzenhalter auf und putzte ihn mit der Serviette blank, die er über dem Arm trug. »Lieber kein Feuer in der Villa. Alt wie der Kasten ist, brennt er bestimmt wie Zeitungspapier.«

»Da reden wir über Blitze und Häuser und Kleider, die in Flammen stehen, und dann landet der Kerzenhalter in der Butter«, sagte die First Lady mit leiser, raunender Stimme. »Hoffentlich ist das kein Zeichen.«

»Tss, tss.« Pony schnalzte mit der Zunge und schüttelte den Kopf. »Dassie da bloß Recht ham. Kein son Zeichen braucht man nich.«

»Was für ein Zeichen?« Der Gouverneur tauchte aus seinen Erinnerungen auf und dachte sofort an VASCAR und die Zeichen, die Major Trader über den Staat verteilen wollte. »Hol mir Trader ans Telefon«, befahl Crimm an Pony gewandt. »Sag ihm, ich will ein Briefing zum Stand der Dinge auf Tangier Island. Die Raserfalle müsste jetzt aufgemalt sein. Und frag Trooper Macovich, ob er schon herausgefunden hat, wer Trooper Truth ist. Ich werd den Kerl finden und ihm das Maul stopfen, bevor er noch mehr Schaden anrichten kann! Der erste Verfassungszusatz kümmert mich einen Dreck!«

Er schlug erneut auf den Tisch, und Pony konnte den Kerzenhalter gerade noch rechtzeitig festhalten.

T.T. hatte es viel zu spät begriffen, und Unique zweifelte nicht im Geringsten, dass ihr Opfer mehr als tot war, als sie letzte Nacht über die Fußgängerbrücke zurückgelaufen und in ihrem Miata davongefahren war. Trotzdem hätte sie gar zu gern gewusst, was wirklich passiert war. Ihre Erinnerung an die Ereignisse, die sich zugetragen hatten, nachdem T.T. und sie die Insel erreicht hatten, war bruchstückhaft und sehr verschwommen. Doch gemessen an der Menge des Blutes, das sie auf ihrer Kleidung entdeckt hatte, als sie sich wieder in ihrer schäbigen Wohnung in einem heruntergekommenen Innenstadtviertel befand, konnte sich Unique lebhaft vorstellen, was sie mit dieser anmaßenden hässlichen Frau angestellt hatte, die die Dreistigkeit besessen hatte zu glauben, Unique hätte das geringste Interesse an ihr.

Sie parkte unweit der Insel und sah in ihren Tennisschuhen und mit der Polaroidkamera ganz nach einer harmlosen Spaziergängerin aus, die die morgendliche Natur genießen wollte. Bei Tageslicht wirkte Belle Island sehr verändert, sodass Unique gut zwanzig Minuten brauchte, um die Backsteinruinen zu finden, in die sie offenbar T.T.s nackten Leichnam gezerrt hatte. Allerdings konnte sich Unique von dem Augenblick an, da sie der jungen Frau die Kehle von einem Ohr zum anderen durchgeschnitten hatte, an nichts mehr erinnern. Unique spürte, wie sich ihr Puls beschleunigte und wie sie eine Mischung aus Machtgefühl, Hochstimmung und sexueller Erregung überschwemmte, als sie zwischen den verfallenen Backsteinmauern stand und auf den entstellten, blutverschmierten Leib starrte, der mit dem Gesicht nach oben im Schlamm lag.

T.T.s Augen waren halb geöffnet und stumpf, und ihr Haar war mit Blut und Schmutz verklebt. Der Gedanke, dass sie die Lippen und andere Teile dieses Körpers berührt hatte, erfüllte Unique mit Ekel. Sie ging in die Hocke und machte aus jedem erdenklichen Blickwinkel Aufnahmen mit ihrer Polaroidkamera, damit sie eine Erinnerung an das Geschehen hatte, ohne den Film in einem Geschäft entwickeln lassen zu müssen. Sie war ein wenig überrascht, als sie sich für eine Nahaufnahme nach vorn beugte, einen Hauch von T.T.s Parfum auffing und ihr dadurch der Schrei und das gurgelnde Geräusch ins Gedächtnis gerufen wurden, die T.T. ausgestoßen hatte, während sie sich mit den Händen an den Hals gegriffen hatte. Unique hatte ihr gegen den Kopf getreten, bevor sie ihr die Brüste zerschnitten und den Namen Trooper Truth in den Bauch geritzt hatte. Auf den Einfall mit dem Trooper-Truth-Monogramm war Unique besonders stolz. T.T. hatte sich gewünscht, so bekannt wie Trooper Truth zu sein, und nun war sie es.

»Du hast bekommen, was du wolltest«, sagte Unique sanft zu der kalten, blutigen Leiche, bevor sie den Rückweg zur Fußgängerbrücke antrat.

Uniques Auto war schon längst verschwunden, als man in T.T.s Büro begann, ihre Privatnummer anzurufen, um zu erfahren, warum sie an diesem Morgen nicht zur Arbeit erschienen war. Gerade fuhr Unique am Reihenhaus des blonden Zivil-Cops vorbei, als zwei junge Mütter, die ihre Babys im Kinderwagen ausfuhren, in den Backsteinruinen auf Belle Island eine schreckliche Entdeckung machten, während Pony ein paar Kilometer entfernt so tat, als hätte er das Vergrößerungsglas gefunden, das der Gouverneur so schmerzlich vermisste.

Pony wusste, wie ärgerlich der Gouverneur werden konnte, wenn er eine seiner ungewöhnlichen Sehhilfen nicht finden konnte. Zwar hatte die First Lady Pony strikte Anweisungen gegeben, ihrem Mann keineswegs zu ermöglichen, irgendetwas zu sehen, solange er sich im Haus befand, damit er nicht der Spuren ihrer Sammelleidenschaft ansichtig wurde, doch Pony war zu der Überzeugung gelangt, dass dringend etwas geschehen müsse. Er griff in die Tasche seiner gestärkten weißen Jacke, zog ein silbernes Vergrößerungsglas heraus und ließ es geräuschlos in eine Obstschale aus Zinn gleiten.

»Na, da soll doch einer!«, rief er aus. »Sehen Sie, was ich gefunden habe. Hier ist Ihr Vergrößerungsglas, Sir. Warum ham Sie's denn in die Obstschale gelegt?«

Maude Crimm warf Pony den strafenden Blick zu, den er für seine Befehlsverweigerung verdiente. Danach blickte sie in das riesige rechte Auge des Gouverneurs, der seine Umgebung durch das Vergrößerungsglas musterte.

»Wo zum Teufel sind die Mädchen?«, wollte er wissen, sobald ihm klar wurde, dass seine Töchter nicht mit am Tisch saßen.

»Ach, ich habe ihnen erlaubt, heute morgen ein wenig länger zu schlafen«, erwiderte ihre Mutter. »Sie haben lange ferngesehen und sind bestimmt müde. Ist das nicht drollig? Das Vergrößerungsglas in der Obstschale! Mein lieber Bedford, du musst wirklich besser darauf Acht geben.«

»Von jetzt an werde ich es nicht mehr aus den Händen lassen«, drohte er, und seine Frau erstarrte. »Von jetzt an werde ich alles sehen, was unter meinem Dach vor sich geht, hast du verstanden? Ich bin nicht von gestern. O nein. Ich bin Jahrgang 1929 und weiß Gott kein Dummkopf.« Er richtete einen Wurstfinger auf seine Frau. »Du verbirgst etwas vor mir, Maude.«

»Aber nicht doch«, log sie, während sie besorgt an den Untersetzer dachte, den sie heute Morgen im Internet entdeckt hatte.

Gouverneur Crimm schob seinen Stuhl zurück und stand auf, während ihm die Serviette noch immer wie ein verrutschtes Cape aus dem Kragen hing. Zum ersten Mal in seiner Ehe befürchtete er, seine Frau könnte eine Affäre haben. Genau in diesem Moment mochte sich irgendwo ein anderer Mann in der Villa aufhalten, deshalb hatte man sein Vergrößerungsglas absichtlich in die Obstschale gelegt. Er glaubte, alle Männer dort draußen warteten nur auf eine Gelegenheit, mit einer First Lady zu schlafen, vor allem mit seiner. Das U-Boot begann, gefährlich zu schlingern.

»Das ist also der Grund!«, rief er, schon in der Tür, während auf der Treppe die schlurfenden, müden Schritte seiner Töchter ertönten.

Er war ihr also auf die Schliche gekommen, na gut. Natürlich wusste er, was sie anstellte, und malte sich aus, wie sie andere Männer in ihren vollbusigen, feuchten Bann zog. Während Crimm von unschicklichen erotischen Bildern verfolgt wurde, dachte die First Lady an den wachsenden Berg von Untersetzern in ihrem Wäscheschrank und wurde von Panik ergriffen. Irgendwie hatte ihr Mann davon Wind bekommen. Pony entschied unterdessen, dass es Zeit war, frischen Kaffee aufzubrühen, und verschwand geräuschlos, während sich Mrs. Crimms Augen mit Tränen füllten und der lärmende, träge Auftritt der Töchter unaufhaltsam näher rückte.

»Ach, kannst du mir je verzeihen, Bedford?«, seufzte Mrs. Crimm und schluchzte.

Sein Vergrößerungsglas hatte das Ende der Serviette erreicht; er ergriff sie, riss sie aus dem Kragen und schleuderte sie zu Boden. Seine schlimmsten Befürchtungen bewahrheiteten sich also.

»Sag mir bloß, wie du es angestellt hast«, stieß er hervor, während sein U-Boot von Krämpfen ergriffen wurde. »Wie bist du an sie herangekommen? Übers Telefonbuch? Auf Dinnerpartys?«

»Doch nicht auf Dinnerpartys.« Sie war verblüfft, dass er meinen könnte, sie ginge auf Dinnerpartys, um dort Untersetzer zu stehlen. »So tief würde ich nie sinken. Das habe ich auch gar nicht nötig«, fügte sie etwas beleidigt hinzu. »Ich habe sie im Internet gefunden, wenn du es unbedingt wissen willst. Heute bekommt man alles im Internet, und die Versuchung war einfach zu groß. Ach, Bedford, ich kann einfach nicht dagegen an. Und wenn ich mich noch so schäme, ich weiß, dass es immer wieder passiert. Aber ich denke, ich könnte schlimmere Fehler haben.«

»Hör mal, das ist der schlimmste Fehler, den du haben kannst! Und Pony steckt bestimmt mit dir unter einer Decke«, sagte der Gouverneur schwer atmend, während sein U-Boot durch die dunkle, wogende Oberfläche seines Wohlbefindens nach oben stieß, das Periskop ausgefahren und auf den Feind gerichtet, der in diesem Fall seine treulose Frau war. »Dieser Halunke Pony muss gewusst haben, was du getrieben hast, schließlich wieselt er den ganzen Tag um dich herum. Ich kann mir nicht denken, dass sie nachts reingekommen sind. Sag bloß nicht, dass du sie nachts geholt hast? Das wäre die schlimmste Erniedrigung – nachts, während ich im selben Bett geschlafen habe! Ihr geht sofort wieder nach oben!«, befahl er an seine Töchter gewandt. »Wir streiten uns, und wie ihr wisst, tun wir das nie in eurer Gegenwart!«

»Niemals bei Nacht«, beteuerte Mrs. Crimm, während die Töchter kehrtmachten, davonschlurften und schweren Schrittes die Treppe hinaufstiegen. »Wenn ich sie geordert habe, sind sie immer am nächsten Morgen gekommen, und ich habe sie alle im Wäscheschrank versteckt.«

»Na, du kannst sicher sein, dass ich heute jeden Wäscheschrank durchsuchen werde, sobald ich nach Hause komme«, donnerte der Gouverneur, und er hätte es auch auf der Stelle getan, hätte sein U-Boot nicht direkten Kurs auf eine Mine genommen. »Und wenn ich sie dort erwische – auch nur einen von ihnen – dann war's das. Und ich meine *das*.«

»Nichts wirst du finden«, sagte sie und tupfte sich die Augen, während sie überlegte, wo sie die Untersetzer verstecken könnte, sobald sie sie aus dem Schrank geholt hatte, kaum dass er zur Tür hinaus war. »Ich schwöre bei meinem Leben. Du kannst in Zukunft jeden Wäscheschrank in seine Einzelteile zerlegen, mein Liebster, und wirst nichts darin finden als Wäsche. Unsere wunderschöne saubere Wäsche, sorgfältig gemangelt, gefaltet und gestapelt.«

Kalter Schweiß stand dem Gouverneur auf der Stirn, als die erste Explosion in einer fürchterlichen, unwiderstehlichen Welle durch den Kanal brach und sich stetig beschleunigend in Richtung Mündung bewegte. Das gouvernementale U-Boot lud seine Torpedos und öffnete die Luken, während sein Herr und Meister in größter Not und Hast das nächstgelegene Badezimmer aufsuchte.

SECHS

Einmal in der Woche bestieg Dr. Faux die Fähre nach Tangier Island, wo er seine Zeit und Fähigkeiten den Insulanern zur Verfügung stellte, die auf ihrem kleinen Eiland keine Zahn-, Tier- oder sonstigen Ärzte hatten. Es sei ihm ein inneres Anliegen, pflegte er zu sagen, diesen vom Leben so stiefmütterlich behandelten Fischern und ihren Familien zu helfen – zumal sie sich nicht über seine ungewöhnlichen Rechnungen wunderten, die ihm dank einer kreativen Auslegung der zahnärztlichen Gebührenordnung dazu dienten, das Gesundheitssystem des Staates Virginia kräftig zu melken.

Was blieb einem als Zahnarzt denn anderes übrig, dachte Dr. Faux, als sein Einkommen ein wenig auf Kosten des Staates aufzubessern? Er war der festen Überzeugung, dass es sein gutes Recht sei, die Insulaner überflüssigen, schlampigen oder gar fiktiven Behandlungen zu unterziehen, wenn man berücksichtigte, welche Entbehrungen er auf sich nahm. Wer war denn sonst bereit, auf diese gottverlassene Insel zu kommen? Natürlich niemand, wie er jedem unter die Nase rieb, an dem er eine Behandlung oder Scheinbehandlung vornahm. Er rückte die Lampe zurecht und schob einen Spiegel hinter Fonny Boys Backenzähne.

»Scheint ja ganz schön was los zu sein da draußen«, bemerkte Dr. Faux und entschied, dass der Zahn, den er gerade mit einer Füllung versehen hatte, noch eine Wurzelbehandlung vertrug. »Nun, Fonny Boy, ich sag dir's noch mal, du darfst nicht so viel Limonade trinken. Wie viele Flaschen sind es denn am Tag? Mal ehrlich.«

Fonny Boy hielt fünf Finger in die Luft, während Dr. Faux die Frauen und Kinder vor dem Fenster beobachtete, die an einem geheimnisvollen Streifen herumschrubbten, der auf die Straße gemalt worden war.

»Eindeutig zu viel«, rügte er Fonny Boy, einen großen, schlaksigen Burschen von vierzehn Jahren mit windzerzaustem, von der Sonne weiß gebleichtem Haar und einem Hang zur »Strandräuberei«, das heißt, dass er mit einem Stock oder Netz bewaffnet am Ufer im Wasser umherwatete, um angespülte Schätze aufzuspüren. »Du bist viel kariesgefährdeter als die Mehrzahl der Menschen«, meinte Dr. Faux und wiederholte damit exakt den Satz, den er allen Insulanern einzureden versuchte. »Du solltest es wenigstens mit Diätlimonade versuchen, aber am besten wäre Wasser.«

Fonny Boy hatte den größten Teil seines Lebens auf dem, im oder am Wasser verbracht. Es zu trinken kam ihm ebenso absurd vor wie einem Bauern das Ansinnen, Erde zu essen.

»Nei, das kunn i nöd trinke«, nuschelte er, denn Lippen und Zunge waren taub und fühlten sich zehnmal so dick an wie sonst. »Das isch alls g'schwolln, da kriäg i kei Luft mär!«

»Was ist mit Mineralwasser? Da gibt's heute richtig gute Sachen, mit Fruchtgeschmack und viel Kohlensäure.« Dr. Faux schaute noch immer zum Fenster hinaus. »Warum kreist das Aufklärungsflugzeug da oben? Und was will der pitschnasse Trooper mit seinem Farbeimer und der Flasche Evian? Und warum laufen sie alle hinter ihm her? Na, wenn die Betäubung noch wirkt, kann ich ja auch gleich deine Zahnklammer nachstellen.«

Dr. Faux hielt einen Moment inne, um einige Gebührensätze und abenteuerliche Diagnosen auf Fonny Boys dicht beschriebener Karteikarte zu notieren.

»Nei!«, protestierte Fonny Boy. »Davon kriäg i Schmerze in mei Muend. Dä Klammer isch okä, abä die Gummibänd fliege allewil usse.«

Fonny Boy hatte sich von Anfang gegen die Klammer gewehrt. Er war auch nicht erbaut gewesen, als der Zahnarzt Anfang des Jahres darauf bestanden hatte, vier vollkommen gesunde Zähne zu ziehen. Fonny Boy hasste es, zum Zahnarzt zu gehen. Er beschwerte sich oft bei seinen Eltern über Dr. Faux und nannte ihn einen *Caper*, was auf Tangier so viel wie *Seeräuber* heißt.

»Er hät mer ä Foto von si Auto gzigt«, hatte Fonny Boy gerade kürzlich erst gesagt. »Ä gross schwarz Merser, und si Oll hätt au än, nur in än angere Farb. Wie kunn är so türe Autos han, wenn er ka Geld für unsre Zähn nämmt?«

Das war eine gute Frage, doch wie immer fand Fonny Boy kein Gehör, woran nicht zuletzt sein Spitzname schuld war. Komisch und merkwürdig fanden Nachbarn und Lehrer ihn eben und konnten sich totlachen, wenn er im Spülsaum am Strand nach Schätzen suchte oder seinem inneren Zwang gehorchte und auf seinem Leib- und Mageninstrument spielte.

»I schwörs di«, hatte Fonny Boy seine Tante Ginny Crockett vor kurzem nach einem sonntäglichen Kirchgang sagen hören. »Er glubbt, dass är ä Kaschtl Gold find, wenn er an dä Kant schauet. Ha! Sin arme Muetter muess allewil schälte u hätt Recht damit. Alls hätt sä fur d' Bueb getan, ond är hätt nöd angers im Si als dä Geschiss an dä Kant u si doofs Brummis.« Womit sie seine Mundharmonika meinte.

»Loss mi domit in Ruah! Er spielet uf däm alten Ding, wo er gaht u staht, und da kummt ja au äbbis Tolls rus!« Ginnys Freundin meinte natürlich das Gegenteil von dem, was sie sagte, denn es gab niemanden, der fand, dass Fonny Boy anderes als lästigen Lärm zustande brachte, wenn er auf seiner Mundharmonika spielte.

»Si Vatter sollt äm mal ordentlich Schläg verpasse, aber dä isch ja ganz närrisch uff si Bueb«, gab Ginny zurück und meinte dieses Mal genau, was sie sagte, denn Fonny Boys Vater war der festen Überzeugung, dass ihn die ganze Insel um seinen einzigen Sohn beneidete.

»Sobald die Klammer weg ist«, sagte Dr. Faux und streifte sich ein Paar Latexhandschuhe über, für die er den dreifachen Wert berechnen würde, »werden wir wohl acht Vorderzähne überkronen. Wie wär's mit ein bisschen Blut heute Morgen?« Dr. Faux hatte festgestellt, dass es ein einträgliches Geschäft war, Blutproben an dubiose medizinische Labors zu verkaufen, die an geographisch isolierten Populationen genetische Untersuchungen durchführten.

»Nee!« Fonny Boy zuckte im Behandlungsstuhl zusammen und krallte seine Hände so fest um die Armlehnen, dass seine Knöchel weiß wurden.

»Mach dir keine Sorgen wegen der Kronen, Fonny Boy. Ich nehm ganz edles Material. Sollst mal sehen, dann hast du ein Millionen-Dollar-Lächeln!« Was tatsächlich von der Wahrheit nicht sehr weit entfernt war.

In diesem Moment klingelte das alte schwarze Telefon im Behandlungszimmer. Es stammte noch aus der Zeit, als man Kabel mit Stoff isolierte, und wie üblich knackte es in der Leitung.

»Faux«, meldete sich der Zahnarzt.

»I muess mit Fonny Boy schwätze.« Die Stimme des Mannes kam nur mühsam gegen die Störgeräusche im Telefonnetz an. »Ischä do?«

»Bist du es, Hurricane?«, fragte der Zahnarzt Fonny Boys Vater, der seinen Spitznamen dem Umstand verdankte, dass er wirklich das Temperament eines Hurrikans hatte. »Weißt du, dass du schon längst wieder fällig bist für Check, Reinigung und Blutspende?«

»Gib mer Fonny Boy, bevor i mi vergessn tu.«

»Für dich«, sagte Dr. Faux zu seinem Patienten.

Fonny Boy kletterte vom Stuhl, verscheuchte eine lethargische Fliege und nahm den Hörer. »Jo?«

»Pass guet uff! Schliäss dä Türe zue, däs niemand usse kunnt!«, sagte Fonny Boys Vater eindringlich. »Acht druff, dass dä Dentischt doblibt. Es gaht nöd angers, min Liäbä. Es muess sin. Hätt dä Dentischt wieder in dei Zähn herumfuhrwarkt?«

»Das wird der do nöd mache, Papa!«, sagte Fonny Boy, was natürlich *zruck* gemeint war, also genau das Gegenteil bedeutete: Fonny Boy wollte damit sagen, Dr. Faux habe vor, in seinem Mund keinen Zahn unversehrt zu lassen.

»Nu, hab kei Angscht«, ermutigte Hurricane seinen Sohn. »Mer gebe äm von si igen Mädzin. Do wiss är, was los isch, ond d' Landjäger au. Zsäm hauet mer alln uff dä Kupf, mei Liäbä. Wart ä Wil, mer si gli do.«

»Mei Fress!«, rief Fonny Boy, sprang zur Tür, ergriff den Schlüssel hinter dem Bild, auf dem Jesus seine Lämmer hütete, und verriegelte das Sicherheitsschloss.

Er wusste nicht recht, warum er Dr. Faux im Behandlungszimmer einsperren sollte, aber der verdammte Pfuscher hatte es verdient, und außerdem war es toll, dass endlich was passierte. Für die Jugend war das Leben auf Tangier entsetzlich langweilig, und Fonny Boy träumte davon, dass er endlich seinen Schatz fand und für immer fortgehen konnte. Er blickte aus dem Fenster und sah eine Gruppe Fischer in Reih und Glied aufmarschieren, einige mit Holzrudern und Austernzangen bewaffnet.

»Hock di hi ond pass uff, was d' tuscht!«, befahl Fonny Boy dem Zahnarzt.

»Ich muss dir die Watte aus dem Mund entfernen«, erinnerte Dr. Faux seinen Patienten. »Zuerst musst du dich noch mal in den Stuhl setzen, und wenn wir fertig sind, kann ich mich reinsetzen, wenn du willst.« Dr. Faux vermutete, das Lidocain habe Fonny Boy aufgeregt und eine vorübergehende Bewusstseinstrübung ausgelöst.

Selbst der erfahrenste Zahnarzt kann nicht immer wissen, wie ein Medikament auf seine Patienten wirkt, deshalb fragte Dr. Faux stets, ob Allergien oder Empfindlichkeitsreaktionen gegen bestimmte Medikamente vorlägen. Doch die Inselbewohner kamen so selten mit Beruhigungsmitteln, Anästhetika oder Stimmungsaufhellern in Berührung, abgesehen vom Alkohol, den sie aber eigentlich auch nicht trinken durften, dass sie fast jungfräulich in Bezug auf Arzneimittel waren. Daher gaben sie ideale Versuchskaninchen für die Blindversuche mit Placebos und anderen Medikamenten ab, auf deren Genehmigung durch die Arzneimittelbehörde die Pharmaunternehmen noch warteten, weshalb sie diese Dr. Faux mit Vergnügen für experimentelle Zwecke überließen. Der Zahnarzt tastete mit seinen behandschuhten Fingern nach der Watte in Fonny Boys Mund.

»Hast du sie schon wieder runtergeschluckt?«

»Jo.«

»Na, da wirst du wohl ein paar Tage lang Verstopfung haben. Warum hast du die Tür abgeschlossen, und was hast du mit dem Schlüssel gemacht?«

Fonny Boy tastete in seiner Tasche nach dem Schlüssel, um sich davon zu überzeugen, dass er ihn noch hatte. Fehlanzeige. Was hab ich bloß damit gemacht?, überlegte er, während seine Augen durch das Zimmer irrten und draußen auf der Straße die Schritte und verärgerten Stimmen lauter wurden. Aufgeregt gab Fonny Boy dem Zahnarzt eins auf die Nase, nicht wirklich schlimm, aber doch so kräftig, dass Blut floss.

»Au!« Überraschung und Schmerz entlockten Dr. Faux einen Aufschrei. »Was fällt dir ein?«, entrüstete er sich, während die Fischer von draußen riefen, Fonny Boy solle die Tür aufsperren.

»Gaht nöd«, rief der zurück. »I han där Schlussel nöd mär. Ond i weiß nöd, wo i ihn hingtan han.«

»Warum hast du mich geschlagen?« Erschreckt und wütend tupfte sich Dr. Faux die Nase mit einem Taschentuch ab.

Ganz sicher war sich Fonny Boy nicht, aber es schien ihm geboten, seine Autorität mittels Gewalt zu beweisen. Die Vorstellung, dass die Fischer mitbekommen würden, wie er den Zahnarzt brutal überwältigt hatte, gefiel ihm ausnehmend. Sein Vater würde stolz auf ihn sein, doch als draußen die Unruhe wuchs, wünschte Fonny Boy, er könnte sich erinnern, was er mit dem Schlüssel angestellt hatte.

»He! Do muscht dä Tur uffbräche!«, rief er der aufgeregten Meute zu.

Das taten die Fischer und lärmten drinnen unter drohendem Schwenken ihrer Ruder und Zangen weiter.

»Virginia z' Tüfel! Z' Tüfel mit Virginia!«, ertönte ihr wütender Schlachtruf. »Do isch nix mit d' feschte Land, Dentischt, hascht ghört? Du bisch us Gfangnä!«

»Wart emol, jatz kriegscht wäs!«

»Jawoll! Jawoll!«

»Hascht ghört, Dentischt? Wie isch's in däm Stuhl?«

»Kriegscht was uff d' Mul!«

»Hätt är scho!«, sagte Fonny Boy mit stolzgeschwellter Brust. »Än uff d' Nos, do isch ä kopeischtä ganga!«, schnitt er auf.

»Mer sollt äm jede Zahn einzel ziehe! Denk' bloß an all d' Zähn, d' er us gzoge hätt!«

»Wi kunnt än z' Fische usse nämm! Schöns Päkche us äm mache ond dä Kräbs z' fresse gäbe!«

»Ond das isch kei schä Tod, das sog i di.«

»Soll mi doch dä Bösi holn, wenn ä das nöd verdienet hätt! Hörscht?«

»Jetzt wartet mal!« Dr. Faux protestierte so laut, dass die Fischer einen Augenblick verstummten, während er im Behandlungsstuhl kauerte und sich die Nase rieb.

»Ich hab's ja gehört! Wenn ich euch recht verstehe, wart ihr zuerst sauer auf Virginia, und jetzt bin ich plötzlich dran. Ihr müsst euch schon entscheiden!«

»Mer sin zornig uff jäd von dä feschte Land«, entschied einer von ihnen. »Do isch nöd oner, dä us nöd übern Tisch zogn hätt.«

»Nun, wenn ihr euch einig seid, dass ihr mich kidnappen wollt«, meinte Dr. Faux, und seine Gedanken überschlugen sich auf der Suche nach einem Ausweg und vielleicht auch einem kleinen Vorteil für ihn selbst, »kann euer Plan nur funktionieren, wenn ihr den Gouverneur benachrichtigt. Sonst weiß niemand, dass ich hier bin. Was nützt es euch dann, mich hier festzuhalten? Und was eure unfairen und undankbaren Vorwürfe gegen mich und meine Behandlungsmethoden angeht, da kann ich nur sagen, dass ich jahrelang hier herausgekommen bin und nur euer Wohl im Auge gehabt habe. Ohne mich hättet ihr gar keinen Zahnarzt gehabt.«

»Besser koan als di.«

»Sonscht hätt mi Frau no all d' Zähn. Ond i krieg Schmerzn in dä Zähn, wenn usse Wind isch, und das sind dä Zähn, dä du muocht hascht!«

»Na, villicht solltn mer nomal uberlege.« Einer der Fischer hatte Bedenken und lehnte sein Ruder an die Wand. »Mer wollet do kei Ärger.«

»Genau«, stimmte Dr. Faux zu. »Ihr Fischer wollt doch nur euer Recht. Klar seid ihr wütend auf den Gouverneur, und das kann euch niemand verübeln. Bestimmt geht das Ganze wieder auf eure Kosten. Ich weiß ja nicht, was diese Linien darstellen sollen, aber sie dienen sicher nicht euren Interessen.«

»No, nix, was dobi ussekummt fur us.«

»Hört bloß nöd uff si Gschwätz!« Jetzt ergriff Fonny Boy das

Wort. »Er kummt au vun de feschte Land. Wieso isch er zua gliche Zit uf dä Insel wie dä Trooper? Weischt, er isch än Spion!«

»Z' Tüfel nomal! Wieso meinscht, dass er spioniere tuet?«, fragte Fonny Boys Vater, sichtlich in Erregung.

»Er spioniert us äbbe, wi mer fischet un tuet, ond denn verzellt er Lüg vun dä Kräbs ond dä Krabb ond dä Auschter. Bald machet sä ä Gsätz, dass mer nöd mär uff d' Wasser dörfet«, behauptete Fonny Boy ohne den Hauch eines Beweises.

»Ond das hätt är alls verzellt?«, fragte Fonny Boys Vater und deutete mit dem Kinn auf den Zahnarzt.

»Jo. Hol mi d' Bösi, wenn's nöd woar isch!«

»Wos hätt er gnau verzellt?«

Fonny Boy zuckte mit den Schultern, er wusste nicht weiter, doch die Saat war gelegt.

»Mer könne nix riskiere«, rief einer der Fischer aufgebracht.

»Nei.«

»Nei. Das isch rächt.«

»Dä Gouv'nör hätt us scho wegn dä Kräbs dro, ond nu fängt er au no mit dä Auschter on. Was bliäbet do für us, nöd ä armselig Cent.«

»Das lasset mer us nöd gfalle!«

»Nei, das lasset mer us gwiss nöd gfalle.«

»I find, är soll telefoniere ond verzelle, was mer wolle«, schlug Fonny Boys Vater vor. Seine Stimme verriet deutlich, wie wütend er war.

»Wen soll er telefoniere?«

»I denk, är soll mit dä State Police rede. Dä hätt unser Strass apinselt. Ond villicht spioniert där Dentischt ja i Uftrag von dä Gouv'nör fur dä Landjäger.«

Dr. Faux bekam das schwarze Telefon in die Hand gedrückt. Nachdem er die Auskunft angerufen hatte und mehrmals durchgestellt worden war, hatte er Superintendent Judy Hammer am Telefon und betete, dass sie keine Untersuchung seiner Abrechnungen anordnen würde.

»Wer spricht da?«, fragte Hammer und vernahm wütendes Gemurmel im Hintergrund.

»Ich bin Zahnarzt«, antwortete eine männliche Stimme. »In dieser Eigenschaft kümmere ich mich um die Bewohner von Tangier Island. Ich bin hier in einen Schlamassel geraten, weil ihr Trooper Streifen auf die Janders Road gemalt hat und der Gouverneur die Insel besetzen will, um sie in eine Rennbahn zu verwandeln.«

»Wovon um alles in der Welt reden Sie?«, fragte Hammer und hätte beinahe aufgelegt. Der angebliche Zahnarzt war offenbar ein Irrer, doch dann beschloss sie, ihn anzuhören. »Die Streifen sind Teil einer Radarkontrolle und gehören zum neuen VASCAR-Programm des Gouverneurs.«

»Solange Sie die Streifen nicht augenblicklich wieder entfernen lassen und sich schriftlich verpflichten, dass State Police, Küstenwache und andere Einsatzkräfte die Inselbewohner nicht wieder belästigen werden, halten mich diese Leute hier gefangen.«

»Wer sind Sie?«, fragte Hammer erneut und machte sich eifrig Notizen.

»Man hat mir verboten, meinen Namen zu nennen«, sagte die Stimme.

»Z' Tüfel mit Virginia!«, schrie jemand mit kaum verständlichem Akzent im Hintergrund.

»Hi hätt nimmand fur d' Gouv'nör stimmet.«

»Mer fahre nur usse mit unser Schiff, um äppis z' verdiene, wenig gnug, ond denn kumme mer zruck, ond was isch? Striff uff d' Strass, ond dä Dentischt hi hätt all d' Zähn gzoge!«

»Was heißt, ich hab euch alle Zähne gezogen? Das stimmt doch nicht«, widersprach der Zahnarzt und hielt die Hand über die Muschel, trotzdem konnte Hammer ihn und die anderen hören.

»Also gut«, sagte Hammer energisch. »Was wollen Sie eigentlich von uns? Ich verstehe nicht ganz.«

Die Antwort war ein tiefes Schweigen in der Leitung.

»Hallo?«, fragte sie.

»Mer han gnug davo, dass d' Lüt vo d' feschte Land in unser Sach herumschnüffle«, hörte sie jemanden sagen.

»Verzell är das. Dä Gouv'nö muess wisse, dass äs us guet gange isch, bevor är mit si Gsetz ond Troopers kumme isch. Ond nu wolln mer fri si vo Virginia!«

»Jawoll!«

»Jawoll! Nimmär vo d' Stüer ond de Landjäger uff dä Insel. Mer sin jatz fri.«

»Koa Geld meh für d' Steuer! Koa Penny!«

»Und nimmer, d' us verzellt, wie viel mer fische dörf!«

»Jo!«

»Nun, Sie haben's ja gehört«, sagte der Zahnarzt zu Hammer. »Keine Fangquoten, keine Steuern, keine Polizei oder Einmischung in anderer Form. Tangier Island erklärt seine Unabhängigkeit von Virginia und«, fügte er mit verschwörerischer Stimme hinzu, »verlangt ein Lösegeld für meine Freilassung, fünfzigtausend Dollar in kleinen Scheinen an folgende Adresse: Postfach 316, Reedville. Bitte erfüllen Sie alle Forderungen unverzüglich. Ich werde auf der Krankenstation der Insel gefangen gehalten. Man hat mich bereits geschlagen, ich blute, und mein Leben ist in Gefahr!«

Bevor Hammer etwas auf das wirre Gestammel antworten konnte, das sich für sie nach reinem Blödsinn und plumper Erpressung anhörte, hatte der Zahnarzt aufgelegt. Vergeblich versuchte sie, Andy zu erreichen. Schließlich hinterließ sie ihm eine Nachricht auf dem Anrufbeantworter. In dürren Worten informierte sie ihn über die Ereignisse.

»Ihr Mumienartikel hat ziemliches Unheil angerichtet«, schloss sie, »obwohl ich nicht weiß, ob ihn jemand auf der Insel überhaupt gelesen hat. Aber Sie haben mit Sicherheit die Voraussetzungen dafür geschaffen, dass die Leute jetzt glauben, Tangier Island werde von Virginia schikaniert. Lassen Sie sich also gefälligst etwas einfallen, um das wieder in Ordnung zu bringen, Andy. Rufen Sie mich an.«

Andy hörte die Nachricht erst spät in der Nacht ab, denn als Macovich und er wieder in Richmond gelandet waren, hatte er sofort eine verdeckte Ermittlung in Angriff genommen, für die er eine Verkleidung und einen geliehenen Zivilhubschrauber benötigte. Den Rest des Tages hatte er auf Tangier Island verbracht und Informationen gesammelt. Als er schließlich nach Hause kam, war es schon fast Mitternacht. Er hörte seine Nachrichten ab und weckte Hammer mit seinem Rückruf.

»Mein Gott«, sagte er. »Ich hatte ja keine Ahnung! Hätte ich das bloß vorher gewusst.«

»Wo zum Teufel haben Sie gesteckt?« Hammer klang ziemlich angeschlagen.

»Kann ich Ihnen leider nicht sagen«, antwortete Andy. »Noch nicht. Ich weiß, dass das undankbar und unfair klingt, aber ich habe Nachforschungen und Untersuchungen in einer Angelegenheit angestellt, die sich nicht in drei Worten erklären lässt. Nur so viel: Bei dem Entwurf für den nächsten Internetartikel hatte ich weder an Tangier Island noch an betrügerische Zahnärzte gedacht. Daher musste ich dringend – sehr dringend – so viel wie möglich über die Inselbewohner herausfinden. Und jetzt muss ich unser Gespräch leider beenden und mit dem Artikel anfangen …«

»Andy!« Hammer war jetzt hellwach und empört. »Hören Sie mir gegenüber gefälligst mit Ihrer Geheimniskrämerei auf! Wo waren Sie den ganzen Tag? Haben Sie keine Nachrichten gehört? Offensichtlich nicht«, fuhr sie aufgebracht fort. »Auf Belle Island ist eine Frau grauenhaft abgeschlachtet worden, und der Täter hat Ihren Namen in ihren Körper geritzt.«

»Meinen Namen? Was zum Teufel soll das heißen, meinen Namen?«

»Trooper Truth!«

»Jemand hat *Trooper Truth* in ihren Körper geritzt?« Andy war schockiert. »Was …? Was …?«

»Ich weiß gar nichts, weder was noch wie noch wer. Aber ich glaube, es wäre eine verdammt gute Idee, wenn Sie den ganzen Trooper-Truth-Scheiß vergessen und sich wieder an die reguläre Polizeiarbeit machen würden, bevor noch mehr Schaden angerichtet wird.«

»Sie können mir doch nicht die Schuld dafür geben, dass da irgendein Schwein seine perversen Phantasien ausgelebt hat! Sosehr mir die Frau Leid tut, ich kann nichts dafür, aber ich will alles tun, damit wir den Täter kriegen. Hören Sie, wir hatten ein Abkommen, und Sie haben versprochen, sich daran zu halten«, erinnerte Andy sie. »Und vergessen Sie nicht, was ich Ihnen vor einem Jahr gesagt habe, als wir über all die Sachen sprachen.

Wenn man die Wahrheit ausgräbt, weckt man die bösen Mächte, und es geschehen schreckliche Dinge. Doch am Ende wird die Wahrheit siegen.«

»Ach, zum Teufel!«, erwiderte Hammer ärgerlich und ungeduldig. »Verschonen Sie mich bloß mit Ihren philosophischen Sprüchen für jede Lebenslage.«

»Das ging unter die Gürtellinie«, sagte Andy verletzt und enttäuscht, aber entschlossener denn je, die Sache durchzufechten. »Lesen Sie morgen früh Trooper Truth und lassen Sie uns dann noch mal miteinander reden.«

Eine kurze Geschichte von Tangier Island

von Trooper Truth

Mag es zurzeit vielleicht auch nicht dem Wunsch der Einwohner entsprechen, fest steht, dass Tangier Island ein Teil des Staates Virginia ist und im Jahre 1608 zufällig entdeckt wurde, als John Smith nebst sieben Soldaten, sechs Gentlemen und einem Physicus Chesapeake Bay in einer offenen Barkasse erkundete.

Während sie nach einem geeigneten Hafen und Behausungen Ausschau hielten, gerieten sie in eine Inselgruppe, die sie Russell Isles tauften. Als sie nach Durchquerung der Bucht am östlichen Ufer an Land gingen, sahen sie sich plötzlich zwei grimmigen, kräftigen *Naturals* gegenüber oder *Wilden*, wie Smith sie nannte. Sie trugen lange Stangen, die vorne mit Knochenspitzen bewehrt waren.

»Wer seid ihr, und was habt ihr vor?«, fragten die Wilden trotzig in ihrer Powhatan-Sprache, die so hieß, weil sie vom großen Häuptling Powhatan, dem Vater von Pocahontas, gesprochen wurde.

Smith antwortete ihnen in ihrer Sprache, was die Wilden tief beeindruckte.

Lassen Sie mich deshalb an dieser Stelle einen Augenblick innehalten und ein paar Gedanken über die Bedeutung der Kommunikation einflechten, was umso angebrachter erscheint, wenn man bedenkt, was gestern auf ebenjener Insel geschah, die John Smith entdeckte – Tangier Island.

Jede Regierung, auch die des Staates Virginia, sollte sich gut überlegen, welche Gesetze sie erlässt oder welche Maßnahmen sie ergreift, wenn sie es mit Leuten zu tun hat, die *zruck* sprechen. Sagt ein Insulaner beispielsweise: »Na, das ist ja nett» oder: »Hüt rägnet äs nöd», dann kann er, wie der gebürtige Tangieraner David L. Shore in seinem Standardwerk *Tangier Island:*

Geographie, Bewohner und Sprache erläutert, damit genau das Gegenteil meinen, je nach Betonung.

Wollte ein Inselbewohner in den alten Tagen das Gegenteil dessen zum Ausdruck bringen, was er sagte, gab er das durch den Zusatz »Z' linke Sit» zu verstehen, was dann so zu verstehen war, dass er sich des *Zruck-Schwätze* bediente. Verkündete er beispielsweise: »Das rägnet nöd vil, z' linke Sit«, war das nur richtig, wenn er tatsächlich meinte, dass es in Strömen goss. Heute ist das anders. Nur wer genauestens mit der Art vertraut ist, wie die Inselbewohner solche Spracheigenheiten verwenden und mit welchem Mienenspiel sie sie begleiten, kann wirklich verstehen, was gemeint ist, wenn, und hier folgt ein weiteres Beispiel, einer der Fischer sagt: »I han koa Luscht z gähe» oder »Das isch ämol än klei Auschter.«

»Worauf du hinauswillst, denke ich«, sagte meine gute Freundin, die ich in Zukunft als meine *kluge Vertraute* bezeichnen werde, »ist Folgendes: Wenn die Inselbewohner als Reaktion auf die *VASCAR*-Raserfallen ›Das isch abä än schö Idä!‹ sagen, dann meinen sie vermutlich, dass die Raserfallen alles andere als ›schö‹ sind und dass sie in Wirklichkeit stocksauer auf diesen Einfall unserer Staatsregierung sind. Nach allem, was du mir erzählt hast, ist also die Inselbewohnerin Ginny Crockett empört, auch wenn sie mit der Polizei *zruck* geredet hat, richtig?«

»Genau«, stimmte ich zu. »Der Gouverneur sollte nichts in Bezug auf die Insel unternehmen, solange er sich nicht gründlich mit dem Phänomen des *Zruck*-Sprechens vertraut gemacht hat. Ich weiß wohl, dass unsere Staatsregierung sich vorzüglich auf das *Zruck*-Denken versteht, aber das gilt keinesfalls für das *Zruck*-Sprechen. Stattdessen hat sie sich so was *Brillantes* einfallen lassen.«

»Als du eben gesagt hast: *Stattdessen hat sie sich so was Brillantes einfallen lassen,* hast du so eine merkwürdige Betonung gehabt, übertrieben hoch gesprochen, die Silben in die Länge gezogen, das Kinn zur Seite gedreht und die Augenbrauen hochgezogen. Sollte das heißen, dass du eigentlich das Gegenteil gemeint hast?

»Aha! Ich wollte nur sehen, ob du es mitbekommst«, antwortete ich. »Es geht nicht darum, was man sagt, sondern wie man es sagt.«

»Ich frage mich, ob John Smith ähnliche Schwierigkeiten hatte, als er mit den Wilden verhandelte«, überlegte meine kluge Vertraute. »Vielleicht haben die Wilden auch *zruck* gesprochen.«

»Jedenfalls kannst du sicher sein, dass es viel wichtiger war, wie sie es sagten, als was sie sagten«, erwiderte ich.

Nach einem freundschaftlich verlaufenen Besuch bei den Wilden stach Smith wieder in See und folgte dem Küstenverlauf, der eine Reihe kleiner Buchten aufwies, als plötzlich, wie es in Smiths eigenen Worten heißt, *heftiger Wind, Regen, Donner und Blitz einsetzten, sodass wir nur unter größter Gefahr dem unbarmherzigen Wüten des meerartigen Gewässers entkamen.* Mit knapper Not kamen sie davon und suchten Schutz auf einem der vielen Eilande, die Smith Russell Isles getauft hatte.

Nachdem sie wieder ausgelaufen waren, wurden sie von einem zweiten Sturm überrascht, der ihnen Mast und Segel raubte und um Haaresbreite ihr Schicksal besiegelt hätte, während sie verzweifelt Wasser aus der Barke schöpften. Zwei Tage lang warteten sie auf das Ende des Unwetters und suchten auf dem unwirtlichen Stück Land, auf das sie sich geflüchtet hatten – Limbo Island laut Smiths Namensgebung –, nach Trinkwasser. Schließlich flickten sie die verbliebenen Segel mit den Hemden, die sie auf dem Leib trugen, und nahmen wieder Kurs auf Jamestown.

Die meisten Historiker sind offenbar der Meinung, Tangier gehöre zu den Russell Isles. Doch nach eingehendem Studium mehrerer alter Landkarten und moderner Flugkarten frage ich mich, ob Tangier nicht in Wirklichkeit Limbo ist und ob das nicht den Hang der Inselbewohner erklären könnte, nicht zu sagen, was sie meinen, oder nicht zu meinen, was sie sagen. Ich glaube, die Historiker können diese These ebenso wenig widerlegen, wie ich sie beweisen kann. Doch wenn Sie sich einmal eine Flugkarte von Virginia genauer anschauen, können Sie erkennen, dass Tangier und Limbo Island nur wenige Hubschrauberminuten voneinander entfernt liegen.

Um der Sache auf den Grund zu gehen, beschloss ich, mit einem Helikopter nach Jamestown zu fliegen und von dort aus die exakten Koordinaten aufzuzeichnen, an die sich Smith auf der Fahrt von Jamestown nach Tangier hätte halten müssen. Dann flog ich zurück und ermittelte die Koordinaten für die Strecke von Jamestown nach Limbo. Bitte beachten Sie die geographischen Koordinaten, die mein GPS (Global Positioning System) anzeigte, als ich über den Inseln schwebte. Schauen Sie sich die Tabellen an, ich werde Sie Ihnen anschließend erklären:

	JAMESTOWN ISLAND	TANGIER ISLAND	LIMBO ISLAND
Breitengrad	37° 12.47	37° 49.51	37° 55.75
Längengrad	76° 46.66	75° 59.87	76° 01.58

Wie deutlich zu erkennen, liegen Tangier und Limbo nicht sehr weit auseinander. Nun zu meiner Hypothese: Wenn Sie sich, geschätzter Leser, Smith und seine Männer in dem offenen Boot vorstellen, bei schrecklichem Unwetter – Wolkenbruch, Donner, Blitz und Sichtverhältnisse, bei denen sie nicht die Hand vor Augen erkennen konnten –, glauben Sie dann, dass er sicher sein konnte, auf der Insel Zuflucht gesucht zu haben, die er Tangier Island genannt hatte, und nicht vielleicht doch auf Limbo? Ich jedenfalls weiß ganz sicher, dass ich unter solchen Bedingungen und nach ein oder zwei Schlucken Wild Turkey ebenso gut auf Limbo hätte landen können.

Ob Tangier in Wirklichkeit Limbo ist, werden wir nie erfahren. Und wenn John Smith heute hier wäre, so bezweifle ich, dass er selbst es uns sagen könnte. Doch nicht den geringsten Zweifel habe ich daran, dass Smith, würde er in diesen Tagen nach Tangier kommen, den Eindruck hätte, auf Limbo zu sein.

Wäre Tangier in Wahrheit Limbo, wäre es mir persönlich

allerdings lieber, es hätte den Namen behalten, erinnert er doch an die hübsche englische Wendung »to be in a limbo« – »in der Schwebe sein«, »in der Luft hängen». Ich glaube daher, Limbo Island hätte sich eine einträgliche und sehr spezielle Marktnische erobert und Touristen angezogen, die weder hier noch dort zu Hause sind und gern mitten ins Nirgendwo fahren, um dort eine Weile rein gar nichts zu tun. Außerdem glaube ich nicht, dass der Gouverneur von Virginia sich die Mühe gemacht hätte, Raserfallen auf einer Insel namens Limbo einrichten zu lassen, und wenn, dann hätte es die Bewohner von Limbo wahrscheinlich ohnehin nicht gekümmert.

Passen Sie gut auf sich auf!

SIEBEN

An dem Rhythmus, den ihre Finger auf den Schreibtisch trommelten, konnte Andy Superintendent Hammers Ungeduld ablesen. Im Augenblick klopfte sie ein heftiges Stakkato auf ihren Tintenlöscher, während Andy sie über Tangier Island informierte und ihr erläuterte, warum die Revolte dieser Leute etwas mit der Geschichte der Insel zu tun haben könnte, wusste er doch zu diesem Zeitpunkt noch nicht, dass er die Inselbewohner mit seinen Bemerkungen über zahnärztliche Kunstfehler genauso auf die Palme gebracht hatte wie mit der Raserfalle.

»Vermutlich kennen die meisten dieser Leute ihre eigene Geschichte gar nicht und haben noch nie von John Smith gehört«, gab Hammer hinter ihrem Schreibtisch zu bedenken, von dem sie einen prachtvollen Blick auf die kreisrunde Auffahrt der Polizeizentrale und die flatternden Fahnen an den hohen Masten hatte.

»Ich würde sie nicht unterschätzen. Im Übrigen versuche ich nur, Ihnen ein paar Hintergrundinformationen zu liefern«, antwortete Andy, der in seiner Uniform schwitzte und Angst hatte vor dem, was er von Hammer über seinen letzten Trooper-Truth-Artikel zu hören bekommen würde.

»Ich will damit sagen, die Insulaner sind überzeugt, dass alle Leute vom Festland *Caperer* sind, die nichts anderes im Sinn haben, als ihnen ihre Insel wegzunehmen samt allem, was sich darauf befindet – nicht anders als es den Indianern mit den Briten erging, die nach Jamestown kamen und dort ihr Fort errichteten.«

»*Caperer?*« Hammer runzelte die Stirn.

»So werden auf der Insel Seeräuber genannt.«

»O Gott«, stöhnte sie.

Plötzlich wehte Windy Brees mit aufgeregtem Make-up in Hammers Büro, die knallroten Fingernägel in ein UPS-Paket gekrallt.

»Ach du lieber Teufel!«, rief Windy. »Sie werden nie erraten, was passiert ist!«

Hammer konnte es nicht leiden, wenn die Sekretärin ihr Rätsel aufgab. »Sagen Sie's einfach«, sagte Hammer mit einem Anflug von Ungeduld in der Stimme.

»Der Ärger wächst uns noch über die Hutschnur!«, verkündete Windy atemlos. »Irgendein Zahnarzt, der an den Leuten auf Tangier herumdoktert, wird vermisst! Gestern ist er wie sonst auf die Insel gefahren, und abends hat seine Frau die Polizei in Reedville benachrichtigt, dass er nicht mit der Fähre zurückgekommen ist. Als sie in der Krankenstation auf der Insel angerufen haben, hat sich ein Junge mit komischem Akzent gemeldet und gesagt, der Zahnarzt wird so lange gefangen gehalten, bis der Gouverneur die Insel zum unabhängigen Staat erklärt hat. Oder so ähnlich.«

»Ja, ich weiß Bescheid. Offenbar halten die Inselbewohner ihn in der Krankenstation fest«, sagte Hammer.

»In der Krankenstation?«, wiederholte Andy, den eine schreckliche Ahnung beschlich.

»Das hat jedenfalls der Zahnarzt gesagt, als er auf ihr Geheiß bei mir angerufen hat«, berichtete Hammer. »Aber ich weiß nicht, wie er heißt. Er sagte, er dürfe mir seinen Namen nicht nennen.«

»Sherman Fox«, klärte Windy sie auf. »Allerdings komisch geschrieben.« Sie blickte auf ihren Notizblock. »F-A-U-X.«

»Das heißt Faux«, verbesserte Andy sie.

»Fo? Fo' was?«, frage Windy verwundert.

»Vergessen Sie's«, sagte Hammer ungeduldig. »Andy, haben Sie gestern zufällig den Zahnarzt gesehen, als sie die Raserfallen aufgemalt haben?«

»Nein«, antwortete er, verschwieg jedoch, dass er ihn zwar auch bei seinem zweiten Besuch nicht gesehen hatte, als er in Zivil auf die Insel zurückgekehrt war, aber sich wahrscheinlich keine sechs Meter von ihm entfernt aufgehalten hatte, denn unter anderem hatte Andy auch die Krankenstation besucht.

Er musste Hammer von seiner geheimen Mission berichten, hielt es aber für klüger zu warten, bis sie bei besserer Laune war.

»Eine Menge aufgebrachter Fischer sind die Janders Road entlangmarschiert«, fügte er hinzu. »Ehrlich gesagt bin ich nicht sonderlich überrascht, schließlich blickt die Insel auf eine lange Geschichte der Diskriminierung und Isolation zurück. Sosehr ich Thomas Jefferson auch bewundere, es war wirklich kein guter Einfall von ihm, während der Amerikanischen Revolution eine Blockade gegen Tangier zu verhängen und die Insel von jeglicher Versorgung abzuschneiden. Immerhin waren es seine Landsleute, und trotzdem hat er Tangier behandelt wie eine feindliche Macht, als wäre die Insel kein Teil des Staates, den er regiert …«

»Nun, leider steht Mr. Jefferson nicht zur Verfügung, um uns zu helfen!«, schnitt Hammer ihm unwirsch das Wort ab und stand aus ihrem Stuhl auf.

»Das ist vielleicht ganz gut so, bedenkt man, wie er das letzte Mal mit der Insel umgesprungen ist«, meinte Andy, der nur mit knapper Not die wartende Bell 407 erreichen konnte, als die Fischer ihn gejagt hatten – erst die Janders Road hinunter, dann über mehrere Fußgängerbrücken, durch ein endloses Sumpfgebiet und schließlich über die schmale Landebahn, auf der Trooper Macovich glücklicherweise schon mit wirbelnden Rotorblättern gewartet hatte.

»Wir müssen noch mal zurück«, erklärte Andy seinem verschreckten Piloten, während dieser aufstieg, abdrehte und davonjagte.

»Haben sie dir ins Gehirn geschissen?« Macovichs Stimme dröhnte in Andys Kopfhörern, während ein Stein mit hellem, metallischem Geräusch von einer der Kufen abprallte. »Da geh'n wir nicht noch mal runter. Diese Bekloppten schmeißen mit Steinen nach uns! Wir können nur hoffen, dass sie kein Rotorblatt treffen!«

Sie trafen keins, schließlich hatte die 407 einen kräftigen Motor, der sie rasch außer Reichweite brachte.

»Na ja, leider bin ich noch nicht fertig …«, versuchte Andy zu erklären, während er zusah, wie die wütende Menge auf die Größe von Ameisen schrumpfte.

»Mann, hast du die Streifen noch nicht fertig? Scheiße, das ist schlecht«, sagte Macovich. »Ich flieg da nämlich nich wieder zurück, es sei denn, ich soll Krebse für den Gov' kaufen. Und wenn du nix kaufen willst, bleibst du auch besser weg, außer du willst als Krebsköder enden.«

»Ist ja schon gut«, beruhigte Andy ihn. »Ich glaub nur, der Zahnarzt dort ist ein schlimmer Finger, aber da kümmer ich mich alleine drum.«

Andy endete nicht als Krebsköder, und er war auch nicht so dumm gewesen, mit demselben Hubschrauber, der die weithin sichtbare Aufschrift STATE POLICE trug, auf die Insel zurückzukehren. Stattdessen hatte er sich von einem Freund, der bei einem örtlichen Charter-Service arbeitete, einen unauffälligen Long Ranger ausgeliehen.

»Andy!« Hammer, die wieder ungeduldig auf und ab marschierte, hielt kurz inne und blickte ihn strafend an. »Weilen Sie noch unter uns, oder haben Sie sich bereits mental davongemacht?«

»Tut mir Leid«, entschuldigte er sich. »Ich habe grad an die Insulaner gedacht. Wenn wir sie mal aufsuchen, ohne Meeresfrüchte oder Souvenirs kaufen zu wollen, zeigt sich, was sie wirklich von uns halten. Mit Steinen haben sie nach uns geworfen, als wir losgeflogen sind.«

»Oh, das ist ja entsetzlich!«, sagte Windy und zerfloss vor Mitgefühl. »Sie hätten umkommen können. Ich meine, mit Steinen auf Hubschrauber zu werfen ist doch was anderes als mit Kanonen auf kleine Fische zu schießen, meinen Sie nicht?« Zweifellos hätte sie nicht ungern gesehen, wenn Andy etwas älter gewesen und einmal mit ihr ausgegangen wäre. »Ich hätte keine Lust, auf eine Insel zu fahren, wo die Leute mit Steinen schmeißen und *zruck* reden.«

»Wie ich sehe, haben Sie heute morgen Trooper Truth gelesen«, bemerkte Hammer bissig, während Andy sein harmlosestes Gesicht aufsetzte.

»Das würde ich um keine zehn Pferde verpassen«, schwärmte Windy. »Ich wünschte nur, er würde ein Foto von sich auf seiner Website veröffentlichen. Zu gern würde ich wissen, wie er aussieht.«

»Wahrscheinlich sieht er aus wie ein Idiot.« Andy tat so, als wäre er neidisch und eifersüchtig auf Trooper Truth. »Sie wissen doch, wie diese Computerfreaks sind. Ich hab's allmählich satt. Ständig Trooper Truth hier und Trooper Truth da. Man könnte glauben, er sei Elvis.«

»Na, ich glaub nicht, dass es Elvis ist. Und ich glaub auch nicht mehr, dass es der Gouverneur ist, der einen Geisterreiter benutzt«, verkündete Windy. »Nicht nach dem, was ich heute Morgen gelesen habe. Wenn der Gouverneur nämlich Trooper Truth wäre, dann würde er nicht den Gouverneur kritisieren, denn das wäre ja so, als würde er sich selbst kritisieren und …«

»Was wissen wir noch über den gekidnappten Zahnarzt?«, unterbrach Hammer und begann erneut, auf dem Teppich hin und her zu wandern, während sie sich wünschte, sie könnte einen Knoten in Windys Zunge machen.

»Er ist in Reedville geboren und arbeitet seit mehr als zehn Jahren aus freien Stücken auf Tangier Island, obwohl er nicht gerne darüber spricht, das hat nach Auskunft der Polizeibeamten seine Frau gesagt«, antwortete Windy. »Denn es würde seiner Praxis auf dem Festland nicht gut tun, wenn seine Patienten wüssten, dass er sein Handwerk vor allem auf Tangier gelernt hat. Aber er versteht, was sie sagen, und denkt schon wie einer von ihnen.«

»Woher wissen Sie, was er versteht oder was er denkt?« Hammer hasste voreilige Schlüsse und sah sich ständig mit ihnen konfrontiert.

»Sie kennen doch das Sprichwort: Die Pflaume fällt nicht weit vom Stamm. Sie gleichen sich wie ein Apfel dem anderen«, erinnerte Windy sie. »Die denken alle dasselbe auf der Insel, und wenn man ihnen an den Zähnen herumdoktert, muss man genauso denken. Die Polizei in Reedville hat außerdem gesagt, dieser Dr. Fox hat keine richtige Adresse, nur ein Postfach, und seine Frau behauptet, es gibt keine Fotos von ihm, weil er es nicht mag, wenn man ihn fotografiert. Außerdem«, sie blätterte wild in ihren Unterlagen, »hat er keine Sozialversicherungsnummer, und unter allen Telefonnummern, die er angibt, melden sich Anrufbeantworter. Fährt er mit seiner Familie in Urlaub oder übers Wochenende weg, sagt er niemandem, wohin es geht.«

»Ich glaube, wir sollten ihn etwas genauer unter die Lupe nehmen», schlug Andy vor, als wäre ihm die Idee jetzt erst gekommen. »Mir scheint, er hat einiges zu verbergen. Wie sieht's mit seinem Lebensstil aus? Hat er Geld?«

»Massenweise«, sagte Windy. »Die Polizei hat gesagt, ein riesiges Haus, haufenweise Autos und die Kinder auf teuren Privatschulen.«

»Woher weiß die Polizei, wie sein Haus aussieht, wenn niemand seine Adresse kennt?«, fragte Andy.

»Ach, Reedville ist ein kleiner Ort, und jeder weiß, wo die andern wohnen. Und so ein Haus mit Seegrundstück, das sieht doch 'n blinder Krückstock.«

»Mir kam es verdammt verdächtig vor, als er sagte, die Inselbewohner verlangten fünfzigtausend Dollar in bar, die an ein Postfach in Reedville geschickt werden sollten.« Hammer setzte ihr ruheloses Auf und Ab im Zimmer fort. »Außerdem hat er gesagt, sie verlangten die Aufhebung aller Fangquoten.«

»Verstehe», sagte Andy. »Sie wollen uns zwingen, die Fangbeschränkungen für Krebse aufzuheben.«

Abwesend griff Hammer nach ein paar Aktennotizen auf ihrem Schreibtisch und überflog sie in der Hoffnung, der Gouverneur hätte endlich zurückgerufen. Aber nein. Keine Nachricht, die besagte, dass er versucht hätte, sie zu erreichen. Er schien in keiner Weise zur Kenntnis zu nehmen, dass sie ihn seit Monaten zu sprechen versuchte.

»Offenbar wollen sie, dass wir die Raserfallen entfernen und sie mit NASCAR verschonen. Sie glauben nämlich, wir wollen die Insel in eine Rennstrecke verwandeln«, erklärte Andy.

»Ja, das hab ich auch gehört. Wie kommen sie bloß auf diesen Unsinn?« Ärgerlich hob Hammer die Stimme. »Auf dieser Insel kämen doch nie und nimmer hundertfünfzigtausend Rennsportfans unter. Es gäbe nicht genügend Platz für die Fahrzeuge der Besucher und keine Möglichkeit, die Rennwagen oder die Boxencrews auf die Insel und wieder herunterzubekommen. Ganz zu schweigen davon, dass die Bier- oder Zigarettensponsoren ihre Rennwagen oder Fahrer wie Dale Earnhardt Jr. oder Rusty Wallace wohl kaum auf einer Insel sehen wollten, wo Alkohol und Tabak als Sünde verteufelt würden. Und Tangier liegt kaum über Normalnull, dass heißt, ein bisschen Hochwasser, und die Stock-Cars würden zu U-Booten. Warum zum Teufel haben Sie ihnen eingeredet, NASCAR solle auf die Insel verlegt werden, Andy?«

»Hab ich gar nicht. Ich hab immer von VASCAR geredet, nicht NASCAR, aber diese alte Frau hat die Namen verwechselt; so was soll ja vorkommen.«

»Na, bestimmt werden sie auch noch verlangen, dass wir die Schutzzone für Krebse abschaffen.« Immer noch kreisten ihre Gedanken um den Gouverneur und die Frage, warum er sie so offensichtlich mied. »Sie haben uns nie verziehen, dass wir einen Großteil der Chesapeake Bay für die Fischerei gesperrt haben.« Eine Hälfte von ihr widmete sich dem Gespräch, während die andere Hälfte die Wut auf den Gouverneur nährte. Sie hatte keinen Zweifel daran, dass er sie regelmäßig anriefe, wäre sie jünger oder ein Mann. »Wir müssen die Schutzzonen aufheben oder umwidmen oder wie immer der juristische Ausdruck dafür lauten mag.«

»Superintendent Hammer?« Windy wehte wieder herein, stürmisch und störend. »Das Erste, was ich heute morgen getan habe, als ich reinkam, war, das Büro des Gouverneurs anzurufen, aber er ist wieder in einer Besprechung und für niemanden zu sprechen.«

»Schwachsinn«, sagte Hammer und beäugte ein kleines, in braunes Papier gewickeltes Paket, das Windy in der Hand hielt. »Ist das für mich, und von wem ist es?«

»Ja. Der Absender ist Major Trader. Soll ich es öffnen?«

»Ist es geröntgt worden?«, fragte Hammer.

»Klar. Sie wissen doch: Vorsicht ist wie eine Mutter im Porzellanladen.« Windy riss das Papier auf. »Oh, schauen Sie! Selbst gemachte Schokolade mit einer Karte, auf der steht ...« Sie hielt eine kleine Karte hoch und las. »*Freundliche Grüße, Gouverneur Crimm.*«

»Sehr merkwürdig», sagte Andy, der genau wusste, dass Crimm seine Polizeichefin weder mit Aufmerksamkeit noch mit Präsenten bedachte. »Ich glaube, die nehme ich besser an mich.«

»Wieso?«, fragte Hammer erstaunt.

»Weil mir das Ganze verdammt verdächtig vorkommt und ich vorhabe, der Sache auf den Grund zu gehen«, sagte Andy.

»Gut, Windy«, entschied Hammer. »Das ist erst mal alles.« Sie bedeutete ihrer Sekretärin, sich ohne ein weiteres Wort zu entfernen. »Rufen Sie das Büro des Gouverneurs an und sehen Sie zu, dass Sie ihn an die verdammte Strippe kriegen.«

Windy sah enttäuscht und unglücklich aus, weil man sie fortschickte. Wäre doch bloß der kleine Hund ihrer Chefin nie verschwunden. Seither war Hammers Laune nicht zum Aushalten. Andy zwinkerte Windy zu, als sie ging, um sie ein wenig aufzumuntern.

»Die Inselbewohner kümmern sich nicht um die Schutzzonen«, sagte Andy, als er die Schokolade in seiner Aktentasche verstaute. »Das wäre auch völlig sinnlos, denn dieser Teil der Bucht wird gar nicht befischt.«

Um ehrlich zu sein, wusste Hammer herzlich wenig über die Fischerei und die einschlägige Gesetzgebung. Die Fischerei fiel nicht in die Zuständigkeit der State Police, sondern der Küstenwache, solange die Fischer nicht irgendwo auf Landstraßen oder Autobahnen ein Kapitalverbrechen begingen, was allerdings der Fall gewesen war, als sie die Janders Road heruntermarschiert waren, den Zahnarzt in ihre Gewalt gebracht und ihre separatistischen Absichten verkündet hatten. Hammer brachte ihre Hälfte, die immer noch mit dem Gouverneur herumzankte, endgültig zum Schweigen.

»Erklären Sie mir diese Schutzzonenregelung«, sagte sie und setzte sich wieder hinter ihren Schreibtisch. »Und alle anderen Gründe, die zur Abneigung der Inselbewohner gegen Virginia beitragen könnten.«

Andy erzählte ihr, die Insel stehe dem Rest des Staates mit zunehmender Feindseligkeit gegenüber, seit die General Assembly, das Parlament von Virginia, eine Reihe von Gesetzen verabschiedet hatte, in denen es nur noch um das Wohl der Krebse und nicht mehr um das der Fischer ging.

»Ein Fischer, der im Januar vor einem Parlamentsausschuss aussagen musste, hat zugegeben, dass die Anzahl der Krebskörbe, die man für einen Fang von hundert Blaukrabben auswerfen muss, von zehn auf fünfzig gestiegen ist«, erklärte Andy. »Und letztes Jahr ist die Zahl der gefangenen Krebse mit harter Schale unter dreißig Millionen Pfund gefallen, und dieser Abwärtstrend setzt sich weiter fort.«

Buren Stingle, Vorsitzender der Fischereigenossenschaft von Tangier Island und der einzige Polizist auf der Insel, hatte sich böse Worte wie »Raubbau«, »Artenvernichtung« und »Überfischung« anhören müssen. Die Parlamentarier hatten die Anzahl von Krebskörben, die die Fischer in staatlichen Gewässern auswerfen durften, weiter herabgesetzt. Kurz darauf wurde die Blue Crab Advisory Commission einberufen und verschärfte die Bestimmungen noch weiter, indem sie erklärte, dass alle Körbe gekennzeichnet werden müssten, damit es für die Küstenwache einfacher sei, sie zu zählen und festzustellen, wer die Regelungen unterlief. Die Schutzzonen wurden ausgeweitet und umfassten jetzt 1200 Quadratkilometer der mindestens zehn Meter tiefen Gewässer von der Küste Marylands bis zur Öffnung der Chesapeake Bay nahe des Virginia Beach – ein politischer Schachzug, der es rund einer weiteren Million befruchteter weiblicher Krebse ermöglichen sollte, sicher in geeignete Laichgründe zu gelangen.

»In Wahrheit hat die Schutzzone gar nichts gebracht«, fasste Andy für Hammer zusammen. »Der verbotene Teil der Bucht ist so tief, dass eine außergewöhnlich lange Schnur erforderlich wäre, um die Körbe ins Wasser zu lassen. Die Fischer haben das wohlweislich für sich behalten, daher ahnt außer mir bisher niemand auf dem Festland, dass den Leuten von Tangier Island die Schutzzonen schnurz sind. Die haben überhaupt nichts gegen die Regelung. Genauso wenig wie die Krebse, die wie eh und je in ihre angestammten Laichgebiete ziehen.«

»Okay. Vergessen wir also die Sache mit den Schutzzonen«, meinte Hammer enttäuscht. »Dann habe ich aber keine Ahnung, wo wir ansetzen können, Andy. So wie Sie die Situation schildern, bringt Virginia nicht viel Interesse für die Schwierigkeiten der Fischer auf und die Fischer interessieren sich so wenig für Virginias Probleme.«

»Das ist der Kernpunkt des Problems«, meinte Andy. »Keiner interessiert sich für den anderen.«

»Lassen Sie uns nicht zynisch werden.«

»Was wir brauchen, ist der gute alte Freund und Helfer in Uniform«, sagte er. »Und das kann ich durch Trooper Truth erreichen …«

»O nein«, sagte sie streng. »Nicht schon wieder …«

»Doch!«, gab Andy zurück. »Lassen Sie es uns wenigstens versuchen. Trooper Truth kann seine Leser mobilisieren. Vielleicht helfen sie uns bei unseren Fällen.«

»O ja, auch bei Popeye!« Unvermutet war Windy im Türrahmen aufgetaucht. »Ach, wäre es nicht toll, wenn wir Trooper Truth dazu bringen könnten, uns bei der Suche nach Popeye zu helfen?«

»Was?«, fragte Andy aufgebracht. »Was meinen Sie mit *der Suche nach Popeye*?«

Ein schmerzlicher Ausdruck erschien in Hammers Augen.

»Seien Sie nicht sauer auf mich«, sagte Windy zu ihr. »Ich weiß, dass Sie jetzt denken, ich hätte die Katze aus der Kiste gelassen, aber vielleicht können wir Popeye finden. Vielleicht ist es ja noch nicht zu spät, obwohl es Monate her ist, dass Sie ihn rausgelassen haben, damit er sein Geschäft erledigt.«

»Das reicht, Windy«, sagte Hammer erneut. »Bitte gehen Sie und schließen Sie die Tür.«

»Schon gut, aber ich sende Trooper Truth gleich eine E-Mail und berichte ihm von Popeye.«

Sie ging und schloss die Tür. Hammer seufzte.

»Warum?«, flüsterte Andy entsetzt und tieftraurig – traurig nicht nur weil Popeye verschwunden war, sondern auch weil Hammer ihm nichts gesagt hatte. »Warum haben Sie mich nicht sofort angerufen, als Popeye verschwunden ist?«

»Sie waren auf einer Ihrer Forschungsreisen, Andy«, sagte Hammer abwehrend. »Ach, ich weiß auch nicht genau, warum. Nun ja, ich wollte einfach nicht darüber reden. Außerdem kann man da nicht das Geringste tun. Warten Sie.« Sie hob ihre Hand. »Was ist denn nun schon wieder, Windy?«, fragte sie ihre Sekretärin ungeduldig, die sich die Tür wieder geöffnet hatte.

»Detective Slipper aus Richmond ist am Apparat«, verkündete Windy.

»Danke.« Sie wartete, bis Windy die Tür wieder geschlossen hatte, und warf Andy einen bedeutungsreichen Blick zu, dann nahm sie den Hörer ab und sagte: »Hammer.«

Eine ganze Weile lang lauschte sie und machte sich Notizen. Andy las an ihrem Gesicht ab, dass die Sache ernst und unangenehm war. Hammer sah sogar etwas verunsichert aus.

»Wie ich Ihnen gestern schon sagte«, meinte sie schließlich, »hier weiß niemand, wer er eigentlich ist. Doch lässt sich aus der Tatsache, dass er sich Trooper Truth nennt, nicht unbedingt schließen … Ja, richtig. Natürlich, Sie müssen jeder Spur folgen. Selbstverständlich, wenn ich etwas erfahre, werde ich Sie sofort davon in Kenntnis setzen. Halten Sie mich bitte auf dem Laufenden.« Sichtlich beunruhigt legte sie auf und warf Andy einen besorgten Blick zu. »Ein Beamter von der Mordkommission – er bearbeitet den Fall der Frau, die sie auf Belle Island gefunden haben. Man hat sie identifiziert.«

»Wer ist sie?«, fragte Andy.

»Trish Trash. Eine zweiundzwanzigjährige weiße Frau mit dem Spitznamen T.T. Offensichtlich war sie im Staatsdienst, lesbisch und bekannt dafür, dass sie andere Frauen in den Bars dort aufriss …«

»Was soll das heißen, *Trish Trash*?«, fragte Andy.

Ungeduldig setzte Hammer ihm auseinander, Trish Trash sei der Name des Opfers und die örtliche Polizei nehme an, es handle sich um ein rassistisches Verbrechen und der Mord sei wohl von einem weißen Mann verübt worden, wahrscheinlich von dem, der sich als Trooper Truth ausgab.

»Das ist ja Wahnsinn!«, entfuhr es Andy mit lauter Stimme. »Ich war … Hören Sie, ich würde doch niemals …«

»Natürlich waren Sie es nicht!«, sagte Hammer, während sie aufstand und hastig hin und her zu gehen begann. »Herr im Himmel! Ich wusste doch, dass es eine Schnapsidee war! Und Sie werden nicht einen einzigen von Ihren verdammten Artikeln …«

»*Nein!* Sie können mich doch nicht dafür bestrafen, dass irgend so ein Schwein eine arme Frau umbringt.« Er sprang aus seinem Stuhl und packte sie am Arm, nicht wirklich grob, aber immerhin so fest, dass sie in ihrem Eilmarsch innehielt und ihn ansah. »Hören Sie.« Er senkte seine Stimme. »Bitte. Ich … Ich werde das wieder hinbiegen und alles tun, was in meiner Macht steht, um die Geschichte aufzuklären. Den Namen Trish Trash habe ich noch nie gehört, und ich habe wirklich keine Ahnung, warum man ihren Tod mit mir oder Trooper Truth in Verbindung bringt … Ich kann nur hoffen, dass die Polizei in Richmond nicht so blöd ist, den Medien mitzuteilen, welche Rolle der Name Trooper Truth dabei spielt.«

Er war außer sich. Wenn man ihn zwang, Trooper Truths wahre Identität zu enthüllen, dann war nicht nur ein Jahr Arbeit im Eimer, sondern Hammer würde auch fürchterlichen Ärger mit dem Gouverneur bekommen, weil einer ihrer Trooper Informationen veröffentlichte, die nicht von ihr und vor allem nicht von ihm, dem Gouverneur, abgesegnet worden waren.

»Vielleicht kann ich den Gouverneur irgendwie davon überzeugen, dass es sich bei Trooper Truth nicht um einen durchgeknallten Triebtäter handelt«, überlegte Andy laut. »Ich beziehe meine Leser einfach in die Untersuchungen ein. Möglicherweise können wir so die Täter fassen, die für den Tod von Trash und all den anderen verantwortlich sind.«

»Wissen Sie, was wir wirklich tun müssen? Wir müssen dem Gouverneur mitteilen, dass sich die Lage auf Tangier Island zugespitzt hat«, erwiderte Hammer missmutig, »statt ihm mit Mordfällen zu kommen, die noch nicht einmal in unsere Zuständigkeit fallen.«

»Vielleicht kann ich ihn für Sie ausfindig machen«, meinte Andy just in dem Augenblick, als Trooper Macovich das Büro betrat und den Rest ihrer Unterhaltung mithörte.

»Mittwochabends isst er immer in Ruth's Chris Steakhouse«, bemerkte Macovich.

»Gehen Sie beide und suchen Sie ihn!«, ordnete Hammer an, und an Macovich gewandt fügte sie hinzu: »Wenn Sie Glück haben, erinnert er sich nicht an Sie und die Billard-Geschichte. Tun

Sie, was Sie wollen, aber spielen Sie um Gottes Willen kein Billard mehr.«

»Klar doch«, stimmte Macovich zu. »Keine Bange. Nie wieder spiel ich mit der Tussi, für kein Geld der Welt.«

»Sie sollen mit niemandem in der Villa spielen«, verdeutlichte Hammer ihren Wunsch.

Hinter seiner dunklen Brille warf er ihr einen unwilligen Blick zu. »Und was ist, wenn es der Gouverneur verlangt?«

»Dann lassen Sie ihn gewinnen.«

»Mann, das wird nicht so einfach sein. Er kann nix sehn, Chefin. Meistens trifft er noch nicht mal die weiße Kugel. Wissen Sie, wenn der irgendwo was Weißes sieht, hält er mit dem Queue drauf. Neulich hab ich einen Pappbecher auf dem Tisch abgestellt. Den hat er voll getroffen, und der Kaffee ist durchs ganze Zimmer gespritzt.«

»Sie sollten grundsätzlich keinen Kaffee auf irgendwelche Möbel in der Villa stellen«, sagte Hammer.

»Ich dachte, er sieht's nicht«, erwiderte Macovich.

ACHT

Man hatte Dr. Faux an einen Stuhl gefesselt und ihm ein Halstuch, das nach Brackwasser stank, vor die Augen gebunden. Er war nicht so sehr verängstigt, sondern eher verärgert. Das alles passte gar nicht in seine Pläne. Die Zeit verstrich, und seine Hoffnung auf eine schnelle Freilassung und fünfzigtausend Dollar in bar verflüchtigten sich. Ihm war nicht so recht klar, was die Inselbewohner eigentlich wollten, aber als besonders gewalttätig waren sie nicht verschrien.

Soweit er wusste, war das größte Verbrechen in der Geschichte der Insel vor einigen Jahren der Diebstahl eines Safes aus Sallie Landons Haus gewesen. Sie hatte all ihre Ersparnisse darin aufbewahrt, und jeder auf der Insel hatte etwas dazu beigesteuert, damit sie nicht allein auf den Erlös aus dem Verkauf der Rezepte angewiesen war, die sie in der kleinen Kiste am Telefonmast in der Nähe des Postamts anbot. Die Tat wurde nie aufgeklärt.

Dr. Faux war von seinen Entführern aus dem Behandlungszimmer an einen unbekannten Ort in der Krankenstation geschafft worden. Ein geöffnetes Fenster, durch das Faux Fahrräder vorbeiklappern hörte, sorgte nicht nur für einen ständigen Zustrom an feuchter Luft, sondern auch für reichlichen Nachschub an Mücken und Fliegen. Um Hilfe zu rufen war zwecklos, denn die gesamte Bevölkerung der Insel schien an der Verschwörung beteiligt. Zum ersten Mal seit fast einem halben Jahrhundert hatte Dr. Faux Zeit, über sein Leben nachzudenken. Er seufzte, als er an die vielen verschenkten Möglichkeiten dachte und an seine mangelnde Bereitschaft, als Missionar in den damaligen Kongo zu gehen. Gott hatte nach Sherman Faux gerufen, und der kleine Shermie hatte einfach die Ohren verschlossen und dem Herrn nie geantwortet. Mehr als wahrscheinlich, dass dies die Strafe Gottes war. Da saß er nun, der Zahnarzt, auf einer winzigen, entlegenen Insel, mitten im Nirgendwo, und wenn er sich nicht rasch einen schlauen Plan einfallen ließ, war es vorbei mit seiner Karriere in den lukrativen Nischen des Gesundheitssystems.

»Es tut mir Leid«, wandte sich Dr. Faux an den lieben Gott. »Ich habe es verdient. So wie Jonas, der sich weigerte, nach Ninive zu gehen. ›Denkste‹, hast du gesagt, und dann hat ihn der große Wal verschluckt, um ihn in Ninive wieder auszuspucken. Bitte, lass mich nicht im Kongo aufwachen, lieber Gott. Oder in Zaire, so hieß es wohl zuletzt. An diesem Ort zu sein ist schon schlimm genug.«

Sie befanden sich in dem Raum, in dem die medizinischen Geräte aufbewahrt wurden. Fonny Boy saß auf dem Fußboden, mit dem Rücken an eine Wand gelehnt. Ihm war heiß, die Insektenstiche juckten, und er hatte schon jetzt die Nase voll vom Wacheschieben. Als nun der Zahnarzt anfing, laut zu beten, weil er keine Ahnung von Fonny Boys Gegenwart hatte, da hatte sich der Junge widerwillig von seiner Lieblingsphantasie verabschiedet, in der er einen Krebskorb einholte und eine Schatztruhe mit Gold und Juwelen darin fand. Seine obsessive Beschäftigung mit versunkenen Schiffen war vermutlich der einzige Grund, warum er sich jeden Sommer, jeden Feiertag und jedes Wochenende aus dem Bett quälte, wenn sein Vater ihn um zwei Uhr morgens weckte und sie im Golfcart zum Hafen fuhren. Während Fonny Boy eine gebratene Auster oder ein Krebsfleisch-Sandwich zum Frühstück verputzte, malte er sich aus, er würde einen Korb hochhieven und feststellen, dass er sich an einem versunkenen Piratenschiff verhakt hatte oder dass ein Krebs ein Goldstück oder einen Diamanten in der Schere hielt.

Um die Insel rankten sich verschiedene Legenden, die als Broschüren im Selbstverlag erschienen und in den Souvenirläden zu kaufen waren. Fonny Boy hatte sie alle gelesen, diese Geschichten von Seefahrern und der Suche nach versunkenen Wracks. Besonders ein Vorfall hatte es ihm angetan: Im Februar des Jahres 1926 hatten ungewöhnliche Winde und Gezeiten das Wasser in der Bucht direkt vor dem Strand so weit sinken lassen, dass der Rumpf eines alten, halb verrotteten Schiffes aufgetaucht war. Nach Fonny Boys fester Überzeugung handelte es sich um ein Piratenschiff, weil man neben dem Porzellan und anderen Kunstgegenständen, welche die Fischer rasch an einen Antiquitätenhändler aus New York verscherbelten, der gerade auf der Insel weilte, auch eine Streitaxt fand.

Leider stieg das Wasser schnell wieder an, und das Schiff verschwand auf Nimmerwiedersehen. Doch Fonny Boy hatte sich die Sache genau ausgerechnet. Wenn das Piratenschiff mehrere Jahrhunderte in der Bucht überstanden hatte, dann konnte ihm ein weiteres Vierteljahrhundert oder so auch nicht viel ausmachen. Irgendwo da draußen lag es noch immer, aber unglücklicherweise konnte sich niemand mehr genau erinnern, wo es in diesem lange zurückliegenden, kalten Winter aufgetaucht war.

Noch eine weitere Möglichkeit erwog Fonny Boy: dass nämlich das versunkene Schiff aus Spanien stammte und im Jahr 1611 in Old Point Comfort angelegt hatte, dem heutigen Hampton, Virginia. Vielleicht war es vom spanischen König Philipp III. ausgeschickt worden, um herauszufinden, was die Leute in Jamestown im Schilde führten. Andere Historiker vertraten jedoch die Auffassung, die Spanier hätten nach einem anderen Schiff gesucht, das in der Gegend gesunken sei. Warum sollten sie sich die Mühe machen, wenn das versunkene Schiff keinen Schatz an Bord gehabt hätte? Fonny Boy war sich seiner Sache ziemlich sicher. In der englischen Siedlung war nicht viel passiert. Die Leute hatten sich im Fort verborgen und waren den *Naturals* aus dem Weg gegangen, die, wie Fonny Boy gelesen hatte, ziemlich unberechenbar waren – mal brachten sie den Siedlern Mais, und mal empfingen sie sie mit einem Hagel von Pfeilen.

Fonny Boys Sympathien hatten immer den *Naturals* gegolten. Bestimmt waren die Siedler für die *Naturals* das gewesen, was die Fremden für die Inselbewohner waren; man duldete sie, aber man traute ihnen weder über den Weg, noch mochte man sie. Warum bildeten sich die Fremden immer ein, sie wären etwas Besseres als *Naturals* oder Einheimische? Eigentlich sollte man die Fremden *Unnaturals* oder Nichtheimische nennen und sie bedauern, schließlich waren sie es, die sich für teures Geld auf der Insel herumkutschieren lassen mussten, die nicht wussten, wo es das beste Essen gab oder wie man Mais anbaute, und die einen Quarter bezahlen mussten, um die *Peeler* anzuschauen, als ob eine Blaukrabbe während der Häutung eine Sensation wäre wie ein Panda oder eine Anakonda.

Dr. Faux war verstummt, als die Sonne allmählich in der Chesapeake Bay versank und die Restaurants und Geschenkläden Punkt sechs Uhr schlossen. Zwar hinderte das nach Brackwasser stinkende Halstuch den Zahnarzt daran, irgendetwas zu sehen, doch fühlte er, wie die Temperatur rasch abfiel, als die Nacht sich auf die Insel senkte und die ersten Winde einer Kaltfront aufkamen. Nun stand fest, dass er erst einmal bleiben musste. Niemand, auch die Küstenwache nicht, suchte Tangier nach Einbruch der Dunkelheit auf, wenn der Nebel aufzog und sich auf die Steilküste und die Reste des Flugplatzes legte. Unter diesen Bedingungen konnten nur noch die Fischerboote fahren, doch das nützte Dr. Faux nicht das Mindeste, wusste er doch aus Erfahrung, dass die Inselbewohner stur waren und ihre Meinung kaum ändern würden. Heute würde er nicht mehr nach Hause kommen, vielleicht sogar niemals mehr.

»Und ihr lasst mich hier so gefesselt sitzen«, sagte Dr. Faux laut, denn er meinte vor ein paar Minuten ein Geräusch im Raum vernommen zu haben. »Wer wird sich in Zukunft um eure Zähne kümmern? Bist du da, Fonny Boy?«

»Jo.« Auf Fonny Boys Antwort folgten ein paar Töne der Mundharmonika.

»Ich würde gern wissen, wie der Plan aussieht, wenn du nichts dagegen hast«, sagte der Zahnarzt.

»Hanget vo Gouv'nör ab«, sagte Fonny Boy und wiederholte damit, was die Fischer besprochen hatten, nachdem sie den Zahnarzt gefangen genommen hatten. »Wenn dä Striff uff där Strass blibb, do giz kei Hoffnung fur di. Mer han nu us Teil vo Virginia ond hätt gnug, wo mer bhandelt werd, ond mer wolle nöd ins Loch wege Rase mit d' Golfcarts, ond NASCAR soll hi au kei Rennbahn buet ond schwär verdiene. Ond mer hätt au vor, di das mit dä Zähn heimz'zahle, wo d' allewil so tan häscht, als wördsch di kümmere und dabi gonix tan häscht.«

»NASCAR?« Dr. Faux war verblüfft. »Warst du je bei einem NASCAR-Rennen, Fonny Boy?«

»Jo!«, rief er, zog die Augenbrauen hoch und versteifte sein Kinn, was bedeutete, dass er *zruck* sprach und eigentlich *nein* meinte.

»Also, ich kann nicht erkennen, ob du ja oder nein meinst, aber ich kann dir versichern, dass niemand die Absicht hat, NASCAR auf die Insel zu holen. Hier kann man weder mit Rennwagen noch mit sonst was größere Summen verdienen.«

»Säht abä dä Landjäger. Ond wenn där Gouv'nör nöd tuet, was är tuen sull, ond uffhöret us zu schikaniere, dann ganget mer all mit dä Boot uff d' Wasser ond machet än Blockad um dä Insel ond hisset än Flagg mit än Jimmy druff ond verbrennet dä Flagg vo Virginia! Ond du hascht doch schwär verdienet uff Tangier, stimmts nöd, Dr. Faux?«

»Ihr hisst eine Flagge mit einem männlichen Krebs drauf und sagt euch los?« Dr. Faux war schockiert, nutzte die Situation aber auch, um von den Vorwürfen abzulenken, die seine Ehrlichkeit betrafen. »Das gibt einen neuen Bürgerkrieg, Fonny Boy. Weißt du eigentlich, was für schwerwiegende Konsequenzen ein solcher Akt nach sich ziehen würde?«

»I wiss nua, dass mer dä Noas vull han«, sagte Fonny Boy trotzig und ein bisschen prahlerisch.

»Na, ich will dir mal was sagen, mein Junge, ich komme seit Jahren auf diese Insel«, gestand Dr. Faux. »Und es ist kein Zufall, dass ich mich nicht entschlossen habe, hier zu leben. Ich will damit sagen, dass man das Richtige tun muss, Fonny Boy, um seine Chancen im Leben zu nutzen, und für dich heißt das in diesem Fall, auf mich zu hören.«

»Di zuz'höre, das bringet nöd vill«, antwortete Fonny Boy, produzierte noch ein paar Töne auf der Mundharmonika und ließ nicht erkennen, dass sein Interesse an irgendeiner Art von Abkommen geweckt war.

»Mir zuzuhören kann von großem Vorteil sein. Denn das Richtige zu tun könnte die Gelegenheit für dich sein. Vielleicht wartet ja da draußen etwas Besonderes auf dich, Fonny Boy, für das du bestimmt bist. Doch wenn du mit den Leuten gemeinsame Sache machst, die mich hier festhalten, ist die Wahrscheinlichkeit groß, dass du erhebliche Schwierigkeiten kriegst und den Rest deines Lebens auf dieser winzigen, langsam ins Meer bröckelnden Insel verbringst, Krebse und Souvenirs verkaufst und auf deiner Mundharmonika spielst. Du musst mir helfen, von hier fortzukommen. Wenn du das tust, nehm ich dich vielleicht mit mir nach Reedville, und du kannst bei mir in der Praxis arbeiten und lernen, ein richtiges Auto zu fahren.«

»Wann i di zuam Strand bring, wäs willscht do tue? Mi mit Silbermunz bwerfe?«, fragte Fonny Boy sarkastisch, während er den *Yankee Doodle* verstümmelte.

»Weißt du, was ein Akquisiteur ist?«, fuhr Dr. Faux geduldig fort. »Nun, ich will es dir sagen. Du könntest mir nützlich sein, indem du herumgehst und arme Kinder ausfindig machst, deren Zähne dringend behandelt werden müssen und deren Familien sich das nicht leisten können. Du bringst sie zu meiner Klinik nach Reedville, und ich gebe dir zehn Dollar für jedes Kind. Wenn du Autofahren lernst, helfe ich dir bei der Anschaffung eines Wagens. Wir müssten nie mehr auf diese elende Insel zurück.«

Das waren eine Menge Dinge, über die Fonny Boy da nachzudenken hatte. Außerdem war es Zeit, zum Abendessen nach Hause zu fahren. Er verließ den Geräteraum und schlug die Tür kräftig zu, damit der Zahnarzt wusste, dass er fort war. Absichtlich verheimlichte er seinem Gefangenen, dass man ihm gleich Wasser und ein Tablett mit Essen bringen würde. Das schlechte Gewissen nagte ein bisschen an Fonny Boy, als er vor der Krankenstation auf sein Fahrrad stieg, davonradelte und weiter an seinem *Yankee Doodle* übte. Vielleicht hätte er doch ein bisschen freundlicher zu Dr. Faux sein und ihm sagen sollen, dass Essen und Trinken unterwegs waren. Womöglich hätte er auch besser beherzigen sollen, was er in der Kirche gelernt hatte, aber die Beteiligung an den aufständischen Umtrieben hatte Fonny Boy in eine aufmüpfige Stimmung versetzt.

Übermütig fühlte er sich aufgelegt zu Unfug und Schabernack. Laut spielte er auf seiner Mundharmonika und trat schneller in die Pedale als gewöhnlich, sodass er in höllischem Tempo über die beiden Streifen auf der Janders Road jagte. So raste Fonny Boy durch die kalte Luft und den Mondschein und nahm kaum von seiner Tante Ginny Notiz, die sich in einem Golfcart auf dem Weg zur Krankenstation befand.

»Heee!«, rief sie ihm zu, als sie auf der Straße aneinander vorbeifuhren. »Spiel di Brummis nöd mitte in dä Nacht. Du machscht mi jo dä Lüt varruckt!«

Fonny Boy antwortete mit einem lauten, rebellischen Ton und wünschte, er hätte nicht schon wieder die Watte verschluckt. Das letzte Mal hatte die Verstopfung eine Woche gedauert. Langsam wie ein Gletscher hatte sich die Watte durch seine Eingeweide bewegt, und als sie endlich den Weg nach draußen fand, war er bei seinem Vater auf dem Boot – weit und breit weder Toilette noch Land.

Als Ginny wenig später mit einem Tablett voller Krebsküchlein, heißen Brötchen und Margarine in den Lagerraum trat, betete Dr. Faux wieder.

»… Amen, lieber Gott. Ich meld mich später noch mal. Bist du es, Fonny Boy?«, fragte der Zahnarzt hoffnungsvoll. »Möge der Herr ein Einsehen haben. Es ist eiskalt hier drinnen. Wo kommt denn plötzlich dieses Winterwetter her?«

»Hätt där Wind in dä Bucht gblase. I han Veschper ond Wasser.«

»Ich muss auf die Toilette.« Es war Dr. Faux peinlich, dies einer Frau zu gestehen, an deren Mund er sich jahrelang vergangen und bereichert hatte.

Ginny sagte, sie sei einverstanden, wenn er verspreche, auf den Klappstuhl zurückzukehren, sich fesseln und die Augen wieder mit dem Halstuch verbinden zu lassen.

»Wenn Sie mich fesseln und mir die Augen verbinden, dann kann ich nicht essen«, beschwerte sich Dr. Faux, als Ginny ihn befreit hatte und er ins Dämmerlicht des Geräteraums blinzelte.

»I sitz hi, ohndass d' zruckkommscht vun dei Gschäft, und denn bin i komme, um di nix z' verzelle.« Das war Ginnys Art, zum Ausdruck zu bringen, sie wäre bereit, ihn in Ruhe auf die Toilette gehen zu lassen, falls er nicht versuche, sie auszutricksen und abzuhauen, habe aber nicht die geringste Absicht, ihm irgendwelche Informationen zukommen zu lassen.

Während der Zahnarzt in der Toilette verschwand, setzte sie sich auf eine Kiste mit Proben antibakterieller Seife und ließ sich noch einmal all die Neuigkeiten durch den Kopf gehen: die Raserfallen, die Eroberung der Insel durch NASCAR und das, was der Trooper über die kriminelle Zahnbehandlung der Inselbewohner gesagt hatte. Sie und einige andere Frauen hatten sich bei Spanky's versammelt und sich vorgenommen, überall Schilder auszuhängen, an den Zäunen, in den Restaurants und in den Läden, um der gesamten Einwohnerschaft von Tangier die Neuigkeit zu vermelden. Sogar den Kapitänen der Fährschiffe hatten sie es erzählt, die versprachen, NASCAR und den betrügerischen Zahnarzt in die Vorträge aufzunehmen, die sie hielten, während sie die Touristen zwischen Crisfield und Reedville hin und her schipperten.

Dr. Faux kehrte in seinen Klappstuhl zurück und fragte Ginny, wie sie mit ihrem Gebiss zurechtkomme.

»Wi allewil«, sagte sie. »Ond mär isch schlacht vun dä letzt Woch, wenn du dä Zähn gzoge hascht. Vorgeschtern Abend muscht i spucke.«

»Wenn Ihnen übel ist und sie sich übergeben, dann ist das sicher nur eine Virusinfektion«, log Dr. Faux. »Und es hört sich so an, als würde Ihr Gebiss etwas klappern.«

»Wann dä Kräm nolasst.«

»Na, wenn Sie eine neue Tube Haftcreme brauchen, dann können Sie ja gleich eine mitnehmen.« Hungrig biss Dr. Faux in ein Krebsküchlein. »Die sind im mittleren Schrank im Untersuchungszimmer.«

Schweigend sah Ginny ihm beim Essen zu und kämpfte mit einem tiefen Groll, der sich rasch zum Hass auswuchs. Sie war eine gläubige Kirchgängerin und wusste, dass Hass eine Sünde war, aber sie konnte nicht dagegen an, als sie den gierigen, gleichgültigen Zahnarzt beobachtete, wie er das Essen in sich hineinstopfte.

»I dacht allewil, du bisch dä best, wanns um dä Zähn gaht, Dr. Faux«, brach es aus ihr heraus. »Doch jatzt sah i di zerschtemol, und dos hätt mi zigt, dass i di nimmär vertrue kunn. Mer han us d' Kupf zerbroche über däs, wos du us gtan hascht. I bin jatz wirkli trurig drüber ond han vil nachgdacht, wann i däs Gschirr gspült han, bevor i di das Essen bringt han. Mer han di alls gäbbe, was mer kunn, meischt Essen und guete Wort, wenn du kumme bischt, us z' helfe, ond was hascht macht? Verflixt ond zugnäht, du hascht jäd von us packt ond us die Zähn versut, damit d' mär vom Staat kriegscht, als du verdienscht.«

»Meine liebe Ginny, Sie wissen, dass das nicht stimmt«, sagte Dr. Faux mit falscher Liebenswürdigkeit. »Erstens werden die Abrechnungen der Zahnärzte ständig von den Behörden überprüft. Selbst wenn ich so etwas vorhätte, würde ich damit nie durchkommen. Ich schwöre und küsse auf die Bibel«, womit er eine Lieblingswendung der Inselbewohner verwendete, »dass es die reine Wahrheit ist!«

»Das isch nu alls vorbi!«, erklärte Ginny, womit sie ihm zu verstehen gab, dass sie genug von seinen Geschichten hatte.

Ha, dachte Ginny bitter. Da würde doch eher die Hölle einfrieren, als dass ein Behördenvertreter die Fähre bestieg und in den Mündern der Einwohner herumstocherte, um festzustellen, ob eine Behandlung wirklich durchgeführt worden oder notwendig gewesen war. Sie versuchte, den Hass in ihrem Herzen fortzubeten. Dazu erinnerte sie sich daran, dass sie ohne Dr. Faux weder dritte Zähne noch Haftcreme noch Gratisproben Mundwasser hätte. Wahrscheinlich besäße sie gar keine Zähne mehr, abgesehen von den echten, die laut Dr. Faux wegen Abszessen, Karies, Parodontose, Überbissen und wegen vieler anderer Dinge, die sie schon wieder vergessen hatte, gezogen werden mussten.

»I will nimmär hasse«, betete sie leise, doch die Wirklichkeit lastete wie ein schwerer Stein auf ihrer Seele, der sich nicht so einfach beiseite schieben ließ.

Tatsächlich war sie sehr schockiert gewesen, als sie erfuhr, dass sie so schwerwiegende Zahnprobleme hatte, aber sie hatte Dr. Faux vertraut. Noch vor wenigen Jahren waren ihre Zähne wunderbar in Schuss gewesen, und die Leute hatten ihr hübsches Lächeln bewundert. Schließlich hatte sie seit ihrer Kindheit keine Karies mehr gehabt, und jetzt hatte sie plötzlich keinen einzigen

Zahn mehr im Mund. Je länger sie darüber nachdachte, während sie die Krankenstation abschloss und die dunkle Straße hinunterfuhr, desto finsterer wurden die Gedanken, die sie sich über Dr. Faux machte. Wie oft hatte er ihr erzählt, die *Inzucht* sei schuld, dass alle Inselbewohner mit schlechten Zähnen und der Tangier-Krankheit zur Welt kämen? Wie viele Geschichten gab es über Füllungen, die herausfielen, Wurzelkanäle, die sich entzündeten, oder Kronen, die wie Klaviertasten aussahen und ohne erkennbaren Grund auseinander brachen?

Oje oje oje, dachte sie, während sich Ärger und Trauer in ihrem Herzen mischten und sie die gemalten Linien auf der Janders Road überquerte. Vielleicht sollten sie Dr. Faux so lange gefangen halten, bis ihm alle Zähne ausfielen. Bis auch er mit einem klappernden Gebiss herumlief, das schlecht saß, ständig am Gaumen scheuerte und ihn immer wieder dazu zwang, eine Mahlzeit ausfallen zu lassen. Bis er beim Anblick eines Maiskolbens von einer Mischung aus hilflosem Verlangen und Verlust überwältigt wurde oder bis er merkte, wie peinlich es war, wenn man sich am Telefon anhörte, als würde man mit Kastagnetten klappern.

»Schätzeli, du bisch jo ganz uffgregt! Und hascht Träne in dei Aug!« Ginnys Ehemann bemerkte, dass sie schluchzte, während sie ins Haus lief und die Tür hinter sich zuschlug.

»I will mei Zähn!«, schrie sie hysterisch.

»Weischt nöd, wo du sä hinlagt hascht?«, sagte er und begann nach dem Marmeladenglas zu suchen, in dem sie ihr Gebiss normalerweise aufbewahrte. »Mei Fress, wo kunnt sä bloß sin?« Und, nachdem er seine Brille aufgesetzt hatte: »Hascht sä würkli nöd in dei Mund, Ginny?«

Eine historische Fußnote

von Trooper Truth

Auf den ersten Blick scheint es nicht ganz richtig zu sein, diesen Exkurs als Fußnote zu bezeichnen, denn wie der geschätzte Leser unschwer erkennen wird, gibt es hier paginierten keine Seiten wie in einem gedruckten Werk.

Allerdings ist eine Fußnote nicht zwangsläufig gleichbedeutend mit einem durch eine Zahl gekennzeichneten Verweis in Sachbüchern, Lehrbüchern oder wissenschaftlichen Arbeiten. Eine Fußnote kann auch ein Umstand von geringerer Bedeutung sein. So ließe sich beispielsweise sagen, Jamestown sei noch vor wenigen Jahren nicht mehr als eine historische Fußnote gewesen, denn die meisten Leute glauben, die Geschichte der USA habe in Plymouth begonnen. Schließlich feiern wir deswegen Thanksgiving. Obwohl die Schulbücher Jamestown nach wie vor wenig Aufmerksamkeit schenken, hat die erste dauerhafte englische Siedlung unserer Nation jetzt endlich ihren Weg in die offiziellen Lehrbücher gefunden und wird nicht mehr als bloße Fußnote abgetan.

In einem Lehrbuch für Highschools mit dem Titel *The American Nation* wird Jamestown, wie ich erfreut berichten kann, auf den Seiten 85 und 86 behandelt. Leider widmet meine Ausgabe der *Encyclopedia Britannica* von 1997 Jamestown nur eine achtel Seite und will dem Leser gar weismachen, von der Siedlung seien nur noch die Nachbauten der Schiffe übrig, mit denen die Siedler von der Isle of Dogs herüberkamen. Diese Nachbauten befinden sich in Wahrheit etwa anderthalb Kilometer westlich von dem ursprünglichen Fort und sind Teil dessen, was sich Jamestown Settlement nennt und gleichfalls eine Nachbildung ist. Ich sage es zwar ungern, aber ein Besuch dieses Ortes lohnt sich nur, wenn Sie sich vor Augen halten, dass die ersten Siedler keine Gebäude aus dem 20. Jahrhundert besaßen, keine Toiletten,

Lebensmittelstände, Souvenirläden, Parkplätze, Fähren und auch nicht auf den nachgebauten Schiffen fuhren, die dort im Fluss vertäut liegen.

Ich finde es ziemlich beklagenswert, dass man bei einem Besuch in Jamestown unzählige Wegweiser zu dieser künstlichen Siedlung findet, dagegen nur ein oder zwei Schilder, die auf den ursprünglichen Ort verweisen. Sie haben also die Wahl zwischen einem Besuch des künstlichen und des echten Jamestown. Viele Touristen entscheiden sich für die erste Möglichkeit, vermutlich wegen all der modernen Annehmlichkeiten.

Natürlich ging man beim Bau von Jamestown Settlement davon aus, dass die Originalsiedlung im Fluss versunken sei, was erklärt, weshalb man dachte, ein Nachbau sei das Beste, was der Staat Virginia tun könne.

»Der Punkt ist der«, sagte ich zu meiner klugen Vertrauten, »dass die Leute Dinge für bare Münze nehmen, die nicht wahr sind oder zumindest nicht bewiesen werden können.« Zur Verdeutlichung erklärte ich meiner Vertrauten, wie Tangier Island angeblich zu seinem Namen gekommen ist.

Es heißt, John Smith habe sich, als er die unbewohnte Insel entdeckte, von der wir annehmen, dass es sich um Tangier handelt, die aber auch Limbo sein könnte, sehr an die nordafrikanische Stadt Tanger im Süden der Meerenge von Gibraltar erinnert gefühlt. Das veranlasste ihn, dieser Insel in der Neuen Welt den Namen Tangier Island zu geben. Eine zumindest zweifelhafte Geschichte, wie mir scheinen will.

»Tangier Island hat nicht die geringste Ähnlichkeit mit Tanger in Nordafrika«, setzte ich meiner klugen Vertrauten auseinander, »und ich frage mich, ob sich Smith nicht vielleicht ein wenig im *Zruck-Schwätze* versucht hat, falls er überhaupt den Namen Tanger erwähnt hat.«

»›Erblickt ihr die Insel dort?‹, hat er vielleicht gefragt«, meinte ich, »als er in seinem Boot die Gegend erkundete. ›Sie sieht gar freundlich aus und gemahnt mich an Tangier.‹« Weiter erläuterte ich meiner Begleiterin, er habe diese Worte vielleicht in einem bestimmten Tonfall geäußert und sie mit einem Gesichtsausdruck begleitet, die deutlich gemacht hätten, dass er in Wahrheit genau das Gegenteil meinte.

Es gibt noch andere Theorien darüber. So soll Tangier Island seinen heutigen Namen bekommen haben, weil ein paar britische Soldaten, die in Tanger stationiert waren, mit ihren maurischen Frauen nach Amerika segelten, bevor das englische Militär seine Garnison 1684 aus der marokkanischen Stadt abzog. Diese hätten dann auf einer Insel in der Chesapeake Bay gesiedelt, bei der es sich angeblich um Tangier handelte. Jahre später jedoch bestritten jene Bürger, die sich als »maurisch« bezeichneten und in Sussex County in Virginia lebten, dass ihre maurischen Vorfahren irgendeine Verbindung mit Tangier Island gehabt hätten.

Wer kennt schon die Wahrheit? In der Tat scheint sich niemand sicher zu sein, wann Tangier das erste Mal besiedelt wurde, doch es gibt Dokumente über die Vergabe von Landrechten, die bis ins Jahr 1670 zurückreichen. Nach einer unbestätigten Tangier-Legende hat sich John Crockett 1686 auf einem Hügel der Insel angesiedelt, dort Kartoffeln, Rüben, Birnen und Feigen angebaut und neben seinen Rindern auch acht Söhne aufgezogen. Die Insel erlebte eine Zeit wirtschaftlicher Prosperität und erregte während der Amerikanischen Revolution die Aufmerksamkeit der Kriegsparteien. Die Briten verlangten von den Inselbewohnern Nachschubgüter, während Virginia eine Blockade über die Insel verhängte und Thomas Jefferson, der damalige Gouverneur, massive Drohungen ausstieß.

In der Zwischenzeit holten sich die Seeräuber, was sie wollten, brannten bei ihren Raubzügen das Haus eines Inselbewohners namens George Pruitt nieder und terrorisierten die Insulaner, die zu wenige waren, um sich zu wehren, und überdies keine Waffen besaßen. Als ob das noch nicht schlimm genug gewesen wäre, nahmen die Briten noch einen Jungen namens Joe Parks II gefangen, verschleppten ihn und zwangen ihn zum Militärdienst, woraufhin sich alle jungen Männer auf Tangier Island verstecken mussten. Was blieb den Inselbewohnern unter diesen Umständen anderes übrig, als offen mit dem Feind Handel zu treiben? Jedenfalls war es besser, als sich Ernte, Eigentum und Verwandte rauben zu lassen, und so begannen sie, Waren an Briten, andere Amerikaner und Piraten zu verkaufen, wobei sie ganz einfach die Flagge der Macht hissten, die gerade auf der Insel war. Diese Überlebenstechnik hat die Jahrhunderte überdauert und ist für mich die Erklärung dafür, weshalb die Bewohner von Tangier Island heute die Touristen auf der Insel dulden und ihnen Krebsküchlein, T-Shirts, Souvenirs, Taxifahrten in Golfcarts und Fehlinformationen feilbieten.

Liebe Leser, ich bitte Sie im Namen der Nächstenliebe, mir zu helfen. Falls jemand von Ihnen irgendeine zweifelhafte oder schlechte Zahnbehandlung von einem gewissen Dr. Sherman Faux aus Reedville erhalten hat, schicken Sie mir bitte umgehend eine E-Mail. Und sollte irgendjemand zufällig etwas über den Verbleib eines weiblichen Boston Terriers namens Popeye wissen, so möge er mir bitte ebenfalls rasch Bescheid geben. Wie der Zahnarzt wurde auch der Hund verschleppt und wird möglicherweise irgendwo gefangengehalten. Doch anders als der Zahnarzt hat Popeye niemandem etwas zuleide getan oder jemanden übervorteilt. Falls Sie Informationen über dieses oder andere Verbrechen haben – vor allem Hinweise auf die entsetzliche Ermordung von Trish Trash –, dann setzen Sie sich bitte mit mir in Verbindung.

Passen Sie gut auf sich auf!

NEUN

Major Trader kauerte über seinem Keyboard wie ein Truthahn, als Trooper Truths neuester Artikel genau um drei Minuten nach sieben an diesem Mittwochmorgen auf seiner Website erschien.

»Was ist das denn für ein Unsinn?«, rief Trader laut, obwohl er allein war. »Böse Sache, mein lieber Trooper Truth. Wir werden ja sehen, ob du so einfach in der Geschichte des Staates Virginia herumstochern und deine Leser zu Komplizen machen kannst!«

Trader biss in einen Marmeladen-Doughnut und wischte seine wurstigen Finger an seinem Flanellpyjama ab, während sich seine Frau in der Küche zu schaffen machte und mit den Töpfen klapperte, als sie in einem überfüllten Küchenschrank nach der Bratpfanne suchte.

»Musst du so einen Lärm machen?«, brüllte Trader aus seinem Büro von der anderen Seite des Hauses, das für ihn und seine Frau ein reines Renditeobjekt war und das sie demnächst mit sattem Gewinn zu verkaufen gedachten.

Trader hatte ein gutes Händchen für Investitionen und es in den letzten Jahren zu einem hübschen Bankkonto gebracht. Seine Vorgehensweise war einfach. Er kaufte ein Grundstück in einer exklusiven Wohngegend, in der keine reinen Renditeobjekte gestattet waren. Dann baute er dort ein Haus, lebte ein Jahr lang in dem Objekt und verkaufte es mit der Begründung, seine Arbeit für den Gouverneur verlange sowohl Privatsphäre als auch Sicherheit und beides sei aus irgendwelchen Gründen nicht gewährleistet, weshalb er ausziehen müsse. Zwar durchschauten die Nachbarn seinen Schwindel, konnten es ihm aber nie nachweisen, obwohl die zehn Häuser, die er bisher verkauft hatte, alle Kennzeichen solcher Objekte aufwiesen. Beschwerdebriefe der Nachbarschaftsvereine waren ergebnislos geblieben, und dieses profitable Vorgehen war bei Trader inzwischen regelrecht zur Sucht geworden.

Er hatte eine Schwäche fürs Umziehen. Vielleicht weil auf diese Weise mal tatsächlich etwas in seinem ansonsten so ereignisarmen Leben voller Lügen passierte. Jahr für Jahr hielt Trader seine Frau mehrere Monate lang auf Trab, kontrollierte, wie sie packte, und trieb den Bauunternehmer gnadenlos an, der ohnehin nicht wusste, wo ihm der Kopf stand, verlangte von ihm, die Fristen zu unterbieten, und brüllte ständig: »Sputen Sie sich! Sputen Sie sich! In zwei Wochen müssen wir umziehen, und dann muss das neue Haus stehen! Versuchen Sie nicht, mich hinzuhalten!«

»Aber wir haben noch nicht mal die Leitungen gelegt«, hatte der Bauunternehmer letzte Woche eingewandt.

»Wie lange kann das schon dauern?«, gab Trader ungerührt zurück.

»Und Sie haben auch noch keine Farbe ausgewählt.«

»Nehmen Sie einfach das verdammte Eierschalenweiß, das Sie für die letzten zehn Häuser verwendet haben, Sie Idiot!«, brüllte Trader in den Hörer. »Und den gleichen hellen Berberteppich, Sie Schwachkopf! Und die gleichen Lampen im Kolonialstil, Sie Null! Und die gleichen Lampenketten und Türknöpfe vom Baumarkt, Sie Trottel!«

Für Trader war es eminent wichtig, dass er wenigstens zu Hause das Sagen hatte, musste er doch für den Rest des Tages den Speichellecker für den Gouverneur machen. Und niemand, dem diese Erfahrung erspart geblieben ist, kann sich vorstellen, wie verheerend sich das auf das Selbstbewusstsein eines Menschen auswirkt. *Tun Sie dies, tun Sie das. Benutzen Sie ein anderes Wort. Schreiben Sie diesen Absatz um. Oh, ich habe meine Meinung geändert. Teilen Sie der Presse stattdessen dies mit. Wo ist mein Vergrößerungsglas? Verlassen Sie mein Büro auf der Stelle! Ich fühle mich nicht wohl.*

Wenigstens hatte Trader im Zuge seines anstrengenden und undankbaren Jobs gelernt, welcher Wert Manipulation, Rachsucht und Profitgier zukam. Dank dem Internet würde er schon bald Selfmade-Millionär sein – falls sich auch seine letzte Investition bewähren sollte.

»Major? Du hast mir noch nicht gesagt, was du zum Frühstück haben willst. Würstchen oder Speck? Rosinentoast oder Muffins?

Haferflocken mit Käse oder ohne?«, rief seine Frau unter lautem Klappern aus der Küche.

»Was machst du da drin? Übst du Schlagzeug?«, brüllte Trader zurück. »Ich will alles.«

Gott sei Dank waren ihre Kinder alle im Internat oder auf dem College, sodass Trader wenigstens deren Herumgetrampel und Gebrülle erspart blieb. Seine Frau brachte schon genug Unruhe ins Haus, und das war mit Sicherheit genauso hellhörig wie die vergangenen zehn. Trader bewegte sich rapide auf die fünfzig zu, und falls alles nach Plan ging, konnte er sich frühzeitig zur Ruhe setzen und sich ausschließlich seinem Hobby, der Internet-Kriminalität, widmen. Tief in Gedanken und mit finsterer Miene las sich Trader Trooper Truths letzten Artikel noch einmal durch, bevor er eine Antwort aufsetzte, die so anonym wie aufreizend war:

Lieber Trooper Truth,

ich bin der Ururenkel eines Spions der Konföderierten, also liegt es vielleicht in meiner DNA (haha), dass es zu meinen Schwächen gehört, geheime Informationen weiterzuleiten. Ich schreibe haha, weil ich annehme, dass Sie meine scherzhafte Bemerkung über die DNA zu würdigen wissen, haben Sie doch schon selbst darüber geschrieben. Zufällig weiß ich, dass der Gouverneur nicht die Absicht hat, irgendwelche Raser auf Tangier Island zu fangen. Das ist ihm völlig egal. Vielmehr will er VASCAR dort einrichten, um Unruhe zu stiften und anschließend jemand anders dafür verantwortlich zu machen. Ich bin sicher, dass Sie das in Ihrem nächsten Artikel erwähnen möchten. Übrigens tut mir die Geschichte mit Popeye sehr Leid. Sind Sie schon mal auf den Gedanken gekommen, dass jemand den hilflosen kleinen Hund aus einem bestimmten Grund gestohlen haben könnte? Und wenn jemand Informationen über Dr. Faux oder jemand anders hat, wartet dann eine Belohnung auf ihn?

Freundlichst
A. Spy

Wie üblich hatte Trader nicht beabsichtigt, einen Punkt hinter das A in A Spy zu setzen. Und wie üblich hatte er den Befehl SENDEN angeklickt, bevor er es hatte korrigieren können. Das Renditeobjekt füllte sich mit dem fetten Duft von gebratenem Fleisch, während er auf Trooper Truths Antwort wartete.

»Frühstück ist fertig!«, rief seine Frau in dem Augenblick aus der Küche, als sein Computer verkündete: »Sie haben Post!«

Lieber Mr. Spy,

jeder Bürger sollte bereit sein, die Wahrheit zu sagen, ohne eine Belohnung zu erwarten! Und wenn Sie irgendwas über Popeyes Verschwinden wissen, dann sollten Sie es mir lieber sagen, oder es wird Ihnen Leid tun!

Trooper Truth

»Na, na«, murmelte Trader mit schadenfrohem Grinsen. »Da habe ich wohl einen wunden Punkt getroffen.«

»Hast du was gesagt, Major?«, schrie seine Frau aus der Küche, um das Wasser zu übertönen, das in die billige Spüle floss.

»Nicht zu dir!«, donnerte Trader, während er eine weitere E-Mail verfasste.

Lieber Trooper Truth,

ich habe gerüchtweise vernommen, wer die Besitzerin des Hundes war. Kann das Zufall sein? Sie müssen nämlich wissen, dass nicht jeder diese Frau mag, die ganz gewiss auf dem falschen Posten sitzt. Wir leben in einer Männerwelt, richtig? Ist ihre Adresse denn nicht geheim? Ich frage mich, wie die Hundediebe ihr Haus ausfindig gemacht haben. Im Übrigen bin ich sehr wohl der Meinung, dass Bürger ausreichend belohnt werden sollten, wenn sie der Polizei helfen.

Freundlichst
A. Spy

Andy war stinksauer, als er seine Antwort an A. Spy tippte.

Sehr geehrter Mr. Spy,

wir leben keineswegs in einer Männerwelt, und wenn Popeye das Opfer irgendeiner politischen Intrige ist, dann schlage ich vor, Sie sagen mir auf der Stelle, was Sie wissen. Ich warne Sie nicht noch einmal. Wo die Besitzerin wohnt, geht Sie gar nichts an. Wegen der Belohnung melde ich mich bei Ihnen.

Trooper Truth

Andy schickte die E-Mail ab und wartete auf Mr. Spys Antwort. Aber die Flut von E-Mails, die sich in Andys Mailbox ergoss, kam von anderen Lesern. Mit wachsendem Ärger gelangte Andy zu der Erkenntnis, dass sich Mr. Spy ausgeloggt hatte und ihn zum Besten hielt.

Ständig musste er daran denken, wie er mit Popeye gespielt und sie ihm das Gesicht abgeleckt hatte. Fast meinte er noch ihr glänzendes, schwarzes Fell und ihr babyweiches, rosafarbenes Bäuchlein zu spüren. Und wie fröhlich ihre Krallen über den Holzfußboden kratzten, damals, als er noch häufig bei Hammer zu Besuch gewesen war.

Andy griff nach dem Fotoalbum, das auf dem Stapel mit seinen Büchern lag. Er würde diesen Hund finden, und wenn es das Letzte war, was er tat. Hammers Sicherheit machte ihm Sorgen. Ihre Adresse war in der Tat geheim, und sie lebte außerordentlich zurückgezogen. Nur die Polizei, ihre Arbeitskollegen und ein paar ihrer Nachbarn wussten, wo sie wohnte. Über Popeye hatte sie nie geredet und auch keine Pressefotos von dem Hund zugelassen. Wie hatte der Hundedieb also Popeye finden können, wenn es sich nicht, wie A. Spy angedeutet hatte, um einen Insider handelte?

»Sei ein braver Hund, Popeye – sei am Leben«, murmelte Andy, während er sein Lieblingsfoto von ihr heraussuchte – das mit dem Rotkäppchen-Wintermäntelchen. »Vergiss uns nicht, Superintendent Hammer und mich. Wir werden dich finden! Ich verspreche es dir! Und du wirst schon sehen, was ich mit dem Scheißkerl mache, der dich geklaut hat!«

Er scannte das Foto ein, und augenblicklich erschien das Bild von Popeye auf seinem Bildschirm. Er öffnete seine Website und tippte folgende Bildunterschrift: »Vermisst. Haben Sie Popeye gesehen? Ihnen winkt eine stattliche Belohnung!« Wenn die Leute so schäbig waren, dass man ihnen Geld anbieten musste, damit sie taten, was ihre Pflicht war, dann war Andy bereit, ihr Spiel mitzuspielen. Er verbesserte die Bildunterschrift, sodass dort jetzt stand: »Ihnen winkt eine STATTLICHE BELOHNUNG!« Wie nicht anders zu erwarten, trudelten gleich darauf die Falschmeldungen ein. Leser, die behaupteten, sie hätten Popeye auf dem Seitenstreifen der Stadtautobahn entlanglaufen, in einer dunklen Seitenstraße hocken oder auf dem Rücksitz eines verdächtigen Autos weinen sehen. Wenn der Preis stimme, schrieben andere, würden sie Trooper Truth verraten, wo Popeye sei und warum sie gestohlen worden war.

Außerdem gab es zahllose Mitleidsbekundungen. Hunderte von Lesern erzählten traurige Geschichten von Haustieren, die sie in der Kindheit oder später verloren hatten. Noch nie hatte Trooper Truth so viele Zuschriften erhalten. Den ganzen Tag saß Andy an seinem Esszimmertisch und versuchte, sie alle zu beantworten. Dabei hoffte er ständig, auf ein Schreiben zu stoßen, in dem es hieß: »He, ich hab den Hund geklaut, weil meine Kinder einen wollten und ich mir keinen leisten konnte. Wir treffen uns an einem verschwiegenen Ort. Bringen Sie die und die Summe mit, und Sie kriegen Popeye zurück.« Oder dass jemand schrieb: »Wissen Sie, ich bin da so reingeschliddert. Jemand, der Superintendent Hammer hasst, hat mir von dem Hund erzählt und mir ihre Adresse und einen kleinen Geldbetrag gegeben. Inzwischen weiß ich, wie gemein und herzlos das war, und ich wäre heilfroh, wenn ich Popeye zurückgeben könnte, ohne in Schwierigkeiten zu geraten. Schön wäre es natürlich, wenn noch eine kleine Belohnung für mich herausspringt.«

Leider gab es keine E-Mails zur Ermordung von Trish Trash, außer einer kurzen Notiz von jemandem namens P. J., der behauptete, er habe früher Softball mit T. T. gespielt und könne mit Sicherheit sagen, dass T. T. niemals freiwillig mit einem Mann auf Belle Island spazieren gegangen wäre.

»Sind Sie von allen guten Geistern verlassen?«, fragte Hammer Andy gegen sechs Uhr abends am Telefon. »Ich dachte, es ginge nur um Artikel zur Verbrechensbekämpfung. Schlimm genug, dass Sie sich über Mumien und Piraten auslassen, aber müssen Sie sich jetzt auch noch als Tierschützer aufspielen?!«

»Wollen Sie, dass ich Popeyes Foto aus dem Netz nehme?« Er wollte sie auf die Probe stellen. »Kann ich natürlich, aber ich dachte, es schadet nichts, wenn ich einen Versuch mache. Vielleicht ist sie ja irgendwo da draußen, und jemand findet die Belohung so verlockend, dass er das Tier zurückgibt.«

»Ich weiß einfach nicht, ob ich es ertragen kann, sie jedes Mal in ihrem süßen roten Mäntelchen zu sehen, wenn ich mich auf Ihrer Site einlogge«, gestand Hammer traurig.

»Wenn die Menschen sich bestimmte Fotos nicht ansehen können, ist das ein Zeichen dafür, dass die Wunden noch nicht verheilt sind. Das ist der Grund, warum ich die Fotos von verflossenen Freundinnen nie zerreiße. Wenn ich sie gelassen anschauen kann, weiß ich, dass ich okay bin. Wenn ich ihren Anblick nicht ertragen kann, weiß ich, dass ich nicht okay bin«, sagte Andy.

»Na gut, lassen Sie das Foto auf der Website«, sagte Hammer. »Ich werd mich dran gewöhnen müssen. Und Sie haben natürlich Recht, Andy, wenn es irgendeine Chance gibt, Popeye wiederzufinden, dann müssen wir alles daransetzen. Ich dachte, Sie wollten sich heute Abend um den Gouverneur kümmern?« Ihr Ton wurde wieder geschäftsmäßig. »Und ich weiß nicht recht, ob es schlau war, ihn in Ihrem Trooper-Truth-Artikel schon wieder zu kritisieren. Wer ist übrigens Ihre *kluge Vertraute*, die Sie ständig zitieren?«

»Eine kluge Vertraute zu haben gibt mir die Möglichkeit, Dialoge und erläuternde Gespräche einzuflechten«, erwiderte Andy.

»Nun, ich habe verdammt keine Ahnung, wer *sie* ist, aber es darf niemand erfahren, dass Sie Trooper Truth sind, vor allem nicht jetzt, wo wir es mit diesem widerwärtigen Mord zu tun haben.« Hammer hatte zu ihrem üblichen schroffen Ton zurückgefunden. »Ich kann also nur hoffen, dass Sie der so genannten klugen Vertrauten gegenüber Ihre Identität nicht preisgegeben haben. Und wenn, muss ich es wissen, was nicht heißt, dass ich das geringste Interesse an Ihrem Privatleben habe. Sagen Sie bloß nicht, dass es Windy ist.«

»Windy?« Andy war beleidigt und nahm den Hörer ans andere Ohr. »Ich hatte gehofft, dass Sie mir einen besseren Geschmack zutrauen.«

Ohne sich zu verabschieden, beendete Hammer das Gespräch, das sowieso schon zu lange gedauert hatte. Andy schickte eine letzte E-Mail ab, dieses Mal benutzte er allerdings seine eigene Adresse:

Lieber Dr. Pond,

gerne würde ich wissen, ob Ihnen schon die Ergebnisse der toxikologischen Untersuchung vorliegen. Sie wissen ja, dass es sich hier um einen sehr delikaten Fall handelt, und ich bin Ihnen sehr dankbar dafür, dass Sie alle Einzelheiten mit absoluter Diskretion behandeln. Was die Anzeige wegen rücksichtslosen Verhaltens im Straßenverkehr angeht, kann ich leider nichts für Sie tun. Ich schlage vor, Sie suchen an einem Samstag, der Ihnen passt, die Fahrschule auf. Dann werden Ihnen die Punkte wieder abgezogen.

Danke und alles Gute
Trooper Brazil

Er loggte sich aus und legte seine Uniform an. Eine Stunde später parkte er sein Auto vor Ruth's Chris Steakhouse im Südteil der Stadt, wo er Trooper Macovich traf, der die First Family zum Dinner geflogen hatte. Die beiden saßen in Andys Auto, beobachteten die Eingangstür des Steakhauses und warteten darauf, dass der Gouverneur samt Anhang wieder erschien.

»Was für ein Gefühl ist es, so 'n Ding zu fliegen?«, fragte Andy, während er den glänzenden Bell 430 betrachtete, einen metallgrauen Hubschrauber mit blauen Streifen an den Seiten und dem Wappen des Staates Virginia an den Türen.

»Sicher nich so toll, wie die Leute glauben«, antwortete Macovich. »Bin echt froh, dass der Gov' mich nich erkannt hat, als ich ihn hergeflogen hab. Hab jeden Moment damit gerechnet, dass seine beschissene Tochter übers Billard quatscht. Dann wär die Kacke am Dampfen gewesen. Aber sie war nur scharf auf den Naschkram in der kleinen Schublade unterm Rücksitz. Kann nur hoffen, sie hält auch die Klappe, wenn sie wieder rauskommt.« Macovich zündete sich eine Salem Light an und richtete seine dunkle Brille auf Andy. »Wo wir hier so unter uns sind, Mann, warum erzählst du nich, womit du dich in die Scheiße geritten hast? Ich mein, jeder tut sich fragen, warum Hammer dich ein ganzes Jahr lang auf Eis gelegt hat.«

»Wer sagt, dass ich auf Eis gelegt war?«, fragte Andy abwehrend.

»Alle sagen das. Du sollst Ärger gehabt und dich mit Hammer in die Wolle gekriegt haben.«

»Ich habe meinen Pilotenschein gemacht und ein paar zusätzliche Qualifikationen erworben.«

»Erzähl mir nix. Du brauchst kein Jahr lang vierzig Stunden in der Woche, um Fliegen zu lernen. Und die Scheißqualifikationen, wie lange haben die gedauert? Jede einzelne vielleicht zwei oder drei Wochen? Was hast du den Rest der Zeit gemacht? Frauen aufgerissen und vor der Glotze gehockt?«

»Vielleicht.«

»Na, rück schon raus damit, warum hat sie dich beurlaubt?«, drängte Macovich.

»Geht dich nix an«, sagte Andy mürrisch, der fand, das Gerücht könne nur von Vorteil sein, weil niemand, auch Macovich nicht, wissen durfte, dass er Trooper Truth war.

»Komisch, keiner tät auf die Idee kommen, dass du Probleme an der Hacke hast. Eigentlich müsstest du dich sauwohl fühlen«, fügte Macovich mit einer Spur von Neid hinzu.

»Wir brauchen neue Piloten.« Andy wechselte das Thema. »Im Moment sind wir beide die einzigen, die noch übrig sind.«

Macovich folgte Andys Blick auf den großen Helikopter, und ein Verdacht keimte in ihm auf.

»Wette, du willst den Gov' fliegen«, unterstellte er Andy, während er sich in eine dichte Rauchwolke hüllte.

»Warum nicht? Mir scheint, du könntest ein bisschen Hilfe gebrauchen«, antwortete Andy mit gespielter Gleichgültigkeit, während er sofort beschloss, es dem Gouverneur vorzuschlagen. »Der First Family sollte mehr als ein Pilot zur Verfügung stehen. Und was zum Teufel machst du, wenn die Wetterbedingungen nicht den VFR entsprechen?«, fügte er hinzu. Er sprach von den Visual Flight Rules, den Regeln, die festlegen, wann die Wetterbedingungen einen Flug nach Sicht und nicht nach Instrumenten zulassen.

»Dann lass ich mir 'ne Ausrede einfallen, warum der Hubschrauber nich einsatzfähig is«, antwortete Macovich. »Meistens sag ich, es gibt 'n technisches Problem oder das Radar funktioniert nich.«

»Du hast 'ne Vier-Dreißiger und fliegst nur bei schönem Wetter?« Andy konnte es nicht glauben. »Das Ding wurde gebaut, um durch Wolken zu fliegen. Wozu, glaubst du, hat es Autopilot, IIDS und EPHIS? Nicht zu reden vom superflexiblen Rotorsystem. Verdammt, du könntest mit diesem Vogel eine Rolle machen wie mit einer F-16. Nicht, dass ich das empfehlen würde«, fügte Andy schnell hinzu, denn es war verboten, mit einem Hubschrauber solche akrobatischen Übungen zu veranstalten. »Aber ich muss zugeben, dass ich es im Flugsimulator in Fort Worth gemacht habe. Habe auf hundert Knoten gedrosselt, die Nase auf zweitausend Fuß gesenkt, die zyklische Blattverstellung ganz nach rechts gedrückt, und schon ging's ab.«

Die Vorstellung, mit einem Hubschrauber auf dem Kopf zu stehen, sagte Macovich gar nicht zu, und er inhalierte eine kräftige Portion Rauch, um seine Nerven zu beruhigen.

»Bist ein echt beknackter Arsch«, sagte er. »Kein Wunder, dasse dich suspendiert haben. Es sei denn« – Macovich hatte plötzlich eine Idee –, »du warst nich wirklich suspendiert, sondern da is was im Busch. Irgendwas Geheimes. Mann, das wär 'n Ding!«

»Apropos geheime Sachen«, lenkte Andy geschickt vom Thema ab, »ich frage mich, wer wohl Trooper Truth ist.«

»Da bist du nich der Einzige«, erwiderte Macovich. »Der Gouverneur is ganz scharf drauf, das rauszukriegen, und hat mich beauftragt, Nachforschungen anzustellen. Wenn du also irgend'ne Idee hast, wär ich dir verdammt dankbar, wenn du's mir sagen würdst.«

Andy gab keine Antwort.

»Ich selber würd's auch gern wissen«, fuhr Macovich fort. »Woher weiß er das ganze Zeug über Tangier Island und was wir da draußen machen? Hab alles gelesen, was er im Web drüber geschrieben hat. Als ob er alles beobachten würde.«

Andy schwieg, weil er nicht lügen wollte. Wieder richtete Macovich seine dunklen Gläser auf ihn, als ihn ein neuer Verdacht beschlich.

»Mann, vielleicht bist *du* ja selbst Trooper Truth, oder was?«, überlegte Macovich laut. »Also, wenn du's bist, dann versprech ich dir, nix drüber zu sagen, solang klar is, dass ich's dem Gov' sagen muss.«

»Hör mal, warum glaubst du, dass ich's dem Gouverneur nicht selbst sagen würde, wenn ich wüsste, wer Trooper Truth ist?«, wich Andy der Frage aus.

»Hmmm. Wohl wahr. Wenn du's wüsstest, würdst du's ihm sagen und alle Lorbeeren einheimsen«, überlegte Macovich.

»Na klar.«

»Was glaubst du denn, wer's is? Manchmal denk ich, Major Trader steckt dahinter.«

»Wohl kaum«, sagte Andy. »Trader sagt *nie* die Wahrheit. Also kann er unmöglich Trooper Truth sein, oder?«

»Wahrscheinlich hast du Recht«, Macovich blies eine Rauchwolke aus. »Außerdem hast du Recht, was die Piloten angeht.«

»Warum kündigen die alle?«, wollte Andy wissen.

Macovich kam zu dem Schluss, dass er genug gesagt hatte. Er hatte ohnehin schon Ärger mit der First Family. Es hatte keinen Sinn, die Sache noch schlimmer zu machen, und er fürchtete, dass

Andy ihm den Rang ablaufen könnte. Der weiße Junge war in der Tat ganz schön schlau – viel schlauer als er selbst. Andy brauchte nicht lange nachzudenken, um was Kluges zu sagen, und manchmal benutzte er Wörter, die Macovich nicht kannte.

»Jede Wette, dass du in der Schule einer von diesen Strebern warst«, sagte Macovich, und es klang etwas neidisch. Er wollte Andy eins auswischen. »Bestimmt hast du in der Bibliothek gewohnt und nix getan als gepaukt.«

»Himmel, nein. Ich habe nie gepaukt«, sagte Andy und verschwieg, dass er in nur drei Jahren glatt durchs College gekommen war und so viel Gefallen am Studium gefunden hatte, dass er die Vorbereitungen nie als Arbeit empfunden hatte. »Ich hatte nur einen Wunsch – raus da und endlich was Richtiges tun.«

»Genau, Mann.« Die Rauchwolke nickte.

Macovich hatte sich ein Jahr lang an einem technischen College herumgequält, bis er den Mut aufgebracht hatte, sich gegen den Vater aufzulehnen, der sich so sehnlich wünschte, sein ältester Sohn würde eines Tages eine respektable Stellung bei der Ethyl Corporation bekleiden und eine Menge Geld verdienen. Noch vor Abschluss des ersten Collegejahrs war Macovich zu Hause ausgezogen und zur Army gegangen, wo man ihm beigebracht hatte, Hubschrauber zu fliegen. Später war er in den Polizeidienst eingetreten. Erst vor ein paar Monaten hatte er seinem Vater ein gerahmtes und signiertes Foto der First Family geschenkt, um etwas Salz in seine Wunden zu streuen. Mrs. Crimm hatte höchstpersönlich ihr »First Lady Maude Crimm» darauf gesetzt.

Ein Zigarettenstummel segelte in einem eleganten Bogen auf die Straße, wo er wie ein wütendes Auge weiterglühte.

»Ein Wort von mir würd genügen, und der Gov' stellt dich als meinen neuen Kopilot ein«, behauptete Macovich. Dabei dachte er nicht im Traum daran, Andy die Wege zu ebnen – weder zu Hubschrauberflügen noch zu sonst was, höchstens zu Ärger. »Natürlich nur wenn er sich nich an mich erinnert. Wenn seine beknackte Tochter wegen dem Billard rumzickt, sollt ich vielleicht 'n andermal mit ihm reden. So, ich steck mir noch schnell eine an, bevor die Bande rauskommt.«

Als der Rauchnebel einen Moment lang aufklarte, konnte sich Andy einmal mehr davon überzeugen, dass Thorlo Macovich der größte Schwarze war, den er je gesehen hatte.

»Den Gov' kratzt es nich, wenn du rauchst.« Macovich zündete eine weitere Zigarette an. »Aber die First Lady – Mann, ich kann dir sagen.« Er schüttelte den rauchverhüllten Kopf. »Erinnerst du dich an das Interview von ihr in der Sonntagszeitung? Die Geschichte mit dem tertiären Rauchen oder wie der Scheiß hieß? Das war vielleicht 'n Ding!« Die Rauchwolke kannte jetzt kein Halten mehr. »Ich mein, wie soll das gehen? Ich zieh mir den Rauch rein und blas ihn in dein' Mund, und denn rennste los und suchst 'nen Dritten und bläst ihn dem in' Mund, oder was?«

»Du bläst besser schnell«, sagte Andy, der sich gerade einen Plan zurechtgelegt hatte. »Da kommen sie.«

ZEHN

Der bösartigste Rauch in Virginia war nicht der, den die Salem Lights produzierten, sondern ein Highway-Pirat, der Smoke hieß und schon von Kindesbeinen an durch und durch gewalttätig war. Bereits als Jugendlicher hatte er ein Strafregister, das von Schuleschwänzen und Katzenanzünden bis zu schwerer Körperverletzung und Mord reichte. Obwohl der Staat Virginia ihn vor einigen Jahren endlich abgeurteilt hatte, war es ihm gelungen, aus dem Hochsicherheitstrakt eines Zuchthauses auszubrechen, indem er eine Schlinge aus einem Laken fertigte und so tat, als hätte er sich an seinem Bett aus rostfreiem Stahl erhängt.

Als der Vollzugsbeamte A. P. Pinn den Häftling Smoke mit verdrehten Augen und heraustretender Zunge auf dem Boden liegen sah, riss er die Zellentür auf und lief hinein, um festzustellen, ob der Gefangene noch lebte. Was durchaus der Fall war, denn Smoke sprang auf und knallte Pinn das Essenstablett mit dem Hackbraten auf den Kopf. Rasch schlüpfte er in Pinns Uniform, setzte dessen Sonnenbrille auf und spazierte aus der Strafvollzugsanstalt, ohne erkannt zu werden. Anschließend hatte Pinn ein Buch über seine Leidensgeschichte geschrieben und im Selbstverlag veröffentlicht. Doch *Ver(b)raten* hatte sich nicht besonders verkauft. Seither versuchte Pinn sein Glück als Talkshow-Moderator bei einem lokalen Privatsender, die Sendung hieß *Unter vier Augen mit Pinn.*

Smoke schaute *Pinnauge,* wie er die Show nannte, jede Woche, um sich davon zu überzeugen, dass es keine neue Spur von seinem Verbleib gab und niemand ahnte, dass er der Anführer einer Bande von Straßenpiraten war. Irgendwie war er ein bisschen enttäuscht, dass Pinn ihn nie weiter erwähnte, abgesehen von dem Gejammer über das Trauma, das man davontrage, wenn man unversehens so unsanft von einem Braten am Kopf getroffen werde.

Wer es nicht erlebt habe, könne sich keine Vorstellung davon machen.

Pinns Show hatte gerade begonnen. Smoke und seine Gang hockten in ihrem geklauten Winnebago-Wohnmobil hinter ein paar Kiefern auf einem verlassenen Grundstück im Norden der Stadt. Smoke richtete die Fernbedienung auf den Fernseher und stellte ihn lauter, während Pinn in die Kamera lächelte und mit Reverend Pontius Justice über das Neighborhood Watch Program plauderte, eine Art Bürgerwehr, die der Reverend gerade in Shockhoe Bottom, in der Nähe des Marktes, ins Leben gerufen hatte.

»Was für 'n Wichser!«, sagte Smoke und nahm einen kräftigen Schluck Old Milwaukee. »Der hält sich echt für 'ne große Nummer.«

Pinn trug einen zweireihigen, glänzend schwarzen Anzug, passend dazu ein schwarzes Hemd und eine schwarze Krawatte und hatte seine großen Zähne offensichtlich gebleicht. Als Smoke noch einsaß, hatte Pinn immer eine Brille mit dicken, getönten Gläsern aufgehabt. Anscheinend trug er jetzt Kontaktlinsen, vermutlich blinzelte er deshalb ständig in die Kamera.

»Was glaubt der, was das ist? Die Oscar-Verleihung? Hier, das is die Beule, die ich ihm mit dem Braten-Tablett verpasst hab.« Smoke zeigte auf die Stelle.

»Die Beule am Hinterkopf hat er schon immer«, sagte Cat, der älteste der Straßenpiraten. »Früher hat er seine Birne bloß nich rasiert und mit Wachs poliert, so wie jetzt. Da fällt die Beule mehr auf. Mann, glänzt dem seine Kugel. Da brauchste ja 'ne Sonnenbrille, so blendet das.« Cat blinzelte durch den Zigarettenrauch und schnippte die Asche in eine Bierdose.

»Was nimmt der wohl für 'n Wachs?«, fragte Possum, ein anderer Straßenpirat, der mitgenommen und kränklich aussah und seine Tage im abgedunkelten Zimmer vor dem Fernseher verbrachte. »Bienenwachs? He, vielleicht is es dieses Bed Head. Erinnert ihr euch noch an den Typ, von dem ich die Knarre gekauft hab? Hab ihn gefragt, wie er sein' Kopf so glänzend kriegt, und er sacht, er nimmt dieses Bed Head, was er in New York in so 'nem Kosmetikladen gekauft hat und was zwanzig Dollar das Stück kostet! Das ist so 'n Stift, den drehste raus, und dann schmierste dir das auf'n Schädel wie 'n Deostift …«

»Der Arsch tut sich Deo auf'n Kopf?«, fragte ein dritter Straßenpirat, mit Namen Cuda. Benommen starrte er auf Pinns polierte Glatze.

»Halt's Maul!« Smoke drehte noch lauter.

Pinn kam nämlich auf das Thema zu sprechen, für das sich Smoke interessierte.

»… In Ihrem Buch *Ver(b)raten*«, bemerkte Reverend Justice in einem Polstersessel vor einer Sperrholzwand, auf die ein Bücherbord und ein fröhlich flackernder Kamin gemalt waren, »haben Sie sich eingehend darüber geäußert, dass Nachbarn wirklich Nachbarn sein sollten, statt einfach nur nebeneinander zu wohnen, wenn ich Sie richtig zitiere.«

»O ja, das habe ich geschrieben.«

»Wenn wir also unsere Brüder und Schwestern lieben und darauf achten, wann sie kommen und gehen, wird sich unser Zusammenleben in der Nachbarschaft verbessern.«

»Hmm. Ja, das könnte ich geschrieben haben.«

»Haben Sie diese Auffassung vertreten, bevor Sie den Schlag auf den Kopf bekamen?«

»Weiß nicht so genau. Könnte sein.« Pinn setzte sich aufrecht und starrte in die Kamera, während er seine Satinkrawatte zurechtrückte, die er sich in einem Kaufhaus für neun fünfundneunzig gekauft hatte. »Ich weiß mit Sicherheit, dass ich nachbarschaftlich gehandelt habe, als ich nach dem vermeintlich toten Gefangenen sah. Als ich aufwachte, lag ich nackt auf dem harten Zementfußboden. Er hatte mir die Uniform gestohlen mit allem, was darin war.« Pinn wurde sichtlich zornig bei dem Gedanken und hatte Mühe, ruhig und würdevoll auszusehen. »Können Sie sich das vorstellen? Wie würden Sie« – er richtete den ausgestreckten Finger auf sein Fernsehpublikum – »es finden, wenn man Ihnen auf den Kopf schlüge und Sie nackt zurückließe, sodass es für alle Häftlinge und Wärter so aussieht, als hätten sie es mit einem Mann getrieben – so wie Sie daliegen, mit dem Gesicht nach unten und ohne was an!«

Der Reverend wurde blass und begann, unter den heißen Studioscheinwerfern zu schwitzen. »Und vergebe uns unsere Sünden, heißt es in der … « Er versuchte, Pinn zu unterbrechen.

»Vergebung ist für'n Arsch! Ich vergeb dem Schwein nicht. Zur Hölle, nein. Eines Tages finde ich ihn, und dann werden wir ja sehen, wer von uns am Ende liegen bleibt.« Wütend starrte er in die Kamera, genau in Smokes Gesicht. »Und eins ist so sicher wie das Amen in der Kirche, irgendjemand weiß, wo sich das Stinktier verkrochen hat. Wenn Sie ihn gesehen haben, rufen Sie die gebührenfreie Nummer an, die unten am Bildschirmrand eingeblendet ist. Wir schicken Ihnen eine Belohnung.« Er wiederholte die Nummer mehrfach. »Sein Spitzname ist Smoke. Ein unscheinbarer Weißer mit Dreadlocks und ein paar Haaren im Gesicht, die er Bart nennt, die aber in Wirklichkeit aussehen wie der Schwanz von 'nem Opossum.«

»He!«, protestierte Possum und warf eine leere Bierdose gegen den Fernseher.

Smoke stieß Possum vom Sofa und fuhr ihn an, er solle die Klappe halten. »Machst du den Fernseher kaputt, mach ich dich kaputt, kapiert?«

»Ich weiß nicht, wie Smoke sich jetzt kleidet, denn das letzte Mal, als ich ihn sah, trug er einen orangefarbenen Overall, aber er ist ein männlicher Weißer um die einundzwanzig, und er ist gemein wie 'ne Ratte«, fuhr Pinn fort. »Ich garantier Ihnen, er tut bestimmt nichts, was der Nachbarschaft nützt. Nicht das Geringste. Hör'n Sie mir gut zu.«

Er sah sich suchend in der gesichtslosen Zuschauermenge hinter der Kamera um. »Möchten Sie, dass sich so 'ne Ratte in Ihrer Nachbarschaft rumtreibt?«

»In unserer Nachbarschaft werden wir auf jeden Fall die Augen offen halten«, versprach Reverend Justice mit einem Kopfnicken und tupfte sich das Gesicht mit einem Taschentuch ab. »Es gibt so viel Schlechtigkeit da draußen. Denken Sie nur an den Überfall auf diesen Moses Custer, der schrecklich zugerichtet wurde und dem sie seinen Peterbilt-Truck direkt neben dem Kürbisstand gestohlen haben.«

»Hat er überlebt oder ins Gras gebissen?« Pinn ließ sich einen Augenblick durch die schreckliche Geschichte ablenken.

»Da war kein Scheißgras, in das er beißen konnte. Nicht für einen einzigen Joint.« Smoke gönnte sich ein kleines Wortspiel in Richtung Fernseher. »Mann, stell dir vor, der Container wäre voll mit Gras gewesen und nicht mit diesen beschissenen Kürbissen! Wetten, dass Pinnauge dieser Typ ist, dieser Trooper Truth? Bestimmt ist er der Beknackte, der den ganzen Scheiß im Internet schreibt.«

»Er hat überlebt«, sagte der Reverend. »Aber es geht ihm schlecht. Ich habe Moses im Krankenhaus besucht.« Der Reverend schüttelte traurig den Kopf. »Der arme Mann sah aus, als hätte ihn ein Pitbull erwischt.«

»Was hat er erzählt?« Pinn wurde ungeduldig. Er konnte es nicht ausstehen, wenn einer seiner Gäste besser informiert war als er selbst.

»Wieso glaubst'n, er is Trooper Truth?«, fragte Possum, der sich mit Computern auskannte und deshalb jeden Morgen die Trooper-Truth-Website nach allem durchforsten musste, was für Smoke von Interesse sein konnte.

Possum war auch für alle anderen Internetaktivitäten zuständig, was unter anderem hieß, dass er nach Sattelschleppern zu suchen hatte, die irgendwo zum Verkauf angeboten wurden, oder nach Infos über neue Truck-Shows, Truck-Rodeos, Truck-Zubehör und -Ersatzteile, Obst- und Gemüsemärkte, Piraterie, Schmuggel, Kanada. Ab und zu ging Possum dabei auch eigenen Interessen nach, etwa wenn er sich auf der Site des *Bonanza*-Fan-Clubs einloggte und sich anschaute, was da für Veranstaltungen geplant waren, obwohl er sie nie besuchte.

»Moses schlief in seinem Sattelschlepper«, sagte der Reverend gerade, »als plötzlich dieser Engel erschien und ihm eine einzigartige Erfahrung versprach. Das Nächste, woran er sich erinnert, sind die bösen Dämonen, die ihn auf das Pflaster zerrten und ihn traten und schlugen und schließlich auf ihn einstachen.«

»Hatte er die Türen nicht abgeschlossen?«, fragte Pinn mit einem Anflug von Kritik in der Stimme, denn wenn es irgend ging, suchte er die Verantwortung stets bei den Opfern. Jedenfalls stand sein Urteil über Moses Custer fest: Der wäre niemals von Dämonen, Piraten oder dergleichen überfallen worden, hätte er sich die Mühe gemacht, seine Türen zu verriegeln.

»Ich vermute nicht, aber das ist kein Grund, ihm die Schuld zu geben.« Der Reverend warf Pinn einen strengen Blick zu.

»He«, krähte Cuda, »vielleicht sagen sie, in welchem Krankenhaus er liegt, dann gehn wir hin und geben ihm den Rest!«

»Nee, ich glaub nicht, dass Pinnauge Trooper Truth is«, teilte Possum allen mit. »Nich, wenn er nich besser schreibt wie er spricht. Ich glaub, Trooper Truth is 'n Cop, deswegen der Scheißname. Der red' immer von Piraten und DNA und so 'n Scheiß. Und wir passen besser auf, dass er uns nich an' Arsch kriegt. Der kennt sich bestimmt aus, und du warst ja schon mal im Knast.« Er blickte Smoke an. »Vielleicht sollten wir uns besser 'n Job im Kaufhaus oder bei McDonald's suchen ...«

»Halt's Maul!«, brüllte Smoke ihn an. In diesem Augenblick öffnete sich die Aluminiumtür des Wohnmobils, und Unique trat ein, eine Plastiktüte unter dem Arm.

»Ich brauch etwas Geld«, sagte sie zu Smoke. »Du hast immer noch Schulden bei mir.«

»Hören Sie mir zu, Sie alle, die Sie dort draußen sind und sich Sorgen machen.« Pinn deutete erneut mit seinem Finger auf die Kamera, als er sich wieder seinem eigenen Schicksal zuwandte. »Wenn Sie einen unscheinbaren jungen Weißen mit Dreadlocks sehen, rufen Sie mich jetzt an.«

»Siehste, ich hab doch gesagt, es gibt 'ne Beschreibung!«, rief Possum.

»Hat er was über die Lesbe gesagt, die auf Belle Island umgelegt worden ist?«, fragte Unique mit einem Blick auf den Fernseher.

»Was für 'ne Lesbe?«, fragte Smoke und gähnte.

»Nein, aber Trooper Truth hat was im Web drüber geschrieben, aber er hat nich gesagt, dass sie 'ne Lesbe war«, berichtete Possum eifrig. »Er hat die Öffentlichkeit um Hinweise gebeten.«

Unique fand das sehr komisch. Es gab keine Hinweise. Sie hatte sich unsichtbar gemacht, als sie mit T. T. die Bar verließ, also war es unmöglich, dass irgendjemand sie gesehen hatte und Trooper Truth oder irgendjemandem anders irgendwelche Hinweise geben konnte. Natürlich hatte es auch seine Nachteile, unsichtbar zu sein. Unique hatte nämlich die Erfahrung gemacht, dass sie sich hinterher an kaum etwas erinnern konnte, wenn sie zur Realisierung ihres *Projekts* ihre Moleküle umordnete. Und die grausamen Details anschließend noch einmal zu genießen, das war schließlich das Beste an der Sache.

»Greifen Sie jetzt zum Hörer.« Pinn wiederholte die Telefonnummer am unteren Bildschirmrand. »Wenn Ihre Hinweise zur Ergreifung führen, erhalten Sie fünfhundert Dollar Belohnung. Das war A. P. Pinn mit seiner Sendung *Auge in Auge mit Pinn*. Guten Abend.« Er schenkte seinen Zuschauern zum Abschied noch ein strahlendes Lächeln.

»Vielleicht sollten wir noch mal rumfahren und gucken«, schlug Cat vor, der zu Tode gelangweilt war vom Fernsehen. »Ich zieh die Plane vom Auto, und wir machen uns auf die Socken.«

»Ja«, grunzte Cuda. »Das Bier ist fast alle, und Kippen sind auch nich mehr da. Mann«, er stand auf und streckte sich. »Vielleicht können wir uns ja auch diesen Custer-Arsch schnappen. Dann machen wir ihn im Krankenhaus alle, bevor er auspacken kann.«

»Der weiß doch nix von uns«, fuhr Smoke Cuda an. »Und wenn du ihn gleich umgelegt hättest«, knurrte er in Richtung Possum, »müssten wir uns jetzt keine Sorgen machen.«

Possum hatte zu viel Bier intus gehabt, als sie auf der Suche nach einem Opfer herumgefahren waren, da hatte es mit dem Zielen nicht mehr richtig geklappt, was ihn insgeheim aber nicht gestört hatte. Soweit er sich erinnern konnte, hatte die Kugel, die er abgefeuert hatte, Moses in den Fuß getroffen und ihm den Stiefel runtergefetzt. »Ich find trotzdem, dass wir ihn suchen sollten«, meinte er, ganz gegen seine wahre Überzeugung. »Diesmal puste ich ihm das Gehirn raus.« Er tat genauso kaltblütig wie Smoke, zog seine Neunmillimeter aus dem Hosenbund und zielte auf den Fernseher, als wäre er ein Krankenhausbett.

»Wenn du den Fernseher kaputt schießt, du kleiner Wichser, dann bist du der Nächste.« Smoke sprang auf, schnappte sich die Pistole, richtete sie auf Possums Kopf und spannte den Hahn.

Possum schluckte schwer, die Augen weit aufgerissen vor Angst. »Nee, Smoke, nich. Bitte! Ich hab doch nur Scheiß gemacht«, flehte er.

»Ich brauch mein Geld«, sagte Unique mit ihrer leisen, sanften Stimme, während in ihre Augen ein seltsamer Glanz trat und das *Projekt* eine unerträgliche Spannung in ihrer dunklen Seele hervorrief.

Smoke beachtete sie nicht und lachte, als er ein Loch in den Fußboden schoss, die ausgeworfene Hülse gegen eine Lampe klirrte und er Possum die Pistole zuwarf. »Oder vielleicht leg ich auch die verdammte Töle um, an der hast du ja anscheinend einen Narren gefressen. Gute Idee, bring ihn gleich her.«

»Nein!«, rief Possum. »Bitte, Smoke. Das kannste nich machen, so 'n kleinen Hund abknalln. Ich kann ihn sowieso nich ab! Der geht mir auf den Sack, aber wir brauchen ihn noch! Der is doch keine Kugel wert!«

»Irgendwann leg ich den Köter um«, sagte Smoke. »Oder ich fackel ihn ab, das ist noch besser. Ich bin noch lange nicht fertig mit dieser Fotze Hammer. Der werd ich schon zeigen, was es heißt, Smoke einzulochen. Ihr und diesem Wichser Andy Brazil!«

Widerwillig verdrückte sich Possum in sein Zimmer, wo er voller Entsetzen ein Foto von Popeye in einem roten Mäntelchen auf dem Bildschirm seines Computers entdeckte. Die echte Popeye schlief auf Possums Bett und bemerkte ihr eingescanntes Foto, als Possum sie weckte.

»Scheiße!«, flüsterte Possum. »Das darf Smoke auf keinen Fall erfahrn!«, warnte er Popeye, als er sie auf den Arm nahm und sie vor Angst und Anspannung zu zittern begann.

Irgendwie hatte Trooper Truth erfahren, dass Popeye entführt worden und noch am Leben war! Er suchte nach ihr und bat seine Leser um Hilfe. Natürlich wusste Popeye, wer Trooper Truth war, schließlich hatte sie viele vertrauliche Gespräche zwischen Andy und ihrem Frauchen gehört, als die Website noch in der Planung war. Dann war Andy plötzlich verschwunden und als Nächstes sie selbst, Popeye.

»Ich tu dir nix, Kleine«, flüsterte Possum ihr ins Ohr. »Aber

Smoke is fies. Du weißt, wie fies er is. Wir müssen auf Nummer sicher gehn, damit er nich rauskriegt, dass Trooper Truth eine Belohnung für dich aussetzt. Und dass sie ein Aufgebot nach dir schicken, genau wie in *Bonanza*.«

Niemand musste Popeye daran erinnern, wie fies Smoke war. Sie hätte ihr Lieblingseichhörnchen dafür hergegeben, um nur einmal ihre Zähne in sein Bein schlagen zu können. Niemals würde sie das Trauma jenes einen unbedachten Augenblicks vergessen, als ihr Frauchen sie aus der Vordertür hinausgelassen hatte, selbst aber noch einmal zurückgegangen war, weil sie nicht sicher war, ob sie den Herd ausgestellt hatte. Alles war unheimlich schnell gegangen. Frauchen war in die Küche zurückgelaufen, während Popeye das Gras neben dem Gehweg beschnüffelt hatte. Dann war der schwarze Toyota Land Cruiser plötzlich mit aufheulendem Motor herangebraust, hatte mit quietschenden Bremsen gehalten, Possum hatte ihren Namen gerufen und ihr einen Leckerbissen hingehalten.

»Komm her, Popeye. Sei 'n braves kleines Mädchen«, hatte Possum gesagt, als sei er der netteste Mensch der Welt. »Guck mal, was ich für dich hab!«

Dann erinnerte sich Popeye nur noch daran, dass sie gepackt und in den hinteren Teil des Land Cruiser geworfen wurde, der von diesem brutalen Unhold Smoke gefahren wurde. Man hatte Popeye ins Wohnmobil gebracht, wo sie seither gefangen gehalten wurde und jede Nacht von Frauchen träumte.

Possum hielt Popeye fest umklammert und trug sie zurück ins Wohnzimmer. Längst hatte er gelernt, seine wahren Gefühle zu verbergen und eine Art Doppelleben zu führen. So fiel es ihm nicht schwer, so zu tun, als empfände er es als Zumutung, dass ihm die Sorge für die vierbeinige Geisel oblag. Nie ließ er sich anmerken, dass er und Popeye sich angefreundet hatten und dass der Hund wahrscheinlich die einzige Freude in seinem Leben war, abgesehen von den Wiederholungen alter Fernsehserien, die er sich ansah, wenn die anderen Straßenpiraten schliefen. Popeye kauerte sich in Possums Schoß und leckte ihm die Hand.

»Ich hab gesacht, du sollst mich nich anschlabbern!«, brüllte

Possum Popeye an, die inzwischen längst wusste, dass Possum sich nur so gemein verhielt, wenn Smoke anwesend war.

»Vielleicht sollten wir Hammer mal wissen lassen, dass wir ihren Hund haben«, sagte Smoke, während er Unique Geld gab und sie leise verschwand. »Dann will sie sich bestimmt mit uns treffen, und wenn sie das tut, dann pust ich ihr das verdammte Hirn raus und das von Brazil dazu.«

»Klar, Mann«, sagte Cuda. »Das erzählst du uns schon seit Monaten, Smoke. Und was is, wenn sie andere Troopers mitbringt? Und was is, wenn dieser Brazil-Arsch uns über is? Du hast doch schon mal Zoff mit ihm gehabt, und dann bist du im Knast gelandet. Also is er der Boss.«

»Quatsch kein' Scheiß. *Ich* bin der Boss! Vielleicht leg ich alle um, *dich* zuerst«, was Popeye galt. »Sperr die hässliche Töle wieder in dein Zimmer und schick 'ne E-Mail an Captain Bonny. Frag ihn, wann zum Teufel das Große Ding steigt und wann wir den Köter endlich benutzen, um die Arschlöcher zu kriegen«, befahl er Possum. »Ich habe es satt zu warten!« Das galt allen. »Geh und hol das Auto«, sagte er zu Cat gewandt.

Possum loggte sich ins Internet ein, klickte auf »Favoriten« und öffnete Captain Bonnys monomanische und protzige Website, auf deren Homepage ein böse dreinblickendes Porträt von Blackbeard prangte. Possum klickte den E-Mail-Button und hämmerte eine Nachricht in die Tastatur, die genau das Gegenteil von dem besagte, was Smoke ihm aufgetragen hatte:

Liber Captain Bonny

Wir Piraten sind noch nich fertig für das Große Ding.

Mit freundliche Grüße,
Dein Pirat Possum.

Zufällig saß Major Trader gerade im Büro seines Renditeobjekts und verputzte einen Bananen-Split, als die E-Mail eintraf. Er wurde langsam sauer auf den Piraten Possum und seine primitiven Gesellen, wer immer sie sein mochten. Vertrauensvoll hatte Trader ihnen wertvolle Informationen zugespielt und schirmte sie seit Monaten gegen die Medien ab, doch eine Gegenleistung hatte er noch nicht dafür bekommen. Besser, er kümmerte sich rechtzeitig darum, damit er seinen Anteil kriegte, wenn die Piraten das Große Ding steigen ließen, von dem Trader vermutete, dass es sich um eine Ladung Kokain, Heroin und Waffen nach Kanada handelte.

Er tippte eine Antwort.

Lieber Pirat Possum,

wie immer war es schön, von dir zu hören. Ich möchte dich dennoch daran erinnern, dass wir eine hübsche Belohnung für mich vereinbart haben, als ich euch die Entführung von Popeye ermöglicht habe, damit ihr Superintendent Hammer in einen Hinterhalt locken könnt. Ich habe monatelang Geduld gehabt, aber jetzt ist sie vorbei – meine Bedingungen haben sich geändert! Jetzt bekomme ich nicht fünfzig, sondern sechzig Prozent des Lösegelds, bar und in einem wasserdichten Koffer, der an einem Ort meiner Wahl hinterlassen wird. Falls du nicht auf diese Bedingungen eingehst, zwingst du mich, Gewalt anzuwenden.

Mit freundlichen Grüßen,
der allseits gefürchtete Captain Bonny

ELF

Die schwarze Eingangstür von Ruth's Chris Steakhouse öffnete sich langsam: Gouverneur Crimm und die First Lady traten aus dem ehemaligen Plantagengebäude, auf allen Seiten umgeben von tadellos gekleideten, ernst dreinschauenden Personenschützern der State Police. Hinter ihren bedeutenden Eltern tauchten die vier Crimm-Töchter auf – alle unverheiratet und über dreißig – und wurden vom Rest der Normalsterblichen durch eine weitere Mauer von Personenschützern am Ende der Prozession abgeschirmt.

Rasch warf Macovich die Zigarette fort und entfaltete sich wie ein Taschenschirm, als er sich aus dem Auto schälte, während Andy seine dunkelgraue Uniform glatt strich und überprüfte, ob alles am rechten Platz war: die Ansteckkrawatte, das Tränengas, die Handschellen, der Schlagstock, das Ersatzmagazin mit Munition, die Pistole und die Trillerpfeife. Ihm wurde klar, dass es vielleicht keine gute Idee war, Tangier Island oder Hammer vor so vielen anderen Ohren und Augen zu erwähnen. Es würde zweifellos ein schlechtes Licht auf Hammer werfen, wenn ihre Truppe erführe, dass der Gouverneur nicht daran dachte, mit der Chefin zu sprechen oder sich mit ihr zu treffen. Als sich Andy den Gang des Gouverneurs genauer anschaute, hatte er nicht den Eindruck, dass der höchste Repräsentant des Staates Virginia noch nüchtern war.

»Hör mal, es wäre möglich, dass der Gouverneur sich an dich erinnert oder dass die Tochter, die sich über dich geärgert hat, den Vorfall erwähnt«, sagte Andy, bemüht, mit Macovich Schritt zu halten, während sich die hochmögende Familie näherte. »Ich halte es für besser, wenn ich ein paar Worte mit ihm rede. Ich glaube, er ist etwas betrunken.«

Macovich hatte keineswegs die Absicht, Andy eine Privataudienz beim Gouverneur zu verschaffen, vor allem nicht in diesem

Augenblick, wo der Gouverneur einen sitzen hatte und womöglich leutseliger und spendabler war als sonst. Das fehlte ihm gerade noch – dass Andy nicht nur bei Hammer lieb Kind war, sondern sich auch noch beim Gouverneur einschmeichelte. Seit Jahren bemühte sich Macovich erfolglos um etwas stärkere Beachtung vom Gouverneur, vielleicht sogar um ein bisschen Zuneigung, und die Billard-Geschichte hatte ihm auch nicht gerade genützt.

»Mann, da würd ich die Finger von lassen«, versuchte Macovich, Andy zu entmutigen. »Vor allem nich, wenn er getrunken hat. Der kann vielleicht eklig werden, wenn er gesoffen hat.«

Macovich hatte ein schlechtes Gewissen, weil er Andy belog und linkte, aber es half nichts. Er hatte das Gefühl, in einer beruflichen Sackgasse zu stecken. Wenn er sein Revier nicht mit allen Mitteln verteidigte, würde er sich als Wachmann in einem Einkaufszentrum wiederfinden oder rassistische Geschäftsleute für eine Hubschrauber-Chartergesellschaft herumfliegen. Doch zu Macovichs Überraschung und Ärger kümmerte sich Andy überhaupt nicht um seine Ratschläge, sondern trat auf den Gouverneur zu und schüttelte ihm die Hand.

»Nun beschützt mich also auch schon das Militär, was?« Der Gouverneur schien erfreut, denn er konnte verschwommen erkennen, dass der Mensch vor ihm ein großer Mann in Uniform war und daher entweder zur Armee oder zur Nationalgarde gehörte. »Das gefällt mir.«

Die drei älteren Crimm-Töchter richteten ihre Aufmerksamkeit auf Andy wie Blutegel auf eine offene Wunde, während die vierte, die ihre Spätpubertät auf höchst ärgerliche Weise auslebte, dicke Kaugummiblasen produzierte. Gouverneur Crimm lächelte und klopfte suchend nach seinem Vergrößerungsglas, das er jetzt an seiner Uhrkette trug, um zu verhindern, dass seine geliebte Sehhilfe wieder im Kompott landete. Hinter der dicken Linse glotzte ein Riesenauge suchend umher und versuchte festzustellen, ob sein leutseliger Umgang mit dem jungen Soldaten auch gebührend zur Kenntnis genommen wurde.

»Je mehr Bewachung, desto besser, sage ich immer«, bemerkte der Gouverneur. »Wie ist Ihr Name, Soldat?«

»Andy Brazil. Wenn es Ihnen Recht ist, Sir, würde ich gerne für Sie fliegen. Vielleicht könnten wir das kurz besprechen.«

»Wette, Sie wollen auch zum Personenschutz.«

Der Gouverneur hatte das schon oft gehört. Jeder Staatspolizist, den er bisher getroffen hatte, wollte zum Personenschutz, so wie jeder FBI-Beamte in den Geheimdienst wollte. Immer ging es um die Macht. Alle versammelten sie sich im Schatten des Throns. Verschwommen erkannte er, dass Andy ein gut aussehender junger Mann war, wohl proportioniert, aber kein Muskelprotz wie die anderen Männer und Frauen, die die First Family beschützten. Andy sah so aus, als verstünde er es, dem Ärger auszuweichen, statt ihn zu suchen. Außerdem vermutete der Gouverneur, dass Andy für mindestens eine seiner Töchter einen annehmbaren Schwiegersohn abgeben könnte. Dann beschlich sein überfordertes und alkoholisiertes Hirn der Gedanke, dass es vielleicht nicht besonders klug wäre, seine Frau der Gesellschaft eines so attraktiven und charmanten Burschen auszusetzen.

Obwohl die First Lady einen Schwur geleistet und schließlich sogar die Hand auf die Crimm'sche Familienbibel gelegt hatte, konnte sie ihren Mann nicht davon überzeugen, dass sie nicht doch Liebhaber in den Wäscheschränken der Gouverneursvilla versteckt hatte. Gestern war Crimm unangemeldet zum Lunch nach Hause gekommen und hatte Pony erwischt, wie er auf Händen und Füßen den Boden eines Wäscheschranks auswischte.

»Was machst du da?«, hatte der Gouverneur gefragt und nach seiner Uhrkette mit dem Vergrößerungsglas getastet.

»Tu nur ein bisschen Möbelpolitur aufs Parkett auftragen«, hatte Pony gesagt, während er nervös Öl in die Kratzer rieb, die die Untersetzer auf dem Kiefernkernholz hinterlassen hatten. »Wollte das schon lange machen, Sir. Hab jetzt Zeit. In der Küche steht schöne Erbsensuppe auf dem Feuer, wenn Sie möchten.«

»Ist da Speck drin?« Der Gouverneur starrte durch seine Lupe auf das zerkratzte alte Holz. »Wie hat der Fußboden nur solche Kratzer bekommen? Sieht aus, als hätte sich da jemand mit Steppschuhen ausgetobt.«

»Ich glaub, kommt vielleicht vom Staubsauger«, meinte Pony,

während er sich bemühte, die Kratzer so schnell wie möglich zuzudecken. »Sag dem Hausmädchen immer, sie soll nich den Staubsauger in den Wäscheschrank stellen. Fürchte, da is Speck inner Erbsensuppe. Wusste nich, dass Sie über Mittag nach Hause komm', hätte sonst geguckt, dass kein Speck in der Suppe is, nich mal ein Schinkenknochen, Sir.«

Während Pony dies alles erklärte, vernahm der Gouverneur ein Klappern, als würde jemand die Treppe hinuntersteppen. Crimm beeilte sich, war aber nicht schnell genug, um die Ursache dieses sonderbaren Geräusches zu ermitteln, doch er hatte keinen Zweifel daran, dass es von einem Mann herrührte, und in seiner gequälten Seele schrie die Angst um seine Ehe. Veranstaltete sie irgendwelche bizarren Verkleidungsorgien mit fremden Männern, die sie im Internet aufgabelte? Vor seinem geistigen Auge sah er sie in lasziven Posen mit höchst virilen jungen Gestalten, die nur mit Sporen bekleidet waren oder mit einem Helm, der einen Federbusch trug, oder mit beidem. In seinen Phantasien hatten Maude und ihre lasterhaften Liebhaber lauten, metallisch klirrenden Sex und verwendeten, wer weiß, vielleicht sogar Magneten, um ihre widernatürliche Lust zu steigern, bis die First Lady plötzlich Schimmel an der Decke entdeckte oder Spinnweben und prompt den Cybermännern ihre Gunst entzog, so wie sie sie seit Jahren dem Gouverneur verwehrte. Mit Sicherheit gehörte Andy Brazil zu der ganzen Verschwörung. Der hatte Mauds Bekanntschaft bestimmt schon längst übers Internet gemacht und wollte die Gouverneursfamilie deshalb fliegen, weil er auf Maude flog.

»Sie müssen erst State Trooper werden, bevor Sie zum Personenschutz können«, hatte der Gouverneur Andy unwirsch und abweisend beschieden.

»Ich bin State Trooper, Governor. Und wir haben viel zu wenig Piloten«, fügte Andy an die First Lady gewandt hinzu, denn er war ein höflicher Mensch und behandelte Ehefrauen anderer Männer niemals nur als Anhängsel.

»Scheint tatsächlich so, als hätten wir in letzter Zeit immer denselben Piloten«, sagte sie und warf Macovich einen unfreundlichen Blick zu.

Wo waren all die Piloten geblieben? Wenn sie sich richtig erinnerte, waren es zu Beginn des Jahres noch ziemlich viele gewesen. Sie nahm an, dass es mit diesem Mannweib zusammenhing, der neuen Polizeichefin. Wie hieß die gleich? Die Bezeichnung von irgendeinem Werkzeug. Richtig! Wie passend! Irgendwas aus der Schmiede. Sledgehammer, der Schmiedehammer? Mrs. Crimm strengte ihren armen Kopf gewaltig an, um sich zu erinnern. Sledge. Das war's. Superintendent Sledge. Vielleicht sollte sie dieser Frau endlich mal einen unmissverständlichen Brief schreiben und mehr Piloten verlangen. Mrs. Crimm musste an ihr Lieblingssprichwort denken: *Abwechslung ist die Würze des Lebens.* Dabei war sie so tief in Gedanken, dass sie den Satz laut äußerte.

»Wie bitte?« Andy war verwirrt.

»Ich frage mich lediglich, ob Sie mir da zustimmen«, sagte die First Lady geistesgegenwärtig.

Andy nahm an, das sei eine Art Test, und er erwiderte: »In den meisten Fällen ja, allerdings nicht immer. Beispielsweise ist meine Arbeitskleidung nicht sehr abwechslungsreich. Ich trage immer nur die Uniform. Aber ich mag sie und freue mich, sie jeden Tag anzuhaben. Also lege ich in diesem Punkt keinen Wert auf Abwechslung.«

»Was?« Der Gouverneur hatte die verschlüsselten Botschaften durchschaut, die seine Frau da austauschte, und war entsetzt über ihre Unverfrorenheit. Als er sie sich mit diesem Andy beim Sex vorstellte, trug Andy nichts außer seinem Uniformgürtel.

»Abwechslung ist auf keinen Fall die Würze des Lebens oder von irgendwas anderem«, donnerte Crimm. »Im Leben geht es in erster Linie um Treue und Loyalität. Und was meinst du überhaupt mit *Würze*?« Wütend musterte er die treulose Gemahlin durch sein Vergrößerungsglas.

»Beruhige dich doch, mein Lieber«, sagte die First Lady, die sich plötzlich daran erinnerte, dass sie ihren Berg von Untersetzern im Gewürzschrank versteckt hatte und dass es vielleicht nicht klug war, weiterhin von Würze zu sprechen. »Ich habe dich gewarnt; du hättest nicht so viel vom Sauerrahm und der Butter nehmen sollen. Du weißt doch, was dann mit deinem U-Boot passiert.« Sie war sicher, dass das seine Aufmerksamkeit gefangen nehmen würde. »All diese tierischen Fette und Milchprodukte sind wie Treibstoff für dein U-Boot. Gewürze sind gar nicht das Problem, denn dein Essen war ja kaum gewürzt, abgesehen von dem Salz, das du überall draufgestreut hast. Wir vermeiden Gewürze aus gutem Grund, nicht wahr? Jetzt wollen wir sie auch nicht mehr erwähnen, sonst bringt die bloße Erinnerung dein U-Boot in Aufruhr. Du weißt ja, was passiert, wenn es ins Schlingern gerät: Dann quillt der ganze Dreck durch die undichten Ventile und Luken und Rohre nach oben. Also, Trooper Brazil – was für ein exotischer Name, kommen Sie aus Südamerika? Haben Sie schon Constance, Grace und Faith kennen gelernt?«

Die First Lady hielt bei der vierten Tochter inne, der jüngsten und gleichzeitig unattraktivsten Frau auf dem Parkplatz.

»Und was ist mit Ihnen?«, fragte Andy die übergangene Tochter. So wie sie aussah und sich aufführte, erwartete er halb und halb, sie würde Faultier oder Fettkloß heißen.

»Was geht Sie das an?« Heftig kaute sie auf einem Riesenkaugummi herum. Andy nahm fasziniert ihren vollkommenen Mangel an Höflichkeit und Liebenswürdigkeit zur Kenntnis. »Außerdem hab ich gesehen, dass Sie aus einem Zivilfahrzeug gestiegen sind.« Finster blickte sie ihn an. »Was soll das, Uniform tragen und ein Zivilauto fahren? Ist doch total beknackt.«

»Hört sich nicht so an, als kämen Sie hier aus der Gegend.« Andy ignorierte ihre schlechten Manieren und versuchte, ihren gedehnten Akzent einzuordnen. Außerdem wollte er ihr nicht auf die Nase binden, dass Hammer für seine Tätigkeit als Undercover-Journalist auf ein Zivilfahrzeug bestand.

»Ich bin in Grundy, in der Kohlengrube, zur Welt gekommen«, entgegnete die unerzogene Tochter.

»Was erzählst du denn da!« Die First Lady war entsetzt. »Ich war schwanger mit ihr, als wir im äußersten Westen Virginias auf Wahlkampftour waren. Dort haben wir einige der Kohlebergwerke besucht«, teilte sie Andy mit, während der Gouverneur weiterhin durch sein Vergrößerungsglas starrte und nach dem Hubschrauber suchte, während die Leute vom Personenschutz ihn und seine Familie in der Dunkelheit umringten und auf weitere Befehle warteten. »Aber sie ist in einem Krankenhaus zur Welt gekommen, wie alle meine Töchter«, fügte Mrs. Crimm ungehalten hinzu und warf der noch immer namenlosen Tochter einen warnenden Blick zu.

»Ich denke mal, wir können immer einen neuen Piloten gebrauchen«, bemerkte Gouverneur Crimm schicksalsergeben und wünschte, er hätte nicht so viel gegessen. Wie immer empfand er es als demütigend, dass die First Lady sein U-Boot in der Öffentlichkeit erwähnt hatte.

Es gab Zeiten, da beklagte Bedford Crimm sein Leben. In Virginia konnten Gouverneure nicht zweimal hintereinander in das höchste Amt gewählt werden, so musste er jeweils vier Jahre warten, bis er sich wieder zur Wahl stellen konnte. Seit zwanzig Jahren hatte er sich in diesem komplizierten, antiquierten und albernen Staatssystem recyceln lassen – eine Amtszeit lang Gouverneur, die nächste Privatmann, danach wieder Rückkehr in die Gouverneursvilla. Und das Amt war mit der Zeit nicht leichter geworden. Gouverneur Crimm war jetzt über siebzig, der Wodka stieg ihm sofort zu Kopf, und sein klappriges U-Boot war nur noch selten auf Kurs.

Die Personenschützer wurden allmählich unruhig. Es bildete sich eine kleine Menschenmenge. Andy war kein Dummkopf. Er wusste, dass der Pilotenjob den zusätzlichen Vorteil hatte, ihn in das unmittelbare Umfeld des Gouverneurs zu bringen, und je näher er dem war, desto mehr Informationen konnte er für seine Trooper-Truth-Artikel sammeln.

»Governor«, sagte Andy, »lassen Sie mich noch einmal betonen, welche Ehre es für mich wäre, Sie und ihre Familie in einem der neuen Hubschrauber fliegen zu dürfen. Auch ohne dem Personenschutz anzugehören, würde ich mit meiner ganzen Kraft für Ihre Sicherheit sorgen. Ob sie wohl die Zeit für ein kurzes Gespräch mit mir hätten?«

Macovich kochte, was ihm aber niemand ansah, weil jeder Trooper lernte, seine Gefühle für sich zu behalten. Während er ohnmächtig mit ansehen musste, wie ihm Andy an diesem frischen Septemberabend den Rang ablief, hatte Macovich nur den einen

Trost, dass er den Namen der jüngsten und grässlichsten Crimm-Tochter kannte. Mann, und wie er den kannte. Zwar hatte er noch nie mit ihr gesprochen, noch nicht einmal als er im Poolbillard gegen sie gewonnen hatte, doch hinter der Maske seiner dunklen Sonnenbrille hatte er sie immer im Auge behalten

Ihr Name war Regina, mit britischer Betonung, eines von den vielen Dingen, die bei ihr nicht stimmten, ganz abgesehen von ihrem unvorteilhaften Übergewicht und dem flächigen, langweiligen Gesicht. Unter den Troopern war es ein offenes Geheimnis, dass Reginas Neigungen schlecht zu den Plänen der First Lady passten, die unablässig bemüht war, ihre wenig liebenswürdigen Töchter unter die Haube zu bringen.

»Trooper Brazil is kein besonderer Pilot«, flüsterte Macovich der First Lady zu, davon überzeugt, dass er sein Revier am besten verteidigte, wenn er Andy anschwärzte. »Aber er ist Single und in letzter Zeit ein bisschen unglücklich. Ich glaube, er is einsam.«

»Wie traurig!«, flüsterte die First Lady zurück. »Na, dann werde ich ihn mal in die Villa einladen!«

»O ja, das wär mächtig nett von Ihnen, Ma'am«, gab Macovich zurück, als wäre es die großherzigste Tat, die ihm je zu Ohren gekommen war.

Andy Brazil hat keine Ahnung, worauf er sich einlässt, dachte Macovich und fühlte sich völlig im Recht. Dem hübschen weißen Jungen würden sie die Eingeweide rausreißen wie der Strohpuppe im *Wizard of Oz*, die von den fliegenden Affen entführt worden war.

»Na, ich denke mal, wir sollten los«, entschied der Gouverneur, während sein U-Boot in der trüben Flüssigkeit versank, die seine Gallenblase ausspuckte. »Ich fühle mich nicht wohl und hätte lieber auf dieses belgische Schaumgebäck verzichten sollen, das Trader ins Restaurant geschickt hat«, fügte er hinzu; sofort gingen bei Andy alle Warnlichter an. »Du hast schon Recht, Maude, ich sollte wirklich mehr Zurückhaltung üben.«

Macovich und seine Kollegen führten die First Family unter dem Mantel der schützenden Dunkelheit hinüber zum Hubschrauber, während Andy sein Handy herausholte und im Steakhaus anrief, um die Überreste des Kuchens in einer Plastiktüte versiegeln zu lassen. Plötzlich erinnerte er sich, dass er Hammer versprochen hatte, den Gouverneur über die Situation auf Tangier Island zu informieren. Der Motor des Hubschraubers sprang an, und die vier Rotorblätter setzten sich schon in Bewegung, als Andy auf den Helikopter zulief.

»Hören Sie! Governor!«, rief Andy. »Superintendent Hammer hat wichtige Nachrichten und muss unbedingt mit Ihnen sprechen!« Seine Worte wurden von den Rotorblättern zerhackt.

»Ich rieche Zigarettenrauch!« Die First Lady reagierte wie ein Feuermelder und hielt ihre steif gesprühten Haare fest, um sie vor dem heftigen Wind zu schützen, den der Hubschrauber erzeugte.

»Ich war das nich«, sagten alle Trooper wie aus einem Munde.

Diese ganze Szene hatten Smoke und seine Straßenpiraten beobachtet, verborgen hinter den getönten Scheiben des schwarzen Toyota Land Cruiser, der ursprünglich in New York gestohlen worden und nach einer Reihe von Transaktionen mit neuen Nummernschildern und unkenntlich gemachter Fahrgestellnummer in Smokes Besitz gelandet war. Die Piraten waren ziellos umhergefahren und nur zufällig am Einkaufszentrum Bellgrade vorbeigekommen, wo Ruth's Chris Steakhouse hinter ein paar alten Bäumen lag, aber den riesigen Hubschrauber, der dort im Gras stand, hatten sie gar nicht übersehen können.

Keiner der Straßenpiraten hatte jemals so ein Ding gesehen, und als die Maschinen auf Hochtouren liefen, starrten Smoke und seine Bande ehrfürchtig auf die wirbelnden Rotorblätter und die grellen Scheinwerfer, während sich die Bäume unter dem künstlichen Sturm bogen.

»Scheiße«, rief Smoke. Er zeigte selten andere Gefühlsregungen als Wut oder Hass. »Schaut euch das verdammte Ding an!«

Cuda, Possum und Cat saßen in stummem Staunen, das gewaltige Dröhnen versetzte sie in einen seltsamen Zustand der Erregung.

»Wie schwer ist es wohl, so 'n Ding zu fliegen?«, sagte Smoke. »Stellt euch mal vor, was man damit machen könnte. Scheiß auf die Trucks! Mann, niemand würde uns kriegen, und unsre Ware wäre in der Hälfte der Zeit in Kanada. Und auch den Scheißmittelsmann brauchten wir nicht mehr.«

Der Hubschrauber erhob sich in die Luft und tauchte das wirbelnde Gras in gleißendes Licht, während Smoke im breiten Seitenfenster des Helikopters eine der Crimm-Töchter erblickte, die eine Packung Chips aufriss. Dann bemerkte er noch jemanden: Andy Brazil, der zu seinem Wagen zurücktrottete. Beim Anblick dieses Hundesohns verwandelte sich Smokes Gefühlsleben in glühende Lava. Brazil und Hammer hatten Smoke seinerzeit hinter Schloss und Riegel gebracht. Kein Tag in der Zelle war verstrichen, an dem Smoke sich nicht in allen sadistischen Einzelheiten ausgemalt hatte, was er mit den beiden anstellen würde, wenn er die Möglichkeit dazu bekäme.

»Guck mal an«, sagte Smoke, während der Hubschrauber sich über die Bäume erhob und in den Himmel davondonnerte. »Wen haben wir denn da? Vielleicht sollte ich dem Wichser auf der Stelle das Gehirn rauspusten.«

»Wem sein Hirn?« Cat riss seinen Blick los von dem grellen Licht, das die Nacht zerriss. Er folgte Smokes hasserfülltem Blick und sah einen blonden Trooper, der in einen Chevy Caprice stieg.

»Warum willst du denn ausgerechnet jetzt dem sein Hirn rauspusten, Mann?«, protestierte Possum, als Smoke den Toyota anließ. »Wo hier jede Menge Bullen rumtrampeln! Bist du bekloppt, oder was? Wenn du das machs, mach ich 'ne Biege.«

Als Possum, der auf dem Beifahrersitz saß, nach dem Türgriff tastete, schlug ihm Smoke mit dem Handrücken ins Gesicht. Cuda und Cat rutschten tiefer in ihre Sitze und gaben keinen Mucks von sich. Sie hielten nichts von Smoke, aber sie wussten auch nicht, wo sie sonst hinsollten, und inzwischen hatten sie so viel auf dem Kerbholz, dass sie weiter für ihn arbeiten mussten. Beide hatten in Straßengangs angefangen, und die gab es wie Sand am Meer. Doch die Piraten waren wie die Mafia, versuchte Cat sich zu trösten, während er stocksteif auf der Hinterbank des Land Cruiser saß. Niemand legte sich mit Smoke und seinen Straßenpiraten an, und außerdem hatten sie Größeres im Sinn, als einfach Leute zu überfallen, Geldautomaten zu knacken oder nur so zum Scheiß aus dem Auto in der Gegend rumzuballern. Neulich hatte Smoke seine Leute in die Cloverleaf Mall mitgenommen, jedem nagelneue Nikes gekauft und Pizza und Pommes satt spendiert.

Smoke war nicht durch und durch schlecht. Possum versuchte, sich ein bisschen zu beruhigen. Andererseits hatte er es aber auch satt, von Smoke herumgeschubst zu werden und sich Sorgen zu machen, dass Smoke die arme kleine Popeye umbrachte. Als Possum klein war, hatte sein Vater ihn herumgeschubst und beim Dinner schreckliche Dinge getan – Steakmesser ins Holz gerammt und mit Essen geworfen. Eine Lieblingsbeschäftigung seines Vaters war es gewesen, Kaninchen anzuschießen und die Hunde auf sie zu hetzen. Voller Vergnügen hatte er dann zugesehen, wie die kleinen, quiekenden Geschöpfe in Stücke gerissen wurden. Irgendwann hatte Possum sich in den Keller verzogen, die Schule geschwänzt und im Dunkeln ferngesehen. Im Lauf der Jahre hörte er auf zu wachsen, verließ den Keller nur noch nachts, plünderte den Kühlschrank und riss sich die Schnapsreste unter den Nagel, wenn seine Eltern zu streiten aufgehört hatten und ins Bett gegangen waren.

Possum hatte nie irgendwelchen Ärger gemacht, bis er gelernt hatte, im Dunkeln zu sehen, und das Sonnenlicht nicht mehr vertrug. Da fing er an, nach Mitternacht aus dem Keller zu kriechen und auf der Chamberlayne Avenue im Norden der Stadt herumzulaufen, wo er neidisch die Autos und die normalen Leute betrachtete – Leute, die kommen und gehen konnten, wie es ihnen gefiel, und die ihre Tage nicht im Keller verbringen und zuhören mussten, wie ihr Vater das Haus zerlegte, ihre Mutter verprügelte und Tiere quälte.

Eines Tages, so gegen zwei Uhr nachts, drückte sich Possum auf dem Parkplatz der Azalea Mall herum und untersuchte den Geldautomaten, weil er hoffte, jemand hätte vergessen, sein Geld aus dem Schlitz zu nehmen. Er bearbeitete den Automaten gerade mit einem Messer, als ein Land Cruiser neben ihm hielt. Possum lief davon, aber Smoke war zu schnell für ihn. Dann wurde Possum zu Boden geworfen, ein weißer Kerl mit Dreadlocks hielt ihm eine

Pistole an den Kopf und befahl ihm, in den Land Cruiser zu steigen. Seither war Possum ein Straßenpirat, aber manchmal vermisste er den Keller und dachte an seine Mutter. Einmal – nur ein einziges Mal – hatte er sie von einer Telefonzelle aus angerufen.

»Ich hab jetzt einen guten Nachtjob«, hatte er ihr erzählt. »Aber ich kann dir nicht sagen, wo, Mama, sonst kommt Dad und holt mich. Geht's dir gut?«

»Ach, Schatz, manchmal ist es gar nicht so schlimm«, hatte sie in dem hilflosen und deprimierten Tonfall geantwortet, der Possum so vertraut war. »Komm bitte wieder nach Hause, Jerry«, fügte sie hinzu, denn Possum hieß mit richtigem Namen Jeremiah Little. »Ich vermisse dich, Baby.«

»Mach dir keine Sorgen.« Possum spürte einen großen Kloß im Hals, dort in der mit Graffiti beschmierten Telefonzelle. »Wenn ich genug Geld zusammenhab, hol ich dich raus, und wir wohnen in einem schönen Motel, wo er uns nich finden kann.«

Der Plan hatte nur einen Haken, wie Possum inzwischen herausgefunden hatte: Smoke rückte von dem erbeuteten Geld nichts heraus. Seine Piraten kriegten nur so viel Bares, wie sie brauchten, und Smoke sorgte dafür, dass sie nichts sparen konnten. Possum hatte reichlich zu essen und so viel Alkohol und Gras, wie er wollte. Er trug teure Basketballschuhe und ebensolche Baggy Pants. Er hatte einen Pager, ein Handy, ein tragbares GPS und ein eigenes Zimmer in dem riesigen Wohnmobil. Aber er hatte keine Ersparnisse, und es sah nicht so aus, als würde jemals welche haben. Daran musste er denken, als sein Gesicht brannte und seine Zunge über die verletzte Lippe fuhr. Possum vermisste seine Mama, und ihm wurde klar, dass Smoke noch schlimmer war als sein Vater.

»Du kanns ihn jetz nich umlegen«, versuchte Possum Smoke ins Gewissen zu reden. »Es is besser, wenn wir bis zum Großen Ding warten. Dann könn' wir all die Wichser auf einmal erledigen und den Köter gleich mit.«

Smoke kehrte auf die Hugenot Road zurück und trat aufs Gas. »Keine Sorge, ich kauf mir diesen Brazil doch nicht vor all den Leuten. Aber irgendwann nehm ich ihn mir richtig vor – genau wie diese Schlampe, diese Hammer. He. Vielleicht verfütter ich ihre verdammte Töle an einen Pitbull und leg ihr die Reste in den Garten.«

»Wenn du das machs, hast du nix mehr in der Hand gegen sie. Der Hund ist deine beste Karte, Smoke. Die Alte tut doch alles, um ihr'n Scheißköter zurückzukriegen. Du muss das nur richtig anfangen und abwarten. Vielleicht nützt dir der Hund noch was, und du erwischst Hammer und Brazil auf einmal. Würd mich nich wundern, wenn Brazil Popeye auch kennt und mächtig sauer is, dass der Köter wech is.«

»Ja, ich hol sie mir beide. Verdammt noch mal, ja. Beide auf einmal!« Smoke versuchte, dem Hubschrauber zu folgen, der sich jetzt rasch in Richtung der hell erleuchteten Skyline entfernte und aus ihrem Blickfeld verschwand. »Und dann schaffen wir sie ins Clubhaus«, so nannte er ihr Wohnmobil. »Da kann ich mir richtig Zeit für sie nehmen und sie ordentlich bearbeiten, damit sie noch was davon haben, bevor ich ihnen das Hirn rauspuste und ihre verdammten Leichen in den Fluss schmeiß.«

Die Straßenpiraten wussten, dass es zu Smokes Lieblingsbeschäftigungen als Kind gehört hatte, Kaninchen und Streifenhörnchen lebendig zu begraben, auf Frösche zu springen, Vögel zu fangen, ihnen die Flügel zu brechen, sie aus dem Fenster zu werfen und andere ekelhafte Dinge mit hilflosen Lebewesen anzustellen. Possum war auch klar, warum Smoke seinen Piraten Tiernamen gegeben hatte. Damit wollte er signalisieren, was er mit ihnen anstellen würde, falls sie jemals aus der Reihe tanzen sollten.

»Ja, schnapp sie dir.« Possum bemühte sich, seine Stimme böse und hart klingen zu lassen. »Vielleicht legst du noch ein paar andere um«, fügte er hinzu. »Und Capt'n Bonny sagen wir, er kriegt kein' Cent. Wenn er Zicken macht, machen wir ihn alle und schmeißen ihn in'n Fluss.«

»Halt's Maul.« Smoke schlug Possum aufs Ohr. »Ich muß herausfinden, wo sie den Hubschrauber abstellen, dann holen wir ihn uns. Vielleicht können wir ihn kurzschließen.«

»Du muss ihn nich kurzschließen«, wagte Possum anzumerken, obwohl sein Ohr vor Schmerzen pochte. »Ich hab was drüber gesehen auf Discovery Channel. Du muss nur auf'n Knopf drücken, dann starten die Dinger von selber. Dann muss du 'n kleinen Hebel ziehn und mit'm Knüppel steuern.«

»'n Hubschrauber fliegen is nich das Gleiche wie 'n Truck fahrn.« Cat brach sein Schweigen. »Weiß nich, ob wir das bringen.«

»Findet raus, wo der Flughafen der Trooper ist«, befahl Smoke seinen Piraten. »Checkt das mit dem GPS.«

Unique brauchte kein GPS, um sich zurechtzufinden, deshalb hatte sie auch keins. Smoke hatte sie nicht mit besonderen Waffen oder Equipment ausgestattet, obwohl er ihr jeden Wunsch erfüllt hätte. Doch Unique hatte ihre eigene Technik, die von dem dunklen Ort tief in ihrer Seele zehrte, wo noch immer der Nazi wohnte. Als sie mit ihrem Miata auf der Strawberry Street entlangfuhr, fühlte sie sich schwerelos. Sie flog durch die Nacht, ihr langes Haar flatterte, und der Wind strich kühl über das zarte, hübsche Gesicht. Einen Block vom Reihenhaus des Cops entfernt parkte sie, hatte aber keine Ahnung, dass er Andy Brazil war.

Als Smoke von Andy und Hammer verhaftet worden war, hatte sie Smoke noch nicht gekannt. Es war mehr als ein bemerkenswerter Zufall, dass sie nicht nur Smokes Feind, sondern auch Trooper Truth verfolgte und keine Ahnung davon hatte. Tatsächlich aber passierte in Uniques Leben nichts, was zufällig oder beliebig war. Sie stand unter dem Diktat ihres *Projekts*, das sie anwies, die Abfalltüte auf der Veranda des Undercover-Cops zu deponieren und einen Briefumschlag an seiner Haustür zu hinterlassen.

ZWÖLF

Auf einem der sieben Hügel Richmonds, mit Blick über die ganze Stadt, lag das historische Reihenhaus, das Judy Hammer mit viel Hingabe restauriert und stilecht eingerichtet hatte. Sie saß an ihrem antiken Rollpult und kümmerte sich um ihre Rechnungen. Unter ihrem Fenster schlossen sich die Lichter der Stadt zu einem Kreis behaglicher Geborgenheit zusammen und erinnerten sie an die große Verpflichtung, die sie gegenüber den Bürgern Virginias übernommen hatte und die ihr aus der Tatsache erwuchs, dass sie inzwischen für alle Frauen im Land ein Vorbild geworden war.

Doch wenn man sich den sechzig nähert und in der Ferragamo-Handtasche eine Pistole trägt, ist es nicht leicht, einen passenden Mann zu finden. Hammer fühlte sich einsam und mutlos. Das Bild von Popeye auf der Website hatte sie wie ein Blitzschlag getroffen. Außerdem hatten sie die Nachrichten wieder einmal deprimiert. Eine Frau verklagte McDonald's, weil sie sich angeblich an einer Gurkenscheibe in einem unsachgemäß zubereiteten Hamburger verbrannt hatte. Ein Blinder und sein Bruder hatten eine Wohnung ausrauben wollen, jedoch den verhängnisvollen Fehler begangen, den blinden Bruder Schmiere stehen zu lassen. Gar nicht zu reden von den Leuten, die Thrombosen bekamen, weil sie in der Touristenklasse flogen, und von der Polizei, die den James River wieder einmal von Tauchern absuchen ließ, weil die meisten Verdächtigen behaupteten, sie hätten ihre Waffen nach ihren Straftaten von einer Brücke geworfen.

Hammer war ein wenig überrascht, dass sie noch nichts von Andy gehört hatte. Vielleicht hatten er und Macovich nicht mit dem Gouverneur reden können, oder falls doch, ohne Ergebnis. Während sie noch mit diesen Gedanken beschäftigt war, klingelte das Telefon.

»Ja«, meldete sie sich barsch, als ob ihr der Anruf ausgesprochen ungelegen käme.

»Superintendent Hammer?«, ertönte Andys Stimme aus dem Hörer.

»Was gibt's, Andy?«, fragte Hammer.

Er fuhr in östlicher Richtung die Broad Street entlang. An Straßenecken und vor Gebäuden, die mit Brettern vernagelt waren, lungerten missmutige Halbwüchsige herum und starrten den etwas zu zivil aussehenden Chevrolet Caprice an.

»Ich bin in der Nähe von Church Hill«, sagte Andy, während er weiter nach verdächtig aussehenden Typen Ausschau hielt. »Wenn es Ihnen passt«, schlug er tapfer vor, »könnte ich vorbeikommen und Ihnen alle Neuigkeiten mitteilen.«

»Schön«, sagte Hammer und legte auf, ohne sich zu verabschieden.

Das Gen der geduldigen Hinnahme von Zeitverschwendung war Hammer nicht in die Wiege gelegt worden, und mit zunehmendem Alter wurde ihre Unduldsamkeit gegen langatmige Unterhaltungen immer größer. Wenn Sie das Telefon läuten hörte, hatte sie das Gefühl, es finde eine ungenehmigte Verletzung ihres Luftraums statt. Sie hasste ihren Anrufbeantworter und tilgte ihre Nachrichten so schnell wie möglich aus ihrem Leben, oft bevor sie sie noch vollständig gehört hatte. Gegensprechanlagen waren ihr ein Gräuel, und Gleiches galt für E-Mails – vor allem hasste sie *Instant Messages* von so genannten Freunden, die sich ungebeten in ihrer Mailbox tummelten. Hammer wollte nur eines: ihre Ruhe. Auf dieser Etappe ihrer Lebensreise war sie rasch ermüdet von anderen Menschen und litt unter der Erkenntnis, wie selten moderne Kommunikationsmittel dem Austausch wirklich wichtiger Inhalte dienten.

»Also, was ist los?«, fragte Hammer, kaum dass Andy eingetreten war. »Haben Sie den Gouverneur darüber informieren können, dass Tangier Island einen Zahnarzt gefangen hält und Virginia wegen dieser verdammten Raserfallen, NASCAR und einem möglicherweise betrügerischen Zahnarzt den Krieg erklärt hat?«

»Dazu hatte ich keine Gelegenheit«, gestand Andy zögernd,

während er sich auf dem Sofa niederließ. »Ich glaube auch nicht, dass er noch irgendwas oder irgendjemanden richtig erkennt. Er dachte, ich sei Soldat, und hatte keine Ahnung, wer Macovich ist. Ich frage mich, ob das wohl die Ursache seines Problems ist, Superintendent Hammer. Vielleicht ist er richtiggehend blind und hat Sie nur deshalb nicht zur Kenntnis genommen, seit er Sie vereidigt hat, weil er Sie noch nie richtig gesehen hat.«

Das war ein Gesichtspunkt, über den Hammer noch nie nachgedacht hatte. »Lächerlich«, entschied sie.

»Mit Verlaub …«

Sie hob ihre Hand, um ihn zum Schweigen zu bringen. Immer wenn jemand einen Satz mit diesen Worten begann, wusste sie im Voraus, dass er im Begriff war, sie anzulügen, zu beleidigen oder zu verärgern. »Sagen Sie mir einfach, worum es geht, und sparen Sie sich diesen Mit-Verlaub-Quatsch.«

»Jemand muss ihm sagen, dass er etwas wegen seiner Augen unternehmen muss«, gab Andy zu bedenken. »Vielleicht sollten Sie das tun.«

»Wenn ich jemals die Gelegenheit bekommen sollte, mit ihm zu reden, werde ich ihm das und noch vieles mehr sagen«, erwiderte Hammer ungeduldig.

Sie fühlte sich alt in Andys Gegenwart. Wenn er anwesend war, schien sie rapide zu vergreisen, daher hatte sie begonnen, ihn zu meiden, und sich angewöhnt, ihn ziemlich unwirsch zu behandeln. Ihr ganzes Leben lang war sie eine außergewöhnlich schöne Frau gewesen. Doch als sie fünfundfünfzig wurde, änderte sich das schlagartig: Innerhalb weniger Tage schien sie Fett anzusetzen und Falten zu bekommen. Über Nacht verschwand ihre Oberlippe, ihre Haare wurden dünn, und ihr Busen schrumpfte. Andy dagegen schien ihr von Mal zu Mal attraktiver zu werden.

Es war unfair, dachte sie.

»Fehlt Ihnen was, Superintendent Hammer?«, fragte Andy. »Sie wirken plötzlich so verstimmt.«

»Man braucht den Gouverneur in meiner Gegenwart nur zu erwähnen, und schon hab ich schlechte Laune«, sagte sie ausweichend.

Es war so verdammt unfair, klagte sie stumm. Männer in Hammers Alter waren mit Frauen in Andys Alter zusammen, mit Frauen, die Glatzen, faltige Haut, dicke Brillengläser, schwindende Muskelmasse, schütteres Haar, Potenzmittel und Schnarchen für zusätzliche Aktiva hielten.

Verdammt noch mal, was waren Frauen doch für geduldige Opfer männlicher Gehirnwäsche, fuhr Hammer in ihrer stummen Anklage fort. Junge Frauen gaben untereinander sogar mit dem Alter ihrer Liebhaber an.

Erst kürzlich war sie Zeugin eines Gesprächs geworden, in dem Windy Brees während einer Zigarettenpause auf dem Parkplatz vor dem Hauptquartier einer Freundin von einem Mr. Click berichtet hatte. Beladen mit Ordnern und ihrem Aktenkoffer, war Hammer rasch an Windy und ihrer Freundin vorbeigegangen und hatte auf den Gehweg gestarrt und so getan, als achte sie nicht auf die Unterhaltung ihrer Sekretärin. Doch Windys Stimme war so durchdringend, dass die gesamte State Police ihren Worten hätte folgen können.

»Wie alt ist Mr. Click?«, hatte Windys junge Freundin neidisch gefragt.

»Einundneunzig«, hatte Windy stolz erwidert. »Ich bin total verknallt. Den ganzen Tag sitze ich am Telefon und warte.« Sie hielt ihr Handy hoch und seufzte.

»Aber das ist ja gar nicht an«, hatte ihre Freundin bemerkt. »Hier, auf diesen Knopf musst du drücken, damit es an ist und klingelt, wenn er anruft.« Sie holte ihr eigenes Handy aus der Handtasche und zeigte es Windy.

»Na, da soll doch!«, rief Windy mit wieder erwachender Hoffnung. »Ich frage mich, ob er weiß, wie er seins anstellt. Weißt du, immer wenn ich ihn anrufe, meldet sich diese Stimme, die sagt, er sei nicht erreichbar, und das deprimiert mich, denn ich frage mich, ob er vielleicht absichtlich unerreichbar ist und das der Grund ist, warum ich seit gestern Abend nichts mehr von ihm gehört habe.«

»Ich muss die Sache selbst in die Hand nehmen«, erklärte Hammer. »Ich kann nicht darauf warten, bis der Gouverneur geruht, mit mir zu reden, während dieser Zahnarzt auf einer Insel gefangen gehalten wird, die Virginia den Krieg erklärt hat. Das ist einfach zu brisant, Andy. Wir müssen uns sofort drum kümmern.«

»Mit Verlaub …«, hatte Andy anfangen wollen, hatte sich aber gerade noch bremsen können. »Superintendent Hammer«, begann er erneut, »Gouverneur Crimm ist ein eitler, machtbewusster Mann. Wenn Sie über seinen Kopf hinweg entscheiden, wird er Ihnen das nie verzeihen. Er wird es zwar nicht zugeben, aber stinksauer sein, wenn Sie die ganzen Lorbeeren einheimsen.«

»Was zum Teufel sollen wir dann tun?«

»Geben Sie mir achtundvierzig Stunden. Ich verschaffe mir irgendwie Zutritt zu ihm«, versprach Andy kühn, »und gebe ihm alle nötigen Informationen.« Er unterbrach sich, weil ihm Popeye einfiel. Entsetzlich leer wirkte Hammers Haus ohne den kleinen Hund. »Entschuldigen Sie, aber ich musste gerade an das Foto von Popeye auf meiner Homepage denken …«

»Schönes Foto, ja«, antwortete Hammer. »Sie hätten mich trotzdem vorher fragen sollen, wo wir schon mal dabei sind.«

»Ich habe sie noch nicht aufgegeben«, sagte Andy.

Hammers Augen wurden feucht. Unwillig blinzelte sie.

»Ich weiß, wie sehr sie Ihnen fehlt«, fuhr Andy fort, der gerührt war von ihrer Trauer und sie dazu bringen wollte, über ihre Gefühle zu sprechen. »Und ich weiß auch, wie sehr Sie es missbilligen, wenn ich etwas ohne Ihre ausdrückliche Erlaubnis tue, aber ich bin kein Anfänger mehr, Superintendent Hammer. In der Regel weiß ich ziemlich genau, was ich tue. Ich habe den Eindruck, dass ich Ihnen nichts mehr recht machen kann, egal, was es ist.«

Hammer blickte weder auf, noch antwortete sie ihm.

»Um ehrlich zu sein«, fuhr Andy fort, »habe ich in letzter Zeit den Eindruck, dass Sie sehr unglücklich sind und mit dem Rest der Welt auf Kriegsfuß stehen.«

Noch immer schwieg Hammer. Andy machte Anstalten, sich zu erheben.

»Nun, ich will mich wirklich nicht in ihr Privatleben einmischen«, sagte er und hatte das Gefühl, sie hätte ganz und gar nicht den Wunsch, dass er jetzt ging. »Ich denke, ich mach mich auf den Weg und stehle Ihnen nicht länger Ihre Zeit.«

»Das ist eine gute Idee«, sagte Hammer und stand abrupt auf. »Es ist schon spät.«

Sie brachte ihn eilig zur Tür, als könne sie es nicht erwarten, dass er endlich fort war.

Andy sah auf die Uhr. »Sie haben Recht, ich muss wirklich los«, sagte er. »Der nächste Artikel ist noch nicht fertig.«

»Ich wage gar nicht nach dem Thema zu fragen«, meinte Hammer, während sie mit ihm auf die Veranda trat und auf die Bäume blickte, die von einer heftigen Herbstbrise geschüttelt wurden und erste Spuren von Gelb und Rot zeigten. »Dürfen wir mit weiteren erhellenden Kommentaren Ihrer klugen Vertrauten rechnen?«

»Ich habe keine kluge Vertraute«, sagte Andy in überraschend scharfem Ton, während er die Treppen hinunterstieg und durch das weiche Licht der Gaslampen ging. »Ich wünschte, ich hätte eine«, rief er ihr zu, während er sein Auto aufschloss. »Aber ich muss erst noch jemanden finden, auf den diese Beschreibung zutrifft.«

Verstimmt fuhr er nach Hause, erklomm die Stufen zu seinem Haus und bemerkte überrascht die verdächtige Abfalltüte auf seiner Fußmatte und den Umschlag, der an seiner Tür klebte. Der schlichte weiße Umschlag war unbeschriftet, während sich der Inhalt der schwarzen Plastiktüte in verschwommenen Umrissen abzeichnete. Andys Polizisteninstinkt schlug sofort Alarm, daher fasste er nichts an, sondern griff nach seinem Handy.

Das Telefon klingelte eine ganze Weile in der Abteilung A, der Polizeidienststelle, die in Richmond für Gewaltverbrechen zuständig war, bis sich eine Stimme meldete: »Detective Slipper.«

»Joe«, sagte Andy, »ich bin's, Andy Brazil.«

»Na, das is ja 'n Ding. Wir vermissen deine hässliche Visage hier. Wie läuft's bei der State Police?«

»Hör zu«, sagte Andy, ohne auf seinen scherzhaften Ton einzugehen, »kannst du schnell bei mir vorbeikommen? Da hat jemand was Verdächtiges auf meiner Veranda deponiert, und ich will's nicht anfassen.«

»Scheiße! Soll ich das Bombenkommando mitbringen?«

»Noch nicht«, antwortete Andy. »Warum kommst du nicht erst mal rüber und schaust dir die Sache an?«

Er saß im Dunkeln auf der Vortreppe, weil sein Verandalicht keinen Zeitschalter hatte und drinnen kein Licht brannte wegen der Stromrechnung. Richmonds Polizeizentrale befand sich in der Innenstadt, aber dennoch nicht weit vom Fan District, wo Andys winziges Reihenhaus lag. Eine Viertelstunde später traf Detective Joe Slipper ein, und Andy merkte wieder einmal, wie sehr ihm einige der Jungs aus seiner alten Abteilung fehlten.

»Verdammt schön, dich zu sehen«, sagte er zu Slipper, einem kleinen, korpulenten Mann, der immer nach Aftershave roch und eine Vorliebe für schicke Designeranzüge besaß, die er in einem Billigladen zu Spottpreisen kaufte.

»Scheiße«, sagte Slipper, als er die Tüte und den Umschlag mit einer Taschenlampe untersuchte. »Das ist echt komisch.«

»Hast du mal ein Paar Handschuhe?«, fragte Andy.

»Sicher.« Slipper holte ein Paar Latexhandschuhe aus der Tasche.

Andy zog sie an und nahm den Umschlag von der Tür. Er war versiegelt. Vorsichtig schlitzte Andy ihn mit einem Taschenmesser auf. Ein Polaroidfoto. Entsetzt starrten die beiden im Licht der Taschenlampe auf ein schreckliches Bild: Trish Trashs nackter, blutiger Körper auf Belle Island. Mit dem Fuß tastete Slipper die Tüte ab.

»Scheiße«, sagte er. »Fühlt sich an, als wär Kleidung drin.«

Vorsichtig öffnete er die Tüte und brachte eine schwarze Motorradlederjacke, Jeans, eine Unterhose, einen BH und ein T-Shirt zum Vorschein. Das T-Shirt trug offenbar das Logo einer Frauen-Softballmannschaft aus Richmond. Die Kleidung schien mit einer Rasierklinge zerschnitten worden zu sein und war ganz steif von getrocknetem Blut.

»Himmel«, sagte Andy, und ihm brach der kalte Schweiß aus, als er sich daran erinnerte, was in den Körper der ermordeten Frau geschlitzt worden war. »Ich habe keine Ahnung, was hier abgeht, Joe.«

Stumm und ernst ging Slipper zu seinem Auto zurück, um Tüten und Klebeband zu holen. Nachdem alle Beweismittel gesichert waren, meinte er, Andy und er müssten sich wohl unterhalten. Keiner der beiden Männer ahnte, dass Unique sich auf der anderen Straßenseite im Schatten versteckte und alles beobachtete.

»Wie wär's, wenn wir uns in dein Auto setzen?«, schlug Andy vor, weil er Slipper nicht in sein unordentliches Ess- und Arbeitszimmer lassen wollte, in dem sich Unterlagen über Jamestown, die Isle of Dogs, Piraten, Mumien, Fotografien von Popeye und anderes mehr stapelten.

»Klar«, Slipper zuckte etwas verdutzt mit den Schultern. »Warum? Versteckst du da 'ne Frau?«

»Schön wär's«, erwiderte Andy. »Nee. Meine Wohnung ist nur total verschlampt, das würde mich im Augenblick nur ablenken. Aber wenn du lieber reinkommen willst, geht das natürlich in Ordnung. Du kannst das Haus auch gern durchsuchen.«

»Zur Hölle, nein, Andy«, sagte Slipper. »Scheiße. Ich hab keinen vernünftigen Grund, dein Haus zu durchsuchen, selbst mit deiner Erlaubnis nicht. Komm, wir setzen uns in den Haufen Scheiße, den mir die Stadt als Auto zur Verfügung stellt.«

»Zum Teufel, ich weiß nicht, was hier läuft, Joe«, sagte Andy immer wieder.

»Ich schon«, antwortete Slipper, als sie in den Ford LTD kletterten und die Türen schlossen. »Sieht ganz so aus, als hätte der Mörder sein Zeug hier abgeladen, um uns zu verarschen. Weißt du, ich hab den Tatort untersucht und glaube, die Fotos sind aufgenommen worden, bevor wir da eingetroffen sind. Ganz abgesehen davon, dass es keine Spur von ihren Kleidern gab, als wir kamen. Und wir haben die ganze Insel abgesucht.«

Andy war ziemlich durcheinander. Hatte der Killer irgendwie in Erfahrung gebracht, dass er Trooper Truth war? Hatte er deshalb Trooper Truth in ihren Leichnam eingekerbt und die Beweismittel vor seinem Haus abgelegt? Aber wie konnte außer Hammer jemand wissen, wer Trooper Truth war? Das ergab alles keinen Sinn. Wenn er Slipper reinen Wein einschenkte, war zu befürchten, dass dieser mit Kollegen darüber reden würde. Dann war es mit Andys journalistischer Laufbahn vorbei, und Hammer würde vom Gouverneur rausgeworfen werden. Vor allem aber würde dadurch er, Andy, zum Hauptverdächtigen.

»Mein Gott«, sagte er mit einem resignierten Seufzer. »Ehrlich, Joe, ich hab mit der Sache nicht das Geringste zu tun. Von dem Opfer hab ich zum ersten Mal gehört, als du Hammer heute früh angerufen hast. Ich hab die Frau noch nie gesehen und weder sie noch sonst jemand umgebracht, falls du das denkst. Lass uns ganz ehrlich miteinander sein, Joe.«

»Das sollten wir, verdammt noch mal«, erwiderte Slipper und blickte aus der Windschutzscheibe auf die dunkle, leere Straße. Andy begriff, dass der Detective ihn nicht ansah, weil er nicht wusste, was er von der Sache halten sollte, und sie ihm irgendwie verdächtig erschien.

»Weißt du irgendwas über Trooper Truth?«, fragte Slipper.

»Ich weiß, dass der Name in ihren Körper geschlitzt wurde; du hast es Hammer gesagt, und sie hat es mir erzählt«, sagte Andy. »Und natürlich kenne ich, wie alle Welt, Trooper Truths Website.«

»Hast du den Scheiß gelesen?«

»Ja«, antwortete Andy. »Und ich kann keinen Zusammenhang zwischen dem Inhalt der Artikel und dem Tod von Trish Trash erkennen. Du etwa?«

»Stimmt«, gab Slipper zu. »Ich meine, ich seh da keine Beziehung zwischen Jamestown, Mumien und all dem Zeug und dieser Tat, die doch offenbar vom Hass auf Lesben diktiert ist. Und ehrlich gesagt, Andy«, gestand Slipper und blickte ihn zum ersten Mal an, »die halbe Belegschaft der City Police hat angenommen, dass du schwul bist, aber du hast dich nie darum gekümmert und schienst auch nichts gegen Schwule zu haben.«

»Hab ich auch nicht«, gab Andy aufrichtig zurück. »Ich hab gegen niemand was, außer gegen Leute, die wirklich Dreck am Stecken haben.«

»Ja, das war auch mein Eindruck.« Slipper schüttelte verwirrt den Kopf. »Aber warum zum Teufel legt der Mörder diesen Scheiß vor deiner Haustür ab, verdammt noch mal! Vielleicht ist das jemand, den du mal verhaftet hast oder mit dem du irgendwie zu tun hattest. Möglicherweise als du noch für die Stadt gearbeitet hast? Steht deine Adresse im Telefonbuch?«

»Nein. Kann ich dich mal was fragen, Joe?«

»Sicher.«

»Hast du schon daran gedacht, dass der Mörder vielleicht gar nicht die Website von Trooper Truth liest, sondern dass das Opfer sie kannte und der Mörder das irgendwie herausgefunden hat?«

»Ehrlich gesagt, daran hab ich überhaupt noch nicht gedacht. Ziemlich peinlich«, sagte Slipper sichtlich interessiert und mit einem Funken Hoffnung. »Verdammt gute Idee. Das check ich gleich mal. Ich red noch mal mit den Leuten an ihrem Arbeitsplatz.«

»Vielleicht solltest du auch die Leute fragen, die mit ihr Softball gespielt haben. Das Team steht auf ihrem T-Shirt«, schlug Andy vor. »Aber besser, du fragst direkt nach Trooper Truth. Die Leute müssen ja nicht unbedingt wissen, was das Schwein in ihre Leiche geschnitten hat, oder?«

»Zur Hölle, nein. Nur der Killer, wir und die Rechtsmedizin wissen davon. Wir sollten also auf keinen Fall darüber reden, falls wir einen Verdächtigen finden und er sich verplappert. Meinst du das?«

»Genau, Joe.«

»Aber wie soll ich rauskriegen, ob Trish Trash sich für Trooper Truth interessiert hat, ohne ihn direkt anzusprechen?«

»Ich hätt da eine Idee«, sagte Andy. »Trooper Truth hat doch eine E-Mail-Adresse.«

»Hat er?«

»Klar. Die findest du auf der Website. Da kannst du mit ihr oder ihm, wer immer sich hinter Trooper Truth verbirgt, Verbindung aufnehmen. Warum schickst du nicht eine E-Mail an Trooper Truth und bittest um ihre oder seine Hilfe? Er – lass uns einfach mal annehmen, dass es sich um einen Mann handelt – kann eine entsprechende Frage auf seine Website setzen und abwarten, ob sich jemand meldet, der Trish Trash gekannt hat.«

»Woran denkst du?« Slipper kratzte sich am Kinn. »Was soll er auf seine Website setzen?«

»Okay«, sagte Andy nachdenklich. »Wie wäre es mit: *Die Polizei bittet um Hinweise, die Trish Trash betreffen: Hobbys, Interessen, Lektüre, Dinge oder Personen, über die sie in letzter Zeit häufig gesprochen hat.*«

Slipper machte sich Notizen und bat Andy, den Wortlaut zu wiederholen.

»Außerdem würde ich hinzufügen«, schlug Andy vor, »dass die Informanten ihren Namen nicht nennen müssen, sonst haben die Leute vielleicht Angst, sich zu melden. Für jeden Hinweis, der zu einer Verhaftung führt, würde ich eine Belohnung aussetzen.«

Als Slipper den Motor anließ und die Scheinwerfer einschaltete, verkroch sich Unique tiefer im Schatten eines Baumes; sie hatte ihre Moleküle veranlasst, die Unsichtbarkeitskonfiguration anzunehmen. Das *Projekt* ließ ihr das Blut heiß durch die Adern pulsieren, als sie sich vorstellte, wie sie eines Nachts an der Tür des blonden Cops klopfen würde.

Das Drehbuch schrieb der Nazi: »Mein Auto springt nicht an«, würde sie sagen, »kann ich mal Ihr Telefon benutzen?«

Der Cop würde sie hereinlassen, und in dem Augenblick, wo er ihr den Rücken zukehrte, würde Unique, wie befohlen, unsichtbar werden, sich hoch aufrichten und ihm die Kehle einschließlich der Luftröhre durchschneiden, sodass er keinen Laut mehr herausbringen und am eigenen Blut ersticken würde. Dann, so befahl der Nazi vom dunklen Ort in ihrer Seele, würde Unique dem Cop das hübsche Gesicht zerschlitzen, ihm Augen und Zunge herausschneiden, ihn kastrieren, ein Hakenkreuz in seinen Bauch kerben und, wie immer, die Resultate ihres *Projekts* fotografieren. Schließlich würde sie seine Kleidung nehmen und an eine vom Nazi bezeichnete Stelle bringen.

»Du hast sicherlich schon selbst daran gedacht«, meinte Andy diplomatisch, »man sollte den Umschlag im Labor untersuchen lassen. Falls der Mörder den Klebestreifen angeleckt hat, könnte man das DNA-Profil durch die Datenbank laufen lassen. Wenn wir Glück haben, gibt's einen Treffer. Außerdem solltest du die Kleidung auf DNA überprüfen lassen. Manchmal fügt sich ein Mörder selbst Verletzungen zu. Vander würde ich bitten, die Tüte, den Umschlag und das Polaroid auf Fingerabdrücke zu untersuchen, die man durch das Automatische Fingerabdruck-Identifizierungssystem laufen lassen kann. Die Spurensicherung soll an den Kleidern im Plastikbeutel nach Fasern, Haaren und Körperflüssigkeiten suchen. Vorher würde ich aber Dr. Scarpetta bitten, sich den ganzen Kram anzusehen.«

»Ja, ja«, sagte Slipper geringschätzig. Er war noch in der guten alten Zeit ausgebildet worden und verstand von der modernen Rechtsmedizin so viel wie von seinem Videorecorder, den er immer noch nicht bedienen konnte. »Das ist doch klar.«

DREIZEHN

Trooper Macovich hatte die First Family zum Hubschrauberlandeplatz der Medizinischen Hochschule in der Innenstadt geflogen und war nun zum Hangar der State Police zurückgekehrt, wo er auf einer Trittleiter stand und im Licht der Lampen auf dem Rollfeld die Insekten von der vogelsicheren Windschutzscheibe des 430 kratzte.

Ja, das Leben eines Hubschrauberpiloten war schon toll, dachte Macovich missmutig. Es ließ sich kaum etwas Aufregenderes vorstellen, als diese Bande durch die Gegend zu fliegen – den Gouverneur, der blind war wie eine Fledermaus, und seine Familie, die sich aufführte wie die Windsors persönlich. Zum Teufel, noch nie hatte er von den Crimms ein Wort des Dankes gehört, und eine Gehaltserhöhung hatte er auch schon seit Ewigkeiten nicht mehr bekommen. Es war verdammt ungerecht, dass Andy Brazil ein Jahr lang suspendiert wurde und dann einfach zurückkommen konnte, als sei nichts geschehen.

Macovich hoffte, Andy würde bekommen, was er verdiente, und alle anderen auch. Und er hoffte, ein Wunder würde geschehen und ihn, Macovich, von seinen Schulden und von seinem unersättlichen Geschlechtstrieb befreien. Frauen – und die meisten Männer – hatten keine Ahnung, was es hieß, einen Hengst zwischen den Beinen zu haben, der ständig ausschlug und buckelte und hochsprang und schnaubte, um aus seinem Stall gelassen zu werden. Dieser Drang hatte sich schon in recht jungen Jahren entwickelt, und sein Vater pflegte damals stolz zu kichern und seinen Sohn Thorlo den Draufgänger zu nennen, ohne zu ahnen, dass Klein Thorlo ein Problem ausbrütete, dass schließlich nicht nur seinen Körper, sondern auch sein ganzes Leben beherrschen würde. Er *brauchte* Frauen – ein Bedürfnis, das ihn teuer zu stehen kam. Er brauchte Frauen, die genauso unersättlich waren wie er und erfahren genug, um im Sattel zu bleiben, auch wenn die Gangart seines *Pferdchens*, wie er es nannte, mal ein bisschen rau wurde. Weibliche Gesellschaft dieser Art war nicht leicht zu finden.

Macovich unterbrach seinen Feldzug gegen die Insekten auf der Windschutzscheibe, als er einen Land Cruiser bemerkte, der dreist herankam und direkt vor dem Hangar der State Police parkte. Ein ruppig aussehender weißer Junge mit Dreadlocks stieg aus und kam auf den Hubschrauber zu, als wäre es sein gutes Recht.

»He!«, sagte Macovich streng. »Zutritt is verboten!«

»Mann, ich hab mich total verfranst«, antwortete der Junge. »Kannst du mir sagen, wie ich zum richtigen Flughafen komme? In fünfzehn Minuten geht mein Flug nach Petersburg, und wenn ich mich nicht beeile, verpasse ich ihn noch.«

»Gibt keine Flüge nach Petersburg«, sagte Macovich, während er einen besonders hartnäckigen Käfer mit dem Lappen bearbeitete. »Petersburg is nur fünfzig Kilometer wech, warum willste überhaupt fliegen? Fahr doch einfach, dann biste genauso schnell da.«

Die anderen Straßenpiraten hatten ihre Fenster runtergelassen und lauschten gespannt, was Smoke nun tun würde. Scheiße, dachte Cat, wenn Smoke sich den Hubschrauber schnappte, hatten sie keine Chance, das Ding zu fliegen. Cat konnte vom Rücksitz des Land Cruiser aus sehen, dass das Cockpit wie ein Raumschiff aussah, mit Hunderten von Knöpfen und Schaltern und anderen Teilen, die ihm völlig fremd waren. Er stieß Cuda an.

»Was machen wir, wenn er den Trooper umlegt und den Hubschrauber klaut?«, fragte Cat.

»Vielleicht holen wir uns 'n Truck und packen das Ding in'n Container?«

»So 'n großen Container hab ich noch nie gesehen.«

»Genau, da musst du das Dach mit'm Schneidbrenner weghaun, sonst kannste die Propeller vergessen. Mann, sind das Dinger.«

»Das sind keine Propeller«, verbesserte sie Possum. »Flugzeuge ham Propeller. Hubschrauber ham Rotorblätter.«

»Na und, geht trotzdem nich rein!«, sagte Cat verärgert.

»Bleib auf der Interstate, dann kannste gar nicht falsch fahren«, fasste Macovich gerade den Weg nach Petersburg zusammen.

»Wie wär's, wenn du uns damit hinbringst?« Smoke wies auf den riesigen Metallvogel. »Würde ordentlich was für dich rausspringen. Wie schnell wären wir da?«

»Zehn Minuten, ohne Gegenwind. Aber ich darf euch nich fliegen. Der Hubschrauber is nur für den Gouverneur und seine Familie da.«

»Na und? Wie soll er das rauskriegen?« Smoke wurde allmählich wütend. Da er unmittelbar vor der Trittleiter stand, überlegte er, ob er sie nicht einfach unter dem Trooper wegtreten sollte.

»Da gibt's so 'n kleines Messgerät im Cockpit, und jedes Mal, wenn ich am Hubkrafthebel zieh, zeigt der Zähler das«, erklärte Macovich. »Wenn ich die First Family morgen das nächste Mal flieg, kannste auf'm Zähler sehen, dass ich hinterher noch zehn Minuten lang geflogen bin, gelandet bin, wieder geflogen bin und wieder gelandet bin. Wie soll ich erklären, dass ich den Staatshubschrauber nach Petersburg kutschiert hab? Es sei denn, der Gouverneur glaubt, ich hätt ihn nach'm Essen dahin geflogen.«

»Vielleicht erinnert er sich nicht.«

Das war immerhin möglich, vor allem nach den Wodkamengen, die der alte Mann am Abend geschluckt hatte. Einen Augenblick lang kam Macovich in Versuchung. Die Woche war mies und der Abend stressig gewesen, und die Kreditkartenrechnung konnte er bestimmt nicht bezahlen.

»Vielleicht können wir einfach 'ne Runde zum Spaß fliegen?«, schlug der Junge mit den Dreadlocks vor. »Wir müssen nicht unbedingt nach Petersburg. Is schon ziemlich spät.«

»Nee.« Macovich kletterte von der Leiter und schüttelte Hunderte von toten Insekten aus dem Lappen. »Kannste vergessen. Da wird nix draus.«

Smoke konnte die Pistole fühlen. Natürlich wusste er, dass ein Hubschrauber schwieriger zu klauen war als ein Truck. Hier war ein bisschen mehr Geduld und Überlegung nötig. Wenn er den Trooper umlegte, kriegten sie vielleicht nie heraus, wie man so ein Ding flog. Er sah sich schon mit seinen Straßenpiraten vor dem Hangar der State Police stehen, Betriebsanleitung in der Hand und in die Rätsel der Technik vertieft.

»Gibst du auch Unterricht?« Smoke machte einen neuen Anlauf.

»Ja, ich bin Fluglehrer.« Macovich öffnete das Gepäckfach und warf den dreckigen Lappen hinein.

»Hör mal, wenn du einem meiner Jungs ein bisschen Unterricht gibst, springt dabei ordentlich was für dich raus, aber es darf niemand erfahren, absolut niemand.«

Smoke hatte bereits entschieden, dass Possum die Stunden nehmen sollte. Falls Possum erwischt wurde, heuerte Smoke einfach jemanden anders an, und alles ging weiter wie bisher. Von allen Straßenpiraten war ihm Possum am gleichgültigsten. Es kümmerte ihn einen Scheißdreck, was aus Possum wurde. Manchmal bereute Smoke, dass er das Würstchen überhaupt aufgelesen hatte. Smoke gab dem Trooper seine Pager-Nummer und sagte, er solle sich melden, falls er Interesse hätte, aber er müsse sich schnell entscheiden, denn er sei ein viel beschäftigter Mann. Außerdem könne er in seine Boxencrew kommen, wenn er irgendwann die Nase voll habe von dem schlecht bezahlten und langweiligen Job als Trooper.

»Du hast 'ne Boxencrew?« Macovich war beeindruckt.

»Klar doch.«

»NASCAR?«

»Klar, bin Fahrer«, sagte Smoke, der rasch schaltete, und ließ einen Unterton von Ungeduld in seiner Stimme anklingen. »Deshalb die Geheimniskrämerei. Hab sonst mehr Fans an der Hacke als du Käfer auf der Windschutzscheibe. Manchmal lebst du wie im Gefängnis.«

»Mann! Für welches Team fährst du?« Macovich kannte zwar keinen NASCAR-Fahrer mit Dreadlocks, aber er sah ja ein, dass sich der Mann verkleiden musste, um sich die aufdringlichen Fans vom Leibe zu halten.

»Bist du bescheuert, kann ich dir doch nicht sagen«, fuhr Smoke ihn an. »Aber wenn du in meine Boxencrew willst«, fügte er hinzu, während er davonstolzierte, »ruf mich an, verdammt noch mal. Bald.«

Während Macovich noch über die Möglichkeit nachdachte, die sich ihm da eröffnete, saß Andy gerade, ein Bier in der Hand, erschöpft in seinem kleinen Haus im Fan District, wo die Menschen am Rande der Gesellschaft und unter Missachtung ihrer Umgebung lebten.

Ungeachtet der Beteuerungen, die die Nachbarn ständig wiederholten, wenn sie nach ihren langen, harten Tagen abends in den Schaukelstühlen auf den Veranden saßen, war der einzige historische Wert, den Andys Viertel aufweisen konnte, sein Alter. Ansonsten war es heruntergekommen, hatte zu wenig Parkplätze und zu viel Leute, die erst kürzlich aus dem Strafvollzug oder therapeutischen Wohngemeinschaften entlassen worden waren und nun unaufgefordert in das Leben ihrer Nachbarn traten. Andys Zweizimmerhaus aus braunem Sandstein hatte weder eine Klimaanlage noch eine einigermaßen funktionierende Heizung. Nicht selten durchlebte sein Computer unter dem Einfluss plötzlicher Stromschwankungen höchst gefährliche Momente.

Im Augenblick kümmerte ihn das alles wenig. Ein irrsinniger Killer hatte Beweismaterial auf seiner Veranda abgelegt, und er wartete ungeduldig auf Slippers E-Mail an Trooper Truth. Andy stand auf und stieß einen Stuhl quer durchs Esszimmer. Wütend griff er sich ein neues Bier aus dem Kühlschrank und kehrte an seinen Computer zurück.

Rasch ergossen sich die Wörter auf den Bildschirm, als er einen geharnischten Artikel verfasste und ihn auf seine Website stellte. Dann kam endlich Slippers E-Mail, Trooper Truth alias Andy antwortete und schlief über der Tastatur ein. Als das Telefon ihn weckte, lag sein Kopf auf dem Esstisch.

»Oh, Scheiße«, stöhnte er, als er steif und benommen um sich blickte. Hartnäckig setzte das Telefon sein Läuten fort.

»Hallo?«, meldete er sich und hoffte, es sei Hammer, die sich meldete, weil ihr sein Artikel gefallen hatte.

»Spreche ich mit Andy Brazil?«, ertönte eine weibliche Stimme in der Leitung, die ihm irgendwie bekannt vorkam.

»Mit wem spreche ich?«

»First Lady Crimm.«

»First Lady!«, sagte Andy verblüfft. »Was für eine unerwartete Ehre …«

»Sie werden um achtzehn Uhr in der Gouverneursvilla erwartet. Ein paar Drinks und ein kleines Abendessen. Heute Abend um sechs.«

»Haben wir Donnerstag?«, fragte Andy, dem der Wochentag im Augenblick entfallen war.

»Ja doch, ich denke, heute ist Donnerstag. Schrecklich, wie die Wochen dahinrasen. Schauen Sie sich nach dem großen blassgelben Haus Ecke Capitol Square und Ninth Street um, kurz bevor Sie auf die Broad Street kommen. Ich weiß, Sie sind nicht lange in der Stadt und waren ein Jahr lang suspendiert. Da kennen Sie sich sicherlich noch nicht besonders aus bei uns.«

First Lady Crimm gab Pony den Hörer zurück und lächelte zufrieden. Ihre Töchter saßen an dem Frühstückstisch aus der Zeit vor dem Bürgerkrieg und blickten sie an.

»Ich finde noch immer, du solltest das erst mit Papa besprechen.«

Grace nickte Pony zu, um ihm zu bedeuten, noch mehr Butter auf ihre Haferflocken zu geben. Draußen kam ein heftiger Nordwind auf und trieb den Regen prasselnd gegen die Fenster.

»Er mag den jungen Mann. Ich hab das gemerkt«, antwortete Mrs. Crimm. »Dein Vater hat so viel um die Ohren. Meine Güte, dieses Wetter! In der einen Minute scheint die Sonne, und in der nächsten regnet es!«

»Er bekommt mehr mit, als du glaubst. Und wenn er plötzlich von einem blonden Trooper geflogen wird, der früher bei der City Police war und dann suspendiert wurde, fällt Papa vielleicht ein, dass er damit nichts zu tun hat«, sagte Faith, während der Regen auf das alte Schieferdach hämmerte.

»Womit zu tun?«

»Dass uns der nun plötzlich fliegt.«

»Unsinn. Wir brauchen mehr Piloten. Ich weiß gar nicht, was mit all unseren Piloten passiert ist. Haben die jetzt alle mit den Raserfallen zu tun und deshalb keine Zeit mehr für uns? Du hast doch gehört, was der junge Mann gesagt hat, er hat mit deinem

Vater etwas Dringendes zu besprechen. Ich zumindest möchte wissen, worum es sich handelt.«

Pony suchte nach der Aufladestation für das schnurlose Telefon. Nie fand er etwas in der Villa und den Gästehäusern, wenn die Crimms zu Hause waren. An den besonders schlimmen Tagen war er sich nicht mehr sicher, ob ihm die Gefängnisleitung wirklich einen Gefallen getan hatte, als sie ihm die Stelle in der Villa verschafft hatte. Andere Häftlinge, die für die First Family arbeiteten, waren draußen beschäftigt: machten Reparaturen, arbeiteten im Garten, fegten Laub und putzten die Dienstwagen.

»Ich will nicht stören«, sagte Pony, ohne irgendjemandem in die Augen zu blicken. »Ich kann die Ladestation für das Telefon nicht finden.«

Einen Augenblick lang waren Constance, Grace, Faith und die First Lady abgelenkt, wie immer, wenn jemand wieder einmal etwas suchte. Regina war das einzige Mitglied der First Family, das sich lieber selbst bediente. Mit Pony dauerte es ihr viel zu lange. Sie nahm sich Toast, Haferflocken, von beiden Seiten gebratene Eier, noch eine Banane und Sauerklee-Honig, den ihnen der Gouverneur von North Carolina zum letzten Weihnachtsfest geschickt hatte, um den Crimms hinterhältig unter die Nase zu reiben, dass der Tar Heel State – North Carolina war einst ein wichtiger Teerlieferant gewesen – dem Staat Virginia in vielerlei Hinsicht haushoch überlegen war.

»Vor einer Minute war sie noch hier.« Faith wurde ungeduldig. Ihr Pferdegesicht war bleich und fast konturlos, weil sie ihm heute morgen noch nicht mit massivem Make-up-Einsatz zu der üblichen Farbenfreude verholfen hatte.

Die First Family hatte es in der Kunst, im ganzen Haus zu suchen, ohne sich von den Stühlen zu rühren, zu großer Perfektion gebracht. Wie sie das machten, hatte Pony nie begriffen, was aber auch nicht besonders verwunderlich war, denn wäre er schlau gewesen, hätte er sicherlich keine weiße Jacke getragen und die Crimms von morgens bis abends bedient.

»Entschuldigung, Miss Faith, aber wo genau ist *hier*?«, fragte Pony höflich. »Wo Sie sie zuletzt gesehen haben, meine ich.«

»Ruf einfach die Nummer an.« Regina sprach etwas undeutlich, weil mit vollem Mund. »Wenn es klingelt, hörst du, wo sie ist.«

»Das funktioniert nur, wenn du das Handset verloren hast, aber nicht mit der Ladestation«, schnauzte Constance, der es auf die Nerven ging, dass Telefone, Ladestationen und andere Dinge nie an ihrem Platz waren.

»Aber die Station klingelt. Das haben Sie mir gestern erklärt«, sagte Pony zur First Lady, die ihm in all den Legislaturperioden, in denen er für die Crimms arbeitete, noch nie etwas erklärt hatte.

Damit war eine Lösung in Sicht, doch das Problem noch nicht behoben: Häftlingen durfte die Privatnummer der First Family nicht mitgeteilt werden. Folglich konnte das Ladegerät nur gefunden werden, wenn ein Mitglied der First Family selbst die Nummer wählte, und das verstieß gegen das Protokoll. Diese Aufgabe gehörte zur Arbeitsplatzbeschreibung eines persönlichen oder Verwaltungsassistenten – also eines Angehörigen der höheren Beamtenlaufbahn –, und die Angehörigen der höheren Laufbahn arbeiteten zu dieser frühen Stunde noch nicht.

Der Frühstückstisch zeigte die weiblichen Mitglieder der First Family im Zustand totaler Ratlosigkeit, ausgenommen Regina, die noch immer Essen auf ihren Teller lud und sich nicht ums Protokoll scherte.

»Los!« Sie streckte die Hand aus. »Gib's schon her, Pony.«

Er näherte sich ihr von hinten und setzte das Telefon vorsichtig neben ihren Teller, indem er ihr möglichst viel Freiraum ließ, gerade so, als würde er ein flambiertes Dessert servieren. Mit honigverschmierten Fingern tippte sie die Geheimnummer ein, und gleich darauf ertönte das Aufladegerät unter Reginas wattiertem Morgenmantel auf der Anrichte aus Mahagoni.

»Vielleicht sollte ich mich beim Personenschutz melden.« Regina gab Pony das Telefon zurück. »Diese offiziellen Pflichten langweilen mich zu Tode.«

»Du dürftest uns doch gar nicht schützen.« Die First Lady war wenig begeistert von dieser Idee und entschlossen, sie ihrer Tochter auszureden. »Es sei denn, du hättest einen eigenen Personenschützer, der dich beschützt, während du deine Schwestern, Papa und mich beschützt.«

»Zeig mir das im Gesetzbuch von Virginia«, sagte Regina. »Ich wette, das steht da nicht drin.«

»Du solltest darüber mit dem gut aussehenden Trooper Brazil reden, vielleicht kann er es dir ja ausreden«, sagte die First Lady zu Regina. »Das Leben eines Troopers ist hart und undankbar, apropos Trooper, hat eine von euch heute morgen Trooper Truth gelesen?«

»Wir sind gerade erst aufgestanden«, rief Constance ihrer Mutter ins Gedächtnis.

»Nun, er hat eine unglaublich interessante und sehr mysteriöse Geschichte darüber geschrieben, wer J. R. erschossen hat.«

»Warum schreibt er über *Dallas*?«, wunderte sich Faith. »Das läuft doch schon seit Ewigkeiten nicht mehr.«

»Es geht um einen anderen J. R.«, informierte die First Lady ihre Töchter. »Aber es ist eine Schande, dass sie *Dallas* abgesetzt haben. Euer Vater ist nie darüber hinweggekommen und war sehr wütend, als der Fernsehsender die Serie aus dem Programm genommen hat. Jetzt gibt es überhaupt nichts Vernünftiges mehr im Fernsehen außer dem Shopping Channel.«

Ein Wort zum Verzehr von Adlern

von Trooper Truth

Gut möglich, dass ein junger Mann, der von den Jamestown-Archäologen J. R. genannt wird, das erste Opfer eines Mordes von Weißen an Weißen in Amerika war – falls mir der geschätzte Leser eine kleine Ungenauigkeit verzeiht, denn als Jamestown gegründet wurde, hieß Amerika noch nicht Amerika.

Doch wenn man die Ausgrabungsstätte besichtigt und einen Blick auf die Fiberglas-Nachbildung von J. R.s Skelett wirft, muss man ganz einfach Mitleid empfinden für den jungen Mann, der so weit entfernt von zu Hause starb und vier Jahrhunderte im harten Lehmboden von Virginia lag, bis die Grabungskelle eines Archäologen auf die Spuren seines nicht weiter gekennzeichneten Grabes stieß. Das Kürzel J. R. steht übrigens für *Jamestown Rediscovery* und ist die Abkürzung, die jedes Artefakt und archäologisch interessante Objekt erhält, das hier gefunden wird – dazu gehören auch Gräber und die Toten darin. Wir wissen nicht, wer J. R. erschossen hat.

Zum gegenwärtigen Zeitpunkt ist uns noch nicht einmal bekannt, wer J. R. eigentlich war.

Doch dank der Wissenschaft konnte uns J. R. einiges mitteilen. Laut Radiokarbondatierung ist J. R. 1607 gestorben, vermutlich nur wenige Monate nachdem die ersten Siedler in Jamestown eingetroffen waren. Daher können wir annehmen, dass er einer der 108 britischen Männer und Knaben war, die mit ihrem Segelschiff von der Isle of Dogs aufbrachen und dann lange im Schlamm der Themse feststeckten. Wie die Anthropologen herausgefunden haben, war J. R. ein kräftiger Mann von einem Meter fünfundsechzig, der keinerlei Anzeichen von Arthritis erkennen ließ und relativ gesunde Zähne besaß, woraus wir entnehmen können, dass er keinen Zucker zu sich nahm. Weitere Untersuchungen auf Blei-, Strontium- und Sauerstoff-Isotope offenbarten, dass er in Großbritannien aufwuchs, vermutlich im Südwesten oder in Wales.

Durch eine Kugel Kaliber 60 und eine Schrotladung Kaliber 20, damals eine übliche Musketenladung, erlitt J. R. eine tödliche Verwundung am Bein. Wie forensische Tests ergeben haben, kann er die Luntenschlossmuskete, die ihn tötete, auf keinen Fall selbst abgefeuert haben, denn der Schuss wurde aus viel zu großer Entfernung abgegeben. Anschließend verblutete er sehr rasch und wurde ohne Totenhemd in einem sechseckigen Sarg beerdigt, die Füße nach Osten ausgerichtet, wie es christlicher Tradition entspricht.

Wenn J. R. tatsächlich von einem anderen Siedler erschossen wurde, und ich denke, dass es sich so verhielt, stellt sich die Frage nach dem Motiv, das sich unschwer aus den historischen Dokumenten herleiten lässt. Wenn wir uns die jahrhundertealten schriftlichen Zeugnisse anschauen und einen Zusammenhang zwischen den Worten und den ausgegrabenen Artefakten und Knochen herstellen, stoßen wir auf eine Reihe denkbarer Gründe, warum J. R. getötet worden sein könnte.

Vielleicht war er in politische Intrigen oder häusliche Schwierigkeiten verstrickt, vielleicht hat er sich bei der Arbeit oder beim Spiel mit anderen etwas zuschulden kommen lassen, vielleicht war er ein Dieb oder hatte sich mehr Lebensmittel genommen, als ihm zustanden. Vielleicht hat er dem Kannibalismus gefrönt, wie ein späterer Siedler, der hingerichtet wurde, nachdem man ihn dabei ertappt hatte, wie er seine tote Frau einpökelte. Vielleicht hatte J. R. auch Streit mit einem *Natural*, der irgendwie ein Gewehr in die Hände bekommen und herausgefunden hatte, wie man es bediente. Oder, noch wahrscheinlicher, J. R. war in eine heftige Auseinandersetzung mit einem anderen bewaffneten Siedler verstrickt, der dann entschied, dass es am besten war, J. R. ins Bein zu schießen, weil der zu diesem Zeitpunkt einen Helm und eine Rüstung trug. Möglicherweise erschoss der Siedler ihn auch, weil er herausgefunden hatte, dass J. R. für die Spanier spionierte oder ein Pirat war.

Ich vermute, dass J. R. ein Spion oder ein Pirat oder beides war.

Wie immer auch die Wahrheit aussehen mag, J. R.s Tod war sehr unschön, denn er war bestimmt noch lange genug bei Bewusstsein, um zu wissen, dass er sterben würde. Ich stelle mir vor, wie er im Fort lag und in einen schockartigen Zustand versank, während er zusah, wie er aus einer zerfetzten Arterie hinterm Knie verblutete. Ich kann mir lebhaft ausmalen, welche Aufregung innerhalb des Forts herrschte, als die Siedler Tücher und Wasser aus dem Fluss herbeischafften und alles, was ihnen sonst noch an medizinischer Hilfe zur Verfügung stand. Vielleicht versuchten sie, J. R. zu trösten, oder sie stritten und schrien und verhörten den Schützen.

Wer weiß? Doch wenn Sie sich diese dramatische Szene vergegenwärtigen, geschätzter Leser, werden Sie sich zweifellos die gleiche Frage stellen wie ich: Warum wird J. R.s Tod nicht in den Schriften John Smiths erwähnt? Warum gibt es bis zum heutigen Tag nicht eine *einzigen* Hinweis auf einen jungen Siedler der ersten Generation, der aus Versehen oder absichtlich erschossen wurde?

Dies ist ein weiterer Beweis dafür, dass die Geschichte nichts weiter ist als das, was nach Auffassung bestimmter Leute kommenden Generationen kund und zu wissen getan werden soll. Ich vermute, dass John Smith seine Berichte und Geschichten für King James und die Landsleute in der Heimat geschrieben hat und dass er klug genug war, um zu wissen, dass es Geldgeber und künftige Siedler nicht gerade ermutigen würde, wenn sie erfuhren, dass die Bewohner von Jamestown rebellisch, gewalttätig und verrückt vom Genuss verdorbenen Wassers waren, dass sie sich der ständigen Bedrohung durch *Naturals* ausgesetzt sahen und der Hunger sie zwang, Schlangen, Schildkröten und, nach dem Abfall zu urteilen, den die Archäologen gefunden haben, mindestens einen Adler zu essen.

Die Anfänge Amerikas waren nicht spannend, erheiternd, ehrenvoll oder gar patriotisch, doch es ließe sich zweifellos eine fulminante Reality-Show daraus stricken, eine Mischung aus *Survivor* und *Fantasy Island*. Und leider hat sich wenig geändert. Denken Sie nur an den sadistischen Mord, der unlängst an

Trish Trash begangen wurde! Auch hier wissen wir nicht, wer ihn verübt hat, aber ich bitte Sie, meine geschätzten Leser, denen der Begriff des Gemeinwohls noch etwas sagt, schreiben Sie mir bitte, wenn sie Trish gekannt haben oder irgendetwas über sie wissen. Alle Einzelheiten könnten von Bedeutung sein: ihre Hobbys, ihre Interessen, was sie gelesen hat, ob sie das Internet benutzte und wovon sie in letzter Zeit häufiger sprach oder schrieb.

Passen Sie gut auf sich auf!

VIERZEHN

Gouverneur Crimm hatte den Ausdruck des letzten Trooper-Truth-Artikels eine ganze Stunde lang studiert und war gleichermaßen fasziniert, entsetzt und angewidert. Über jedes Wort fuhr er mehrfach mit seinem Vergrößerungsglas, während Major Trader ihn über die neuesten Angelegenheiten des Staates Virginia ins Bild setzte und ihm eine hausgemachte Kirschpraline reichte.

»Die Sitzungsperiode wird beginnen, ehe wir uns versehen«, sagte Trader gerade. »Und wir sind überhaupt nicht vorbereitet.«

»Das sagen Sie jedes Mal«, antwortete der Gouverneur und biss abwesend in die Kirschpraline. »Wer hat denn nun J. R. erschossen? Hat irgendjemand die Archäologen gefragt? Und wenn nicht, warum nicht? Was für einen Eindruck macht das, wenn wir noch nicht einmal ein Verbrechen aufklären können, das vor vierhundert Jahren begangen wurde und sicherlich von genügend Zeugen beobachtet wurde? Rufen Sie in Jamestown an und verlangen Sie, dass man den Fall von J. R. auf der Stelle aufklärt. Dann geben wir eine große Pressemeldung heraus und führen den Bürgern von Virginia vor Augen, dass wir keine Art von Kriminalität tolerieren.«

»*Jugend*kriminalität«, fügte Trader hinzu, um das Ganze noch zu unterstreichen.

»Ja, ja«, sagte der Gouverneur.

»Und ich glaube, wir dürfen getrost behaupten, ein Pirat hätte ihn umgebracht – wenigstens wäre es von Vorteil, wenn wir das behaupten würden«, bemerkte Trader. »Wir könnten von irgendeinem Piraten sprechen – das ist völlig egal, verstehen Sie? Damals hatten alle Piraten einen schlechten Ruf, und den haben sie heute noch, also spielt es keine Rolle, wenn wir behaupten, J. R. habe das Fort verlassen, um einen Eimer Wasser aus dem Fluss zu holen, als er plötzlich ein spanisches Schiff erspähte, das eine Totenkopfflagge gehisst hatte, und im nächsten Moment sei er schon erschossen worden.«

»Ich dachte, wir wollten die Aufmerksamkeit der Öffentlichkeit nicht auf unser Piratenproblem lenken.«

»Highway-Piraten sind etwas ganz anderes«, erwiderte Trader, während er insgeheim an seine Piratenaktivitäten dachte, die ihn in Kürze zu einem reichen Mann machen würden.

Crimms Vergrößerungsglas hielt über dem Wort *Kannibalismus* inne. »Stellen Sie sich vor, dieser Siedler hat seine Frau eingepökelt, um sie zu essen«, sagte er voller Ekel, während er sich ausmalte, er sei selbst am Verhungern und würde feststellen, dass seine gut in Futter stehende Frau gestorben war.

Er dachte an ihren nackten, fleischigen Körper und fragte sich, wie jemand seine Frau roh verspeisen konnte, doch er vermutete, dass die anderen Siedler den Rauch entdeckten und den Geruch gebratenen Menschenfleisches röchen, wenn er Maude zubereitete, und ihn an den nächsten Baum hängen würden. Oh, was für ein furchtbarer Gedanke. Das U-Boot des Gouverneurs ruckte, als es auf ein Hindernis traf, und sandte einen heftigen Schmerz durch die Eingeweide.

»Darauf stand damals die Todesstrafe«, sagte Trader, als könnte er die Gedanken des Gouverneurs lesen. »Die Touristenführer in Jamestown berichten, dass man jeden, den man beim Verzehr seiner Frau oder eines anderen Menschen erwischte, sofort hängte. Die Leiche wurde rasch an einem geheimen Ort vergraben, damit kein anderer Siedler auf die Idee kam, den Toten einzupökeln und zu essen.«

»Ich frage mich, ob auf Kannibalismus immer noch die Todesstrafe steht. Wenn nicht, sollte das geändert werden.« Crimms U-Boot schlingerte immer heftiger.

»Das hängt von den Umständen ab«, antwortete Trader, dachte an seine pummelige, ewig nörgelnde Frau und fragte sich, ob es wohl Umstände geben könnte, unter denen er hungrig genug wäre, sie zu essen, vorausgesetzt natürlich, sie würde unerwartet sterben und niemand würde ihr Verschwinden bemerken. »Nach unseren Gesetzen muss der kannibalische Akt in Verbindung mit einer anderen schweren Straftat begangen werden«, erklärte er. »Hätte der Täter sie zuerst umgebracht, wäre vielleicht sogar eine Vergewaltigung oder Raub im Spiel und äße er sie dann – so wäre das ein Verbrechen, für das er die Todesspritze bekäme, wenn Sie die Hinrichtung nicht verschieben oder einem Gnadengesuch stattgeben würden.«

»Ich würde niemals eine Hinrichtung verschieben oder einem Gnadengesuch stattgeben«, erwiderte der Gouverneur ungeduldig, und seine Linse glitt weiter über den ausgedruckten Artikel, während das U-Boot eine weitere Schockwelle durch seinen gequälten Leib sandte. »Überhaupt möchte ich, dass Sie eine Pressemitteilung aufsetzen, die besagt, dass jeder, der sich des Kannibalismus schuldig macht, mit der Höchststrafe zu rechnen hat, natürlich unter der Voraussetzung, dass die genannten Verbrechen beteiligt sind. Ich glaube nicht, dass wir den Kannibalismus bisher angesprochen haben. Es wird also höchste Zeit. Wir sollten eine Gesetzesvorlage ausarbeiten und sie in der nächsten Sitzungsperiode einbringen.«

Trader machte sich seine Notizen mit einem Bleistift, eine Angewohnheit, die sich bewährt hatte, denn häufig musste er alles wieder wegradieren.

»Vielleicht sollten wir bekannt geben, J. R. sei bei einem kannibalischen Akt ertappt und von einem Erschießungskommando hingerichtet worden. Was halten Sie davon?« Der Gouverneur hob den Kopf und warf Trader einen Blick aus einem durch die Lupe absurd vergrößerten, wässrigen Auge zu, das nicht nur etwas trübe und gerötet, sondern auch glasig wirkte.

»Ich habe noch nie gehört, dass Erschießungskommandos auf die Beine zielen«, bemerkte Trader. »Das würde uns die Öffentlichkeit niemals abkaufen.«

»Natürlich täte sie das. Jeder weiß, dass die Gewehre damals nicht sehr zuverlässig waren. Aber lassen wir das. Was gibt's sonst noch?«

»Ja, was hätten wir denn noch?«, sagte Trader und blätterte durch die Seiten in seinem Notizblock. »Was wollen Sie wegen des Zahnarztes unternehmen, der auf Tangier Island gefangen gehalten wird? Ich nehme an, Sie haben heute morgen die Zeitungen gelesen oder Nachrichten gehört?«

»Noch nicht.« Der Gouverneur stöhnte und umfasste seinen aufgeblähten Bauch.

»Nun, anscheinend hat die Polizei in Reedville mit einem Reporter gesprochen, und unglücklicherweise heißt es jetzt, das Leben des Zahnarztes könne in Gefahr sein, weil die Insulaner über VASCAR schrecklich empört seien. Ich schlage vor, wir setzen unsere VASCAR-Initiative aus, bis die Sache friedlich beigelegt ist. Ich habe Superintendent Hammer eindringlich vor den Folgen gewarnt, die sich ergeben könnten, falls die State Police die Raserfallen dort auf die Straßen malen würde. Aber sie hört ja nie auf mich.«

»Das war Hammers Idee?« Dem Gouverneur war schwindelig, und er konnte keinen klaren Gedanken fassen.

»Natürlich war es Hammers Idee, Gouverneur. Erinnern Sie sich nicht mehr, dass wir die Sache kürzlich besprachen und ich Ihnen sagte, es sei der neueste Beweis für ihr mangelndes Fingerspitzengefühl, und Sie antworteten: ›Na gut. Aber wenn es Ärger gibt, sorgen Sie dafür, dass Sie die Schuld bekommt und nicht ich.‹? Und ich sagte: ›Klar, so wird's gemacht.‹«

»Hat Sie eigentlich ihren Hund wieder?«, wollte der Gouverneur wissen und putzte sein Vergrößerungsglas, während er betete, der neueste U-Boot-Angriff möge endlich vorübergehen.

»Man munkelt, einer ihrer politischen Feinde habe ihn gestohlen«, antwortete Trader ernst.

»Schade, dass es so viele Leute gibt, die sie nicht mögen«, sagte der Gouverneur und saß ganz still, während ihm langsam die Farbe aus dem Gesicht wich. »Als ich ihr den Posten gab, hatte ich keine Ahnung, dass sie so eine schwierige Person ist. Am besten, Sie rufen sie mal an, und ich rede mit ihr. Aber nicht jetzt.«

»Davon rate ich dringend ab, Governor – lassen Sie die Finger davon, jetzt und in Zukunft«, sagte Trader rasch. »Sie wollen doch nicht mit ihr in einen Topf geworfen werden, oder? Sie ist ein politisches Risiko, und je weiter Sie auf Abstand gehen, desto besser.«

»Na, die Sache mit ihrem Hund tut mir schon Leid. Ich hoffe, Sie hat meine kleine Beileidskarte bekommen.«

»Ich habe dafür gesorgt«, log Trader und dachte an die vielen Mitteilungen, die er nicht abgeschickt oder abgefangen hatte.

»Wissen Sie, wenn Frisky etwas passieren würde«, fuhr der Gouverneur bekümmert fort und schnappte nach Luft, »das würde ich nicht verkraften und Maude und die Mädchen ebenso wenig. Er ist ein so lieber und treuer Geselle. Gott sei Dank, dass ich den Personenschutz habe, der dafür sorgt, dass ihn niemand kidnappt und ein Lösegeld verlangt oder sich einfach für eine unliebsame politische Entscheidung rächt.«

»Ihre politischen Entscheidungen sind nie unliebsam«, schmeichelte Trader. »Zumindest nicht die, an denen Sie schuld sind.«

»Na, ich bin sicher, man wird mich für diese sadistischen Verbrechen verantwortlich machen«, mutmaßte Crimm und spürte, wie sein U-Boot in stürmische Gewässer geriet.

»Vermutlich gibt es eine Verbindung zwischen dem Trash- und dem Custer-Fall. Und es ist Hammers Schuld, dass keiner der beiden Fälle bisher gelöst wurde«, konstatierte Trader zuversichtlich. »Vielleicht ist da sogar ein Zusammenhang mit J. R.s Ermordung durch Piraten.«

Der Gouverneur sprang aus seinem Stuhl auf und stürzte beinahe, weil das U-Boot in den Tiefen seines Leibes den gefährlichen Kollisionskurs noch verschärfte.

»Gehen Sie!«, befahl er Trader taumelnd und japsend. »Ich kann mich jetzt nicht mit Piraten beschäftigen!«

Possum hingegen konnte und tat es auch. Seit er heute früh Trooper Truth gelesen hatte, machte er sich Gedanken über Piraten. Während er fernsah, beschäftigte er sich mit einem Versäumnis der Piraten, das er, wie er hoffte, dazu verwenden konnte, Smoke in seinem Sinne zu beeinflussen und Popeye zu retten.

In früheren Jahrhunderten hatte jeder Pirat mit Selbstachtung Wert darauf gelegt, eine Flagge am Mast zu hissen, die eine Art Mitteilung war für die, die man angreifen wollte. Den Totenkopf mit den gekreuzten Knochen zu zeigen, der allgemein als *Jolly*

Roger bekannt war, teilte dem Schiff, das als Opfer auserkoren war, mit, es solle sich lieber gleich ergeben, andernfalls … Ignorierte das andere Schiff die flatternde schwarzweiße Totenkopfflagge, wurde eine rote Flagge aufgezogen, die besagte, dass nun *andernfalls* eingetreten sei. Behielt das Schiff seinen Kurs bei, musste sich die Besatzung auf Breitseiten und schlimmere Gewalttaten gefasst machen.

Moderne Piraten scheinen die Anstandsregeln dieser Flaggensprache vergessen zu haben. Wenn sich heute eine Bande Piraten in einem Schnellboot mit aufheulenden Motoren nähert, um ein anderes Schiff oder eine Jacht zu kapern, wird das Feuer aus Granatwerfern oder Maschinengewehren ohne Vorwarnung eröffnet. Aus den Piraten vergangener Zeiten ist eine überaus brutale, mörderische und verächtliche Gattung seefahrender Gesetzloser geworden, die gar nicht auf die Idee kommen würde, jemandem eine faire Chance zu geben. Ihr einziges Interesse gilt Konservendosen, elektrischen Geräten, Teppichen, Designertextilien, Tabak und, vor allem, Drogen, von denen die Piraten hoffen, sie würden auf dem gekaperten Schiff geschmuggelt. Sind Drogen ein Teil der Beute, ist auch kaum zu befürchten, dass die überlebenden Besatzungsmitglieder den Überfall melden.

Highway-Piraten sollten zur Tradition der Flaggen zurückkehren, dachte Possum, der in seinem winzigen Zimmer des Wohnmobils auf dem Bett hockte, in einem Raum, von dessen Fenster der Blick auf eine Gruppe wilder Kiefern am Ende des verlassenen Geländes ging, wenn Possum die Gardinen nicht fest verschlossen hätte, um das Zimmer vollständig abzudunkeln. Er verpasste keine Wiederholung von *Bonanza* und stellte sich immer vor, er hätte einen Vater wie Ben Cartwright und Brüder wie Little Joe und Hoss. In seiner Phantasie ritt er auf einem edlen Pferd durch die brennende Landkarte der Ponderosa Ranch, während die aufwühlende Melodie auf klirrenden Gitarren und wirbelndem Schlagzeug durch seinen Kopf galoppierte.

»*Dum* da da *dum* da da *dum* da da *dum* da *da DA* …!«

Gestern Nachmittag hatte er seine Lieblingsfolge gesehen: Little Joes Freundin wird von einem Wanderzirkus gekidnappt und im Schrank der Fetten Frau gefangen gehalten, ein paar Türen von den Wunderschönen Frauen Ägyptens und der Bärtigen Frau entfernt. Little Joe überredet Herkules, ihm zu helfen. Gemeinsam verprügeln sie die Bösen, von denen einer dran glauben muss, weil er die Fette Frau erstechen will, und zum Schluss wird Little Joe von seiner Freundin geküsst. Jedes Mal ging Possum das Herz auf, wenn er Little Joe sah, wie er, den Stetson tief ins Gesicht gezogen und den Pistolengürtel mit dem elfenbeinbeschlagenen Revolver lässig auf den Hüften, siegreich davonstolzierte.

Was würde Possum dafür geben, wenn er beim Verlassen seines tristen, muffig riechenden Zimmers Ben, Little Joe und Hoss sähe und nicht Smoke, die anderen Straßenpiraten und dieses merkwürdige Mädchen Unique, das sich gelegentlich, in letzter Zeit aber immer seltener, im Wohnmobil blicken ließ. Manchmal wurden Possum die Augen feucht, und er musste sich mühsam wieder sein dickes Fell zulegen, wenn es Zeit wurde, den Fernseher auszuschalten und die freundlichere Welt zu verlassen, in der er tagsüber lebte, während die anderen Piraten sich von ihrem Kater und ihren nächtlichen Aktionen erholten. Nie hatte Possum einem Menschen ein Haar gekrümmt, bevor Smoke ihn vor dem Automaten geschnappt hatte. Und nun steckte er bis zum Hals in der Patsche.

Er hatte auf den armen Fahrer geschossen, der harmlos in seinem Peterbilt darauf gewartet hatte, dass der Obst- und Gemüsemarkt aufmachte, damit er seine Kürbisse verkaufen konnte. Seither hatte Possum Angst vor dem Einschlafen, weil er wusste, dass das alles in seinen Albträumen wiederkehren würde – der Fahrer und die Kürbisse, die sie zum Deep Water Terminal gefahren und im James River versenkt hatten.

Tagelang war in den Nachrichtensendungen von den vielen tausend Kürbissen die Rede gewesen, die herumschwammen und an Felsen hängen blieben. Natürlich brauchte Richmonds Polizei nicht lange, um eins und eins zusammenzuzählen und die schwimmenden Kürbisse mit dem gestohlenen Truck in Verbindung zu bringen. Possum hoffte jedenfalls, Moses Custer werde nicht sterben oder ein Krüppel bleiben. Außerdem wurde ihm klar, dass Smoke ihn für die Tat ausgewählt hatte, damit er, Possum, die Straßenpiraten nie verlassen konnte, ohne im Gefängnis oder gar der Todeszelle zu landen. Wenn er doch Trooper Truth eine E-Mail schicken und ihn bitten könnte, ihn und Popeye zu retten! Aber konnte er sicher sein, dass Trooper Truth ihn nicht der Polizei auslieferte? Popeye würde wahrscheinlich in irgendeinem Teich enden und er, Possum, in der Jugendstrafanstalt, mit Leuten, die mindestens genauso schlimm waren wie Smoke.

Es war dunkel und still, als Possum auf seinem Bett saß, Popeye streichelte und überlegte, wie er Smoke dazu bringen konnte, eine Flagge auf dem Wohnwagen und dem Land Cruiser zu hissen. Smoke würde sich nie darauf einlassen, wenn er nicht einen Weg fand, ihm einzureden, die Flagge wäre seine, Smokes, Idee und eine gute noch dazu. Der *Jolly Roger* war wahrscheinlich zu auffällig, überlegte Possum in seinem dunklen Zimmer. Possum ging zum Computer hinüber, um auf Captain Bonnys Website nachzuschauen, ob der Pirat eine eigene Fahne hatte, und wenn, wie sie aussah.

Possum war abgelenkt, als er auf »Favoriten« klickte. So kam es, dass er versehentlich Trooper Truth aufrief, statt Captain Bonny zu wählen. Überrascht starrte er auf Trooper Truths neuen Artikel.

»Na, was hältst du davon?«, flüsterte Possum aufgeregt in Popeyes Richtung, die auf dem Bett schnarchte. »Zwei am selben Morgen! Mann, dieser Trooper Truth führt doch was im Schilde.«

Ein kurzer Exkurs

von Trooper Truth

Die Einwohner von Tangier Island sind ein verschwiegenes und empfindliches Völkchen, das wenig über die eigene Herkunft weiß. Kein Wunder, denn fängt man erst einmal an, Legenden zu erfinden und Desinformationen zu verbreiten, vergisst man schnell, was tatsächlich geschehen ist, und glaubt am Ende an die eigenen Phantastereien.

Im Verlauf der Jahrhunderte haben die Menschen auf Tangier ihre Piratenvergangenheit totgeschwiegen und sich lieber an ihre selbst gestrickten Legenden gehalten. Eines Nachmittags besuchte ich die Insel und sprach dort mit einer Einwohnerin, die bei Spanky's vorbeigeschaut hatte, weil in ihrem Souvenirladen nichts los war.

»Ich nehme an, die vielen Touristen, die ihre Insel besuchen, gehen Ihnen ganz schön auf die Nerven«, bemerkte ich zu der Frau, deren Name Thelma Parks ist.

»Däs kümmeret mi nöd, wann sä mi nur in Ruh' lasset«, erwiderte sie, wobei sie mich argwöhnisch anschaute.

»Und das tun sie nicht, nehme ich an.«

»Nei, das tuet sä nöd. Letscht wär welche do, wo mei Lade mit so än Videodings uffgenomme hätt ond mi au, abä däs wullt i nöd.«

»Haben Sie ihnen denn nicht gesagt, dass Sie nicht gefilmt werden möchten?«

»Nei.«

Nun erzählte Thelma mir, sie verlange jetzt einen Quarter für alle Aufnahmen, während sie an der Kasse stehe. Dank der zusätzlichen Einnahmen falle es ihr leichter, die Touristenhorden zu ertragen, die ihren Souvenirladen bestaunten, als sei er eine exotische Sehenswürdigkeit, was Thelma, wie sie mir anvertraute, überhaupt nicht verstehen kann. Nichts von dem ganzen

Plastikplunder – den Leuchttürmen, Krebsen, Krebskörben, Hummern, Fischen, Ruderbooten und so fort – sei Handarbeit oder auch nur in Amerika hergestellt. Tatsächlich, so fügte sie noch hinzu, seien Hummer sehr selten in der Chesapeake Bay und die meisten Inselbewohner hätten noch nie einen gesehen, außer im Fernsehen oder in den Anzeigen für das Fischrestaurant, die regelmäßig im *Virginia Pilot* erscheinen.

Ich verließ Spanky's und setzte meinen Spaziergang fort. Als ich zur Krankenstation kam, ging ich hinein, entdeckte aber weder einen Zahnarzt noch eine Schwester oder einen anderen Arzt – nur einen schlaksigen jungen Mann mit blondem Schopf. Er saß im Zahnarztstuhl und starrte vor sich hin, so versunken in seine Träume, dass er mich überhaupt nicht zur Kenntnis nahm. Ich vermutete, er sei ein Patient und der Zahnarzt würde jeden Moment zurückkommen. Da wusste ich natürlich noch nicht, dass der Zahnarzt in Wahrheit gefangen gehalten wurde, denn weder die Geiselnahme noch die Androhung eines Bürgerkrieges waren zu diesem Zeitpunkt in der Öffentlichkeit bekannt.

»Hallo?«, sagte ich höflich.

Die Augen des Jungen starrten ins Leere, und er reagierte nicht.

»Ich habe mich gefragt, ob es hier vielleicht medizinisches Personal gibt, mit dem ich ein paar Worte reden könnte«, sagte ich. »Ich arbeite an einer Geschichte über den Ursprung unserer Nation und ihren gegenwärtigen Zustand und ich denke, dass Tangier Island der Schlüssel zu allem ist.«

»Dä Schlussl isch in mei Tasch.« Plötzlich blinzelte er und hielt schützend eine Hand über seine Tasche. Als er feststellte, dass ich ein Fremder war, erschrak er und sprang vom Stuhl auf. »Wos machscht hi? I han denkt, i hätt dä Tur verschlosse!« Er eilte zur Tür und schob den Riegel vor.

Ich vernahm ein gedämpftes Geräusch aus dem hinteren Teil des Gebäudes und das Scharren eines Stuhls auf dem Boden.

»Do isch än Hund drin.« Der junge Mann deutete vage in die Richtung, aus der das Geräusch gekommen war.

»Was ist das für ein Scharren?«, wunderte ich mich. »Ist er angebunden?«

»Jo.«

Der Stuhl scharrte noch ein wenig lauter.

»Da drinnen muss sich das Tier doch ängstigen«, sagte ich. Die Vorstellung, dass man einen Hund in dem engen, stickigen Hinterzimmer einer Krankenstation an einen Stuhl gebunden hatte, gefiel mir ganz und gar nicht. »Warum lassen wir ihn nicht raus, damit er ein bisschen Luft kriegt und Gesellschaft hat?«

»Däs isch's!« Der junge Mann versperrte mir den Weg zur Tür, die in das Hinterzimmer führte. »Är bisst. Dohä isch är anbunde. Är isch dem Dentischt.«

»Wo ist der Zahnarzt?«

»Där isch au anbunde.«

»Er ist beschäftigt? Na gut, vielleicht kann ich ein andermal mit ihm sprechen«, antwortete ich. »Und was ist mit deinen Zähnen? Ich sehe, du trägst eine Klammer. Außerdem sind dir offenbar mehrere Zähne gezogen worden. Es sieht so aus, als würden sich die Gummibänder beim Sprechen lösen.«

»So isch's!« Verlegen hielt er sich die Hand vor den Mund. »Dä Dentischt sull Acht gäbe, wos är muochet.«

»Wo wir so nett miteinander plaudern«, sagte ich und näherte mich vorsichtig dem Tisch, auf dem gut sichtbar eine Patientenkarte lag, »macht es dir was aus, wenn ich mir auf deiner Karte anschaue, was bei dir alles behandelt wurde? Ich nehme doch an, dass das deine Karte ist? Ist dein Name Darren Shores?«

»Hi auf Tangier nennet mi all Fonny Boy.«

Schon bald befanden Fonny Boy und ich uns in der schönsten Unterhaltung, denn er wusste vieles über die Geschichte der Insel und der Seefahrt, soweit sie die Bucht betraf. Als Fonny Boy im Verlauf unseres Gesprächs etwas Vertrauen fasste, berichtete er mir viele Einzelheiten und begann, von den Piraten zu erzählen oder den Caperern, wie sie auf der Insel genannt werden. Früher seien sie überall gewesen, berichtete er. Es gab eine Zeit, da lagen so viele Piratenschiffe vor den Küsten Marylands, Virginias und der beiden Carolinas, dass Städte wie Charleston völlig abgeschnitten waren. Niemand wagte, aus dem Hafen zu segeln, weil er befürchten musste, sofort von den Piraten gekapert zu werden, die keine Skrupel hatten, ihre Gefangenen auf höchst unschöne Art ins Jenseits zu befördern.

Ausführlich berichtete Fonny Boy über Blackbeard, der Ende des 17. Jahrhunderts, als er noch ein ehrlicher Seefahrer aus Bristol in England war, auf den Namen Edward Drummon hörte. Später beschloss er, Pirat zu werden, und änderte seinen Namen in Edward Teach, was in historischen Berichten häufig fälschlich als Thatch, Tache oder Tatch wiedergegeben wird. Nachdem Queen Anne ihren Krieg beendet hatte, segelte Blackbeard nach Jamaika, um französische Schiffe zu kapern. Dort begann er an seinem Erscheinungsbild zu arbeiten. Er wollte möglichst grausam und furchterregend wirken, damit die gegnerischen Schiffe, falls der *Jolly Roger* seine Wirkung verfehlte, trotzdem rasch zur Aufgabe bereit waren. So flocht er seinen langen Bart zu kleinen Zöpfen, zündete sie mit langsam brennenden Streichhölzern an und band sich Pistolen, Degen und eine große Machete um den Bauch. Weitere Waffen, so Fonny Boy, trug er an einem Patronengurt, den er sich quer über die Brust schnallte.

Sehr bald schon begannen Blackbeard und seine Flottille die Küste von North Carolina und die Chesapeake Bay unsicher zu machen. Die Einwohner von Tangier gewöhnten sich an, den *Jolly Roger* zu hissen, sobald sie Blackbeards Schiff sichteten, und von Zeit zu Zeit kam der rücksichtslose Pirat höchstpersönlich auf die Insel und hielt Gelage ab, wie sie nach dem Geschmack seines finsteren Herzens waren. Niemand sah ihn gern auf der Insel, und niemand hatte einen ruhigen Schlaf, solange er dort war. Frauen und Kinder versteckten sich in den Häusern, sodass Blackbeard glaubte, Tangier Island sei eine Insel, die ausschließlich von Männern bewohnt werde. Daher wurden seine Besuche immer kürzer und unregelmäßiger. Fonny Boy und die äußerst spärlichen historischen Dokumente behaupten, Blackbeard habe sich die nahe liegende Frage gestellt, wie eine ausschließlich von Männern bewohnte Insel ihre Bevölkerung über Jahrzehnte erhalten könne.

Die Antwort, die Blackbeard bekam, blieb verschollen, bis ein dreihundert Jahre altes Kontobuch entdeckt wurde. Dieser außergewöhnliche Fund war der Legende nach von Blackbeards Schiff *Adventure* irgendwie auf den Dachboden eines Nachkommen von Alexander Spottswood gelangt. Spottswood war Gouverneur von Virginia zur Zeit von Blackbeards blutigen Raubzügen. Das Kontobuch gibt vor allem Auskunft über die Aufteilung von Blackbeards Beute, aber auch über seine sadistischen Gräueltaten, zum Beispiel seine Vorliebe dafür, Leute zu zerstückeln. Blackbeards handschriftliche Eintragungen verzeichnen hundertvierzig Fässer Kakaopulver und ein Fass Zucker, die er offenbar gestohlen und in einer Scheune in North Carolina unter dem Heu versteckt hatte. Ferner gibt es einen kryptischen Hinweis auf einen vergrabenen Schatz, dessen Versteck nur Blackbeard und der Teufel kennen und den bis auf den heutigen Tag niemand gefunden hat.

Da für jeden einsichtig ist, dass der Fortbestand von Tangiers Bevölkerung nicht ohne Frauen gesichert werden konnte, drängte ich Fonny Boy, mir zu verraten, welche Erklärung man Blackbeard gegeben hatte. Und Fonny Boy wiederholte, was man sich seit Generationen auf der Insel erzählt.

»In ewiger Verdammnis soll deine Seele schmoren, wenn du mich anlügst!«, donnerte Blackbeard einen ebenso schlauen wie unehrlichen Inselbewohner namens Job Wheeler an, einen kinderlosen Witwer, der, so heißt es, den Piraten in sein Heim auf jenem Teil der Insel einlud, der heute Job's Cove heißt.

»I kunn dä Wahrhit nöd vur di verberge«, sagte Job zu Blackbeard, der einen Becher Rum nach dem anderen hinunterstürzte und seinen Bart in Flammen setzte. »Obwull mer scho vo langär Zit uss Angeland kumme sin, sin mer erscht in North Carolina gwäs ond denn erscht hihär kumme.«

Job präsentierte diese dreiste Lüge, weil er wusste, dass er damit Blackbeards Aufmerksamkeit zu fesseln vermochte, war es doch eine wohl bekannte Tatsache, dass der Pirat mit Charles Eden, dem Gouverneur von North Carolina, gemeinsame Sache machte. Während des größten Teils seiner schändlichen Laufbahn konnte er ohne Furcht durch die flachen Meeresengen und Buchten North Carolinas segeln. In der Tat war bisher jeder Plan anderer Staaten, Blackbeard und seinen Seeräubern das Handwerk zu legen, durch die Intervention North Carolinas zunichte gemacht worden, sehr zum Unwillen von Virginias Gouverneur Spottswood, der weder auf freundschaftlichem Fuße mit Blackbeard stand noch zu dulden bereit war, dass der Pirat weiterhin seinen Geschäften nachging oder am Leben blieb.

»Wie kann das sein?«, bellte Blackbeard durch die Rauchwolken und kniff ein Auge in so drohender Weise zu, dass Job die Bedeutung dieser Miene sogleich begriff: »Bekenne die Wahrheit im Angesicht Gottes, oder ich schneide dich in tausend Stücke und schicke dich dorthin, woher du gekommen bist, du Sohn der Hölle, du Schurke!«

»Bin nimmär än Schurk«, widersprach Job. »Bin uss North Carolina – nöd uss dä Höll –, wo ähr vill Fründ ond Verwandt hätt. Abä nimmär wiss, däs mer, dä mer uff diss verlorren Iland läbbe, tatsachli uss North Carolina kummet, und nix as us Läbbe rette kunnt, wann do ä schräckli Dürre käm, dä us ganz Ärnt verdorret ond us Zunge usstrocknet. Dä Ärtrag vun us Äckr isch so dürftig gwäs, däs mer us all in dä Boot dränget ond hihär uffbrechet, wobi mer us Lipp versiegelet ond nix verzellet hätt, usser däs mer *Crotoan* in än Zunpfähl ritzet hätt und *Cro* in än Bum, damit än jädr denket hätt, mer täten ussgezoge sin, um mit dä *Crotans* z läbbe.«

Blackbeard erinnerte Job daran, dass der Name der Crotan-Indianer *C-R-O-T-A-N* buchstabierte wird und nicht *C-R-O-T-O-A-N*, woraufhin Job erwiderte: »Jo, bi Gutt, däs isch wohr. Abä i bin's nöd gwäs, där wo äs in dä Bum ritschet hätt, sondern än angerer, dä nöd so vill wiss wi i.«

»Willst du damit sagen«, fragte ich Fonny Boy verblüfft, »dass die Inselbewohner von den Lost Colonists, den Verschollenen Kolonisten, abstammen, von denen sich jede Spur verlor, nachdem Sir Walter Raleigh sie auf Roanoke Island abgesetzt hatte? Nun, Tatsache ist, dass Walter Raleigh, als er am 8. Mai 1589 in die Neue Welt aufbrach, vorhatte, einen geeigneten Ort in der

Chesapeake Bay zu suchen, doch dann wurde er von Wirbelstürmen gezwungen, sich weiter nach Süden zu halten und Roanoke Island aufzusuchen. Die Verschollenen Kolonisten wollten demnach überhaupt nicht nach North Carolina. Ich denke, wenn man eine Umsiedlung ins Auge fassen muss, entscheidet man sich am ehesten für die Gegend, in der man sich ursprünglich hatte niederlassen wollen. Und Tangier wurde als freundliches Eiland beschrieben, wenn auch eines ohne Trinkwasser.

Dennoch ergibt sich aus der chronologischen Abfolge, dass Jobs Geschichte unmöglich stimmen kann, denn die Verschollenen Kolonisten waren ja bereits verschollen, als Smith sich 1608 nach Virginia aufmachte und eure Insel angeblich entdeckte. Ich kann diese Theorie also keinesfalls akzeptieren. Außerdem lässt sich nicht beweisen, jedenfalls nach meiner Überzeugung nicht, dass Smith wirklich nach Tangier gelangte und nicht in Wahrheit nach Limbo Island, und dann wärt ihr alle Limbonier.«

Als Fonny Boy sich wieder im Zahnarztstuhl niederließ, hatte er erneut diesen leeren Blick, den ich schon an ihm kannte, in eine unbestimmte Ferne gerichtet. Der Stuhl im hinteren Teil der Klinik scharrte wieder, und dann ertönte ein lauter Knall, als wäre er umgefallen. Offenbar hatte ihn der angebundene Hund des Zahnarztes umgeworfen, vielleicht weil er ebenfalls geträumt hatte – das war jedenfalls zum damaligen Zeitpunkt meine Vermutung.

»Also, ich muss mich jetzt auf den Weg machen«, sagte ich zu Fonny Boy. »Ich werd mal sehen, was ich sonst noch über deine Leute herausfinden kann.«

Fonny Boy befand sich jetzt offenbar in der REM-Phase: Wie in Trance starrte er mit zuckenden Pupillen vor sich hin, vergrub die Hände in den Armlehnen des Behandlungsstuhls und vermittelte den Eindruck, als verfolge er einen aufregenden Actionfilm. Jeder Versuch, die Unterredung mit ihm fortzusetzen, erschien völlig sinnlos, und so verließ ich die Krankenstation. Ich winkte einen Golfcart herbei und fuhr zum Flugplatz zurück, während mir die vielen Theorien und Spekulationen im Kopf herumwirbelten und überhaupt keinen Sinn ergeben wollten, schließlich bin ich weder Historiker noch Autor historischer Romane, obwohl ich Angehörige beider Berufsgruppen kenne. Als wir uns im Hubschrauber auf den Heimweg machten, wobei wir zunächst unter 1000 Metern blieben, um das Sperrgebiet R 4006 zu vermeiden, und uns anschließend direkt nach Süden wandten, um das Sperrgebiet R 6609 südlich zu umfliegen, wurde mir klar, dass ich die Verpflichtung hatte, meine mühsamen historischen Recherchen über die Anfänge unseres Landes und den Verlauf seiner Geschichte fortzusetzen.

»Pass auf, da drüben ist ein Vogel.« Mein Kopilot deutete auf eine Möwe, die uns offensichtlich vollkommen übersehen hatte.

»Mann, das war knapp«, bemerkte ich, nachdem der Vogel unter uns hinweggetaucht war und eine unserer Kufen noch seine Schwanzfedern berührt hatte. »Hoffentlich ist ihm nichts passiert.« Ich machte einen kleinen Schwenk nach Westen, um einen Blick auf die davonsegelnde Möwe zu erhaschen, die rückwärts zu fliegen schien, weil wir so viel schneller waren.

PS: Noch eine Mitteilung an den Entführer von Popeye: Melden Sie sich, bevor es zu spät ist! Und an meine treuen Leser: Herzlichen Dank für die vielen Hinweise, die Sie mir zu Trish Trash geschickt haben.

Passen Sie gut auf sich auf!

FÜNFZEHN

Als Hammer Windy Brees völlig aufgelöst in ihr Büro stürmen sah, wusste sie, dass es Ärger gab.

»Heiliger Bimmel! Haben Sie gesehen, was Trooper Truth gerade auf seine Website gesetzt hat?«, rief Windy.

»Ja«, antwortete Hammer. »Ich habe es heute Morgen gelesen.«

»Nein! Er hat was Neues geschrieben, und Sie kommen nie drauf, was er da geschrieben hat!«

»Er hat was Neues geschrieben?«

Hammer war verblüfft, aber sie ließ sich nichts anmerken, um nicht preiszugeben, dass sie um Trooper Truth und den Rhythmus seiner Veröffentlichungen wusste. »Das ist ja interessant«, sagte sie. »Ich hatte angenommen, er veröffentlicht nur einen Artikel pro Tag.«

»Na, offensichtlich nicht«, sagte Windy. »Wahrscheinlich ist er ein Vielschreiber. Ich frage mich, wie er wohl aussieht und wie alt er ist. Er muß schon ziemlich alt sein, wenn er so viel weiß. All das geschichtliche Zeug ...«

»Wie kommen Sie eigentlich darauf, dass Trooper Truth ein Mann ist?«, fragte Hammer, als sie sich in die Website loggte.

»Na, weil er so klug ist.«

Als Hammer mit der Lektüre des Artikels begann, bat sie Windy, das Büro zu verlassen und die Tür zu schließen. Dann rief sie Andy an.

»Das ist es!?«, sagte sie in empörtem Flüsterton.

»Ein gebräuchlicher Ausdruck auf Tangier«, bemerkte Andy. »*Däs ischt äs!* bedeutet, dass die Person, die es sagt, in Wirklichkeit meint: *Das geht dich nichts an.* Wenn ich Sie zum Beispiel frage, ob Sie es mir übel nehmen, dass ich Ihnen nichts von der geheimen Mission erzählt habe, oder ob Sie wütend sind, wenn ich Ihnen verrate, dass ich gestern auf meiner Veranda einen schrecklichen Fund gemacht habe, und Sie dann sagen: *Däs ischt äs!*, dann meinen sie …«

»Wir müssen uns sehen …!«, unterbrach sie ihn, während sie noch über einen geeigneten Treffpunkt nachdachte.

»In fünfzehn Minuten auf dem Parkplatz von Wal-Mart!«, sagte sie schließlich verärgert.

»Welcher Wal-Mart?«, fragte Andy am anderen Ende der Leitung. »Ich kann wirklich alles erklären.«

»Das werden Sie am Telefon schön bleiben lassen. Den Wal-Mart in Stonypoint. Wir reden im Auto.«

Auch Major Trader hatte den Artikel gerade gelesen und bewegte seine beachtliche Leibesfülle jetzt wild schnaubend ins Büro von Gouverneur Crimm.

»Governor!«, rief Trader und stürmte hinein, ohne anzuklopfen. »Trooper Truth war auf Tangier und behauptet, der Zahnarzt werde von einem Inseljungen namens Fonny Boy gefangen gehalten!«

»Was?«, fragte der Gouverneur mit schwacher Stimme, als er aus seinem privaten Badezimmer trat, seine karierte Weste zurechtzog und sich davon überzeugte, dass die Eisenbahneruhr, die seit Generationen im Besitz seiner Familie war, sicher in der Uhrentasche verstaut war. »Welcher Inseljunge? Und worüber zum Donnerwetter noch mal reden Sie überhaupt? Sie wissen doch, dass Sie hier nicht unangemeldet hereinplatzen sollen.«

»Fonny Boy ist sein Name. Irgendein Inseljunge namens Fonny Boy, wir haben eine Beschreibung«, sagte Trader aufgeregt.

Crimm suchte unter einem Haufen von Papieren nach dem Vergrößerungsglas, das er im Büro benutzte. »Sie wollen ein verdammter Pressesprecher sein, und dann verstümmeln Sie unsere schöne Sprache so gottjämmerlich, Sie Sprachverderber? Und warum um Himmels willen bringen Sie Ihre Anzüge nie in die Reinigung? Was sagt denn Ihre Frau dazu?« Der Gouverneur ließ sein Riesenauge über Traders schludrige Körpermasse wandern. »Auf Ihr Hemd haben Sie Chili gekleckert, und Ihre Krawatte ist zu kurz. Sie sehen aus wie ein verdammter Penner. Irgendwann schmeiß ich Sie wirklich und wahrhaftig raus!«

»Bitte, Governor!«, rief Trader. »Verschonen Sie den Überbringer der schlechten Nachricht. Ich bin es doch nicht, der all diese streng geheimen und unangenehmen Informationen übers Internet verbreitet!«

»Daran kann kein Zweifel bestehen.« Der Gouverneur sank ermattet auf den Stuhl hinter seinem Schreibtisch und wies Trader mit einer Handbewegung an, sich ebenfalls hinzusetzen und leiser zu sprechen. »Denn egal, was sich über Trooper Truth sagen lässt, schreiben kann er wirklich.«

»Das geht zu weit«, sagte Trader. »Das trifft mich jetzt sehr. Sie können mir nicht die Fähigkeit im wichtigsten Bereich meiner Kreativität absprechen.«

»Die einzige Kreativität, die Sie besitzen, ist Ihr Umgang mit der Wahrheit«, gab der Gouverneur zurück. »Und wenn ich nicht mit wichtigeren Dingen wie zum Beispiel meiner Gesundheit beschäftigt wäre, würde ich Sie öfter beim Lügen ertappen und geeignete Maßnahmen ergreifen.«

»Was *macht* denn Ihre Gesundheit?«, fragte Trader zuckersüß.

»Haben Sie mir diesen letzten Artikel mitgebracht?«

Trader faltete den Ausdruck auseinander und glättete ihn auf der Schreibunterlage. Einige Minuten lang schwieg der Gouverneur und ließ sein Vergrößerungsglas über Trooper Truths Worte gleiten, wobei er nur hin und wieder grunzte und andere unartikulierte Laute der Verachtung, Überraschung oder tiefen Unbehagens ausstieß.

»Da gibt's nur eins«, entschied er in einem Ton, der keinen Widerspruch duldete. »Wir müssen einen besonders fähigen Detektiv finden, der diesen Trooper Truth ausfindig macht und vor Gericht bringt.«

»Vor Gericht bringt? Wofür, Governor? Ich glaube nicht, dass er irgendeine Straftat begangen hat.«

»Nun, ich denke, man kann ihm Landesverrat vorwerfen, oder? Steckt er seine Nase etwa nicht in Staatsangelegenheiten, und bezeichnet er meine Regierungstätigkeit nicht als schwachsinnig? Außerdem ist diese zwanghafte Beschäftigung mit Piraten eine Frechheit, wo wir doch gerade bemüht sind, das Problem auf kleiner Flamme zu kochen. Jetzt bringt er auch noch Blackbeard ins Spiel. Bald wird die Geschichte in aller Munde sein.«

»Ich weiß, ich weiß.« Scheinheilig stimmte Trader ihm zu, während er freudig erregt an seine Captain-Bonny-Website dachte. »Es kann wirklich nicht in unserem Interesse liegen, dass die Öffentlichkeit denkt, Blackbeard wäre in Virginia willkommen gewesen. Nie ist er hier gewesen, nicht ein einziges Mal. Wir sollten unterstreichen, dass Blackbeard und North Carolina ganz dicke Freunde waren und dass es unser Gouverneur Spottswood war, der …«

»Sie wissen genau, was ich von Spottswood halte!«, stieß der Gouverneur hervor, während sein U-Boot erneut auf Gefechtsstation ging. »Ich will auf keinen Fall, dass er noch mehr Lorbeeren einheimst, als er ohnehin schon hat, verstanden? Schließlich muss ich all seine angeblichen Nachkommen ertragen. Ich bin es leid, ständig zum Spanferkelessen und Stockfischbraten auf ihre Plantagen eingeladen zu werden und mir all die zweifelhaften Geschichten über Gouverneur Spottswood anzuhören, obwohl er wahrscheinlich nur ein Angeber war und obendrein unter Gicht und Tripper litt.« Der Gouverneur zog seine Eisenbahneruhr zu Rate. »Es wird spät. Warum kommen Sie nicht zum Essen in die Villa? Da können wir alles Weitere besprechen und einen Plan entwickeln.«

Andy hatte bereits einen Plan, doch als er sah, wie Hammer ihr Auto verließ und über den Parkplatz in seine Richtung stürmte, ahnte er, dass sie zu aufgebracht war, um ihm zuzuhören.

»Stellen Sie die Website unverzüglich ein«, sagte sie, als sie die Tür seines Caprice aufriss. »Jetzt ist damit endgültig Schluss! Sie sind ja völlig durchgeknallt. Darf ich Ihrem Artikel etwa entnehmen, dass Sie auf Tangier Island verdeckte Ermittlungen durchgeführt haben und es nicht für nötig hielten, mich davon in Kenntnis zu setzen? Und was für einen schrecklichen Fund haben Sie gestern gemacht?«

»Es tut mir Leid. Ich hätte Sie auf jeden Fall über meine geheime Aktion informieren sollen, aber ich hatte Angst, Sie würden sie mir verbieten«, erwiderte er ruhig. Ich könnte die Website schließen, aber das wollen Sie doch nicht wirklich. Es steht zu viel auf dem Spiel.«

»Alles, was im Augenblick auf dem Spiel steht, so scheint mir, ist meine Karriere, mein Ruf und das Leben eines Zahnarztes«, gab sie zurück.

»Dieser Zahnarzt ist ein skrupelloser Halunke! Sie sollten mal die Patientenkarte sehen, die ich mir angeschaut habe! Und was soll mit Popeye werden?«, fragte Andy.

Einmal mehr wurde Hammer von Trauer überwältigt und konnte nichts mehr sagen.

»Ich glaube, die Entführung war eine vorsätzliche Tat, und daher halte ich es für höchst wahrscheinlich, dass es jemand war, der irgendeinen persönlichen Groll gegen Sie hegt«, sagte Andy.

»Das könnte das halbe Universum sein«, antwortete sie missmutig.

»Es geht nicht um Geld, jedenfalls nicht wirklich«, sagte er. »Wäre der Täter an Lösegeld interessiert, hätte er ganz schnell Verbindung mit Ihnen aufgenommen. Ich glaube, da führt jemand was ganz Übles im Schilde. Durch verdächtige E-Mails, die an Trooper Truth gerichtet sind, habe ich schon einige Hinweise erhalten. Wenn ich meine Artikel weiterhin ins Netz stelle und jeder Spur nachgehe, kommen wir dieser Geschichte und manch anderer bestimmt auf den Grund, davon bin ich fest überzeugt. Und ich schwöre bei Gott, dass wir Popeye finden, wenn sie noch am Leben ist.«

»Ich weigere mich, mir irgendwelche Hoffnungen zu machen«, erwiderte sie stoisch. »Glauben Sie wirklich, dass sie noch am Leben ist?«

»Ja, auch wenn es nur ein Instinkt ist. Erstens sind Boston Terrier nicht gerade das, wovon Hundediebe träumen. Sie haben Fledermausohren, Glubschaugen und einen Korkenzieherschwanz, der nichts Entscheidendes verdeckt, wenn Sie wissen, was ich meine. Ganz zu schweigen von ihren platten Gesichtern, ihrer Tendenz zu partiellem Haarausfall und ihrer Intelligenz, welche die der meisten Besitzer bei weitem übersteigt – Anwesende natürlich ausgenommen. Hundediebe dürften Labradors, Mini-Collies, Cockerspaniels oder vielleicht einen Dackel bei weitem vorziehen.«

»Dann könnte Popeyes Verschwinden also Teil eines größeren Plans sein, von dem wir nur noch nicht wissen«, überlegte Hammer.

»Genau.« Andy nickte. Die Autoscheiben beschlugen von innen.

»Es war sehr riskant und vermutlich auch sehr dumm und leichtsinnig von Ihnen, nach Tangier Island zu fliegen«, sagte Hammer schließlich.

»Schauen Sie«, erwiderte er, »durch eine E-Mail an Trooper Truth wusste ich schon, bevor ich auf die Insel flog, um die Raserfallen auf die Straße zu malen, dass die State Police damit nur die Aufmerksamkeit vom Gouverneur ablenken sollte, weil der von diesem Arschloch Trader immer mehr zum lächerlichen Hampelmann gemacht wird. Es ist einfach ein Skandal, was dieser miese Pressesprecher mit ihm anstellt, und der alte Mann sieht es nicht, weil er gar nichts mehr sieht. Sie glauben nicht, auf was für Dinge ich im Zuge meiner Recherchen gestoßen bin.«

»Zum Beispiel?« Hammer wurde neugierig.

»Zum Beispiel leidet der Gouverneur jedes Mal, wenn Trader ihm Kekse oder Kuchen mitbringt, an heftigen Verdauungsstörungen, die ihn völlig entkräften. Und alle diese Leckereien sind entweder mit Schokolade überzogen oder enthalten Schokolade.«

»Sie glauben doch nicht etwa ...?«

»Doch, und ich bin fest entschlossen, es auch zu beweisen. Ich warte nur auf die Laborergebnisse der Pralinen, die der Gouverneur Ihnen angeblich geschickt hat, und der Überreste des Kuchens, den Trader in Ruth's Chris Steakhouse gesandt hat.«

»Die haben Sie ans Labor geschickt?« Sie war schockiert.

»Natürlich habe ich das. Der Gouverneur ruft Sie noch nicht einmal an, warum sollte er Ihnen also Pralinen durch *na wen wohl* schicken? Ich glaube, dieses hinterlistige Schwein Trader mischt in die Süßigkeiten, die er dem Gouverneur mitbringt, ein starkes Abführmittel, und zwar schon seit Jahren. Das ist doch eine wunderbare Methode, um jemanden völlig hilflos und zu einer leichten Beute für Manipulationen aller Art zu machen. Jedes Mal, wenn der Gouverneur wichtige Entscheidungen zu treffen hat – und das hat er jeden Tag –, wird er durch Krämpfe peinlichster Art völlig außer Gefecht gesetzt.«

»Das ist ja kriminell!«, rief Hammer voller Abscheu, während sie sich schwach erinnerte, dass Trader ihr aus einer Silberschüssel schokoladenüberzogene Erdnüsse angeboten hatte, als sie zum Vorstellungsgespräch für die Stelle des Superintendent beim Gouverneur gewesen war. Glücklicherweise hatte sie abgelehnt, weil sie grundsätzlich nichts aß, was süß war oder dick machte.

»Oh, das ist noch nicht alles«, sagte Andy grimmig. »Ich habe diesen Trader gründlich überprüft. Zunächst einmal war der Mädchenname seiner Mutter Bonny.«

»Und was bedeutet das?«

»Werden Sie gleich sehen.« Andy blickte sie an, während draußen die Sonne unterging und die Menschen über den Parkplatz eilten. »Die Bonnys kommen ursprünglich von Tangier Island. Traders Mutter heiratete einen Fischer namens Trader, und Major Trader wurde am 11. August 1951 auf der Insel geboren. Er wurde von einer Hebamme entbunden, die offenbar ihre liebe Not mit ihm hatte, weil er mit den Füßen zuerst herauswollte, was nicht ohne Symbolwert ist, bedenkt man, wie sehr er die Wahrheit verdreht und Moral und Anstand auf den Kopf stellt.«

»Sie wollen also sagen, die Einführung von VASCAR auf Tangier Island sei von Trader bewusst als Provokation geplant gewesen?«, sagte Hammer.

»O ja. Und eines ist sicher, Trader kennt die Inselbewohner sehr gut und hat wahrscheinlich auch noch zu dem einen oder anderen auf der Insel Kontakt. Trotzdem hat er bisher nichts unternommen, und dafür hat er mindestens einen sehr guten Grund.«

»Der da wäre?«

»Die Familie Bonny stammt von Piraten ab«, antwortete Andy. »Leider habe noch weitere schlechte Nachrichten«, fügte er hinzu und berichtete ihr von der Abfalltüte und dem Umschlag, die er am Vortag vor seinem Haus gefunden hatte.

Hammer hörte sich die ganze Geschichte an, ohne ihn zu unterbrechen, was sehr ungewöhnlich für sie war. Aber sie war sichtlich schockiert und besorgt.

»Wie aus einigen E-Mails hervorgeht, die Trooper Truth erhalten hat«, berichtete Andy weiter, »kürzte sich Trish Trash gern mit den Initialen T. T. ab. In letzter Zeit haben Leute sie oft damit aufgezogen und sie gefragt, ob sie Trooper Truth sei. Anscheinend hat ihr das gefallen, denn sie sagte oft, sie wäre gern Trooper Truth. Eigentlich hatte sie Journalistin werden wollen, doch dann hatte es nur zur Datentypistin im Staatsdienst gereicht.«

Er schwieg, bekümmert über das Schicksal der jungen Frau, die erst auf ihren Traum hatte verzichten müssen, sich dann gewünscht hatte, Trooper Truth zu sein, und nun tot war.

»Sie glauben also, dass sie ihren Mörder kennen gelernt und mit ihm gesprochen hat?«, fragte Hammer weiter. »Vielleicht hat sie ihm erzählt, wie gern sie Trooper Truth wäre. Und dann ist sie dem Fremden arglos gefolgt.«

»Ich denke, genau so hat es sich abgespielt. Nur was das Geschlecht des Täters angeht, habe ich meine Zweifel. Andere Hinweise, die ich erhalten habe, lassen nämlich darauf schließen, dass T. T. sich höchstwahrscheinlich von keinem Mann hätte ansprechen lassen. Nur am Arbeitsplatz hat sie sich verstellt, weil sie Schikanen von ihrem bigotten Chef befürchtete. Ihre Masche war es, sich maskulin zu kleiden und abends und an Wochenenden in Bars rumzuhängen, um dort weibliche Gesellschaft zu finden. Offensichtlich hat sie am Abend ihres Todes eine Freundin angerufen und gesagt, sie gehe in die Tobacco Company, eine schicke Bar, in der man nicht unbedingt durchgeknallte Typen erwartet. Egal, wer dort mit T. T. zusammentraf, er oder sie dürfte dem Publikum dort kaum aufgefallen oder verdächtig erschienen sein. Das muss nicht heißen, dass sie ihren Mörder in der Tobacco Company getroffen hat. Noch wissen wir nicht, wo das geschah. Übrigens habe ich alle diese Informationen – als Trooper Truth – an Detective Slipper weitergeleitet. Er wird ihnen also hoffentlich nachgehen.«

»All das erklärt aber immer noch nicht, warum der Mörder die Beweisstücke vor Ihrer Haustür abgelegt hat, Andy«, sagte Hammer und musterte ihn äußerst besorgt. »Sie sind in großer Gefahr, verdammt noch mal! Es handelt sich um einen bösartigen Psychopathen, und jetzt ist er hinter Ihnen her!«

»Ehrlich gesagt«, meinte Andy, »ich weiß nicht, ob der Mörder ein Mann ist oder ob er allein arbeitet. Bedenken Sie, dass Moses Custer ebenfalls mit einem rasiermesserähnlichen Gegenstand verstümmelt wurde.«

»Eine Highway-Piratin?«, fragte Hammer zweifelnd.

»Es ist eine lächerliche Annahme, dass Frauen nicht brutal und zu den gleichen Dingen fähig sind wie Männer«, erwiderte Andy. »Hass ist Hass. Und ich denke, Trooper Truth sollte bald darüber schreiben.«

Während diese lebhafte Unterhaltung stattfand, legte sich Cat ein paar Kilometer weit entfernt auf der anderen Seite des James River einen Plan zurecht. Der Straßenpirat hatte sich den Land Cruiser ausgeliehen und ihn unauffällig zwischen zwei zivilen Streifenwagen am Hangar der State Police geparkt. Nach einigen Stunden Wartezeit sah Cat endlich Macovich am Himmel auftauchen und den 430er sicher landen. Der Trooper hatte frische Meeresfrüchte auf Tangier Island geholt.

Diese Inselbewohner waren wirklich die merkwürdigsten Geschöpfe der Welt, dachte Macovich. Obwohl sie Virginia den Krieg erklärt und eine Flagge mit einem Krebs gehisst hatten, tauschten sie diese sofort gegen Virginias Staatsflagge aus, als sie begriffen, dass Macovich nur gekommen war, um etwas zu kaufen. Allerdings verdoppelten sie den Preis für das Abendbrot des Gouverneurs.

»Sie wissen wohl nix über den Zahnarzt, der hier auf der Insel versteckt wird?« Macovich wollte wenigstens einen Versuch machen, etwas über die Entführung herauszubekommen, während die Dame an der Kasse ihm sein Wechselgeld in Pennies zurückgab.

»Dä Dentischt? Dän han i nöd sähn in letschter Zit«, antwortete die Frau. Macovich glaubte ihr nicht, aber ihm fiel auf, dass sie die schlechtesten Kronen hatte, die er je gesehen hatte.

»Hat er Ihre Zähne gemacht?«

»Jo.« Die Insulanerin, Mattie Dize mit Namen, schenkte Macovich ein schneeweißes, kreidiges Lächeln, als er die zweiundneunzig Pennies in seiner Tasche verstaute.

»Mann«, antwortete Macovich. »Bin froh, dass er nich mein Zahnarzt ist. Hören Sie, es wär echt klug, wenn ihr euch wieder einkriegt und den Zahnarzt laufen lasst. Was bringt es, wenn ihr ihn weiter irgendwo versteckt? Virginia will kein' Ärger mit euch.«

Matties Augen wurden schmal wie Schlitze, und sie sog an ihrer Unterlippe, als sie die Kassenschublade zuwarf.

»Auch der Gouv'nör will kein' Stress mit euch«, fuhr Macovich fort, während sich die Blaukrebse und eine Forelle am Grund seines weißen Plastikeimers zu rühren begannen. »Ich mein, ich könnt hier einfach 'n paar Türen eintreten, bis ich den Zahnarzt hab, und euch dann alle einbuchten, aber ich will mal nich so sein. Außerdem muss ich diese Viecher hier zum Gouv'nör zurückbringen, bevor sie krepieren, denn die First Lady mag keine toten Tiere.«

Er hatte wenigstens einen Vermittlungsversuch unternommen, dachte Macovich, als er den Hubschrauber im Hangar abstellte und einen durchtrieben aussehenden Jugendlichen entdeckte, der aussah, als gehöre er zu einer Boxencrew der NASCAR, und in sein Handy sprach.

»Er is hier«, sagte Cat zu Smoke.

»Wer? Mann, du hast mich mitten im Nachmittagsschlaf aufgeweckt, ich hoff für dich, dass es wichtig ist.«

»Der große schwarze Cop. Er hat gerade den Hubschrauber gelandet.«

»Ohne Scheiß?« Smoke war augenblicklich hellwach. »Na, dann mach, dass du deinen Arsch da rüberbewegst und dir 'ne Unterrichtsstunde verpassen lässt, und wieso bist du da und nich Possum?«

»Er arbeitet an was in sein' Zimmer«, sagte Cat.

»Der kriegt 'n Tritt in'n Arsch«, brachte Smoke gerade noch heraus, bevor er sich umdrehte und weiterschlief.

Lässig schlenderte Cat zum Hubschrauber hinüber. Aus einem

Tankwagen, auf dem in großen Buchstaben *JET-A* stand, betankte Macovich seinen Vogel gerade über einen mächtigen Schlauch. Cat knöpfte seine NASCAR-Windjacke auf und zog sich seine NASCAR-Mütze tiefer ins Gesicht, dankbar, dass er jedes Rennen auf dem Richmond International Raceway besucht und sich mit NASCAR-Fanartikeln eingedeckt hatte: Kleidung, Feuerzeuge, Poster, Tassen, Stifte und Lufterfrischer für den Rückspiegel – lange bevor er wusste, dass sie ihm eines Tages bei seiner Arbeit nützen würden.

Macovich sah den NASCAR-Mann auf sich zukommen und spürte, wie sich sein Puls beschleunigte. Was würde er drum geben, zu einer NASCAR-Boxencrew zu gehören! Der Typ war wirklich cool: lässiger Gang, zäh, kräftig, aber klein genug, um in ein Stockcar zu passen. Er trug eine Sonnenbrille, und wahrscheinlich hielt ihm zu Hause eine sexy Blondine das Bett warm.

»Mich schickt mein Fahrer«, sagte Cat und zog ein buntes Feuerzeug heraus, auf dem sich neben *Winston Cup* auch Jeff Burtons Schriftzüge befanden. »Fangen wir an.«

»Womit?« Voller Neid betrachtete Macovich das Feuerzeug und fragte sich, ob der weiße Fahrer mit den Dreadlocks, der letzte Nacht hier gewesen war, vielleicht Jeff Burton war, der sich verkleidet hatte.

»Mit den Flugstunden für mich.« Er spielte mit dem Feuerzeug herum und zündete sich eine Winston an.

Macovich warf einen vorsichtigen Blick in die Runde, um sicherzugehen, dass sie unbeobachtet waren. Aus einer Reißverschlusstasche am Ärmel seines Blousons zog Cat eine Hundert-Dollar-Note. Macovich starrte auf den Geldschein und versuchte sich daran zu erinnern, wann er zum letzten Mal einen Hunderter gesehen hatte.

»Hör zu«, sagte er zu Cat. »Ich muss erst diese Viecher abliefern. In ein oder zwei Stunden treffen wir uns dann hier.«

»He, Mann, Augenblick mal«, sagte Cat voller Panik. »Ich nehm doch keine Scheißflugstunden im Dunkeln!«

»Bist du bescheuert, Mann?«, erwiderte Macovich grob. »Glaubste etwa, einen riesigen Hubschrauber wie den hier kümmert's, ob's dunkel ist? Dieses Baby ist für Instrumentenflug gerüstet, es hat einen Autopiloten, ein Navigationssystem, ein Wetterradar, und hinten hat es sogar 'n DVD-Player, damit die First Family sich Filme anschauen kann, während ich sie rumflieg.«

Das mit dem DVD-Player hatte Cat verstanden, aber sonst kein Wort. Langsam hatte er den Eindruck, dass er sich da ein bisschen zu viel zumutete, aber er dachte nicht daran, den Cop was merken zu lassen.

»Ach ja?«, sagte er. »Na, ich hab schon größre und bessre Hubschrauber als den hier gesehen. Was glaubst du, wie die Fahrer zu'n Rennen kommen?«

»Meistens mit Jet Rangers und vielleicht mal mit 'nem 407«, erwiderte Macovich, der aus eigener Erfahrung wusste, was so auf den Rennbahnen landete, denn die First Family hatte ein Faible für Rennwagen, die nächtelang röhrend im Kreis herumjagten. »Ich muß jetzt diese Dinger abliefern, bevor sie alle verrecken«, sagte Macovich. »Gleich bin ich wieder da. Für die erste Stunde sind hundert Dollar okay, sozusagen 'n Freundschaftspreis. Danach kostet's mehr. Das is 'n teures Gerät.«

»Wie viel würdest'n dafür kriegen, wenn du ihn unter der Hand verscheuerst?«, fragte Cat gierig.

»Vielleicht sechs Millionen«, sagte Macovich, während er die Türen und das Gepäckfach des Hubschraubers abschloss.

Possum durfte kein Schloss an seiner Zimmertür haben. Dabei hätte er so gut eins gebrauchen können, dachte er und überlegte ängstlich, wie wütend Smoke wohl sein würde, wenn er herausfand, dass er sich vor den Hubschrauber-Flugstunden gedrückt hatte. Possum saß in seinem dunklen Zimmer, kaute nervös auf einem Erdnussbutter-Marmeladen-Sandwich, streichelte Popeye, guckte *Bonanza* und suchte weiter nach Ideen für eine Piratenflagge.

»Das müsste ich können«, sagte er leise zu Popeye, als er zusah, wie Hoss draußen in der Scheune ein Hufeisen mit bloßen Händen verbog.

Little Joe trainierte Hoss für einen Ringkampf mit dem berüchtigten Bear Cat Sampson vom Tweedy Circus, der gerade in der Stadt gastierte. Wenn es Hoss gelang, den ungeschlagenen Zirkusringer innerhalb von fünf Minuten zu Boden zu bringen, bekamen er und Little Joe hundert Dollar. Das war damals bestimmt eine Menge Geld, dachte Possum. Heute konnte man sich für hundert Dollar kaum ein Paar anständige Basketballschuhe kaufen.

Possum zeichnete ein verbogenes Hufeisen in sein Notizbuch und strich es wieder durch. Dann versuchte er, Hoss zu skizzieren, wie er einen Wagen voll schwerer Futtersäcke anhob. Anschließend Little Joe, wie er mit einem Brett auf Hoss' großen Bauch schlug und Hoss es noch nicht einmal merkte. Aber keine dieser Ideen wollte sich so recht zu Papier bringen lassen. Also versuchte es Possum mit der brennenden Karte der Ponderosa und hatte hier wenigstens das Gefühl, auf dem richtigen Weg zu sein.

Seine Tür flog auf, Smoke stand im Türrahmen und starrte ihn an. Possum blinzelte in die Lichtflut, die sich plötzlich in sein Zimmer ergoss.

»Was zum Teufel machst du da?«, fragte Smoke wütend und sah aus, als würde er Possum und Popeye gleich vom Bett schmeißen und ihnen alle Knochen im Leib brechen.

»Nix.«

»Warum bist du nicht zum Hangar gefahren? Ich krieg 'n Anruf von Cat, und du fauler Sack hängst hier vor der Glotze rum! Du solltest die Stunde nehmen, nicht Cat!«

»Cat kann bestimmt besser fliegen als ich«, antwortete Possum unterwürfig. »Du warst am Schlafen, Smoke, da wollt ich dich nich stören.«

»Los, beweg deinen hässlichen Arsch. Wir fahren zum Wal-Mart, ein paar NASCAR-Klamotten besorgen. Von jetzt an stehen wir auf NASCAR, nur auf NASCAR, hörst du? Also wehe, ich erwisch dich noch mal mit dem Michael-Jordan-Scheiß. Wir gehen auch zu den Rennen«, fuhr Smoke fort. »Samstag gibt's eins in der Stadt, aus der Winston-Serie.«

»Aber wir ham keine Karten!«, rief Possum. »Wo soll'n wir so spät noch Karten herkriegen? Und außerdem kann man da nirgends parken.«

»Wir brauchen keine Karten und keinen Parkplatz«, sagte Smoke, verließ das Zimmer und knallte die Tür hinter sich zu.

Hoss stieg in den Ring und musste ein paar ordentliche Schläge einstecken, bevor er Bear Cat umklammerte und dem Ringer die Rippen brach.

»Lass ihn los, lass ihn los!«, flüsterte Possum, obwohl er die Folge schon oft gesehen hatte und wusste, dass Hoss Bear Cat nicht loslassen würde, bevor die Zeit um war, und dass Hoss und Little Joe die hundert Dollar verlieren und mit dem Zirkus umherziehen würden, bis Bear Cat sich genügend erholt hatte, um wieder ringen zu können. »Lass ihn los, Hoss!«

Ben Cartwright und Little Joe saßen unter den Zuschauern und feuerten Hoss an. Possum begann wieder zu zeichnen. NASCAR hatte ihn auf eine Idee gebracht. Wie die Piraten verwendete auch NASCAR alle möglichen Flaggen für Warnungen und Strafen. Possum zeichnete eine karierte Flagge und verwandelte sie in einen *Jolly Roger*, indem er den Totenschädel und die gekreuzten Knochen rot anmalte.

»Scheiße«, murmelte er. »Das geht auch nicht, Popeye.«

Er verwandelte die karierte Flagge in ein Tic-Tac-Toe-Spiel und war immer noch nicht zufrieden, also zeichnete er eine schwarze Flagge, die dem Fahrer signalisierte, in die Box zu fahren, und er fühlte, wie sich seine Nackenhaare aufstellten. Er war auf dem richtigen Weg. Possum radierte ein paar Stellen aus, bis ein Paar weiße Augen und ein grinsender Mund den morbiden Eindruck eines Totenkopfs mit Smiley-Gesicht vermittelten. Er fügte gekreuzte Opossumschwänze statt Knochen hinzu, klemmte dem Grinsen eine Zigarette zwischen die Zähne und ließ kräuselnden Rauch aufsteigen. Ein rauchender Totenkopf, dachte er, während seine Aufregung wuchs und dem Tweedy Circus das Geld ausging, sodass Hoss und Little Joe mit einem Elefanten bezahlt werden mussten, den sie in der Scheune der Ponderosa einsperrten. Ben Cartwright war nicht besonders glücklich, als er die Scheunentür öffnete und die neueste Errungenschaft der Ranch erblickte.

Traurig dachte Possum an den schwarzen Chevy des verstorbenen Dale Earnhardt, der die Startnummer 3 und die Aufschrift

GM Goodwrench Service trug, und beschloss, den toten Helden der Rennbahn zu ehren. *Jolly Goodwrench* schrieb er in Blockschrift unter den rauchenden Totenkopf.

Er stürzte in Smokes Zimmer und schwenkte sein Notizbuch: »He, guck mal!«

»Wenn du hier noch einmal reinkommst, ohne zu fragen, dann schieß ich dir deinen Zwergenschwanz weg!«, brüllte Smoke und setzte sich auf, um sich eine Zigarette anzuzünden.

»Wie findste 'ne eigene Piratenflagge, Smoke?«, fragte Possum. »Ich kann eine machen, die so aussieht, und die hissen wir am Samstag während des Rennens, und die Leute denken, wir hätten 'ne NASCAR-Flagge. Und wir nehmen Popeye mit und sorgen dafür, dass die beiden Cops da sind. Die kommen doch nie auf den Gedanken, dass eine Boxencrew Kanonen hat und ihnen den Arsch wegpustet. Dann kommt Cat mit'm Hubschrauber und holt uns von dort raus, und niemand kricht uns. Und dann fliegen wir rüber nach Tangerine Island, da stecken sie sowieso alle in der Scheiße, und dann tauchen wir ab, bis sich alle beruhigt haben. Wie findste das?«

Smoke zog an seiner Zigarette und schüttelte ein paar der Bierdosen, die neben dem Bett standen. Sie waren alle leer.

»Los, hol mir ein Bier«, sagte er zu Possum. »Sieh zu, dass die Scheißflagge bis Samstag fertig ist. Und hol mir Cat ans Handy und sag ihm, er soll zusehen, dass wir den Hubschrauber am Samstag haben. Er soll dem Riesennigger verklickern, dass der berühmte Fahrer und seine Boxencrew mit dem Ding zum Rennen und später zu 'ner Party auf 'ne Insel wollen. Wenn wir da sind, legen wir den Cop um, haben 'n Hubschrauber, und alles ist in Butter.«

SECHZEHN

Schwerfällig öffneten sich die schwarzen schmiedeeisernen Tore. Durch das Fenster einer Pförtnerloge wurde Andy strengen Blickes von einem Polizeibeamten gemustert, bevor er sich der Gouverneursvilla nähern durfte.

»Wo kann ich parken?«, fragte Andy, denn die runde Kiesauffahrt war bereits verstellt von den schwarzen Geländewagen und Limousinen des Gouverneurs.

»Stellen Sie sich einfach auf den Rasen«, erwiderte der Beamte.

»Das geht doch nicht«, protestierte Andy und blickte über den makellos gepflegten Rasen und die akkurat geschnittenen Hecken.

»Kein Problem«, beruhigte ihn der Beamte. »Die Häftlinge bringen das morgen wieder in Ordnung. Ist sogar gut so, das hält sie auf Trab.«

Pony beobachtete die ganze Szene durch die alten Butzenscheiben der Eingangstür. Der Butler war nicht gerade bester Laune. In der vergangenen Stunde hatte ihn die Küchenhilfe der Villa wiederholt angeschnauzt, weil die Crimm-Töchter – vor allem Regina – gegen das vorgesehene leichte Abendessen opponiert hatten. In der Regel bedeutete das Forelle oder Blaukrabben, die frisch von Tangier Island eingeflogen wurden. Regina hatte die ärgerliche Angewohnheit, in der Küche herumzulungern und in die Töpfe zu gucken. Als sie eine Forelle und mehrere Dutzend Blaukrabben verendend im Waschbecken vorfand, bekam sie einen Wutanfall.

»Ich hasse Fisch!«, erklärte sie wutschnaubend. »Jeder weiß hier, dass ich Fisch nicht ausstehen kann!«

»Ihre Mutter hat uns die Speisenfolge vorgeschrieben«, sagte Figgie, der Küchenchef. »Wir halten uns nur an die Anweisungen, Miss Reginia.«

»Mein Name ist nicht REGINIA!«

Der Küchenchef unterdrückte den Impuls, ihr zu sagen, dass sie mit Reginia besser dran wäre als mit ihrem richtigen Namen. Stattdessen starrte er auf die Forelle im Waschbecken und wünschte, sie würde sich beim Sterben etwas beeilen. Angesichts des Hakens, den sie im Maul hatte, konnte er nicht begreifen, warum sie noch immer mit der Schwanzflosse wedelte. Die Blaukrabben versuchten derweilen weiter, aus dem Becken zu krabbeln; sie trommelten mit ihren Scheren gegen die große Spüle aus rostfreiem Stahl und veranstalteten dabei einen Riesenkrach, während sie ihre Teleskopaugen voller Abneigung und Furcht auf ihn gerichtet hielten.

Figgie weigerte sich, irgendetwas zu töten, und lehnte es mit fast religiöser Inbrunst ab, Geschöpfen, die kleiner und weniger intelligent waren als er, das Leben zu nehmen, um sie in den Kochtopf werfen zu können. Ihm war es entschieden lieber, wenn die Lebensmittel bereits tot und verpackt in die Villa geliefert wurden. Vor allem hegte er eine tiefe Abneigung gegen die Schweinehaltung, während Regina eine Schwäche für Schweinefleisch hatte.

»Wo ist der Schinken?«, fragte sie mit unverschämt aggressiver Stimme, ihrem normalen Umgangston. »Warum gibt's keine gebackenen Schinkenbrötchen? Das ist ein leichtes Abendessen, das weißt du genau, Figgie. Du machst das nur, weil du mich nicht ausstehen kannst. Schau nur, wie die Krebse mich anstarren. Lass sie einfach zur Hintertür raus, und dann sind sie verschwunden.«

»Die First Lady wäre nicht sehr erfreut, wenn wir sie einfach laufen lassen«, sagte er.

»Das kümmert mich einen Scheiß!«

Die Krebse hörten jedes Wort und kletterten aufeinander, damit der oberste den Wasserhahn mit seiner Schere ergreifen konnte. Sie erstarrten in dem Augenblick, als Major Trader in die Küche geschlendert kam. Der Raum lag im Souterrain und war professionell ausgestattet, aber bei der letzten Renovierung hatten Archäologen Tausende von Artefakten gefunden, unter anderem Fischgräten, grobe Haken, Pfeilspitzen und Musketenkugeln.

»Warum sind die Krebse übereinander gestapelt?« Trader starrte ins Waschbecken. »Die sehen schon verdammt tot aus, dabei hasst die First Lady es doch, wenn ihre frischen Meeresfrüchte nicht mehr unter den Lebenden weilen, Fig.« Trader nannte den Küchenchef immer nur *Fig* statt Figgie. »Sie sollen noch leben und ihre Scheren an die Wände des Kochtopfs schlagen, wenn sie gekocht werden, damit sie frisch auf ihren Teller kommen. Hier.« Er stellte eine kleine Dose auf den Tisch. »Meine Frau hat Schoko-Nuss-Kekse für den Gouverneur gebacken. Aber nur für ihn.«

Figgie wurde übel bei dem Gedanken, diese Tiere bei lebendigem Leibe zu kochen.

Die Krebse hielten den Atem an, ihre Stielaugen waren voller Panik auf Trader gerichtet. Im Laufe der Jahrhunderte hatten die Blaukrabben ihr Sehvermögen enorm verbessert, damit sie ihre natürlichen Feinde rechtzeitig erblicken und ihnen aus dem Weg gehen konnten. Zu diesen Feinden zählten auch und vor allem die Fischer von Tangier. Die Inselbewohner waren ein schreckliches Volk, das sich die meiste Zeit in kleinen Booten in der Bucht aufhielt und Krebskörbe mit Ködern von faulem Fisch ins Wasser ließ, weil allgemein bekannt war, dass Blaukrabben faulen Fisch schätzen und ganz aufs Fressen verzichten, wenn kein fauler Fisch oder sonst etwas Totes und Verdorbenes im Angebot ist.

Und dann nimmt das Schicksal seinen Lauf: Ein unschuldiger Krebs hastet durch den Schlamm und tut niemandem etwas zuleide. Plötzlich schwebt dieser große Eisenkäfig wie ein Fahrstuhl durchs Wasser nach unten und lässt sich in einer trüben Wolke auf dem Grund nieder. Der Krebs riecht den halb verrotteten Fisch und sieht Stücke davon im Inneren des Krebskorbes schwimmen. Er ruft mehrere seiner Familienmitglieder herbei und sagt: »Lecker, nöd? Wos meint ähr?«

»Dä sin uff Fischfang«, gibt einer zu bedenken. »Pass uff.«

»Herrjemine! I hob doch so än Hungar«, beschwert sich der Babykrebs.

»Sei ruhi! Hob i di nöd alls von Fische verzellt? Dä fange di in dem Ding!«

»Sieh nur«, sagte Trader laut, »diese Krebse sind schon fast tot. Die First Lady merkt das, wenn sie auf ihrem Teller landen, und wird nicht sehr begeistert sein. Sie schmeißt dich raus, und dann haben all deine Niggerchen keinen Daddy mehr.«

Trader, der ein übler Rassist war, hielt das für eine lustige Idee und lachte herzlich darüber. Wieder siebzehn kleine Schwarze ohne Vater. Alle wuchsen sie zu Drogenhändlern heran, lungerten vor den Methadonausgabestellen herum und endeten im Knast wie ihr Vater. Eines Tages landeten sie in der Küche der Villa und überlegten, ob die Krebse tot waren oder nicht.

Andy musste dreimal klingeln, während Pony durch die alten Butzenscheiben der Haustür spähte. Als Butler mit Stil musste er den Eindruck erwecken, er sei furchtbar beschäftigt und habe ein weitläufiges Gebäude zu betreuen, in dem man lange brauchte, bis man durch die geräumigen Zimmer und endlosen Flure in die Eingangshalle gelangte.

»Ich komme«, rief Pony und hielt die Hände wie ein Sprachrohr vor den Mund, damit sich seine Stimme möglichst fern anhörte.

Energisch klopfte Andy mit der schweren Ananas aus Kupfer, dem Zeichen der Gastfreundschaft in Virginia. Pony trat eine Minute lang heftig auf der Stelle, damit er etwas ins Schwitzen geriet und heftiger atmete.

»Ich komme«, rief er, diesmal ohne die Hände zu Hilfe zu nehmen, damit es sich dichter anhörte.

Er zählte bis zehn, dann öffnete er die Tür.

»Ich glaube, ich werde zum Abendessen erwartet«, sagte Andy und schüttelte dem verblüfften Pony die Hand.

»Oh«, antwortete Pony, der einen Augenblick lang keinen klaren Gedanken fassen konnte. Dieser junge Mann war höflich und freundlich. Er blickte Pony direkt an, ein Verhalten, an das Pony nicht gewöhnt war. Er musste sich zusammennehmen, um nicht aus der Rolle zu fallen. »Wen darf ich melden?«

Andy nannte ihm seinen Namen und empfand Mitleid mit Pony. Der arme Mann war vollkommen erschöpft von seiner vielen Arbeit, und niemand dankte es ihm.

»Ihre Jacke gefällt mir«, sagte Andy. »Bestimmt müssen Sie sie ständig bügeln. Sie sieht aus, als könnte sie stehen, auch wenn Sie nicht drinstecken.« Das war als Kompliment gemeint.

»Meine Frau arbeitet in der Wäscherei im unteren Stockwerk. Sie bügelt sie für mich und geht mit der Stärke sehr großzügig um«, antwortete Pony stolz. »Wir sehen uns nur, wenn ich arbeite, den Rest der Zeit sitz ich im Knast.«

»Das muss ganz schön hart für Sie sein.«

»Es ist nicht fair«, gab Pony zu. »Die letzten sechs Gouverneure, Gouverneur Crimm allein dreimal, haben versprochen, mir Straferlass zu gewähren, aber dann sind sie wieder zu beschäftigt und verschwenden keinen Gedanken mehr daran. Das ist das Problem mit der Beschränkung auf eine Amtszeit, wenn Sie mich fragen. Die Leute denken nur daran, was nach der Gouverneurszeit kommt.«

Andy trat in die Eingangshalle, und Pony schloss die Tür.

»Genau«, stimmte Andy zu. »Von dem Augenblick an, wo sie gewählt sind, denken sie darüber nach, was sie hinterher tun, weil sie wissen, dass sie nur vier Jahre im Amt bleiben. Die Hälfte der Zeit verbringen sie mit Wahlkämpfen oder Jobsuche.«

Pony nickte und fühlte sich ermutigt durch die Tatsache, dass endlich mal jemand verstand, was es bedeutete, für den Dienst in der Villa eingeteilt zu sein. »Sind Sie wegen der Crimm-Mädchen eingeladen? Ich frag nur, weil Sie eigentlich nich aussehen wie denen ihr Typ.«

»Nicht dass ich wüsste«, sagte Andy, von plötzlichem Misstrauen gegenüber den wahren Motiven dieser Einladung ergriffen.

Auch Regina war misstrauisch.

»Diese Krebse sind nicht tot!«, schrie sie. »Einer hat mich gerade angesehen. Seine Augen haben sich bewegt. Wie soll ich Viecher essen, denen die Augen so aus dem Kopf quellen? Das ist ja nicht mit anzusehen. Die müssen doch ständig was ins Auge kriegen, und dann haben sie noch nicht mal Augenlider.«

»Das ermöglicht ihnen, sich im Sand zu vergraben und trotzdem zu sehen«, erklärte Trader ihr. »Es hat gute Gründe, warum ihre Augen beschaffen sind wie das Periskop eines U-Boots.«

Das U-Boot brachte er bewusst ins Spiel, um sich hinter dem Rücken des Gouverneurs über dessen Gesundheitszustand lustig zu machen. Seinem Chef bezeugte Trader nur noch Respekt, wenn es sich nicht vermeiden ließ, und er hatte es sich längst zur Gewohnheit gemacht, vor dem Personal der Villa über den Gouverneur herzuziehen, wenn er nicht da war oder nicht zuhörte.

»Schaffen Sie sie runter an den Fluss und lassen Sie sie frei«, befahl Regina Figgie. »Und den Fisch auch. Der glotzt mich auch an. Und nehmen Sie ihm vorher den verdammten Haken aus dem Maul. Wenn Sie ihn mit dem Haken freilassen, verfängt sich das arme Ding noch irgendwo und ertrinkt. Ich will gebackene Schinkenbrötchen mit Butter und Minzmarmelade, verstanden? Und was ist mit dem Rest von dem Auflauf passiert, den wir nicht aufgegessen haben? Dem Erdnussbutter-Auflauf?«

Sie ließ Wasser über die Krebse und den Fisch laufen, was diese ein Stück weit ins Leben zurückrief, und gab laute Befehle.

»Da steht ein Eimer in der Ecke«, sagte sie. »Der, in dem sie hergebracht wurden. Pack sie alle wieder rein. Und bring ja nie wieder Krebse oder Fische in diese Villa. Ich kann auch kein Wild mehr sehen. Woher weißt du überhaupt, dass die Indianer die Hirsche nicht vergiften, um sich an uns zu rächen? Die schleppen die toten Viecher bei uns an, und dann sollen wir ihnen auch noch dankbar sein.«

»Sie sollten nicht Indianer sagen, Miss Reginia. Sie heißen jetzt *Native Americans*, und ich finde es sehr freundlich von ihnen, dass sie uns das Wild schenken.« Küchenchef Figgie war verärgert und ließ sich nicht im mindesten von ihr einschüchtern.

»*Native Americans*, ja?« Reginas Gesicht wurde rot vor Wut. »Ach, tatsächlich? Dann kann ich euch ja auch gleich *Eingeborene* nennen.«

»Das trifft wohl kaum zu.« Figgie blickte Regina direkt in die kleinen, kalten Augen. Wie Rosinen, dachte er, die langsam von aufgehendem Hefeteig verschluckt werden. »Und sollten Sie jemals irgendeinen Angestellten der Villa als *Eingeborenen* bezeichnen, melde ich Sie der NAACP[1]. Ist mir egal, ob Sie die Tochter des Gouverneurs sind.«

[1] National Association for the Advancement of Colored People, Nationale Vereinigung zur Förderung Farbiger.

»Bring sofort diese Krebse raus!«, schrie Regina. »Sie verrecken und fangen an zu stinken.«

Die Krebse schwenkten freudig ihre Scheren, als Küchenchef Figgie sie und die Forelle vorsichtig aus dem Waschbecken nahm und in den Eimer setzte. Er nahm eine Drahtschere und schnitt den Haken ab, damit er ihn vorsichtig aus dem verletzten Fischmaul ziehen konnte.

Pony hatte weniger Glück. Ihn hatte man nie vom Haken gelassen. Ach, wie glücklich wäre er, wenn Figgie ihn in einem Eimer zum James River hinunterbringen und dort freilassen würde. Pony beobachtete, wie der Küchenchef durchs Esszimmer und auf eine Seitentür zuging, während das Wasser aus dem Eimer tropfte, in dem die Krebse und der Fisch eifrig Pläne schmiedeten. Regina folgte ihm auf den Fersen und blieb stehen, als sie Andy erblickte.

»Nun wird es doch kein leichtes Abendessen«, sagte sie.

»Macht nichts«, antwortete Andy höflich. »Ich denke, wir sollten uns bald Ihren Vater angeln, damit ich mit ihm reden kann.«

»Soll das eine geschmacklose Anspielung auf den Fisch sein?« Sie blickte ihn finster an.

Er kannte sie kaum und wäre daher nie auf den Gedanken gekommen, irgendwelche Anspielungen zu machen, aber Regina hatte nicht den geringsten Zweifel, dass sich dieser attraktive Mann über sie lustig machte. Das taten sie alle.

Erst jetzt bemerkte Andy den Fisch, der in dem überfüllten Eimer schwamm, und erkannte seinen Fehler. »Tut mir Leid. Ich habe die Forelle jetzt erst gesehen. Sonst hätte ich gewiss das Wort *angeln* nicht erwähnt. Ich wollte wirklich nicht geschmacklos sein. Es ist nur so, dass ich heute Abend wirklich sehr gern mit dem Gouverneur sprechen würde.«

»Sie können mich Regina nennen.«

Nein, konnte er nicht. Diesen Namen konnte er unmöglich aussprechen, ohne sich unwohl und peinlich berührt zu fühlen.

»Wie wär's mit Reggie?«

»Niemand hat mich je Reggie genannt.«

Seine freundliche Anteilnahme brachte sie aus dem Gleichgewicht. Sie musste sich am polierten Mahagonigeländer festhalten, das in elegantem Schwung nach oben in die Privaträume der First Family führte, wo Maude Crimm gerade ihr Haar mit Spray fixierte, nicht gerade glücklich mit ihrem Spiegelbild, das ebenfalls Haarspray versprühte.

Sie war einmal sehr schön gewesen. Als Maude und Bedford sich das erste Mal auf einem Fabergé-Ball begegnet waren, hatte sie zwar ausgeprägte Formen besessen, war dabei aber doch zierlich gewesen, mit vollen roten Lippen und ausdrucksvollen veilchenblauen Augen. Maude hatte gerade in einer Vitrine eines der juwelenbesetzten Eier bewundert, die nicht unwesentlich zur Revolution der Bolschewiki und zum rätselhaften Schicksal Anastasias beigetragen hatten, als Bedford Crimm IV, frisch gewählter Senator des Staates Virginia, galant an ihrer Seite erschien und durch ein Vergrößerungsglas auf ihre prächtigen Rundungen starrte, die ein großzügig geschnittenes Dekolleté nur dürftig verhüllte.

»Meine Güte, nun schauen Sie sich das an«, sagte er. »Ich habe mich immer gefragt, warum es unbedingt Eier sein mussten. Warum nicht etwas anderes, wenn man schon mit so edlen Metallen und kostbaren Juwelen hantiert?«

»Wofür hätten Sie sich denn entschieden?«, fragte Maude schüchtern.

Crimm und sein scharfer Verstand eroberten sie im Sturm, und es schien ihr, dass sie die Fabergé-Sammlung bislang viel zu unkritisch hingenommen hatte. All die Jahre hatte sie nie die Frage nach dem Warum gestellt.

»Na, ich hätte auf keinen Fall ein Ei gewählt«, erwiderte Crimm mit sonorer, gewichtiger Stimme, in der der Rhythmus des alten Südens mitschwang. »Ein Thema des Bürgerkriegs vielleicht.« Er dachte nach. »Vielleicht Kanonen aus Gold oder die Konföderiertenflagge aus Platin, Rubinen, Diamanten und Saphiren – alldem, was Sie um ihren edlen Schwanenhals tragen sollten.« Er strich mit einem dicken Finger über ihre Kehle. »Eine lange Halskette mit einem großen Diamanten, der fast in Ihrer Brust versinkt.« Er zeigte ihr, wo. »Und der dort weich und warm versteckt bliebe und sie kitzelte, wenn sie es am wenigsten erwarteten.«

»Ich habe mir schon immer einen großen Diamanten gewünscht«, sagte Maude, schaute sich nervös um und hoffte, dass sie von niemandem in dem überfüllten Raum beobachtet wurde. »Sie sehen aus, als würden Sie ebenfalls einen großen Diamanten tragen«, sagte sie und blickte bedeutungsvoll auf den Schritt seiner Frackhose.

»Der Diamant ständiger Bereitschaft.« Er kicherte.

»Ich verstehe«, sagte sie. »Wissen Sie, ich bin selbst Sammlerin, Senator Crimm.«

»Was Sie nicht sagen.«

»O ja. Und ich weiß ein bisschen Bescheid über Lupen.« Er fand sie immer beeindruckender. »Man hat sie bereits in den Höhlen auf Kreta benutzt, und ein chinesischer Kaiser verwendete einen Topas, um die Sterne zu beobachten. Das war viele tausend Jahre vor Christi Geburt, können Sie sich das vorstellen? Und ich wette, Sie wissen nicht, dass sogar Nero durch einen Smaragd betrachtete, wie sich die Gladiatoren gegenseitig niedermetzelten. Ich nehme an, damit die Sonne seinen Augen nicht schade. Daher finde ich, Sie müssten eine ganz besondere Sehhilfe tragen, die der Bedeutung eines so wichtigen und mächtigen Mannes würdig ist.«

»Warum verdrücken wir uns nicht auf die Herrentoilette und machen uns richtig miteinander bekannt?«, schlug Crimm vor.

»Auf keinen Fall!« Maudes Nein war in Wirklichkeit ein Ja, doch Crimm sollte kurz nach ihrer Hochzeit herausfinden, dass auch ihr Ja ein Nein sein konnte, wenn sie beispielsweise mit Schimmelflecken oder Spinnweben beschäftigt war.

»Vielleicht die Damentoilette?«, schlug Crimm als Alternative vor.

Schöne Frauen hatten ihn nie beachtet, bevor er in die Politik gegangen war. Doch jetzt lief es wie von selbst, und er fühlte sich, als hätte ihm das Leben eine zweite Chance gewährt. Der Umstand, dass er kleinwüchsig, reizlos und halb blind war, schien nicht mehr zu zählen. Selbst die Größe seines Diamanten spielte keine Rolle. Vorbei waren die alten Zeiten im Commonwealth Club, als die Männer mit Zukunft nackt am Swimming Pool saßen und politische Entscheidungen trafen oder feindliche Übernahmen besprachen.

»Nicht einmal ein halbes Karat«, so erinnerte sich Crimm, hatte einer geflüstert. Nun trägt aber Wasser Stimmen sehr weit, daher hatte Crimm, der auf dem Sprungbrett saß, die geschmacklose Bemerkung gehört.

»Die Qualität ist entscheidend, nicht die Größe«, hatte er geantwortet. »Und auf die Härte kommt es an.«

»Alle Diamanten sind hart«, hatte ein anderer gesagt, der ein Unternehmen unter den Top 500 von *Fortune* besaß, das er später nach Charlotte verlegte.

Auf der Damentoilette musste Crimm feststellen, dass doch nicht alle Diamanten hart sind. Verantwortlich für den fatalen Verlauf des Versuchs war Maudes Muttermal. Ihr Hintern sah aus, als hätte sie sich in ein Tintenfass gesetzt. Die Farbe war so grässlich, dass Crimm sie nicht anfassen mochte.

»Was ist denn da passiert?«, fragte er, als er zurückschreckte und seinen Diamanten wieder in der Hose verstaute.

»Nichts ist passiert«, erwiderte Maude, noch immer flach an die kalte Kachelwand gepresst. »Wenn das Licht aus ist, sieht man es nicht. Manche finden es sogar anziehend.«

Maude schaltete das Licht aus und küsste ihn hungrig. Sie wühlte nach seinem Diamanten, bis sie ihn schließlich fand. »Sag was Ordinäres«, flüsterte sie in der dunklen Toilette. »Das hat noch niemand getan, und ich wollte schon immer all die grässlichen Dinge hören, die Männer mit Frauen anstellen. Sei ein bisschen vorsichtig, die Wand ist ziemlich hart, wenn du mich so dagegen stößt. Nein, auf den dreckigen Boden will ich mich nicht legen. Vielleicht sollten wir es doch lieber lassen. Ich bekomm ja überall blaue Flecken.«

»Lass uns auf eins der Klos gehen.« Mühsam quetschte Crimm die Worte hervor. »Da sieht man uns auch nicht, falls jemand reinkommt. Und wenn wir zu laut sind, können wir die Klospülung betätigen.«

Diese Tage ungezügelter Erotik waren nach der Hochzeit vorbei. Bedfords Augenlicht hatte sich weiter verschlechtert, und seit

Reginas Zeugung hatte er Maude nicht mehr angerührt, obwohl die First Lady unermüdlich bemüht war, verführerisch auszusehen, was aber eigentlich nur dem Zweck diente, ihn zu reizen und an der Nase herumzuführen und von ihrem prinzipiellen Dauer-Nein abzulenken. Maude hatte schon lange nicht mehr an ein Ja gedacht, doch als ihr jetzt Andy Brazil in den Sinn kam, zog sie in Erwägung, dem Ja noch einmal eine Chance zu geben. Immerhin hatte sich ihr Ehemann in Sachen Untersetzer außerordentlich unfair benommen. Die letzten Tage hatte sie ausschließlich damit verbracht, sie neu über die gesamte Villa zu verteilen.

Vielleicht sollte sie den Gouverneur mit irgendwelchen staatstragenden Gedanken ablenken und sich diesen hübschen Jungen zum eigenen Gebrauch reservieren, dachte sie verärgert. Zum Teufel mit ihren Töchtern. Wahrscheinlich würde sie sich besser fühlen, wenn sie Andy verführte, und hätte dadurch vielleicht Ablenkung genug, um ihre Kaufsucht ein bisschen zu zügeln. Sie trug eine weitere Schicht Mascara auf, um das strahlende Blau ihrer Augen zu unterstreichen, pinselte ein knalliges Rot auf die Lippen, verstärkte das Rouge und runzelte die Stirn, um zu sehen, ob das Botox noch wirkte.

»Oje«, sagte sie zum Spiegel, als sie eine Spur von Bewegung auf ihrer Stirn bemerkte.

Auch das Kollagen gab langsam nach, aber sie fürchtete sich vor einem weiteren Besuch beim Kiefer- und Gesichtschirurgen. Mittlerweile hatte sie einen Punkt erreicht, wo sie keinen Nadelstich mehr ohne eine starke Dosis Demerol ertragen konnte, und wofür das Ganze? Schon längst nahm es niemand mehr zur Kenntnis. Keiner schätzte sie mehr. Maude löste den Verschluss ihres BHs und schälte sich aus ihm heraus, ohne ihre Bluse auszuziehen, ein Trick, den sie am Sweet Briar College gelernt hatte.

»Na, das war vergebliche Liebesmüh«, murmelte sie zu sich selbst, als ihre Brüste in Richtung Taille wanderten.

Seufzend zog sie ihren BH wieder an und quälte sich in einen hübschen Kaschmirpullover, der selbst in schlankeren Zeiten schon einige Nummern zu klein gewesen war.

»Da«, sagte sie laut zum First Dog Frisky, der nebenan auf dem

Bett des Schlafzimmers schlief. »Du musst zugeben, dass ich für meine siebzig immer noch verdammt gut aussehe, oder?«

Frisky rührte sich nicht. Er war ein schokoladenbrauner, ziemlich alter Labrador, der es satt hatte, den endlosen Monologen der First Lady zu lauschen. Seit neun Jahren ging das jetzt so, und wenn Frisky sich richtig erinnerte, hatte die First Lady schon am Anfang ihrer Bekanntschaft ziemlich verblüht gewirkt. Jetzt sah sie absolut grässlich aus mit dem erstarrten Gesicht und den verschwollenen Lippen. Jedenfalls hatte er nicht vor, die Augen zu öffnen und seinen Lieblingstraum zu unterbrechen, in dem er Balljunge in Wimbledon war. Er betete im Stillen, die First Lady würde ihn ausnahmsweise nicht wecken.

»Komm, Frisky!«, rief die First Lady ihren schlafenden Hund und versuchte vergeblich, mit den Fingern zu schnippen.

Ihre Finger waren zu fettig. Die dicke Schicht Körperlotion ließ Mrs. Crimm glänzen wie ein Brathähnchen. »Komm!« Ihre Finger glitschten, statt zu schnippen. »Gehen wir hinunter und begrüßen wir unseren Gast.«

SIEBZEHN

Das Schicksal der Blaukrabben und der Forelle schien wieder eine fatale Wende zu nehmen.

Major Trader hatte sich bereit erklärt, sie in den Fluß zu werfen, verfolgte dabei aber seine eigenen, profitgierigen Pläne. Er dachte, dass er einen Angler finden und ihm die frischen Meeresfrüchte verkaufen könnte. Außerdem suchte er nach einem sicheren Ort für den wasserdichten Koffer voller Geld, den er bald von den Piraten zu bekommen hoffte.

Im Kofferraum von Traders Dienstwagen wurde der Eimer hin und her geschleudert. Weder die Krebse noch die Forelle konnten in der Dunkelheit etwas sehen, waren aber voll böser Vorahnung, während Trader die Straßen entlangraste, mit quietschenden Reifen in die Kurven ging und an den Ampeln abenteuerliche Bremsmanöver vollführte.

»Herrjemine, dä hätt gwiss kei Schipiäss«, sagte einer der Krebse beim Zusammenstoß mit einem der Leidensgenossen im Eimer und meinte wohl GPS. »Dä hätt si verfranscht. I wäss dos.«

»Wohä denn?«, fragte die Forelle, über den Krebsen schwimmend, die in jeder Haarnadelkurve, bei jedem abrupten Stopp und jedem Anfahren ineinander krachten. »I glubb, dä hätt eher än Motorproblem.«

»Bischt scho mol in än Auto gwäss?«

»Kunn i nöd behaupte«, antwortete die Forelle. »Han abä scho mol us sichäre Abstand zugschaut, wi si an d' Docks halte hond, wenn dä Fischr z' Fische ussefahret sin. All ähre Lastwäge ond Golfcarts hüpfet ond schwanket grusigli.«

Die Krebse purzelten alle zur Seite und landeten auf einem Haufen.

»Utsch!«, beschwerte sich einer. »Dos hätt weh tan! Nimm dei Scher us mei Aug, odä du krischt äbbis!«

»I han Hunger!«

»Äs git kei ful Fisch, bis mer widä i Wasser sin. Halt di fescht!«

Trader polterte über einen Kantstein und parkte auf dem Fußgängerweg, wo Caesar Fender gerade angelte und nichts fing.

»He! Du bist gerade über meinen Angelkasten gefahren, du Arschloch!«, brüllte Caesar den schwarzen Dienstwagen an. »Für wen hältst du dich? Ich hab nix getan. Ich hab noch nich mal 'n Auto. Also warum kreuzt du hier mit Fernlicht auf und mangelst meinen Angelkasten über, als hätte ich sonst was angestellt?«

»Ich habe frische Meeresfrüchte, die für den Gouverneur gedacht waren«, verkündete Trader. »Verkauf ich dir für fünfzig Dollar. Hast doch bestimmt 'n Haufen hungriger Niggerchen zu Hause. Wette, die haben noch nie in ihrem Leben Blaukrabben oder Forellen gekriegt.«

Caesar Fender war entrüstet über das boshafte Genuschel des fetten weißen Mannes. »Nur weil 'n paar von unseren Leuten 'n bisschen kurz geraten sind, musst du nich von Niggerchen reden«, gab er zurück. »Und ich krich zwei Dollar für mein Angelkasten und noch mal fünfundsiebzig Cents für all die Haken, die du verbogen hast, und die Schwimmer, die du platt gemacht hast. Und noch 'n Schritt weiter, und du trittst gegen meine Dose mit den Würmern und schmeißt sie ins Wasser, und dann tret ich dich kräftig in'n Arsch!«

»Wenn du mich anrührst, lass ich dich festnehmen und ins Gefängnis werfen!«, drohte Trader.

»Zahl mir, was du mir schulden tust für all mein Angelzeug, das du kaputt gemacht hast!«

»Pass auf, was du sagst. Du sprichst mit einem wichtigen Regierungsbeamten«, schrie Trader zurück.

»Es kümmert mich 'n Scheißdreck, wer du bist!«

Während sich die beiden Männer anbrüllten und bedrohten, ersannen die Krebse rasch einen Plan zu ihrer Rettung. »Mer stelle us all tot«, sagte einer von ihnen.

Trader öffnete den Kofferraum, und Caesar schaute hinein, immer noch wütend, aber doch neugierig auf die Meeresfrüchte. Die Forelle schwamm mit dem Bauch nach oben und geschlossenen

Augen, und die Krebse lagen regungslos da, ebenfalls mit geschlossenen Augen.

»Bescheißen willst du mich!«, schrie Caesar den fetten weißen Mann an. »Diese Viecher sind so tot wie meine Großmutter. Wie lang waren die bei dir im Kofferraum? Einen Monat? Pfui Deibel!« Er wedelte mit der Hand vor seinem Gesicht herum und hob den Eimer aus dem Auto. »Du verdammtes weißes Lügenmaul. Schau her! Das mach ich mit deinen *frischen Meeresfrüchten.*«

Plötzlich segelten die Krebse und die Forelle mit einem Wasserschwall aus dem Eimer, als gelte es, ein Feuer zu löschen. Sie flogen durch die Luft und landeten im James River, wo die Krebse auf den Grund sanken und sich erstaunt umsahen, während die Forelle über ihren Köpfen langsame Kreise zog.

»Ich kann die Forelle schwimmen sehen!« Trader deutete auf den Schatten der Forelle tief unter der glitzernden Wasseroberfläche. »Die sind nicht tot! Du hast meine frischen Meeresfrüchte weggeworfen! Gib mir fünfzig Dollar!«, verlangte er.

»Nee.« Caesar sammelte sein kaputtes Angelzeug zusammen.

Traders seeräuberische Erbanlage wurde aktiviert, und seine geballte Faust landete auf Caesars Auge. Der schwang seine Angel wie eine Peitsche und verletzte Trader an der Wange. An der Hochleistungsangelschnur hatte er nämlich mehrere kleine Senkgewichte befestigt, nachdem er mit dem Fahrrad hier angekommen war. Verbissen kämpften die beiden Männer miteinander, rollten auf dem Boden herum, überschütteten sich mit Obszönitäten und schlugen aufeinander ein. Wutschnaubend und blutend lief Trader zu seinem Auto, das Caesar mit Fußtritten traktierte, bevor er die Windschutzscheibe mit dem beschädigten Angelkasten aus Metall einschlug.

Außer sich sprang Trader auf den Fahrersitz und griff nach der Leuchtpistole, die er immer unter dem Sitz versteckt hielt. Er schnitt sich die Finger an den Glassplittern auf, als er eine Leuchtpatrone Kaliber .12 in den Lauf der Pistole schob, die sich seit 1870 im Besitz seiner Piratenfamilie befand. Dann ließ er sich seitlich aus dem Auto fallen und zielte auf Caesar, während dieser ihn mit Bleigewichten bewarf.

Als Trader von einem der Gewichte an der Nase getroffen wurde, löste das einen Reflex in dem Finger aus, der um den Abzug gekrümmt war.

Die Leuchtkugel explodierte in der Luft wie eine kleine, glühende Rakete, bewegte sich mit rasender Geschwindigkeit auf Caesar zu und traf ihn in die Brust. Mit Grausen beobachteten die Krebse und die Forelle, wie der Angler in Flammen aufging und noch ein paar Schritte lief, bevor er zusammenbrach. Trader floh in seinem zerbeulten Auto, mit offenem Kofferraum und einer Windschutzscheibe, die nur noch aus einem feinen Netz von Glassplittern bestand. Blass und blutig, mit zerrissenem Anzug und zerfetzter Krawatte traf er wenig später wieder in der Gouverneursvilla ein. Er war aufs höchste erregt und fürchterlich durcheinander.

Auch Regina war durcheinander. So aufgedonnert und von einer so aufdringlichen Parfümwolke umgeben hatte sie ihre Mutter noch nie erlebt. Hätte die Mutter in einem Bestattungsinstitut gelegen, so hätte Regina angenommen, man hätte Mrs. Crimm mit Formaldehyd voll gepumpt, mit Wachs überzogen und ihr aus Versehen die Kleider einer anderen Leiche angezogen, einer Frau, die sehr viel schlanker war und eine Schwäche für Fuchsienrot hatte.

»Was ist denn mit dir passiert, Mama?«, fragte Regina, ohne ihre Beschäftigung mit einer dicken Scheibe in Honig gebackenen Schinkens zu unterbrechen, die in einem großen Brötchen steckte und von Butter und Minzmarmelade troff.

Mrs. Crimm, die etwas spät dran war, nahm am Fuß der Tafel Platz und hob eine Gabel, um zu signalisieren, dass mit dem Essen begonnen werden konnte.

»Was soll das heißen, was ist mit mir passiert?« Mrs. Crimm warf Regina einen warnenden Blick zu. »Und warte gefälligst, bis alle essen. Als hätte ich dir keine Manieren beigebracht.«

Andy schnitt sich das einzige Stück mageren Schinkens ab, das er unter den Fettbergen auf seinem Teller finden konnte, als Trader den Raum betrat. Andy bemerkte sofort, dass sich der Pressesprecher offenbar in einem Schockzustand befand; er blutete und roch nach verbrannten Chemikalien und Schießpulver.

»Mich würde viel mehr interessieren, was mit Ihnen passiert ist«, sagte Andy zu Trader.

Mrs. Crimm entnahm diesen Worten, dass der attraktive junge Gast nicht eine Minute lang gedacht hatte, es wäre irgendetwas mit ihr passiert. Sie sah verführerisch wie immer aus, und es war widernatürlich und abscheulich viktorianisch, wenn Frauen ihre Körper hinter dicken Schichten weiter und langer Kleidung versteckten. In Kürze würde Andy seine Aufmerksamkeit ihrem Ende des Tisches zuwenden, um sie von Kopf bis Fuß in Augenschein zu nehmen. Nach dem Essen würden sie beide dann im Schlafzimmer verschwinden, wo sie die Tür abschließen und Ja sagen und es auch meinen würde. Selbst wenn der Gouverneur nach Hause käme, würde er nichts merken. Nur leise mussten sie sein, sie und Andy.

»Sind Sie in einen Sturm oder eine Demonstration geraten?« Andy ließ seine Aufmerksamkeit erst einmal bei Trader, der sich in langen, atemlosen Erklärungen erging und so schnell sprach, dass seine Worte übereinander stolperten.

»Was zum Teufel hat er gesagt?«, fragte First Lady Crimm alle zehn Sekunden an Andy gewandt. »Ob er wohl einen Schlaganfall hatte?«

Obwohl Trader lange brauchte, um seine Geschichte zu erzählen und sich die Tatsachen dabei so rasch veränderten wie Wolken am Himmel, ließ sich seine Erzählung rasch zusammenfassen: Genau um neunzehn Uhr sei er zum Fluss gekommen, wo ein Afroamerikaner neben seinem Fahrrad gestanden und geangelt habe. Er habe den Mann begrüßt und sie hätten sich über das Wetter unterhalten, während er, Trader, die Krebse und die Forelle ins Wasser geworfen habe.

»Oje«, unterbrach ihn Mrs. Crimm. »Der wird die Krebse doch nicht etwa in den James geworfen haben, oder? Wenn die nicht den Weg in die Bucht finden, dann hätte man sie auch gleich erschießen können.«

Hastig fuhr Trader mit seiner Geschichte fort.

»Apropos Schießen«, übersetzte Andy das wirre Gestammel, »er sagt, es habe eine Schießerei gegeben«, übersetzte Andy. »Ein Lincoln mit New Yorker Nummernschild kam vorbei und ein Hispano Mitte zwanzig begann aus einer Neun-Millimeter-Pistole aus dem Auto zu schießen und laut zu schimpfen. Er traf den Angler aus kurzer Entfernung in die Brust. Wahrscheinlich entzündete sich dabei das Feuerzeug, das der Angler in der Brusttasche trug.«

»Warum wahrscheinlich? Wieso weiß er das alles nicht mit Sicherheit?« Regina griff sich ein neues Brötchen. »Hat er nicht wenigstens nachgeschaut, ob der arme Mann noch am Leben war oder ob er tatsächlich bei lebendigem Leib verbrannt ist? Warum hat er nicht versucht, das Feuer zu löschen oder Hilfe zu holen?« Sie richtete ihren Blick auf Trader, während sie weiteraß. »Sie sind einfach abgehauen und haben nicht mal versucht zu helfen? Was sind Sie bloß für ein Mensch?«

»Är hätt uff mi *gschisse*!« Trader erhob seine Stimme und erkannte nicht, dass sein plötzliches Sprachproblem Ausdruck eines posttraumatischen Belastungssyndroms war, das bestimmte Gensequenzen aktiviert hatte, mit dem Erfolg, dass er sich plötzlich ausdrückte wie ein Pirat von Tangier Island.

»Solche Worte pflegen wir am Esstisch nicht zu verwenden!«, schnauzte Mrs. Crimm ihn an.

»Än ums annermol hätt är uff mi *gschisse*! I hätt än Hölleschiss!«

»Das ist ja unerträglich.« Regina hielt sich die Ohren zu. »Kann nicht jemand für ihn sprechen? Andy, erklären Sie uns einfach, was er sagen will. Meint er im Ernst, der Hispano hätte sein *großes Geschäft* auf ihm verrichtet? Hat er es auf ihm getan oder ihn damit beworfen?« Sie blickte finster drein. »Was soll das bloß heißen, der Schütze hätte auf ihn geschissen?«

»Regina!«, rügte ihre Mutter sie. »Wir reden beim Abendessen nicht über Körperfunktionen!«

Trader wollte erläutern, dass von einer Schießerei die Rede sei, als Andy ihn unterbrach und bat, die Worte *schießen, Schuss, schießend* oder *angeschossen* zu vermeiden und sie stattdessen pantomimisch auszudrücken – durch einen ausgestreckten Finger, den er wie eine Pistole abfeuerte. Das klappte tatsächlich, woraufhin die First Family sich beruhigte und wieder dem Essen zuwandte, während Trader, von Andy übersetzt, behauptete, der Hispano sei ganz sicher derjenige, der die rassistischen Verbrechen verübe, und habe es jetzt auf die First Family abgesehen. Daher sei er selbst sofort in die Villa geeilt, um sich davon zu überzeugen, dass ihnen allen keine Gefahr drohe.

»Är hät sät, er tät dä Crimm mit Hass verfolge«, brach es plötzlich aus Trader heraus. »Ond all Crimms wörn däm Tod verfalle.«

»Glauben Sie nicht, dass er vielleicht Kriminelle meinte und nicht die Crimms?«, überlegte Regina heftig kauend. »Papa ist ein strenger Befürworter der Todesstrafe, dafür ist er bekannt.«

»Liebling, dass würde nicht viel Sinn ergeben«, gab Mrs. Crimm zu bedenken. »Der Hispano ist ja ganz eindeutig selbst ein Krimineller, warum sollte er eine Reihe von rassistischen Verbrechen an Leuten begehen, die ihm ähneln?«

»Dä Tüfel hol mei Seel, däs Monschter mänt *euch*!« Trader deutete finster und unheilverkündend auf jede einzelne der Crimm-Frauen. »*Crimm*. Nöd Kriminelle.«

Faith war verängstigt. »Wir werden die Villa nie wieder verlassen können, Mama.«

»Was ist, wenn er irgendwo da draußen ist?« Mit weit aufgerissenen Augen und zitternden Händen goss sich Constance das Weinglas wieder voll.

»Ich habe noch nie gehört, dass jemand, der angeschossen wurde, Feuer fing.« Andy beharrte auf diesem Punkt. »Haben Sie wirklich Rauch und Flammen gesehen und beobachtet, wie seine Kleidung Feuer fing? Ich kann ja verstehen, dass Sie Angst hatten und nicht am Tatort bleiben wollten, dass Sie sich um die Crimms sorgten und vielleicht sogar einen kleinen Schlaganfall hatten, trotzdem will mir Ihre Geschichte nicht ganz einleuchten.«

Herablassend erwiderte Trader, seit grauen Vorzeiten sei bekannt und längst auch wissenschaftlich erwiesen, dass Menschen plötzlich in Flammen aufgehen und zu einem Häufchen Asche verbrennen können.

»Äs heischt Spontane Selbstentzündung«, sagte er. »Du künscht äs i jäd Lexikon noschloge.«

Andy brauchte es nicht nachzuschlagen. Er war wohl vertraut mit dem Phänomen der Spontanen Selbstentzündung, der *Spontaneous Human Combustion* (SHC), und den Geschichten von Menschen, die ohne ersichtlichen Grund plötzlich in Flammen standen.

»Nun«, sagte er zu Trader, »wir werden ja sehen, was der Rechtsmediziner dazu sagt.«

»Ihr glaubt doch nicht, dass dieser Verrückte hierher kommt und uns alle in Brand steckt, oder?«, fragte Constance besorgt.

»Warum sollte er uns hassen?« Grace konnte es nicht begreifen. »Was haben wir ihm oder anderen Hispanos getan? Und außerdem gehören wir zu keiner Randgruppe, mal abgesehen davon, dass wir praktisch eine königliche Familie und damit Teil einer Minderheit sind.«

»Kennen wir überhaupt Hispanos?«, fragte Faith ihre Familie. Während sie sich am Tisch umsah, erzitterte ihr Pferdegesicht im sanften Kerzenlicht. »In Papas Regierung ist kein einziger Hispano und war nie einer. Was hätten die für einen Grund, sauer auf uns zu sein?«

»Genau das könnte der Grund sein«, erwiderte Andy.

»Welcher denn?«, fragte Regina zwischen zwei Bissen.

»Mir ist aufgefallen, dass die Regierung des Gouverneurs etwas mehr ethnische Vielfalt vertragen könnte«, drückte sich Andy sehr diplomatisch aus. »Wenn sich eine ganze Gruppe von Bürgern ausgeschlossen fühlt, kann sich viel Ärger aufstauen und in Gewalttätigkeit umschlagen.«

»Aber Bedford spricht gar kein Spanisch«, erklärte Mrs. Crimm. »Er sieht keinen Grund dafür.«

»Er sieht überhaupt vieles nicht, First Lady Crimm«, erwiderte Andy aufrichtig und hätte fast *mit Verlaub* hinzugefügt, doch verkniff er sich die Floskel, denn die Erinnerung an Chief Hammer verfolgte ihn schon den ganzen Tag. »Ich bin überzeugt, dass sich in seinem Leben vieles bessern würde, wenn er etwas gegen sein schwindendes Augenlicht unternehmen würde.«

»Sein Augenlicht ist wie immer«, antwortete die First Lady. »Doch vor seinem geistigen Auge sieht er einen Staat Virginia, einen *Commonwealth*, der keineswegs gewöhnlich ist, sondern sich dem Wohlstand und dem *Wohl* des Einzelnen und der Allgemeinheit verpflichtet weiß, und fortan soll es unser außergewöhnliches Ziel sein, dass alle Bürger dieses Staates … Oje, leider kann ich mich nicht mehr an den nächsten Punkt erinnern. Was sagt er noch immer?« Fragend blickte sie in die gelangweilten Gesichter ihrer Töchter.

»Das Gleiche, was er bei jeder Amtseinführung labert«, erwiderte Regina voller Überdruss. »Bei jeder Wiederwahl die gleiche Rede. Sie war schon beim ersten Mal dämlich und ist es immer noch.« Sie blickte Andy an. »Er findet, Virginia sollte in *Uncommonwealth of Virginia* umgetauft werden, denn er hasst North Carolina[2] und die Tatsache, dass die Fortune-500-Unternehmen, die Banken und die Kinos alle dort angesiedelt sind und nicht bei uns.«

Sie griff nach der Butter, und das Silbermesser rutschte von ihren fettigen, dicken Fingern und schlidderte über den Pinienholzfußboden. Aus dem Nichts erschien Pony, hob es auf und ersetzte es durch ein sauberes aus der Schublade mit dem Silberbesteck.

»Darf ich Ihnen sonst noch etwas bringen, Miss Reginia?«, fragte er höflich.

»Das ist doch ein netter Name«, bemerkte Andy überrascht. »Warum nennen wir Sie nicht alle lieber Reginia?«

»Ich will nicht anders gerufen werden und hab es satt, dass jeder sich Gedanken darüber macht, wie ich gerufen oder angerufen werde. Und erst recht hab ich es satt, dass mich nie jemand anruft.« Tränen schossen ihr in die Augen. »Jedes Mal, wenn das Telefon klingelt, ist es jemand, der die Aufladestation sucht. Ich habe keine Freunde. Nicht einen.« Regina heulte mit vollem Mund, kaute und fühlte sich hundeelend. »Ich wurde in einer Kohlengrube geboren …«

[2] Auch dieser Bundesstaat trägt die offizielle Bezeichnung *Commonwealth*.

»Nein, wurdest du nicht«, unterbrach ihre Mutter sie energisch.

»Ich wurde in einer gezeugt.« Regina wurde indiskret. »Ich weiß genau, was passiert ist, als du und Papa in dem tiefen, dunklen Schacht verschwandet; du hattest einen Helm mit Lampe auf. Was glaubst du, wie ich mich bei dem Gedanken fühle, dass sein Sperma mit schwarzem Staub bedeckt war, als es in Richtung Eizelle schwamm und dort beschloss, ich solle das Ergebnis sein?«

Sie griff nach der Weinflasche, doch die entglitt ihren Händen, rollte über den Tisch und landete auf den Boden. Geduldig kroch Pony unter den Tisch, um nach der Flasche mit dem Virginia Chardonnay zu suchen.

»Scheiße, ich hab alles so satt!«, schluchzte Regina.

»Du wirst dieses Wort nie wieder benutzen«, befahl die First Lady ihr in strengem Tonfall. »Was in aller Welt fällt dir ein, solche vulgären Ausdrücke zu benutzen? So hast du doch früher nicht geredet. Ich finde diese Gossensprache schmutzig, äußerst abstoßend und unpassend für eine junge Dame, zumal für die Tochter eines Gouverneurs.«

»So redet man nun mal in einer Kohlengrube«, erläuterte Regina an Andy gewandt. Zu diesem Zeitpunkt nahm keiner mehr Notiz von Traders Anwesenheit oder Existenz.

Da beging er den Fehler, wie ein Pressesprecher zu denken und wie ein Pirat zu sprechen. »Jo! Tätscht besser Euphemismen benutze wie *Verdammi, sull mi doch dr Tüfel hole, verfluchte Höllehund, Dreck, Mischt, Gschiss …*«

»Genug!«, befahl Andy ihm. »Ich habe Ihnen doch gesagt, Sie sollen Worte wie *schießen* meiden.«

»Warum reden Sie so?«, fragte Regina, während sie die Hände wieder von ihren Ohren nahm und Trader anstarrte.

»I bin uff dr Insel gebore wie jäd andre vor mi«, sagte er, während er sein blutiges Gesicht mit einer Serviette abtupfte. »I glubb, dä Schock, än Murd ansähe z' muesse, hätt mi däs Hiern entzweigrisse.«

»Wen interessiert schon, ob Sie auf der Insel geboren worden sind? Versuchen Sie uns doch nicht weiszumachen, was Sie da reden, wär irgendein alter Dialekt, oder John Smith hätte *scheißen* statt *schießen* gesagt. Er mag vielleicht *schiässen* oder etwas Ähnliches gesagt haben, aber bestimmt nicht *scheißen*. Redet jeder auf der Insel so wie Sie, oder haben Sie einen Privatdialekt, oder was?« Regina war grob, aber auch ehrlich neugierig. »Warum zum Teufel reden Sie nach all den Jahrhunderten nicht so, dass andere Leute Sie verstehen können?

Mama, ich bestehe darauf, dass Papa diesen Mann entlässt. Ich kann ihn keinen weiteren Tag in der Villa ertragen. Ständig wird mir seine Redeweise in den Ohren klingen und eine furchtbare Ablenkung bedeuten. Und es gibt schon so viele Ablenkungen, und außerdem langweilt es mich zu Tode, ständig vom Personenschutz abgelenkt zu werden! Ich will ein eigenes Auto und einen Führerschein, damit ich ohne Personenschutz überall hinfahren kann!«

»Psst!«, zischte die First Lady, als Pony Schritte vernahm und ihnen entgegeneilte.

Im selben Augenblick fiel die Tür der Eingangshalle lautstark ins Schloss, und nach dem Tonfall der gedämpften Stimmen zu urteilen, hatte Bedford Crimm keinen sehr angenehmen Tag hinter sich.

»Ich rieche Schinken!«, verkündete er voller Missmut. »Ich dachte, heute Abend gäbe es Meeresfrüchte. Ich bin ganz gewiss nicht in der Stimmung für Schinken. Was ist mit den Krebsen passiert, die ich habe einfliegen lassen?«

»Wäre das alles, Sir?«, fragte ein Trooper.

»Nein!«, rief Maude Crimm aus dem Esszimmer. »Lass ihn nicht gehen, Liebster. Wir brauchen hier den gesamten Personenschutz!«

Das war höchst ungewöhnlich für die First Lady, war doch bekannt, dass die Allgegenwart der Sicherheitsbeamten sie normalerweise nervte. Zuerst war sie sich wichtig und bedeutend vorgekommen, als sie sich von Schwadronen gut gebauter Personenschützer in perfekt sitzenden Anzügen umringt sah, die sie begleiteten, egal, wo sie hinging, und dafür sorgten, dass jeder ihrer Wünsche erfüllt wurde. Dann wurde es ihr lästig. Maude

Crimm wünschte, sie könnte im Garten sitzen, in der Badewanne liegen, fernsehen, Internetkäufe am Computer vornehmen oder sich zu ihren kosmetischen Eingriffen begeben, ohne laufende Kameras oder ungebetene Zuschauer ertragen zu müssen. Sie fühlte sich immer stärker in ihrer Privatsphäre eingeengt und hatte allmählich das Empfinden, die Trooper könnten alles sehen, was sie tat – alles, einschließlich ihrer Bemühungen, die Objekte ihrer Sammelbegierde zu verstecken.

»Was soll das alles?«, fragte der Gouverneur, als er das Esszimmer betrat, ins Licht der Kerzen blinzelte und die Teller musterte. »Schinken», murmelte er verdrossen. »Ich kann Schinken nicht ausstehen. Was ist mit den Krebsen passiert?« Sein unglücklicher, stumpfer Blick richtete sich auf Regina.

»Wir haben sie wieder ausgesetzt«, antwortete sie ihrem Vater unverblümt.

»Ich lass sie mit dem Staatshubschrauber einfliegen, und du setzt sie wieder aus?«

»Und die Forelle«, fügte sie hinzu und griff nach der Minzmarmelade.

»Sir.« Andy war entschlossen, das wirkliche Problem der First Family zur Sprache zu bringen. »Ich denke, Sie sollten über die Sachlage informiert werden. Ein Schwarzer wurde ermordet, während er am Fluss fischte, und Major Trader behauptet, Sie und Ihre ganze Familie seien in Gefahr. Angeblich hat er das Verbrechen beobachtet und meint nun, der Verdächtige sei der Täter, der Moses Custer angegriffen und Trish Trash umgebracht hat.«

Crimm griff nach seinem herabhängenden Vergrößerungsglas und erschrak sichtlich beim Anblick seines Pressesekretärs.

»Himmel!«, rief der Gouverneur. »Sie gehören ins Krankenhaus!«

Da Trader Angst hatte, den Mund aufzumachen, schüttelte er nur stumm den Kopf.

»Was ist passiert?«, wollte der Gouverneur wissen. »Ich will ja nicht kaltherzig erscheinen, aber mit solchen blutenden Wunden am Esstisch zu sitzen erscheint mir doch einigermaßen unhygienisch.«

Trader erhob sich, eine Serviette auf die Stirn gepresst. Stumm stand er auf dem antiken Orientteppich, und seine Augen schweiften hektisch umher, während er versuchte, einen klaren Gedanken zu fassen und sich einen Plan zurechtzulegen. Zunächst einmal, so überlegte er, kam seine vorübergehende Sprachstörung durchaus nicht ungelegen. Unter den gegebenen Umständen war es sehr vorteilhaft, sich in einer Weise auszudrücken, die für andere wenig Sinn ergab. Sein Zustand erleichterte das Lügen und ersparte ihm längere Verhöre. Außerdem mussten andere für ihn sprechen, und das hatte zur Folge, dass seine Aussage auf Hörensagen beruhte und vor Gericht nicht verwertbar war.

»Es ist schrecklich«, Faith berichtete von den Ereignissen. »Dieses schreckliche Ungeheuer setzt Menschen in Flammen und macht sich dann einfach aus dem Staub. Er kommt aus New York und spricht Spanisch und will mit uns genauso verfahren.«

»Sosehr mir das auch missfällt«, sagte Mrs. Crimm, »aber ich glaube, wir müssen alle Trooper um die Villa postieren, bis man diesen Verbrecher gefasst hat. Vielleicht müssen wir sogar die Nationalgarde einsetzen, Liebster.«

Bedrückt zog der Gouverneur einen Stuhl heran und setzte sich. Er hatte keine Ahnung, was er nun tun sollte, und war entsetzt, dass ihn niemand über den Ernst der Lage unterrichtet hatte. Immer gab es schlechte Nachrichten, wenn er zum Abendessen in die Villa zurückkehrte, ein Umstand, der seinem U-Boot wenig zuträglich war.

»Könnte mich vielleicht jemand aufklären?«, wollte der Gouverneur wissen.

Trader hätte gar zu gern eine Menge falscher Einzelheiten geliefert, aber er konnte sich lebhaft ausmalen, wie der Gouverneur auf die plötzliche Sprachbarriere reagieren würde. Der Pressesekretär gab durch Zeichensprache zu verstehen, dass Andy Crimm von den Ereignissen des Tages berichten solle, was dieser bereitwillig tat.

»Was schlagen Sie vor?«, fragte der Gouverneur Andy, nachdem er einer Geschichte gelauscht hatte, der es nach seinem Dafürhalten erheblich an Wahrheit und Klarheit mangelte.

»Ich denke auch, wir sollten kein Risiko eingehen«, erwiderte Andy. »Treffen Sie alle nötigen Sicherheitsvorkehrungen, Sir, aber wir sollten die Sache auch eingehend untersuchen. Ehrlich gesagt habe ich den Eindruck, dass uns noch einige wichtige Details der Angelegenheit fehlen, obwohl Mr. Trader glaubt, alles beobachtet zu haben. Ohne Ihre Worte in Zweifel ziehen zu wollen«, wandte er sich an Trader, »aber das, was Sie meinen gesehen zu haben, und das, was tatsächlich passiert ist, könnten unter Umständen zwei Paar Schuhe sein. Ich habe da zum Beispiel zwei Fragen: Was ist mit dem Eimer geschehen? Und hat außer Ihnen noch jemand die Schießerei beobachtet?«

Durch Zeichensprache gab ihm Trader zu verstehen, dass er den Eimer entleert habe und dass es wohl keine weiteren Zeugen gegeben habe als die Krebse und die Forelle. Trader glaubte, damit sei die Sache erledigt.

»Wenn Sie den Eimer entleert haben«, stellte Andy fest, »lässt das darauf schließen, dass Sie die Krebse und die Forelle freigelassen haben, *bevor* die Auseinandersetzung stattfand. Denn es ist ja kaum vorstellbar, dass Sie zuschauen, wie ein Mensch bei lebendigem Leib verbrennt, und anschließend daran denken, die Krebse und die Forelle freizulassen, oder?«

Trader schüttelte verneinend den Kopf und erinnerte sich daran, wie die Krebse und die Forelle in einem Schwall Leitungswasser durch die Luft gesegelt waren. Sie waren in den Fluss geplatscht, und dann hatte der Kampf zwischen ihm und dem Angler begonnen, und sie hatten sich all die hässlichen Wörter an den Kopf geworfen. Wahrscheinlich hatte er den Eimer auf den Boden gestellt, oder vielleicht hatte es auch der Angler getan. Inzwischen hatte die Polizei den Eimer bestimmt gefunden und als Beweismaterial sichergestellt. Er wusste nicht genau, warum, aber er hatte das ungute Gefühl, der Eimer würde ihm noch einigen Ärger bereiten.

Der Gouverneur zündete sich eine kubanische Zigarre an. »Sagen Sie«, wandte er sich an Andy, »wenn wir die Krebse und die Forelle fänden, würde uns das helfen?«

»Das ist ja wohl das Dümmste, was ich je gehört habe«, mischte sich Regina ein. »Wie könnten die wohl helfen, und woher würden wir wissen, ob es dieselben sind, die wir freigelassen haben?«

»DNA«, erwiderte Andy. »Wenn sie Zellmaterial im Eimer zurückgelassen haben, und sei es auch nur eine winzige Spur, könnten wir die Frage mit absoluter Sicherheit entscheiden. Beispielsweise wissen die Leute gar nicht, wie viele Zellen ihre Augen abstoßen. Wenn Sie ihre Augen reiben, haben Sie Augenzellen an Ihren Fingern und hinterlassen sie auf allen Gegenständen, die Sie danach anfassen. Jedes Lebewesen, von eineiigen Zwillingen abgesehen, hat eine DNA, die sich eindeutig zuordnen lässt.«

»Dann haben die Krebse also vielleicht ihre Augenzellen im Eimer hinterlassen?« Der Gouverneur war fasziniert. »Woher wissen Sie das alles?«

»Ich habe mich schon immer für Rechtsmedizin und Kriminaltechnik interessiert, Governor. Mein Vater war Polizeibeamter in Charlotte.«

»Was macht er jetzt?«

»Er wurde im Dienst getötet, Sir.«

Der Gouverneur empfand tiefes Mitleid. Er hatte sich immer einen Sohn gewünscht und konnte mit seinen Töchtern wenig anfangen. Äußerst selten kam es vor, dass er ihre Gegenwart als angenehm empfand. Tatsächlich sehnte sich Bedford Crimm nach einem vernünftigen Mann als Gesprächspartner, und die Vermutung, Andy und seine Frau könnten eine Affäre haben, hatte er mittlerweile vollständig vergessen.

»Lassen Sie uns einen Cognac trinken und eine Zigarre rauchen«, sagte er und richtete ein vergrößertes, tränendes Auge auf Andy. »Spielen Sie Billard?«

»Nicht sehr oft, Sir«, antwortete Andy.

»Aber was ist mit diesem schrecklichen Menschen, der dort draußen frei herumläuft?«, fragte Mrs. Crimm voller Sorge.

»Berichten Sie einem anderen Trooper von der Sache«, der Gouverneur bedeutete Andy, er solle dies an Trader weitergeben. »Sagen Sie ihm, er soll den Rest der Personenschützer auf den Fall ansetzen, und beauftragen Sie die Nationalgarde, aus der Luft nach dem Lincoln mit den New Yorker Nummernschildern zu suchen. Vielleicht sollten sie auch in der Innenstadt ein bisschen Präsenz zeigen.«

»Vielleicht sollten Sie an allen Mautstellen Kontrollen vornehmen lassen«, schlug Andy vor. »Nur für den Fall, dass dieser *angebliche* Serienmörder hispanischer Herkunft versuchen sollte, die Stadt zu verlassen«, fügte er mit einem Anflug von Verachtung hinzu, während er Trader geradewegs in die Augen blickte. Der Pressesprecher wich seinem Blick aus.

»Hervorragende Idee«, stimmte der Gouverneur zu, auf den der junge Mann einen immer positiveren Eindruck machte. »Wir müssen die Krebse und die Forelle ausfindig machen. Sagen Sie Trader, er soll sie suchen, schließlich hat er sie zuletzt gesehen.«

»Sir, Sie können ihm das selber sagen«, meinte Andy höflich. »Er kann uns hören, er kann nur nicht sprechen, oder zumindest will er uns das glauben machen. Darf ich vorschlagen, dass wir eine etwas objektivere Person nach Zeugen suchen lassen?«

Andy hatte keinen Zweifel daran, dass Trader, sollte er die Krebse und die Forelle finden, sie für immer verschwinden lassen würde. Der fette, verlogene Piraten-Pressesprecher würde sie vermutlich bei lebendigem Leib kochen und verspeisen, dachte Andy voller Abscheu und stellte sich die Reaktion des Gouverneurs beim Lesen des Artikels vor, den er ins Internet stellen würde, sobald er eine Computertastatur unter die Finger bekäme. Er warf Trader einen bösen, drohenden Blick zu.

»Halten Sie sich ja von den Krebsen und der Forelle fern«, warnte er ihn.

Er wartete, bis Trader davongehumpelt war, und nahm dann die First Lady für eine kurze Unterredung unter vier Augen beiseite.

»Hören Sie«, sagte Andy. »Es ist mir sehr unangenehm, Sie zu belästigen und in Ihre Privatsphäre einzudringen, First Lady Crimm, aber es sieht ganz so aus, als würde es eine lange Nacht werden, und ich frage mich, ob ich wohl kurz einen Ihrer Computer benutzen dürfte, um etwas zu überprüfen.«

»Aber natürlich«, antwortete sie und beeilte sich, ihn in ihr Privatzimmer zu führen, in dem sie so viele heimliche süße Stunden an ihrem antiken chinesischen Schreibtisch verbrachte und im Internet einkaufte.

Eine Welle heißer Erregung stieg in ihr auf, als sie Andy die Treppen hinaufführte und ihn in ihrem Stuhl Platz nehmen ließ.

»Soll ich Ihnen zeigen, wie alles funktioniert?«, fragte sie und beugte sich so weit vor, dass ihr großer, fest verschnürter Busen seinen Hinterkopf berührte.

»Nein, vielen Dank«, sagte Andy und musste niesen, weil ihr Parfüm eine allergische Reaktion auslöste. »Wenn Sie mich für einen Moment allein lassen könnten? Leider geht es hier um Dienstgeheimnisse, Ma'am, die nur für meine Augen gedacht sind.« Er nieste drei weitere Male.

»Was tun die da oben?«, fragte der Gouverneur eifersüchtig und richtete seinen Blick zur Decke. »Was zum Donnerwetter noch mal führen sie im Schilde? Und wer niest da?«, wollte er wissen, während seine Frau auf dem Weg nach unten ihren Lippenstift leicht verwischte und ihr steifes Haar in Unordnung brachte.

Andy stellte den nächsten Artikel ins Internet, den er am Morgen geschrieben hatte, und wurde gerade noch rechtzeitig fertig. Als er sich vom Stuhl erhob, kam Regina ins Zimmer gestapft und wollte wissen, was er da tat.

»Mama ist total zerzaust, als ob ihr zwei hier oben rumgeknutscht hättet«, sagte sie argwöhnisch. »Nur gut, dass Papa nicht erkennen kann, wie sie aussieht!«

»Vor einer Minute war sie noch nicht zerzaust«, erwiderte Andy. »Sie hat mir lediglich den Computer gezeigt und ist dann gegangen. Und sie hat genauso ausgesehen wie beim Abendessen.«

»Was machen Sie hier drinnen?« In Reginas kleinen Augen glomm ein Verdacht. »Ich wette, Sie sind Trooper Truth, stimmt's?«

»Was für ein merkwürdiger Gedanke«, sagte Andy.

»Beweisen Sie, dass Sie's nicht sind.«

»Es ist schwierig zu beweisen, dass man etwas *nicht* ist«, gab Andy zu bedenken, während Regina sich an ihm vorbeidrängte und vor der Tastatur Platz nahm.

Sie loggte sich auf Trooper Truths Website ein und stieß einen

Laut der Überraschung aus, als sie den brandneuen Artikel entdeckte. Unverzüglich klickte sie ihn an.

»Sehen Sie«, sagte Andy. »Erklären Sie mir doch mal, wie das möglich sein soll: Trooper Truth schreibt einen neuen Artikel und ist gleichzeitig bei der First Family zu einem leichten Abendessen eingeladen?«

»Na, da haben Sie wohl Recht«, sagte Regina und begann eifrig zu lesen.

Ein Wort über Anne Bonny
Die berühmteste Piratin aller Zeiten

(Anmerkung: Die Fachleute vertreten in Bezug auf Anne Bonny unterschiedliche Meinungen)

von Trooper Truth

Ihre Geschichte beginnt am 8. März 1700 mit ihrer Geburt im County Cork, Irland. Sie war die uneheliche Tochter eines erfolgreichen irischen Anwalts namens William Cormac und eines Dienstmädchens, dessen Name nie in die Geschichtsbücher gelangte. Als die skandalöse Affäre ans Tageslicht kam, blieb William keine andere Wahl, als mit seiner neuen Familie aus Irland zu fliehen und sich in Charleston, South Carolina, niederzulassen, wo er sich mit Blackbeard und den korrupten Politikern anfreundete. In kurzer Zeit wurde William ein wohlhabender Kaufmann und lebte auf einer Plantage am Rande der Stadt.

Man weiß nicht viel über Annes Kindheit, außer dass sie ein wunderschönes rothaariges Mädchen mit heftigem Temperament war, das sie veranlasste, eines der Dienstmädchen nach einer Auseinandersetzung mit einem Tranchiermesser zu erstechen. Als Anne alt genug war, ihre Kleider selbst auszusuchen, begann sie, sich wie ein Mann zu kleiden, aber trotzdem konnte sie sich vor Verehrern kaum retten. Ungebetenen sexuellen Avancen begegnete sie mit einer solchen Gewalttätigkeit, dass einer der Verehrer danach wochenlang bettlägerig war.

(Eine Anmerkung: Ich möchte kurz innehalten, um Ihnen, geschätzter Leser, zu verdeutlichen, wie sehr Anne schon von frühester Jugend an ein genetisch bedingtes soziopathisches Verhalten an den Tag legte, das sie unseligerweise allen ihren Nachfahren in Virginia vererbte. Einer von ihnen bekleidet heute leider einen wichtigen und einflussreichen Posten in unserem Staat.)

Mit sechzehn Jahren setzte Anne ihren liederlichen Lebenswandel fort, indem sie sich mit einem besitz- und ehrlosen Matrosen namens James (Jim) Bonny einließ, der es einzig und allein auf die Plantage ihrer Familie abgesehen hatte. Er gelangte zu dem Schluss, er könne sein Ziel am einfachsten erreichen, indem er Anne heirate, deren Erscheinungsbild er entweder nicht wahrnahm oder nicht als störend empfand. Doch Annes Vater hatte erhebliche Einwände gegen Jim Bonny. So blieb dem jung vermählten Paar nicht nur die Plantage versagt, sie hätten dort noch nicht einmal ein anständiges Zimmer bekommen, hätten sie sich entschlossen, bei Annes Familie zu bleiben.

Beleidigt kehrten die beiden Charleston den Rücken und segelten nach New Providence auf den Bahamas, wo Anne bald großen Gefallen an einer Spelunke namens Pirate's Lair – Piratenhöhle – fand, die ihrem Namen alle Ehre machte. Jim bewies einen bedauernswerten Mangel an Männlichkeit und Mut und begann zahllose Matrosen zu denunzieren, die aus irgendeinem Grunde sein Missfallen erregten und die er zu Recht und – häufiger – zu Unrecht der Seeräuberei bezichtigte, während seine unzufriedene, soziopathische Frau mehr und mehr Zeit im Pirate's Lair verbrachte.

Viele der rauen Seebären, die ihre Saufkumpane wurden, waren Ex-Piraten, die von ihrem gesetzestreuen Leben gelangweilt waren. Eines Tages, als Anne, die die Piraten für einen Mann hielten, wieder einmal den Rum becherweise hinunterschüttete, beklagte sie sich über die gemeine, bösartige Schwägerin von Gouverneur Lawes, die erklärt hatte, sie wolle nichts mit Anne zu tun haben. Die Überlieferung lässt offen, ob Anne Männer- oder Frauenkleider trug, als die gute Frau diese Äußerung tat. Keinen Zweifel lassen die Quellen indessen daran, dass Annes Antwort darin bestand, ihr zwei Zähne auszuschlagen, was im 18. Jahrhundert gravierender war als heute, gab es doch damals weder Zahnärzte noch Zahntechniker, die eine solche hässliche Lücke hätten beseitigen können.

»I hät ähr all Zähn usseschlage sullt«, prahlte Anne vor den Ex-Piraten, als sie in der Spelunke saßen und tranken. »Ond an än Baum fessele und ähr nöd ämol Wasser ond Brot gäbe sullt, und dänn hätt i än Heer von arge, bissige Amis über ähr nackt Lib lufe lasse.«

»Jo, däs hätscht tue sullt.« Piratenkapitän Calico Jack nickte zustimmend. »Ond sä wür gonz nackt sin, au do unte?«

»Gonz nackt«, erwiderte Anne. »Isch bässer, sä au do unte nackt z' muoche, dänn tuet dä Amisstich vil mär weh.«

»Jo, däs isch bässer.«

Anne und Calico freundeten sich rasch an, und schließlich gab sie ihm unmissverständlich zu verstehen, dass sie eine Frau war, indem sie ihr Männerhemd aufknöpfte. Er bot an, sie von ihrem jämmerlichen Ehemann Jim loszukaufen, der die beiden unverzüglich bei South Carolinas Gouverneur Rogers denunzierte. Anne wurde dazu verurteilt, sich zu einer Prügelstrafe einzufinden und danach zu ihrem rechtmäßigen Ehemann zurückzukehren. Daraufhin schlichen Calico und sie, beide in Männerkleidung, in den Hafen, stahlen eine Schaluppe und bestritten ihr Leben fortan als Piratenpaar.

Während der nächsten paar Monate überfielen Anne und Calico Jack viele Schiffe und Küstensiedlungen. Annes wahres Geschlecht war nur ihm bekannt, bis sie ein holländisches Handelsschiff kaperten und einige seiner Matrosen in die Reihen ihrer Piraten aufnahmen. Unter ihnen war ein auffallend hübscher Bursche, blauäugig und blond, der Anne so gefiel, dass sie auch für ihn ihr Hemd aufknöpfte, um ihre wahre Identität zu enthüllen. Daraufhin knöpfte dieser sein Hemd gleichfalls auf, und es erwies sich, dass er eine gewisse Mary Read war. Es ist nicht bekannt, ob die beiden Frauen enttäuscht waren, dass keine von ihnen ein Mann war, jedenfalls wurden die beiden ein Piratenpaar, äußerst geschickt im Umgang mit Degen und Pistolen und todesmutig, wenn es galt, mit ihrer Mannschaft ein argloses Handelsschiff zu entern.

Anne und Mary liebten ihr Piratendasein und wurden zu gefürchteten, grausamen Bukanieren, die besser als jeder Mann mit dem Degen umzugehen wussten und bei ihrem blutigen Geschäft tollkühn zu Werke gingen. Gleichzeitig wurden sie schwanger und erlitten 1720 eine überraschende Niederlage, als ein ehemaliger Pirat, der zum Piratenjäger geworden war, ihr Schiff angriff.

Die betrunkene Mannschaft versteckte sich unter Deck und überließ Mary und Anne ihrem Schicksal und dem Kanonenfeuer.

»Wänn's au nur än Mann unner euch git, donn sull är jatzt ussekomme und kämpfe, wie's sich für än Mann gziämt!«, rief Anne, schwang wütend ihr Entermesser und feuerte ihre Pistolen ab.

Die Männer unter Deck antworteten nicht, und so wurden alle gefangen genommen und gehängt, bis auf die beiden schwangeren Piratinnen, die im Kerker landeten. Mary erlag in ihrer winzigen, feuchten Zelle einem Fieber, während Anne, wie man annimmt, begnadigt wurde. Jedenfalls tauchte sie nie wieder auf den Meeren und in den Geschichtsbüchern auf.

Meine Theorie über das weitere Schicksal von Anne Bonny stützt sich auf die eingehende Beschäftigung mit den schriftlichen Quellen, die über ihr Leben vorliegen, und auf den Versuch, im Bereich der daraus sich ergebenden Möglichkeiten einige Schlussfolgerungen zu ziehen. Wir dürfen mit Sicherheit davon ausgehen, dass Anne auf den Westindischen Inseln nicht mehr willkommen war. Auch wird sie kaum zu ihrem Ehemann oder zum Piratendasein zurückgekehrt sein. Ich vermute, dass sie ihr Kind zur Welt brachte und dann einen Kompromiss anstrebte: Einerseits wollte sie ein Leben außerhalb des Gesetzes und der traditionellen Frauenrolle führen, andererseits suchte sie nach einem sicheren Ort, der trotzdem ihrem Bedürfnis nach Abenteuer entgegenkam. Sie muss gewusst haben, dass Blackbeard und andere Piraten regelmäßig auf Tangier Island anlegten und regen Handel mit den Inselbewohnern trieben. Wenn sie sich weiterhin als Mann kleidete, konnte sie Fischer werden und wenigstens in einem Flachboot aufs Meer hinausfahren und so ihrem Kind alles über das Wetter, die Bucht und das Fischen beibringen.

Dieses Kind war, so vermute ich, ein Sohn, und ich denke, dass aus dieser verderbten Linie ein gewisser Regierungsbeamter hervorgegangen ist. Sollte der Gouverneur diesen Artikel lesen, so möge er sich bitte all der Anlässe erinnern, bei denen ihm dieses verräterische und schändliche Subjekt Kekse und Pralinen geschenkt hat, und sich fragen, ob er nicht jedes Mal kurz darauf von heftigsten Attacken seines Verdauungstraktes heimgesucht wurde.

Es ist unverständlich, dass dieser Schurke, dessen Name bis auf weiteres ungenannt bleiben soll, keinerlei Anlass zu Bedenken gab, als er sich für einen hochrangigen Regierungsposten bewarb und der üblichen Sicherheitsüberprüfung unterzogen wurde. Leider sind solche Sicherheitsüberprüfungen heute meist erfolglos. Sie verraten nichts über die wahren Motive eines Bewerbers, die sich bei diesem Menschen nicht von denen seiner Ahnfrau Anne Bonny unterschieden: Abenteuerlust, Einflussnahme, Zugang zu militärischer und polizeilicher Macht und eingehende Kenntnis der Gesetze, um sie nach Belieben brechen zu können.

Passen Sie gut auf sich auf!

ACHTZEHN

Die Rettungsmannschaft versuchte gar nicht erst, Caesar Fender wiederzubeleben, dessen Identität noch unbekannt war, als man ihn schwelend neben seinem zertrümmerten Angelkasten fand. Der Körper war auf höchst eigenartige Weise verkohlt. Nur die Brust hatte gebrannt, und es gab keinen Hinweis auf ein anderes Feuer in der näheren Umgebung, das diesen schrecklichen Tod hätte verursachen können.

»Als ob sein Herz Feuer gefangen hätte«, bemerkte Detective Slipper. »Oder vielleicht seine Lungen. Könnte das durchs Rauchen passieren?«

»Du meinst, er hat geraucht und seine Lungen haben Feuer gefangen?«, sagte Treata Bibb, die seit fünfzehn Jahren Rettungssanitäterin war, aber etwas Derartiges noch nie gesehen hatte. »Nein«, beantwortete Bibb nach kurzem Überlegen ihre Frage selbst. »Wohl kaum. Ich glaub nicht, dass das Rauchen irgendwas mit dem Tod dieses armen Burschen zu tun hatte.« Sie kniete nieder, um einen genaueren Eindruck zu gewinnen. »Es sieht aus, als wäre in ihn ein Krater von vorn bis hinten hineingebrannt worden. Schau mal, das Loch ist so groß, dass du den Fußweg hindurch sehen kannst. Schau, hier.« Sie berührte verkohltes Fleisch mit einem behandschuhten Finger. »Selbst die Knochen in der Mitte der Brust sind verbrannt. Aber der Rest seines Körpers ist unverletzt.« Sie war verwirrt und beunruhigt und fragte sich, wer das gewesen sein und wie und warum er es getan haben könnte.

Autos hielten, und die Leute drängten sich am Straßenrand, als warteten sie auf eine Parade. Die Polizei hatte Mühe, die rasch anwachsende Menge von Gaffern und Reportern zurückzuhalten, während sich mit Windeseile herumsprach, ein Angler hätte sich nahe der Canal Street, unweit der Stelle, wo man Trish Trashs verstümmelten Körper auf Belle Island gefunden hatte, in eine Feuerkugel verwandelt.

»Was geht hier vor?«, fragte eine Hausfrau namens Barbie Fogg durch das offene Fenster ihres Minivans.

»Das können Sie morgen in der Zeitung lesen.« Ein Polizeibeamter winkte ihr mit der Taschenlampe, sie möge weiterfahren.

»Ich habe keine Zeitung.«

Sie hielt die Hand vor die Augen, um sie vor dem grellen Licht der Taschenlampe zu schützen, und fragte sich, warum um alles in der Welt Hubschrauber mit Suchscheinwerfern die Nachbarschaft und die ganze Stadt absuchten. »Da muss ein gefährlicher Serienkiller aus dem Gefängnis ausgebrochen sein«, schloss sie voller Schrecken und spürte ein Prickeln an den Wurzeln ihrer steif gesprühten Haare. »Vielleicht ist es der Kerl, der vor kurzem diese arme Frau umgebracht hat! Und jetzt lassen Sie mich im Unklaren, sodass ich mich und meine Familie nicht vernünftig schützen kann, weil ich doch keine Zeitung habe und Sie mir nicht die geringste Information geben wollen. Und dann wundert ihr euch, dass die Polizei immer unbeliebter wird.«

Sie raste davon, und ein weiteres Auto hielt an, diesmal war die Fahrerin eine alte Frau, die im Dunkeln nicht mehr so gut sehen konnte.

»Entschuldigen Sie, ich suche die Schnellstraße in die Innenstadt«, fragte Lamonia – so hieß die alte Frau – den Beamten mit der Taschenlampe. »Ich komme zu spät zur Chorprobe. Was hat diese ganze Aufregung zu bedeuten?«

Lamonia blickte nach oben zum Black-Hawk-Hubschrauber, ohne ihn zu sehen. Doch ihre Ohren waren noch einwandfrei.

»Hört sich an, als wären wir im Krieg«, stellte sie fest.

»Nur ein kleines Problem, aber wir haben alles im Griff, Ma'am«, beruhigte sie der Beamte. »Die Schnellstraße ist dort drüben.« Er wies mit seiner Taschenlampe in die entsprechende Richtung. »Biegen Sie links in die Eighth ein, und Sie fahren direkt drauf.«

»Draufgefahren bin schon viel zu oft«, sagte Lamonia traurig und schuldbewusst. »Letztes Jahr bin ich direkt auf die Leitplanke gefahren. Um die Wahrheit zu sagen, Officer, ich sollte nachts besser gar nicht fahren. Ich kann im Dunkeln nicht viel sehen. Aber wenn ich die Chorprobe verpasse, dann werfen sie mich raus, und was hab ich dann noch vom Leben? Wissen Sie, vor zwei Jahren ist mein Mann gestorben, und dann ist mein Kater umgekommen, als ich ihn aus Versehen überfahren habe.«

»Vielleicht sollten Sie besser an die Seite fahren.«

Lamonia starrte blind nach links und rechts und glaubte, einen schwachen Lichtschein zu entdecken, der sie an die Augentests erinnerte, bei denen sie ihr Gesicht in eine Maschine hielt und einen Knopf drücken musste, sobald sie ein kleines Licht am Rande ihres Sichtfelds erblickte. Letzte Woche hatte sie den Knopf beliebig und sehr häufig gedrückt, in der Hoffnung, sie könne ihren Augenarzt wieder hinters Licht führen.

»Ich weiß genau, was Sie tun«, hatte der Arzt gesagt und Augentropfen in Lamonias Pupillen geträufelt. »Glauben Sie bloß nicht, Sie wären die Erste, die das versucht«, fügte er hinzu.

»Wie wäre es mit einer weiteren Laseroperation?«

Laut dem Augenarzt bestand keine Hoffnung, Lamonias nächtliche Sehschwäche zu beheben. Nur ihrem guten Gedächtnis verdankte sie es, dass sie noch allein zurechtkam. Sie wusste genau, wie viele Stufen auf ihre Veranda führten und wo ihre Möbel standen. Am Stoff vermochte sie zu fühlen, welchen Rock oder welches Kleid sie im Dunkeln anzog, aber nachts Auto zu fahren war eine ganz andere Geschichte. Zwar veränderten sich die Straßen der Stadt nicht, aber ihr Gedächtnis nützte Lamonia gar nichts, wenn andere Autos die Spur wechselten oder direkt vor ihr anhielten oder wenn Fußgänger die Straße überquerten. Das alles erklärte sie dem Polizeibeamten, der längst nicht mehr da war.

»Am besten, Sie leuchten mit Ihrer Taschenlampe dorthin, wo ich parken soll, dann fahre ich zur Seite«, sagte sie, während ein weiterer Hubschrauber dicht über ihrem Kopf dröhnte und seinen Suchscheinwerfer auf den Tatort richtete.

Sie entdeckte das Licht und hielt darauf zu, dabei fuhr sie zunächst über einen Kantstein und dann über etwas, das unter den Reifen ihres Autos zersplitterte.

»Was war denn das?«, murmelte sie, während sie eine Bahre rammte, diese in den Fluss beförderte und dann hinten auf einen Krankenwagen auffuhr.

»Halt! Halt!«, ertönten Stimmen rund um ihren Dodge Dart.

Lamonia stemmte ihren Fuß auf die Bremse, obwohl ihr Wagen längst stand. Verwirrt und verängstigt schaltete sie den Rückwärtsgang ein, zerriss das Band, mit dem der Tatort abgesperrt war, und fühlte, wie ihr rechtes Hinterrad über einen weiteren Gegenstand fuhr.

»HALT!« Die Stimmen klangen noch aufgeregter. *»HALT!«*

Hooter Shook ahnte, dass es sich um etwas Ernstes handelte, als Trooper Macovich mit einem Kofferraum voller Verkehrshütchen und Leuchtsignale auftauchte.

»Hey! Warum macht ihr denn die ganze Fahrbahn dicht?«, rief Hooter, während Macovich die leuchtend orangefarbenen Hütchen auf die Straße stellte, die sie immer an das Kinderspiel *Fang den Hut* erinnerten.

»Das wird 'n Kontrollposten«, informierte Macovich sie, während er die 150 North, eine viel befahrene vierspurige Autobahn, die aus der Stadt führte, mit pulsierenden Leuchtsignalen absperrte.

Hooter schaute mit einer Mischung aus Interesse und Beklommenheit zu, wie Macovich jede Spur mit einer Wand aus orangefarbenem Plastik und Leuchtfeuern blockierte und nur die Spur *Exact Change* freiließ und so alle Autofahrer zwang, an ihrem Fenster vorbeizufahren, um ihr das passende Kleingeld in die behandschuhte Hand zu drücken. Sie arbeitete als Mautkassiererin für die Stadt und konnte sich noch gut an die Zeiten erinnern, als sie keine Latexhandschuhe zu tragen brauchte, die ständig von ihren künstlichen Nägeln zerrissen wurden. Heute schienen die Kollegen entsetzliche Angst davor zu haben, die Hände eines Autofahrers zu berühren, dabei waren doch in Wahrheit die Scheine und Münzen viel schmutziger als die Hände irgendeines Fremden.

Das Geld wurde von Millionen Menschen angefasst. Das wusste Hooter. Es wurde von der Straße aufgehoben und rieb sich in dunklen Portemonnaies und kleinen Geldbörsen an anderem Geld. Münzen klimperten in Hosentaschen, die vielleicht schon lange nicht mehr gewaschen worden waren. Scheine bestanden aus porösem Papier, die Bakterien wie Schwämme aufsogen, und in den örtlichen Stripteasebars stopften Männer Banknoten in spärliche Kleidungsstücke, wo die Scheine direkten Kontakt mit erkrankten Körperteilen hatten.

Stundenlang konnte Hooter über all die möglichen und unmöglichen Orte reden, an denen sich das Geld schon herumgetrieben und Schmutz aufgegabelt haben mochte. Daher war sie heilfroh über die Handschuhe, besonders da die Stadt nichts dagegen hatte, dass sie die Latex- gegen Baumwollhandschuhe auswechselte, denen ihre Fingernägel nichts anhaben konnten. Trotzdem war es ihr ein bisschen peinlich, wenn sie ihre behandschuhte Hand zum Fenster hinausstreckte, als ob der Autofahrer die Pest hätte. Vermutlich verletzte sie auf diese Weise jeden Tag die Gefühle Tausender von Menschen, weil sie nie Zeit hatte, ihnen zu erklären, dass sich die Hygienemaßnahme nicht gegen sie, sondern gegen die Unsauberkeit des Geldes richtete.

»Bakterien«, sagte Macovich und zog an seiner Zigarette. Er wartete vor Hooters Mauthäuschen auf das nächste Auto und unterhielt sich mit ihr durch das Schiebefenster. »Heut labert alles nur noch von Bakterien. Mann, ich weiß noch, wie ich Mund-zu-Mund-Beatmung an diesen Gummipuppen gelernt hab. Da haste Schwein gehabt, wenn sie das Gummimaul abgewischt haben, bevor du die olle Gumminase zugehalten hast und deine Lippen auf die Gummilippen gepresst und geblasen hast. Wenn du jetzt an 'n Tatort kommst und siehst, dass jemand bewusstlos und am Bluten is, dann musste Doppelhandschuhe anziehn und dem sein Gesicht mit so'm runden Plastikstück abdecken, das in der Mitte 'n Loch hat wie 'ne Klobrille in öffentlichen Toiletten. Und denn kannste nur hoffen, dass der Typ nich niesen oder kotzen muss oder sich sonstwie bewegt, und vor allem, dass er kein Aids hat!«

»Ich wette, du kannst Aids von schmutzigem Geld kriegen«, sagte Hooter und nickte bekräftigend. »Woher weiß ich denn, dass sich so 'n Homo nich mit'm andern Homo im Park trifft und da mit ihm rummacht und sich dann 'n Sandwich kauft, bevor er sich die Hände wäscht, und mit'm Fünfer zahlt. Der Schein liegt dann mit hundert andern schmutzigen Scheinen in 'ner Geldschublade rum und kommt dann auf die Bank, wo ihn 'n andrer Mann für seinen Scheck kriegt und an Aids krepiert. Als Nächstes wandert der Schein dann in 'ne Kneipe, und der Kellner tut ihn in seine dreckige Hosentasche, und dann fällt ihm ein, dass er in die Stadt will, und dann landet er hier vor mein' Fenster.«

»Das kann passieren«, überlegte Macovich laut, und er fühlte sich unwohl bei dieser Unterhaltung, denn sie ließ eigentlich nur den Schluss zu, dass er nie wieder Geld anfassen durfte. »Irgendwann müss'n wir morgens, mittags und abends Handschuhe tragen, wenn wir für irgendwas bezahlen. Gott sei Dank müssen wir kein Bargeld mehr nehm', wenn wir Strafzettel ausstelln.«

»Ja, da habt ihr or'ntlich Glück gehabt«, bestätigte Hooter.

Macovich trat einen Schritt auf die Fahrbahn hinaus und hielt seine Taschenlampe auf den herankommenden Pontiac Grand Prix gerichtet, ein älteres Modell mit einigen Beulen. Macovichs Puls ging rascher, als er das New Yorker Kennzeichen entdeckte. Die Hand auf dem Pistolenhalfter, ging er zur Fahrertür.

»Führerschein und Fahrzeugpapiere«, sagte er, als das Fenster heruntergelassen wurde und der Schein der Lampe auf das verängstigte Gesicht eines mexikanischen Jungen fiel, der nicht aussah, als wäre er alt genug, um zu fahren, und offensichtlich ein illegaler Einwanderer war. »Sprechen Sie Englisch, Sir?«

»*Sí.*« Der Mexikaner machte keine Anstalten, seinen Führerschein oder die Fahrzeugpapiere vorzuzeigen.

»Warum fragst du ihn nich, ob er Englisch *verstehen* kann«, schlug Hooter vor, die in ihrem Häuschen blieb, in dem sich nichts befand als ein Stuhl, ein Feuerlöscher und ihr Notizbuch mit dem Kunstledereinband.

Macovich wiederholte Hooters Frage. Die Augen des Mexikaners wichen dem blendenden Licht der Taschenlampe aus.

»Nein«, sagte er und wurde von Sekunde zu Sekunde ängstlicher.

»Nein?« Macovich runzelte die Stirn. »So? Na, wenn Sie kein

Englisch verstehen, wieso haben Sie's verstanden, als ich Sie gefragt hab, ob Sie's verstehn?«

»*Crei que no.*«

»Was hat er gesacht?« Macovich drehte sich um und schaute Hooter an, die sich weit aus ihrem Fenster gelehnt hatte.

»Denke, ich kann genauso gut rauskommen, wo die Fahrbahn nun von dir und dem fetten Pontiac versperrt is«, sagte sie zu Macovich, öffnete die Tür und trat hinaus.

»Das hat er gesagt?«, fragte Macovich verblüfft. »Er hat gesagt, er steigt aus'm Auto? Aber der sieht nich so aus, als würd er aussteigen oder in irgendeiner Weise kooperieren.«

Hooter war damit beschäftigt, ihren Mantel aufzuknöpfen und ihren Lippenstift aus der Tasche zu fischen, und schnappte daher nur Bruchstücke von dem auf, was Macovich sagte. Sie klapperte mit den fünfzehn Zentimeter hohen Absätzen ihrer roten Stiefel aus imitiertem Leder über den Asphalt. Ihr Job brachte es mit sich, dass sie im Blickfeld der Öffentlichkeit war. Daher achtete Hooter sehr auf ihre Kleidung und ihr Make-up. Auch ihre Dreadlocks saßen immer perfekt und waren mit bunten Perlen geschmückt.

»Es ist nich gut, wenn du nich kooperierst, Süßer«, Hooter blickte durch das offene Autofenster des Mexikaners. »Nun arbeite mal schön mit diesem großen Trooper hier zusammen. Niemand will Stress, denn im Moment suchen sie nach'm Verdächtigen, auf den deine Beschreibung ganz genau passt. Also mach die Sache nich schlimmer, als sie is …«

»Musst nich so viel verraten, Hooter«, flüsterte Macovich ihr ins Ohr, und ihr Parfüm stieg ihm durch die Nase geradewegs ins Hirn und benebelte es. »Was is'n das?«

»Poison.« Zufrieden konstatierte sie, dass es ihm aufgefallen war. »Hab ich bei Target gekauft.«

»Woher weißt du denn, dass wir nach'm Verdächtigen suchen?«, flüsterte er noch immer im Bannkreis ihrer Parfümwolke.

»Warum würdet ihr sonst wohl alle Fahrbahnen absperrn außer der hier?«, antwortete sie. »Glaubst du, ich bin von gestern? Ich bin schon ganz schön rumgekommen, kannste mir glauben, und außerdem bin ich Leitende Mautkassiererin an dieser Kontrollstelle.«

»Oh, nix für ungut, Frau Leitende Mautkassiererin.« Macovich zog sie ein bisschen auf.

»Werd bloß nich frech!«

»Ohhh, ich bin nie frech, jedenfalls nich zu so 'ner hübschen Frau wie dir. Wie wär's mit'n Drink nach Feierabend?« Zufrieden dachte er an den knisternden Hundert-Dollar-Schein, den Cat ihm nach ihrer kurzen Unterrichtsstunde gegeben hatte.

Der Mexikaner saß aufrecht in seinem Sitz, die Augen weit aufgerissen und mit einer Hand teilweise abgeschirmt. Er zitterte und hatte das Steuer so fest umklammert, das seine Knöchel weiß hervortraten.

»Por favor.« Er blickte Macovich und Hooter an. *»No buena armonía.«*

Cruz Morales besaß äußerst begrenzte Englischkenntnisse und war es gewohnt, die einfachen spanischen Redewendungen zu benutzen, die die meisten New Yorker auf Anhieb verstanden. Doch hier kündigte sich ein Meer von Missverständnissen an zwischen ihm, dem Cop und der Mautkassiererin, dabei konnte sich Cruz keine weiteren Ermittlungen leisten. Er war zwölf Jahre alt und mit einem gefälschten Ausweis nach Richmond gefahren, um dort ein Paket für seinen älteren Bruder abzuholen. Obwohl er nicht nachgeschaut hatte, was in dem eng verschnürten Bündel war, das in der Einbuchtung für den Ersatzreifen im Kofferraum versteckt lag, vermutete er aufgrund des Gewichts, dass es sich wieder um Schusswaffen handelte.

»Ich glaub, er meint: *por* favor – er ist arm und bittet dich um 'nen Gefallen«, übersetzte Hooter für Macovich. »Der is doch viel zu klein und jung, um jemand was zu tun.« Ihr Mutterinstinkt bahnte sich einen Weg durch die Duftwolke. »Vielleicht braucht er 'ne Cola oder 'n Kaffee. Diese Mexikaner trinken doch schon als Babys Kaffee.«

In diesem Augenblick schien es im Leben des Cruz Morales keinen anderen Lichtblick zu geben als die goldenen Schneidezähne der Mautkassiererin. Er nahm Blickkontakt zu ihr auf und brachte mit klappernden Zähnen ein Lächeln zustande.

»Siehste«, Hooter stieß Macovich mit dem Ellenbogen an, wobei sie seine Pistole streifte. »Er will was sagen. Er hat uns verstanden.«

Sie blickte auf die kilometerlange Schlange wartender Autos vor der Mautstation. Eine endlose Kette von ungeduldigen Scheinwerfern, die alle gekommen waren, um sie zu sehen. Ungeheurer Stolz erfasste sie. Einen Augenblick lang fühlte sie sich wie ein Filmstar, und sie wurde überwältigt von einer Woge des Mitgefühls für den kleinen mexikanischen Jungen, der viel zu weit von zu Hause und schrecklich verängstigt war. Wahrscheinlich war er müde, hungrig und durchgefroren.

Hooter griff in ihre Tasche und suchte unter Unmengen von Lippenstiften ein Taschentuch hervor, das ihr ein nett aussehender weißer Trooper letztes Jahr gegeben hatte, als der Mann mit der Papiertüte über dem Gesicht ihr Häuschen hatte ausrauben wollen und stattdessen hineingefahren war. Außerdem fischte Hooter noch einen Stift heraus, zog die Kappe ab, schrieb ihre Privatnummer auf das Tuch und reichte es dem mexikanischen Jungen.

»Ruf mich an, Süßer, wenn du was brauchst«, sagte sie großmütig. »Ich weiß genau, wie's is, zu 'ner Minderheit zu gehören, und wie die Leute immer das Schlimmste denken.«

»Raus aus'm Auto!«, befahl Macovich dem illegalen Einwanderer. »Langsam aussteigen und schön die Hände oben behalten!«

Cruz Morales trat das Gaspedal durch und durchbrach mit quietschenden Reifen die Absperrung, woraufhin die Warnlichter und der Alarm angingen, denn er hatte natürlich keine Zeit gehabt, die drei Quarter einzuwerfen.

»Scheiße!«, rief Macovich, lief zu seinem Auto und suchte während des Laufens im Uniformgürtel nach seinen Schlüsseln.

Er sprang in den Wagen, schaltete Licht und Sirene an und raste auf der Interstate davon.

Ein bisschen erinnerte er Hooter an einen grellen, flackernden Weihnachtsbaum. Sie kehrte in ihr Aluminiumhäuschen mit dem einbruchsicheren Münzeimer aus rostfreiem Stahl zurück und schloss die Tür hinter sich. Der endlose Strom der Scheinwerfer setzte sich in Bewegung und kam träge auf sie zu. Sie hoffte, die

Leute würden nach der Wartezeit nicht allzu schlecht gelaunt sein.

»Was zum Teufel ist denn los?«, fragte der Erste, der Fahrer eines Pick-up. »Hätt ich noch 'n Augenblick länger dagesessen, wär ich nur noch ein Skelett gewesen.«

»Dann hätt die hübsche junge Dame, die zu Hause auf dich wartet, leider nich mehr viel von dir«, zog ihn Hooter lächelnd auf. »Aber der Regenbogenaufkleber is cool.« Sie deutete auf seine Windschutzscheibe. »Die sieht man jetzt immer häufiger, als würden sich die Leute auf die guten Seiten konzentrieren und mehr Hoffnung haben. Ich glaub, ich hol mir auch so 'n Regenbogen und kleb ihn mir aufs Häuschen.«

Der Fahrer beugte sich vor und öffnete sein Handschuhfach. »Hier.« Er reichte ihr einen ganzen Stapel Regenbogenaufkleber. »Bedien dich ruhig, meine Hübsche.«

»Sehen Sie«, sagte Hooter zur nächsten Fahrerin, nachdem der Pick-up mit dem Regenbogenaufkleber davongebraust war, »so isses, wenn man nett is zu den Leuten, dann steckt das an wie Bakterien, nur dass man vom Nettsein nich krank wird.« Sie streckte ihre Hand aus und nahm einen Dollarschein von Barbie Fogg entgegen.

»Ich weiß, warum all diese Autos angehalten haben«, sagte Barbie. »Haben Sie von dem Mann gehört, der da drüben am Fluß in Flammen aufgegangen ist? Sie bringen's schon die ganze Zeit im Radio.«

»Ach je!« Hooter gab ihr einen Quarter zurück und warf 75 Cents in den Münzeimer. »Ich hab hier kein Radio in mein' Häuschen, weil ich nie Zeit hab zuzuhören. Was is denn passiert, Süße?«

Autos begannen zu hupen und verwandelten die Interstate in einen endlosen Schwarm von Kanadagänsen.

»Die Polizei rückt nicht mit der Sprache raus. Aber es wird sicherlich morgen in der Zeitung stehen«, erwiderte Barbie. »Das Problem ist nur, dass ich keine Zeitung krieg, also werd ich nie erfahren, was passiert ist.«

»Dann komm einfach morgen wieder hier vorbei«, sagte Hooter wichtig. »Ich les immer die Zeitung, bevor ich zur Arbeit fahr. Ich erzähl dir dann alles. Wie heißt du, Süße?«

Sie tauschten ihre Namen aus, und Hooter reichte ihr einen Regenbogenaufkleber.

»Den klebst du dir auf dein' Minivan, und dann lächeln alle, wenn du vorbeifährst, und dann kriegense 'n bisschen Hoffnung«, versprach Hooter.

»Oh, vielen Dank!« Barbie war gerührt und erfreut. »Das mach ich gleich, wenn ich nach Hause komm.«

NEUNZEHN

Wie ein nebliger Heiligenschein hing der Zigarrenrauch über dem Kopf des Gouverneurs, als er die Spitze seines Glücksqueues mit Kreide bearbeitete und zu erkennen versuchte, welches die gestreiften Kugeln auf dem roten Filz waren. Den Tisch hatte Thomas Jefferson aus Frankreich mitgebracht, wenigstens hatte Maude das behauptet, nachdem sie ihn bei eBay entdeckt hatte. Alle paar Minuten kam einer der Trooper in das Billardzimmer, um den Gouverneur über den neuesten Stand der Dinge zu unterrichten. Die Neuigkeiten trugen nicht gerade zu seiner Aufheiterung bei.

Bei der Kontrolle der Fahrzeuge an den Mautstationen hatte man lediglich ein einziges Auto mit New Yorker Nummernschildern entdeckt, und der Fahrer, eindeutig hispanischer Herkunft, war geflohen. Man hatte ihn bis jetzt noch nicht gefasst, war aber sicher, dass der Mann – vermutlich der grässliche Serienkiller – die Stadt in nördlicher Richtung verlassen hatte. Zu weiterer Beunruhigung gab Trooper Truths letzter Artikel Anlass, in dem Major Trader beschuldigt wurde, ein ehrloser, hinterhältiger Pirat zu sein, der den Gouverneur zu vergiften versuche. Und als ob das alles nicht schon schlimm genug wäre, hatte sich Regina auf einem Chippendale-Stuhl niedergelassen und schlürfte Eiskrem zusammen mit selbst gebackenen Schoko-Nuss-Keksen. Sie schmatzte und schwatzte ohne Unterlass und lenkte den Gouverneur ab, der die Kugeln, auf die er es abgesehen hatte, durch sein Vergrößerungsglas betrachtete.

»Guter Stoß«, sagte Andy, als eine rot gestreifte Kugel vom Tisch sprang. Blitzschnell fing er sie auf und ließ sie unauffällig in eines der Ecklöcher gleiten.

»Sie lassen mich doch nicht gewinnen, oder?«, fragte der Gouverneur und kreidete sein Queue erneut ein.

»Alle lassen dich gewinnen«, sagte Regina zu ihrem Vater. »Außer mir. Ich weigere mich, dich gewinnen zu lassen.«

Regina war eine vorzügliche Billardspielerin, und während der Perioden, in denen ihr Vater nicht Gouverneur war und sie sich nach Belieben bewegen konnte, trieb sie sich häufig in den Bars der Gegend herum, wo sie für ihre Kunststöße und ihre Kaltschnäuzigkeit bekannt war. Der einzige Mensch, der sie jemals auf ehrliche Weise geschlagen hatte, war dieser bescheuerte und respektlose Trooper Macovich.

»Hier.« Andy bot Regina sein Queue an. »Heute Abend gewinne ich keinen Blumentopf. Übernehmen Sie mein Spiel. Wenn Sie mir die Frage gestatten«, wandte er sich an den Gouverneur, während Regina die Kugeln bereitlegte, »wie kommt es, dass Trader für Sie arbeitet?«

»Gute Frage«, antwortete der Gouverneur. »Es war in meiner ersten Legislaturperiode als Gouverneur. Soweit ich mich erinnern kann, war er ganz unten auf der Stufenleiter, aber ich habe ihn recht gut kennen gelernt, weil er immer in die Villa kam, um auszuhelfen, zum Beispiel bei der Beaufsichtigung der Häftlinge, was wahrhaftig kein angenehmer Job ist.«

Regina stieß an, und vier volle Kugeln zischten in vier verschiedene Löcher. »Scheiße«, klagte sie. »Heute ist nicht mein Tag.«

Pony hatte gerade den Raum betreten, um zu sehen, ob er jemandem Cognac nachschenken könne, als der Gouverneur seine Bemerkung über die Häftlinge machte. Es gab ihm jedesmal einen Stich, wenn die First Family andeutete, dass man einem Menschen, der einmal mit dem Gesetz in Konflikt geraten war, nie wieder trauen könne.

»Kann ich Ihnen noch eine Zigarre bringen?«, fragte Pony den Gouverneur in beleidigtem Tonfall, während Regina das Queue über den Rücken führte und eine Kugel gegen zwei andere stieß, sodass alle drei in unmöglichen Winkeln auseinander stoben und in drei verschiedene Löcher verschwanden.

»Ich muss sagen, ich bin schon sehr entsetzt darüber, dass er mich möglicherweise vergiften wollte«, fügte der Gouverneur gerade hinzu. »Ich glaube, wir sollten die Vorkoster wieder einführen. O ja, wie wär's, wenn wir den Schweinehund zum Vorkoster machen.«

»Wenn Sie ihn erwischen«, erwiderte Andy. »Ich nehme an, dass er untertauchen wird. Wahrscheinlich hat er sich schon verdrückt. Es ist zu schade, dass wir noch keine handfesten Beweise gegen ihn haben, sonst hätten wir ihn verhaften können, bevor er die Villa verließ.«

»Ich habe den Eindruck, als hätte Trooper Truth eine ganze Menge handfester Beweise«, bemerkte Crimm viel sagend. »Dieser hinterhältige Schreiberling, dieser Nestbeschmutzer scheint mir mit Trader unter einer Decke zu stecken. Ich frage Sie, woher könnte Trooper Truth sonst etwas über meine Vergiftung wissen, außer er hat was damit zu tun?«

Mit dieser Wendung hatte Andy nicht gerechnet und fing an, sich Sorgen zu machen. Wenn man Hammer vorlud und sie unter Eid befragte, ob ihr Trooper Truths Identität bekannt sei, dann würde sie ehrlich antworten müssen und er hätte einen Riesenärger am Hals.

Als könne der Gouverneur Andys Gedanken lesen, sagte er: »Ich muss mit Superintendent Hammer sprechen und herausfinden, was sie weiß.«

»Ich bin sicher, dass sie gerne mit Ihnen reden würde, Governor«, meinte Andy. »Aber sie hat Sie nie erreichen können. Sie haben nie von sich hören lassen.«

»Ich habe nie von mir hören lassen?« Der Gouverneur wandte Andy sein Riesenauge zu. »Ich habe ihr zahlreiche Notizen geschrieben, nicht nur wegen ihres armen kleinen Hundes, ich habe sie auch zu offiziellen Anlässen eingeladen!«

»Nichts davon hat sie erreicht, Sir.«

»Also hat dieser verdammte Trader auch da seine Hand im Spiel gehabt!« Er war fassungslos.

»Ich glaube, er hat Sie von Anfang an hintergangen«, stimmte Andy zu.

»Eine neue Zigarre ist keine schlechte Idee«, sagte der Gouverneur zu Pony, der noch immer geduldig im Türrahmen wartete.

Crimm drückte seine halb gerauchte Zigarre in Reginas Eiskremschale aus, die er für einen Aschenbecher hielt, und verlor die Geduld, weil seine unfaire Tochter eine Kugel nach der anderen versenkte.

»Deshalb mag ich nicht mit dir spielen«, sagte er zu ihr. »Ich komme nie zum Zug. Genauso gut könnte ich das Zimmer verlassen. Ich sag Ihnen, was ich tun werde, mein Sohn.« Crimm wandte sich an Andy. »Ich werde Sie mit einer verdeckten Ermittlung beauftragen. Ich möchte, dass Sie so schnell wie möglich herausfinden, wer Trooper Truth ist und ob er irgendwas mit Trader zu schaffen hat. Außerdem sorgen Sie dafür, dass der Zahnarzt befreit wird und dass diese Insulaner nicht noch andere schlimme Geschichten aushecken.«

»Warum betraust du nicht Andy und *mich* mit Sonderaufgaben? Ich helfe ihm, Verbrechen aufzuklären und die Straßen wieder sicherer zu machen«, sagte Regina, während die letzte Kugel einsam über den Filz rauschte, an ein paar Banden prallte und dann in der Versenkung verschwand. »Vielleicht kann er mir auch das Fliegen beibringen.«

»Vielleicht sollten Miss Regina und Mister Andy sich mal mit dem Angler beschäftigen, der in Flammen aufgegangen ist«, sagte Pony vom Türrahmen aus. »Ich habe gehört, dass die Ermittlungen nicht so gut laufen. Eine alte Frau ist über den Leichnam, ein Fahrrad und einen Angelkasten gefahren. Das erzählen sich jedenfalls die Trooper. Sie sagen, dass ein gemeiner Hispano auf freiem Fuß sei und dass er wahrscheinlich bald einen anderen armen Schwarzen auf die gleiche Weise umbringen wird.«

»Auf was für eine Weise?«, wollte der Gouverneur wissen.

»Spezielle Selbstentzündung.«

»Nun, ich denke, diese Diagnose sollten wir Doktor Sawamatsu überlassen.«

Crimm hatte diesen Rechtsmediziner erst kürzlich ernannt und größtes Vertrauen in Dr. Sawamatsus Urteilsvermögen, denn der war nach Virginia gekommen, um sich ausschließlich um Schusswunden zu kümmern. Eigentlich hatte er sein Wissen wieder mit nach Japan nehmen wollen, doch er fand den Verkehr dort entsetzlich und war es leid, mit Leuten, die er nicht kannte, in einem überfüllten Haus zu leben. Deshalb war er im Staat Virginia geblieben, als sein Praktikum abgelaufen war. Eines Tages hatte ihn der Gouverneur angerufen, der darauf bedacht war, Virginia für japanische Geschäftsleute und Touristen attraktiver zu machen.

»Dr. Sawamatsu«, hatte der Gouverneur gesagt, und dann folgte ein höchst denkwürdiges Gespräch, »darf ich Sie um Ihre ehrliche Meinung in einer Frage bitten, an der mir sehr gelegen ist? Wie Sie wissen, ist die Leitende Rechtsmedizinerin eine Frau, die ich nicht besonders mag. In ihrem Stab sind nur Amerikaner, und nun frage ich mich, ob es was bringen würde, wenn ich in Virginia einen japanischen Gerichtsmediziner ernennen würde?«

»Was bringen für wen?«

»Zunächst einmal für die japanischen Fortune-500-Unternehmen, die ständig aus Virginia abwandern oder es gar nicht erst als Standort wählen – und dann für die japanischen Touristen, die all die Schönheiten unseres Staates noch nicht entdeckt haben: das koloniale Williamsburg, Jamestown, unsere vielen Freizeitparks, Plantagen, Seebäder und so fort. Jedenfalls die, die Englisch sprechen, und das tun sie alle.«

Dr. Sawamatsus Gedanken überschlugen sich. Er hatte keinen sehnlicheren Wunsch, als Rechtsmediziner in Amerika zu werden, andererseits war ihm durchaus bewusst, dass seine Patienten nur begrenzten Einfluss im Tourismusgeschäft und in der Wirtschaft hatten, um es vorsichtig auszudrücken. Bei Licht besehen hatten sie gar keinen Einfluss auf irgendwas, weder bevor sie im Leichenschauhaus landeten noch hinterher.

»Wenn wir Fälle hätten, die viel Aufsehen erregen, würde es sicherlich was bringen«, lautete Dr. Sawamatsus Antwort schließlich. »Wegen der Publicity und der Botschaft, die mit dem Umstand verknüpft wäre, dass Ihr Rechtsmediziner Asiate ist. Ich glaube, in solch einem Fall würden meine Landsleute sich verpflichtet fühlen, in diesem Staat Unternehmen anzusiedeln und ihn für den japanischen Tourismus zu erschließen, vorausgesetzt natürlich, Sie böten steuerliche Anreize.«

»Steuerliche Anreize?«

»Ja, und zwar erhebliche.«

»Was für eine ungewöhnliche Idee«, sagte der Gouverneur. Sobald er aufgelegt hatte, teilte er seinem Kabinett mit, dass alle japanischen Unternehmen und Staatsbürger künftig von den Steuern des Staates Virginia befreit seien. Das Resultat war überwältigend. Innerhalb eines Jahres erlebte der Tourismus eine ungeahnte Blüte. Die Eisenbahn und Greyhound mussten die Zahl ihrer Angestellten verdoppeln, und überall schossen Fotogeschäfte aus dem Boden. Dr. Sawamatsu wurde zum stellvertretenden Leiter der Rechtsmedizin ernannt und erhielt ein persönliches Dankschreiben von Gouverneur Crimm, das der junge Arzt einrahmen ließ und in seinem Wohnzimmer aufhängte, direkt neben der Vitrine mit den Andenken, die er von seinen Patienten hatte: künstlichen Körperteile, Selbstmorddrohungen, Abschiedsbriefe, Wrackteile, in denen sie umgekommen waren, oder Waffen, die sie getötet hatten – lauter Dinge, die sie nicht mehr brauchten.

»Wir müssen die Leiche fortschaffen«, wies Dr. Sawamatsu die Polizisten an, während er im Dunkeln umherkroch und sich Latexhandschuhe anzog. »Und lassen Sie bitte niemanden mehr drüberfahren.«

»Wo ist die Chefin?«, fragte Detective Slipper, der keineswegs eine ebenso hohe Meinung von Dr. Sawamatsus Fähigkeiten hatte wie der Gouverneur. »Warum ist Dr. Scarpetta nicht hier? Sie kommt doch sonst immer selbst, wenn der Fall ein bisschen komplizierter liegt oder Aufsehen erregt.«

»Sie hat einen Gerichtstermin in Halifax und kommt erst spät zurück«, gab Dr. Sawamatsu gereizt zurück. »Jedenfalls muss dieser Tote sofort ins Leichenschauhaus.«

»Ich bezweifle, dass wir die Trage aus dem Fluss bekommen«, erklärte Detective Slipper widerwillig. »Wir müssen ein paar Taucher kommen lassen.«

»Keine Zeit. Wir wickeln ihn in ein paar Decken und tragen ihn in den Krankenwagen«, ordnete Dr. Sawamatsu an. »Ich schau ihn mir morgen früh an. Hier draußen kann ich nichts sehen.«

»Da bin ich ja froh, dass ich nicht die Einzige bin«, kommentierte Lamonia grimmig.

In Handschellen stand sie neben ihrem verbeulten Dodge Dart und hatte keine Ahnung, warum alle so böse auf sie waren. Trader hatte natürlich überhaupt keine Einwände gegen Lamonia. Er beobachtete die Szene durch seine zersplitterte Windschutzscheibe, nachdem er eine Stunde vergeblich auf der Brücke gestanden und mit einer starken Taschenlampe den Fluss nach den Krebsen und der Forelle abgesucht hatte. Trader war Lamonia überaus dankbar, dass sie den Tatort fast vollständig zerstört hatte. Er beobachtete, wie der Rechtsmediziner und die Sanitäter den toten Angler in Decken wickelten und zum Krankenwagen trugen, dessen Rückseite stark eingedellt war. Trader konnte es nicht fassen, dass sich sein Glück an einem Tag so grundlegend hatte wenden können.

Major Traders Karriere und sein ganzes Leben waren ein Scherbenhaufen – und waren es immer gewesen, wenn er ehrlich mit sich selbst war. Er betrachtete sich im Rückspiegel, und das Spiegelbild, das er erblickte, hätte genauso gut sein Großvater mütterlicherseits sein können, dessen Name ebenfalls Major gewesen war. Alle Männer in seiner Familie mütterlicherseits hießen Major, seit Anne Bonny mit einem Piraten geschlafen und einen Sohn geboren hatte, den sie Major nannte, weil das ein höherer Rang war als ein Captain und sie nie einen Piraten getroffen hatte, der ranghöher als ein Captain gewesen war.

Alle Major-Männer hatten Ähnlichkeit miteinander – robuste Burschen mit rötlichen Gesichtern und beträchtlicher Körperfülle, hellen, verschlagenen Augen und spärlichem Haar. Als Kind hatte Trader sich eine Weile als Feuerteufel betätigt, war aber nie gefasst worden. Bis heute wusste niemand auf Tangier Island, dass es der kleine Major gewesen war, der einen Schuppen auf Pfählen samt der darin befindlichen Krebszucht abgefackelt hatte. Tausende von Krebsen, die sich in der Häutungsphase befanden, kamen ums Leben, die Zucht eines ganzen Jahres ging verloren, die wirtschaftlichen Folgen waren katastrophal.

Erschwerend kam hinzu, dass sich das Feuer nicht eindämmen ließ, auf mehrere kleine Buchten übergriff und Hunderte von Flachbooten in Flammen setzte, bevor es schließlich in bedrohlicher Nähe zu Hilda Crocketts Chesapeake House, bekannt für seine langen Familientische, Krebsküchlein, gebackenen Muscheln, selbst gebackenen Brote, Schinken und vieles mehr, gelöscht werden konnte.

Außerdem pflegte Klein Major die Leuchtpistole der Familie aus den hüfthohen Watstiefeln zu stibitzen, in denen sein Vater auch den Schnaps versteckte. Durch Experimente mit Feuerzeugbenzin, Diesel und Bourbon fand Major eine Möglichkeit, Brände aus einiger Entfernung zu legen, indem er eine Milchkanne mit dem selbst gebrauten Brandbeschleuniger füllte und die Leuchtpistole auf die Kanne abfeuerte, wenn niemand in der Nähe war. Dadurch erzeugte er eine kleine Explosion, ähnlich derjenigen, die dem Angler zum Verhängnis wurde.

Auch Pony hatte in jungen Jahren ein gesetzloses Leben geführt, doch im Gegensatz zu Trader verspürte Pony Reue und gedachte seiner Vergangenheit mit einem überwältigenden Gefühl von Scham und Schuld. Pony und Andy, die keine Lust mehr hatten zuzuschauen, wie Regina Billard spielte und ihr Vater tatenlos daneben stand und die Asche seiner Zigarre überall dort abstreifte, wo er einen Aschenbecher vermutete, waren in den Garten hinausgegangen. Trotz der Kälte setzten sie sich auf eine Steinbank und begannen, sich zu unterhalten.

»Kann ich Ihnen irgendwas bringen, Mister Andy?«

»Nein. Es ist wirklich nett, dass Sie ständig fragen, aber vergessen Sie Ihren Job doch einfach eine Zeit lang und erzählen Sie mir ein bisschen von sich. Warum nennen Sie sich *Pony*?«

»Der Name stammt nicht von mir«, erwiderte Pony, und sein Atem stand wie eine Rauchfahne vor seinem Mund, was ihm zu Bewusstsein brachte, dass er Lust auf eine Zigarette hatte. »Stört es Sie?« Er zog eine Schachtel aus seiner weißen Jacke. »Mein Pa nannte mich Pony, weil meine Schwester – sie ist älter als ich – meinem Vater immer sagte, dass sie ein Pony wollte. Wir konnten uns keins leisten, daher nannte mein Vater mich Pony, als ich ein paar Jahre später geboren wurde, und sagte zu meiner Schwester: ›Da hast du dein Pony.‹«

Andy enthielt sich jeder Äußerung, während er sich darüber

klar zu werden versuchte, ob die Geschichte rührend oder einfach nur deprimierend war.

»Viel Glück hat mir der Name nich gebracht, ehrlich«, fuhr Pony fort. »Die andern Häftlinge ziehen mich damit auf, bis sie feststellen, dass es nicht gut für sie is, wenn sie mich unter der Dusche reiten wollen, falls Sie verstehn, was ich meine.« Als er den Kopf schüttelte und grinste, blitzten mehrere Goldkronen in der Dunkelheit auf. »Mann, was hab ich schon für Schlägereien gehabt, aber ich bin stärker, als ich aussehe. Als junger Mann hab ich sogar 'n paar Profikämpfe gemacht, außerdem bin ich ganz gut in Karate.«

»Wie viel müssen Sie noch absitzen?«, fragte Andy.

»Zwei Jahre, wenn der Gouverneur sie mir nicht erlässt. Das könnte er, tut es aber nicht. Wissen Sie, ich mach hier 'n guten Job, und die Crimms wollen niemand anders. Sie haben sich an mich gewöhnt. Und wenn ich hier Mist bau, dann schicken sie mich zurück in den Knast. Also steck ich hier in der Klemme.« Er streifte seine Asche ab. »Ich hätte eben die Schachtel Zigaretten nich klauen sollen.« Er schüttelte erneut seinen Kopf und seufzte.

»Sie sitzen wegen einer gestohlenen Schachtel Zigaretten im Gefängnis?«, fragte Andy fassungslos.

Pony nickte. »Hab gegen meine Bewährungsauflage verstoßen. Davor war es ein Liter Apricotbrandy im Supermarkt. Ich hab mir also mein Leben mit Sachen versaut, die sowieso nich gut für mich warn. Das liegt bei uns inner Familie.«

»Stehlen?«, fragte Andy.

»Selbstzerstörung. Und was is mit Ihn'?«

Es kam selten vor, dass Andy nach seinem Leben gefragt wurde, und er war immer sehr vorsichtig mit dem, was er preisgab.

»Erzählen Sie mal, Mister Andy«, forderte Pony ihn auf. »Wie ist's mit den Frauen? Haben Sie eine Freundin?«

Andy steckte seine Hände in die Taschen seiner Winteruniform und zog die Schultern hoch, denn es war ungewöhnlich kalt für die Jahreszeit. Die Hubschrauber wühlten die Nacht auf, die Wolken hatten sich verzogen, und die Mondsichel erschien Pony wie ein goldenes Lächeln.

»Im Augenblick nicht«, antwortete Andy. »Da war so eine Geschichte mit einer älteren Frau, die ich in Charlotte kannte. Aber das ist vorbei.«

»Is sie noch in Charlotte?«

»Ich weiß nicht. Ich hätte es gern gesehen, dass wir Freunde bleiben, aber sie wollte davon nichts wissen. Ich versteh die Frauen nicht«, gab Andy zu. »Immer sagen sie, dass Männer kein Talent zur Freundschaft haben, aber wenn ich ihnen dann meine Freundschaft anbiete, reagieren sie komisch.«

»Das is wahr.« Pony nickte bedächtig. »Du sagst es, Bruder. Frauen sagen nie, was sie wollen, und meinen nie, was sie sagen, und geben nie zu, dass sie etwas wollen – außer es ist etwas, was sie nicht wollen, oder sie wollen, dass du denkst, sie wollen es oder wollen es nicht. Sie spielen mit dir, verstehst du? Meine Alte is 'ne süße Frau, wenn sie nich gerade total kaputt is vom Waschen für die First Family oder sauer auf mich, weil ich in den Ferien zurück in den Knast muss. Aber wenn ich es mal von ihrer Warte betrachte, dann bin ich auch nich immer ganz ehrlich mit ihr.

Manchmal denk ich, ich sollte einfach mal zu ihr sagen: ›Ich liebe dich, Baby.‹ Oder: ›Du siehst wirklich toll aus, Baby.‹ Oder: ›Es macht mich ganz krank, Baby, dass ich meine besten Jahre hinter Gittern verbracht hab. Das is dir gegenüber nicht fair, und du hast keine Ahnung, wie weh mir das tut, wenn ich so weit weg bin von dir.‹ Ich glaub, Mister Andy, dass ich weder vor ihr noch vor mir selber zugeben will, dass ich mein Leben wahrscheinlich für immer verpfuscht hab, verstehen Sie?« Er nahm einen Zug von der Zigarette. »Ich glaub, es is zu spät. Ich komm nie wieder aus dem Knast, der Gouverneur wird's einfach vergessen oder sein Nachfolger oder der danach.

Und ich glaub, ich bin einfach nich mutig genug, um in der Villa irgendwas anzustellen. Dann würd ich vielleicht gefeuert werden und könnt den Staat Virginia wegen Diskriminierung verklagen, und dann würd ich einen Anwalt kriegen, und der würd meinen Fall übernehmen müssen, und der würd sich meine Gefängnisakten anschauen und entdecken, dass der Computer inner Strafvollzugsbehörde 'n Fehler gemacht hat, und dann wär ich ein freier Mann. Doch wie's aussieht, hab ich kein Geld für 'n Anwalt, und deshalb hab ich im Moment auch nix in der Hand. Im Augenblick isses so: Wenn ich das Falsche tät, dann würd vielleicht wieder alles ins Lot kommen.«

»Ich kann mir vorstellen, wie Sie sich fühlen«, sagte Andy. »Trotzdem müssen Sie das Richtige tun, Pony. Schauen Sie sich Trooper Truth an. Er hat das Richtige getan, indem er die Wahrheit über Major Trader veröffentlicht hat, aber nun vermutet der Gouverneur, dass Trooper Truth etwas Falsches getan hat.«

»Genau. Ich wünschte, ich würd Trooper Truth kennen«, sagte Pony mit einem Seufzer. »Hört sich an, als wäre er ein feiner Kerl, und es war höchste Zeit, dass jemand Trader auffliegen ließ. Ich wusste die ganze Zeit, dass er ein hinterlistiger Kerl is, der nix Gutes im Schilde führt. Ja, Sir, ich wünschte, ich würd Trooper Truth kennen. Vielleicht könnt er meinen Fall in der Strafvollzugsbehörde aufrollen.«

»Warum rufen Sie dort nicht selbst an und bitten darum, dass Ihr Fall überprüft wird?«, fragte Andy.

»Weil ich von der Villa aus keine Privatgespräche führen darf. Außerdem hör 'n die sowieso auf keinen Häftling. Jeder, der sitzt, sagt, es wär 'n Missverständnis. Warum soll's bei mir anders sein?«

Hinter einem alten Buchsbaum versteckt, hatte Regina jedes Wort gehört. Sie hatte das Interesse am Billardspielen verloren, wünschte jetzt aber, sie hätte daran gedacht, einen Mantel mitzunehmen, als sie sich dazu entschloss, in den Garten zu schleichen und zu lauschen. Das Spionieren gehörte zu ihren heimlichen Leidenschaften, und sie hatte gehofft, ein paar Informationen aufzuschnappen, die sich als nützlich erweisen könnten. Aber als sie nun hörte, wie nett Andy mit Pony sprach, wurde ihr ganz warm ums Herz, und sie vergaß ihre ursprüngliche Absicht. Auch sie war oft enttäuscht worden, als sie versuchte, Freunde zu gewinnen, und fühlte sich oft ungerecht behandelt.

Sie zitterte heftig, während ihr Atem in frostigen Wolken aufstieg. Sie hatte ein seltsames Empfinden in der Magengegend. Ihre Eingeweide schlingerten und füllten sich unheilverkündend mit Gasen, die aus fauligem Untergrund aufzusteigen schienen.

»An Ihrer Stelle«, sagte Andy zu Pony, »würde ich Trooper Truth eine E-Mail schicken. Vielleicht kann er ja feststellen, warum Sie immer noch im Gefängnis sind.«

»Glauben Sie, er würde das für mich tun?« Pony hatte bemerkt, dass der Buchsbaum zitterte und rauchte.

»Ein Versuch kann nichts schaden.«

»Aber ich hab kein' Zugang zu E-Mail.« Mit wachsender Beunruhigung beobachtete Pony den bebenden und rauchenden Buchsbaum. Als er an den Angler dachte, geriet er in Panik. »Ich glaub, der Buchsbaum da drüben explodiert gleich!«, rief er, und im gleichen Augenblick ertönte eine dumpfe Detonation hinter dem Gebüsch.

Andy sprang von der Steinbank auf und lief hinüber zu dem Busch, wo ihn ein übler Geruch empfing. Regina gab das Versteckspielen auf und richtete ihre voluminöse Gestalt auf.

»Was tun Sie da?«, wollte Andy wissen.

»Ich mache mich mit Ermittlungstechniken vertraut«, antwortete sie und hielt ihren ausladenden, zuckenden Bauch umklammert.

»Na, Sie sollten sich nich hinter Bäumen verstecken und so tun, als würden Sie explodieren, Miss Reginia«, sagte Pony schwach und unendlich erleichtert. »Grundgütiger, Sie haben mir einen schönen Schrecken eingejagt, ich dachte, dieser verrückte Hispano hätte eine Rohrbombe im Garten versteckt und wir würden alle verbrennen.«

»Es wird Zeit, dass ich gehe«, sagte Andy.

»Holen Sie mich gleich morgen früh ab, damit wir die gemeinsame Arbeit an dem Fall aufnehmen können«, sagte Regina. Auch wenn sie sich unwohl fühlte, hörte sie sich an, als kommandiere sie einen Luftangriff. »Ich erwarte Sie.«

»Das wird leider nicht gehen«, erwiderte Andy. »Ich muss morgen als Erstes ins Leichenschauhaus, um zu hören, was mir der Rechtsmediziner über den Mann mitzuteilen hat, der unten am Fluss umgebracht wurde. Das ist nichts für Sie. Es ist sehr unerfreulich.«

»Natürlich will ich das sehen«, widersprach ihm Regina mit völlig unangebrachter Begeisterung.

»Es ist wirklich sehr, sehr unerfreulich und eklig.« Andy versuchte, sie umzustimmen. »Haben Sie jemals ein totes Tier gerochen, an dem sich schon die Fliegen zu schaffen machen? Nun, was Sie dort erwartet, ist noch viel schlimmer. Der Gestank bleibt Ihnen in der Nase, und jedes Mal, wenn Sie ans Essen denken, dreht sich Ihnen der Magen um. Ganz zu schweigen von dem, was Sie im Leichenschauhaus sehen und hören.«

»Ich komme mit!« Regina akzeptierte kein Nein.

Äußerst missmutig durchquerte Andy die Innenstadt. Inzwischen wünschte er sich fast, er wäre am Vorabend nicht zum Steakhouse gefahren, um die Bekanntschaft des Gouverneurs zu machen. Unter normalen Umständen hätte er einen Riesenbogen um Regina gemacht, doch nun schien er ihr nicht mehr aus dem Weg gehen zu können. Ganz abgesehen davon, dass der Gouverneur ernsthaft glaubte, Trooper Truth sei der hinterhältige Komplize von Trader und dem Psychopathen, der Trooper Truths Initialen in eine Leiche ritzte und dann Beweismaterial auf Andys Veranda legte.

»Ich hab mich da in eine fürchterliche Situation manövriert«, erläuterte er Judy Hammer über das Autotelefon.

»Haben Sie eigentlich eine Ahnung, wie spät es ist, Andy?«, fragte Hammer, die fest geschlafen hatte, als das Telefon sie unsanft weckte. »Sie klingen ja völlig mutlos. Was ist passiert?«

Wieder war Andy in der Nähe von Church Hill, dem Viertel, in dem Hammer wohnte, daher schlug sie Andy vor, er solle vorbeikommen – genau in dem Augenblick, als Fonny Boy sich entschloss, in der Krankenstation vorbeizuschauen und nach Dr. Sherman Faux zu sehen, der blind in seinem Klappstuhl zitterte.

»Lieber Gott, ich bitte dich, lass ein Wunder geschehen. Kein großes. Nur ein winzig kleines Wunder«, betete Dr. Faux. »Vielleicht könnte ein Engel, der gerade nichts zu tun hat, herabsteigen und mich befreien. Ich verspreche, dass ich mich beeile und keine unnötige Zeit vergeude, denn ich weiß, dass es viele Menschen und Tiere gibt, die deine Hilfe dringender benötigen als ich. Aber ich kann niemandem helfen, solange ich hier auf dieser Insel gefesselt bin. Ich werde schon ganz steif in diesem Stuhl, und mir tut alles weh. Ein einziger kleiner Engel, das ist alles, was ich brauche. Nur ein oder zwei Stunden lang – nur so lange, bis ich wieder auf dem Festland bin.«

Fonny Boy lauschte aufmerksam, ohne dass der Arzt ihn bemerkte, denn der Junge war schon zur Welt gekommen mit dem Wissen, wie man plötzliche Bewegungen vermied, damit man die Fische und Krebse, die man fangen wollte, nicht erschreckte. Vor allem die Krebse waren sehr gerissen und konnten ausgezeichnet sehen. Hielt man den Drahtkorb nicht tadellos sauber, konnte der Krebs nicht richtig hindurchblicken und fragte sich skeptisch, warum ein Stück faulender Fisch in einem Durcheinander von Seegras steckte, dass die Form eines Kastens hatte. Fonny Boy hielt die Krebskörbe der Familie picobello sauber und konnte so reglos wie ein Schmetterling verharren.

Jedenfalls beschloss Fonny Boy, dem Zahnarzt vorzumachen, Gott habe tatsächlich seine Hand im Spiel und seine Gebete erhört, obwohl es sich in Wahrheit eher so verhielt, dass Fonny Boy auf des Doktors Angebot zurückkommen wollte, ihm auf dem Festland eine Anstellung zu verschaffen. Fonny Boy stand auf und verließ den Lagerraum vollkommen geräuschlos. Draußen machte er kehrt, trat erneut ein und schloss die Tür so laut hinter sich, dass der Zahnarzt es dieses Mal hören konnte.

»Wer ist da?«, fragte Dr. Faux hoffnungsvoll. »Bist du es, Fonny Boy?«

»Jo.«

»Ach, Gott sei Dank. Mir ist kalt, und ich muss nun wirklich nach Hause, Fonny Boy. Wie geht's deinem Zahn? Lässt das Lidocain nach?«

»Jo.«

»Und was ist mit der Watte, die du verschluckt hast? Irgendwelche Beschwerden deshalb?«

»Jo, gwiss!« Er sprach jetzt *zruck* und meinte, dass er bisher noch keine Probleme damit hatte. »I bring di z' Strond«, fügte er hinzu. »Kei Zit, d' Seestächr oder d' Schinwärfr von mei Vatter z' hole. Äs isch rächt windig da usse, und du hascht kei Mantel. Abär mer muosse us spute, bevor all d' Fischerboot ussefahret ond dä Körb einiholet!«

»Ich brauch keinen Mantel, und wir schaffen es bestimmt auch ohne Fernglas oder Scheinwerfer!«, rief der Zahnarzt mit neu erwachter Hoffnung.

Er hatte Tränen in den Augen, konnte Fonny Boy aber nicht sehen, denn er trug noch immer das faulig riechende Tuch um den Kopf. Da hatte er all die Jahre Geld dafür genommen, dass er an Fonny Boys Zähnen arbeitete oder zumindest so tat, als arbeite er an ihnen, und hatte nie bemerkt, dass der Junge ein Engel war.

»Gott schütze dich, mein Sohn«, flüsterte Dr. Faux, als sie leise aus der Krankenstation schlichen.

»Pssst«, warnte Fonny Boy ihn. »Bischt still!«

Die Straßen der Insel waren dunkel und verlassen. Nirgendwo brannte Licht; alle Einwohner schliefen tief und fest, während ihre Golfcarts mit Strom aufgeladen wurden. Doch bald war es drei Uhr morgens, und Fonny Boy wusste, dass die Fischer dann zu ihren Booten aufbrachen, daher war Eile geboten. Wenn sie Fonny Boy erwischten, wie er Dr. Faux half, gab es Riesenärger. Bestimmt würde seine Mutter mit ihm sofort in die Swain Memorial United Methodist Church laufen und ihn bei Reverend Crockett anschwärzen. Fonny Boy hatte schon früher Probleme mit dem Reverend gehabt und war es leid, aus der Bibel auswendig zu lernen, damit ihm seine Sünden vergeben würden.

Das Boot der Familie war nur wenige Blocks von der Kirche entfernt vertäut, und die Silhouette des Kirchturms schien Fonny Boy zu beobachten und zu verfolgen. Die Einwohner von Tangier waren gottesfürchtige Leute, und die Missachtung elterlicher Gebote würde bei niemandem auf Verständnis stoßen. Obwohl Fonny Boy in Dr. Faux' Augen ein Engel war, handelte er doch ganz offenkundig gegen den Willen seiner Eltern, indem er aus dem Haus schlich und den Zahnarzt befreite. Außerdem würde sein Vater, wenn er später die Körbe einholen wollte, kein Boot haben und fuchsteufelswild werden.

Als Fonny Boy und der Zahnarzt die wackligen Holzstufen hinabstiegen, die zum Boot führten, ging Fonny Boy seinen Sorgen laut nach. Plötzlich hatte er Bedenken und bekam Angst vor der letzten Stufe, die ihn in eine völlig neue und unbekannte Welt führen sollte. Der Zahnarzt versuchte, Fonny Boy zu beruhigen und erklärte ihm, er empfinde in diesem Augenblick dasselbe wie die Männer und Jungen im Dezember des Jahres 1606, als sie hintereinander die Blackwell-Treppe auf der Isle of Dogs hinabstiegen und sich an Bord der Schiffe begaben. Little Richard Mutton aus St. Bride in London sei erst vierzehn gewesen, also genauso alt wie Fonny Boy, und bestimmt habe er auch vor der letzten Stufe innegehalten.

»Isch sei Familie au dabi gwäs?«, flüsterte Fonny Boy.

»Little Richard war der einzige Mutton auf der Liste der Siedler, jedenfalls der einzige, der uns bekannt ist.«

»Wiso hätt är äs denn gtan?«, flüsterte Fonny Boy, während er sich vorstellte, wie Richard Mutton allein und zitternd im Dunkeln auf die drei winzigen Schiffe starrte, die sich tollkühn anschickten, den Atlantik zu überqueren und einer unbekannten und gefährlichen Welt entgegenzusegeln.

»Wegen des Goldes«, erwiderte Dr. Faux. »Wie die meisten Siedler, die unser Land als Erste betraten, war sich der kleine Mutton-Junge sicher, er würde hier Gold oder wenigstens Silber finden. Genau wie die Spanier auf den Westindischen Inseln. Und natürlich wurden ihnen große Flächen Farmland zugewiesen, sodass sie Landwirtschaft betreiben konnten.«

»Wohär weischt du däs all?«, fragte Fonny Boy beeindruckt.

»Einiges davon habe ich auf der Website von Trooper Truth gelesen, am Morgen bevor ihr mich gekidnappt habt. Außerdem habe ich mich schon immer für Virginias Geschichte interessiert.«

Nach und nach leuchteten in den kleinen Inselhäusern die Fenster auf, und Fonny Boy sprang hastig in das Boot seines Vaters, um sogleich in Träumen von Gold- und Silberschätzen zu versinken, während sie in pechschwarzer Finsternis durch die Bucht knatterten. Allerdings hätte er lieber überprüfen sollen, wie viel Benzin an Bord war, und einen Reservekanister für die anderthalbstündige Fahrt mitnehmen sollen. So aber begann der Motor acht Kilometer westlich von Tangier, mitten im Sperrgebiet R 6609, zu husten und zu spucken, um schließlich ganz den Geist aufzugeben.

»O nein«, sagte Dr. Faux und befürchtete, Gott hätte in Wahrheit seine Gebete doch nicht erhört, sondern ihm nur noch schlimmere Strafen für sein betrügerisches Dasein geschickt. »Was machen wir jetzt, Fonny Boy?«

Jeder Fischer bewahrt für solche Fälle eine Leuchtpistole in seinem Boot auf, doch diese Rettungsmöglichkeit stand Fonny Boy auf leider nicht offen, durfte er doch auf keinen Fall von seinen eigenen Leuten gefunden werden. Er mochte sich gar nicht ausmalen, welche Strafen ihn dafür erwarteten, dass er mit dem Zahnarzt geflohen war. Außerdem wusste er, dass sich rund um die Insel militärische Sperrgebiete befanden, und war sich nicht sicher, ob es eine gar so gute Idee wäre, einfach in die Luft zu schießen. Was, wenn das Militär zurückschoss?

»Glaubst du, die Strömung wird uns bis Reedville treiben?«, fragte Dr. Faux, während ihn die kalte Luft daran erinnerte, dass er für eine nächtliche Bootsfahrt höchst unzureichend bekleidet war.

»Nei«, antwortet Fonny Boy.

Er begann, in den verschiedenen Kisten und Kästen des Bootes herumzukramen, wo er Leinen, ein verrostetes Taschenmesser, mehrere Flaschen Wasser und Insektenspray entdeckte, das der Zahnarzt reichlich anwendete, obwohl es viel zu kalt für Insekten war. Das Fach unter dem Führersitz war durch ein Vorhängeschloss gesichert, und Fonny Boy versuchte verbissen, die Zahlenkombination herauszufinden. Alles, was sie brauchten, einschließlich der Leuchtpistole, musste sich in diesem Fach befinden, und obwohl er sich nicht sicher war, so hoffte er doch, sein Vater möge das Kofferradio dort gelassen haben, anstatt es mit nach Hause zu nehmen.

ZWANZIG

Cruz Morales ging der State Police aus dem Weg, indem er durch eine Reihe abseits gelegener Gassen fuhr und neben einem Müllcontainer hinter Freckles parkte, in der Nähe der Patterson Avenue. Dort saß er im Dunkeln, atmete heftig, lauschte und ließ seine Augen nervös umherwandern. Aus dem Inneren von Freckles drangen Fetzen von Country Music und Stimmengewirr an sein Ohr, und Cruz vermutete, dass es sich um eine kleine Bar handelte. Plötzlich überkam ihn der heftige Wunsch nach einem Bier. Seine Nerven lagen blank, und er war fürchterlich verängstigt. Angst war das Leitmotiv seines ganzen bisherigen Lebens.

Er war sich sicher, dass all die riesigen Hubschrauber mit ihren Suchscheinwerfern, die dicht über dem Erdboden schwebten, auf der Suche nach ihm waren. Er hatte keine Ahnung, was er getan haben könnte, um eine solche Suchaktion auszulösen, abgesehen natürlich von dem Paket im Kofferraum. Aber woher wusste die Polizei davon? Als diese weißen Typen ihn bei dem Autohändler ins Hinterzimmer geführt und ihm das Paket im Tausch gegen ein anderes Paket gegeben hatten, war sich Cruz zwar darüber im Klaren gewesen, dass er sich auf eine Sache einließ, mit der er sich Ärger einhandeln konnte, aber diese Typen hatten ihn sicherlich nicht verpfiffen. Was hätte das für einen Sinn? Die Übergabe hatte niemand beobachten können, und soweit er sich erinnerte, waren die Hubschrauber schon unterwegs gewesen, bevor er überhaupt den Parkplatz des Autohändlers verlassen hatte. Hatte die Polizei schon nach ihm gesucht, bevor er etwas angestellt hatte? Wie war das möglich?

Er stieg aus dem Wagen, öffnete den Kofferraum und nahm das Paket heraus, das praktisch gar nicht versteckt war, denn es befand sich weder ein Ersatzreifen in der Einbuchtung, noch lag ein Teppich über dem Ganzen, und der erste Ort, an dem ein Polizeibeamter suchen würde, war natürlich der Hohlraum unter der verdächtig aussehenden Klappe. Cruz war im Begriff, das Paket in den Müllcontainer zu befördern, als die Hintertür aufging und sich durch die helle Öffnung Licht und laute Stimmen in die schmutzige Durchfahrt ergossen.

Major Trader war betrunken, und der Alkohol förderte den Macho zutage, der beschloss, im Freien zu pinkeln, obwohl Freckles ganz annehmbare Toiletten hatte. Doch sich im Freien zu erleichtern brachte Trader zurück zu seinen Wurzeln, denn Piraten wie Fischer waren daran gewöhnt, sich auf primitive Verhältnisse einzustellen. Die Boote zum Beispiel hatten keine Abtritte, und als Trader geboren wurde, verfügte seine Familie nur über ein Plumpsklo im Hof, das er lediglich benutzte, wenn es um weiter reichende Verrichtungen als Pinkeln ging. Trader schwankte ein wenig, während er mit seinem Reißverschluss kämpfte, die Zähne des Verschlusses sich in dem Stoff seiner schlecht sitzenden Hosen verklemmten und ums Verrecken nicht nachgeben wollten.

»Älendä Mischt, verfluchtä!« Trader fluchte wie ein Pirat und zerrte wild am Verschluss. »Sull doch dä Tüfel mei Seel hole!«

Doch je stärker er zerrte, desto hartnäckiger verbiss sich der Verschluss. Jetzt saß Trader richtig in der Klemme, denn der Reißverschluss hatte sich auf halbem Weg verhakt, und je länger er kämpfte, desto unnachgiebiger beharrte die Blase auf ihrem Recht. Er presste die Hand zwischen die Beine und tanzte verzweifelt umher, während er schwankend und fluchend versuchte, die Zähne des Verschlusses auseinander zu reißen.

Cruz lauerte im tiefen Schatten hinter dem Container und beobachtete die Szene fasziniert und verständnislos. So etwas hatte er noch nie gesehen. Was zum Teufel war das für eine Sprache, die dem fetten Kerl aus dem Mund quoll, und warum sprang er von einem Fuß auf den anderen, während er sein Gemächt umklammert hielt? In dem unzureichenden Licht schien es, als zöge sich der andere an seinem Schritt empor, als versuchte er, die Schwerkraft zu überwinden und in die Luft zu steigen. Er keuchte und fluchte unverständlich vor sich hin, während er immer wilder hüpfte und sprang, wobei er sich um den Container herumbewegte und auf Cruz zukam.

Cruz setzte das Paket auf den Boden und schlich zur Vorderseite des Containers, während der wilde Mann zur Rückseite hopste. Daraufhin rannte Cruz los. Er sprang in sein Auto, ließ den Motor aufheulen und raste davon, während Trader noch immer herumsprang und der Druck auf seine Blase unerträglich wurde. Inzwischen hatte sich der Verschluss hoffnungslos verkeilt.

Trader zerrte weiter und jammerte qualvoll. Er hatte das Gefühl, jemand hätte eine Luftpumpe an seine Blase angeschlossen, um zu sehen, welchem Druck sie standhielt, bevor sie endgültig nachgeben würde und er sich beschämend erleichtern müsste. Piraten machen sich nicht in die Hose, noch nicht einmal als Kinder. Auf Sachen und Menschen zu pissen war in Ordnung, aber sich selbst einzunässen war eine Schande, sogar beim Entern eines Schiffes oder beim Abfackeln einer Krebszucht.

Außer Atem und erschöpft vom Herumhopsen, bemerkte Trader plötzlich das Paket auf dem Boden und ließ sich mit fest verkreuzten Beinen nieder.

»Verdammt, verdammt, verdammt«, murmelte er, als sich die Hintertür von Freckles öffnete und ihn in einen hellen Lichtstreifen hüllte, sodass er die Augen zusammenkneifen musste.

Nach ihrer Schicht in der Mautstation hatte Hooter Shook Freckles einen Besuch abgestattet, wo ein Mann und ein Drink auf sie warteten. Ganz fabelhaft hatte sie sich mit diesem großen Trooper, diesem Macovich, unterhalten, ihr war schon ganz schwindelig zumute gewesen, doch dann hatten sie sich leider gestritten.

»Ich glaub nich an die Ehe«, hatte Macovich zu ihr gesagt und sein viertes Bier hinuntergeschüttet. »Ich will kein' Haufen Kinder annen Hacken ham und kaum dass ich zur Tür rein bin die ganze Kohle abliefern. Ich spar auf 'ne Corvette.«

»Waaas?« Hooter war auch etwas angeheitert. Das Bier und ihre allgemeine Verfassung ergaben keine gute Mischung. »Du bis genau wie alle annern«, warf sie ihm vor und trommelte mit ihren erstaunlich langen Acryl-Fingernägeln auf die Formica-Tischplatte. »Jawohl. Ich arbeite mir'n Arsch ab und komm nach Haus, und du bis nur deine 'Vette am Polieren, während die Kinder dreckige Windeln und Hunger ham und sich die Lunge aus'm

Hals schreien. Dann willst du Sex und säufst Bier und fragst mich noch nich mal, wie mein Tag war!«

»He, Süße, da lässt du aber 'ne Menge aus. Wir ham noch nich mal Händchen gehalten und sind schon verheiratet und ham Gören? Warum trinken wir nich einfach unser Bier und sind locker, okay?«

Sie trommelte so laut und abgehackt mit ihren Nägeln, dass es sich wie ein Eishockeyspiel anhörte.

»Ich hab nie begriffen, warum ihr unbedingt acht Zentimeter lange Nägel haben müsst«, gestand er ihr. »Wie kann man damit 'ne Münze oder 'ne Briefmarke aufheben?«

»Ohne Handschuhe heb ich kein' Penny auf«, sagte sie ungehalten. »Du weißt, was ich von Dreck und unhygienischen Sachen halt.«

Das bereitete ihm einiges Kopfzerbrechen. Wenn sie sich schon beim Geld so anstellte, welche Aussichten bestanden dann auf Körperkontakte irgendwelcher Art? Wie er die Sache sah, trug sie einen biologischen Schutzanzug im Bett und brauchte einen Waffenschein für ihre Fingernägel. Verflucht, dachte er, wenn sie sich damit in sein Pferdchen krallte! Und wieso hatte sie ein Parfum, das *Poison*, Gift, hieß? Was fiel ihm ein, eine Frau von 'ner Mautstation aufzureißen? Das letzte Mal, als er eine Frau angebaggert hatte, die er nicht kannte, war es ähnlich gelaufen. Letitia Sweet arbeitete im Shell Quik Mart nicht weit vom Hauptquartier entfernt, und Macovich hatte an nichts Böses gedacht, als er eines Nachmittags reinging, um sich Kaffee und Popcorn zu holen. Letitia war gebaut wie ein alter Cadillac und hatte wahrscheinlich auch so viele Kilometer und Farbschichten auf dem Buckel, doch diese Billard-Schlampe, die Crimm-Tochter, hatte Macovich die Stimmung verhagelt.

»Alles klar?«, fragte er Letitia, als er vor der Kasse stand und eine Zwanzig-Dollar-Note aus der Tasche zog, um ihr zu imponieren.

»Was soll klar sein?« Sie grinste, während sie sich so über die Kassenschublade beugte, dass er ihre ausladenden Scheinwerfer gut im Blick hatte.

Das musste ihr der Neid lassen: Bei dieser Frau hatte man was in der Hand, egal, wo man zugriff, auch wenn ihr erstes Date zugleich das letzte war.

»Was fällt dir denn ein?«, schrie Letitia ihn im Auto an. »Willst du catchen, oder was? Glaubst du, ich hab keine Nerven unter all dem Fleisch? Wie würdst du es denn finden, wenn ich dich packen und quetschen tät, wie ich den Lappen auswring, wenn ich abends den Snack-Kasten putz?«

Genau das tat sie dann, und Macovich musste zugeben, dass es ihm überhaupt nicht gefiel. Was trieb ihn nur, dass er nach dieser traurigen Erfahrung nun bei Hooter landete? Sein gestörtes Verhältnis zu Frauen und all seine negativen Erfahrungen kamen ihm vor wie ein Gefängnis, und so verzichtete er auf jeden Protest, als Hooter erklärte, sie brauche frische Luft und wisse nicht, ob sie überhaupt noch mit ihm reden würde, wenn er das nächste Mal an ihrem Mauthäuschen auftauche. Typisch für sie, dass ihr Date an diesem gottverlassenen Ort endete und dass sie noch nicht mal eine Mitfahrgelegenheit nach Hause hatte, sagte sie sich, als sie voller Selbstmitleid auf das Gässchen hinaustrat und den fetten Weißen erblickte, der auf einem Paket neben dem Müllcontainer hockte. Einen Augenblick lang vergaß sie ihre eigenen Probleme.

»Oje, Süßer, du siehst aus, als tät's dir nich gut gehen«, sagte Hooter und trippelte auf unsicheren Absätzen zu ihm hinüber. »Was machst du denn hier draußen auf den kalten Steinen? Soll ich 'n Krankenwagen holn?«

»Mei Reißverschluss hätt sich verklammt«, sagte Trader, wobei er eine Hand zwischen die Beine presste und ohne Erfolg an dem Verschluss zerrte. »Mischt, verdammtär!«

»Das kenn ich.« Hooter zeigte Mitgefühl und trat vorsichtig näher, um sich zu vergewissern, dass sie es nicht mit einem Verrückten zu tun hatte. »Glaub mir, es is schlimmer, wenn's auf'm Rücken is.« Sie machte eine Handbewegung, als trüge sie ein imaginäres Abendkleid. »Das is mir mal passiert, als ich zu diesem Neujahrsball im Holiday Inn war, und ich kriegte den verdammten Reißverschluss von meinem Kleid nich zu und hatte Schiss, das schöne Kleid geht kaputt, wenn ich zu doll zieh.«

Sie fuhr fort, detailliert zu schildern, wie sie schließlich auf dem Flur ihres Motels warten musste, bis ein netter Araber vorbeikam und ihr half, den Reißverschluss zu öffnen, was nötig war, um ihn anschließend so zu schließen, dass er sich nicht wieder im Chiffon verhakte.

Doch der Araber habe nicht gewollt, dass sie den Reißverschluss wieder hochzog, sondern verlangt, sie solle das ganze Kleid ausziehen und alles, was sie darunter trug, da sei ihr nichts anderes übrig geblieben, als ihm eine kräftige Abreibung zu verpassen. Hooter steckte sich eine Zigarette an und verlor sich in ihren Erinnerungen, während Trader sich noch immer fest umklammert hielt und den Reißverschluss anflehte, ihn aus der unerträglichen Gefangenschaft zu befreien.

»Bittschön, loss mi ziehe, loss mi ziehe, i bitt di«, flehte er, den Tränen nahe, in einem Dialekt, den Hooter nicht kannte.

»Klar doch, Baby.« Sie beugte sich vor und reichte ihm eine Zigarette. »Du kannst ziehen, sooft du willst. Und ich knöpf dir kein' Penny dafür ab, weil ich sowieso kein' Penny anrühren tu. Außerdem isses 'ne Schweinerei, jemand Geld abzuknöpfen, der 'ne Zigarette schnorrt, finds du nich? Worauf hockst du da eigentlich, Baby?«

Plötzlich wurde Trader bewusst, dass er auf einem harten, unförmigen Paket saß. Er warf die ungerauchte Zigarette fort, tastete das Bündel mit der freien Hand ab und begann das Packpapier abzureißen.

»Pistolen«, erklärte er, und sofort kam ihm der Gedanke, dass er seinen verhakten Reißverschluss vielleicht aufschießen konnte, wenn er mit der gebotenen Vorsicht zu Werke ging.

»Ach du meine Fresse!«, rief Hooter. »Wieso sitzt du denn auf Kanonen? Das is ganz schön gefährlich, und wieso sind die alle in UPS-Papier gepackt?«

Trader schnappte sich eine Neun-Millimeter-Pistole, ließ das Magazin herausgleiten und stellte beglückt fest, dass sie geladen war. Allerdings kannte er sich nicht im Geringsten mit Waffen aus, von Leuchtpistolen abgesehen. Verzweifelt fummelte er an der Pistole herum, bis er schließlich darauf kam, dass sie schussbereit war. Er spreizte seine Beine so weit wie möglich und zog den Abzug vorsichtig durch.

»Verflixt ond zugschisse!«, schrie er, als die Kugel vom Messingverschluss abprallte und mit einem dumpfen Knall im Container landete.

»Bist du beknackt!«, schrie Hooter und wich ein paar Schritte zurück, wobei sie fast das Gleichgewicht verlor. »Wieso willst du dir dein Ding abschießen?«

Wieder zielte Trader auf den Reißverschluss und feuerte einen weiteren Schuss ab. In ohnmächtiger Wut musste er mit ansehen, dass die Kugel abermals abprallte, geradewegs in die Höhe schoss und die Straßenlaterne erledigte. Der Reißverschluss war unzerstörbar, er hatte sich ein für allemal verklemmt, während Trader einen Schuss nach dem anderen abfeuerte und die leeren Patronenhülsen durch die Luft segelten, bevor sie im Dreck landeten. Hooter rannte durch die dunkle Gasse davon, schrie nach der Polizei und winkte mit den Armen den großen Hubschraubern zu, die über ihrem Kopf kreisten.

»Hilfe! Hilfe!«, kreischte sie zu den Black Hawks hinauf. »Kommt runter und haltet diesen Verrückten auf. Er versucht sich sein Ding abzuschießen. Noch hat er nich getroffen. Aber irgendwann schafft er's! Hilfe! Hilfe!«

Andy parkte gerade vor Judy Hammers Haus, als die Nachricht über den Polizeifunk kam.

»Schießerei in Block 5000 Patterson Avenue. An alle Wagen in dem Bereich. Bericht über Schüsse in einer Gasse.«

Hammer trat auf die Veranda, um zu sehen, warum Andy nicht aus dem Auto stieg. Schließlich kam sie die Treppe herunter, um sich zu erkundigen.

»Wo bleiben Sie denn?«, fragte sie, als Andy das Fenster herunterließ.

»Eine Schießerei«, sagte er aufgeregt. »Bis jetzt hat sich noch kein Wagen gemeldet. Wahrscheinlich sind die alle mit anderen Sachen beschäftigt oder suchen nach dem Hispano.«

»Fahren Sie los«, sagte sie, ohne zu zögern, und stieg ein.

Mit Blaulicht und Sirene schossen sie davon, während die Zentrale der City Police weiter nach Wagen suchte, die sich der Sache in der Patterson Avenue annehmen konnten.

»Drei-dreißig hier«, gab Andy durch und nannte damit die Einsatznummer, die er einst bei der City Police in Richmond gehabt hatte.

»Drei-dreißig«, antwortete die Frau in der Zentrale leicht verwirrt, denn sie konnte sich gut an Andys freundliche Stimme erinnern, wusste aber, dass er nicht mehr bei der City Police war.

»Ich übernehme Patterson Avenue«, sagte Andy.

»Zehn-vier, Ex-drei-dreißig.«

»Weiß man, wo genau in dem Durchgang geschossen wurde?«, fragte er ins Funkgerät.

»Zehn-zehn, drei-dreißig«, was in der Sprache des Polizeifunks hieß: »Negativ, Officer Brazil oder wer auch immer da herumfährt und sich als Officer Brazil ausgibt.«

In der Zentrale drehte sich Betty Freakley um und blickte fragend in die Runde der Kollegen, die Notrufe beantworteten.

»Ich dachte, er hätte den Dienst bei uns quittiert und sei zur State Police gegangen. Wieso fährt er denn jetzt wieder in der Stadt Streife?«

Jeder in der Zentrale war beschäftigt. Es war eine ereignisreiche Nacht in Richmond. Ein betrunkener Weißer war im Garten umgefallen, als er seinen Hund herausließ. Eine schwarze Frau lag mitten auf der Straße in der Nähe des Eggleston-Supermarktes. Ein Baby hatte alle Perlen verschluckt, mit denen ein lilafarbener Beanie-Baby-Teddy gefüllt war. Es gab zahlreiche Autounfälle, und die meisten Beamten waren damit beschäftigt, nach einem hispanischen Verdächtigen in einem Pontiac Grand Prix mit New Yorker Kennzeichen zu fahnden. Doch der Bericht über einen Mann mit einer Tüte über dem Kopf, der versuchte, Popeye's Hähnchengrill auf der Chamberlayne Avenue auszurauben, erregte Hammers besondere Aufmerksamkeit.

»Ich frage mich, ob es derselbe Täter ist, der letztes Jahr versucht hat, die Mautstation auszurauben«, sagte sie. »Wie hieß er doch gleich? Er ist direkt in das Mauthäuschen gefahren, weil die

Löcher, die er in die Tüte geschnitten hatte, verrutscht waren und er nichts mehr sehen konnte.«

»Ist allgemein unter dem Namen *Stick* bekannt«, antwortete Andy, »hat ein ellenlanges Strafregister und zieht die Nummer mit der Tüte schon seit Jahren ab.«

»Man sollte doch meinen, dass er inzwischen gemerkt hat, wie auffällig und ineffektiv sie ist«, sagte Hammer, die nie müde wurde, sich über die Dummheit der meisten Straftäter zu wundern.

»Vor zwei Monaten hat er es bei Popeye's in der Broad Street versucht«, sagte Andy, während er auf der Cary Street bei Gelb über die Kreuzung raste. »Kam mit der Tüte auf dem Kopf rein, stolperte über die Absperrung für die Wartenden und suchte mit einer Portion Hähnchen-Nuggets das Weite. Dabei rannte er in die Glastür und brach sich die Nase. Wir haben seine DNA von dem Blut an der Tüte.«

»Benutzt er eine Waffe?«

»Das ist das Problem. Er ist nie bewaffnet. Er kommt einfach nur mit dieser Tüte auf dem Kopf herein und verlangt irgendwas. Wir können ihm nicht wirklich was anhängen, deswegen bleibt er auch nie lange im Gefängnis. Will man ihm glauben, geht er rein, bittet freundlich um irgendwelche Dinge und kriegt sie anstandslos von den Leuten. Also handelt es sich um kein Verbrechen, denn es gibt kein Gesetz im Staat Virginia, das den Bürgern verbietet, mit einer Tüte auf dem Kopf herumzuspazieren. Der Richter schmettert jede Anklage ab, die gegen Stick erhoben wird.«

»An alle Wagen in der Nähe«, ertönte eine Stimme aus der Zentrale. »Meldung über einen männlichen Weißen mit einer Tüte auf dem Kopf, der sich auf dem Parkplatz von Popeye's in der Chamberlayne Avenue befindet. Ein Krankenwagen ist unterwegs.«

»Vermutlich ist er wieder gestolpert«, sagte Andy.

Stick war nicht der Einzige, der in dieser Nacht stolperte. Als Barbie Fogg im Carport aus ihrem Minivan stieg, trat sie auf die Barbiepuppe eines ihrer Zwillinge. Wie immer lag sie dort, wo das Kind zuletzt mit ihr gespielt hatte.

»Ach je!«, rief Barbie, als sie sich vom Betonboden erhob und überprüfte, ob sie sich was getan hatte.

Barbie glaubte fest an Zeichen, die ihr das *Universum* schickte, und deutete diesen Zwischenfall, der einen weitaus schlimmeren Ausgang hätte nehmen können, als ein Zeichen dafür, dass sie einen falschen Schritt getan und etwas Wichtiges übersehen hatte. Aber natürlich!, dachte sie, als sie sich an das besondere Ereignis erinnerte, das sich zugetragen hatte, bevor sie im Altersheim anhielt, um dort ihre Runde zu machen und gebrechliche und vergessliche alte Frauen zu besuchen, die sie gar nicht kannte. Barbie glaubte, das *Universum* habe sie als Wunderheilerin auserwählt und nun endlich beschlossen, sie zu belohnen, und das sei der Grund gewesen, warum diese Mautkassiererin ihr das besondere Geschenk gemacht hatte.

Wenige Minuten später beobachteten ihre Nachbarinnen, die Schwestern Clot, wie Barbie einen Regenbogenaufkleber auf die Heckscheibe des Familien-Minivans der Foggs klebte. Uva Clot war entsetzt, als sie durch die Küchengardinen spähte.

»Komm und guck dir das an!«, rief Uva ihrer unverheirateten Schwester Ima zu, die im Wohnzimmer vor dem Fernseher saß und den Ton laut aufgedreht hatte. »Der Herr steh uns bei, sie is betrunken und hingefallen, und nun pappt sie das Ding auf ihr Auto, und ihre Kinder sind im Haus. Was soll bloß aus den Kindern wer'n, wenn alle Welt zuschaut, was ihre Mutter auf ihren Minivan klebt? Mir is sie schon immer komisch vorgekommen, hab ich nich immer gesagt, dass ich sie komisch find, Ima? Komm sofort her und schau dir das an!«

Ima kam mit ihrer Gehhilfe hereingeschlurft und blinzelte durch den Gardinenspalt. Beim Anblick von Barbie Fogg in ihrem hell erleuchteten Carport auf der anderen Straßenseite zuckte sie zusammen. Ima konnte nicht richtig erkennen, was Barbie dort tat, aber es sah aus, als gehe sie um ihren Minivan herum und würde dabei mit dem Fuß eine Puppe über den Betonboden stoßen. Dann schien sie etwas auf ihrer Heckscheibe glatt zu streichen und es zu bewundern, was immer es war. Ima erkannte lediglich ein paar leuchtende Farben.

»Was tut sie da?«, fragte sie ihre Schwester.

»Siehste nich, was sie auf die Scheibe geklebt hat? Das is einer von den Regenbogenaufklebern. Kannste dich nich an all die Regenbogenflaggen und -aufkleber erinnern, als wir noch im French Quarter gewohnt ham?«

Ima schnappte so heftig nach Luft, dass sie in ihrem Deltawagen nach vorn kippte und direkt in die Gardinen fiel. Halt suchend griff sie danach, doch die Gardinen rissen ab und fielen zu Boden. Barbie Fogg starrte auf die Clot-Schwestern, die sie durch das plötzlich durchsichtig gewordene Fenster ansahen, und winkte ihnen zu, während die beiden eilig außer Sicht schlurften.

»Lennie«, rief Barbie, als sie durch den Vorraum in die Küche trat, wo ihr Mann im Kühlschrank stöberte. »Du errätst nie, was heute Abend passiert ist.«

»Da hast du wahrscheinlich recht«, antwortete Lenny gereizt, während er eine Dose Budweiser öffnete. »Und ich versuch es gar nicht erst.«

»Das ist doch nur eine Redensart«, sagte sie wie immer.

»Wo warst du so lange? Ich habe dich schon vor Stunden erwartet.«

»Weißt du, der Verkehr und die armen Leute im Altersheim«, erwiderte sie. »Ach, Lennie, ich habe heute Abend eine neue Freundin gefunden, und jetzt klebt ein Regenbogen auf meinem Minivan!«

»Was hast du gemacht? Bist du durchs Gewitter gefahren und hast 'n Topf voll Gold gefunden?« Lennie schüttete das Bier hinunter und fuhr sich mit dem Handrücken über den Mund.

»Schlafen die Mädchen?«, fragte Barbie, schaute ebenfalls im Kühlschrank nach und beschloss, ihren Regenbogen mit Mike's Hard Lemonade zu feiern. »Wäre so ein Topf voll Gold nicht toll?«

»Ja, ja. Hör mal«, sagte Lennie, »einer meiner Kunden hat Eintrittskarten für das Rennen am Samstagabend, und du weißt ja, dass ich an dieser Maklerkonferenz in Charlotte teilnehmen muß. Willst du die Tickets haben, oder soll ich sie jemandem anders geben?«

»Ich könnte einen Babysitter suchen und eine Freundin mitnehmen«, erwiderte Barbie und verschwieg wohlweislich, dass sie um nichts auf der Welt eines der Rennen verpassen würde und überglücklich war, anstelle ihres Mannes hingehen zu können.

Barbie hatte eine heimliche Schwäche für den Rennfahrer Ricky Rudd, der eine makellose, samtweiche Haut und sehr süße blonde Haare hatte. Immer wenn sie Fotos von ihm sah mit dem großen Texaco-Stern auf seinem bunten Rennanzug oder im Fernsehen zuschaute, wie er im knallroten Monte Carlo mit der Nummer 28 seine Runden drehte, prickelte es am ganzen Körper, und sie setzte sich hin, um ihm einen weiteren Brief zu schreiben. Seit Jahren schrieb sie ihm. Sie hatte ihm schon lange wöchentliche Berichte geschickt, als er noch in North Carolina gelebt hatte, und nach seinem Umzug in seinen Heimatstaat Virginia hatte sie versucht, seine Telefonnummer herauszubekommen. Er hatte natürlich nie zurückgeschrieben, aber sie war der festen Überzeugung, dass er sich gemeldet hätte, wenn sie ihren richtigen Namen genannt und einen Absender angegeben hätte.

Neben Ricky himmelte Barbie auch Bo Mann an, der ihr letztes Jahr aufgefallen war, als er während des Chevy Monte Carlo 400 das Pace Car gefahren hatte. Nach zahlreichen Erkundigungen in den Boxen war es Barbie gelungen, ein Foto von sich und Bo machen zu lassen und ihm seine Adresse zu entlocken.

»Wenn ich dir das Foto mit einem frankierten Rückumschlag schicke, signierst du es dann?«, hatte sie Bo gefragt, als sie nach dem Rennen zusammen vor dem Pace Car posierten.

»Was, das Foto oder den Umschlag?«, hatte er zurückgefragt. Ach, Barbie flog auf Männer mit Humor!

»Ich habe gehört, heute Nacht ist am Fluss ein Mann in die Luft geflogen«, sagte Lennie gerade. »Da treibt sich also noch ein Irrer herum. Lass uns ins Bett gehen und bumsen.«

Der Mix aus Bier und Limonade war Barbie schon zu Kopf gestiegen.

»Tut mir Leid, Lennie«, seufzte sie. »Ich glaube nicht, dass ich heute Abend in Stimmung bin. Ich habe Regenbogen im Kopf. Mir ist danach zumute, einfach ein bisschen zu entspannen und mich darüber zu freuen.«

Es machte Lennie etwas aus. Frustriert leerte er eine weitere Bierdose und holte sich die nächste aus dem Kühlschrank. Während er sie öffnete, betrachtete er die schlanke Figur seiner Frau. Sie verbrachte so viel Zeit damit, sich in Form zu halten, aber dann wollte sie nicht, dass er ihr die Kleider auszog und nachsah, wofür der ganze Aufwand war. Das war doch völlig sinnlos. Warum gab sich eine Frau solche Mühe, gut auszusehen, wenn sie keinen Sex wollte?

»Ich glaube, ich schau noch mal nach den Mädchen, und dann geh ich ins Bett«, verkündete Barbie. »Du liebe Güte! Durch diese Hard Lemonade wird mir ganz heiß.«

»Na, wenigstens etwas, was dich heiß macht«, murmelte er, während er daran dachte, wie selten er sich über die Shopping-Ausflüge seiner Frau beklagte oder über all das Geld, das sie für Schönheitsoperationen und Injektionen und Gott weiß was bei ihren monatlichen Arztbesuchen ausgab. Außerdem war Lennie ein ausgesprochen aufmerksamer Ehemann, der ihr Blumen mitbrachte, auch wenn es keinen Anlass gab, und sich nie beschwerte, wenn er auf die Zwillinge Mandie und Missie, die jetzt fast fünf waren, aufpassen musste. Alles, was er wollte, war, dass seine Frau sich von ihm anfassen ließ und wenigstens so tat, als würde es ihr gefallen und nicht zuwider sein.

Lennie reichte ihr eine weitere Hard Lemonade und nahm sich noch ein Bier. Früher hatte der Alkohol bei ihr Wunder gewirkt, heute machte er sie nur noch müde und abweisend.

»So kann ich nicht weitermachen«, sagte er. »Ich reiß mir den Arsch auf mit dem Häuserverkauf und sitz die Hälfte der Zeit allein zu Hause und pass auf die Gören auf, während du deine Kranken besuchst oder deine Freundinnen die Straße rauf und runter. Und dann hast du keine Zeit für mich oder einfach genug von mir.«

»Eine Frau braucht ihre Freundinnen, das weißu.« Barbie hatte schon Schwierigkeiten mit der Artikulation. »Ich glaub nich, dass Männer was von unserm Bedürfnis nach Frauenfreundschaffen verstehen. Wie viel Eintrittskarten hast du gekriecht?«

»Na ja, vielleicht brauch ich auch eine Freundin«, sagte er jetzt etwas schärfer.

Barbie begann zu weinen. Sie konnte sein heftiges Temperament und seine Gemeinheit einfach nicht ertragen, und seine Wut machte sie hilflos. »Ich weiß nich«, schluchzte sie. »Es tut mir Leid, Lennie. Ich versuch wirklich, es dir recht zu machen, Liebster. Aber seit ich vierzig bin, is mir nich mehr danach zumute, du weiß schon, ich hab keine Lust mehr drauf. Es is nich deine Schuld. Ich bin sicher, dass es nich an dir liegt. Vielleicht sollt ich mir jemand suchen, mit dem ich drüber reden kann.«

»Ach du liebe Güte.« Lennie verdrehte die Augen. »Jetzt muß ich auch noch für 'ne Therapie bezahlen, oder wie seh ich das? Und was soll dabei rauskommen? Du bist doch selbst so eine Amateurpsychologin. Warum kannst du nicht mal mit dir selbst reden?«

Sie schluchzte noch heftiger, und er bekam ein schlechtes Gewissen. Rasch nahm er sie in den Arm und bat sie, nicht so unglücklich zu sein.

»Du musst wirklich mal mit jemandem reden, Süße, such dir nur jemanden«, sagte er liebevoll zu ihr. »Ich habe zwei Freikarten. Und vielleicht gibt mir dieser Vorstandsmensch von General Motors, der sich hier zur Ruhe gesetzt und das große Haus am Fluss gekauft hat, noch ein paar.«

Andy und Hammer bogen in die Durchfahrt hinter Freckles ein und bemerkten, dass alle Straßenlaternen aus waren. Trader, über und über mit Dreck verschmiert, saß auf einem Paket neben einem Container, aus dem säuerlich riechender Müll quoll. Er hatte keine Munition mehr und kämpfte noch immer mit seinem Reißverschluss. Der Harndrang hatte ihn mittlerweile an den Rand eines Nervenzusammenbruchs gebracht.

»Um Himmels willen«, sagte Hammer zu dem Regierungsbeamten, der ihr von allen am widerlichsten war. »Warum zum Teufel sitzen Sie hier draußen auf diesem Paket und schießen wild in der Gegend herum? Und warum ist Ihr Anzug so dreckig?«

»Mei Rissverschlüss will nöd uffgehe!« Trader war völlig außer sich.

Hammer beugte sich vor, um das Problem genauer zu untersuchen, während Andy eine Frau bemerkte, die sich in sicherem Abstand im Schatten versteckt hielt.

»Das liegt daran, dass sich Ihre Unterwäsche verhakt hat«, sagte Hammer. »Wie kommt es, dass der Verschluß so verbogen ist?«

»I hab versucht, än losz'scheiße!«

»Immer mit der Ruhe«, beschwichtigte Hammer. »Lassen Sie mich mal sehen, was man tun kann.«

Sie ergriff Traders Reißverschluss, peinlich bemüht, mit nichts anderem in Berührung zu kommen. Innerhalb weniger Sekunden hatte sie Traders Unterwäsche befreit, und der Verschluss ließ sich anstandslos öffnen. Trader stürzte hinter den Container und begann Wasser zu lassen wie ein Pferd.

»Lieber Gott«, sagte Andy angewidert.

Er inspizierte das Paket und schüttelte den Kopf, als er fünf automatische Pistolen und mehrere Packungen Munition zählte.

»Sieht so aus, als hätte er ein paar Nebengeschäfte laufen«, bemerkte Andy.

»Verdammt!«, fauchte Hammer verärgert. »Was für ein Schlamassel.«

»He!«, rief Andy der Frau zu, die sich immer noch im Schatten hielt und bis jetzt nicht mehr war als eine Silhouette mit Dreadlocks und hochhackigen Schuhen. »Kommen Sie raus da!«

Hooter schlingerte durch den Dreck und hatte Angst, in Schwierigkeiten zu stecken, wenn sie auch nicht wusste, weshalb.

»Ha, ich kenn euch zwei«, sagte Hooter überrascht. »Sie sind die Polizeichefin, obwohl Sie ja nu keine Chefin mehr sind, weil Sie ja die Troopers übernommen ham. Und Sie sind der nette Trooper, der versucht hat, mir zu helfen, als der Kerl mit der Tüte überm Kopf letztes Jahr mein Mauthäuschen ausnehmen wollte«, wandte sie sich an Andy.

»Was können Sie dazu sagen?« Andy deutete mit einer Kopfbewegung auf Trader, der sich noch immer erleichterte.

»Ich weiß nur, dass ich aus der Bar komm, und da hüpft der hier in der Gasse rum und hockt sich aufs Paket. Ach du liebe Güte, schau sich einer all die Kanonen an! Warum er hier draußen beim

Container auf all den Kanonen saß, weiß der Teufel. Ich hab ihm gesagt, dasses gefährlich is, aber er blieb sitzen und hat sich sein Ding gehalten. Mehr weiß ich nich, außer dass er auf einmal wild in der Gegend rumgeballert hat und ich erst nach Hilfe geschrien hab und mich dann in Sicherheit gebracht hab.«

»Was wollten Sie denn hier draußen im Durchgang?«, fragte Andy.

»Frische Luft schnappen.«

»Wenn Sie frische Luft schnappen wollten, müssen Sie vorher irgendwo gewesen sein, wo es keine frische Luft gab. Wo waren Sie, bevor Sie rauskamen?«, forschte Andy weiter.

»Hatte 'n kleinen Drink.« Sie deutete auf Freckles. »War mächtig verraucht da drin, vor allem weil der große Trooper gleich 'ne neue Kippe ansteckt, wenn er eine ausmacht.«

Andy dachte sofort an Macovich. Hammer ebenfalls.

»Schauen Sie nach, ob er noch drin ist«, sagte sie zu Andy.

Er lief um die Ecke zum Vordereingang der Bar und begegnete einer Anzahl stumpfer Blicke, als er durch die Tür trat. Macovich saß allein in einer Ecke, betrunken und eine Zigarette im Mund. Andy setzte sich ihm gegenüber an den Tisch.

»Wir haben gerade Major Trader in der Gasse aufgegriffen«, sagte er. »Hast du die Schüsse nicht gehört?«

»Dachte, 's wär 'n Auspuff«, lallte Macovich durch eine Rauchwolke. »Außerdem bin ich nich im Dienst«, fügte er düster hinzu. »Wusste aber, dass Trader in der Gegend is. Der hat 'ne ganze Weile anner Bar gehockt und Bier getrunken. Hab aber nich mit ihm geredet oder auf mich aufmerksam gemacht.«

»Hast du gesehen, ob er mit irgendjemandem gesprochen oder mit dem Handy telefoniert hat? Irgendwas, was darauf schließen lässt, dass er hier war, um sich mit jemandem zu treffen und vielleicht ein Paket Waffen zu kaufen?«

»Mann, was für'n Ärger«, sagte Macovich und ließ eine Bierflasche auf dem Tisch kreisen. »Ich hab den Kerl wirklich gefressen, aber leider kann ich nich sagen, dass ich irgendwas Verdächtiges gesehen hab.«

»Dann können wir ihm auch nicht nachweisen, dass er irgendwas mit den Waffen zu tun hat«, sagte Andy enttäuscht. »Jedenfalls noch nicht. Und es fällt leider auch nicht in unsere Zuständigkeit, ihn wegen der Schießerei zu belangen. Das muss die City Police tun, wenn sie's denn tut. Warst du mit Hooter hier?«

»Mann, hätt ich bloß die Finger von der gelassen. Sie kann kein Bier vertragen, und dann hat sie auch noch rumgezickt. Das hab ich nu davon, 'ne Maut-Schlampe anzubaggern.«

Macovich tat so, als wäre ihm Hooter gleichgültig. Sie war eindeutig unter seiner Würde – eine Frau, die als Mautkassiererin arbeitete. Wen kratzte es, dass sie sauer geworden und rausgelaufen war? Er konnte jede Frau haben und weiß Gott auf eine Mautkassiererin verzichten, ob leitend oder nicht.

»Ich fahr sie wohl besser nach Hause«, sagte Macovich. »Sie hat noch nich mal 'n Auto.«

»Ich glaube, ich sollte euch beiden ein Taxi rufen«, erwiderte Andy. »Aber sie wird vielleicht noch von der Polizei vernommen.«

Während Andy das sagte, wollte Hammer von Hooter wissen, woher die Polizei Bescheid wusste.

»Haben Sie die Polizei gerufen?«, fragte Hammer. »Irgendjemand muss es getan haben.«

»Ich hab zu den Helicops hochgerufen.« Hooter schaute zu den Black Hawks hinauf, die über ihren Köpfen dröhnten. »Ich nehm an, dass einer von denen dann Verstärkung geholt hat.«

»Niemand im Helikopter kann hören, wenn Sie hier unten rufen«, erklärte Hammer, während Trader damit fortfuhr, den Container unter Wasser zu setzen.

»Aber ich hab geschrien und gewunken. Das müssen die Helicops gewesen sein, die die Polizei gerufen ham. Ich hab niemand angerufen, und ich hab auch noch niemand so lang pinkeln gehört.« Sie starrte in die Richtung, aus der das Geräusch kam. »Das is vielleicht 'n komischer Typ. Den tät ich an Ihrer Stelle mal überprüfen. Vielleicht is er ja 'n Schwuler. Der wollt sich sein Ding abschießen, als würd er's hassen. Bestimmt hat er Aids und schmutziges Geld in der Tasche. Den tät ich nich ohne Handschuhe anfassen, wenn Sie mich fragen. Ich hab welche in meiner Tasche, die kann ich Ihnen borgen«, bot sie Hammer an. »Ich nehm an, den müssen Sie einlochen«, fügte sie hinzu, während Andy wieder auf der Rückseite von Freckles erschien.

»Trader war drin und hat was getrunken«, berichtete Andy Hammer. »Macovich hat ihn gesehen. Sie auch?«, fragte er Hooter.

»Ich hab ihn nich bemerkt, falls er da drin war«, antwortete Hooter. »Da hing so viel Rauch an unserm Tisch.«

»Ich rufe die City Police an und frage, was die jetzt vorhaben«, sagte Andy. »Aber ich glaube nicht, dass es im Augenblick unser Fall ist. Und Ihnen rufen wir ein Taxi«, fügte er an Hooter gewandt hinzu.

»Jetzt hör'n Sie ma zu«, sagte sie entrüstet. »Ich bin nich betrunken.«

»Das habe ich auch nicht behauptet. Aber Sie haben kein Auto.«

»Er hat ein Auto, und er is auch der Grund, warum ich hier bin.« Sie deutete mit dem Kinn auf Freckles und bezog sich damit offensichtlich auf Macovich.

»Er ist wohl kaum in der Lage zu fahren«, sagte Andy. »Er hat viel zu viel Bier intus und außerdem schlechte Laune. Ich glaube, er ist sehr gekränkt.«

»Ach«, sagte Hooter, und in ihren Augen leuchtete Interesse auf. »Dem sein Fell ist doch viel zu dick, um gekränkt zu sein.«

»Das ist nicht wahr«, erwiderte Andy. »Manchmal sind die größten und stärksten Männer am sensibelsten und mögen ihre Gefühle nur nicht zeigen. Vielleicht können Sie ihn ja in seinem Auto nach Hause fahren?«

»Und was mach ich dann?«, rief Sie aus. »Ich schlaf doch nich bei 'nem Kerl, der noch bei seiner Mama wohnt!«

Cruz Morales hätte alles dafür gegeben, bei seiner Mama zu sein, statt die halbe Nacht herumzufahren. Um drei Uhr morgens blickte er sich verstohlen um, während er die Tür einer Telefonzelle zuzog und die schmuddelige Serviette herauszog, die ihm die Dame von der Mautstation gegeben hatte. Sie hatte ihn so freundlich angesehen, und Cruz brauchte Hilfe. In seinem Pontiac mit den New Yorker Nummernschildern würde er nie aus der Stadt herauskommen – nicht bei dem Polizeiaufgebot und den Hubschraubern überall. Jetzt verstand er wenigstens, was der ganze Aufstand zu bedeuten hatte.

Als er sich mit quietschenden Reifen von der Bar entfernte, wo der wilde Mann um den Container herumhopste, hatte Cruz im Radio gehört, dass jemand unten am Fluss verbrannt sei und dass alle nach einem hispanischen Verdächtigen aus New York suchten, der möglicherweise ein Serienkiller sei und eine Reihe von rassistischen Verbrechen begangen habe. Man könne ihn bis zu einer Schießerei in Jamestown verfolgen, deren Ursachen aber noch nicht geklärt worden seien, weil, wie aus dem Büro des Gouverneurs verlaute, eine ranghohe Polizistin von ihren Aufgaben überfordert sei. Cruz hatte keine Ahnung, was das alles zu bedeuten hatte, aber er war eindeutig hispanischer Abstammung und wusste jetzt, warum er plötzlich verfolgt wurde, obwohl er von den Verbrechen vorher noch nie etwas gehört hatte. Also fuhr er auf den Hof einer Tankstelle, um einen dringenden Telefonanruf zu erledigen. Cruz starrte auf die Serviette und bemerkte zwei Telefonnummern – eine auf der einen Seite und die andere auf der anderen. Er hätte schwören können, dass die Mautkassiererin nur eine Nummer aufgeschrieben hatte, was hatte es also mit der anderen Nummer auf sich, und welche war die richtige? Cruz warf eine Münze in den Apparat und wählte die erste Nummer. Nach dreimaligem Läuten nahm jemand ab.

»Hallo?«, fragte eine männliche Stimme.

»Ich suchen nach Mautkassiererin«, sagte Cruz, der annahm, dass die Maut-Lady einen Freund hatte.

»Wer spricht da?«

»Kann nicht sagen, aber muss sprechen mit ihr. Sie sagt, ich anrufen«, sagte Cruz.

Andy saß an seinem Computer und arbeitete gerade an seinem nächsten Trooper-Truth-Artikel, und ihn beschlich das Gefühl, dass es sich bei der besagten Mautkassiererin um Hooter handelte. Aber warum vermutete der Anrufer sie bei ihm?

»Sie ist im Moment nicht da«, antwortete Andy, was zwar irreführend war, aber irgendwie auch der Wahrheit entsprach.

Hooter hatte Macovich nach Hause gefahren, und was danach passiert war, mochte sich jeder selbst ausmalen. Dann hatte Andy die City Police angerufen, deren Officer waren gekommen, hatten das Paket mit den Waffen eingepackt und entschieden, Trader aus Mangel an Beweisen laufen zu lassen, eine Entscheidung, bei der der Umstand, dass er ein wichtiger Regierungsbeamter war, wohl eine wesentliche Rolle gespielt hatte.

»Aber wenn wir diese Waffen bis zu Ihnen zurückverfolgen sollten«, hatte einer der Polizisten zu Trader gesagt, »dann haben Sie verdammt viel Ärger am Hals. Es kümmert mich einen Scheiß, für wen Sie arbeiten. Sie gehen jetzt am besten nach Hause, aber versuchen Sie auf keinen Fall, die Stadt verlassen.«

»Auf keinen Fall«, hatte Trader gelogen. Völlig überraschend hatte sein Gehirn die Arbeit wieder aufgenommen, sodass er normal sprechen konnte. »Sie können mich morgen wie üblich bei der Arbeit im Büro des Gouverneurs erreichen.«

»Na, vielleicht sollten Sie erst den Gouverneur fragen«, hatte Andy zu Trader gesagt. »Er ist nicht besonders gut auf Sie zu sprechen.«

»Unsinn«, hatte Trader erwidert. »Wir haben immer auf gutem Fuß miteinander gestanden. Ich möchte sogar behaupten, dass ich sein bester Freund bin.«

»Damit dürfte es vorbei sein, wenn Reginas Laborwerte gegen Sie sprechen, Trader«, hatte Andy entgegnet. »Ich habe in den Nachrichten gehört, dass man sie heute Abend mit schweren Verdauungsstörungen in die Notaufnahme gebracht hat. Sie wissen so gut wie ich, dass die von den Keksen stammen, die Sie vor Zeugen in der Küche der Villa abgegeben haben. Nach den Aussagen der Zeugen haben Sie gesagt, die Kekse seien ausschließlich für den Gouverneur bestimmt, aber Regina hat sich in einem unbeobachteten Moment welche davon genommen.«

»Niemand ist bisher von den Keksen meiner Frau krank geworden«, hatte Trader noch behauptet.

»Wann sie zurück?«, fragte die unbekannte Person mit dem starken spanischen Akzent am anderen Ende der Leitung.

»Ich bin nicht sicher, aber kann ich Ihnen vielleicht helfen?«

Andy versuchte den verdächtig zaudernden Anrufer zum Reden zu bringen.

»Ich Sorgen haben, Sie wissen? Die sagen, Hispano Mann am Fluss umgebracht und ich niemand umgebracht und die Polizei, die mich suchen.« Cruz platzte damit heraus, während er sich in der Telefonzelle zusammenkauerte, weil er einen schwarzen Land Cruiser bemerkt hatte, der gerade an der Tanksäule hielt.

»Warum glauben Sie, dass die Polizei nach Ihnen sucht?«, fragte der Mann am Telefon.

»Die mich an Maut angehalten und ohne Grund verfolgt. Ich muss verstecken und Angst um mein Leben haben! Maut-Lady mir Nummer geben und sagt, sie mir helfen.«

Andy fragte sich, warum um alles in der Welt Hooter wohl einem mutmaßlichen Verbrecher ihre Telefonnummer gegeben haben könnte. Dann erinnerte er sich an den Fall mit dem Tüten-Mann, an dem er letztes Jahr gearbeitet hatte.

»Vielleicht sollten wir uns treffen und darüber reden«, schlug er vor, während er abwesend eine Maustaste drückte und ein Wort in dem Artikel verbesserte, den er gleich im Internet veröffentlichen wollte. »Es hat keinen Sinn, vor der Polizei davonzulaufen, selbst wenn Sie unschuldig sind, denn Sie geraten dadurch nur in noch größere Schwierigkeiten. Warum verabreden wir uns nicht an einem sicheren Ort und reden über die Sache? Ich habe ein paar Verbindungen und könnte Ihnen vielleicht helfen.«

Das klang sehr verlockend, und vielleicht wäre Cruz auch so schlau gewesen, sich mit dem Unbekannten zu treffen, mit dem er gerade telefonierte, doch unglücklicherweise ereignete sich in diesem Moment direkt vor seinen Augen etwas Unvorhergesehenes. Durch das große Fenster der Tankstelle sah er, wie eine weiße Frau in den Verkaufsraum trat und die Angestellte anscheinend um Hilfe bat. Dann torkelte ein Weißer mit Dreadlocks hinein, offenbar vollkommen stoned, zog eine Pistole aus dem Mantel und richtete sie auf die Angestellte, die nicht hinter der Theke stand und daher zu weit entfernt war, um den Alarmknopf zu drücken, der heute hinter jeder Verkaufstheke angebracht ist. Cruz konnte nicht hören, was der Weiße sagte, aber der sah sehr böse und brutal aus, während er der verängstigten Angestellten in ihrer karierten, orangefarbenen Arbeitsschürze Schimpfworte an den Kopf warf. Sie begann zu weinen und zu betteln, während der Weiße die Kasse ausräumte. Starr vor Entsetzen beobachtete Cruz, wie die Frau mit dem langen schwarzen Haar dem weißen Typen seelenruhig die Pistole aus der Hand nahm, sie der Angestellten an die Schläfe setzte und mehrfach abdrückte. Die Detonationen der Schüsse erschütterten die Telefonzelle, und Cruz begann zu keuchen.

»Was war das?«, fragte Andy, erschrocken von dem Geräusch, das sich wie Pistolenschüsse anhörte.

»*Madre mia*! Der weiße Kerl mit Dreadlocks! Haben Frau erschossen!«, schrie der Hispano in die Leitung und hängte auf.

Smoke?, fragte sich Andy, denn die Beschreibung deckte sich auffällig mit der letzten, die Pinn, der Gefängniswärter, von Smoke geliefert hatte. Über Notruf informierte Andy die City Police, während Cruz in seinen Wagen sprang und davonraste.

Wenige Augenblicke später stellte Cruz entsetzt fest, dass der schwarze Land Cruiser direkt hinter ihm war. Doch Cruz hatte das Autofahren in New York City gelernt und gab Gas, jagte durch mehrere Hintergassen, bog in eine Seitenstraße, dann in noch eine, überquerte einen Mittelstreifen, schlängelte sich vorsichtig an anderen Autos vorbei, bis er schließlich in der Three Chopt Road auf einem Parkplatz landete, der offensichtlich zu einer riesigen Villa mit Tennisplätzen gehörte.

Eine kurze Geschichte des Reißverschlusses

von Trooper Truth

Für alle Leser, die sich mit diesem Thema noch nicht näher befasst haben, sei gesagt, dass ein Reißverschluss, auch Zip-Verschluss genannt, eine einfache Vorrichtung ist, welche die Ränder einer Öffnung verbindet, etwa die eines Hosenschlitzes, am Rückenteil eines Kleides oder auch am oberen Ende einer Gefriertüte, obwohl letztere vielmehr durch ein *Zip Lock*-System verschlossen wird, dessen Prinzip eher einem Gaumen als Zähnen gleicht. Die Art von Reißverschluss, mit der ich mich hier befasse, wird von zwei Stoffstreifen eingefasst, deren jeder eine Reihe Metall- oder Plastikzähne aufweist. Sie nehmen das Aussehen von Eisenbahngleisen an, wenn man sie durch Heraufziehen des Verschlusses miteinander verbindet. Diese Eisenbahngleise trennen sich wieder, zieht man den Verschluss herunter – es sei denn, der Verschluss verklemmt sich oder schaltet auf stur, wie es diesem hinterhältigen, verlogenen Major Trader letzte Nacht passiert ist.

Der erste Reißverschluss überhaupt wurde 1893 von Whitcomb L. Judson auf der Weltausstellung in Chicago vorgestellt. Mr. Judson bezeichnete sein etwas plumpes Gebilde aus Haken und Ösen als *Clasp Locker*, als Klammerverschluss. Einige Jahre später wurde die Erfindung von Gideon Sundback verbessert, einem schwedischen Einwanderer und Elektroingenieur, der die Haken und Ösen durch Federringe ersetzte und 1913 *Hookless No. 2* fertigte. Allerdings wurde der Begriff Reißverschluss erst 1923 durch die Firma BF Goodrich eingeführt, die Überschuhe mit Reißverschlüssen herstellte.

Würden wir bei der Ausgrabung einer kolonialen Grabstätte in Jamestown auf einen Reißverschluss stoßen, so könnten wir mit einiger Sicherheit daraus schließen, dass die menschlichen

Überreste aus der Zeit nach 1913 stammen. Bleiben wir einen Moment bei diesem Szenario und nehmen wir an, ich hätte bei der Freilegung eines Grabes tatsächlich einen Reißverschluss in der Beckengegend eines Skeletts gefunden. Diese Entdeckung hätte ich natürlich sofort einem der dort tätigen Archäologen gezeigt, vorzugsweise Dr. Bill Kelso, dem Chefarchäologen, einem Experten für Artefakte, auch Knöpfe, aus der Kolonialzeit.

»Dr. Kelso«, würde ich vermutlich sagen, »sehen Sie hier, ein grüner Fleck im Dreck, der exakt die Form eines Reißverschlusses aufweist. Ich schließe daraus, dass das Grün von einem Messingverschluss stammt, der im Laufe der Zeit oxidiert ist.«

Der angesehene Archäologe würde mir wahrscheinlich zustimmen und darauf hinweisen, dass auch die Nadeln aus Messing oder Kupfer an einem Leichentuch oxidieren und zerfallen, aber Rückstände in Form von grünen Flecken hinterlassen, die sich leicht von der Form eines Reißverschlusses unterscheiden ließen. Weiter würde er mir erklären, dass mittelalterliche Nadeln oft aus Eisen hergestellt wurden und einen Kopf aus Zinn hatten, der durch Glas oder einen Halbedelstein verziert wurde. Doch die meisten Nadeln, die an dieser Ausgrabungsstätte gefunden wurden, bestanden aus Messingdraht und wiesen einen für die Kolonialzeit typischen Kopf auf: ein weiteres Stück Draht, das drei- bis fünfmal um ein Ende gewickelt und dann durch einen Hammerschlag abgeflacht wurde. Diese Art der Nadelherstellung war bis 1824 üblich, dann ließ sich Lemuel W. Wright eine Nadel mit massivem Kopf patentieren, die er in einem Stück ausstanzte.

Würden wir eine Nadel von mindestens zwölf Zentimeter Länge finden, könnten wir davon ausgehen, dass es eine Haarnadel ist und dass die Person im Grab eine Frau war. Fänden wir eine Sicherheitsnadel, dann ließe sich das Grab auf die Zeit nach 1857 datieren. Entdeckten wir eine Nadel, wie man sie für ein Leichentuch benutzte, so wüssten wir, dass die Person im Grab vor dem Begräbnis in ein solches Tuch gehüllt wurde. Fänden wir eine Umhangschnalle aus Messingdraht, könnte das Grab aus dem 17. Jahrhundert stammen. Nähnadeln, so würde Dr. Kelso anmerken, finden sich so gut wie nie, da sie längst verrostet sind – ausgenommen sie sind aus Knochen gefertigt, und dann kann man mit Sicherheit davon ausgehen, dass es sich um die sterblichen Reste eines Teppichknüpfers handelt.

»Wie sieht es mit Fingerhüten aus?«, könnte ich Dr. Kelso fragen, während ich den Reißverschlussrückstand in meinem Grab vorsichtig von Erde befreite.

»Das ist ganz unterschiedlich«, würde er darauf antworten. »Das hängt von ihrer Verwendung ab.«

Fingerhüte aus dem 16. und dem frühen 17. Jahrhundert waren in der Regel flach und schwer und trugen nur selten Verzierungen. Fände ich einen größeren Fingerhut, wäre das Grab vermutlich aus der Mitte des 17. Jahrhunderts, und hätte der Fingerhut ein Loch, dann wäre er höchstwahrscheinlich durch Handel bei einem Prärieindianer gelandet, der ihn an einen Riemen gebunden und dazu benutzt hätte, seine Kleidung oder einen Beutel zu verzieren. Die frühen *Native Americans* hatten einen ausgeprägten Schönheitssinn und schmückten sich gern mit Perlen, Kupferstücken, Haushaltsgeräten und den Köpfen oder anderen Körperteilen von Puppen.

Die meisten Puppenteile, die in den Besitz der *Native Americans* gelangten, wurden aus Pfeifenton in einfachen Gussformen hergestellt. Heiß begehrt bei den Jungen der Kolonisten waren Spielzeuggewehre und Kanonen, die aus Zinn oder Kupfer gegossen waren und deren Läufe komplett ausgebohrt waren, sodass die Jungen sich einbilden konnten, sie seien in der Lage, James Fort zu zertrümmern, wenn sie wollten. Wenn ein *Native American* so ein Spielzeug in die Hände bekam und es an einem Riemen trug, so konnte es passieren, dass er sich aus Versehen in den Fuß oder in noch unentbehrlichere Körperteile schoss.

Leider konnte ich während meiner Zeit bei den Archäologen von Jamestown weder Spielzeuge und Spielzeugteile noch Münzen oder gar einen Knopf entdecken, wohl aber eine Reihe von Musketenkugeln, eine Pfeilspitze und die Überreste des Skeletts einer Frau. Letztere schien chronische Pfeifenraucherin gewesen zu sein und hatte sich die Haare seit mindestens vier bis sieben Jahren nicht mehr geschnitten.

Um der wahrheitsliebende Chronist zu bleiben, der ich bisher war, möchte ich hiermit ausdrücklich erklären, dass ich während meiner Ausgrabungen in Jamestown keinen Reißverschluss entdeckt habe, doch wenn es mir gelungen wäre, so hätte ich ihn augenblicklich erkannt und ihm eine Fülle von Informationen entnehmen können.

Doch kommen wir auf Major Trader zurück: Der ist noch immer auf freiem Fuß und ohne Reue. Zuletzt wurde er gesehen, als er hinter Freckles eine Pistole abfeuerte. Mit großer Wahrscheinlichkeit hält er sich noch immer in der Stadt auf und treibt dort auch weiterhin sein böses Spiel. Wenn Sie auf das kleine Gefängnis-Icon oben rechts auf Ihrem Bildschirm klicken, finden Sie dort eine Fotografie neueren Datums, die ihn zusammen mit Gouverneur Crimm zeigt – das ist der Herr auf der linken Seite, der ein Vergrößerungsglas in der Hand hält. Der Gouverneur ist ein ehrenwerter und gesetzestreuer Mann, deshalb möchte ich die Gelegenheit ergreifen, um ihm Folgendes zu sagen:

Ich weiß, dass es ein sehr heikles Thema ist, Sir, aber Sie sollten unbedingt etwas gegen Ihre Sehschwäche unternehmen. Aus diesem Grund möchte ich Ihnen einen Blindenhund oder ein Blindenpferd vorschlagen. Letzteres wäre vielleicht ratsamer, denn man wartet nicht so lange auf ein ausgebildetes Minipferd und kann überdies mit einer längeren Lebensdauer als bei einem Hund rechnen. Außerdem besitzen Sie bereits einen Hund, und der würde vielleicht keinen zweiten im Haus dulden. Ich habe mir erlaubt, einige Erkundigungen über Blindenpferde einzuziehen, dabei habe ich eines gefunden, das Sie sofort haben könnten. Es ist stubenrein und läuft in Turnschuhen, sodass es auf glatten Flächen nicht ausrutscht. Sie können es ohne Probleme im Auto oder Lieferwagen transportieren, es verträgt sich gut mit anderen Haustieren und Kindern. Sein Name ist Trip, weil es so gerne reist. Ich habe mir erlaubt, den Züchtern eine E-Mail zu schicken und sie zu bitten, den kleinen Trip für Sie zu reservieren und sich mit Ihrem Büro in Verbindung zu setzen. Das wollen sie unverzüglich tun.

Noch etwas, Sir, jemand sollte in der Strafvollzugsbehörde die

Akte Ihres Butlers überprüfen. Man hat mich darauf aufmerksam gemacht, dass dort möglicherweise ein Computerfehler vorliegt. In diesem Falle hätte Ihr Butler schon lange aus dem Strafvollzug entlassen werden müssen. Nichts hindert Sie daran, ihn weiterhin zu beschäftigen, wenn er wieder auf freiem Fuß ist. An Ihrer Stelle würde ich ferner veranlassen, dass Moses Custer unter Polizeischutz gestellt wird, damit seine Angreifer keine Gelegenheit haben, einen lästigen Zeugen endgültig auszuschalten. Es ist gut möglich, dass diese Straftäter heute Morgen einen neuen Überfall verübt und dabei die Mitarbeiterin einer Tankstelle ermordet haben. Unter Umständen geht auch der brutale Mord an Trish Trash auf ihr Konto.

Gouverneur Crimm, zeigen Sie endlich, wie sehr Ihnen das Schicksal der Bürger von Virginia am Herzen liegt und dass Sie kein wichtigeres Anliegen kennen, als das Wohl dieses Staates zu befördern.

Passen Sie gut auf sich auf!

EINUNDZWANZIG

Mehrere Male las sich Possum den letzten Artikel von Trooper Truth durch und war sich am Ende sicher, dass der anonyme Internet-Kreuzritter die Wahrheit kannte. Dieser Mann vermutete, dass hinter den erwähnten Straftaten Smoke und seine Straßenpiraten steckten.

»Warum sollte er's auch nich rauskriegen?«, flüsterte Possum Popeye ins Ohr, die schnarchend auf dem Bett lag. »Jeder weiß, dass Smoke aus'm Gefängnis ausgebrochen is und nix Gutes im Schilde führt, weil er nix Besseres im Kopp hat. Oje, Popeye, was is bloß, wenn die Polizei unsern Camper findet und uns einkassiert? Oder wenn Smoke anfängt rumzuballern und wir alle hops gehen?«

Augenblicklich war Popeye hellwach.

»Das is nich fair!«, fuhr Possum fort und wurde zunehmend wütender. »Wieso mussten sie auch losziehen und die Frau von der Tankstelle kaltmachen? Nu ham sie 'ne Beschreibung von Smoke in den Nachrichten gebracht, weil jemand die Schießerei gesehen hat!«

Possum holte tief Luft und drehte sich wiederholt zur Tür um.

»Nu wird's Zeit, was zu tun«, flüsterte er Popeye zu. »Und ich tu's jetzt und hoff, Smoke kommt mir nich dahinter!«

Possum tippte eine E-Mail.

Liber Trooper Truth,

dieser Trader, von dem sie geschriben ham, ist ein Pirat im Web, wo sich selbst Captin Bonny nennt. Ich weis das, weil sie neulich davon geschriben ham, wie Trader mit dieser Piratin verwandt ist die jetzt woll schon tot sein muss.

Ich glaub sie können Captin Bonny fangen wenn sie ihn

eine Email schreiben und eine Falle stehlen. Sagen sie einfach das sie ihn einen wasserdichten Koffer hinstellen mit allem was ihn zusteht und wenn er auftaucht schnappen sie ihn!

Schreiben sie ihn unter falschen Namen, der so is wie meiner damit er denkt die Email iss von mir.

P.S. Da is ein Ding geplant das mit Popeye zu tun hat! Dieser Trader is der wo ihren Raub geplant hat!

Possum klickte auf *Senden* und blickte erleichtert auf die geschlossene Tür. Zum Glück war weder Smoke noch einer der anderen Straßenpiraten hereingekommen. Smoke hätte ihn sicherlich umgebracht, wenn er ihn dabei erwischt hätte, wie er eine E-Mail an Trooper Truth schickte und einen ihrer Informanten verpfiff. Smoke hätte Possum getreten und geschlagen und ihn sterbend liegen lassen, genauso wie er es mit Moses Custer getan hatte, dem, während Possum diese Gedanken durch den Kopf gingen, in seinem Krankenhauszimmer das Telefon gereicht wurde.

»Es ist der Gouverneur«, sagte Schwester Carless mit ihrem trompetenden Organ, während sie mit dem Ärmel ihrer Schwesterntracht ein Glas auf dem Tablett umstieß und Moses von oben bis unten mit Orangensaft bekleckerte.

»Ganz sicher?« Moses glaubte ihr nicht und nahm sich vor, bei der nächsten Ungeschicklichkeit der Schwester nach dem Klingelknopf zu greifen, ihn fest zu drücken und nicht mehr loszulassen. »Ich mein, was is, wenn's einer von diesen Piraten is, die mich finden wolln?«

Schwester Carless nahm den Telefonhörer wieder an sich, allerdings nicht ohne Moses damit am Kinn zu treffen. »Tut mir Leid, er ist nicht da«, sagte sie in den Hörer, während sie den Orangensaft aufwischte und Moses ihren Ellenbogen in den Adamsapfel rammte.

»Nein!« Moses entriss ihr das Telefon. »Was, wenn's doch der Gouv'nör is? Da tu ich doch nich einfach auflegen! Wer is da am Telefon?«, fragte er in den Hörer. »Bevor wir hier jedes Zimmer nach Moses absuchen, angenommen, dass er noch im Krankenhaus is oder am Leben, wolln wir genau wissen, wer ihn sprechen will.«

»Hier spricht Gouverneur Crimm.«

»Welcher Gouv'nör Crimm?«, fragte Moses, der immer noch nicht überzeugt war.

»Gouverneur Bedford Crimm IV. Es gibt auch keinen anderen Gouverneur Crimm, denn jedes Mal, wenn es einen gibt, dann bin ich das. Ich bin jetzt schon dreimal Gouverneur von Virginia gewesen. Oder waren es viermal?«

»Wir sind immer noch am Suchen nach diesem Moses«, sagte Moses und mochte der Stimme noch immer nicht ganz trauen, obwohl er sie aus dem Fernsehen kannte. »Aber wo Sie schon mal an der Strippe sind, möchte ich doch ein paar Sachen von Ihnen wissen: den Namen von Ihrer Mutter, Frau, Kinder, Haustiere, Alter und Schuhgröße!«

»Das werde ich ganz bestimmt nicht tun, und ich werde Ihnen auch keine anderen persönlichen Daten mitteilen«, antwortete der Gouverneur zutiefst beleidigt.

»Is ja gut, is ja gut. Warten Sie mal kurz.«

Moses legte seine Hand über den Hörer, und sein Herz begann, heftig zu schlagen. Es war tatsächlich der Gouverneur, denn kein Gouverneur würde so persönliche Fragen beantworten, doch ein Pirat, der versuchte, Moses weiszumachen, er sei der Gouverneur, hätte sich sicher ein paar Antworten einfallen lassen.

»Hallo?«, sagte Moses in etwas höherer Stimmlage. »Moses Custer hier.«

»Ja, ja«, sagte Crimm mit einem Anflug von Ungeduld in der Stimme und blickte aus dem Fenster seines Büros im oberen Stockwerk der Villa auf die runde Auffahrt und den Kontrollposten. »Es geht ja recht chaotisch zu in Ihrem Krankenhaus. Der Mann in der Telefonzentrale ist sehr unfreundlich.«

»Ich kann Ihnen sagen, es is 'ne Katastrophe hier«, antwortete die sonderbar quäkende Stimme am anderen Ende der Leitung. »Au!«, sagte er zu jemandem. »Sie sind hinter mein' Katheter gehakt! Ziehen Sie den bloß nich noch mal raus! Es tut höllisch weh, wennse ihn wieder reinstecken!«

Es folgte ein gedämpfter Streit. Soweit der Gouverneur es mitbekam, hatte sich nun Moses in dem Katheter verfangen, wollte aber nicht, dass die Schwester ihn entfernte und ihm eine Bettpfanne unterschob.

»Ich will keine Pfanne!«, protestierte Moses. »Ich kenn Sie doch. Was in der Pfanne is, krich ich hinterher ab oder das Bett! Lassen Sie mein' Katheter drin und nehmen Sie das Tablett raus, bevor Sie noch was andres über mich kippen oder mich mit der Gabel stechen! Okay, Gouv'nör. Tut mir wirklich sehr Leid. Aber die Schwester hat sie nich alle. Die is krank, Parkerson oder Muskelkrätze oder so was. Jedesmal, wenn sie inne Nähe kommt, krich ich was ab, genauso schlimm wie als die Piraten mich erwischt und meinen Truck mit den Kürbissen geklaut ham.«

»Gut, dass Sie mir das sagen. In dieses Krankenhaus werde ich sicherlich nie gehen«, sagte der Gouverneur, während er mit dem Vergrößerungsglas Trooper Truths letzten Artikel überflog.

»O nein, Sir. Sie sollten hier noch nich mal vorbeifahren und ganz bestimmt nich reingehn. Und dann wünsch ich wirklich mit ganzem Herzen, Gouv'nör, dass Sie nie ins Krankenhaus müssen. Ich bete täglich, dass Sie Gesundheit und Segen ham.«

»Was?« Der Gouverneur, war gerade bei den Ratschlägen angelangt, die Trooper Truth an ihn persönlich gerichtet hatte. »Was für ein Regen?«

»Ich weiß nich genau«, sagte Moses verunsichert. Crimm nahm an, der arme Mann stehe noch unter schweren Beruhigungsmitteln.

»Hören Sie.« Crimm kam zum Grund seines Anrufs. »Man hat mich von diesem schrecklichen Anschlag auf Sie unterrichtet, und ich wollte mich persönlich davon überzeugen, wie es Ihnen geht. Sie sollen wissen, dass ich großes Interesse an Ihrem Zustand habe und dass für Ihre Sicherheit auch gesorgt sein wird, wenn Sie das Krankenhaus verlassen.«

»Das wolln Sie für mich tun?« Moses' Stimme wurde noch etwas lauter, als im Hintergrund ein Tablett auf den Boden fiel.

»Natürlich will ich! Sie sind ein Bürger Virginias, und ich habe einen Eid geschworen, dass ich mich um jeden Bürger in diesem unserem Commonwealth kümmern werde, der so gar nicht *com-*

mon, sondern ganz außergewöhnlich und großartig ist. Wann also werden Sie entlassen?«

Der Gouverneur beobachtete, wie der gut erzogene Trooper Brazil durch das Eingangstor fuhr und seinen zivilen Caprice vor der Villa parkte. Crimm wusste nicht mehr genau, ob er den jungen Mann an diesem Morgen bestellt hatte, meinte sich aber vage zu erinnern, es habe etwas mit Regina zu tun, und das war eine große Erleichterung für ihn. Regina brauchte etwas, was sie beschäftigte, und der Gouverneur brauchte jemanden, um Moses Custer zu beschützen.

»Ich glaube, ich kann gehen, bevor der Tach rum is, wenn die Schwester hier mir nich den Hals bricht oder die falsche Medizin gibt«, sagte Moses. »Ich bin echt platt, dass ich mit den Gouv'nör selbst sprechen kann! Eben werd ich noch verprügelt, und all meine Kürbisse sind wech, und dann is der Gouv'nör persönlich an Telefon und sacht, ich werd beschützt. Und der Gouv'nör persönlich sacht, es tut ihm Leid, was passiert is, obwohl's nich seine Schuld is, und dass ich kein' Ärger krich, weil doch all meine Kürbisse den Fluß verstopft ham.«

»Natürlich bekommen Sie keinen Ärger«, sagte der Gouverneur, während er beobachtete, wie Andy aus dem Auto stieg und Regina in Safarikleidung die Vordertreppe herunterkam.

»Übrigens«, sagte der Gouverneur, der das Gespräch möglichst schnell beenden und Punkte bei der Presse sammeln wollte, »am Samstag werden Sie von mir im Hubschrauber abgeholt und beim Rennen der Winston Series in meiner Zuschauerloge sitzen. Und ein State Trooper namens Andy Brazil wird Sie vom Krankenhaus abholen und sicher nach Hause bringen.«

»Lieber Gott im Himmel!« Moses war überrascht und überglücklich. »Ich war noch nie beim echten NASCAR-Rennen, nich einmal in meinem Leben. Haben Sie eine Ahnung, wie schwer es is, Karten zu bekommen oder einen Parkplatz zu finden? Ich muss in Wunderland aufgewacht sein!«

Auf dem Weg in sein Büro dachte Crimm über Miniaturpferde nach und wie es wohl sein würde, ständig von ihnen geführt zu werden. Er gelangte zu dem Schluss, dass er sich wohl damit abfinden müsse. Sein Augenlicht wurde von Tag zu Tag schwächer. Heute Morgen hatte er sich beispielsweise mit beiden Händen am Geländer festhalten müssen, als er die Wendeltreppe hinabstieg. Dann hatte er sich wieder in den Windsorstuhl im Empfangsraum für Damen gesetzt und zwei Spiegeleier mit einem Streifen Frühstücksspeck verlangt. Als niemand antwortete, war er aufgestanden und durch die Eingangshalle ins Herrenzimmer gegangen und hatte es erneut versucht. Schließlich war er im Fahrstuhl gelandet, wo Pony ihn kurze Zeit später gefunden hatte, als er frische Bettwäsche in den zweiten Stock bringen wollte.

»Wo bin ich?«, hatte der Gouverneur verwirrt gefragt, während Pony ihn ins Frühstückszimmer der Familie führte.

»Setzen Sie sich, Gouverneur«, hatte Pony gesagt, einen Stuhl herbeigezogen und dem Gouverneur eine Serviette in den Schoß gelegt. »Haben Sie gut geschlafen, Sir?«

»Ich nicht«, hatte Regina geantwortet und noch mehr Butter auf ihren Berg Haferbrei gehäuft. »Ich habe immer wieder denselben Alptraum.«

Da niemand am Tisch auch nur ein Fünkchen Interesse an ihrem Traum zu haben schien, hatte sie beschlossen, ihn Andy zu erzählen, sobald sie in sein Auto stieg.

»Es ist genau wie beim letzten Mal«, begann sie. »Ich weiß nicht, was es mit den Reifen auf sich hat. Warum, glauben Sie, träume ich immerzu von Reifen? Immer wieder derselbe Traum: All diese Reifen, die ohne Autos auf der Autobahn entlangrollen, ganz allein.«

»Wo sind Sie, während Sie das sehen?«, fragte Andy, schnallte sich an und bedeutete ihr, dasselbe zu tun.

»Ich bin in meinem Bett, obwohl Sie das wohl kaum etwas angeht.«

»In ihrem Traum, meine ich«, formulierte Andy um.

»Ich springe ihnen aus dem Weg. Was glauben Sie denn?«, gab sie zurück.

»Dann sind Sie also zu Fuß unterwegs.«

»Natürlich bin ich zu Fuß! Keiner von uns darf ein Auto fahren, solange Papa Gouverneur ist. Wir werden überallhin chauffiert, und ich habe es so satt.«

»Ich glaube, es ist ganz offensichtlich, warum Sie von Reifen träumen«, sagte Andy. »Sie haben das Gefühl, auf der Stelle zu treten. Sie sind ein Auto ohne Reifen oder ein Reifen ohne Auto, wie auch immer, auf jeden Fall sind sie auf der Autobahn des Lebens liegen geblieben. Hilflos und frustriert fühlen Sie sich, bedroht und vom Leben ausgeschlossen.«

Der Gouverneur und die First Lady beobachteten Regina und Andy durchs Fenster.

»Sieht aus, als würden sie sich streiten«, bemerkte die First Lady.

»Wir können keinen weiteren Hund haben«, beschloss der Gouverneur.

»Wer hat irgendwas von einem weiteren Hund gesagt, Liebster?«

»Ich kann mir keinen Blindenhund anschaffen«, erklärte der Gouverneur. »Trooper Truth hat Recht. Es wäre Frisky gegenüber nicht fair, wenn wir noch einen Hund in die Villa holen. Vielleicht eine Katze, aber ich glaube, es gibt keine Blindenkatzen, und außerdem hasse ich Katzen.«

»Ich bin sicher, dass sich Katzen nicht in dieser Weise dressieren lassen, Liebster«, erwiderte Mrs. Crimm. »Ich glaube, die würden auf Möbel springen oder unter sie kriechen oder einfach herumliegen, und es wäre doch höchst lästig, wenn die Katze all das täte, während du an sie angebunden bist.«

»Man bindet die Menschen nicht an die Tiere«, sagte Faith, die in die Unterhaltung platzte und eifersüchtig beobachtete, wie ihre schreckliche jüngere Schwester mit dem gut aussehenden Trooper verschwand. »Die haben ein Geschirr mit einem Griff, an dem man sich festhalten kann. Und ich habe gerade bei Trooper Truth gelesen, dass es auch Blindenpferde gibt, und er will dir sofort eins besorgen. Ich glaube nicht, dass Frisky etwas gegen ein Pferd hätte, Papa.«

»Wir können doch auf keinen Fall ein Pferd in der Villa halten«, protestierte Mrs. Crimm.

»Ich will aber eins«, entschied der Gouverneur. »Noch heute.«

»Ich weiß nicht recht, was ich davon halten soll, dass Regina in ein Leichenschauhaus fährt«, sorgte sich Mrs. Crimm, als Andy und Regina aus ihrem Blickfeld verschwanden.

»Vielleicht tut es ihr ganz gut«, überlegte der Gouverneur. »Vielleicht begreift sie dann endlich, wie gut es ihr geht, und hört auf, ständig rumzumeckern.«

»Genau«, sagte Faith. »Sie sollte froh sein, dass sie am Leben ist.«

Der Gouverneur wandte sich um und rannte in ein lebensgroßes Porträt von Lady Astor.

»Verzeihung«, murmelte er.

Barbie Fogg lief an diesem Morgen ebenfalls gegen alle möglichen Hindernisse. Sie hatte einen schweren Kopf von der *Hard Lemonade*. Erst hatte sie sich an einer scharfen Kante ihres Bettes gestoßen, dann war sie mit dem Musikantenknochen gegen den Toaster geknallt, und vor wenigen Sekunden wäre sie fast in den Wagen vor ihr hineingefahren, weil sich ihre Aufmerksamkeit etwas zu gleichmäßig auf die gesamte Autobahn verteilte. Normalerweise schenkte ihr kaum jemand Beachtung, wenn sie ihren Minivan zum Baptist Campus Ministry, dem baptistischen Beratungszentrum auf dem Campus, fuhr, wo sie als Laienberaterin arbeitete. Aber heute Morgen starrten die anderen Autofahrer sie an, was sie in ihrem etwas benommenen Zustand doch erheblich ablenkte.

Sie war immer eine attraktive Frau gewesen, die sich geschmackvoll zu kleiden wusste und ihre Haut gewissenhaft pflegte. Die Haut habe Gott den Frauen zum Geschenk gemacht, pflegte sie den Studentinnen zu sagen, die sich Rat suchend an sie wandten. Kleider und Accessoires nützten gar nichts, wenn die Haut einer Frau zu wünschen übrig lasse. Jede Frau solle regelmäßig den Hautarzt aufsuchen, keinesfalls an Gesichtsreinigern und Pflegecremes sparen und mit der Sonne vorsichtig umgehen.

Nun war es sicher richtig, dass ihre Haut heute morgen besonders gut aussah, weil sie gestern nach dem übermäßigen Alkoholgenuss noch eine Glykolmaske aufgelegt hatte. Aber warum starrten sie alle diese Autofahrer so auffällig an? Einige von ihnen hupten sogar, und vor ein paar Minuten war ein Mann mit einem Ohrring in seinem Porsche vorbeigebraust und hatte enthusiastisch den Daumen nach oben gereckt. Langsam fuhr sie an Hooters Mauthäuschen heran und stellte erfreut fest, das der Regenbogensticker gut sichtbar am Fenster klebte.

»Na, du scheinst ja rund um die Uhr zu arbeiten«, begrüßte sie Hooter, die an diesem Morgen nicht ganz auf der Höhe zu sein schien. »Jetzt haben wir beide einen Regenbogen. Ist das nicht stark?«

»Mir is gestern Abend was passiert, du glaubst es nich«, sagte Hooter, während sich hinter dem Minivan eine Schlange bildete.

In aller Ausführlichkeit erzählte sie Barbie von dem durchgeknallten Typen in der Durchfahrt, der neben dem Container auf einem Berg Waffen gehockt und versucht hatte, sich sein Ding abzuschießen.

»Und dann war da noch der große Trooper, mit dem ich gestern Abend ein Date hatte, kennst du den …? Quatsch«, Hooter unterbrach sich selbst. »Wie kannst du den kennen? Jedenfalls hab ich ihn nach Hause zu seiner Mama gefahren, und er wollte ein bisschen Liebe, aber ich wollt nich, denn seine Mama war ja nebenan, wahrscheinlich mit'm Glas an der Wand, damit sie hörn konnte, was wir da machen.

Ich sag also zu ihm: ›Wieso lebst du immer noch bei deiner Mama, und wenn ich jetzt ja sagen würd, was wäre, wenn sie in dem Moment reinkommt?‹ Kannst du dir das vorstellen?«, fragte Hooter Barbie. »*Kannst du dir vorstellen,* wie ich das Pferdchen von dem Trooper reite, und mittendrin steht plötzlich seine Mama im Nachthemd neben der Couch. Das is doch krank. Ich sach dir, der Mann is abartig.«

»Welches Pferdchen?« Barbie war schockiert und verwirrt.

»Nur ein Spitzname für … ich sag dir, den größten …«, Hooters Kommentar wurde vom Hupkonzert übertönt, »… den ich je gesehen habe, Süße! Nur dass ich ihn nich richtig gesehen hab. Aber nach dem Aufstand zu urteilen, den das Pferdchen gemacht hat, um aus sein' Stall zu kommen, wenn du verstehst, was ich meine? Wahnsinn. Das ist ein Riesen...« Das Hupkonzert wurde lauter.

»Na, man sollte meinen, ich veranstalte selbst einen ganz schönen Aufruhr«, vertraute Barbie ihr an. »All diese Leute starren mich an und hupen und drängen mich fast von der Straße«, fügte sie hinzu, als ein riesiger Pick-up mit Bullfängern auf eine andere Spur wechselte und sein Fahrer Bubba Loving etwas brüllte und ihr den Mittelfinger zeigte. »Woher kennt der meinen Namen?«, rief sie überrascht aus. »Ich hab den Typ noch nie in meinem Leben gesehen, und er hat gerade meinen Namen gerufen. Ich kann gut von den Lippen lesen.«

»Was du nich sagst«, sagte Hooter und starrte dem Pick-up hinterher. »Ich hasse das, wenn die ihre Konföderiertenflagge auf die Windschutzscheibe kleben und eins von diesen Nummernschildern mit *Bubba* drauf haben. Gut für ihn, dass er auf die Smart-Tag-Spur gefahren is, denn ich mag kein Geld von Konföderierten, ob ich nu Handschuhe anhab oder nich! Ich tät das noch nich mal mit 'ner Zange anfassen! Ich glaub aber nich, dass er deinen Namen gesagt hat.« Hooter zögerte etwas. »Tatsache is, ich glaub nich, dass er deinen Namen überhaupt kennt.«

»Ich bin ziemlich sicher, dass er *Fogg* gesagt hat.«

»Nee. Er hat was anderes gesagt, und das war gar nich nett, Süße. Ich glaub, dieses Redneck-Arschloch hat *Fag* gesagt, er hat dich Schwuchtel genannt.«

»Na, das ist ja wohl die Höhe.« Barbie war noch immer verwirrt. »Bist du sicher, dass er nicht *Fogg* gesagt hat?«

»Ich werd ihn sicher nich fragen. Er is 'n fieser Arsch und hat bestimmt auch 'ne weiße Tüte im Schrank, wenn du weißt, was ich mein.«

Barbie wusste nicht, was sie meinte.

»Du weiß schon, ein Laken«, erklärte Hooter. »Er is doch bestimmt einer von diesen Scheißkerlen, die Kreuze verbrennen, von diesem Klu-Klux-Klan!«

»Jeder, der ein Kreuz verbrennt, kommt sofort in die Hölle«, sagte Barbie mit gottesfürchtiger Empörung.

»Ich geb 'n Scheiß drauf, was mit Leuten wie ihm passiert,

nachdem sie tot sind. Ich will bloß nich, dass die an mein' Mauthäuschen halten und vielleicht noch rauskriegen, wo ich wohn, sodass die mir die Fenster zerschießen und ein Kreuz in mein' Garten verbrennen. Obwohl, ich hab ja keinen Garten. Aber die könnten ihr Kreuz ja auch auf'm Parkplatz verbrennen.«

»Es gibt so viele Verrückte.« Barbie wurde ganz mutlos. »Die Welt wird von Tag zu Tag schlimmer.«

»Seitdem das neue Millimium angefangen hat, is alles noch schlimmer geworden. Kann mir nich vorstellen, wie's noch schlimmer geht.« Hooter und Barbie waren sich absolut einig.

Andy konnte sich auch nicht vorstellen, dass es noch schlimmer hätte kommen können, als er von der Ninth Street abbog, während Regina auf dem Beifahrersitz laut schmatzend auf ihrem Kaugummi kaute und mit dem Scanner spielte.

»Wo stellt man denn in dem Ding das Blaulicht und die Sirenen an?«, fragte sie.

»Wir stellen weder Blaulicht noch Sirenen an«, sagte er zu ihr.

»Warum nicht? Sie sind doch mit einem Mord beschäftigt, oder? Da können Sie doch die Festbeleuchtung einschalten, wenn Sie wollen.«

»Nein, kann ich nicht. Wir verfolgen niemanden, und wir haben es auch nicht eilig.« Er war ehrlich bemüht, sich seinen Unmut nicht anmerken zu lassen.

»Oh, wir haben heute wohl schlechte Laune«, sagte Regina, während sie aus dem Fenster sah und beobachtete, wie die Menschen nach Parkplätzen suchten oder in der Kälte warteten, um die Straße zu überqueren.

Sie selbst brauchte sich nicht mit diesen alltäglichen Unbequemlichkeiten herumzuschlagen, und zum ersten Mal seit Jahren war sie glücklich. Sie konnte es kaum fassen, dass sie den Leuten vom Personenschutz endlich einmal entkommen war, dass sie in einem nagelneuen Wagen der State Police saß und sich mit Andy auf dem Weg ins Leichenschauhaus befand.

»Ich bin bestimmt eine gute Partnerin für Sie«, fuhr sie fort. »Ich weiß 'ne Menge Sachen, von denen Sie keine Ahnung haben und die Rechtsmedizinerin wahrscheinlich auch nicht. Ich wette, Sie wissen nicht, was man tun muss, wenn man in Treibsand gerät.«

»Ich habe nicht vor, mich in Treibsand zu begeben«, antwortete Andy. »Ich würde ihm ausweichen.«

»Ha, das ist einfacher gesagt als getan. Wenn es so einfach wäre, Treibsand auszuweichen, würden die Menschen nicht drin stecken bleiben und umkommen. Was Sie tun müssen, ist, Arme und Beine spreizen, damit der Sand sie trägt.« Sie zeigte es ihm. »Dann legen Sie Ihren Wanderstock so unter Ihren Rücken, dass ihre Hüften nicht weiter absinken, und dann können Sie die Beine rausziehen und sich retten. Und wenn Sie eine Tür aufbrechen wollen, müssen Sie das Schloss eintreten, und ein Autoschloss kann man mit einem Inbusschlüssel und einer Haarklammer knacken. Außerdem weiß ich, wie man Angriffe von Pythonschlangen, Alligatoren und Killerbienen überlebt«, prahlte sie weiter. »Und ich könnte ein Baby in einem Taxi entbinden und mich retten, wenn mein Fallschirm nicht aufgeht.«

»Nur weil Sie offenbar *The Worst-Case Scenario Survival Handbook* gelesen haben«, erwiderte Andy sehr zu ihrer Überraschung und ihrem Ärger, »während Sie sicher und trocken in der Villa hockten, sind Sie noch lange nicht in der Lage, sich in solchen Worst-Case-Situationen tatsächlich zu retten.«

»Papa hat es mir zum Geburtstag geschenkt«, sagte Regina selbstgefällig. »Mir und keiner meiner anderen Schwestern, weil die nichts für Abenteuer übrig haben und richtige Feiglinge sind. Ich kann mir lebhaft vorstellen, wie Faith versucht, ein Flugzeug zu landen, wenn der Pilot einen Herzanfall hat, und wie Constance sich zu Tode ängstigt, wenn sie sich in der Wüste verirrt oder auf dem Meer treibt.«

Sie wühlte in ihrem Rucksack und zog das kleine hellgelbe Handbuch hervor.

»Also, was würden *Sie* tun, wenn Ihr Fallschirm sich nicht öffnet?«, fragte sie ihn, während sie eine Seite glatt strich, die ein Eselsohr hatte und voller Flecken war, die verdächtig nach Schokolade aussahen.

»Ich würde meinen Fallschirm überprüfen, bevor ich springe«, erwiderte Andy, dessen Geduldsfaden zum Zerreißen gespannt war.

»Was ist mit Blitzen während eines Gewitters?«

»Würde ich vermeiden.«

»Würden Sie sich unter einen hohen Baum stellen?« Regina war fest entschlossen, ihm wenigstens eine falsche Antwort zu entlocken.

»Natürlich nicht.«

»Was, wenn Sie mehr als 300 Meter tief tauchen, und Ihnen geht die Luft aus?« Reginas Ton wurde aggressiv.

»Ich tauche nicht.«

Regina klappte das Handbuch zu und stopfte es wütend zurück in ihren Rucksack.

»Wann, glauben Sie, bekomme ich meine Uniform?«, fragte sie mit wachsendem Unmut in der Stimme.

»Nachdem Sie die Akademie besucht und ihre Prüfung bestanden haben. Das dauert mindestens ein Jahr, vorausgesetzt natürlich, Sie werden aufgenommen.«

»Die müssen mich aufnehmen.«

»Nur weil Ihr Vater Gouverneur ist, stehen Ihnen nicht alle Türen automatisch offen«, gab Andy in scharfem Tonfall zurück. »Und ich werde niemandem sagen, wer Sie sind, außer dass Sie eine Praktikantin sind, die mich begleitet.«

»Dann sag ich's ihnen halt«, konterte sie, während sie das Fenster öffnete und ihren Kaugummi ausspuckte.

»Das wäre nicht sehr klug. Sollten die Menschen Sie nicht endlich einmal um Ihrer selbst willen mögen und nicht wegen Ihres Vaters? Und werfen Sie bitte nichts aus dem Fenster.«

»Und was, wenn sie mich nicht mögen?« Reginas Mut sank. »Sie wissen genau, dass es so sein wird. Niemand hat mich je gemocht, selbst wenn die Leute wussten, wer Papa ist. Warum sollten sie mich mögen, wenn sie nicht wissen, wer er ist?«

»Ich denke, Sie sollten einfach abwarten, was passiert, und sich endlich der Wahrheit stellen«, antwortete Andy, als sie von der Clay Street abbogen. »Wenn die Menschen Sie tatsächlich nicht mögen, liegt es allein an Ihnen.«

»So 'n Scheiß. Gar nichts liegt an mir.« Reginas Stimme wurde laut und schneidend. »Ich kann nichts dafür, wie ich geboren wurde.«

»Es ist Ihre Entscheidung, unfreundlich und egoistisch zu sein«, sagte Andy. »Und meine Ohren funktionierten ganz hervorragend – bis jetzt jedenfalls. Also mäßigen Sie gefälligst Ihren Tonfall. Vielleicht können Sie ja mal ausnahmsweise an andere denken und nicht an sich selbst. Was ist mit dem armen Menschen, der in den Kaugummi tritt, den Sie gerade hinausgeworfen haben? Wie fänden Sie es denn, wenn Sie auf dem Weg zur Arbeit in einen Kaugummi träten, ihre beste Kleidung trügen und sich keine neuen Schuhe leisten könnten, weil Sie ein krankes Kind zu Hause haben?«

Darüber hatte Regina noch nie nachgedacht.

»Die anderen können Sie nicht leiden, weil Sie keinen Menschen leiden können, das ist der einzige Grund. Die Leute merken das«, fuhr Andy fort, als er hinter einem modernen Backsteinbau einbog, auf dem Biotech II stand und der das Büro des Gerichtsmediziners und die dazugehörigen Labors beherbergte.

»Ich weiß nicht, wie ich das anstellen soll«, gestand Regina. »Wie soll man es wissen, wenn es einem niemand je gezeigt hat? Mein Leben lang haben mich die Leute behandelt wie ein rohes Ei, weil mein Vater Gouverneur ist. Ich hatte keine Chance, an andere zu denken.«

»Nun, jetzt haben Sie Ihre Chance.« Andy parkte auf einem der Besucherplätze und stieg aus dem Auto. »Denn ich werde Sie wie Dreck behandeln, wenn Sie mich wie Dreck behandeln. Vielleicht ist das Leichenschauhaus ein guter Anfang. Hier können Sie üben, nett zu den Toten zu sein, und denen ist es egal, wenn es Ihnen nicht gelingt.«

»Das ist eine großartige Idee!« Sie folgte Andy voller Begeisterung auf dem Gehweg in die Eingangshalle. »Allerdings, wie soll ich auf die Gefühle von jemandem Rücksicht nehmen, der keine mehr hat?«

»Man nennt es Mitgefühl, Mitleid mit jemandem haben. Das sind wahrscheinlich Fremdwörter für Sie.« Andy blieb am Informationsschalter stehen und trug sich ein. »Versuchen Sie, sich vorzustellen, was diese armen Menschen hier unten durchgemacht haben und wie traurig ihre Freunde und Angehörigen sind, und kümmern Sie sich ein einziges Mal nicht um sich selbst. Falls Sie sich daneben benehmen, ist es das Ende Ihres Praktikums. Dann ärgere ich mich nicht weiter mit Ihnen herum und Superintendent Hammer genauso wenig. Bevor Sie bis drei zählen können, hat sie Ihren Arsch vor die Tür gesetzt.«

»Dann schmeißt Papa sie raus«, behauptete Regina.

»Die verspeist Ihren Papa zum Frühstück«, sagte Andy.

Als sich die elektronischen Türen öffneten und sie das Büro der Leitenden Rechtsmedizinerin betraten, gab er Regina ein kleines Notizbuch und einen Kugelschreiber.

»Sie machen Notizen«, befahl er ihr. »Schreiben Sie alles auf, was die Ärzte sagen, und halten Sie den Mund.«

Regina war es nicht gewohnt, Befehle entgegenzunehmen, doch als sie die großformatigen Autopsiefotos sah, die auf den Schreibtischen im ersten Büro lagen, fielen Großsprecherei und Egozentrik schlagartig von ihr ab. Die Sekretärinnen kannten Andy offenbar sehr gut und flirteten heftig mit ihm. Regina platzte vor Stolz, als er sie als seine Praktikantin vorstellte.

»Du hast es gut«, sagte eine der Sekretärinnen und zwinkerte Regina verschwörerisch zu.

»Warum kann ich nicht deine Praktikantin sein?«, fragte ihn eine andere mit gespielter Schüchternheit.

»He, Baby. Von dir würde ich auch gern noch ein paar Dinge lernen.«

»Wir kommen wegen des Anglers.« Andy gab sich betont sachlich. »Ist Dr. Sawamatsu mit dem Fall beschäftigt?«

»Nein. Er ist noch nicht hier.«

»Was ist mit der Chefin?« Andy war erleichtert, dass Dr. Sawamatsu noch nicht da war, und hoffte, dass er überhaupt nicht auftauchte.

Erstens waren Dr. Sawamatsus Englischkenntnisse so dürftig, dass Andy große Schwierigkeiten hatte, ihn zu verstehen, vor allem wenn er mit medizinischen Fachbegriffen um sich warf. Außerdem machte der Japaner oft einen kaltschnäuzigen und zynischen Eindruck, und Andy konnte es nicht vertragen, wenn man sich Opfern gegenüber gefühllos verhielt, egal, ob sie tot oder lebendig waren. Am schlimmsten fand Andy jedoch, dass Dr. Sawamatsu ihm gegenüber wiederholt mit seiner Sammlung geprahlt hatte, zu der angeblich künstliche Gelenke, Brust- und Penisimplantate, ein Glasauge und Souvenirs von Flugzeugabstürzen und anderen Katastrophen gehörten. Andy bezweifelte, dass die Leitende Rechtsmedizinerin vom geschmacklosen Hobby ihres Assistenten wusste, denn seine Sammlung befand sich bei ihm zu Hause und nicht im Büro.

»Vielleicht sollte ich es ihr sagen«, überlegte Andy laut, als sie durch den langen, mit Teppich ausgelegten Korridor zu Dr. Scarpettas Büro gingen.

»Wem sollten Sie was sagen?« Regina blickte sich voller Staunen um und blieb stehen, um einen Blick in die vielen Büros zu werfen, in denen Mikroskope auf Schreibtischen standen und Röntgenaufnahmen in Lichtkästen hingen.

»Keine Fragen und, wie wir bei Bombenwarnungen zu sagen pflegen, *fassen Sie auf keinen Fall etwas an*«, warnte Andy sie. »Nichts von dem, was Sie hören und sehen, dürfen Sie an Dritte weitergeben, auch nicht an Ihre Familie.«

»Ich werd's versuchen«, erwiderte sie. »Aber bisher hab ich noch nie ein Geheimnis für mich behalten können.«

Für Barbie Fogg war es etwas Alltägliches, sich die Geheimnisse anderer Leute anzuhören, und sie selbst hatte auch ein paar. In der Sorge, auch Lennie könnte seine Geheimnisse haben, beschloss sie, die nächste Ausfahrt zu nehmen und umzukehren, um noch einmal das Mauthäuschen zu passieren und Hooter anzuvertrauen, dass sie Probleme in ihrer Ehe hatte.

»Lennie hat was außerhalb der Stadt zu erledigen und klipp und klar erklärt, dass er eine Freundin braucht! Glaubst du, dass er da irgendwo eine Affäre hat, weil ich keinen Sex mehr will?« Barbie schüttete Hooter ihr Herz aus. »Na ja, und Lennie verkauft Immobilien, das heißt, er ist oft zu Hause und hat nicht viel zu tun. Gewöhnlich passt er auf die Zwillinge auf und hätte viel Zeit für Affären. Und jetzt fährt er zu einer wichtigen Konferenz nach Charlotte, und ich muss zu Hause bleiben. Da ist es gut möglich, dass ich dich eine ganze Woche lang nicht sehen kann.«

Barbie und Hooter waren gleichermaßen enttäuscht. Ihnen kam es vor, als wären sie schon seit Ewigkeiten befreundet.

»Oje, ich wusste gar nicht, wie sehr du mir fehlen würdest«, gab Barbie zu.

»Herr im Himmel, da krieg ich ja Trennungsängste, wenn du nich mehr an mein Mauthäuschen kommst! Zu wem soll ich denn dann reden? Wieso muss er eigentlich nach Charlotte? Weißt du, es geht mir schrecklich auf'n Geist, dass die Leute immer nach North Carolina fahrn müssen. Als ob's das Gelobte Land wär oder so was. Weißt du, ich war noch nie in North Carolina. Was is bloß so besonders da?«

»Kriegst du noch Urlaub von der Stadt?«, fragte Barbie, während sich hinter ihr die Autos stauten und hupten. »Warum kommst du nicht morgen Abend mit mir zum NASCAR-Rennen? Ich fänd das toll, und du könntest all die knackigen Rennfahrer sehen. Du müsstest dir aber schon den Nachmittag freinehmen, denn ich fahre immer ziemlich früh hin und halt mich bei den Boxen auf und warte, bis die Fahrer kommen und in ihre Wagen steigen. Manchmal lassen sie sich auch mit dir fotografieren. Ach, wenn du wüsstest, wie das ist! Arm in Arm mit einem schicken Rennfahrer in seinem engen, bunten, feuerfesten Rennanzug!«

»Na, ich war noch nie bei 'n NASCAR-Rennen, so viel steht mal fest, und ich hab noch nie 'n Schwarzen als Rennfahrer gesehen. Ich kann's also nich wissen.« Hooter nahm die endlose Schlange ungeduldig wartender Autofahrer überhaupt nicht zur Kenntnis. »Vielleicht nehm ich mir den ganzen Tag frei! Ich hab kein' Urlaub mehr gehabt, seit meine Schwester geheiratet hat und ich bei der Hochzeit dabei war. Ich war die Oberbrautjungfer oder wie das heißt.« Hooter strahlte bei der Erinnerung daran, wie man sie in ein langes, pinkfarbenes Kleid gesteckt und ihr Haar mit Perlen und Schleifen geschmückt hatte. »Das war irre, das kann ich dir sagen, Süße.«

»Ach ja? Wie wär's, wenn du deine beschissene Freundin 'n andermal besuchst, blöde Lesbe, und dich beeilen tätst!« Bubba Loving war zurück in dem Pick-up mit den Bullfängern.

»Wo um Gottes willen ist die Wespe?«, fragte Barbie, während sie schnell ihre Telefonnummer auf einen Zettel kritzelte. »Hat sie ihn gestochen? Schreit dieser vulgäre Mensch deshalb so?«

»Na, du musses ja wissen!«, schrie Hooter zurück.

»Hier, meine Liebe«, sagte Barbie zu Hooter, »ruf mich in den nächsten Stunden an. Ich bin im Baptistenzentrum auf dem Campus. Du rufst mich einfach an und sagst Bescheid, ob du zum Rennen mitkommen kannst, damit ich die Karte nicht jemand anders geb. Bitte komm mit! Ach, es ist so toll, eine Freundin zum Reden zu haben!«

»Ich glaub, ich komm mit. Ach was, ich komm auf jeden Fall. Und ob ich mitkomme.« Hooter wurde ganz aufgeregt bei dem Gedanken. »Du kannst dich drauf verlassen, außer ich find keinen, der mich hier vertritt. Wie wär's, wenn du mich hier abholst, sagen wir um, ja lass mal sehen. Wann denn?«

»Punkt zwei Uhr.«

»Ich verschwind kurz nach Hause und zieh mich um, und dann warte ich an mein' Mauthäuschen, außer es kommt was dazwischen. Und dann haben wir ausreichend Zeit, über dein trauriges Sexleben zu reden.«

»Wär das nicht wunderbar?« Barbie winkte fröhlich zum Abschied, fuhr endlich weiter und bemerkte erst, als der Alarm ausgelöst wurde, dass sie vergessen hatte, die fünfundsiebzig Cent zu bezahlen. »Der Regenbogen funktioniert! Es passieren Wunder über Wunder!«

»Könnt ihr nicht ein andermal Süßholz raspeln? Da kannst du ja warten, bis du schwarz wirst, bevor du endlich drankommst!«, keifte Lamonia aus dem Fenster ihres Dodge Dart.

Lamonia war verständlicherweise gereizt. Erst hatte man ihr wegen ihrer schlechten Augen Handschellen angelegt, und nun steckte sie hier im Verkehr fest, weil zwei Lesben verschiedener Hautfarbe am Mauthäuschen miteinander flirteten, während ein rassistisches Arschloch bei ihrem Anblick vollkommen ausrastete.

Was war bloß los in der Welt? Lieber Gott, lass Gnade walten, dachte Lamonia. Jeder schien entschlossen, den Planeten zu zerstören, und es war nur eine Frage der Zeit, bis Jesus die Nase voll hatte und wiederkehrte, aber Lamonia war noch nicht bereit für die *Wiederkunft*. O nein. Sie bat Jesus jeden Sonntag, sich noch ein wenig zu gedulden, denn Lamonia hatte so viele Freunde und Nachbarn, die zurückbleiben würden, wenn Er auf einer Wolke daherkäme und bei der *Wiederkunft* alle Gläubigen in den Himmel geleitete.

»Vertrau dein Leben Jesus an«, sagte Lamonia zu Hooter, als sie ihr eine Dollarnote in die baumwollbehandschuhte Hand legte.

»Sie sagen es, Liebste«, sagte Hooter, warf drei Quarterstücke in die Maschine und gab Lamonia ihr Wechselgeld zurück.

»Ich bin weder Ihre noch irgendjemandes anderen Liebste!« Lamonia hielt mit ihrer Meinung nicht hinter dem Berg. »Beten Sie um Vergebung Ihrer Sünden, beten Sie zu Jesus. Bitten Sie Ihn, sich Ihres Lebens anzunehmen, damit Sie etwas Sinnvolles damit anfangen. Denn Er wird bald kommen, und dann wollen Sie doch nicht in Ihrem Mauthäuschen sitzen, sich widernatürlichen Vergnügungen mit Fremden hingeben und plötzlich feststellen, dass in der Hälfte der Autos keine Fahrer mehr sitzen, weil sie bei der *Wiederkunft* Gnade vor seinen Augen gefunden haben und aufgefahren sind gen Himmel!«

»Du sagst es«, feuerte Hooter die Predigerin an, »du sagst es, Schwester.«

Lamonia musste nicht mehr angefeuert werden. »Zwei Männer arbeiten auf dem Feld, und plötzlich ist einer verschwunden. Zwei Frauen waschen ihre Wäsche im Waschsalon, und plötzlich ist die eine von ihnen verschwunden. Sie nehmen das Geld entgegen, und plötzlich ist die Hälfte der Fahrer verschwunden. Sie sollten besser beten, dass Sie dann nicht noch immer in Ihrem Mauthäuschen sitzen, denn wenn das so wäre, müssten Sie zurückbleiben!«

»Ich bin bereit für die *Wiederkunft*, Schwester«, versicherte Hooter der anderen, während sie ihre Telefonnummern austauschten. »O ja, ich bin bereit und freu mich drauf. Hab mich schon immer drauf gefreut! Jesus wird wiederkehren. Ich wusste immer, dass es so kommt.« Hooter starrte an die Decke ihres Mauthäuschens. »Du kannst kommen, Jesus. Komm nur. Ich warte auf dich, und du brauchst auch nich zahlen, wenn du auf deiner Wolke vorbeikommst!«

»Aber nein!«, protestierte Lamonia. »Sagen Sie Ihm nicht, Er soll schon kommen! Es gibt noch viel zu tun für uns, Sie dumme Person! Schauen Sie doch all die Sünder an! Kilometer um Kilometer. Beten Sie erst für all die armen Menschen, mein Kind!«

Hooter blickte hinaus auf die kilometerlange Schlange hupender Autos.

»Richtig, Schwester. Die meisten von denen sind noch nich bereit für Jesus. Schau nur, wie wütend und unfreundlich die alle sind. Hm, hm.« Hooter schüttelte traurig den Kopf. »Wir bitten Jesus also, noch ein wenig zu warten. Bitte gib uns noch ein wenig Zeit, Jesus«, betete sie laut, während Lamonia fortschlingerte und dabei auf ihren Vordermann auffuhr. »Bitte, lieber Gott im Himmel, gib mir am Samstag frei, verstanden? Nur ein kleiner Urlaub«, betete Hooter. »Das ist alles, worum ich bitte, Jesus.«

ZWEIUNDZWANZIG

»Lieber Gott im Himmel«, betete auch Dr. Faux, als er und Fonny Boy im Flachboot auf dem Meer trieben. »Wir haben die ganze Nacht und den halben Morgen hier draußen verbracht, und jetzt ist mir so kalt, und ich bin so hungrig, ich glaube, ich überlebe keine Stunde mehr. Bitte hilf uns.«

Fonny Boy hatte inzwischen jeden Versuch, das Fach aufzubrechen, aufgegeben und blies eine düstere Melodie auf seiner Mundharmonika, wobei er verschiedene Handhaltungen und Atemtechniken ausprobierte.

Fast wünschte er, er und der Zahnarzt würden gefangen und in den Lagerraum zurückgebracht. Er bereute es bitterlich, dass er nicht daran gedacht hatte, ein paar Getränke und etwas Essen an Bord zu nehmen. Aber er hatte ja eigentlich erwartet, dass sie das Festland erreichen würden, ohne dass sich die Frage nach Proviant stellen würde.

»Mischt, verfluchtä, i glub, dä Strom tragt us glei widä uff dä Insel«, teilte er Dr. Faux mit.

»Ich kann nirgendwo Land sehen. Nirgendwo, Fonny Boy. Und wenn wir in der Nähe der Insel wären, hätten sie uns doch schon längst gesehen, und wir würden mit verbundenen Augen von der Planke ins Meer gestoßen. Ich glaube, wir sind in die Schutzzone getrieben worden. Wenn das der Fall ist, ist kein Fischer in der Gegend, und wir werden hier draußen elend umkommen.«

»Nei«, antwortete Fonny Boy. »Du kannscht sähe, wo dä Strom härkummt.« Er wies auf den leichten Wellengang. »Abä gwiss han dä nu gmärkt, däs mer mit dä Boot furt sin ond wenn mer us nu nöd beiele, kummet dä hintr us här, ond mer kunn nu no bäte.«

»Es sei denn, sie denken, wir wären auf dem Festland, und du weißt, dass sie dort nicht nach uns suchen. Bist du sicher, dass du die Zahlenkombination für das verdammte Vorhängeschloss nicht kennst? Vielleicht ist eine Leuchtpistole in dem Fach oder sogar ein Spiegel, mit dem wir Signale senden könnten.«

Fonny Boy hatte die Kombination einmal gewusst und war nun furchtbar frustriert, weil er sich nicht erinnern konnte. Jeden Geburtstag in der Familie hatte er ausprobiert, die Postleitzahl von Tangier und mehrere Telefonnummern, alles ohne Erfolg. Er schlug seine Mundharmonika gegen die Schiffsplanken, um sie von Spucke zu befreien, und versuchte ein *Straight Harp*, eine einfache Folk-Melodie in C, zu spielen, die er wie immer mit dem vierten Loch begann.

»Denk mal scharf nach, Fonny Boy«, versuchte Dr. Faux ihm Mut zu machen. »Für gewöhnlich bauen sich Leute Eselsbrücken, damit sie sich an solche Sachen erinnern. Bestimmt hat dein Vater eine Kombination gewählt, die ihn an etwas erinnert und die er auf keinen Fall vergisst. Gibt es nicht noch irgendwelche wichtigen Zahlen im Leben deines Vaters? Was ist mit dem Hochzeitstag deiner Eltern?«

Doch an den konnte sich Fonny Boy auch nicht mehr erinnern. Er hielt sich jetzt an die tieferen Töne seiner Mundharmonika und versuchte eine kleine Blues-Improvisation, ganz wie sein Vorbild Dan Akroyd.

»Einige Fischer benutzen doch einen Kompass«, versuchte es der Zahnarzt weiter. »Wäre es nicht denkbar, dass dein Vater einen Kompasskurs genommen hat, den er für gewöhnlich anpeilt, wenn er nach seinen Krebskörben schaut?«

Das Wort *Krebskörbe* schwebte aus dem fast unbewegten Boot und ließ sich auf der Wasseroberfläche nieder. Von dort begann es auf den Grund zu sinken, wo sich eine große Gruppe von *Callinectes* (griechisch für »schöne Schwimmer«) *sapidus* (lateinisch für »schmackhaft«) der Ruhe und Sicherheit der Krebs-Schutzzone erfreute.

Unter ihnen bildeten die Flüchtlinge aus dem Eimer einen kleinen Kreis, von denen einer – ein besonders hübscher Jimmy mit großen blauen Scheren und Armen – beschloss, nachzusehen, woher die menschlichen Stimmen und die schwachen Mundharmonikaklänge kamen. Er ließ seine Freunde im Schlick zurück und schwamm durch das trübe Wasser, wo er etwa sechs Meter unter der Wasseroberfläche den Kiel eines Bootes erspähte und auch die Stimmen wieder hörte.

»Nei. Mer benutze kei Kompasch. Bruche mer au nöd«, sagte ein junger Mann, und der Krebs erkannte die Stimme. Sie gehörte dem schlaksigen blonden Inselbewohner, der immer von Piratenschätzen faselte, wenn er in der Dämmerung des anbrechenden Tages seine Körbe auswarf.

»Hmmm. Was für eine Nummer hat euer Postfach?«, fragte eine andere Stimme, die der Krebs nicht kannte und die sich anhörte, als käme sie vom Festland.

Fonny Boy versuchte auch diese Nummer, aber das Schloss hatte kein Einsehen.

»Eine Glückszahl vielleicht? Hat dein Vater eine Glückszahl?«

Die einzige Zahl, die Fonny Boy mit Glück verband, war die Dreizehn, doch auch auf die wollte das Schloss nicht hören. Er versuchte einen konventionelleren Stil auf der Mundharmonika, und fast konnte man *Oh! Susanna* erkennen.

»Was ist mit Getränken oder Lebensmitteln, die dein Vater besonders gern mag. Da sind doch auch Zahlen drin?« Dr. Faux gab nicht auf. »Seven-Up vielleicht oder Heinz 57?«

»Mei Vatter mog Seven-Up«, sagte Fonny Boy mit einem Anflug von Hoffnung in der Stimme. »Ond är mog äs mit Spanky's Eis, trinkt mär davo wi all Lüt, dä i kenn. Abä für däs Schluss bruchscht vir Zalle, ond dä Sibene isch nur än Zall.«

»Und wenn du das *Up* einbeziehst?«

Fonny Boy hatte beschlossen, in der Mitte der Mundharmonika zu verweilen und einfach irgendwelche Töne zu blasen.

»Gibt es eine Zahl, die mit *Up* verbunden ist, Fonny Boy? Komm schon, denk nach!«

»Uff dä Kompasch isch kei *na obbe*. Nuä Nord, Sid, Wescht ond Oscht«, antwortete Fonny Boy.

»Aber es könnte doch Norden bedeuten, oder nicht?« Dr. Faux ließ nicht locker. »Du weißt doch, die Leute sagen, sie fahren hoch, wenn sie Norden meinen, und runter, wenn sie in den Süden fahren. Versuch es mit 360. Das sind drei Zahlen, und die bedeuten

Norden. Vielleicht hat er ja die Sieben und 360 benutzt, weil er an Seven-Up dachte.«

Der spitz zulaufende Körper des Jimmys stieß wieder hinab zum Grund, wo er seine furchtsamen Freunde warnte.

»Do obbe sin sibe Lüt!«, rief er. »Ond dä wolle hi Kirb ussesetze, abä däs isch gäge däs Gsätz. I hätt guede Luscht, dä anz'zige!«

Der Jimmy nahm an, dass die beiden Fischer im Boot zu den Leuten gehörten, die nach den Krebsen und der Forelle Ausschau hielten. Allerdings hatten die Krebse die Forelle schon längere Zeit nicht mehr gesehen. Oder vielleicht waren die *Seven-Up-Bande*, so hatte der Jimmy sie getauft, Piraten, denen der Gouverneur Straffreiheit versprochen hatte, sollten sie die Krebse und die Forelle finden und sie im Eimer zurück zur Gouverneursvilla bringen. Die Blaukrebse kannten die Piraten recht gut. Weder waren sie besonders beeindruckt von ihnen, noch fürchteten sie sich. Die Piraten waren immer zu grimmig oder zu betrunken, um sich dem Krebsfang zu widmen, so war das schon seit Jahrhunderten. Darüber hinaus wurde den Krustentieren das Leben nicht gerade erleichtert durch die alten Kanonen, Münzen und Juwelen, über die sie ständig auf dem Grund der Bucht klettern mussten. Krebse scherten sich einen Dreck um Schätze.

Aber der blonde Inselbewohner mit Namen Fonny Boy interessierte sich zweifellos dafür, dachte der Jimmy, während er durch den wogenden Schlick zu einem Brett auf dem Grund der Bucht eilte, wo er kurz darauf das Wrack einer Schaluppe ausmachen konnte. Das alte Schiff war von Kanonenkugeln durchlöchert worden und war auf eine seichte Stelle gesunken, wo es in den vergangenen Jahrhunderten von der Strömung weitergezogen wurde, bis es an seinem jetzigen Platz gelandet war. Der Jimmy wühlte neben dem rostenden Anker herum und ergriff ein kleines Stück Eisen. Dann paddelte er wie wild mit seinen Schwimmfüßen und ruderte zurück zum Boot. Dort hangelte er sich am kleinen Außenbordmotor hinauf und warf das Eisenstück in die Luft. Es landete auf Fonny Boys Schoß, als dieser gerade mit eingezogenen Wangen ein Kussmaul übte, um sauberere Noten auf der Mundharmonika zu produzieren.

»Da hol mi doch!«, rief Fonny Boy überrascht. »Schau hi!«

Er betrachtete das Stück Eisen eingehend und erkannte sofort, dass es sehr alt war und höchstwahrscheinlich von einem versunkenen Schiff stammte.

»Dä Schotz isch so nah wi dä himmlisch Fridde, da unte liägt än Kaperschiff!«, schrie er außer sich vor Begeisterung, als er begriff, dass nun all seine Mühsal bald ein Ende haben und sich sein Schicksal endlich zum Guten wenden sollte. »Mer muosse däs hi markiere, oddä mer verlirre äs!«

Es gab nur einen Weg, die Stelle zu markieren: mit Hilfe eines Krebskorbes. Und tatsächlich konnten die entflohenen Krebse schon wenige Minuten später beobachten, wie einer der Drahtkörbe langsam nach unten schwebte. Allerdings kam er ein gutes Stück über dem Meeresboden zum Stillstand, weil die Schnur zu kurz war.

Der Krebs verzog seine Mundöffnung zu einem Grinsen, denn die Inselbewohner waren so berechenbar, dass er genau wusste, was nun passieren würde. Die Gier des Jungen würde sein Urteilsvermögen benebeln, und bald würde die Seven-Up-Bande in den Knast wandern.

Auch bei Possum verlief so weit alles nach Plan. Er war dabei, T-Shirts von unterschiedlichen Farben zu zerschneiden und die einzelnen Teile so zusammenzukleben, dass man langsam, aber sicher sehen konnte, dass hier eine Flagge entstand.

»Siehst du, was ich hier mach, mein Mädchen?«, flüsterte er Popeye zu.

Er strich die Flagge auf dem Bett glatt, und Popeye blickte erschreckt auf einen grinsenden Totenkopf, der eine Zigarette rauchte.

»Nu ham wir 'ne NASCAR-Flagge für die Rennen«, fuhr er stolz im Flüsterton fort. »Siehst du, wir könn' die jetzt bei der Box aufhängen, wo wir so tun, als würden wir zur Crew gehören, und ich bin sicher, dass dann jemand nach der Flagge Ausschau hält und uns retten tut. Oder wenn das nich klappt, dann gefällt Smoke die Flagge vielleicht so gut, dass er netter zu uns is, und wenn wir dann nach Tangier Island fliehen, finde ich einen Weg, wie wir uns aus dem Staub machen und bei einem der Fischer unterkommen können.«

Possum ließ die Nadel erneut in die Flagge eintauchen, deren Buchstaben nun als *Jolly Goodwrench* zu entziffern waren.

»Dann geb ich dich wieder zurück zu Superintendent Hammer, und die Polizei vergisst bestimmt, dass ich auf Moses Custer geschossen hab. Vielleicht kann ich dich sogar von Zeit zu Zeit besuchen. Oder kann auf dich aufpassen, wenn Superintendent Hammer mal wech muss. Was glaubst du?«

Popeye fand die Idee ganz wunderbar. Possum bemühte sich weiter mit Stofffetzen, Sekundenkleber, Nadel und Faden an der endgültigen Gestalt der Flagge. Das Resultat entsprach nicht ganz seinen Erwartungen, denn er stellte fest, dass seine Flagge nur einseitig war, was bedeutete, dass sie nicht frei an einem Fahnenmast oder einer Antenne hängen konnte. Er musste sie an einer Wand befestigen. Aber ansonsten war er mit dem Ergebnis sehr zufrieden. Es war nicht bloß eine NASCAR-Flagge oder ein *Jolly Roger*, sondern eindeutig eine Mischung aus beidem.

Possum befestigte seine fertige Arbeit an der Wand, und während er auf dem Bett hockte, stellte er sich Smokes Reaktion vor. Er machte sich Sorgen wegen des geplanten Rennbesuchs am Samstag und malte sich aus, was alles schief gehen könnte. Possum wollte auf keinen Fall noch mehr Ärger. Hätte er doch nur wieder in den Keller seiner Eltern zurückkehren und nachts durch die Straßen wandern können, ohne Angst vor einer Verhaftung haben zu müssen. Im Fernsehen hatte er gesehen, dass Moses immer noch im Krankenhaus war und dass sein Zustand sich Gott sei Dank stabilisiert hatte. Possum begann das Herz heftig zu schlagen, als er sich daran erinnerte, wie er die Pistole auf den armen Mann gerichtet und den Abzug gedrückt hatte.

Er konnte noch immer nicht begreifen, was in ihn gefahren war, nur an die Angst vor Smoke erinnerte er sich. Wenn er sich anders als die übrigen Straßenpiraten verhielt oder so etwas wie Gewissen zeigte, endete er bestimmt mit einer Kugel im Kopf. Ach, wie seine Mama schreien und weinen würde, wenn man ihr mitteilte, dass er umgebracht worden war und man ihn neben dem Leichnam eines kleinen schwarz-weißen Hundes gefunden hatte. Wenn nur Ben Cartwright oder Little Joe oder Hoss ihm helfen könnten. Doch in allen Folgen von *Bonanza*, die Possum gesehen hatte, hatte er nie einen Schwarzen auf der Ponderosa gesehen.

»Vielleicht mag er keine Schwarzen«, fragte sich Possum laut, während er sich Ben Cartwright in seiner Lederweste und seinem schneeweißen Haar vorstellte. »Schwarze warn Sklaven. Wer glaubt im Ernst, hier kommt jemand auf 'n Gaul angeritten, um mich zu retten? Aber wenigstens ham die Cartwrights keine Föderiertenflagge.« Possum blickte auf seine Jolly-Goodwrench-Flagge, die hinter dem Fernseher an der Wand hing. »Hab nie 'ne Föderiertenflagge oder Sklaven auffer Ponderosa gesehen, nur Hop Sing, und der is Chinese und kann kommen und gehen, wie's ihm gefällt, wenn er nur ordentlich kocht und putzt.«

Possum fragte sich, ob er wohl seine Sünden abbüßen könnte, denn die Cartwrights würden doch sicherlich schrecklich enttäuscht sein über seinen jüngsten Abstecher ins kriminelle Milieu.

»Es tut mir Leid wegen Moses«, sagte Possum zu Hoss.

»Nun, kleiner Freund, was du getan hast, war falsch«, antwortete Hoss.

»Weiß ich doch, Hoss, glaub mir. Aber ich hatte echt Schiss, und Smoke hätt mich bestimmt kalt gemacht oder zusammengeschlagen, oder vielleicht hätt er Popeye ertränkt, wenn ich nich abgedrückt hätt. Ich tät wünschen, ich könnt die Zeit zurückdrehen und einfach wegrennen, bevor's zu spät is. Aber es is zu spät, und hier bin ich nun im Clubhaus.«

»Du musst die Sache wieder hinbiegen, kleiner Freund«, ertönte die tiefe Stimme unter Hoss' riesigem Stetson. »Was passiert ist, ist passiert, aber es ist nie zu spät, die Dinge wieder in Ordnung zu bringen.«

Ben saß auf seinem Pferd und wollte gerade nach Carson City reiten, um etwas zu erledigen, als er auf Possum hinunterblickte und sich sein Mund zu einem kleinen Lächeln verzog.

»Warum fängst du nicht damit an, dass du Moses anrufst und dich bei ihm entschuldigst?«, schlug er vor, die Zügel lässig in der Hand. »Und du müsstest dich natürlich Sheriff Coffey freiwillig stellen«, fügte er im Davongaloppieren hinzu.

Possum saß im Dunkeln und griff nach seinem Handy. Das Herz klopfte ihm im Hals. Angestrengt lauschte er, ob er irgendwelche Geräusche aus den anderen Zimmern des Wohnmobils hörte. Alles war still. Er rief die Auskunft an und wurde für fünfzig Cents zum Krankenhaus durchgestellt, von dem es im Fernsehen geheißen hatte, dass Moses Custer dort behandelt werde.

»Moses Custer, bitte«, sagte Possum leise.

»Wer spricht denn dort? Er nimmt nur Telefonate von den Leuten auf seiner Liste an.«

Possum überlegte, wie er die Frau am anderen Ende der Leitung austricksen konnte. »Ich bin Nummer drei auffer Liste, Ma'am.«

Er hörte sie blättern und hoffte, Dale Earnhardts Nummer würde ihn nicht im Stich lassen. Tat sie nicht, jedenfalls nicht wirklich.

»Hier stehen Mr. and Mrs. Brutus Custer, wer sind Sie denn nun bitte?«

Possum hatte eine hohe, sanfte Stimme, die am Telefon oft für eine Frauenstimme gehalten wurde. Das störte ihn zwar ein bisschen, aber er wusste, dass er niemals als Brutus durchgehen würde.

»Mrs. Custer«, sagte er. »Ich mach mir so 'ne Sorgen um mein' Schwiegerpapa. Ich kann nich schlafen und nich essen. Aber wenn er nich reden will, dann können Sie ihm sagen, ich ruf wann anders noch mal an.«

Damit hatte Possum der Schwester die Möglichkeit eröffnet, ihn abzuwimmeln, denn ihm war ziemlich mulmig bei der ganzen Sache. Doch dann drehte sich Ben Cartwright im Sattel herum und blickte ihn strafend an.

»Warten Sie«, sagte die Frau am Telefon.

»Hallo.« Jetzt war eine männliche Stimme am Apparat. »Bist du das, Jessie? Wie geht's denn, Süße? Wieso bist du nich mal hergekommen? Ich komm doch heute nach Hause.«

»Mr. Custer, das is nich Jessie hier, aber ich muss mit Ihn' reden, also häng' Se bitte nich auf.« Possums Herz hämmerte jetzt so heftig, dass er dachte, es schlüge ihm die Rippen entzwei.

»Wer is da?« Moses schöpfte sofort Verdacht.

»Kann ich nich sagen, nur dass es mir sehr Leid tut, was Ihnen passiert is. Es war falsch, falsch, falsch, und ich hab's auch nich so gemeint. Aber man hat mich gezwungen.«

»Wer spricht da?« Moses' Stimme war ungehalten. »Das soll wohl'n Scherz sein, oder was? Du bist doch bestimmt einer von diesen Piraten!«

»Ja. Aber ich will gar keiner sein«, gestand Possum.

»Spar dir den Scheiß. Ich wusste doch gleich, dass das nich Jessie war. Klingst gar nich wie sie.«

Possum holte tief Luft. »Ich kann nich lang reden. Aber ich wollte Ihnen sagen, dass es mir Leid tut, was ich getan hab, und wenn ich's irgendwie wieder gutmachen kann, dann mach ich das, is versprochen, Mr. Custer. Und holen Sie sich bloß viel Polizei als Schutz, denn die Straßenpiraten reden schon davon, dass sie Sie finden und fertig machen wolln. Ihr Anführer heißt Smoke, und seine Freundin is Unique, und die hat gestern Nacht auch die arme Frau in der Tankstelle erschossen, und Smoke sagt, er bringt mich um, wenn ich Sie nich erschießen tät, als wir Ihrn Truck und die Ladung genommen ham.«

»Arschlöcher! Die solln sich bloß blicken lassen, dann solln sie mal sehen, was richtiger Ärger is!«

»Ich tu mein Bestes, 's ihnen auszureden.«

»Du? Wer zur Hölle spricht denn da überhaupt ...«

Moses brüllte, und Possum drückte panisch auf eine der Tasten, um das Gespräch zu beenden.

»Was zum Teufel geht da drinnen vor?« Smoke riss plötzlich die Tür zu Possums Zimmer auf. »Mit wem hast du geredet?«

Gerade noch rechtzeitig hatte Possum das Handy wieder unter die Bettdecke gestopft.

»Hab nur mit Popeye über unsere neue Flagge geredet.« Possum reagierte schnell. »Wie finds du sie, Smoke?«

Smoke trat ein, ein Frühstücksbier in der Hand, und blickte lange und prüfend auf die große Flagge, die an der Wand befestigt war.

»Was soll der Scheiß?«, fragte er kalt.

»Du hast keine Flagge, und ich dachte, alle Piraten ham 'ne Flagge, wie die NASCAR-Fahrer alle 'ne bestimmte Farbe ham. Also hab ich die hier für dich gemacht, Smoke, so wie ich's gesagt hab. Dachte, du könntst die in der Box aufhängen, wenn wir morgen Abend zum Rennen gehen. Und dann, wenn wir auf die Insel fliehen, kannst du sie da aufhängen, damit jeder weiß, dass man besser kein' Stress mit dir macht.«

»Wenn du mit dir selber quasselst, mach das gefälligst leise. Du hast mich aufgeweckt«, sagte Smoke. »Jetzt bin ich den Rest des Tages müde.«

Smoke beruhigte sich etwas und studierte die Flagge gedankenverloren von allen Seiten. Er hatte eine Idee und nahm sie von der Wand.

»Vielleicht erschieß ich den verdammten Köter und wickel ihn in das Ding. Und dann hinterlassen wir ein kleines Geschenk vor Hammers Haustür«, sagte er gefühllos.

Popeye, die sich genau wie Possum dumm stellen konnte, gab vor zu schlafen. Und Possum gab vor, sich nicht für den Hund zu interessieren.

»Aber das wär nich so gut, wie wenn wir Hammer und den Trooper Brazil kriegen täten«, erinnerte er Smoke, denn der schien in letzter Zeit alles zu vergessen. »Und wir brauchen den Hund, damit die beim Rennen auftauchen und wir sie umlegen. Dann kann uns Cat mit dem Hubschrauber wegfliegen, und wir können uns fett auffer Insel niederlassen.«

»Und wie zum Teufel willst du das alles organisieren?«, fragte Smoke und warf Possum die Flagge an den Kopf, der nicht einmal zusammenzuckte.

»Das is einfach«, erwiderte er. »Ich schick 'ne E-Mail an Capt'n Bonny und sach ihm, er soll das machen. Wir wissen doch, dass er Verbindungen hat. Also kann er Hammer vom Plan erzählen, damit sie glaubt, du bist der Held von den NASCAR-Fahrern mit deiner hübschen Freundin Unique, und der Rest von uns is deine

Boxencrew, und wir haben Popeye gefunden, wie sie die Straße langlief. Also ham wir sie aufgesammelt, aber wir geben sie nich her, bevor Hammer und der Trooper Brazil sie nich indentiziern könn'. Also tauchen die beiden beim Rennen auf und suchen nach uns, und wenn sie dann zu schrein anfängt, weil sie sich so freut, Popeye zu sehen, dann holen wir unsre Knarren raus, machen sie alle und rennen zum Hubschrauber und hauen ab.«

»Dann mach das mal«, entschied Smoke, trank sein Bier und warf die Dose auf den Fußboden.

DREIUNDZWANZIG

Die Leitende Rechtsmedizinerin Dr. Kay Scarpetta war in ihrem Büro, als Andy vorsichtig an die nur angelehnte Tür klopfte.

»Dr. Scarpetta? Hallo«, sagte er höflich und ein bisschen nervös. »Wenn es Ihnen passt, würde ich gern mit Ihnen über den nicht identifizierten Toten sprechen, der letzte Nacht in der Canal Street verbrannt ist.«

»Kommen Sie rein.« Dr. Scarpetta blickte von einem Stapel Totenscheine auf, die sie gerade überprüfte. »Kennen wir uns?«

»Nein, Ma'am. Aber ich habe schon mit Dr. Sawamatsu zusammengearbeitet.«

Andy stellte sich vor und erklärte dann, dass Regina ein Praktikum bei der Staatspolizei absolviere, doch erwähnte er ihren Namen nicht.

»Und Ihr Name?«, wandte sich Scarpetta an Regina.

Diese starrte nur mit großen Augen zurück und schien ihre Stimme verloren zu haben. Noch nie zuvor war Regina einer so imposanten Frau begegnet, und sie war tief beeindruckt. Dr. Scarpetta war eine sehr attraktive blonde Frau Mitte vierzig und trug ein elegantes Nadelstreifenkostüm. Was veranlasste jemanden, der so aussah, seinen Lebensunterhalt mit Toten zu verdienen? Wie sollte Regina sich vorstellen, ohne ihren Namen preiszugeben und Aufsehen zu erregen?

»Reggie«, stieß sie schließlich hervor.

»Officer Reggie«, Dr. Scarpetta nickte ihr aus dem Ledersessel hinter dem ausladenden Schreibtisch zu. »Und Sie verbürgen sich für sie?« Die Frage war als gelinde Warnung an Andy gerichtet. »Es kommt selten vor, dass ich Polizeipraktikanten hier habe.«

»Ich übernehme die volle Verantwortung«, sagte Andy und warf Regina einen strengen Blick zu.

»Oh, machen Sie sich meinetwegen bitte keine Sorgen«, sagte

Regina eifrig. »Ich werde nichts über das, was ich hier sehe oder höre, verlauten lassen und nichts anrühren.«

»Das ist eine gute Idee«, erwiderte Dr. Scarpetta und wandte ihre Aufmerksamkeit wieder Andy zu. »Der Mann wurde anhand seiner Fingerabdrücke identifiziert. Sein Name ist Caesar Fender, einundvierzig Jahre alt, männlich, wohnhaft in Richmond. Leider haben wir heute morgen ein volles Haus. Haben Sie je einer Autopsie beigewohnt?«,fragte sie Regina.

»Nein, aber nicht weil ich nicht gewollt hätte«, Regina schien verzweifelt bemüht, einen guten Eindruck auf die berühmte Medizinerin zu machen.

»Verstehe.«

»In der Schule war ich die Einzige in meinem Biologiekurs, der es nichts ausgemacht hat, Frösche zu sezieren«, prahlte Regina. »Mir ist davon nicht schlecht geworden. Ich glaube auch, ich könnte einen Menschen sterben sehen, auf dem elektrischen Stuhl oder so.«

»Na, ich konnte die Seziererei in der Schule nicht ausstehen«, antwortete Dr. Scarpetta, sehr zu Reginas Überraschung. »Mir tat der arme Frosch Leid.«

»Mir auch«, sagte Andy. »Meiner war noch am Leben, und ich fand es sehr unfair, ihn einfach umzubringen. Das belastet mich heute noch.«

»Und mich bedrückt es entsetzlich, Leute sterben zu sehen, auf dem elektrischen Stuhl oder irgendwo anders. Ich nehme an, Sie haben noch nie an einem Tatort oder in einer Notaufnahme zu tun gehabt«, sagte Dr. Scarpetta und überlegte dabei, dass sie Andys Namen heute schon mal gelesen hatte. Sie blätterte die Papiere auf ihrem Schreibtisch durch und zog einen Bericht hervor.

Tatsächlich, der Name des Polizeibeamten, der die vergifteten Schokoladenproben ins Labor geschickt hatte, war Trooper Andy Brazil.

»Ich hätte da noch etwas mit Ihnen zu besprechen«, sagte sie zu ihm. »Ich denke, wir sollten uns kurz unter vier Augen unterhalten.«

Das war ihre Art, Regina aus dem Büro zu schicken.

»Bitte warten Sie draußen auf mich«, sagte Andy zu ihr. »Wir kommen gleich zu Ihnen.«

»Was ist das für ein Praktikum, wenn Sie mich immer rausschicken?«,fragte Regina, und die unangenehmen Züge ihrer Persönlichkeit meldeten sich in ihrer Stimme zurück.

»Ich schicke Sie ja nicht immer raus«, erwiderte Andy, als er sie praktisch hinausschob. »Da bleiben Sie jetzt«, sagte er zu ihr, und es klang eher, als spräche er mit Frisky.

Er schloss die Tür und kehrte an Dr. Scarpettas Schreibtisch zurück, wo er sich einen Stuhl heranzog und Platz nahm.

»Ich habe gerade den Bericht des Labors über die Schokoladenproben zurückbekommen«, begann die Rechtsmedizinerin. »Der Befund ist so gravierend, dass Doktor Pond den Bericht an mich weitergeleitet hat, denn ich bin mit Vergiftungen durch Abführmittel einigermaßen vertraut. Vor Jahren hatte ich einen Fall, in dem ein paar Kinder Ex-Lax in die heiße Schokolade ihrer Mutter getan hatten – vermutlich als Scherz. Die Frau erlitt mehrfaches Organversagen, ein Lungenödem, fiel ins Koma und starb.«

Sie reichte Andy den Bericht, während sie mit ihren Erklärungen fortfuhr.

»Die Tests wurden mit Hilfe der Hochleistungsflüssigkeitschromatographie durchgeführt, und in allen Proben wurden in der Tat unterschiedliche Dosen von Phenolphthalein gefunden, auch Pt genannt. Gewöhnliches Ex-Lax, in der empfohlenen Dosierung, enthält ungefähr neunzig Milligramm Pt. Doch jede einzelne der Pralinen in der Schachtel, die Sie uns geschickt haben, enthielt bereits mehr als zweihundert Milligramm. Das würde beim Verzehr zu einem Flüssigkeits- und Elektrolytverlust führen, der bei älteren oder Patienten von ohnehin schwacher Konstitution sehr gefährlich sein könnte.«

»Was so ziemlich genau auf den Gouverneur zutrifft«, bemerkte Andy. »Was ist mit Fingerabdrücken? Haben die im Labor irgendetwas auf dem Papier gefunden, in dem die Schachtel eingewickelt war? Und war die handgeschriebene Notiz tatsächlich vom Gouverneur?«

Dr. Scarpetta blätterte erneut in ihren Papieren.

»Mit Hilfe einer forensischen Lichtquelle und fluoreszierendem Pulver haben wir einen latenten Fingerabdruck gefunden und durch das AFIS laufen lassen«, teilte sie ihm mit. »Es gab tatsächlich einen Treffer. Hier ist die Identifikationsnummer, Sie können sie selbst im Polizeicomputer überprüfen.« Sie schrieb die Nummer auf einen Zettel. »Und was die Untersuchung der Handschrift anbelangt, so stimmt eine Probe des Gouverneurs nicht mit der Notiz überein, die der Schokolade beigelegt war.«

»Also ist die Notiz eine Fälschung.« Andy war keineswegs überrascht.

»Das können wir nicht mit Sicherheit sagen. Dazu brauchen wir eine offizielle Handschriftenprobe. Bisher haben wir nur eine provisorische Probe herangezogen, einen Brief, den der Gouverneur angeblich an Dr. Sawamatsu geschickt hat.«

»Richtig. Und wir können nicht davon ausgehen, dass dieser Brief keine Fälschung ist«, stimmte Andy ihr zu. »Oder dass der Gouverneur ihn persönlich unterzeichnet hat.«

»Nein, juristisch gesehen können wir nicht davon ausgehen.«

»Dabei fällt mir etwas ein«, sagte Andy. »Ich hoffe, Sie empfinden es nicht als Einmischung, Dr. Scarpetta, aber ich finde es ehrlich gesagt äußerst befremdlich, dass Dr. Sawamatsu unangemessene Souvenirs aus seinem Tätigkeitsfeld sammelt. Zumindest prahlt er vor uns anderen damit. Sind Sie schon einmal bei ihm zu Hause gewesen?«

»Nein«, erwiderte sie, und ihre Miene verfinsterte sich.

Wenn es etwas gab, wofür sie nicht das geringste Verständnis aufbrachte, war es mangelnder Respekt gegenüber den Toten. Und ganz gewiss war es keinem ihrer Mitarbeiter gestattet, Erinnerungsstücke gleich welcher Art von Tatorten mitzunehmen, weder Geld noch persönliche Gegenstände, Waffen, Drogen oder Alkohol.

»Vielleicht sollten Sie ihn einfach mal unangemeldet besuchen«, schlug Andy vor. »Zu Hause.«

»Keine Sorge«, antwortete sie grimmig, »das werde ich.«

»Ich kümmere mich gleich um den Schokoladenfall«, versprach Andy. »Und ich nehme an, Sie brauchen für die weitere Untersuchung eine Handschriftenprobe des Verdächtigen?«

»Ich wusste nicht, dass Sie bereits einen Verdächtigen haben«, sagte sie. »Aber natürlich. Auf jeden Fall. Wenn Sie eine Probe ihrer oder seiner Handschrift besorgen könnten, wäre das natürlich sehr hilfreich. Und ich schlage vor, sie besorgen auch eine Probe des Adressaten.«

»Von Superintendent Hammer?«, fragte Andy überrascht. »Warum?«

»Um das Münchhausen-Syndrom auszuschließen«, sagte Dr. Scarpetta sachlich. »Vergiftungen mit Ex-Lax treten besonders häufig auf, wenn jemand das Mittel dauerhaft einnimmt, um sich Aufmerksamkeit zu verschaffen – zum Beispiel die der Eltern oder des Partners.«

»Wollen Sie damit sagen, dass Superintendent Hammer uns weismachen wollte, der Gouverneur hätte ihr vergiftete Schokolade geschickt? Und das nur, um unsere Aufmerksamkeit zu erregen? Das ist völlig unmöglich! Sie kennen sie nicht«, sagte Andy höflich, aber bestimmt.

»Nein, ich kenne sie nicht«, erwiderte Dr. Scarpetta. »Aber sie ist neu in einer sehr verantwortungsvollen Stellung, und wenn ihre Erfahrung auch nur im Entferntesten der meinen gleicht, antwortet der Gouverneur auf keinen ihrer Telefonanrufe und lädt sie zu keiner der festlichen Veranstaltungen in der Villa ein. Also könnte es doch sein, dass sie den Eindruck hervorrufen möchte, der Gouverneur wolle sie vergiften. Wenn er plötzlich des versuchten Mordes verdächtigt würde, könnte sie seiner Aufmerksamkeit sicher sein, denke ich.«

»Darf ich Sie noch ganz schnell nach Trish Trash fragen?«, wechselte Andy rasch das Thema. »Ich weiß, dass ich nicht für den Fall zuständig bin, aber er interessiert mich sehr. Vielleicht haben Sie ja auch gehört, dass der Mörder Beweismaterial vor meiner Haustür deponiert hat.«

»Ach, das waren Sie auch?« Scarpetta runzelte leicht die Stirn, und Andy konnte sehen, dass dieser Fall sie sehr mitnahm. »Ein besonders abscheulicher und brutaler Mord«, fügte sie hinzu. »Aber Sie haben klug gehandelt, Detective Slipper anzurufen und selbst nichts anzufassen. Wir haben einen latenten Fingerabdruck gefunden, aber bislang noch keine Übereinstimmung im AFIS erzielt. Mit Hilfe der STR-Analyse haben wir auf dem Briefumschlag Spuren von DNA entdeckt, aber auch hier gab es keine Übereinstimmung. Ansonsten haben wir mehrere sehr lange schwarze Haare gefunden, die auf der blutigen Kleidung des Opfers klebten.«

»Haare einer Frau?«

»Weiß ich nicht«, antwortete Scarpetta. »Aber gut möglich.«

»Jedoch keine Übereinstimmung? Interessant«, überlegte Andy. »Ich frage mich, ob das daran liegt, dass der Täter oder die Täterin relativ jung ist. Dann fiele er oder sie unter die Jugendstrafgerichtsbarkeit, und die Akte wäre uns nicht zugänglich. Vor kurzem durften bei Jugendlichen ja noch nicht einmal Fingerabdrücke und DNA-Daten gespeichert werden. Möglicherweise suchen wir also nach einer höchst kaltblütigen Person, die noch ziemlich jung ist, lange schwarze Haare hat, möglicherweise eine Frau ist und aus reinem Vergnügen tötet. Vielleicht hat sie auch eine Verbindung zu Smokes Highway-Piraten, die mit dem Angriff auf Moses Custer und auch mit dem Mord an der Tankstelle letzte Nacht in Verbindung gebracht werden.«

»Ich weiß es nicht.«

»Ich will Ihre Zeit wirklich nicht ungebührlich in Anspruch nehmen, Dr. Scarpetta, aber der Fall dieses toten Anglers bereitet uns einiges Kopfzerbrechen«, wandte sich Andy dem nächsten Punkt zu. »Vor allem weil inzwischen von einem rassistischen Verbrechen die Rede ist. Daher hielt ich es für angebracht, persönlich mit Ihnen zu sprechen und Ihnen die Informationen zugänglich zu machen, die uns vorliegen, und um von Ihnen die Ergebnisse der Autopsie zu erfahren. Es gibt einen Verdächtigen, der zumindest ein Tatzeuge ist und behauptet, beim Tod des Anglers habe es sich um einen Fall von spontaner Selbstentzündung gehandelt. Angeblich haben das heiße Blei und das Schießpulver des Geschosses die synthetischen Fasern im Hemd des Mannes so entflammt, dass er dann in Flammen aufging. Dieser dubiose Augenzeuge ist übrigens auch der Hauptverdächtige in dem eben diskutierten Fall.«

»Wieso haben Sie nicht erwähnt, dass ich auch vergiftet wurde?«, platzte Regina dazwischen. Offenbar hatte sie an der Tür gelauscht und zumindest einen Teil der vertraulichen Unterhaltung mitbekommen.

»Das gehört absolut nicht hierher«, sagte Andy warnend, denn jedes weitere Wort musste ans Tageslicht bringen, dass Regina keine gewöhnliche Praktikantin war, sondern die verwöhnte Tochter des Gouverneurs.

»Es war schrecklich!«, sagte Regina zu Dr. Scarpetta. »Ich habe diese Kekse gegessen, und plötzlich hab ich die schlimmsten Schmerzen meines Lebens gehabt. Na ja, so plötzlich war es auch wieder nicht. Ich hab mich gar nicht so schlecht gefühlt, bevor ich mich hinter dem Buchsbaum im Garten versteckt hab, und dann bekam ich diese Krämpfe und Blähungen.

Ich weiß nur noch, dass mich ein Personenschützer mit Blaulicht ins Krankenhaus gefahren hat, wo ich höchst demütigende Prozeduren über mich ergehen lassen musste. Zum Beispiel musste ich Pipi in einen Plastikbecher machen und zuschauen, wie eine Schwester einen kleinen Streifen hineinhielt. Sie wollten auch, dass ich ein großes Geschäft mache, aber nach diesem schrecklichen Anfall war nichts mehr da, es ging nicht mehr. Mein Pipi wurde rosa, und ich bekam einen Riesenschreck! Ich dachte, ich hätte da Blut drin, aber die Schwester sagte, es sei nur ein chemischer Test, der es rosa färbt. Aber es bedeutete das Schlimmste. Jemand hatte mir Ex-Lax in meine Kekse getan und versucht, mich kaltblütig umzubringen.

Vielleicht wollte der Täter ja auch jemand anders umbringen, und die Kekse waren gar nicht für mich bestimmt.« Ganz offensichtlich genoss sie es, ihre Geschichte in aller Ausführlichkeit zu erzählen. »Die Schwester sagte, dass Pipi normalerweise einen pH-Wert von vier oder sechs hat, und dass das Ex-Lax Pipi rosa färbt, wenn der pH-Wert über sieben geht.«

Regina hatte keine Ahnung, was es mit diesen Werten auf sich hatte, aber sie nahm an, das ›p‹ in pH stehe für Pipi. Egal, was das H bedeutete, es musste durch das Ex-Lax enorm beeinträchtigt worden sein. Sie war sich ziemlich sicher, dass ihr H-Wert noch immer weit von aller Normalität entfernt war, denn als sie sich am Morgen aus dem Bett gequält hatte, war sie noch immer blass und schwach gewesen.

»Es ist reines Glück, dass ich heute Morgen nicht als einer Ihrer Fälle hier liege!«, verkündete Regina pathetisch.

»Vollkommen richtig«, stimmte Dr. Scarpetta zu. »Wir können alle von Glück sagen, wenn wir heute oder an irgendeinem anderen Morgen nicht auf einem der Autopsietische landen. Trooper Brazil, wir haben den Körper des Anglers bereits geröntgt und keine Kugel gefunden.«

»Was könnte die Verbrennung denn sonst bewirkt haben?«

»Wir werden ihn natürlich noch auf Brandbeschleuniger und andere chemische Stoffe testen«, sagte sie, während sie aus ihrer Kostümjacke schlüpfte und sie hinter der Tür aufhängte. »Dies ist einer der Fälle, in denen eine externe Untersuchung sehr aufschlussreich sein kann.« Sie zog sich einen Laborkittel an. »Zum Beispiel sind die verkohlten Stellen posterior wesentlich stärker ausgeprägt, was darauf schließen lässt, dass das Objekt, das die Verbrennung bewirkt hat, auf der Mittellinie der Brust in den Körper eingetreten ist. Ein wenig links von der Mittellinie, in der Herzregion, um genau zu sein.«

Andy und Regina folgten Dr. Scarpetta in den Flur.

»Dann ist er also nicht einfach von sich aus in Flammen aufgegangen – sondern weil ihm ein Objekt in die Brust gedrungen ist«, sagte Andy, während Regina eifrig Notizen machte.

»Sind keine Waffen am Tatort gefunden worden?«, fragte Dr. Scarpetta.

»Nein, Ma'am.«

»Wie schreibt man Brandbeschleuniger, mit *d* oder mit *dt*?« Regina hatte schon erste orthographische Schwierigkeiten, und dabei hatte die Medizinerin noch nicht einmal mit ihrem Fachvokabular angefangen.

»Hat Ihnen der Verdächtige oder Tatzeuge gesagt, welche Farbe die Flammen hatten oder wie intensiv sie waren?«, fragte Dr. Scarpetta. »Hat er helle weiße Flammen gesehen, oder blaue oder rote vielleicht?«

»Schreibt man *Mittellinie* mit einem oder zwei *l*?« Reginas Stimme ließ jetzt Anklänge von Anspannung und Gereiztheit erkennen.

»Nein, aber ich halte ihn ohnehin für keinen zuverlässigen Zeugen«, antwortete Andy der Medizinerin.

»Zwei *l*«, sagte diese zu Regina.

»Und wie schreibt man *posterior*?«

»Das können wir alles später verbessern«, sagte Andy in einem Tonfall, der Regina klar machen sollte, dass weder ihre Privatgeschichten noch ihre Fragen zur Rechtschreibung erwünscht waren.

»Am aufschlussreichsten ist ein weiß-grauer Klumpen im Brustkorb, ein Residuum, das durch ein brennendes Geschoss oder ein anderes Objekt aus leicht entflammbarem Material im Körper des Opfers verursacht worden sein könnte.« Dr. Scarpetta blieb vor der Tür der Frauenumkleidekabinen stehen. »Sie müssen bei den Männern hinein«, wies sie Andy an. »Officer Reggie und ich treffen Sie dann am Eingang.«

»Residumm?« Regina wurde panisch, und ihre Reaktion auf Unsicherheit und Angst war wie immer fatal. »Wer ist dumm? Was zum Teufel soll das?« Ihre Stimmung schlug um in Aggressivität. »Ich kann nun mal nicht so schnell schreiben, und überhaupt ist das unfair! Wie soll ich denn wissen, wie man all diese Wörter schreibt? Ich kenn sie ja gar nicht. Als wenn wir in der Villa solche Wörter benutzen würden!«

Dr. Scarpetta musterte Regina nachdenklich. »Vielleicht ist es doch kein so guter Zeitpunkt für Ihre erste Autopsie«, entschied sie.

Andy rief Trooper Macovich über Sprechfunk an. »Kannst du das Paket zum Absender zurückbringen?«, fragte er im Code des Personenschutzes. »Und außerdem müsstest du eine ID-Nummer im AFIS für mich überprüfen.«

»Zehn-vier«, antwortete Macovich mit einer Stimme, der es entschieden an Enthusiasmus fehlte.

»Zehn-zwanzig-fünf. Wir sind auf dem Parkplatz bei der Leichenhalle.«

»Zehn-vier. Bin in fuffzehn da.«

»Das haben Sie sich selbst zuzuschreiben«, meinte Andy wenige Minuten später zu Regina, als sie vor dem Kühlraum des Leichenschauhauses neben dem Cola-Automaten warteten.

Zwei Angestellte von Swifty's Removal Service trugen einen Leichensack auf einer Bahre, wobei sie ihre Fracht auf einer Rampe balancieren mussten, was nur langsam und mit einigen Schwierigkeiten vonstatten ging. Die beiden, ein Mann und eine Frau in dunkler Kleidung, schienen Probleme zu haben, die Ständer der Bahre auszuklappen.

»Ich habe gar nichts gemacht«, gab Regina zurück. »Sie sind überhaupt nicht nett zu mir!«

»Ich habe Ihnen gesagt, Sie sollen den Mund halten und sich unauffällig benehmen. Das haben Sie nicht getan«, sagte Andy.

Die beiden Leichenbestatter steckten in der Klemme. Die Ständer der Bahre ließen sich offenbar nicht ausklappen, was bedeutete, dass sie den Toten, der offensichtlich ziemlich korpulent war, nicht abstellen konnten, um die Heckklappe ihres Leichenwagens zu öffnen.

»Schauen Sie doch«, sagte Regina und deutete auf die zwei. »Warum gehen Sie nicht hin und helfen diesen armen Leuten, statt auf mir rumzuhacken?«

»Nur wenn Sie auf diesem Stuhl sitzen bleiben und sich nicht rühren«, erwiderte Andy, der Regina nicht über den Weg traute.

Er lief zum Wagen hinüber.

»Kann ich Ihnen helfen?«, fragte er die Frau.

»Das ist mächtig nett von Ihnen«, sagte sie und drückte ihm ihr Ende der Bahre in die Hand.

»Ich dachte, du hättest dieses Ding repariert, Sammy«, sagte sie gereizt zu ihrem Kollegen, während sie an den Ständern der Bahre zerrte.

»Die brauchen nur 'n bisschen Öl, Maybeline.«

»Und warum funktionieren sie denn nich? Die sind vollkommen festgefroren, und neulich hat eine der Rollen geklemmt. Könnte wetten, da hast du dich auch nich drum gekümmert.«

Sammy blieb still, während Andy die Bahre mit der einen Hand hielt und mit der anderen versuchte, die Wagentür zu öffnen.

»Wie oft muss ich dir noch sagen, dass du nich ständig rumtönen sollst, du bringst die Sachen in Ordnung, und dann sind sie doch nich gemacht.« Maybeline war stinksauer. »Ich reiß mir den Arsch auf in diesem Scheißjob, und du sitzt die ganze Zeit vor der Glotze.«

»Ich glaube, die Tür ist abgeschlossen«, sagte Andy, während die Bahre gefährlich ins Schlingern geriet. »Ich glaube, es wäre besser, wenn wir die Ständer vergäßen und statt dessen die Wagentür aufschlössen. Dann können wir den Leichnam einfach hineinschieben. Wir müssen ihn ja gar nicht rollen.«

»Wir können ihn eh nich rollen. Die Rollen klemmen nämlich, weil Sammy die Reparatur nich auf die Reihe kriegt. Wo hast du die Schlüssel?« Maybeline zerrte noch immer an den Ständern der Bahre.

»In meiner Tasche. Ich kann da im Moment nicht ran. Ich hab nämlich keine Hand frei.« Auch Sammy verlor jetzt langsam die Geduld. »Hör schon auf, an den Ständern rumzufummeln, sonst rutscht uns der Kerl noch von der Bahre!«

Regina witterte einen Notfall und rannte genau in dem Moment zur Bahre, als der Summer ertönte und die Tür zum Hof sich quietschend öffnete.

»Ich hol Ihnen die Schlüssel aus der Tasche«, sagte sie zu Sammy und begann ihn so abzutasten, wie sie es von den Polizisten in Fernsehkrimis kannte.

Regina konnte nicht wissen, dass Sammy äußerst kitzelig war. Als sie sich anschickte, ihm in die rechte Vordertasche seiner Jeans zu greifen, stieß er einen schrillen Schrei aus und sprang zwanzig Zentimeter in die Luft. Macovich sah bei seiner Ankunft auf dem Parkplatz einen verrückten Weißen in einem schwarzen Anzug, der vor Lachen schreiend die hässliche Crimm-Tochter anflehte: »Aufhören!« Dann griff sich der Mann zwischen die Beine, und sein Ende der Bahre krachte auf den Boden, woraufhin der große schwarze Leichensack mit dumpfem Laut auf den Beton fiel. Andy hatte in der Zwischenzeit angefangen, Regina zu beschimpfen, während die andere Frau voller Schmerzen aufschrie, weil ihr die Bahre erst die Hand einklemmte und dann ins

Gesicht schlug. Sie hielt sich die blutende Nase und einen gequetschten Finger.

Macovich hielt es für klüger, erst einmal in seinem Wagen sitzen zu bleiben und sich die Auseinandersetzung anzuschauen, die rasch an Heftigkeit zunahm. Wollen doch mal sehen, wie der hübsche weiße Junge damit fertig wird, dachte er hinterhältig. Das kommt davon, wenn man sich lieb Kind macht und auf die scheußliche Tochter vom Gouv'nör aufpassen muss. Haha. Tja, hab ja schon lange kein' guten Kampf mehr gesehen. Wart nur ab, was passiert, wenn Doc Sca'petta sieht, was du hier draußen abziehst. Ha! Die wird dir 'n ganz schönen Tritt in den Arsch verpassen und dich bei Sup'intendent Hammer anschwärzen.

»Idiotin!«, brüllte Andy die Gouverneurstochter an.

»Selber Idiot!«, schrie sie zurück.

»Schauen Sie nur, was Sie angerichtet haben!«, fiel Sammy jetzt ein. »Sie können nur hoffen, dass die Familie dieser toten Lady nicht sieht, wie die arme Frau zugerichtet ist! Warten Sie nur, bis der Leichenbestatter all die blauen Flecken und gebrochenen Knochen sieht.«

»Tote bekommen keine blauen Flecken«, sagte Andy zu ihm. »Und ich glaube auch nicht, dass die Knochen was abbekommen haben.«

Endgültig rastete Sammy aus, als er sah, dass Maybeline blutete. Er stieß Regina gegen den Wagen und riss ihr die Schlüssel aus der Hand. Sie rempelte zurück und trat ihn gegen das Schienbein. Dann schlug sie ihm aufs Auge und biss ihm in die Hand, als er sie am Arm packte. Andy drängte sich zwischen die beiden und nahm Sammy in den Schwitzkasten, als die Tür zum Gebäude aufflog und Dr. Scarpetta, angetan mit Chirurgenkittel und Latexhandschuhen, erschien, um nach dem Grund für den Lärm zu sehen.

»Das reicht«, befahl sie in einem Tonfall, der keinen Widerspruch duldete. »Hören Sie sofort auf!«

VIERUNDZWANZIG

Es wurde schon Mittag, als Fonny Boy endlich herausfand, wie viele Drehungen nach rechts und links erforderlich waren, um das Schloss zu öffnen – ausgehend von der Zahlenkombination 7360, die, wie er vermutete, die nautische Übersetzung für *Seven-Up* war.

Wie er erwartet hatte, gab es in dem Geheimfach eine Flasche Bowman's Wodka, eine Schachtel Zigaretten und, Gott sei Dank, eine Orion-Leuchtpistole aus Kunststoff mit einer Reichweite von 35 Kilometern. Er fand drei Leuchtpatronen, jede mit einer Lichtstärke von 15 000 Candela. Die feuerte Fonny Boy alle drei in gerader Linie in die Luft. Er und Dr. Faux hielten den Atem an, während sie immer noch in dem Boot trieben, hartnäckig verfolgt von dem Krebskorb.

»Du hättest sie nicht alle auf einmal abschießen sollen«, sagte Dr. Faux mutlos und missmutig. »Warum hast du das getan, Fonny Boy? Es wäre viel besser gewesen, wenn du eine abgefeuert und eine Weile gewartet hättest. Dann hättest du eine zweite Patrone abfeuern können und schließlich eine dritte. Jetzt sind wir genau da, wo wir vorher waren, schiffbrüchig, ohne Wasser und ohne Lebensmittel. Stell die Flasche Wodka wieder weg. Davon wirst du nur beduselt, und außerdem entzieht der Alkohol deinem Körper noch mehr Wasser.«

Was weder er noch Fonny Boy ahnten war die Tatsache, dass sich zur gleichen Zeit drei Piloten der Küstenwache und ein Ingenieur in einem orangefarbenen Hubschrauber auf einem Routineflug befanden. Sie flogen in einer Höhe von etwa hundertfünfzig Metern, als drei kleine rote Raketen an ihrer Windschutzscheibe vorbeizischten und ihnen einen gehörigen Schrecken einjagten.

»Herr im Himmel! Was war das?«, rief der Pilot ins Mikrofon.

»Jemand schießt auf uns!«, rief der hinten sitzende Ingenieur aufgeregt zurück.

»Nein, nein, ich glaube, das sind Notsignale. Leuchtkugeln.« Der Kopilot beruhigte seine Kameraden. »Habt ihr nicht gesehen, wie hell die waren? Das war Phosphor.«

»Wir befinden uns nicht in militärischem Sperrgebiet, oder?«

»Nie und nimmer.«

»Dann muss es 'ne Leuchtpistole gewesen sein.«

Die Leuchtsignale verloschen schnell und ließen weiße Kondensstreifen am Himmel zurück, die sich zwar rasch auflösten, doch leicht zu ihrem Ursprung zurückverfolgt werden konnten. Der riesige Hubschrauber wandte sich ostwärts, und wenig später konnten seine Insassen ein Boot mit zwei Leuten an Bord entdecken, die wild die Arme schwenkten. Außerdem bemerkten die Piloten der Küstenwache eine Boje, an der wahrscheinlich ein Krebskorb befestigt war.

»Scheiße. Die sind von Tangier«, sagte der Kopilot.

»Ja, und noch viel schlimmer: Die sind in der Schutzzone«, fügte der Ingenieur hinzu. »Schaut euch die gelbe Boje an. Da hängt ein Krebskorb dran.«

Im gleichen Augenblick, als die Hubschrauberbesatzung die Boje entdeckte, vernahmen Fonny Boy und der Zahnarzt das Geräusch der Rotoren. Fonny Boy war im Hass auf die Küstenwache erzogen worden und in der Überzeugung, die Angehörigen dieser Institution hätten keine andere Aufgabe, als die Fischer zu piesacken. Trotzdem war er ungewöhnlich optimistisch, wofür das rostige Stück Eisen in seiner Tasche verantwortlich war. Sagte seine Mutter nicht immer, dass nichts umsonst geschieht? Hätte er nicht dem Zahnarzt zur Flucht verholfen und wäre ihm nicht das Benzin ausgegangen, mit dem Erfolg, dass er sich von der Küstenwache retten lassen musste, so hätte er niemals das versunkene Schiff entdeckt, dessen Lage er mit dem Krebskorb markiert hatte. Dass dieser von der Strömung fortgetrieben wurde, hatte bisher weder Fonny Boy noch Dr. Faux gemerkt.

»Gott sei Dank«, sagte der Zahnarzt, den Blick auf den rasch näher kommenden Jayhawk gerichtet. »Man hat uns entdeckt!

Und das ist gut so, denn es sieht mir nicht so aus, als hätten wir uns auch nur einen Zentimeter von der Stelle gerührt. Der Krebskorb ist immer noch direkt neben uns. Wenn wir uns bewegen würden, müsste er viel weiter weg sein.«

»Was für eine Dreistigkeit«, sagte der Ingenieur und schüttelte den Kopf. »Fischen hier mitten in der Schutzzone.«

Der Pilot ging langsam hinunter, und die Rotorblätter peitschten das Wasser rund ums Boot auf. Die beiden Schiffbrüchigen senkten die Köpfe und schützten die Augen. Ihre Kleidungsstücke flatterten wie die Lumpen einer Vogelscheuche im Sturm, während aus dem Hubschrauber der Rettungskorb heruntergelassen wurde.

Auch Cruz Morales sehnte sich nach Rettung, auch er war der Verzweiflung nah. Vielleicht war es besser, wenn er sich freiwillig stellte. Wenigstens entkam er dann der Morgenkälte und bekam eine warme Mahlzeit. Er war erschöpft, denn er lief schon Gott weiß wie lange in Richmonds West End herum, nachdem er klugerweise beschlossen hatte, sein Auto stehen zu lassen, nach dem offenbar alle Polizisten und sonstigen Uniformierten Virginias suchten. Zu allem Überfluss musste er sich nun auch noch Sorgen machen, dass man ihm den Überfall und den Mord an der Tankstelle anhängen würde, die er am Abend zuvor beobachtet hatte.

Cruz hatte noch nie ein Gewaltverbrechen begangen, doch als er nun auf dem Campus der Universität von Richmond herumlief und so tat, als sei er ein Student, begann er Pläne zu schmieden, vor denen er selber Angst bekam. Er musste lediglich jemanden finden, den er leicht in seine Gewalt bringen konnte – eine Frau, die nicht besonders sportlich oder energisch aussah. Der konnte er leicht etwas Geld und ihre Autoschlüssel abknöpfen, dann würde er fliehen, das Auto ebenfalls irgendwo stehen lassen (so schnell wie möglich), dann ein anderes Auto klauen und wieder nach New York zurückkehren. Oder noch besser, dachte er, während er auf einen kleinen, quadratischen Backsteinbau zuging, der von Bäumen umgeben an einem Teich in der Mitte des Campus lag, er würde das Auto an einer Bahnstation stehen lassen und mit dem Zug nach Hause fahren.

Am Backsteinhaus war ein Schild, auf dem stand: BAPTIST CAMPUS MINISTRY. Cruz' Englischkenntnisse entsprachen denen eines Zweitklässlers, daher machte er den Fehler, *Baptist* mit *Baptista* in Verbindung zu bringen und anzunehmen, da drinnen spräche jemand Spanisch. Er fuhr sich mit den Fingern durchs Haar und rubbelte seine Zähne mit dem Ärmel seiner Jacke ab, um sein Erscheinungsbild etwas aufzupolieren.

Das Herz klopfte ihm im Hals. Als er die Vordertür öffnete, führte Barbie Fogg gerade eine Studentin in die Warteecke, wo sich auf einem Couchtisch Magazine stapelten und Stoffblumen drapiert waren, die Barbie für wenig Geld auf Flohmärkten erstanden hatte.

»Ich kann es mir lebhaft vorstellen«, sagte Barbie mitfühlend zu der Studentin, die Akne hatte. »Ich selbst habe zwar immer trockene Haut gehabt, da waren Pickel nie ein Problem, aber ich kann mir doch denken, wie Sie sich fühlen. Versuchen Sie es mit meinem Hausarzt, ich bin sicher, dass er Ihnen helfen kann.«

»Das hoffe ich sehr, Mrs. Fogg. Wie gesagt, ich kann an nichts anderes mehr denken, und es macht mich richtig fertig.«

Keine der beiden Frauen achtete auf Cruz, der sich rasch auf ein Sofa hockte und eine Zeitschrift durchblätterte, ohne ein Wort zu verstehen.

»Meine Mutter hat immer gesagt, dass Seife hilft. Wenn Sie die Problemstellen mit Ivory-Seife behandeln, trocknen sie aus«, fuhr Barbie fort und tätschelte der anderen die Schulter. »Ich habe es nie ausprobiert, denn es wäre in meinem Fall kaum hilfreich gewesen. Vielleicht nützt ja auch ein Peeling.«

»Ein Peeling?«

»Mein Arzt bietet chemisches Peeling an. Fragen Sie ihn danach.«

»Das werde ich auf jeden Fall tun. Vielen, vielen Dank, Mrs. Fogg. Sie wissen ja, es hilft schon sehr, wenn man einfach mit jemandem reden kann.«

»Nichts hilft so sehr wie ein gutes Gespräch unter Freundinnen«, stimmte Barbie eifrig zu. »Und haben Sie bloß keine Angst, dass Sie keiner der Collegeboys anspricht. Eines Tages finden Sie

Ihren Prinzen und sind mit ihm glücklich bis ans Ende Ihrer Tage – mit wunderschöner Haut.«

Barbie fühlte, wie sich eine Last auf ihre Seele legte und die Worte hohl und falsch in ihrem Inneren nachklangen. Niemals würde diese junge Frau wunderschöne Haut haben. Sie war schon jetzt mit wütend roten und lilafarbenen Aknenarben übersät, und wenn es überhaupt eine Hoffnung gab, diese Spuren jahrelanger Verwüstung zu beseitigen, dann bestand die einzig und allein in der Laserchirurgie. Und was das Glücklichsein bis ans Ende ihrer Tage betraf, so kannte Barbie niemanden, der das ernsthaft von sich behaupten konnte. Ihr eigenes Leben mit Lennie war schal und ohne wirkliche Nähe. Barbie konnte es kaum abwarten, an diesem Morgen etwas Zeit zu erübrigen, um ihrem NASCAR-Schatz einen Brief zu schreiben.

»Wir sehen uns bald«, versprach sie ihm leise.

»Ja, bis bald«, antwortete die aknegeplagte Studentin beim Hinausgehen.

Erst jetzt bemerkte Barbie den strubbeligen kleinen Mexikaner, der auf dem Sofa saß. Sie runzelte ein wenig die Stirn und spürte einen Anflug von Furcht. Er sah gewiss nicht wie ein Student aus, aber wer kannte sich heute schon mit der schlampigen Mode der jungen Leute aus. Er wirkte auch deutlich zu jung für das College, aber je älter Barbie wurde, desto jünger kamen ihr die anderen vor.

»Kann ich Ihnen helfen?«, fragte sie in dem professionellen Tonfall, den sie in diesem Job gelernt hatte und den sie zu Hause nie benutzen durfte, weil Lenny dann jedes Mal an die Decke ging.

»*Sí*«, antwortete er schüchtern, wobei er kaum die Augen von der Zeitschrift hob.

»Ich spreche nur Englisch, tut mir Leid«, sagte sie. »Sie sprechen doch Englisch, oder?«

Ihre Angst verstärkte sich. Wenn er kein Englisch sprach, wie konnte er dann an der Universität von Richmond studieren? Und wenn er kein Student war, was um alles in der Welt machte er dann hier im Baptisten-Beratungszentrum? Barbie wünschte sich inständig, Reverend Justice wäre heute hier. Er hatte nicht angerufen, um zu sagen, ob er käme oder nicht, und seine Sekretärin war krank. Mit anderen Worten, Barbie war ganz allein in dem kleinen Gebäude.

»*Sí*«, antwortete Cruz. »Sprechen ein wenig Englisch, aber nicht gut.«

»Haben Sie einen Termin?«

»Nein, keinen Termin. Brauchen Hilfe dringend.«

Barbie setzte sich ans andere Ende des Sofas, den Abstand wahrend und wohl wissend, dass es keine gute Idee wäre, den schlecht gekämmten Mexikaner in ihr Büro mitzunehmen und die Tür zu schließen.

»Erzählen Sie mir von sich.« Das war der Standardsatz, mit dem Barbie ihre Sitzungen begann. Immer sehnlicher wünschte sie Reverend Justice herbei.

Aber der Reverend war damit beschäftigt, dem armen, übel zugerichteten Trucker-Fahrer einen Besuch im Krankenhaus abzustatten. Außerdem hatte der Geistliche, wie sich Barbie erinnerte, eine Fülle von dringenden Terminen bei lokalen Fernseh- und Radiosendern wahrzunehmen. Sie kam sich egoistisch vor. Nur weil sie eine Situation etwas schwierig fand, sollte der Reverend diesen armen Menschen, die ihn so viel nötiger brauchten, vorenthalten werden.

»Ich kein Geld«, sagte Cruz zu ihr, während seine kriminellen Absichten langsam zu schwinden begannen. »Ich nicht von hier und kein Geld, um Hause zu fahren. Ich nur in Stadt wegen Arbeit, wissen Sie? Und dann alles passiert. Ich Angst.«

»Nun, in unserer Beratungsstelle gibt es nichts, wovor du dich fürchten müsstest«, sagte Barbie im Brustton der Überzeugung und mit einem Anflug von Stolz. »Wir sind hier, um den Leuten zu helfen. Einen Ort, der sicherer wäre, gibt es nicht.«

»*Sí*, das gut. Ich nicht sicher fühlen und Hunger.« Cruz wischte sich unauffällig eine Träne aus dem Augenwinkel.

Er müsste sich den schwarzen Flaum von der Oberlippe rasieren, dachte Barbie, und seine Haare bräuchten einen ordentlichen Schnitt. Seine Fingernägel sind schmutzig, und er hat ein Tattoo auf dem rechten Handrücken. Der Junge hat ein hartes Leben hinter sich. Der Arme.

»Wie hast du uns gefunden?«, fragte sie laut.

»Ich Schild gesehen und denken, vielleicht die Familie von Gustavo oder Sabina oder vielleicht Carla.«

Barbie verstand kein Wort.

»So ich kommen rein.« Cruz zuckte die Achseln. »Sie wissen Weg für mich nach Hause?«

»Das hängt zuerst einmal davon ab, wie du hergekommen bist«, sagte Barbie verwirrt. »Und wo du zu Hause bist.«

Cruz war nicht besonders schlau, aber er hatte doch begriffen, dass das Auto, das er stehen gelassen hatte, New Yorker Nummernschilder hatte, und er wusste, dass die Cops nach einem Hispano aus New York fahndeten.

Also war es vermutlich ratsam, New York erst einmal nicht zu erwähnen.

»Ich wette, du kommst aus Florida«, sagte Barbie. »Da unten leben eine Menge Hispanos. An unserem zweiten Hochzeitstag ist mein Mann mit mir in die Everglades gefahren. Weißt du, er wollte schon immer mit einem dieser Luftkissenboote fahren, und dann haben wir noch zwei Nächte in Miami Beach verbracht, in einem der wenigen Hotels, die um diese Jahreszeit noch nicht mit Brettern vernagelt waren, weil ich doch so auf Jackie Gleason steh. Hast du schon mal die *Honeymooners* gesehen?

Cruz runzelte die Stirn und kratzte sich am Kopf.

»Na ja, ich dachte gerade, du könntest vielleicht den Bus nach Florida nehmen. Das Campus Ministry hat einen Hilfsfonds, über den wir frei verfügen können, wenn einer unserer Studenten nach Hause muss, aber sich die Fahrkarte nicht leisten kann.«

Cruz geriet in Panik. In Florida kannte er keine Menschenseele.

»Vielleicht gehen nach New York und suchen dort Arbeit«, sagte er plötzlich und hoffte, sie würde nicht auf die Idee kommen, er stamme aus New York und sei daher möglicherweise der Serienkiller, der herumlief und rassistische Verbrechen beging.

»Das ist eine große Stadt«, gab Barbie zu bedenken. »Und es ist sehr schwer, dort Arbeit zu finden. Aber ich sag dir, was ich tun werde. Wie wäre es, wenn ich dir etwas Geld gebe, damit du dir eine Busfahrkarte und etwas zu essen kaufen kannst?«

Eine innere Stimme sagte Barbie, dass es vielleicht nicht sehr klug war, über Geld oder den Hilfsfonds zu reden, aber sie war nun einmal eine leichte Beute für jeden, der ihr Mitleid erregte, und obwohl dieser Junge ganz wunderschöne Haut hatte, so war er doch ein Unglücksrabe und steckte in Schwierigkeiten. Also gab Gott ihr vielleicht ein Zeichen und bedeutete ihr, ein kleines Wunder zu vollbringen, und sie dachte an ihren Regenbogen und fühlte sich ganz warm vor Glück.

»Oh, *gracias, gracias,* vielen Dank«, sagte Cruz voller Erleichterung. »Gott schütze Sie. Sie nett zu mir. Sie mein Leben retten und ich niemals vergessen.« Seine Dankbarkeit tat Barbie gut und bestärkte sie in der Überzeugung, dass sie die richtige Entscheidung getroffen hatte. Sie erhob sich vom Sofa.

»Aber ich muss das noch mit Reverend Justice abklären – wenn ich ihn erreichen kann«, fügte sie hinzu. »Vielleicht hast du schon von ihm gehört. Er ist in letzter Zeit ziemlich bekannt geworden. Ich hoffe, ich kann ihn irgendwo zu fassen kriegen. Er scheint wie vom Erdboden verschwunden zu sein. Warte hier auf mich.«

»Ich bleiben«, versprach Cruz.

Barbie ging zurück in ihr Büro und verriegelte die Tür. Sie rief die Sekretärin an, die sich nicht besonders krank anhörte, als sie den Hörer abnahm.

»Haben Sie eine Ahnung, wo ich den Reverend finden kann?«, fragte Barbie, während sich – Regenbogen hin und Regenbogen her – doch wieder böse Mutmaßungen und Ängste einschlichen.

Wie konnte sie so sicher sein, dass dieser kleine Hispano harmlos war? Was, wenn nicht?

»Haben Sie's bei ihm zu Hause versucht?«, fragte die Sekretärin unfreundlich, als empfände sie Barbies Anruf als Zumutung.

»Da hebt keiner ab«, sagte Barbie frustriert. In diesem Augenblick klopfte es an ihrer Tür.

Gar zu gerne hätte sie Hooter angerufen und sie gefragt, ob sie dem kleinen Hispano Geld geben solle, aber soweit Barbie wusste, gab es im Mauthäuschen kein Telefon.

»Ist da jemand?«, fragte eine laute weibliche Stimme, und das Klopfen wurde stärker.

Barbie eilte zur Tür, um zu sehen, wer es war.

»Bitte schön«, rief sie durch die Tür. »Wer sind Sie, und haben Sie einen Termin?«

»Nehmen Sie auch Leute ohne Termin? Ich muss unbedingt mit jemandem reden, oder ich ertränke mich in dem Teich da draußen. Ich bin zwar keine Baptistin, aber das interessiert bestimmt keinen, wenn ich mir das Leben nehme und die Leute herausfinden, vor allem die, die keine Baptisten mögen, dass Sie nicht mit mir reden wollten«, sagte die Frau unter Tränen.

Regina Crimm war auf höchst ungewöhnliche Weise bei Barbie Fogg und Cruz Morales gelandet, und ihr Timing hätte nicht perfekter sein können.

Trooper Macovich fuhr downtown auf dem Weg in die Villa, um dort die gescheiterte Praktikantin Reggie abzuliefern, als er einen Funkspruch erhielt, dass ein alter Grand Prix mit New Yorker Nummernschildern auf dem Parkplatz des Virginia Country Club gefunden worden sei. Man nahm an, das Auto befinde sich noch nicht lange dort, denn so ein alter, schrottreifer Wagen, der noch nicht einmal ein Kennzeichen aus Virginia trug, musste sofort auffallen. Das war auch tatsächlich der Fall. Eine Frau auf dem Weg zur Tennishalle hatte den Grand Prix entdeckt, als sie ihren Volvo parkte, und augenblicklich die Polizei verständigt.

»Tut mir Leid«, sagte Macovich zu Regina und schaltete Warnlicht und Sirene an. »Das müssen wir überprüfen. Es könnte der Hispano sein, nach dem alle suchen.«

»Schon in Ordnung. Ich verrat nichts«, sagte Regina, die durch Blaulicht und Sirene wieder etwas aufgeheitert wurde, vor allem aber durch das Wissen, dass es eigentlich gegen die Vorschriften der Personenschützer war, sich an Einsätzen zu beteiligen, die unter Umständen Risiken für ein Mitglied der First Family heraufbeschworen.

»Soweit's mich betrifft, sind Sie immer noch 'ne Praktikantin«, sagte Macovich, als er die Broad Street in westlicher Richtung entlangraste, wobei er geschickt dem fließenden Verkehr auswich. »Wenn Sie mich also wieder anschwärzen wolln, wie beim letzten Mal, als ich Sie ganz fair im Billard geschlagen hab, leugne ich alles und sag, dass Sie ganz offiziell bei mir im Auto gesessen ham.«

»Es war Papa, der böse auf sie war«, gab Regina zurück.

»Haha! Nur weil Sie so 'ne schlechte Verliererin sind und sich bei ihm ausgeweint haben!« Mit aufheulendem Motor schoss Macovich bei Gelb über eine Kreuzung.

Reihenweise verdrückten sich die Autofahrer an den Straßenrand, überzeugt, sie hätten sich einen Strafzettel für irgendeine Übertretung eingehandelt. Der Verkehr verlangsamte sich auf fünfzehn Stundenkilometer, weil die Leute sich hinter ihren Lenkrädern verkrochen und sich wünschten, sie hätten die Linien auf der Straße und die Hubschrauber in der Luft beachtet, doch nun war es zu spät, sie waren in die Raserfalle getappt, und der Trooper war hinter ihnen her.

»Der Gouv'nör war nich dabei, als ich gegen Sie gewonnen hab«, fuhr Macovich verärgert fort, ohne in seinem Bemühen zu erlahmen, sich so schnell wie möglich durch die fast unbewegte Masse der Autos zu schlängeln. »Aber Sie mussten mich ja anschwärzen. Und nu kann ich mir nur wünschen, dass der Gouv'nör sich nich an mich erinnert.«

»Er erinnert sich bestimmt nicht an Sie«, sagte Regina. »Er sagt, ihr seht alle gleich aus, aber er meint das gar nicht so bös, wie es klingt. Papa kann die meisten Leute nicht erkennen, und manchmal sagt er Faith zu Constance oder umgekehrt, vor allem wenn sie ohne Make-up und in ihren Morgenmänteln sind.«

»Aus'm Weg, du Arsch!«, brüllte Macovich die Autos an, an denen er sich vorbeidrängte.

Nach wenigen Minuten hatte er den Eingang in der Three Chopt Road erreicht, die Zufahrt zum staatlichen Country Club mit seinem eleganten Clubhaus, den Tennis- und Paddleballhallen und dem weitläufigen Golfplatz. VCC, wie der Virginia Country Club genannt wurde, lag in einem Nobelviertel, wo viele der Häuser die Regierungsvilla an Pracht und Größe noch in den Schatten stellten. Macovich brach der Angstschweiß aus, als er vorsichtig über eine Schikane fuhr. Auch diese Leute dachten, dass Schwarze alle gleich aussehen, nur dass es bei ihnen nichts mit einer Sehschwäche zu tun hatte.

»Ich sag Ihnen, da gibt's nix, was ich so sehr hasse, wie hierher zu kommen«, murmelte er.

»Wieso? Papa ist Mitglied im Club, seit er das erste Mal zum Gouverneur gewählt wurde. Ich bin hier praktisch aufgewachsen.« Eifrig hielt Regina nach dem Grand Prix Ausschau, in der Hoffnung, ihn zuerst zu entdecken.

»Ja. Sie sind so lange Mitglied, wie Sie Ihre Familie ham, aber an dem Tag, an dem Sie versuchen, auf eigene Faust hier reinzukommen und ihr Papa nicht mehr Gouv'nör is, da solln Sie mal sehen, was dann passiert«, sagte Macovich und erblickte das gesuchte Auto neben der Tennishalle. »Leute wie Sie und ich sind in solchen Clubs nicht gern gesehen, damit Sie Bescheid wissen. Und die meisten annern Gouv'nöre lehnen die Mitgliedschaft dort ab, auch wenn's nix kostet, weil sie's nämlich nich mit ihr'm Gewissen vereinbaren können.«

Das war neu für Regina. »Und warum sollten die mich nicht als Mitglied reinlassen? Ich bin weiß und komme aus einer alteingesessenen Familie.«

»Sie gehörn trotzdem zu 'ner Minderheit.«

Über Sprechfunk teilte Macovich mit, dass er den Grand Prix gefunden hatte, und forderte Verstärkung an. Er stieg aus, um den Wagen zu überprüfen, und sah, dass der Schlüssel steckte. Als er starten wollte, stellte sich heraus, dass der Tank leer war. Außerdem bemerkte Macovich, dass sich keinerlei persönlicher Besitz im Auto oder im Kofferraum befand. Er griff erneut zum Funkgerät.

»Sieht so aus, als hätt die Zielperson den Wagen hier abgestellt«, informierte er einen anderen Trooper, der nur wenige Minuten entfernt war. »Ich guck mich mal um, und du sorgst dafür, dass der Wagen abgeschleppt wird.«

»Zehn-vier.«

»Was soll das heißen, ich gehör zu einer Minderheit?«, nahm Regina ihre Unterhaltung mit Macovich wieder auf. »Wie können Sie wagen, mich so zu beleidigen.«

»Ah, verstehe«, ertönte Macovichs verärgerte Stimme aus einer Rauchwolke. »Wenn Se mich 'ne Minderheit nennen, isses keine Beleidigung, aber für Sie isses eine. Na, dann will ich Ihnen mal was sagen, Miss Mehrheit. Jedes Mal, wenn Ihr Daddy nich Gouv'nör is und Ihnen der Personenschutz nich auf Schritt und Tritt folgt, hängen Sie ja wohl bei Babe's zum Billardspielen ab.«

»Nicht *jedes Mal*. Nur die letzten beiden Male. Vorher war ich zu jung. Und was ist so schlimm dabei?«

»Wann is wohl das letzte Mal 'n Mann in dem Schuppen aufgetaucht? Kommen Sie, wir wissen doch alle, warum Sie da hingehn. Vielleicht ergibt sich was mit 'ner geilen Hockeyspielerin, mit Glatze und Dingostiefeln, oder es geht ab mit 'ner Braut auf 'ner Harley, die Sie an der Bar angelabert haben. Vielleicht reißen Sie ja auch 'ne Ärztin oder Anwältin auf, die sich tagsüber hetero gibt und zur Cocktailstunde an irgendwelchen dunklen Plätzen rumhängt, wo sie andre *Mehrheiten* treffen kann. Ihr Leben is verdammt behütet, ja, Mann, da kann man leicht so tun, als hätte man von nix 'ne Ahnung.«

Regina war am Boden zerstört. Sie hatte immer gemeint, wenn ihr Vater nicht im Amt sei, könne sie leben, wie es ihr gefalle. Nie wäre ihr in den Sinn gekommen, dass die Leute sie beobachteten und sich das Maul zerrissen, wenn sie die Frauenkneipe im Carytown Shopping Center besuchte.

Der Gedanke an die Hockeyspielerin rief schmerzliche Erinnerungen an eine der vielen tragisch gescheiterten Romanzen wach. Regina war fürchterlich in D. D. verknallt gewesen, die Schlagzeugerin im städtischen Sinfonieorchester war und Reginas Geburtstag abgewartet hatte, um ihr mitzuteilen, dass sie eine Affäre mit der Tuba hatte und keinen weiteren Kontakt mehr mit Regina wollte.

»Ich hasse mein Leben«, sagte Regina zu Macovich, als dieser auf den Campus der University of Richmond einbog, wo er die universitätseigenen Ordnungskräfte fragen wollte, ob die etwas Auffälliges bemerkt hatten.

»Ich kann es nicht mehr ertragen.« Regina war aufgebrachter, als Macovich sie jemals gesehen hatte. »Sie sind so gemein. Alle sind gemein zu mir. Ein Mensch kann nur ein bestimmtes Maß an Gemeinheit und Demütigung ertragen.«

Macovich fuhr auf einen kleinen Parkplatz am Teich, um dort zu wenden und in die andere Richtung zu fahren.

»Ich bin so unglücklich, ich könnte explodieren! Eines Tages werde ich einfach explodieren, und dann wird nur noch ein Häufchen Asche von mir übrig bleiben!«, sagte Regina. In diesem Augenblick erblickte sie einen weißen Minivan mit einem Regenbogenaufkleber, der vor einem kleinen Backsteingebäude mit dem Schild BAPTIST CAMPUS MINISTRY parkte. »Halten Sie den Wagen an!«, verlangte sie. »Bleiben Sie sofort stehen, oder ich verkneif mir einfach das Atmen, bis ich tot umfalle, und dann werden Sie eine Menge Fragen beantworten müssen. Man wird nicht herausfinden, woran ich gestorben bin, und Sie kriegen die Schuld.«

Macovich trat auf die Bremse und parkte neben dem Minivan, während sich Regina ihren vernachlässigten, ungeliebten Körper in einem Sack im Leichenschauhaus vorstellte. Dr. Scarpetta würde sich ungewöhnlich viel Zeit nehmen, Regina zu untersuchen, und schließlich zugeben müssen, dass es keinen erkennbaren Grund für ihren Tod gab.

»Sie ist möglicherweise an gebrochenem Herzen gestorben«, würde die berühmte Gerichtsmedizinerin Reginas hoch gestellten Eltern mitteilen.

Oder besser noch, sie, Regina, würde eine Möglichkeit finden, sich selbst in Brand zu setzen, genau wie der Angler, und dann würde Andy den Rest seines Lebens damit zubringen, ihren mysteriösen, tragischen und verfrühten Tod zu untersuchen. Er würde nicht mehr schlafen können, wäre verstört, von Schuldgefühlen geplagt und würde wie ein Besessener versuchen, die tatsächlichen Umstände ihres Todes zu ermitteln. Von morgens bis abends würde er an sie denken und wünschen, er wäre netter zu ihr gewesen und hätte sie nicht aus ebendem Leichenschauhaus geworfen, in dem er sie nun besuchte, da es zu spät war.

Regina ging am Minivan mit dem Regenbogenaufkleber vorbei zum Beratungszentrum, wo, wie sie annahm, homosexuelle Baptisten Hilfe finden konnten. Wie ungerecht, als männlicher oder weiblicher homosexueller Baptist geboren zu werden. Regina war überrascht, dass die Universität von Richmond genügend homosexuelle Baptisten als Studenten hatte, um eigens für sie eine Beratungsstelle zu unterhalten. Sie erklomm die Vordertreppe und betrat die Eingangshalle, wo ein junger Mexikaner, von dem sie annahm, er sei ein schwuler Baptist, auf einem Sofa saß. Sich ihres aufgequollenen, tränenüberströmten Gesichts bewusst, wandte sie sich von seinem neugierigen Blick ab und schnaubte sich die Nase, während durch ihren schweren Körper erneut eine Welle der Traurigkeit lief. Andy würde es noch Leid tun, o ja, und wie. Tief betrübt würde er sich auf den Weg ins Leichenschauhaus machen, um seiner Partnerin, Officer Reggie, Lebewohl zu sagen.

»Bitte, lassen Sie mich einen Moment mir ihr allein«, würde er Dr. Scarpetta bitten. »Es ist alles meine Schuld. Ich habe mich nicht getraut, ihr zu zeigen, wie viel sie mir bedeutete und wie sehr ich sie brauchte, und nun ist es zu spät! All die Belastungen in ihrem Leben und meine Unfreundlichkeit waren zu viel für sie, und da ist sie in Flammen aufgegangen!«

Vielleicht war wirklich eine Spur von Hellseherei in Reginas Phantastereien – genau in dem Augenblick, als sie über das Phänomen der spontanen Selbstentzündung nachdachte, war Andy auf dem Weg zurück ins Hauptquartier, um einen Trooper-Truth-Artikel über genau dieses Thema ins Internet zu stellen.

Die Wahrheit über spontane Selbstentzündung

von Trooper Truth

Zwar gibt es keinen Beweis dafür, dass Menschen ohne mechanische oder chemische Einwirkung buchstäblich explodieren können, dennoch steht fest, dass Menschen gelegentlich verbrennen, ohne dass ein externes Feuer vorliegt. Ich lege Wert auf diese Unterscheidung, weil Sie, geschätzter Leser, fälschlicherweise annehmen, *Entzündung* bedeute das Gleiche wie *Explosion*. Unzweifelhaft kann auch eine Entzündung, ein Verbrennungsprozess, erhebliche Energien freisetzen, doch wenn ich im Kontext dieses Artikels von *entzünden* oder *Entzündung* spreche, meine ich stets, dass etwas oder jemand verbrennt.

Seit Jahrhunderten wird über Spontane Selbstentzündung *(Spontaneous Human Combustion* oder *SHC)* berichtet, allerdings nicht immer sehr glaubhaft. Romanautoren wie Melville oder Dickens zum Beispiel haben die Spontane Selbstentzündung als Instrument höherer Gerechtigkeit verwendet, als Beweis dafür, dass, wer böse und ungerecht anderen gegenüber handelt, eines Tages von der gerechten Strafe ereilt wird, indem er jämmerlich verbrennt, während er seinen finsteren Geschäften nachgeht.

Vielleicht mag es einige unter Ihnen überraschen, doch es gibt eine wissenschaftliche Erklärung für Selbstentzündung. In Experimenten mit den Körpern (oder Körperteilen) von Toten, die ihren Leichnam der *Body Farm* in Knoxville, Tennessee, vermacht haben, konnte gezeigt werden, dass ein einmal entzündeter Körper unter bestimmten Bedingungen weiterbrennt, bis er fast vollständig eingeäschert ist. Normalerweise dauert es ein bis dreieinhalb Stunden, bis ein Körper zu Knochenresten und Asche wird, ein Prozess, der sich in extrem heißem Feuer oder in Krematoriumsöfen vollzieht.

Daher glaubte ich, wie ich gestehen muss, der forensische Anthropologe Dr. Bill Bass erlaube sich einen Scherz mit mir, als er mir erzählte, eine seiner Studentinnen hätte ihre Magisterarbeit über Spontane Selbstentzündung geschrieben.

»Menschen gehen nicht einfach in Flammen auf«, protestierte ich, als wir gemeinsam bei den Calhouns in Knoxville zum Barbecue eingeladen waren. »Ich kann das einfach nicht glauben.«

»Sie gehen nicht buchstäblich in Flammen auf«, sagte er und nippte an seinem Glas Eistee, während die untergehende Sonne ihr prachtvolles Farbenspiel auf dem Tennessee River inszenierte. »Aber sie brennen über einen beträchtlichen Zeitraum.«

Diese merkwürdige Unterhaltung fand im letzten Frühjahr statt, als ich die *Body Farm* aufsuchte, um in Erfahrung zu bringen, ob die Wissenschaftler dort Versuche zur Mumifizierung von Menschen durchgeführt hatten. Ich war gerade aus Argentinien zurückgekehrt und hatte noch immer ein lebhaftes Interesse an Mumien. Daher hoffte ich, Dr. Bass wäre vielleicht bereit, an einer der zur Verfügung stehenden Leichen eine Einbalsamierung nach altägyptischer Art vorzunehmen. Er sah jedoch keinen Nutzen darin und erklärte, es würde äußerst schwierig sein, alle erforderlichen Substanzen und Chemikalien aufzutreiben, und selbst wenn es gelänge, würde es das Budget des Departments weit übersteigen.

Doch dann erzählte mir Dr. Bass – ich denke, dieser freundliche und bescheidene Mann wollte mich nicht gar so enttäuscht davonfahren lassen –, dass man auf der *Body Farm* höchst ungewöhnliche Experimente zur Spontanen Selbstentzündung durchführe, die mich vielleicht interessieren würden. Sie interessierten mich sogar sehr, und im Laufe der nächsten Wochen suchte ich die Farm mehrfach auf. Sie ist kein besonders angenehmer Ort, und für all jene Leser, die noch nie von dieser Forschungsstätte gehört haben, folgt hier eine kurze Beschreibung.

Die *Anthropological Research Facility (ARF)* der University of Tennessee oder – wie die meisten von uns sie nennen – die *Body Farm* befindet sich auf einem großen bewaldeten Gelände und ist durch einen hohen mit Stacheldraht bewehrten Holzzaun geschützt. Seit etwa fünfundzwanzig Jahren beschäftigen sich Anthropologen und Rechtsmediziner dort aus nahe liegenden Gründen mit der Zersetzung menschlicher Leichen. Ohne genaue Kenntnis, wie sich der menschliche Körper unter verschiedenen Bedingungen und über längere Zeiträume verändert, wäre eine nachträgliche Bestimmung des genauen Todeszeitpunkts völlig unmöglich.

Soweit mir bekannt ist, ist die *Body Farm* die einzige Einrichtung ihrer Art, die es Forschern und Wissenschaftlern ermöglicht, wichtige Experimente an Toten durchzuführen – Experimente, die in Leichenschauhäusern, medizinischen Einrichtungen oder Bestattungsinstituten nicht erlaubt sind. Doch wenn der *Body Farm* eine Leiche zur Verfügung gestellt wird, ist von vornherein klar, dass die sterblichen Überreste Forschungszwecken dienen werden. In diesem Fall hieß es, dass ein amputiertes Bein in Brand gesteckt wurde, um zu sehen, ob es ohne Zuführung weiterer Brennstoffe vollständig zu Asche verbrennen würde.

Das brillante Experiment der Anthropologin Dr. Angi Christensen lässt sich wie folgt zusammenfassen: Das Gewebe wurde mit Hilfe eines Baumwolldochts entzündet, woraufhin die Gliedmaße weitere fünfundvierzig Minuten brannte, weil das schmelzende Fett vom Docht aufgesogen wurde und das Feuer nährte (ein Vorgang, der auch als *Dochteffekt* bezeichnet wird). Versuche zur Knochenverbrennung zeigten, dass Knochen, die von Osteoporose befallen (oder aus anderen Gründen dünner) sind, schneller und vollständiger verbrennen als gesunde Knochen. Nach vielen eingehenden Versuchen und mathematischen Berechnungen gelangte Dr. Christensen zu dem Schluss, dass der menschliche Körper in manchen Fällen tatsächlich bei sehr geringer Wärmeentwicklung verbrennen kann, falls Baumwollkleidung die Dochtfunktion übernimmt.

Übergewichtige ältere Frauen mit dünnen Knochen und Hauskleidern aus Baumwolle sind einer erhöhten Gefahr ausgesetzt, diesem so seltenen wie entsetzlichen Prozess zum Opfer zu fallen.

Nehmen wir Ivys Fall als Beispiel, deren Nachnamen ich hier mit Rücksicht auf ihre Familie nicht preisgeben möchte.

Ivy war eine vierundsiebzigjährige weiße Frau, die laut Führerschein und Aussagen der Nachbarn bei einer Körpergröße von etwa einem Meter fünfzig fast 90 Kilo wog. Bis zu ihrem ungewöhnlichen Feuertod besserte sie die magere Sozialhilfe und das wenige Geld, das ihr Mann Wally nach seinem plötzlichen Tod hinterlassen hatte, durch Babysitten etwas auf. Dabei war Ivy niemals länger als ein halbes Jahr bei einer Familie tätig, denn spätestens dann war der Eindruck, den sie auf die Eltern machte, nach einer Reihe verdächtiger Situationen so befremdlich geworden, dass die Eltern sich entschlossen, die merkwürdige Frau zu entlassen, auch wenn sie ihr kein Verschulden nachweisen konnten.

Ivy hatte das unstillbare Bedürfnis, gebraucht zu werden, und glaubte, nichts mache sie so unentbehrlich wie ein krankes oder verängstigtes Kind. Sie achtete darauf, dass sie niemals Kinder betreute, die alt genug waren, um sich auf verständliche und glaubhafte Art zu äußern. Daher hörten die Eltern nie von Ivys Untaten, waren aber trotzdem höchst beunruhigt, wenn sie nach Hause kamen und feststellten, dass der kleine Jimmy oder die kleine Mary Magenkrämpfe, Durchfall, verdächtige Beulen, Verbrennungen oder hysterische Zustände hatte.

Mehrere ehemalige Klienten nannten sie hinter ihrem Rücken Poison Ivy und behaupteten, sie habe dem Essen der Kinder heimlich Abführmittel oder andere Medikamente zugesetzt oder es durch zu viele Gewürze unbekömmlich gemacht. Eines der Paare war überzeugt, die Frau habe ihr zweijähriges Kind vorsätzlich mit einer Zigarette verbrannt, während Ivy steif und fest behauptete, das Kind habe die Zigarette aus dem Aschenbecher genommen und sei auf ihr herumgetrampelt, was die acht Verbrennungen auf den kleinen Fußsohlen erklären würde. Am Ende rankten sich so viele Geschichten und Skandale um Ivys Person, dass sie es für besser hielt, sich zur Ruhe zu setzen. Doch damit begannen ihre Probleme erst.

Fortan saß Ivy meist ganz allein in ihrem kleinen Fertighaus mit billigem Portwein, Zigaretten und Knabberzeug vor dem Fernsehapparat. Von Osteoporose und Arthritis geplagt, konnte sie sich nur noch gebückt und gekrümmt fortbewegen. Niemand rief sie an, und niemand brauchte sie. So fing sie an, nicht nur ihr Leben zu hassen, sondern auch alle Menschen, die darin jemals eine Rolle gespielt hatten. Vor allem aber ahnte sie nicht, dass sie auf dem besten Wege war, ein Schulbeispiel für Spontane Selbstentzündung zu werden.

Das Schicksal wollte es, das Ivy am Weihnachtsmorgen 1987 besonders trüber Stimmung war. Da es kalt war, zog sie sich ein Baumwollhauskleid mit langen Ärmeln an. Ihr Sohn, der in der Nähe wohnte, aber selten anrief und nie vorbeikam, hatte ihr eine Schachtel Schokoladenpralinen geschenkt. Sie öffnete sie und mixte sich einen kräftigen Screwdriver. So bewaffnet, nahm sie auf der Kunststoffcouch vor dem Fernseher Platz, wo sie den ganzen Morgen über rauchte und trank. Auf dieser Couch fand man dann auch zwei Tage später ihren weitgehend verbrannten Körper, als der kubanischen Dame von nebenan auffiel, dass die Zeitungen unberührt vor Ivys Tür lagen.

Vielleicht ist es für Sie, geschätzter Leser, von Interesse, dass Dr. Kay Scarpetta, die Leitende Rechtsmedizinerin des Staates Virginia, den Fall untersuchte. Sie hatte gerade ihre Ausbildung am Rechtsmedizinischen Institut von Dade County begonnen und gehörte zu den ersten Personen, die den Schauplatz dieses höchst unklaren Falls in Augenschein nahmen. Weder die Brandexperten noch die Kriminalbeamten hatten bisher etwas Ähnliches gesehen, was nicht überraschend ist, bedenkt man, dass es seit 1600 erst 200 dokumentierte Fälle von Spontaner Selbstentzündung gibt. Ivys Rumpf war einschließlich der Knochen fast vollständig verbrannt, obwohl es im ganzen Haus keinen Hinweis auf eine Brandursache gab. Auch wenn man zu diesem Zeitpunkt noch nicht viel über Spontane Selbstentzündung wusste, lässt sich Ivys Fall im Nachhinein leicht rekonstruieren.

Als Ivy volltrunken und bewusstlos war, fiel ihr die brennende Zigarette aus dem Mund und setzte das Hauskleid in Brand. Unter dem Einfluss der Hitze schmolz das Körperfett und wurde vom Baumwollkleid aufgesaugt, das damit die Funktion eines Dochtes übernahm. So wurde das Feuer bei geringer Hitze über viele Stunden genährt, bevor es – lange nach Ivys Tod – langsam erstarb. Es ist ein glücklicher Zufall, dass ich mich mit diesem seltenen Phänomen befasst habe, denn dieser Umstand erlaubt mir, im Hinblick auf den rätselhaften Tod des Anglers Caesar Fender, dessen verbrannter Körper vor kurzem in der Canal Street gefunden wurde, zwei Dinge mit Bestimmtheit feststellen zu können:

Spontane Selbstentzündung ist kein übernatürliches Phänomen, und die Umstände von Caesars Tod erfüllen keines der Kriterien, die vorliegen müssen, damit wir von Spontaner Selbstentzündung sprechen können.

Erstens deuten weiß-graue Rückstände in seinem Brustkorb eindeutig auf eine externe Brandursache hin. Außerdem war Caesar nicht besonders alt, nicht übergewichtig, und auch seine Knochen dürften nicht ungewöhnlich dünn gewesen sein. Vor allem aber trug er keine Baumwollkleidung, daher konnte der Dochteffekt nicht eintreten. Im Übrigen lässt nichts darauf schließen, dass er zum Zeitpunkt seines Todes geraucht hätte, auch wenn ein Tatzeuge, der inzwischen zum Hauptverdächtigen avanciert ist, behauptet, Caesar habe ein Einwegfeuerzeug in der Brusttasche getragen. Dieses Feuerzeug, oder seine Überreste, wurde weder am Tatort noch im Leichenschauhaus gefunden.

Daher bin ich davon überzeugt, dass es sich um einen Mord handelt, der mit Hilfe einer Leuchtpistole begangen wurde, und ich denke, dass Dr. Scarpetta meine Auffassung teilt. Caesars Tod weist also keinerlei Übereinstimmung mit dem Ableben von Poison Ivy auf, die sich mit allen Mitteln und auf Kosten anderer die Aufmerksamkeit ihrer Umwelt zu verschaffen suchte. Dieses krankhafte Verhalten bezeichnet man als Münchhausen-Stellvertreter-Syndrom. Im Grunde bewirkt es einfach, dass jemand anderen Menschen, die sich nicht wehren und nicht davon berichten können – also meist Kindern und alten Menschen –, Schaden zufügt. Das Motiv des Täters ist der Wunsch, Mitgefühl und Aufmerksamkeit zu ernten oder sich das Gefühl zu verschaffen, gebraucht zu werden, wenn er oder sie sein Opfer zum Arzt oder ins Krankenhaus bringt.

»Ach, ich weiß nicht, was meinem Baby fehlt«, schluchzt die durchtriebene Täterin beim Arzt. »Aber es hat schrecklichen Durchfall, ist völlig ausgetrocknet und viel zu schwach, um aufzustehen. Ich bin völlig am Ende und weiß nicht, was ich tun soll. Es ist doch mein Ein und Alles. Zwei Kinder haben wir schon verloren, und wenn dieses noch stirbt, will ich auch nicht mehr leben!«

Häufig nimmt die Person, die dieses Syndrom aufweist, ihr Opfer auch in den Arm, weint und tröstet es.

»Mein armes kleines Baby«, ruft die grausame und hinterhältige Person aus, »ach, mein armes kleines Baby! Wie hast du dir nur die Füßchen verbrannt? Ach, sorg dich nicht, ich kümmere mich doch um dich. Wein doch nicht, bitte wein doch nicht und sei auch nicht böse auf mich. Ich habe doch gar nichts getan, mein kleiner Schatz.«

Das Baby indessen weint und schreit und klammert sich voller Schmerz und Verzweiflung an den Hals ebender Person, die für sein Elend verantwortlich ist, während diese beim Arzt die gewünschte Aufmerksamkeit und Zuwendung erhält.

Ich halte es durchaus für möglich, dass Major Trader, neben seiner Neigung, in die Piratengewohnheiten seiner Vorfahren zurückzufallen, auch unter Münchhausen leidet. Er vergiftet andere, um sie manipulieren zu können und um das Gefühl zu haben, gebraucht zu werden. Wenn Sie, geschätzter Leser, ihn sehen oder wissen, wo er sich aufhält, benachrichtigen Sie bitte sofort die nächste Polizeidienststelle. Zuletzt wurde er gesehen, als er heute Morgen sein Grundstück verließ und am Steuer seines Wagens ein Sandwich verzehrte. Da er sich einer Verhaftung widersetzt hat, wird nach ihm gefahndet. Es ist äußerste Vorsicht geboten, denn Trader gilt als gewalttätig und rücksichtslos. Vor allem sollten Sie keine Nahrungsmittel, insbesondere keine Süßigkeiten, von ihm annehmen.

Passen Sie gut auf sich auf!

FÜNFUNDZWANZIG

»Ich bin zwar genau der gleichen Meinung.« Dr. Scarpettas Stimme ertönte aus dem Lautsprecher in Hammers Büro, kurz nachdem Trooper Truths letzter Artikel heftige Wellen im Cyberspace geschlagen hatte.

»Dennoch wäre es mir lieber, wenn ich keine Informationen über Leuchtpistolen oder andere Einzelheiten meiner Fälle im Internet lesen würde.«

»Niemand hat Einfluss auf das, was Trooper Truth im Internet veröffentlicht», antwortete Hammer und warf Andy einen missbilligenden Blick zu. »Er schreibt anonym, wenn wir einmal davon ausgehen wollen, dass es sich um einen Mann handelt.«

»Woher weiß er über den Fall in Miami Bescheid?«, wollte Dr. Scarpetta wissen.

»Vielleicht hat er sich im Internet über Spontane Selbstentzündung informiert?«, mischte sich Andy ein. »Ich nehme an, bei einer so sensationellen Geschichte gab es eine Fülle von Berichten.«

»Ja, wie immer in einem solchen Fall.«

»Und was nun?«, fragte Hammer, während sie ihre Runden drehte.

»Ich habe die graue Substanz ins forensische Labor geschickt. Wir werden sehen, ob sie oxidiertes Strontium, Kaliumperchlorat, Phosphor oder ähnliche Chemikalien enthält«, teilte Dr. Scarpetta ihnen über den Lautsprecher mit.

»Ansonsten können wir davon ausgehen, dass die Todesursache eine vierzigprozentige Verbrennung der Körpermasse ist, alles andere ist vorläufig noch ungewiss. Ich denke aber, Sie sollten von einem Mordfall ausgehen, es sei denn, wir finden heraus, dass er Leuchtpatronen am Körper trug, die sich von selbst entzündet haben.«

»Trader hat gelogen. Was für eine Überraschung!«, sagte Andy zu Hammer und legte auf. »So viel also zu dem Hispano mit New Yorker Nummernschildern.«

Leider konnte Trooper Macovich nicht wissen, worüber Hammer und Andy sprachen. Während Macovich im Auto darauf wartete, dass Regina ihren Besuch bei Barbie in der Beratungsstelle beendete, kam Cruz Morales heraus, um eine Zigarette zu rauchen, und entdeckte den zivilen Streifenwagen. Die Beratungsschlampe hatte also die Bullen gerufen! Er warf die Zigarette fort und begann zu rennen, womit er Macovich sofort auf sich aufmerksam machte. Der erkannte den Mexikaner wieder, den er an Hooters Mautstation angehalten hatte. Auch Macovich warf seine Zigarette fort und sprang aus dem Auto, um Cruz zu verfolgen.

»Stehen bleiben, oder ich schieße!«, brüllte Macovich, während er seine Pistole zog.

»Ja, ich habe schon daran gedacht, mich zu erschießen«, sagte Regina zu Barbie Fogg. Keine von beiden ahnte, was sich zur gleichen Zeit auf dem Parkplatz abspielte. »Aber ich habe keine Waffe.«

»Da bin ich aber sehr beruhigt!«, sagte Barbie erleichtert.

»Ich weiß nicht, was mit mir los ist.« Regina weinte hinter der geschlossenen Tür von Barbies Büro, dessen Einrichtung aus einem blau lackierten Schreibtisch, einem rosafarbenen Sofa und einer Unmenge von Seidenarrangements in beruhigenden Pastellfarben bestand. »Ich komm mir vor, als wäre ich von einem anderen Planeten. Ich denke, ich sage das Richtige, dabei trete ich allen dauernd auf die Füße. Ich habe überhaupt keine Freunde, und selbst wenn ich einen hätte …« Sie blickte auf ihre Armbanduhr. »Na, ich denke, vor etwa drei Stunden hatte ich noch einen, aber das ist vorbei. Ich glaube, das war die längste Unterhaltung, die ich je gehabt habe. Auf jeden Fall hat mir noch nie jemand so lange zugehört«, fügte Regina kläglich hinzu.

»Wer war dieser Freund, den Sie vor drei Stunden noch hatten?« Barbie lauschte aufmerksam in ihrem lavendelfarbenen Stuhl.

»Andy. Erst durfte ich seine Partnerin sein, und dann konnte er mich plötzlich nicht mehr ausstehen.«

»Seine Partnerin? Also ist er ihr Freund oder war es jedenfalls?« Barbie war ein wenig überrascht.

Wenn sie jemals eine Frau gesehen hatte, die auf Männer vollkommen reizlos wirken musste, dann war es dieses arme Ding. Die junge Frau brauchte dringend eine radikale Runderneuerung. Wenn man Barbie diese fast aussichtslose Aufgabe übertragen hätte, hätte sie vermutlich bei Reginas Farbgebung angefangen, obwohl die schwierig zu bestimmen war. Reginas blasse, vernachlässigte Gesichtsfarbe und ihr dunkles Haar ließen sich sicherlich durch starke Farben betonen, zum Beispiel Kohlschwarz oder Rot, doch Barbie war überzeugt, dass nur äußerst weibliche Frauen Farben tragen konnten, die so nachdrücklich Stärke und Durchsetzungsvermögen signalisierten.

Auf keinen Fall durfte Regina etwas tragen, was ihre Aggressivität noch unterstrich. Vielleicht würde ihr Erscheinungsbild sanftere Konturen gewinnen, wenn sie 35 Kilo abnahm, Make-up auflegte, sich einen vernünftigen Haarschnitt zulegte und ihr Gesichtshaar entfernen ließ, dachte Barbie.

»Nein, er war nicht mein Freund«, sagte Regina in einem entrüsteten Tonfall, der ihre verletzten Gefühle und ihr extrem negatives Selbstbild erkennen ließ.

»Haben Sie oft Kopfschmerzen?«, fragte Barbie.

Regina putzte sich lautstark die Nase. »Natürlich. Wie sollte jemand in meiner Situation nicht ständig unter furchtbaren Kopfschmerzen leiden?«

Oje, dachte Barbie. Sie würde diesem armen Mädchen praktisch alles beibringen müssen, auch wie sich eine Dame die Nase putzt.

»Sie machen ein viel zu finsteres Gesicht, dabei runzeln Sie die Stirn und haben schon viel zu viele Falten«, bemerkte Barbie. »Ich glaube, hier könnten wir mit Botox arbeiten. Ich kann Ihnen einen Termin bei meinem Arzt verschaffen. Aber lassen Sie uns erst über Ihren Freund reden und darüber, was passiert ist.«

»Andy ist nicht mein Freund!« Regina weinte noch heftiger.

Ihr Gesicht war jetzt fleckig und verquollen. »Heute morgen hat er mir erlaubt, seine Praktikantin zu sein, und wir sind zusammen ins Leichenschauhaus gefahren, und dann war er plötzlich total gereizt.«

»Andy arbeitet im Leichenschauhaus?« Barbie war entsetzt.

Das wurde ja immer schlimmer. Der letzte Ort, an dem sich Regina aufhalten sollte, war ein Leichenschauhaus, denn das gab dem Gedanken an Winterfarben einen noch geschmackloseren und unangebrachten Aspekt.

Wer sich in einem Leichenschauhaus aufhielt, sollte kein kräftiges Rot oder Schwarz tragen.

»Er ist ein Trooper«, erklärte Regina mit wachsender Ungeduld. »Aber die Dame, die das Leichenschauhaus leitet, mochte mich auch nicht und wollte mich nicht bei der Autopsie zuschauen lassen, bloß weil ich nicht richtig buchstabieren kann.«

Stumm und verwirrt lauschte Barbie.

»Sie wissen schon«, fuhr Regina fort. »Die Chefin.«

»Ja, richtig. Ich habe über sie gelesen und sie im Fernsehen gesehen«, sagte Barbie. »Mit ihrem blonden Haar und der schlanken Figur stehen ihr Winterfarben bestimmt ausgezeichnet. Ich glaube aber, bei Ihnen sollten wir etwas anderes probieren. Vielleicht Sommerfarben. Haben Sie jemals einen Rock getragen?«

»Winterfarben? Einen Rock? Was ist das hier, eine Kosmetikberatung?« Regina war verletzt und verärgert. »Ich bin hierher gekommen, um über meine Probleme zu reden, und nicht, damit ich in meine Mutter verwandelt werde!«

»Über Ihre Mutter reden wir ein anderes Mal!«, lenkte Barbie Ihre Klientin ab. »Eins nach dem anderen. Wir werden eine Menge Sitzungen brauchen, meine Liebe. Aber ich denke, wir sollten uns erst mit Andy befassen, denn der hat ganz offensichtlich Ihre Gefühle verletzt.«

»Noch nie hat mir jemand so viel Aufmerksamkeit geschenkt wie er, und ich bescheuertes Arschloch fall natürlich drauf rein.« Erneut flossen die Tränen. »Er sagte, ich hätte keine Freunde, weil ich egozentrisch bin und nie auf die Gefühle anderer Rücksicht nehme, und dann hat er mich auf den Parkplatz geschickt und mich angeschrien, nur weil ich nach dem Schlüssel gesucht habe und eine Leiche auf den Beton gefallen ist.«

»Du liebe Güte!«

Das war mehr, als Barbie verkraften konnte. Die Bilder, die ihr durch den Kopf wirbelten, waren einfach zu viel für sie und würden sie sicherlich um den so dringend erforderlichen Schlaf bringen.

»Ich habe meine Chance verpatzt«, schluchzte Regina. »Das sehe ich ein, und ich weiß nicht, was ich dagegen tun kann. Ich wünsche mir so sehr, dass er mich wegen irgendwas achtet und bewundert, aber mir fällt einfach nichts ein.«

»Wir Frauen müssen uns alle Lob und Bewunderung sehr hart verdienen.« Endlich gab es etwas, was Barbie verstand. »Und ja, es ist sehr wichtig. Alles, was Sie jetzt brauchen, ist ein kleines Projekt. Was für ein Projekt könnte Sie denn auf den richtigen Weg bringen? Etwas, was Sie ganz alleine schaffen, etwas, was andere beeindruckt und Ihr Ansehen hebt.«

Eine Minute dachte Regina angestrengt nach, wobei sie mehrfach schniefte und sich die Nase putzte.

»Wie wäre es mit einer Wachsmaske und einer vollständigen Gesichtsbehandlung?«, schlug Barbie vor. »Und dann könnten wir eine Diät und etwas Yoga andenken.«

Wenn sie sich nur ein einziges Mal bewähren könnte, dachte Regina.

»Papa braucht ein Blindenpferd«, sagte sie und spürte, wie sich eine kleine Hoffnung in ihrem Herzen regte. »Vielleicht könnte ich mich um das Pferd kümmern. Jemand muss es doch bürsten und füttern und die Kommandos mit ihm üben.«

»Ihr Vater hat ein Pferd, das blind ist?« Barbie runzelte die Stirn, ohne dass sich ihr Gesichtsausdruck veränderte, denn die gelähmten Muskeln in ihrer Stirn blieben glatt und ausdruckslos.

»Nein, nein. Er selbst kann kaum sehen und will ein Minipferd, denn wir haben ja schon Frisky.«

»Oh. Nun, das ist doch eine nette Idee.« Barbie versuchte, Regina Mut zu machen. »Warum fangen Sie denn nicht damit an? Beginnen Sie damit, dass Sie die Verantwortung für das kleine Blindenpferd Ihres Vaters übernehmen.«

»Er könnte es sogar morgen Abend zum Rennen mitnehmen und dafür sorgen, dass jeder sieht, wie ich mich um das Tier kümmere«, sagte Regina, schon etwas besserer Stimmung. »Das wird alle beeindrucken, sogar Andy.«

»Was für ein Zufall«, staunte Barbie und dachte an ihren magischen Regenbogen, der in ihrem sonst so inhaltsleeren Leben die merkwürdigsten Verbindungen schuf. »Wissen Sie, ich gehe nämlich morgen auch zum Rennen. Ich könnte Sie vorher ein bisschen zurechtmachen, wer weiß, vielleicht treffen Sie ja einen attraktiven Rennfahrer.«

»Ach bitte, kommen Sie doch zu uns in Papas Loge!« Regina war ganz aufgeregt und brachte sogar so etwas wie Dankbarkeit zum Ausdruck. »Das wäre toll. Aber ich will keinen Rock tragen. Das kommt nicht in Frage, es sei denn, Sie denken, es würde Eindruck auf die Leute machen. Vielleicht könnten das Pferd und ich in Ihrem Minivan mitfahren. So ein Blindenpferd ist nicht größer als Frisky.«

»Warum nicht?«, überlegte Barbie, die annahm, Frisky sei eine Katze und das Minipferd würde daher leicht in einen Katzenkorb im hinteren Teil des Wagens passen. »Sagen Sie mir nur, wo ich Sie abholen soll.«

»Kommen Sie morgen Mittag in die Gouverneursvilla«, sagte Regina glücklich. »Da können Sie mich dann auch zurechtmachen.«

Unique dachte ebenfalls daran, sich zurechtzumachen, als sie in ihrer tristen Wohnung, die ihr wohlhabender Vater, ein angesehener Arzt, bezahlte. Zwar nahm sie jede Hilfe von ihm an, verachtete ihn aber ansonsten. Unique lag nackt auf dem Bett mit dem schwarzen Überwurf und sortierte die Polaroidfotos der verschiedenen Menschen, die sie im Laufe der letzten Jahre umgebracht hatte. Doch während sie ihre Verbrechen erneut durchlebte, empfand sie dieses Mal nicht die übliche Spannung und sexuelle Erregung, denn sie fürchtete sich ein wenig.

Als Smoke und sie gestern Abend von der Tankstelle geflohen waren, war ihnen der kleine Mexikanerjunge in dem heruntergekommenen Grand Prix aufgefallen, und Unique hatte Smoke befohlen, ihm zu folgen. Unique hatte sich keine Mühe gegeben, ihre Moleküle in die Unsichtbarkeitskonfiguration zu bringen, als sie in die Tankstelle ging, denn es war schon sehr spät. Zwar hatte sie den Grand Prix gesehen, doch nicht bemerkt, dass sich der Fahrer ganz in der Nähe befand, denn in der Telefonzelle brannte kein Licht. Und so war Unique nicht unsichtbar gewesen, als sie der Tankwärterin das Hirn rauspustete. In dem Augenblick, als sie den Laden verließ, stürzte der Mexikaner aus der Telefonzelle und raste in seinem Auto davon.

Smoke war es nicht gelungen, an dem Grand Prix dranzubleiben, und nun musste Unique damit rechnen, dass da draußen jemand herumlief, der der Polizei eine genaue Beschreibung von ihr liefern konnte. Sie starrte auf das blutige Foto von T. T. und dachte daran, wie sie auf der Leiche gehockt und sie mit dem Teppichmesser aufgeschnitten hatte, während T. T.s noch warmes Fleisch und Blut eingingen in Uniques *Projekt* und von ihrer unersättlichen Dunkelheit verschlungen wurden. Jedes ihrer Opfer wurde ihrem Wesen einverleibt. Schon vor langer Zeit hatte der Nazi ihr mitgeteilt, dass diese gewaltsame sexuelle Transsubstantiation – ihr *Projekt* – erforderlich war, um den Nazi am Leben zu erhalten. Und dass auch Unique sterben müsse, wenn er sterben sollte.

Uniques ängstliche Augen wanderten durch das Schlafzimmer, über die billigen schwarzen Möbel, die schwarzen Kerzen, die Räucherstäbchen und die Nazi-Devotionalien, die sie angefangen hatte, übers Internet zu sammeln, nachdem sie sich geschworen hatte, alle Leute zu vernichten und sich einzuverleiben, die nach Maßgabe ihres *Projekts* kein Recht auf ein menschliches Dasein hatten. Sie nahm ein weiteres Polaroidbild zur Hand und erging sich in Phantasien über den blonden Undercover-Cop, dessen Identität sie noch immer nicht kannte. Aber schon bald würde ihr *Projekt* sie vereinigen, und ungeachtet der Tatsache, dass er sie kaum wahrgenommen hatte, als sie ihn das erste Mal in Fred's Mini Market gesehen hatte und ihm anschließend nach Hause gefolgt war, konnte sie es nicht riskieren, dass er sie wiedererkannte. Und was, wenn der Mexikaner ihm ihre Beschreibung gäbe?

Unique stand vom Bett auf und sah sich in dem großen Spiegel an. Ihre nackte Haut schimmerte wie Seide, und sie schüttelte ihr rabenschwarzes Haar, bevor sie begann, es mit dem Teppichmesser abzuschneiden. Büschelweise fielen die Haare auf ihre nackten Füße, und der Nazi befahl, alles, was übrig blieb, weißblond zu färben und ihre Entscheidung, Smoke nicht zum Rennen zu begleiten, zu revidieren. Unique hatte vorgehabt, den blonden Cop ihrem *Projekt* einzuverleiben, während die Straßenpiraten so taten, als wären sie eine Boxencrew, doch nun hatten sich die Dinge geändert. Sie musste den Mexikanerjungen finden und ihn für immer zum Schweigen bringen. Aber vielleicht war es schon zu spät. Vielleicht hatte er der Polizei längst ihre Beschreibung gegeben.

»Zeig ihn mir«, sagte sie sanft zu ihrer Dunkelheit. »Zeig mir das *Projekt*.«

»Du wirst das Projekt finden«, antwortete sie sich selbst in einer tiefen Stimme, die wie aus dem Jenseits klang.

»Ja.« Sie lächelte ihrem Spiegelbild zu, während das Verlangen in ihr wuchs. »Bald. Bald«, versprach sie dem blonden Cop. »Schon bald wirst du ein einzigartiges Erlebnis haben.«

SECHSUNDZWANZIG

»I bin ganz schlacht«, teilte Fonny Boy den Piloten über Bordfunk mit, während er und Dr. Faux zitternd im hinteren Teil des Jayhawk saßen und ihre Luftkrankheit bekämpften. »I fuhl mi, wi wo i mit mei Driär groscht bin, än Stürz tan han un in mei Kutz falle bin.«

Die traurige Anekdote aus Fonny Boys Kindheit, als er zu schnell auf seinem Dreirad fuhr, vornüberfiel und sich auf seine Kleidung erbrach, blieb der Mannschaft der Küstenwache vollständig verborgen. Klugerweise hatte sie die zentrale Erfassungsstelle angefunkt und eine Überprüfung der beiden Geretteten angefordert, die ergeben hatte, dass der Zahnarzt wegen Abrechnungsbetrug, Geldwäscherei und Erpressung gesucht wurde. Der Junge von Tangier, der in Rätseln sprach, hatte ganz eindeutig gegen Fischereibestimmungen verstoßen und war einer Entführung verdächtig.

Natürlich hatte Andy Haftbefehle für Dr. Faux und Fonny Boy ausstellen lassen, nachdem er Tangier Island einen Besuch abgestattet, sich Fonny Boys Patientenkartei angeschaut und erkannt hatte, dass es durchaus wörtlich gemeint war, als Fonny Boy gesagt hatte, der Zahnarzt sei angebunden. Auf die Information hin, dass die zwei Leute, die sie gerade gerettet hatten, von der State Police gesucht wurden, schaltete der Pilot auf Notfrequenz und bat alle Polizeihubschrauber, die sich zufällig in der Nähe befanden, um Hilfe.

Macovich, der Regina etwa eine Stunde zuvor abgesetzt hatte, war gerade dabei, Cat eine Flugstunde zu geben, als der Funkspruch hereinkam.

»Helikopter vier-drei-null-Sierra-Papa«, antwortete Macovich nervös, während Cat die zweimotorige Maschine ruckend in Schwebeflug brachte. »Ich habe doch links gesagt, aber nicht dass du es anheben sollst«, wies Macovich ihn über Sprechfunk zurecht, drückte in seiner Verwirrung aber aus Versehen auf *Senden*, und so hörten Hunderte von Piloten, einschließlich der Küstenwache, seine Anweisungen mit. »Wenn du das linke Pedal anhebst, ist es das Gleiche, wie wenn du das rechte Pedal runterdrückst, wie oft muss ich's dir noch sagen? Schau, was passiert! Wenn du das rechte Pedal drückst, dann dreht sich die Nase nach rechts anstatt nach links. Was hab ich dir über das Drehmoment erzählt?«

Cat schwitzte und interessierte sich nicht die Bohne für Aerodynamik. Er wollte nur das Allernotwendigste lernen, um diesen Hubschrauber selbst fliegen zu können. Flugscheine, die Bestimmungen der Luftfahrtbehörde und dergleichen interessierten ihn einen Dreck. Sobald er mit den Straßenpiraten auf Tangier Island gelandet war, würden sie den Bell 430 an Piraten in Kanada verkaufen, und dann war's ein für alle Mal vorbei mit allen Sorgen. Sechs Millionen Dollar, dachte er und übersteuerte, sodass der Hubschrauber gefährlich über dem Asphalt schwankte.

»Helikopter vier-drei-null-Sierra-Papa«, hörte Macovich eine Stimme im Kopfhörer. »Sie sind auf eins-zwanzig-vier-punkt-fünf.« Das war die Notfrequenz. »Gehen Sie auf eins-zwanzig-fünf-nichts.«

Macovich drückte einen Knopf, während er mit der Steuerung kämpfte und Cat anbrüllte, wobei er aus Versehen wieder auf *Senden* ging. »Setz ihn runter. Langsam, langsam! Nicht mit Gewalt. Lass ihn einfach runter. Verdammt noch mal, du darfst doch die Steigungssteuerung nich im letzten Moment hochreißen!«

Der Hubschrauber schoss noch einmal hoch, schlug dann hart auf den Boden, hüpfte auf den Reifen, schwenkte heftig mit dem Leitwerksträger herum und wäre dabei fast in einen Elektrokarren gekracht.

»Mann, das is meine Kiste!« Macovich versuchte verzweifelt, den Hubschrauber unter Kontrolle zu bekommen. »Das is meine Kiste! Lass den verdammten Knüppel los, du Arschloch! Das war's! Du kannst die Flugstunden vergessen! Das is die Sache nich wert!«

Cat drückte die Steuerung nach vorn und trat auf das rechte Pedal, sodass der Hubschrauber in scharfer Drehung nach rechts rollte und mit rotierenden Blättern geradewegs auf den Hangar zuhielt. Macovich blieb nichts anderes übrig, als auszuholen und seinem NASCAR-Schüler die Faust an die Schläfe zu knallen, sodass bei dem alle Lichter ausgingen. Dann drückte er fest auf beide Pedale und brachte den Hubschrauber kurz vor einer Cessna zum Stehen. Er schaltete auf Leerlauf und stieß einen tiefen, schweren Seufzer aus, der nach kaltem Rauch stank.

»Mann«, stöhnte Cat, als er langsam wieder zu sich kam. »Warum zum Teufel hast du mir eine reingehauen?«

»Sag dei'm Scheißfahrer, wenn er wohin will, flieg ich, weil du dich nämlich nach hinten verpisst und deine Wichsgriffel von meinem Baby lässt«, sagte Macovich wütend. Zur Fastkatastrophe kamen noch die pochenden Kopfschmerzen eines heftigen Katers und die Erinnerung an Hooter, die ihn bei Freckles hatte abblitzen lassen und sich dann geweigert hatte, auf der Couch mit ihm zu bumsen, nachdem sie ihn in das voll gestopfte Zweizimmerhaus seiner Mutter gefahren hatte.

»Mann, wir müssen doch morgen Abend zum Rennen«, sagte Cat und rieb sich mit schmerzverzogenem Gesicht den Kopf.

»Na und? Der Gouv'nör will auch hin«, antwortete Macovich und schaltete die Maschine aus. »Also muss ich euch Typen da zwischendurch hinfliegen, da kann ich nix bei machen. Ich kann dem Gov' ja schlecht sagen, er soll mit'm Auto fahren.«

»Wovon quatschst du, Mann?«, fragte Cat gereizt. »Und was is mit all den Helikopters hier?«

Er starrte auf die Flotte glänzend neuer Hubschrauber im Hangar.

»Is uns doch egal, was für ein' du nimmst und uns fliegst, solang du nich mehr Kohle willst«, fuhr Cat fort.

Macovich, der annahm, der NASCAR-Boxencrew sei es um ihr Image zu tun, befand sich in einer Zwickmühle. Vielleicht konnte er Andy veranlassen, die First Family in einem kleineren, aber ebenso luxuriösen 407 zu fliegen, dann konnte er dem bislang so um seine Anonymität bemühten NASCAR-Rennfahrer und seiner Mannschaft einen angemessenen Auftritt verschaffen, dafür ein hübsches Sümmchen kassieren und sich endlich eine eigene Wohnung suchen, wo die Weiber leichter rumzukriegen waren. Er würde dem Gouverneur einfach erzählen, der 430 sei in Reparatur, mal angenommen, der Gouverneur bemerkte es überhaupt.

»He, Helikopter Sierra-Papa? Haben Sie jemanden an Bord?«, fragte der Pilot der Küstenwache, als er mit 170 Knoten auf die Skyline von Richmond zuhielt.

»Sierra-Papa. Wer ist da?«, meldete sich eine atemlose Stimme, und die Leute von der Küstenwache nickten sich bedeutungsvoll zu, was so viel hieß wie »Kein Wunder, dass die Piloten der State Police reihenweise kündigen«.

In Pilotenkreisen kursierten verschiedene Gerüchte, doch die verbreitetste Version war, dass die First Lady auf ihren Kurzflügen zu Restaurants oder zum Shopping ständig versuchte, eine ihrer hässlichen Töchter mit einem der Piloten zu verkuppeln. Na ja, vielleicht war das erfunden. Am wahrscheinlichsten war doch, dass die gesamte State Police völlig durchgeknallt war, seit sie die neue Chefin hatte. Und diese Frau musste nun dringend über die beiden Gesuchten informiert werden, die sie an Bord ihres Hubschraubers hatten.

»Wir sind ein HH-60 der Küstenwache«, meldete sich der Pilot zurück. »Haben zwei Verdächtige an Bord und müssen die State Police informieren. Komplizierte Situation. Hat die Chefin eine eigene Frequenz?«

»Es ist genau wie im Film!«, rief Windy Brees, als sie eine Minute später durch Hammers Tür geflogen kam und Andy aufgeregt mitteilte, ein Hubschrauber der Küstenwache habe gerade den entführten Zahnarzt und seinen Mundharmonika spielenden Entführer aufgegriffen. »Sie sind in einem Hubschrauber und mussten in so einem Korb gerettet werden. Da waren fürchterliche Wellen, genau wie in *Der Wind*! Haben Sie den gesehen, mit Keanu Clooney? Ach, wäre der doch nur ein bisschen älter!«

»Schon gut, schon gut«, sagte Hammer. »Sehen Sie zu, ob sie die Küstenwache erreichen, damit wir mit den Piloten reden können.«

Hammer drehte sich in ihrem Stuhl zu dem Funkgerät hinter

ihrem Schreibtisch um, und Andy stellte es auf 125.0, eine Frequenz, die häufig von kleinen Flughäfen benutzt wird und auf der meist wenig Funkverkehr herrscht.

»Sagen Sie ihnen, wir sind auf eins-zwanzig-fünf-nichts«, sagte Andy zur Sekretärin.

Schon bald meldeten sich die Piloten der Küstenwache.

»Hier ist die State Police«, sagte Andy ins Mikrofon. »Kann niemand mithören?«

»Roger«, kam es zurück.

»Roger«, sagte Andy. »Können Sie uns kurz ins Bild setzen?«

»Roger. Wir haben zwei Personen in einem Boot gesichtet und sie an Bord geholt. Offenbar haben sie in der Krebs-Schutzzone gefischt und hatten keinen Kraftstoff mehr. Sie haben Leuchtsignale auf unseren Hubschrauber abgefeuert. Eine Inspektion hat ergeben, dass die Ausrüstung mangelhaft war. Keine Feuerlöscher und Rettungswesten.«

»Wir brauchen die beiden hier.« Diesmal sprach Superintendent Hammer. »Wo befinden Sie sich?«

»Elf-Komma-drei Meilen östlich vom Flugplatz in Richmond.«

Hammer fragte die Piloten, ob sie die Verhafteten zur weiteren Befragung ins Hauptquartier der State Police bringen könnten. Zur gleichen Zeit erläuterte Dr. Faux über sein Mikrofon, dass es am günstigsten sei, wenn man ihn und Fonny Boy in Reedville absetzen würde. Er hatte keine Ahnung, dass der Bordfunk abgestellt war und ihn im Cockpit niemand hören konnte.

»Ich muß wirklich nicht nach Tangier zurück«, sagte Dr. Faux, während der Hubschrauber quer über einen Himmel flog, der absolut klar war, wie es in der Pilotensprache heißt. »Und ich möchte klarstellen, dass Fonny Boy hier lediglich so freundlich war, mir die Bucht zu zeigen, und mir dabei ein paar Lieder auf der Mundharmonika vorgespielt hat, als unser Motor plötzlich streikte. Und was den Krebskorb anbelangt, so haben wir wirklich keine Ahnung, wo der herkam.«

»Stimmt das?«, fragte der Ingenieur, der mit ihnen im Heck saß und hören konnte, was der Zahnarzt sagte, aber nicht, worüber man sich gerade im Cockpit unterhielt.

»Nei!« Fonny Boy machte den Fehler, *zruck* zu sprechen, während sich der Hubschrauber nach Westen wandte und Kurs auf das Hauptquartier der State Police nahm.

»Also stimmt es *nicht?*«, fragte der Ingenieur grimmig. »Dachte ich's mir doch. Sie haben also doch nach Krebsen gefischt!«

»Ich rufe meine Frau an, und sie kommt uns abholen«, schnatterte Dr. Faux nervös weiter. »Und es tut mir auch Leid, wegen all dem Ärger, den wir Ihnen bereitet haben, aber Sie haben uns das Leben gerettet. Und wenn Sie jemals eine kostenlose Zahnbehandlung möchten, rufen Sie mich bitte an. Hier ist meine Karte.«

Er reichte dem Ingenieur eine Visitenkarte, doch der Luftstrom der offenen Hubschraubertür riss sie ihm aus der Hand. Die Karte segelte ins helle Licht des Nachmittags hinaus und wurde von den Rotorblättern in kleine Stückchen zerfetzt.

»Oje. Das war meine letzte. Und das sieht mir hier auch gar nicht nach Reedville aus«, sagte Dr. Faux beunruhigt, als der Jayhawk auf eine Helikopterlandefläche hinabging, in deren Umgebung es weit eher nach Richmond aussah.

»Sie werden eine ganze Menge erklären müssen«, sagte Andy zu Fonny Boy und dem Zahnarzt, nachdem man diesen Handschellen angelegt und sie ins Vernehmungszimmer geführt hatte.

»Das Ganze ist ein Missverständnis«, sagte Dr. Faux, der beschloss, die Entführung und alle anderen Dinge abzustreiten, die ihn in Schwierigkeiten bringen konnten. »Ich hatte lediglich meinen Aufenthalt auf der Insel ein bisschen verlängert, und Fonny Boy wollte mich nach Hause bringen, als uns das Benzin ausging.«

Fonny Boys Aufmerksamkeit war einzig und allein auf das rostige Eisenstück gerichtet, das sich in seiner Tasche befand. Egal, was passierte, er musste zum Krebskorb zurückkehren und der Leine bis hinunter zu dem versunkenen Schiff folgen, denn inzwischen war er überzeugt, dass sich dort ein Schatz verbarg. Zwar wusste er nicht, warum sich die Boje immer einen halben Meter vom Achterschiff entfernt befunden hatte, während das Boot von der Strömung abgetrieben wurde, aber er vermutete, dass er einfach nur die Orientierung verloren hatte und sie sich in Wahrheit gar nicht vom Fleck gerührt hatten. Er verdrängte den Gedanken, er könnte den Ort, wo ihm endlich einmal das Glück hold gewesen war, schon wieder verloren haben und ihn erwarte nun nichts anderes als die Rückkehr nach Tangier Island oder gar ein Leben hinter Gittern.

»Werden auf der Insel noch andere Geiseln festgehalten?«, fragte Hammer den Zahnarzt, während Windy Notizen machte.

»Ich weiß von keinen Geiseln«, antwortete Dr. Faux. »Und es ist unerhört, dass Sie mich hier in Handschellen festhalten, als wäre ich ein Verbrecher. Ich bin ein Zahnarzt, der den Armen hilft!«

»Klar, Sie helfen den Armen«, erwiderte Andy drohend. Er gab den bösen Bullen. »Sie verschandeln ihre Zähne mit überflüssigen und schlampigen Behandlungen oder stellen Leistungen in Rechnung, die Sie gar nicht erbracht haben – indem Sie zum Beispiel anstelle teurer Kronen und Füllungen billigstes Material nehmen oder Humbug wie *Verhaltenstraining* für Patienten im Kindesalter berechnen, die am Ende mehr Stahlkronen im Mund haben als Milchzähne. Allein im letzten Jahr haben Sie zweiunddreißig Ihrer Patienten insgesamt hundertzweiundneunzig Zähne gezogen, und in mindestens hundert Fällen haben Sie Aufwendungen für einen Anästhesisten angeführt, obwohl Sie die Narkose selbst vorgenommen haben.«

»Ich könnte endlos weitermachen«, fuhr Andy fort und blickte Dr. Faux kalt an, während diesem fast die Sinne schwanden. »Nur damit Sie Bescheid wissen, zusammen mit der Ärztekammer, der Staatsanwaltschaft von Virginia, dem FBI und der Steuerbehörde habe ich eine Untersuchung Ihres Falls eingeleitet. Seit zwei Tagen liegt ein Haftbefehl gegen Sie vor, doch der Sheriff konnte Sie nicht finden, raten Sie mal, warum?«

»Keine Ahnung.« Dr. Faux' Stimme war nur noch ein klägliches Krächzen, während Fonny Boy sich mit der Zunge über seine schlecht sitzende Zahnklammer fuhr und dabei eines der Gummibänder löste, das quer über den Konferenztisch schoss.

»Weil Ihre einzige Adresse ein Postfach ist und weil sich bei Ihnen zu Hause und in der Praxis nur ein Anrufbeantworter meldet«, herrschte Andy ihn an. »Außerdem haben Sie Freunden und Angehörigen nie erlaubt, Sie zu fotografieren, folglich hat der Sheriff keine Ahnung, wie Sie aussehen. Abgesehen davon wurden Sie auf Tangier Island festgehalten, und kein Sheriff wird versuchen, jemanden auf der Insel zu suchen, denn die Inselbewohner schalten sofort auf stur, wenn sie eine Uniform sehen, vor allem wenn er ihnen dann noch einen Haftbefehl unter die Nase hält.«

»Das behaupten Sie«, gab Dr. Faux zurück und zeigte allmählich sein wahres Gesicht. »Das müssen Sie erst einmal beweisen und erklären, was für Motive ich haben könnte. Viele Leute haben Postfächer als Adresse und mögen sich nicht fotografieren lassen. Und ich bin nie eine Geisel gewesen, es gibt überhaupt keine Geiseln auf der Insel.«

»Hören Sie, Dr. Faux, wir brauchen Ihre Hilfe«, fiel Hammer ein. Sie war der gute Bulle. »Sie wollen doch genauso wenig wie wir, dass ein neuer Bürgerkrieg ausbricht. Die Inselbewohner sind Bürger des Staates Virginia wie Sie und ich, und wenn sie gegen uns kämpfen, dann führen sie einen Krieg gegen sich selbst. So, als wäre man wütend und schösse sich selbst ins eigene Bein. Jeder Aufstand der Inselbewohner muss auf sie selbst zurückfallen, und die Küstenwache behauptet, dass Sie nicht etwa ein Notsignal abfeuern wollten, als Sie drei Leuchtpatronen hintereinander aus Ihrem Boot abschossen, sondern dass Sie ganz offensichtlich versucht hätten, den Hubschrauber zu treffen.«

»Wie bitte?«, rief Dr. Faux.

»Ich will Ihnen noch etwas sagen«, erwiderte Hammer und wechselte nun auch in die Rolle des bösen Bullen. »Wenn eine Insel der eigenen Regierung den Krieg erklärt, die Staatsflagge einholt und einen Menschen als Geisel nimmt, was sollen wir dann bitte davon halten, wenn plötzlich einer der Inselbewohner auf einen Polizeihubschrauber schießt? Ganz abgesehen davon, dass die Inselbewohner wegen der VASCAR-Affäre einen heiligen Zorn auf jeden Hubschrauber haben.«

»Fonny Boy hat die Leuchtpatronen abgeschossen, nicht ich. Außerdem bin ich kein Inselbewohner.« Eilfertig zeigte Dr. Faux auf den Jungen. »Ich habe ihm gesagt, er soll es lassen. Er war es auch, der den Krebskorb in der Schutzzone ausgeworfen hat, um sein Piratenschiff wiederzufinden.«

»Piratenschiff?«, fragte Andy.

Das erregte endlich Fonny Boys Aufmerksamkeit, und er warf Dr. Faux einen drohenden Blick zu.

»Das hätscht nöd sage sulle! Schwätz nöd vun mei Kaperschiff!«, protestierte Fonny Boy. »I han wüsst, däs i nöd auf di zelle konn!«

»Man kann sehr wohl auf mich zählen«, sagte der Zahnarzt gekränkt. »Und du hast überhaupt kein Schiff gefunden. Eher könnte man sagen, dass ein altes Stück Metall dich gefunden hat.«

»Bist du ein Magnet oder so was?«, fragte Andy sarkastisch. »Ich glaube, es ist Zeit, dass hier mal endlich jemand die Wahrheit erzählt. Lass mich mal das Metallstück sehen.«

»Jo!« Fonny Boy sprach *zruck* und fuhr scheppernd mit den Handschellen über den Tisch, als er seine Hände schützend vor seine Tasche hielt.

»Müssen wir erst Gewalt anwenden, um dich zu durchsuchen?« Hammer verbündete sich mit Andy, um Fonny Boy einzuschüchtern.

»Däs ghort mi!« Fonny Boy weigerte sich zu kooperieren. »Äs isch von Himmäl gfalle und uff mei Bein landet, alldiwil i däs Brummis spielet han.«

»Däs isch äs!« Fonny Boy ließ nicht locker und presste seine Hände auf die rechte Seite seiner Windjacke, wo Andy unerwartet einen harten Gegenstand in der Nähe des kaputten Reißverschlusses ertastete.

Neugierig griff Andy in die Tasche, arbeitete sich mit den Fingern durch ein Loch und entdeckte im Futter den Schlüssel zur Krankenstation.

»Ha!«, entfuhr es dem Zahnarzt. »Das ist der Schlüssel, den er an sich genommen hat, nachdem er mich in die Krankenstation gesperrt und mir grundlos einen Schlag auf die Nase versetzt hat!«

»Ich dachte, Sie seien nicht entführt worden?« Hammer hatte ihn erwischt.

»Ich bin ein unschuldiges Opfer«, sagte Dr. Faux. »Ich verlange, dass man mich auf der Stelle freilässt. Ich möchte Anzeige erstatten! Diese gewalttätigen, unberechenbaren Inselbewohner haben mich gegen meinen Willen festgehalten und sind sicherlich auch für die Verleumdungen verantwortlich, die mir Betrug unterstellen!«

»Ich habe die Zähne auf der Insel gesehen«, sagte Andy. »Und ich brauche mir nur Fonny Boys Zähne anzuschauen. Wie viele Füllungen, Wurzelbehandlungen, Kronen hast du bekommen, Fonny Boy, und wie viele Zähne hat er dir gezogen?«

Fonny Boy konnte sich nicht erinnern und ganz bestimmt nicht so weit zählen. Durch den Jeansstoff fühlte er das Stück Metall in seiner Hosentasche. Er begriff, dass er in Schwierigkeiten war, weil der Zahnarzt ihn gerade verpfiffen hatte, und so dachte Fonny Boy, es wäre klug, dem Trooper zu geben, was er wollte. Das Metallstück war vermutlich ohnehin nicht viel wert. Es kam nur darauf an, dass er hier bald fortkam und zum Krebskorb zurückkehrte, damit er das versunkene Schiff mitsamt seinem Schatz suchen konnte.

Verblüfft blickte Andy auf das alte, unregelmäßige und verrostete Stück Eisen, als sei es eine unschätzbare Antiquität.

»Wir sollten eine Radiokarbondatierung vornehmen lassen«, sagte er zu Hammer. »Es könnte wichtig sein.«

SIEBENUNDZWANZIG

Der Tag verging wie im Fluge, dabei hatte Andy noch so viel zu tun. Als Nächstes wollte er Moses Custer im Krankenhaus abholen und ihn sicher nach Hause bringen. Dann musste er den wasserdichten Koffer in der Canal Street abliefern, wo sich – wie per E-Mail vereinbart – Captain Bonny alias Major Trader holen wollte, was er sich so redlich verdient hatte.

Du sollst bekommen, was du verdienst, dachte Andy, als er einen alten und verbeulten Aluminiumkoffer mit Gewichten füllte, die er aus dem engen, behelfsmäßigen Fitnessraum im Keller seines Hauses hatte. Wie gefällt es dir, wenn wir dich wegen Mord, versuchtem Mord und noch ein paar hübschen Sachen am Arsch kriegen, du Hundesohn?

Andy warf den Koffer, seine Verkleidung und Angelzeug in den Kofferraum seines Autos und fuhr rasch in Richtung Krankenhaus davon.

»Es tut mir sehr Leid, dass ich so spät dran bin«, entschuldigte er sich, als er das Zimmer von Moses Custer betrat, ein großes Einzelzimmer, in das ihn der Gouverneur hatte verlegen lassen, obwohl Moses' Entlassung unmittelbar bevorstand.

»Er ist fertig zum Aufbruch, und es wird wirklich Zeit, dass Sie kommen, denn wir brauchen das Zimmer«, sagte die Schwester, auf deren Namensschild A. CARLESS stand.

»Spricht man das *Care-less* oder *Car-less* aus?«, wollte Andy von der Frau wissen, die einen Körperbau wie ein Sumo-Ringer hatte und deren Augen gleichzeitig in zwei verschiedene Richtungen blickten.

»Die Leute sprechen ihn mal so, mal so aus«, erwiderte sie, während sie Custer aus dem Bett und in einen Rollstuhl half.

»Ich brauch kein' Rollstuhl«, sagte Custer nervös. »Au! Passen Sie doch auf! Sie haben mir Ihren Ellbogen in den Mund gerammt! Warten Sie. Mein Kittel is hinten offen! Der Herr steh mir bei, Mr. Trooper! Schicken Sie bitte die Frau wech! Ich hab hier mehr blaue Flecken gekricht als beim Überfall!«

Moses Custer bot einen mitleiderregenden Anblick. Sein Kopf war grün und blau, ein Auge war zugeschwollen, und ihm fehlte ein Zahn, obwohl nicht ganz klar war, was davon wirklich auf das Konto des Überfalls ging. Ein Arm war eingegipst, und Schwester Carless brachte es fertig, den Gips gegen den Nachttisch zu knallen, als sie versuchte, Custer unter seinem Bettzeug hervorzuziehen und in den Rollstuhl zu verfrachten, dessen Bremsen nicht angezogen waren.

Bevor Andy eingreifen konnte, hatte sie Custer hochgehoben und ihn unsanft in den Rollstuhl fallen lassen, der sich sofort in Bewegung setzte und in die Kommode krachte. Custer schrie auf, als der Rollstuhl dort wieder abprallte und rückwärts gegen das Bett fuhr, wobei sein bandagierter rechter Fuß den Griff der Bettpfanne erwischte und sie durch den Raum schleuderte, während Custer selbst aus dem kreiselnden Rollstuhl fiel.

»Rührn Sie mich nich an!«, brüllte er die Schwester an, als diese versuchte, ihn an der Vorderseite seines Kittels hochzuziehen und dadurch seine Kehrseite und andere Körperteile entblößte, die niemanden außer Moses und seine Frau etwas angingen.

»He!«, sagte Andy und nahm Custer vorsichtig beim Ellbogen, hielt die Rückseite des Kittels zusammen und stellte sich Schwester Carless in den Weg, damit sie dem Patienten keinen weiteren Schaden zufügen konnte. »Wo ist Ihre Kleidung, damit Sie sich anziehen können?«

»Mein Sohn hat mir was gebracht. Inner Schublade da«, antwortete Moses. »Nich Sie!«, fuhr er die Schwester an. »Der Trooper soll sie holen!«

Ungeachtet des Protests von Schwester Carless half Andy Moses beim Anziehen und anschließend in den Rollstuhl.

»Ich bring Sie zum Auto«, sagte Andy. »Wir kommen allein zurecht«, wehrte er die Schwester ab, die zunehmend verärgert und aggressiv wirkte.

»Laut Krankenhausbestimmungen muss ein Patient im Rollstuhl von einer Schwester hinausgefahren werden«, protestierte sie.

»Und die Vorschriften der State Police besagen, dass eine Person, bei der Personenschutz angeordnet worden ist, immer von einem Polizeibeamten begleitet werden muss«, antwortete Andy. »Ich schlage vor, dass Sie sich nicht einmischen, Schwester Careless.«

»Es heißt Car-less!«, korrigierte sie ihn und stemmte herausfordernd die Hände in ihre breiten Hüften.

Das Geräusch ihrer großen Schwesternschuhe verfolgte die beiden, während Andy seinen Schützling eilig durch den Flur schob.

»Ich werde Sie meinem Vorgesetzten melden!«, rief Schwester Carless hinter ihm her, schubste eine Praktikantin aus dem Weg und zwang eine andere Schwester zu einem Ausweichmanöver, das sie in Kollision mit einem fahrbaren Tropfständer brachte, der gefährlich schwankend in eine Topfpflanze rollte.

Major Trader gehörte zu den Menschen, die nur mit öffentlichen Verkehrsmitteln fahren, wenn ihnen gar nichts anderes übrig bleibt. Aber nach der Lektüre des letzten Trooper-Truth-Artikels hielt er es für eine gute Idee, am Busbahnhof zu halten und eine einfache Fahrkarte nach Key West zu erstehen, wo er ein paar Verwandte hatte, ebenfalls Piratennachfahren, die ihn niemals ausliefern würden. Offenbar war eine eingehende Untersuchung im Gang, deren Ergebnisse Trader zweifellos in Schwierigkeiten bringen würden.

Auf Gouverneur Crimm konnte er gewiss nicht mehr zählen, sobald der herausfand, dass Trader jahrelang versucht hatte, ihn zu vergiften. Der Gouverneur würde wohl auch nicht sehr erfreut sein zu hören, dass Trader keine Skrupel gehabt hatte, Informationen zurückzuhalten, die Handschrift des Gouverneurs nach Belieben zu fälschen, seine Pflichten zu vernachlässigen, seine Kollegen zu betrügen, Presseberichte zu fälschen, um sich finanzielle und andere Vorteile zu verschaffen, und ein Internet-Pseudonym zu benutzen, um illegale Geschäfte mit Piraten abzuwickeln. Überdies würde Crimm erfahren, dass Trader selbst von Piraten abstammte, als Kind ein Pyromane gewesen war und den Angler in der Canal Street umgebracht hatte.

Er verließ den Busbahnhof mit Fahrkarten, die auf einen falschen Namen ausgestellt waren, rief ein Taxi und fuhr zur Canal Street.

Andy, dem die Zeit davonlief, fragte Moses, ob es ihm etwas ausmache, ihn bei seiner nächsten Aufgabe zu begleiten.

»Die Schwester hat uns viel Zeit gekostet«, erklärte Andy. »Ich soll um halb drei einen Verdächtigen treffen, und bis dahin sind es nur noch fünfzehn Minuten.«

»Is kein Problem für mich mitzukommen«, erwiderte Moses. »Kommt mir vor, als hätt ich schon 'n ganzen Monat in diesem Krankenhaus gesteckt. 'n bisschen frische Luft und Bewegung tät mir bestimmt gut tun. Kann ich helfen?«

»Können Sie sich an irgendetwas im Zusammenhang mit dem Überfall erinnern?«

»Nee. Ich weiß nur noch, dass 'n Engel gesacht hat, sie hätt 'ne Panne, und sie mir was Einzigartiges versprochen hat.«

»Einzigartig?«, fragte Andy erstaunt.

»Das hat sie gesacht.«

»Können Sie angeln?«, fragte Andy dann.

»Is Schinken aus Schweinefleisch?«, gab Moses zurück.

Andy parkte mehrere Straßen vom verabredeten Treffpunkt entfernt, genau dort, wo Caesar Fender von Trader umgebracht worden war. In den E-Mails an den so genannten Captain Bonny hatte Andy sich als Possum ausgegeben (obwohl er immer noch nicht wusste, wer Possum eigentlich war) und diesen Treffpunkt vorgeschlagen. Ihm erschien es als würdige Krönung der ganzen Aktion, Trader nicht nur zum Schauplatz seines Verbrechens zu locken, sondern seine Untaten auch noch mit einem Koffer voll Eisen und einer Freifahrt ins städtische Gefängnis zu belohnen. Wie bei seinem Besuch auf Tangier Island staffierte sich Andy mit falschem Bart, Pferdeschwanzperücke und abgetragenen Klamotten aus. Moses reichte er eine Angel.

»Sie tun bitte nicht mehr, als einfach zu angeln«, trug er Moses auf, als sie zur Staumauer am Flussufer gingen. »Sie angeln und achten gar nicht auf mich. Es wird ein Mann auftauchen und versuchen, den Koffer aufzuheben, als würde er ihm gehören. Aber er wird ihn nicht bewegen können und sich verzweifelt abmühen. Ich werde ihn fragen, ob ich ihm helfen kann, und plötzlich hat er Handschellen an den Händen und befindet sich auf dem Weg ins Gefängnis.«

»Klingt gut«, sagte Moses.

»Und dann bring ich Sie gesund und sicher nach Hause.«

»Ja.« Moses humpelte neben ihm her. »Hört sich noch besser an.«

Fetzen von gelbem Absperrband flatterten im eiskalten Wind. Moses sah sich unbehaglich um. Auf dem Beton waren Brandspuren zu erkennen, daneben lag ein umgeworfener Plastikeimer.

»Du fasst es nicht«, sagte Andy verärgert und hob den Eimer auf. »Das ist ja tolle Polizeiarbeit. Da lassen sie das Ding einfach liegen.«

Er stellte den Eimer auf die Mauer und setzte den Koffer ein paar Meter weiter ab. Moses steckte einen Plastikwurm an den Angelhaken und befestigte einen Schwimmer an der Leine.

»Das is hier aber nich die Stelle, wo der Angler explodiert is, oder?«, fragte er besorgt.

»Doch, das ist genau hier«, antwortete Andy, der seine eigene Angel präparierte.

»Ich hoff nur, Sie sind hier nich mit dem Mörder verabredet«, sagte Moses. »Von fiesen Typen hab ich in letzter Zeit die Schnauze voll.«

»Keine Sorge«, beruhigte Andy ihn. »Kümmern Sie sich einfach nur um Ihre Angel. Der Mann, mit dem ich mich hier treffe, wird Ihnen nichts tun. Der will nur seinen Koffer nehmen und abhauen.«

»Muss schon sagen, in dem Zeug würd Sie niemand erkennen«, bemerkte Moses, während er seine Angel elegant in das träge, steinige Gewässer warf. »Sie könnten glatt einer von diesen Alt-Hippies sein, so einer mit'm alten Volkswagen-Bus und ganz viel Blumen drauf.«

»Gut. Und bitte nennen Sie mich nicht Andy oder Trooper, wenn der Typ hier auftaucht.«

»Ich doch nich«, sagte Moses. »Ich werd mich doch nich verplappern, wenn hier 'n Mörder in der Nähe is. Wieso hat er überhaupt den armen schwarzen Angler in die Luft gejagt, und wieso sind Sie sich so sicher, dass er mich nich auch auf'm Kieker hat und alle macht? Sie müssen da 'n Schwimmer dranmachen, oder ihr Wurm sackt auf'n Grund und verhakt sich an'n Stein.«

»Dieser Typ will wirklich nur sein Geld holen und sich aus dem Staub machen«, erwiderte Andy, während er einen Schwimmer an der Leine befestigte und sie in den Fluß warf. »Außerdem bin ich ja auch noch da, und sollte er irgendwelche Zicken machen, kriegt er es mit mir zu tun.«

»Ham Sie 'ne Kanone?«

»Hab meinen Freund hier hinten im Hosenbund«, sagte Andy, während er ein leichtes Ziehen an seiner Angel bemerkte.

Major Trader war in einem Blue-Bird-Taxi vorgefahren und hatte dem Fahrer gesagt, er solle warten oder er würde kein Geld bekommen. Außer dem verbeulten Alu-Koffer, der einsam auf dem Pier stand, sah Trader noch zwei Penner. Die geladene Leuchtpistole steckte in der Manteltasche, nur für den Fall, dass ihm jemand Schwierigkeiten machen sollte. So gerüstet, ging er geradewegs auf den Koffer zu.

»Gehört der einem von euch?«, fragte Trader.

»Noch nie gesehen«, erwiderte Andy, denn bei einer verdeckten Ermittlung ließ sich das Lügen nun einmal nicht vermeiden.

»Ich auch nich«, fiel Moses ein. »Krich's ja nix mit beim Angeln, wie das so is.«

»Jemand hat mein Auto gestohlen, da war mein Koffer drin, deshalb musste ich mir auch ein Taxi nehmen«, log Trader. »Ich dachte mir, dass der Täter den Koffer wahrscheinlich irgendwo liegen lassen würde, weil nur ein paar Klamotten und Bücher drin sind.«

»Lass dich nich aufhalten, Bruder«, sagte Andy.

Noch einmal musterte Trader die beiden Angler aufmerksam, um ausschließen zu können, dass sie ihn beobachteten und später identifizieren konnten, falls sie befragt wurden. Beide waren offenbar Versager, die vermutlich noch nie in ihrem Leben ordentliche Arbeit gehabt hatten. Wie konnten sie sonst am Freitagnachmittag angeln, wo alle anständigen Leute bei der Arbeit waren? Trader ergriff den Koffer und kugelte sich fast die Schulter aus bei dem Versuch, ihn aufzuheben.

»Scheiße!«, fluchte er überrascht.

Das verdammte Ding schien mehr als hundert Kilo zu wiegen! Er dachte an Hunderte von Silbermünzen, unzählige Geldscheine und vielleicht auch Gold. Die Piraten hatten offensichtlich gute Beute gemacht. Noch einmal versuchte er, den Koffer anzuheben, und scheiterte erneut. Dann wollte er ihn öffnen, bekam aber die Kombination nicht heraus. Eisern blieben die Schlösser zu. Während er überlegte, was zu tun sei, blickte er sich verstohlen um und wischte sich den Schweiß von der Stirn. Der alte Schwarze, der aussah, als hätte er einen Autounfall hinter sich, riss seine Angel hoch und begann die Leine einzuholen.

»Hab einen«, sagte Moses so laut, dass ihn jeder hören konnte. »Jawoll, der is die längste Zeit im Wasser gewesen.«

»Wie machst du das bloß immer?«, spielte Andy seine Rolle. »Jedes Mal, wenn wir hier rausfahren, hast du am Ende einen Eimer voller Fische, und ich geh mit leeren Händen nach Hause.«

In diesem Moment erkannte Trader den vertrauten weißen Plastikeimer. Sein Adrenalinspiegel schnellte in die Höhe, und seine Alarmglocken schrillten.

»Euer Eimer?«, fragte Trader, während er unermüdlich Zahlenkombinationen durchprobierte.

»Is unser, jawoll«, erwiderte Moses.

»Und wie kommt's dann, dass da *Parks Seafood* draufsteht? Zufällig weiß ich, dass es ein Fischgeschäft auf Tangier Island ist.« Trader wurde misstrauisch und tastete nach seiner Leuchtpistole. »Der Eimer stammt aus der Villa des Gouverneurs, also erzählt mir nich, dass er euch gehört.«

»Kann ich nich wissen. Bin nie in'n Gouv'nör seine Villa gewesen, aber ich geh morgen hin, weil der Gouv'nör mich zum NASCAR-Rennen mitnimmt. Jemand hat den Eimer liegen gelassen«, sagte Moses und zog seinen Fisch aus dem Wasser. »Tut nich so aussehen, als würd ihn jemand wollen. Und ich bring ihn gern zur Villa zurück, wenn ich morgen hingeh.«

»Na, wenn er jetzt euch gehört«, sagte Trader und kam etwas näher, um besser sehen zu können, »warum ist dann kein Wasser drin? Mir scheint, wenn ihr die gefangenen Fische da drin aufheben wolltet, dann hättet ihr euch wohl die Mühe gemacht, ihn mit Wasser zu füllen. Und ich weiß ganz sicher, dass du morgen nicht mit dem Gouverneur zum Rennen gehst!«

Der Fisch durchbrach die Wasseroberfläche. Während er um sein Leben kämpfte, kam er Andy irgendwie bekannt vor.

»Eine Forelle?«, fragte er Moses, während Trader einen weiteren Versuch unternahm, den Koffer anzuheben, und vor Anstrengung stöhnte.

»Jo«, antwortete Moses. »Und 'ne prächtige noch dazu.«

Trader, dem die beiden Angler jetzt doch sehr eigenartig vorkamen, bemühte sich mit wachsender Verzweiflung, den Koffer fortzuschleifen. Moses hielt die zappelnde Forelle in die Höhe,und Andy konnte an ihrer Unterlippe eine alte Narbe von einem Angelhaken erkennen. Die Forelle warf einen Blick auf Trader und stellte sich tot.

»Lass sie frei«, sagte Andy zu Moses. »Wir brauchen weder Fische noch Krebse, noch irgendwas anderes, um dieses fette, verlogene Stück Scheiße zu schnappen.«

Er riss sich Bart und Perücke vom Kopf und zog seine Pistole.

»Hände hoch, Trader«, befahl er grimmig, während Moses den Haken aus dem Mund der Forelle löste und sie in den Fluss zurückwarf.

»Endlich frei«, sagte Moses zur Forelle, als diese davonschwamm.

»Sie sind verhaftet!«, rief Andy.

Auch Regina hob ihre Stimme und rief Befehle, erzielte damit aber wenig Erfolg. Trip, das Miniaturpferd, war eine Stunde zuvor in der Villa abgeliefert worden. Regina hatte den Ratschlägen des Trainers wenig Beachtung geschenkt und hatte es auch nicht für nötig befunden, sich das Trainingsvideo anzuschauen. Was sollte so schwer daran sein, einem winzigen Pferd zu befehlen, nach links oder rechts zu gehen, sich zu setzen oder hinzulegen? Doch alle Kommandos, die sie dem Blindenpferd zugebrüllt hatte, waren wirkungslos geblieben. Trip hatte nur in der Mitte des Ballsaals gestanden und sie angestarrt.

»Beweg dich«, sagte Regina, schnippte mit den Fingern und stampfte mit dem Fuß auf.

»Komm augenblicklich her«, versuchte Regina es in strengerem Ton, als die First Lady gerade die Wendeltreppe herunterkam. Sie hielt einen Karton mit Untersetzern umklammert, die sie im Anrichtezimmer verstecken wollte.

»Bist du blöde, Pony, oder was!«, brüllte Regina.

»Regina!« Mrs. Crimm hielt an und keuchte vor Anstrengung. »Du weißt doch, dass du mit dem Personal nicht so reden sollst!«

»Oh, sie redet nicht mit mir, Ma'am«, sagte Pony, als er in seiner weiß gestärkten Jacke erschien. »Kann ich Ihnen mit dem Karton helfen?«

»Was hat dieser Wirbel zu bedeuten?«, wollte der Gouverneur wissen, der in diesem Augenblick aus dem Salon trat und offensichtlich verwirrt durch sein Vergrößerungsglas blickte. »Wo sind wir hier? Ich war in meinem Büro, konnte aber meinen Schreibtisch nicht finden. Hat irgendjemand meinen Schreibtisch verschoben? Was hast du da auf dem Arm, Maude?«

»Nur ein paar Sachen, die weggeworfen werden können«, log sie geistesgegenwärtig. »Ich habe einen meiner Schränke ausgemistet und dabei diesen drehbaren Schuhständer gefunden, den ich mal beim Home-Shopping bestellt habe. Ich nehme an, du weißt nicht, welchen ich meine, aber er ist völlig unnütz,und die meisten Schuhe darauf sind ohnehin aus der Mode.«

»Ihr Schreibtisch ist noch immer am gleichen Platz«, informierte Pony den Gouverneur. »Darf ich Sie ins obere Stockwerk begleiten, Sir?«

»Was ist das?« Der Gouverneur hatte das Miniaturpferd entdeckt und war sofort ganz hingerissen. »Du bist aber ein hübscher kleiner Geselle! Und das niedliche Geschirr mit dem schönen Ledergriff! Meine Güte, es hat sogar Schuhe an!«

»Er muss Schuhe tragen, oder er schliddert auf dem Parkettfußboden«, erklärte Regina ungeduldig, während die First Lady nach unten eilte, um die Untersetzer zu verstecken. »Aber er ist völlig nutzlos. Er tut überhaupt nicht das, was ich ihm sage, und daher kann er dir auch gar nicht von Nutzen sein, Papa. Komm her!« Regina klatschte in die Hände in Richtung des gelangweilten kleinen Pferdes. »Du Idiot, komm sofort hierher, oder ich schick dich zurück, und dann bringt man dich zu einem anderen Blinden, der in einem Schweinestall haust, wo es kein Personal, keine Limousine und keinen Koch gibt und wo keine wichtigen Leute zu Besuch kommen!«

»Vielleicht findest du einfach nicht die richtigen Worte«, überlegte der Gouverneur, während er sich Trip näherte und seine dicke rote Mähne tätschelte. »Sitz«, sagte er.

Trip rührte sich nicht.

»Hol den Stock.« Der Gouverneur warf einen imaginären Stock über den Orientteppich. »Na, dann lass es halt bleiben.«

Das tat Trip dann auch.

»Sir«, sagte Pony. »Was hätten Sie gern als Snack für zwischendurch?«

»Ich glaube, zwei Eier und ein Stück Toast wären schön«, erwiderte der Gouverneur, während sein vergrößertes milchiges Auge sein neues Blindenpferd betrachtete.

»Drüber oder drunter?«, fragte Pony höflich.

»Drunter«, entschied der Gouverneur, und plötzlich kroch Trip unter den staatlichen Kartentisch aus Mahagoni mit Einlegearbeit.

»Na, ist das nicht merkwürdig«, bemerkte der Gouverneur und ging auf die Knie und versuchte, Trip wieder hervorzulocken. »Ich glaube, etwas stimmt nicht mit diesem Pferd. Oder vielleicht hast du das arme Ding total verwirrt und mit deiner groben Stimme eingeschüchtert«, sagte er zu Regina.

»So ist's recht!«, sagte sie sarkastisch. Trip kam unter dem Tisch hervor, wandte sich nach rechts und begann den Ballsaal in seinen kleinen Tennisschuhen mit den Klettverschlüssen zu durchqueren. »Immer ist alles meine Schuld. Ich habe es so satt, für alles, was schief geht, verantwortlich gemacht zu werden. Ich bin eine exzellente Trainerin. Dieses zurückgebliebene Pferd ist schuld daran, nicht ich …!«

»Halt …«, fuhr der Gouverneur seine Tochter an, denn ihm ging ihr Gegreine auf die Nerven.

Trip hielt an.

»Sir?« Pony war inzwischen zurückgekehrt. »Hätten Sie gern Sauce Hollandaise, Butter, Salz und Pfeffer oder irgendetwas anderes zu Ihren Eiern?«

Crimm hielt einen Moment inne, um sein U-Boot zu befragen, doch das verhielt sich wunderbar ruhig, seit er aufgehört hatte, Traders Süßigkeiten zu naschen. Nun, vielleicht brauchte er in Zukunft keine ganz so triste Diät mehr. Lieber Gott, wäre das nicht herrlich?

»Ich könnte vielleicht sogar wieder etwas Schinken probieren«, dachte er laut.

»Ich kann auch etwas Schinken zu den Eiern servieren«, schlug Pony vor, während Trip noch immer durch den Ballsaal schritt, wobei sein Ledergriff auf und ab hüpfte.

»Nun, warum nicht?«, sagte der Gouverneur fröhlich. »Rauf damit!«

Trip blieb abrupt stehen und hielt auf den Fahrstuhl zu.

»Schauen Sie sich das an«, wunderte sich Pony. »Das Pferd läuft geradewegs … wo geht es denn hin? Es will zum …«

»Lift!«, unterbrach der Gouverneur aufgeregt und beendete Ponys Satz, indem er das britische Wort für Fahrstuhl benutzte, denn er hatte schon immer ein Faible für alles Britische.

Trip hielt erneut an und hob einen Huf an.

»Ich glaube, da kann man doch ein Muster erkennen«, verkündete der Gouverneur und ging zu Trip, um ihm den Kopf zu tätscheln. »Du kannst deinen Huf wieder runternehmen, kleiner Kerl.«

Trip bewegte sich nicht.

»Scheint mir, als würde er nur auf ein oder zwei Wörter reagieren«, sagte Pony. »Rauf!«, befahl er Trip.

Das Pferd setzte seinen Huf auf den Boden und bewegte sich erneut in Richtung Fahrstuhl. Fasziniert und neugierig folgte ihm Pony und drückte auf den Abwärts-Knopf. Die Tür öffnete sich, und Trip trat in den Fahrstuhl.

»Fahren wir doch einfach mit und sehen, was er tut«, sagte der Gouverneur, der so viel Spaß hatte wie schon lange nicht mehr.

Pony und er fuhren mit Trip im Fahrstuhl, und als sie im Küchenstockwerk der Villa ankamen und sich die Tür öffnete, stand das Pferd ganz still und wartete.

»Mal sehen«, überlegte der Gouverneur. »Bei ›Rauf‹ betritt er den Fahrstuhl. Und jetzt soll er hinaus ... raus«, sagte er zu Trip.

Trip trottete aus dem Fahrstuhl hinaus.

»So ist's recht!«, rief Pony, voller Hoffnung, der Gouverneur würde auf diese Weise die richtigen Kommandos herausfinden.

Trip wandte sich nach rechts und trat durch eine geöffnete Tür, wo die First Lady sich abmühte, die schwere Kiste in ein Regal zu stellen. Als sie die Turnschuhe des Miniaturpferdes hörte, wandte sie sich um und sah ihren Mann. Sie schrie auf vor Schreck und ließ die Kiste fallen, woraufhin sich Untersetzer klirrend über den jahrhundertealten Holzfußboden verteilten.

»Warte!« Mrs. Crimm wollte zu einer Erklärung ausholen, doch ihre Überlegungen und ihre Furcht bildeten in ihrem Kopf ein wirres Durcheinander, das keinen klaren Gedanken mehr zuließ.

Trip hielt an.

»Was ist das alles?«, fragte der Gouverneur sie verblüfft und starrte durch sein Vergrößerungsglas auf die Untersetzer. »Okay«, sagte er.

Von dem Kommando zu warten befreit, stand Trip in der Vorratskammer inmitten der Untersetzer und harrte der Dinge, die da kommen sollten.

»Das ist es also!«, rief der Gouverneur. »Shopping. Ha! Du hast also schon wieder Untersetzer versteckt, und ich dachte die ganze Zeit, du holst dir Männer in die Villa und treibst Unaussprechliches mit ihnen!«

»Wie kannst du so was von mir denken?«, rief die First Lady aus, während sie sich bückte, um ihre geliebten Untersetzer aufzuheben oder, um genau zu sein, die letzte Sendung, die sie im Internet bestellt hatte. »Aber Bedford! Ich würde dich niemals betrügen!«

»Hör auf!«, befahl der Gouverneur seiner Frau, die immer noch Untersetzer aufhob. Trip gehorchte dem Kommando, indem er aufhörte, das zu tun, was er gerade tat, was im Augenblick allerdings gar nichts war.

»Und was soll das heißen: *schon wieder?*«, fragte Mrs. Crimm überrascht. »Du weißt von meinen versteckten Untersetzern?«

Sie warf Pony einen vorwurfsvollen Blick zu, auf den dieser mit einem Schulterzucken antwortete, das bedeutete: *Von mir weiß er es nicht.*

»Oh, ich bin hin und wieder auf Untersetzer gestoßen«, erklärte der Gouverneur. »Ehrlich gesagt dachte ich, die seien alle wertlos und stammten von Gouverneuren vergangener Jahrhunderte.«

»Die sind ganz und gar nicht wertlos«, empörte sich Mrs. Crimm. »Sie sind sogar sehr teuer«, fügte sie törichterweise hinzu.

»Schick sie zurück«, befahl der Gouverneur.

»Zurück? Zurück!« Die First Lady erhob wütend ihre Stimme, und Trip machte einen Schritt zurück in die Vorratskammer. Dabei trat er auf einen Untersetzer in Hufeisenform, der klirrend gegen einen anderen sprang, einen mit aufwendigen Randverzierungen in Form eines Hundes.

»Meine Güte!« Pony war verblüfft. »Glauben Sie, er hat das Hufeisen erkannt und ist deshalb draufgetreten? Dieses kluge kleine Pferdchen! Vielleicht hat er auch den Hund erkannt. Vielleicht will er Ihnen dadurch sagen, dass er Frisky aus dem Weg haben will, damit er Ihr einziges Haustier ist.«

»Wir müssen die beiden voneinander trennen«, sagte Mrs. Crimm, ungehalten darüber, dass es nun noch etwas gab, um das sie sich würde kümmern müssen. »Ach, der arme alte Frisky. Es wird ihm das Herz brechen, wenn wir diesem kleinen Pony mehr Aufmerksamkeit schenken als ihm.«

Es war ein unglücklicher Umstand, dass sich ausgerechnet dieser Gedanke im Kopf des Gouverneurs festsetzte, denn von diesem Moment an bezeichnete er das Miniaturpferd nur noch als *Pony*, was für Pony, den Butler, ein Anlass ständiger Verwirrung werden sollte.

»Komm hierher, Pony«, versuchte der Gouverneur Trip aus der Vorratskammer zu locken, woraufhin der Butler ebenfalls in die Kammer trat, wo es nun für ihn, Trip, die First Lady und den Gouverneur ziemlich eng wurde, mit dem Erfolg, dass sie immer häufiger auf die Untersetzer traten. »Sei brav, Pony, und verlass die Kammer«, sagte der Gouverneur, als handele es sich bei Trip um Frisky und er verspreche ihm eine Belohnung.

Pony trat wieder aus der Kammer heraus, und Trip bewegte sich keinen Zentimeter.

»Du bist sehr ungehorsam, Pony«, sagte der Gouverneur in scharfem Ton.

»Das tut mir Leid, Sir«, erwiderte Pony, der zu diesem Zeitpunkt schon völlig verwirrt war. »Ich wollte Sie wirklich nicht verärgern. Wie war das mit den Eiern? Drunter? Nein, ich erinnere mich, *rauf* haben Sie gesagt. Ja, das haben Sie gesagt.«

»Das ist recht«, antwortete der Gouverneur abwesend, während er durch sein Vergrößerungsglas beobachtete, wie Trip, das Miniaturpferd, die Kammer verließ und unter einem antiken Tisch mit aufklappbaren Seitenteilen hindurchging, dann auf den Fahrstuhl zuhielt, um, bevor er ihn erreichte, nach rechts in Richtung der Küche abzubiegen.

»Das ist wirklich das erstaunlichste Pferd, das ich je gesehen hab!«, sagte Pony. »Ich glaub tatsächlich, es will Ihre Eier zubereiten.«

Trip spazierte unter dem Arbeitstisch hindurch und kehrte schließlich zum Fahrstuhl zurück.

»Ich hab nur Spaß gemacht«, sagte Pony verlegen zum Gouverneurspaar. »Ich weiß doch, dass es kein Pferd auf dieser Erde gibt, das kochen kann. Wenn es so was gäbe, dann hätten Sie sicher nur solche kleinen Pferdchen und brauchten keine Häftlinge mehr zu beschäftigen.«

»Also ich würde nichts essen, was ein Pferd zubereitet hat«, sagte Mrs. Crimm missbilligend. »Man bedenke nur, wie unhygienisch das wäre.«

»Da fällt mir etwas ein«, sagte der Gouverneur und folgte Trip. »Wir müssen Ihre Angelegenheit mit der Strafvollzugsbehörde klären. Ich werd dort mal anrufen.«

»Dann haben Sie also gelesen, was Trooper Truth geschrieben hat, um mir zu helfen«, rief Pony voller Freude und Überraschung. »Ich würd zu gern wissen, wer er is, dann könnt ich ihm danken.«

ACHTUNDZWANZIG

»He! Halt die Fresse, zum Teufel noch mal!« Die feindselige Stimme kam aus einer engen, stinkenden, dunklen Zelle. Es war spät in der Nacht, und die Lichter in den Zellen des Stadtgefängnisses waren ausgeschaltet worden.

»Selber Fresse!«, knurrte Major Trader in Richtung des nervigen Banditen, der sich Stick nannte und der im Gefängnis gelandet sein wollte, weil er sich den Kopf gestoßen hatte, der unter einer Papiertüte steckte, und dann Bewusstlosigkeit vorgetäuscht hatte, weil er glaubte, auf diese Weise eine Freifahrt ins Krankenhaus zu kriegen und dann abhauen zu können. Es hatte nicht geklappt.

»Schnauze!«, rief ein anderer Zelleninsasse. Trader war sich nicht sicher, meinte aber, die aggressive Stimme könnte Slim Jim gehören, einem Wiederholungstäter, dessen Spezialität es war, Autoschlösser zu knacken, um das Kleingeld zum Parken und für Sonnenbrillen zusammenzuklauen.

»Halt *du* doch die Schnauze!«, brüllte Trader zurück. Er war viel zu schlechter Laune, um sich von irgendjemandem einschüchtern zu lassen.

»Nein! *Du* hältst gefälligst das Maul, du Arschloch!« Jetzt meldete sich Snitch hellwach und schlechter Laune zu Wort.

»*Sí*«, fing jetzt auch der Mexikanerjunge an. »Können nicht alle Maul halten, *por favor*.«

»Halt du dich da raus, Kanake«, sagte Trader drohend.

»He!«, antwortete der kleine Mexikaner beleidigt. »Ich gesehn, wie du um Mülltonne gesprungen.«

»Mann«, sagte Stick. »Wusste ich doch, dass der Typ völlig durchgeknallt is. Wieso is er um die Mülltonne gehopst?«

»Ich glauben, er gewichst«, sagte der Mexikaner, dessen Zellenkameraden seinen Namen noch nicht kannten und der der Polizei nicht gesagt hatte, dass er minderjährig war. »Siehst du, ich verstecken mich vor Polizei hinter dieser Bar, du verstehen? Und ich sehen, wie er auf Weg herumspringen und seinen Schwanz halten und komische Geräusche machen. Also ich rennen los, weil er *loco*.«

»Da hast du ja 'n Scheißglück, mit ihm inner gleichen Zelle zu landen«, bemerkte Snitch sarkastisch und schob sich das flache Kopfkissen unter den Kopf. »Ham wir nich alle 'n Scheißglück, mit so ein' verwichsten, stinkenden Fettarsch von Loco in einer Zelle zu sitzen?«

»Ja, warum bissu denn so herumgehopst, hä?«, stichelte Stick weiter.

»Geht dich einen Scheiß an. Aber ich hab immer einen Grund für alles.«

»Bitte. Lasset uns nicht streiten. Hier herinnen ist es schlimm genug. Üben wir doch dem Herrn zuliebe ein wenig Rücksicht und beten wir für den Frieden«, sagte der Reverend Pontius Justice, der letzte Nacht mehrere Videokassetten bei Barbie Fogg abgegeben und auf dem Heimweg einen fatalen Fehler begangen hatte: Als er mit einer Liebesdienerin den Preis für eine kleine orale Freude verhandelte, musste er feststellen, dass es sich bei der Frau, die er angesprochen hatte, um eine alte Jungfer handelte, die eine Autopanne und einen leeren Akku in ihrem Handy hatte.

»Was soll ich mit Ihren zwanzig Dollar?«, hatte die Frau mit starkem Akzent gefragt, nachdem der Reverend sie näher an seinen Cadillac gewinkt hatte. »Wenn Sie mir Geld für ein Taxi anbieten, mein Bester, dann ist das sehr nett, aber ich nehm kein Geld von Fremden.«

»Ist mir gleich, wofür du's ausgibst«, erwiderte der Reverend Justice, der betrunken war und erschöpft und enttäuscht, weil das Nachbarschaftshilfe-Programm, für das er sich einsetzte, noch nicht ein einziges Verbrechen verhindert hatte. »Warum steigst du nicht einfach ein und besorgst es mir? Dann nimmst du diesen funkelnagelneuen Zwanziger, den ich hier habe, und machst damit, was du willst.«

Die alte Jungfer, bei der es sich übrigens um Uva Clot handelte und die sehr viel älter war, als der Reverend in der Dunkelheit und aus der Entfernung zuerst angenommen hatte, kam auf den Cadillac zu, schrieb sich die Autonummer auf und begann um Hilfe zu rufen. Als der Reverend davonraste, war ihm die Polizei schon auf den Fersen. Die Sirene dröhnte in seinen Ohren, und das Blaulicht pulsierte im gleichen Rhythmus wie das Blut in seinem Kopf.

»Also, wieso sitzen Sie hier?«, fragte der Reverend in die dunkle Ecke der Zelle, wo Trader wie ein riesiger Kartoffelsack die gesamte Fläche seines Bettes einnahm.

»Ich bin Pirat«, antwortete Trader mit drohendem Unterton.

»Der Herr stehe uns bei!«, rief der Reverend erschrocken. »Sie sind aber nicht einer von diesen Piraten, die den armen Trucker durchgegerbt und all seine Kürbisse entwendet haben, will ich hoffen?«

»Geht dich gar nichts an!«

»Der Herr stehe uns bei!«

»Und ich hab Spaß daran, kleinen Tieren Schmerzen zuzufügen«, fügte Trader hinzu, wusste er doch, dass die meisten Psychopathen ihr schändliches Leben voller Gräueltaten damit beginnen, hilflose Kreaturen zu quälen.

Er selbst hatte zum Beispiel nicht die geringste Reue verspürt, als er die Krebszucht angezündet und damit all die Mütter samt ihren Babys hingemordet hatte – von den Krebsen in der Häutungsphase, die ohne Schale und damit völlig schutzlos waren, gar nicht zu reden. Sein Gewissen hatte sich auch nicht gemeldet, als er die Boote abgefackelt hatte, und es hätte ihn auch nicht gejuckt, wenn Hilda Crocketts Chesapeake House ebenfalls in Flammen aufgegangen wäre oder der ganze Rest von Tangier Island. Genauso wenig hatte es seinen Seelenfrieden beeinträchtigt, als er dafür sorgte, das Smoke und seine skrupellosen Straßenpiraten Hammers Boston Terrier entführten. Trader hoffte sogar, dass man Popeye schon längst ein möglichst grausames Ende bereitet hatte. Das würde dieser Bullenschlampe recht geschehen.

»He«, ließ sich Stick missbilligend in der dunklen Zelle hören. »Das is 'ne Sache, die ich nie tun würd. Ich find, wir ersäufen ihn im Klo«, sagte er zu den anderen. »Zwei von uns halten ihn fest, und wer eine Hand frei hat, steckt ihm seinen Kopf rein, bis er nich mehr zappelt.«

»Jemand hat mein' Hund platt gefahren, als ich noch immer inner achten Klasse war.« Slim Jims Stimme klang traurig und aufgebracht. »Ich bin nie darüber wechgekommen, und das Arschloch hat noch nich mal gehalten.«

»Was soll das heißen, *noch immer inner achten Klasse?*« fragte Snitch neugierig und setzte sich aufrecht hin, wobei er sich das Kissen zur Stütze hinter den Rücken stopfte.

»Weißt du, ich bin da nie rausgekommen«, erwiderte Slim Jim. »Bisschen so wie hier, verstehste? Jedes Jahr ham sie mir erzählt, ich muss die Achte noch mal machen, und all das nur wegen Mrs. Klopf, der blöden Kuh.«

»Klopf-klopf – wer da?«, bemerkte Stick.

»Genau. Das gehörte zu den Sachen, bei denen sie abgegangen is«, antwortete Slim Jim, und seine Gedanken wanderten zurück in diese wenig erfreuliche Zeit seines verhunzten Lebens.

»Klopf-klopf?«

Er wartete auf eine Antwort von einem seiner Zellenkameraden. Schließlich erbarmte sich der Reverend seiner.

»Wer da?«, fragte er.

»Schnauze!«, brüllte Trader angewidert.

»Schnauze wer?«, fragte der Reverend, der froh war, ein bisschen Ablenkung zu haben.

»Der beschissene Pirat. Dem seine Schnauze stecken wir ins Klo und spülen sein verdammtes Gehirn runter!«

»Genau, was weiß ich, vielleicht hast du ja mein' Hund platt gemacht?«, rief Slim in Traders Richtung.

»Erstens«, kam Traders Stimme kalt aus der Dunkelheit zurück, »ist es höchst unwahrscheinlich, dass ich mich jemals in dein verkommenes Viertel verirrt hab. Bestimmt bist du in irgendeinem Wohnsilo aufgewachsen, hast kostenlosen Armenfraß gegessen und bist in geklauten Turnschuhen rumgelaufen.«

»Sach noch einmal so 'n Scheiß über mich«, drohte Slim Jim, »und ich komm rüber und hau dir eins auf die Rübe, bevor ich sie ins Klo steck und deine Seele in die Scheiße spül, wo sie hingehört!«

»Bitte!«, protestierte der Reverend. »Brüder, wir sollten lieber um Vergebung beten, Frieden suchen und uns bemühen, unseren Nächsten zu lieben wie uns selbst!«

»Hab mich nie geliebt«, gab Snitch verdrossen zurück.

»Ich auch nich», sagte Slim Jim traurig. »Als sie mein' Hund vor mein' Augen zu Brei gefahren ham, hab ich aufgehört, mich zu lieben, und beschlossen, nie wieder was zu lieben, weil nämlich, wenn du was liebst, denn passiert so was.«

»Du sachst es«, stimmte ihm Stick zu.

Possum war allein im Wohnmobil, denn Smoke und der Rest der Straßenpiraten fuhren in der Gegend herum. Possum hatte vorgeschützt, letzte Arbeiten an der Jolly-Goodwrench-Flagge vornehmen zu wollen, um bei Popeye bleiben zu können.

»Sie haben Post!«, verkündete sein Computer plötzlich.

Possums Adrenalinspiegel schoss in die Höhe. Meist erhielt er E-Mails von anderen Piraten, doch die waren zu dieser späten Stunde in der Regel betrunken, bekifft oder nicht am Computer. Possum stand auf, setzte sich auf die Holzkiste und öffnete mit einem Mausklick seine Mailbox. Aufgeregt und nervös sah er, dass der Absender Trooper Truth war:

Lieber Anonymus,

Sie müssen ein guter Mensch sein, denn Sie haben mich mit vielen wertvollen Informationen versorgt. Ich hatte gehofft, von Ihnen zu hören, doch da das nicht geschehen ist, nehme ich jetzt selbst Verbindung zu Ihnen auf. Es wird Sie freuen zu hören, dass Captain Bonny (alias Major Trader) verhaftet wurde und sich nun im Gefängnis befindet. Ich habe mein Versprechen gehalten, nun müssen Sie Ihren Teil der Vereinbarung einlösen.

Was ist mit dem großen Plan, in dem Popeye eine Rolle spielt? Und woher weiß ich, dass Sie mir die Wahrheit sagen?

Ich würde gerne glauben, dass Sie niemandem Schaden zufügen möchten. Wo können wir uns treffen, um alle diese Fragen zu klären, und wie können wir Popeye retten?

Trooper Truth

Possum saß für einen Augenblick still da, aufgeregt und verängstigt zugleich. Wenn er Smoke und den Straßenpiraten eine Falle stellte und etwas schief ging, dann wären er und Popeye mit Sicherheit tot. Possum streichelte Popeye, die gerade auf seinen Schoß gesprungen war und Trooper Truths E-Mail zu lesen schien, obwohl Possum wusste, dass das unmöglich war. Kein Hund konnte lesen. Selbst die meisten Menschen, die Possum kannte, konnten nicht lesen, auch die Straßenpiraten nicht. Sogar Smoke und seine gemeingefährliche Freundin hatten Schwierigkeiten mit dem Lesen und bezogen ihre Informationen entweder von Possum oder aus den Fernsehnachrichten.

»Was mach ich bloß, Popeye?«, flüsterte Possum.

Popeye schnappte mit ihren Zähnen einen Bleistift und begann auf die Tastatur zu hacken. Possum beobachtete voll ungläubigen Staunens, wie drei Wörter auf dem Bildschirm erschienen: JUST DO IT.

»Wieso hast du mir nich gezeigt, dass du lesen und schreiben kannst? Und du kennst sogar die Nike-Werbung!«, flüsterte Possum und umarmte Popeye.

Popeye leckte seinen Hals. Oh, bitte rette mich, bat sie stumm.

»Was soll ich nu tun?«, fragte Possum erneut, während die drei Wörter auf dem Bildschirm wie Blaulichter zu pulsieren schienen, die ihm zu Hilfe eilen wollten.

Popeye sprang von seinem Schoß aufs Bett und begann, an der Jolly-Goodwrench-Flagge zu kratzen.

»Glaubst du wirklich, das klappt?«, fragte Possum sie. »Ich mein, das hab ich auch gedacht. Woher weißt du, dass ich die Flagge deshalb gemacht hab? Und was, wenn's nich klappt, Popeye? Was, wenn's damit endet, dass Smoke uns alle umlegt?«

Popeye rollte sich auf der Flagge zusammen und schlief ein, so als wollte sie damit andeuten, dass sie sich überhaupt keine Sorgen darüber machte. Sie wusste mehr als Possum. Trooper Truth war in Wirklichkeit Andy Brazil, und Andy war furchtlos und würde stets über das Böse siegen. Genau wie Popeyes Besitzerin. Doch was mit Possum passieren würde, darüber war sich Popeye nicht im Klaren.

Sie wollte nicht, dass er eingesperrt oder sonstwie bestraft würde. Sie wachte auf und sprang vom Bett. Ihr Kratzen an der Tür sollte bedeuten, dass Possum die Tür öffnen solle, was er tat. Popeye trottete ins Wohnzimmer und wühlte in einem Stapel verknitterter Spielkarten, bis sie das Pik-Ass fand, welches sie dann zurück zu Possum trug.

»Ich bin mir nicht sicher, ob ich das verstehe«, flüsterte Possum ihr zu. »Oh, wart mal. Vielleicht soll's heißen, dass ich ein Ass im Ärmel brauch?«

Popeye starrte ihn auf eine Weise an, die ihm bedeuten sollte, dass er zwar dicht dran sei, aber es noch nicht getroffen habe.

»Oder soll ich ein Spiel spielen?«

Popeye reagierte nicht.

»Soll ich bluffen?«

Popeye wurde ungeduldig. Warum fiel es Menschen so schwer, Tiere zu verstehen? Tiere sind immer offen, weder lügen sie, noch verfälschen sie die Wahrheit. Wenn ein Tier nicht gerade krank ist oder misshandelt wird, hat es nichts anderes im Sinn, als zu überleben und von anderen geachtet und geliebt zu werden. Popeye schnappte sich die Karte aus Possums Fingern und warf sie wiederholt auf die Tastatur, genauso als wäre sie ein Kartenspieler, der *austeilt*.

»Austeilen?« Possum kratzte sich den Kopf, und Popeye leckte ihm den nackten Fuß, wobei sie ihre Zustimmung laut kundtat. »Was meinst du? Soll ich nu endlich selbst austeilen?«

Popeye sprang wieder auf Possums Schoß und leckte ihm voller Begeisterung das Gesicht ab. Possum stieß einen lauten Seufzer aus und begann zu tippen, gerade noch rechtzeitig, denn Andy hatte die Hoffnung auf eine Antwort schon fast aufgegeben.

Liber Trooper Truth!

Ich schwör, das sie mir vertraun könn. Aber mein Problem is, das ich in Schwierigkeiten komm, wenn ich ihnen helfen tu. Sehen sie, ich bin gefangen von Smoke und seine Straßenpiraten und wenn ich den eine Falle stell und selbst wenns klappt, dann hab ich Angst im Knast zu landen.

Sehen sie, ich wars, der Moses Custer in den Fuß geschossen hat und ihn seinen Stiefel abgeschossen hat, weil es nich anders ging, weil Smoke mir sonst ziemlich was getan het oder vielleicht auch kalt gemacht het. Und Smoke sagt immer, das er Popeye was tut, wenn ich nich mach, was er sagt.

Ich weis nicht, was ich tun soll.

Andy las die E-Mail und begriff zum ersten Mal, dass der Schweinehund Smoke hinter Popeyes Entführung steckte. Andy wusste, dass mit Smoke nicht zu spaßen war. Außerdem wurde ihm klar, dass er dem anonymen Straßenpiraten, wer immer er war, einen ehrlichen Handel anbieten konnte. Also schrieb er sofort eine Antwort.

Lieber Anonymus,

die Kugel, von der Sie sprachen, hat Moses nicht getroffen. Er war im Krankenhaus, weil die Straßenpiraten ihn so schrecklich verprügelt und mit dem Messer verletzt haben. Haben Sie beim Prügeln mitgemacht? Oder zugestochen?

Trooper Truth

Liber Trooper Truth,

Nein! Alles was ich gemacht hab, nachdem ich versucht hab zu schießen war die Kürbisse innen Fluss werfen helfen. Und das mit dem Messer, das war Unique. Ich bin mächtig froh, das die Kugel vorbeiging. Vielleicht kann ich mir nun selbst verzein und Hoss is nicht mehr so sauer auf mich.

Andy verstand die Anspielung auf Hoss nicht und wusste auch nicht, wen Anonymus mit Unique meinte, aber er entschloss sich, ein Risiko einzugehen.

Lieber Anonymus!

Sie sollten auf jeden Fall wissen, dass Hoss die Straßenpiraten hinter Gittern sehen möchte, damit niemandem, einschließlich Popeye, etwas zustößt. Ich bezweifle, dass Hoss wirklich sauer auf Sie ist, weil er bestimmt weiß, dass die Kugel danebenging. Hoss weiß alles. Vielleicht war er enttäuscht, weil Sie Smoke und die Straßenpiraten nicht ausgeliefert haben. Jetzt haben Sie die Chance, das Richtige zu tun, und Sie können damit anfangen, mir zu sagen, wo ich Smoke und die anderen Piraten finden kann, ohne dass die etwas davon mitbekommen. Wenn Sie der Polizei auf diese Weise helfen, sollen Sie mit Straffreiheit belohnt werden. Und Sie sollten inzwischen wissen, dass ich immer die Wahrheit sage.

Trooper Truth

Nur wenige Minuten später landete eine Antwort in seiner Mailbox.

Liber Trooper Truth!

Gehen sie zum Rennen und gucken sie nach einer Boxencrew mit einer Jolly Goodwrench Flagge. Das sind wir Piraten. Ich hab Popeye dabei und versuch alles um aus dem Weg zu sein, aber Sie müssen wissen, das Cat Helikopperstunden bei der State Police genommen hat und vorhat, uns alle nach Tangerine Island zu fliegen, nachdem Smoke eine Menge Leute umgebracht hat.

»Gott im Himmel«, murmelte Andy vor sich hin und starrte auf die E-Mail. Es gab nur eine einzige Person bei der State Police, der er zutraute, dass sie jemandem Flugunterricht erteilen könnte, denn sie litt zurzeit unter akutem Pilotenmangel. »Macovich. Du dämlicher Arsch!«, sagte Andy laut. »Was zum Teufel machst du bloß?«

Macovich war kein Heiliger, aber er war auch nicht besonders helle, und Andy versuchte zu erraten, was Macovich bewogen haben könnte, so etwas zu tun. Er suchte in seinem Aktenkoffer, bis er die Unterlagen über den Tüten-Mann gefunden hatte, an dessen Fall er letztes Jahr gearbeitet hatte. Er wählte Hooter Shooks Privatnummer.

Nach viel Geklapper und dem offensichtlichen Versuch, zu sich zu kommen, antwortete Hooters erschöpfte Stimme: »Hallo?«

Sie nahm an, es sei Macovich, der sie andauernd anrief und ständig an ihrem Mauthäuschen auftauchte, auch wenn es eigentlich nicht auf seinem Weg lag. Der Mann ist sexsüchtig, dachte sie wütend. So etwas hatte sie noch nie erlebt. Die meisten Männer, mit denen sie ausging, ließen ihr wenigstens ein bis zwei Stunden Zeit, um zu überlegen, ob sie auch nur im Mindesten daran interessiert war, Händchen zu halten oder sich gegenseitig die Zunge in den Hals zu stecken. Aber Macovich hatte sie unaufhörlich unter dem Tisch angegrabbelt, während sie im Freckles saßen und tranken. Wirklich schade. Er hatte Hooter gut gefallen, als sie draußen bei den Verkehrshütchen miteinander geplaudert hatten.

»Ich habe doch gesagt, du sollst mich nicht mehr anrufen«, schimpfte Hooter in die Leitung, noch bevor Andy etwas sagen konnte.

»Ich habe Sie doch in letzter Zeit gar nicht angerufen«, antwortete Andy. »Lassen Sie mich raten, Sie haben gedacht, ich sei Trooper Macovich.«

»Na ja, Sie klingen nicht wirklich nach ihm«, sagte Hooter, nun schon etwas ruhiger.

»Hier ist Trooper Truth«, sagte Andy verwegen.

»Ach was … Sie wollen mich doch auf den Arm nehmen«, erwiderte Hooter misstrauisch. Sie erkannte Andys Stimme nicht, denn für sie klangen alle weißen Stimmen gleich. »Das gibt's doch nich, dass Trooper Truth mich anruft.«

»Na, ich bin es aber«, sagte Andy und versuchte, möglichst überzeugend zu klingen. »Und mein Anruf hat folgenden Grund: Ich brauche Ihre Hilfe. Ich habe herausgefunden, dass Sie neulich Abend mit Trooper Macovich bei Freckles waren.«

»Ja, das war vielleicht ein Abend, ich kann Ihnen sagen …«

»Hat er die Rechnung bezahlt?«

»Ich habe gar keine Rechnung gesehen«, antwortete Hooter. »Denn ich bin raus, um aufer Straße 'n bisschen frische Luft zu schnappen, und dann hat dieser Verrückte versucht, sich sein Ding wechzuschießen.«

»Ja, das weiß ich schon«, unterbrach Andy sie höflich. »Aber ich frage mich, ob Sie irgendwann gesehen haben, dass Macovich sein Portemonnaie herausgeholt hat?«

»O ja. Er hat für jede einzelne Runde bezahlt, denn wir warn die einzigen Schwarzen inner Bar, und ich nehm an, die ham uns nich genug vertraut, um alles auf ein' Deckel zu schreiben.«

»Das glaube ich ehrlich gesagt nicht«, versicherte Andy. »Das sieht Freckles nicht ähnlich, aber wenn man einmal schlechte Erfahrungen gemacht hat, vermutet man leicht überall das Schlimmste. Vielleicht hat Macovich ja gar nicht nach einem Deckel gefragt, weil er mit seinem Geld protzen wollte, schließlich hat er versucht, Eindruck auf Sie zu machen.«

Es entstand eine kurze Pause, in der Hooter über diese Möglichkeit nachdachte.

»Na ja«, räumte sie schließlich ein. »Da ham Sie wohl Recht, nehm ich an, denn er hat wirklich mit sein' Geld geprotzt, was mir gar nich gefiel, denn auf Geld sitzen überall Bakterien, und er weiß doch, wie ich drüber denk, und denn hat er trotzdem versucht, mich unterm Tisch anzufassen, als wir da so in unsrer Ecke saßen und tranken. Aber wo ich nun so darüber nachdenke, kann ich mich auch nich erinnern, dass er nach'm Deckel gefragt hat, also haben Sie ja vielleicht Recht, und ich hab nur einfach falsch gedacht. Wissen Sie, ich hab jeden Tag Leute an mein Mauthäuschen, die sagen nie ›Danke‹ oder ›Schönen Tag noch‹, selbst wenn ich's zuerst sage. Und ich hab immer gedacht, das liegt an meiner Hautfarbe.«

»Viele Leute sind einfach unhöflich und zu sehr mit sich selbst beschäftigt«, sagte Andy.

»Ja, das is wohl so«, sagte Hooter. Sie schien sich nun völlig beruhigt zu haben und auch ganz wach zu sein. »Aber er hat wirklich mit sein' Geld geprotzt«, fügte sie hinzu, wieder auf Macovich kommend. »Sie müssen wissen, es war nämlich ganz schön verraucht in dem Schuppen, aber er hat ständig mit sein' Geld rumgewedelt, und ich konnt 'ne Menge Zwanziger sehn und tät sogar schwörn, dass ein Hunderter dabei war. So was hab ich in meine Spur am Mauthäuschen noch nie gesehen, und ich hab auch mein ganzes Leben noch kein' gehabt.«

Also gab Macovich diesem Cat *tatsächlich* Flugstunden und erhielt dafür wahrscheinlich hundert Dollar auf die Hand. Es war anzunehmen, dass Macovich den Unterricht nachts erteilte oder zu Zeiten, wo sich niemand im Hangar der State Police aufhielt. Andy ging in die Küche und blickte auf die Uhr. Kurz nach ein Uhr nachts. Er zog sich Zivilkleidung an, nahm seine Pistole und ein Funksprechgerät und ging zu seinem Auto.

Als er am Flughafen ankam, war es genauso, wie er erwartet hatte. Der Bell 430 war nicht im Hangar, und überall auf dem Hallenvorfeld lagen Salem-Light-Kippen, sogar in der Nähe des Tankwagens. Andy stellte sein Funkgerät auf die Funkfrequenz der State Police ein.

»Vier-drei-zero-Sierra-Papa«, sprach Andy ins Gerät.

Macovich war überrascht und verunsichert, als Andys Stimme in seinem Kopfhörer ertönte, während Cat, komplett in NASCAR-Farben gekleidet, versuchte, den Hubschrauber horizontal und ruhig in einem bestimmten Muster um den nahe gelegenen Chesterfield-Flughafen zu fliegen.

»Dreißig-Sierra-Papa«, antwortete Macovich und versuchte, unbekümmert und beschäftigt zu klingen.

»Wer ruft uns?«, wollte Cat wissen.

»Bleib dran«, sagte Macovich zu Andy. »Es ist der Tower«, informierte Macovich seinen Flugschüler über Bordfunk, denn er wollte unbedingt vermeiden, dass ihre Privatunterhaltung wieder über den allgemeinen Funkverkehr ausgestrahlt wurde.

»Lass mich mit ihn' reden«, sagte Cat und verpasste den Anflug. »Ich muss das mit'n Funk auch üben.«

»Nicht jetzt«, sagte Macovich in sein Mikrofon. »Du musst durchstarten, denn du bist viel zu hoch für die Position, und ich kann mir gut vorstellen, dass der Tower eine Beschwerde über dich und deine Flugkünste gekricht hat, also lässt du mich jetzt besser mit den' reden und nimmst deine Kopfhörer 'ne Minute ab, denn was immer die im Tower loswerden wollen, es wird bestimmt nich nett sein, das kann ich dir flüstern! Komm nicht zu nahe an den verdammten Zaun! Zieh die Kiste hoch auf 800 Fuß und dann flieg sie einfach gradeaus, während ich mich um diese Sache hier kümmer!«

Cat nahm seine Kopfhörer ab und blinzelte durch seine Oakley-Sonnenbrille, die es ihm erschwerte, die dunklen Umrisse einer vor ihnen liegenden Baumgruppe zu erkennen.

»Dreißig-Sierra-Papa«, wandte sich Macovich an Andy. »Ich bin gerade beschäftigt.«

»Roger. Das ist mir schon klar«, kam Andys Stimme zurück, und sein Ton ließ erkennen, dass er genau wusste, was Macovich tat. »Dein Schüler ist *Gefahrengut*«, Andy benutzte den Jargon der Luftfahrt.

»Was meinst du?« Macovich war äußerst beunruhigt und riss am Steuerknüppel, um den Baumkronen auszuweichen, ein Reflex, der ihm nicht mehr bewusst wurde, denn er musste ständig um den Knüppel kämpfen, wenn er diesem NASCAR-Idioten Stunden gab. Denn obwohl Macovich sich geschworen hatte, nicht mehr den Fluglehrer für diesen Volltrottel zu geben, hatten ihn seine Kontoauszüge davon überzeugt, sich weiterhin dieser Tortur auszusetzen.

»Sag deinem Schüler einfach, dass der Tower von dir verlangt, sofort zurückzukommen«, befahl Andy.

»Roger«, erwiderte Macovich widerstrebend, tippte auf Cats Kopfhörer und gab ihm zu verstehen, er solle ihn wieder aufsetzen. »Wir haben ein Problem«, sagte Macovich. »Das is meine Kiste.

Also nimm gefälligst Hände und Füße von der Steuerung. Wir ham Riesenärger mit der Luftfahrtbehörde. Ich muss mich jetzt drum kümmern, sonst kriegen wir Schwierigkeiten und Flugverbot.«

»Scheiße!«, rief Cat. »Das Rennen! Da gibt's besser keine Probleme! Der Rennfahrer, für den ich arbeiten tu, is dann stinksauer, und er is mit dem Gouv'nör befreundet und mit dem Präsidenten der Vereinigten Staaten, und er sorch dafür, dass sie dich feuern!«

»Keine Sorge«, sagte Macovich und nahm Kurs auf den Flughafen von Richmond. »Ich krich das alles in'n Griff.«

Doch in den Griff, und zwar in den Polizeigriff, kam einzig und allein Cat, der sich eine Stunde später schon im Stadtgefängnis in einer dunklen Zelle wiederfand, wo sich die anderen Insassen gegenseitig mit *Halt's Maul* anbrüllten und unaufhörlich über einen Hund debattierten, der bei einem Unfall mit Fahrerflucht platt gemacht worden war. Andy rief Hammer an, sobald er wieder zu Hause war. Er informierte sie über alles, was geschehen war, einschließlich der ermutigenden Tatsache, dass Popeye noch am Leben war und bei dem Rennen der Winston Series gerettet werden könnte.

»Diese windige Type«, sagte sie und meinte Macovich. »Der kann gleich seine Waffe und Dienstmarke abgeben, wenn er ins Hauptquartier kommt. Rufen Sie ihn an und sagen Sie ihm, er soll sich morgen Punkt acht Uhr in meinem Büro melden.«

»Ich halte das für keine gute Idee«, sagte Andy respektvoll. »Smoke und die anderen Straßenpiraten wissen nicht, dass Cat im Gefängnis sitzt.«

»Ja, aber sie merken doch, dass er nicht da ist«, wandte Hammer ein. »Meinen Sie nicht, dass sie misstrauisch werden, wenn er nicht auftaucht und sie zum Rennen fliegt?«

»Ich glaube, ich habe eine Lösung für das Problem.«

»Na hoffentlich.«

»Ich fliege den Gouverneur in einem 407 und sorge dafür, dass er, Moses Custer und wer sonst noch mitfliegt, sicher in der Gouverneursloge eintreffen«, erklärte Andy seinen Plan. »Und wir stationieren mindestens zwanzig Trooper und Personenschützer in Zivil an strategischen Stellen. Macovich muss Smoke und seine Straßenpiraten wie geplant fliegen. Machen Sie sich keine Sorgen, ich werde alles arrangieren.«

»Das ist doch alles Blödsinn, Andy!« Hammer war keineswegs überzeugt. »Bei dem verdammten Rennen tauchen an die hundertfünfzigtausend Fans auf. Zwanzig Trooper können gar nichts für den Schutz des Gouverneurs und seiner Gäste tun, wenn etwas schief geht und die Menge in Panik gerät. Sobald der erste Schuss fällt, dreht die Menge durch und trampelt alles nieder, was sich ihr in den Weg stellt. Die Autos kommen von der Strecke ab und rasen in die Zuschauer. Das kann eine entsetzliche Katastrophe geben, und ich glaube nicht, dass wir die Möglichkeiten haben, sie zu verhindern.

Und was geschieht, wenn Tangier Island sich auch noch entschließt, uns Probleme zu machen? Ich glaube nicht, dass jemand den Insulanern die lächerliche Idee ausreden kann, NASCAR wolle ihre Insel übernehmen. Für die wäre das Rennen doch ein idealer Zeitpunkt, um irgendeine verrückte Aktion zu starten.« Sie entwarf ein Katastrophenszenario nach dem anderen. »Wir müssen auch auf der Insel Trooper stationieren. Ehrlich gesagt wünschte ich, Sie würden in einem Artikel mal etwas schreiben, was diese Leute überzeugen und zur Ruhe bringen könnte, aber ich vermute, auf Tangier hat niemand einen Computer.«

»Ich habe nie eine E-Mail von einem Inselbewohner erhalten«, sagte Andy. »Daher werden Sie wohl Recht haben. Da liest niemand meine Artikel. Aber nach den vielen Satellitenschüsseln zu urteilen, die ich dort gesehen habe, haben sie alle Fernsehen. Warum sorgen wir nicht für gehörige Ablenkung auf der Insel? Ich kann in meinem nächsten Essay etwas schreiben, was ganz bestimmt noch vor dem Rennen in die Nachrichten kommt.«

Er dachte an Fonny Boy und das rostige Stück Eisen und gelangte zu dem Schluss, dass wohl nichts die Aufmerksamkeit der Inselbewohner so fesseln würde wie ein wertvoller Fund, den ihnen ein Außenstehender vor der Nase wegschnappen könnte. Andy begann eine sorgfältig formulierte E-Mail zu verfassen, in der er seinen anonymen Piratenfreund beauftragte, auf der Trooper-Truth-Website zu bleiben und auf den nächsten Artikel zu warten. Außerdem trug er ihm auf, Smoke zu berichten, Cat sei mit dem Üben von *Autorotationsflügen* und der Vorbereitung auf seinen *Überprüfungsflug* beschäftigt. Er werde sie nach dem Rennen auf Tangier Island treffen, auf die Weise könne er vorher *die Lage abchecken* und ein neues Hauptquartier suchen.

»Sagen Sie Smoke und den anderen, Cat habe von einem riesigen Schatz Wind bekommen. Deshalb lasse er sich von seinem Fluglehrer schon früher auf der Insel absetzen, der dann Smoke und die Piraten wie geplant zum Rennen fliegen wird. Danach bringt er alle nach Tangier Island, wo Cat mit einem Boot den Schatz bergen wird, bevor ihn irgendjemand anders findet«, schrieb Andy an den anonymen Piraten. »Ich nehme an, Cat hat keinen Computer und weiß auch nicht wie man einen benutzt, deshalb können Sie Smoke sagen, dass die E-Mail mit all diesen Informationen von dem Fluglehrer Trooper Macovich kommt, der beschlossen hat, sich mit den Straßenpiraten zusammenzutun. Sagen Sie, er wolle als Pilot zur Verfügung stehen, Waffen und Tauchausrüstungen besorgen, die Geldwäsche organisieren, Abstecher nach Kanada unternehmen und was sonst anliegt, falls er dafür einen angemessen Anteil vom Gewinn bekommt.«

Possum war ein wenig verwirrt und verängstigt, als er Trooper Truths letzte E-Mail gelesen hatte, wollte aber genau das tun, was von ihm verlangt wurde, das heißt, auf der Website bleiben und die Informationen an Smoke weiterleiten. Aber Possum hatte noch eine letzte Frage:

Liber Trooper Truth,

dies ist das letzte Mal, das ich ihn schreib, aber ich hab mich gefragt, ob sie nich das Bild von Popeye in dem roten Mantel von ihre Seite wegnehmen können. Sehen sie, wenn Smoke das sieht, dann macht er Popeye alle, weil er ja nich weiß, dass noch jemand nach ihr sucht, ausser der Superindent-Frau, der Popeye gehörte.

PS Mein Name is Possum, aber vorher war ich Jeremiah Little bis Smoke mich gezwung hat, bei seinen Straßenpiraten mitzumachen oder mich sonst umbringt, hat er gesagt. Können sie meine Mama anrufen und ihr sagen, das es mir gut geht und ich nicht in Schwierigkeiten bin und herausfinden, ob sie noch mit meinem Daddy lebt, denn wenn ja, dann kann ich nich zurück in den Keller und dann habe ich nichts, wo ich hingehen kann, wenn ich von Smoke und aus dem Camper wegkomme.

PS PS Vergessen sie ihr Versprechen nich!

Andy antwortete mit einer Instant Message und versicherte Possum, er werde Popeyes Foto sofort entfernen und natürlich würde Trooper Truth Possums Mama anrufen und all seine Versprechen halten. Ferner schrieb Andy noch:

Wenn Sie die Rennbahn verlassen, klettern Sie als Erster in den Hubschrauber, den Trooper Macovich fliegt. Rutschen Sie mit Popeye über den Sitz bis zur anderen Tür, springen Sie dort wieder hinaus und rennen Sie, so schnell Sie können, zu dem Wohnwagen, vor dem die Virginia-Flagge gehisst ist und vor dem sechs Verkehrshütchen stehen. Der Wohnwagen wird leicht zu sehen sein. Er befindet sich jenseits des Zauns um den Hubschrauberlandeplatz, und ich werde in einem Gartenstuhl davor sitzen und so tun, als wäre ich ein betrunkener NASCAR-Fan. Bleiben Sie bitte den Rotorblättern am Heck fern!

Viel Glück!
Trooper Truth

Bergung des Tory-Schatzes in wenigen Stunden erwartet

von Trooper Truth

Als man unlängst Dr. Sherman Faux verhaftete (einen betrügerischen Zahnarzt, dem Sie auf alle Fälle aus dem Weg gehen sollten), stieß man auf Fakten, die Schifffahrtshistoriker, Archäologen und Schatzsucher rund um den Globus in helle Aufregung versetzten.

Wenn Sie, meine treuen Leser, sich nun fragen, warum Sie noch nie von dem berühmten Tory-Schatz gehört haben, kann ich Ihnen dafür eine einleuchtende Erklärung liefern. Bekanntlich hat der berüchtigte und gewissenlose Major Trader alle offiziellen Nachrichten manipuliert, die den Staat Virginia betrafen und die an andere Staaten und Nationen weitergeleitet wurden. Natürlich gehörte die bevorstehende Bergung von Schiffswracks in der Chesapeake Bay, die zweifellos zur Entdeckung des bemerkenswerten Tory-Schatzes führen wird, zu den Informationen jener Art, die Trader und andere der Öffentlichkeit – und vor allem den Tangieranern – vorenthalten wollen.

Während der Amerikanischen Revolution war Joseph Wheland Jr. der berüchtigste und gefährlichste der loyalistischen Tory-Räuber. Er begann seine blutrünstige und habgierige Karriere 1776, als er im Namen der britischen Krone das Eigentum amerikanischer Bürger beschlagnahmte und plünderte. Schon sehr bald kommandierte Wheland eine kleine Flotte und schlug zu, wo immer es ihm gefiel. An der Chesapeake Bay brannten er und seine Männer Plantagen nieder und nahmen alles mit, was nicht niet- und nagelfest war: Vieh, Sklaven, Möbel, Familiensilber, Juwelen und viele andere Wertobjekte, wobei ihre wahren Motive wenig mit militärischen Zielsetzungen oder der Loyalität gegenüber der Krone zu tun hatten. Kurzum, Wheland wurde ein Pirat reinsten Wassers und wählte Tangier Island als Winterquartier.

Von dem Versteck auf Tangier aus stach Wheland mit seiner wachsenden Flotte in See, kaperte andere Schiffe, stahl alles, was Wert hatte, und metzelte die Besatzungen nieder. Wir wissen nicht genau, wie groß die Schätze waren, die er erbeutete, wie viele Schiffe er versenkte und wie viele seiner eigenen Schaluppen vor Tangier oder den Nachbarinseln versanken, aber wir können mit einiger Sicherheit davon ausgehen, dass seit mehr als zweihundert Jahren ein unentdeckter Tory-Schatz auf dem schlickigen Grund der Bucht liegt. Diese Schlussfolgerung beruht auf einfacher Logik.

Piraten, die wie Wheland ohne Skrupel und zu allem fähig waren, überfielen nicht nur Unschuldige, sondern zögerten auch nicht, sich gegenseitig zu berauben und niederzumachen, vorausgesetzt natürlich, das Ganze ging ohne Gefahr für sie selbst ab. Tauchte also ein anderes Piratenschiff auf, bis obenhin beladen mit der Beute aus dem Überfall auf eine Plantage, griff Wheland dieses Schiff an – es sei denn, er musste mit einer zahlenmäßigen Überlegenheit der gegnerische Seite rechnen. In dieser Hinsicht unterschieden sich Wheland und seine Piratenmannschaft kaum von den Drogendealern unserer Zeit. Wenn Drogendealer heute auf dem Weg von New York nach Miami in Virginia Halt machen, ist es keineswegs ungewöhnlich, dass ein Dealer, der Schusswaffen oder Heroin von einem anderen kauft, anschließend eine Pistole zieht und seinen Geschäftspartner niederschießt. Der Sieger bekommt nicht nur die Beute, sondern auch das Geld oder die Konterbande, die als Bezahlung gedacht war. Eine zusätzliche Prämie sind das Bargeld oder die Drogen aus den Taschen des Opfers, seine Goldketten, Diamantringe und sein Fortbewegungsmittel.

Wie Highway-Piraten sind Drogendealer einfach Piraten zu Lande. Wenn es Ihnen einen Augenblick lang gelingt, sich eine Bande von Drogendealern vorzustellen, für die sich das Rad der Zeit zurückdreht bis ins 18. Jahrhundert und die sich plötzlich auf ein Schiff vor der Küste von Tangier Island versetzt sehen, so können Sie sich bestimmt ausmalen, wie eine Begegnung mit einem anderen Schiff damals ausgesehen haben mag. Ich kann

Ihnen versichern, dass ein solcher Kampf zwischen Drogendealern auf dem Wasser kaum anders vonstatten gegangen wäre als Whelands Angriff auf ein anderes Piratenschiff. Ja, lassen wir Wheland doch einfach in die Rolle des zeitreisenden Drogendealers schlüpfen. Die Geschichte hätte sich dann so oder ähnlich abgespielt:

In einer kalten Oktobernacht setzt sich Joseph Wheland in seinen schwarzen Mercedes mit Spoilern, dunkel verglasten Scheiben, goldglänzenden Radkappen, Veloursbezügen, aufgemöbeltem Soundsystem und Klimaanlage. Eine Zigarette rauchend und angenehm zugedröhnt vom Gras, verlässt er New York und fährt in einem Konvoi von weiteren Fahrzeugen, in denen sich seine bewaffnete Gang befindet, in Richtung Richmond. Wheland ist auf der Straße als Wheelin' Bone bekannt, denn er ist immer in seinem Auto unterwegs und interessiert sich weder für Basketball noch für Bodybuilding – ein hagerer Typ von eher schmächtiger Gestalt. Aber sein Äußeres ändert nichts daran, dass alle Menschen, auch andere Piraten, es mit der Angst zu tun bekommen, wenn sie hören, Wheland sei in der Nähe.

Wheelin' Bone und seine Bande erreichen Richmond in den frühen Morgenstunden, parken zwischen den Müllbergen in einer Straße des heruntergekommenen Viertels Gilpin Court und steuern zielstrebig auf eine Wohnung zu, in der sich ein ortsansässiger Drogendealer und Landpirat namens Smack aufhält. Als Smack aus dem Fenster sieht und Wheelin' Bone erblickt, eine schmale Gestalt in einem langen schwarzen Mantel, schwarzen Nike-Turnschuhen und einem schwarzen Trainingsanzug, auf dem Totenschädel und Knochen abgebildet sind, wird Smack nervös.

»Scheiße, ich weiß ja nicht«, sagt er zu ein paar seiner Leute. »Der sieht aus, als is er auf Ärger aus. Mann, der hat 'ne Uzi unterm schwarzen Mantel. Guck da, das is der Lauf.«

»Glaubst du nich, das is'n Knopfloch?«

»Komm, lass uns auf Nummer sicher gehn.«

»Scheiße noch mal, gehn wir auf Nummer sicher«, stimmt Smack zu. »Machen wir sie durch die Tür alle.«

Kurz darauf hört man das metallische Klicken der Sicherungen – und dann passiert das Unerklärliche. Wheelin' Bone und seine Bande wollen gerade an die Tür klopfen, als sie plötzlich mit einem merkwürdigen Knistern statischer Elektrizität in einem weißen Lichtblitz verschwinden. Das ängstigt Smack und seine Piraten, und sie antworten mit einer wütenden Kugelsalve, unter der die Tür aufspringt und Lampen und Flaschen zersplittern. Sie feuern, bis ihre Magazine leer sind. Als sich der Rauch verzogen hat, blicken sie vorsichtig um die Ecke und schauen erstaunt auf die dunkle, leere Straße.

Wheelin' Bone und seine Bande werden durch die vierte Dimension gewirbelt, durchqueren eine Raum-Zeit-Falte und landen sanft auf einem Schiff namens *Rover*, welches mit Antiquitäten, Juwelen und Säcken voller Goldstaub und Silbermünzen aus dem 18. Jahrhundert beladen ist.

»Wo zum Teufel sind wir?«, fragt Wheelin' Bone und starrt auf das ruhige Wasser der Chesapeake Bay und die dunkle Silhouette von Tangier Island in der Ferne. »Mann, ich habe noch nie so 'n altes Schiff gesehen. Hier gibt's noch nich mal 'n Motor oder Scheinwerfer.«

»Scheiße, guck dir diese Waffen an!«, ruft einer seiner Männer, der gerade eine riesige Kanone inspiziert. »Mit der würd ich gern mal 'nem Bullenwagen eine verpassen!«

Wheelin' Bone und seine Bande lachen bei dem Gedanken daran, dann machen sich mit den Kanonen, der Herstellung selbst gebastelter Handgranaten und der Navigation des Schiffes vertraut. Tage und Wochen vergehen, wahllos greifen sie andere Schiffe an und feiern des Nachts mit Madeirawein und Rum, haben sie doch ihren Vorrat an Gras und Koks bald aufgebraucht und können niemand finden, der schon mal davon gehört hat. Immer häufiger gelingt es Wheelin' Bone und seiner Bande, andere Piratenschiffe zu kapern und in Brand zu setzen, nachdem sie sie ausgeplündert und die Mannschaft erschossen, in Stücke gehackt und über Bord geworfen haben, wo die Reste von den Krebsen vertilgt werden.

So vergingen Jahre. Die Amerikanische Revolution war längst

beendet, doch Wheelin' Bone wurde immer mächtiger und blutrünstiger. Er terrorisierte die Küsten von Maryland und Virginia und verbreitete noch mehr Furcht und Schrecken als einst Blackbeard, obschon nicht dokumentiert ist, ob Wheelin' Bone einen Bart trug und sich damit vergnügte, ihn in Brand zu setzen. Allerdings hatte er sich seine Vorgehensweise zweifellos bei Blackbeard abgeschaut oder besser abgelauscht, denn dessen Taten und Gewohnheiten lebten fort in den Erzählungen der Piraten. So pflegte Wheelin' Bone wie sein Vorbild Breitseiten auf ahnungslose Schiffe abzufeuern und im Anschluss daran Granaten à la Blackbeard zu werfen: Flaschen, gefüllt mit Schießpulver, feinem und grobem Schrot, Bleistücken und Eisen – ähnlich den heutigen Rohrbomben, nur dass die Granaten mit Hilfe eines kleinen, schnell brennenden Zündholzes von den Piraten entzündet wurden, bevor sie diese überaus gefährliche Waffe auf das feindliche Schiff schleuderten. Anschließend enterten Wheelin' Bone und seine Bande, kletterten über die Toten hinweg, machten die Verletzten nieder und plünderten das Totenschiff.

Wheland oder Wheelin' Bone (egal, wie wir ihn nennen) verschwand gegen Ende des 18. Jahrhunderts aus den historischen Berichten. Im Jahr 1806 war das Piratentum in der Bucht so gut wie ausgerottet, lebte allerdings sechs Jahre später, während des Krieges von 1812, in diesen sonst so friedvollen Gewässern noch einmal gefährlich auf. Tatsächlich sind die Chesapeake Bay und der nahe gelegene Patuxent River bis auf den heutigen Tag von großem militärischen Interesse, was vielleicht all die unbequemen militärischem Sperrgebiete erklärt, von denen ich in einem früheren Artikel berichtet habe und die es so schwierig machen, Tangier Island auf dem Luftweg zu erreichen.

Unschwer kann man sich die vielen zerstörten, gespenstischen Schiffsrümpfe und die Kisten voller Beutegut vorstellen, die auf dem Grund der Bucht gelandet sind, seit John Smith Jamestown gründete. Die gesetzlichen Bestimmungen sind eindeutig: Wird ein Piratenschatz entdeckt, gehört er dem Eigentümer des Grund und Bodens, auf dem er gefunden wird, was im Fall des Tory-Schatzes Virginia wäre. Wenn es gelingt, den Schatz einem

Schiff zuzuordnen, von dem er ursprünglich gestohlen wurde, wird der Heimathafen des Schiffes mit Sicherheit versuchen, den Schatz für sich zu beanspruchen, was zwar eigentlich jeder rechtlichen Grundlage entbehrt, aber meist zu endlosen Prozessen führt. Ich vermute sehr stark, dass North Carolina Anspruch auf Whelands reiche Beute erheben wird. Doch all das bleibt eine müßige Frage, wenn Privatleute den Schatz finden und unter der Hand an interessierte Händler verkaufen. Dabei ist davon auszugehen, dass die Nachkommen der Piraten, die heute auf Tangier Island leben und die Bucht kennen wie ihre Westentasche, die besten Aussichten haben, den Tory-Schatz zu finden und zu bergen.

Nach meiner Überzeugung gehört der Schatz den Fischern dieser Insel und sollte ihnen auch überlassen werden. Die wirtschaftliche Situation auf Tangier leidet erheblich unter den strengen Fangquoten für Krebse und dem Rückgang der Krebspopulation, die seit einigen Jahren zu beobachten ist. Daher bitte ich die gesamte Bevölkerung Virginias, einschließlich der Regierung, sich dem Krebskorb fern zu halten, der durch eine gelbe Boje etwa 10,1 Seemeilen von Tangiers Westküste markiert ist. Geben Sie der Gerechtigkeit eine Chance und zügeln Sie Ihre Habgier. Bedenken Sie, dass den meisten von uns das harte und mühsame Leben dieser Fischer erspart bleibt. Schließlich mussten ihre Vorfahren vor langer Zeit ohnmächtig hinnehmen, dass Joseph Wheland sein Winterquartier auf der Insel aufschlug, da wäre es doch nur gerecht und angemessen, wenn die heutigen Bewohner gewissermaßen als Entschädigung den Schatz dieses schrecklichen Piraten bekämen. Das wäre doch ein schönes Beispiel für ausgleichende Gerechtigkeit.

Leider sind Anne Bonny und Wheland ihrer wohlverdienten Strafe entgangen. Und auch Blackbeard erlitt nicht das Schicksal, das man ihm gegönnt hätte. Dass er in Stücke zerteilt und sein Kopf am Dollbord aufgespießt wurde, war milde im Vergleich zu der Art und Weise, wie man andernorts mit Piraten verfuhr. Bevor die Piraterie in modernen Zeiten romantisiert und als bewaffneter Raub verharmlost wurde, galt sie als Kapitalverbrechen schlimmster Art. Blättern Sie einmal in dem zweibändigen Werk *The Terrific Register: or Record of Crimes, Judgments, Providences and Calamities* aus dem Jahre 1825, und Sie werden schockiert und betroffen verstehen, was ich meine.

Nehmen wir als ein Beispiel unter vielen das Schicksal, das die russischen Piraten auf der Wolga erwartete, die in früheren Jahrhunderten derart von Piraten heimgesucht wurde, dass die Händler wertvolle Waren nur noch auf dem Fluss transportieren konnten, wenn das Schiff von einem bewaffneten Konvoi begleitet wurde. Wurden diese Wolgapiraten, die nicht annähernd so blutrünstig waren wie Bonny, Wheland oder Blackbeard, lebend gefasst, mussten sie mit ansehen, wie die Soldaten ein Floß bauten, auf dem ein mit Eisenhaken versehener Galgen errichtet wurde – ein Anblick, bei dem den Delinquenten höchst ungemütlich zumute gewesen sein dürfte.

Die gefangenen Piraten wurden nackt ausgezogen und an den Rippen in diese Galgen gehängt, während das Floß auf seine lange Reise geschickt wurde, sodass alle Anwohner den grässlichen Anblick vor Augen hatten und die Schmerzensschreie vernahmen. Zeigte man in den Dörfern oder Städten, an denen das Floß vorbeitrieb, auch nur einen Anflug von Mitleid, indem man den Schurken Wasser oder Alkohol reichte oder sie durch einen Schuss von ihren Leiden erlöste, wurde die mitleidige Seele für ihre gute Tat mit dem gleichen langsamen und qualvollen Tod wie die Piraten bestraft. Diese Drohung war so wirkungsvoll, dass niemand einzugreifen wagte. Als es einem Piraten einmal gelang, sich von seinem Haken zu befreien, und er nackt und kraftlos nach all dem Schmerz und Blutverlust einem Schäfer begegnete, nahm dieser einen Stein und schlug dem Piraten mitleidlos den Schädel ein.

Sicherlich hat der Schäfer nach der Rückkehr in sein Dorf mit dieser grausamen Tat geprahlt, denn sonst hätte das Ereignis nie seinen Weg in die historischen Dokumente gefunden. Damit will ich nicht sagen, dass ich ein Befürworter der Selbstjustiz bin oder vorschlage, man sollte die Todesstrafe durch Folter verschärfen. Ich heiße auch nicht gut, wie die Russen mit den Piraten verfuhren, aber ich finde, dass Bonny, Blackbeard, Wheland und ihre blutrünstigen Seeräuber gehöriges Glück hatten, dass sie nicht in Russland gefasst wurden.

Sehr wahrscheinlich hat nun ein Stück Eisen aus einer von Whelands Granaten zur Entdeckung mindestens eines seiner Schiffe geführt. Nur schwer lässt sich ausmalen, welche Geheimnisse und Schätze seit Jahrhunderten auf dem Grund der Bucht ruhen – an dem Ort, den nun die erwähnte gelbe Boje markiert. Natürlich weiß ich, dass einige Historiker felsenfest behaupten, es gebe keinen Beweis für den Tory-Schatz, aber ich möchte doch meine Leser und Gouverneur Crimm daran erinnern, dass Wheland keine Liste mit den Schiffen und Plantagen hinterließ, die er plünderte. Wie können wir da sicher sein, welche Schiffe sanken, einschließlich seiner eigenen, und was für Schätze sie trugen?

Passen Sie gut auf sich auf!

NEUNUNDZWANZIG

Possum hatte den neuesten Artikel auf Trooper Truths Website zunächst nicht bemerkt, denn Smoke und die Straßenpiraten waren vor knapp einer Stunde zum Wohnmobil zurückgekehrt. Seither hatte Possum schreckliche Angst.

»Ach wärst du doch hier bei mir«, betete Possum zu Hoss. »Ich weiß, ich hab nich immer das Richtige getan, aber dafür versuch ich es nu. Erzähl das auf jeden Fall Little Joe und Mr. Cartwright – und vielleicht Adam, wenn er noch inner Serie ist. Okay? Wenn du mich hörst, Hoss, dann trommel ein Aufgebot zusammen und komm zum Rennen. Ich hab totalen Schiss – so viel Schiss wie noch nie in meinem Leben. Ich weiß nich, warum, aber ich hab so 'n Gefühl, dass nich alles so laufen wird, wie Trooper Truth glaubt.

Und ich kann nich ohne Popeye leben. Sie is die einzige warme und lebendige Seele, der ich vertrau, Hoss. Stell dir bloß vor, du müsstest dein Pferd hergeben oder müsstest dir Sorgen machen, dass so 'n paar Gesetzlose dich in eine Falle locken, wenn du's an wenigsten erwartest, und dann sie dein Pferd erschießen! Ich weiß, dass Popeye nich mir gehört, und es is auch nicht fair, dass sie hier im Wohnmobil eingesperrt is. Ich weiß, dass ich das Richtige tun muss. Aber ich brauch Hilfe, Hoss.«

»Nun hör mir mal gut zu, kleiner Freund«, ließ sich Hoss vom Rücken seines geliebten Pferdes hören. »Gesetzlose sind gesetzlos, ob sie nun Pferdediebe oder Truck-Diebe sind, und *du* musst das Richtige tun. Ich und Pa und Little Joe sind nicht böse mit dir, das musst du mir glauben. Aber wir sind mächtig böse auf Smoke und seine gesetzlose, mörderische Bande. Jeder Einzelne von denen sollte am Galgen enden. Und du tust nun einfach, was Trooper Truth dir aufgetragen hat, und hab keine Angst, denn wir stehen hinter dir.«

Langsam verblasste Hoss' Bild in Possums Kopf. Er trocknete seine Tränen mit der Jolly-Goodwrench-Flagge, als er die Trooper-Truth-Website auf seinem Computerbildschirm erblickte. Er setzte sich auf seine Apfelsinenkiste, klickte den neuesten Artikel an und las ihn mit großem Interesse. Obwohl er sich nicht sicher sein konnte, ahnte er doch, was Trooper Truth vorhatte. Er atmete tief durch, befahl Popeye, sitzen zu bleiben und ein *braves Mädchen* zu sein, stürzte aus seinem Zimmer und hämmerte an Smokes Tür.

»Smoke!«, schrie Possum, »Smoke, steh auf und guck dir das an! Du wirst's nich glauben!«

Smoke saß mit gekreuzten Beinen auf seinem Bett und füllte eine Spritze mit einer giftigen Mischung aus Lösungsmitteln und Rattengift, die er in der Haushaltswarenabteilung des Wal-Mart geklaut hatte, als er und seine Straßenpiraten dort nach NASCAR-Farben gesucht hatten.

»Was zum Teufel willst du?«, fuhr er Possum an. Smoke stand unter dem Einfluss von Bier, Crack und der Wut darüber, dass er beim Ausrauben eines kleinen Eckladens nur acht Dollar in der Kasse gefunden hatte. »Hast du Cat gesehen? Wo zum Teufel is Cat?«, rief Smoke, während er die orangefarbene Plastikkappe über die Nadelspitze stülpte.

Possum öffnete die Tür einen Spalt und blinzelte ins Zimmer. Das Herz hämmerte ihm in der Brust.

»Smoke, ich will dich nich nerven, aber da is was auf der Trooper-Truth-Seite, das tät ich mir an deiner Stelle mal ansehen!«, sagte Possum mit leiser, verschüchterter Stimme. »Irgend'n Riesenschatz , den könnten wir uns schnappen, wenn wir schnell sind. Was machst du mit der Nadel?«

Smoke sprang vom Bett auf, und seine nackte Brust war voller Tattoos und mit Schweißperlen übersät. Seine Augen blickten glasig umher. Das Einzige, was schlimmer war als Smoke, war Smoke, wenn er breit war und eigentlich seinen Rausch hätte ausschlafen müssen.

»Pop-eye«, sagte Smoke, begleitet von einem dreckigen Lachen, als er so tat, als stäche er Popeye mit der Spritze.

»Vergiss doch den Scheißhund 'ne Minute«, sagte Possum und zog die fiese Nummer ab, worin er inzwischen ziemlich gut geworden war.

»Sag mir verdammt noch mal nich, was ich verdammt noch mal vergessen soll, du Scheißkretin«, sagte Smoke und richtete die Nadel auf Possum, wie um anzudeuten, dass er auch diesem statt Popeye das Gift in den Körper jagen könnte. »Siehst du, so sorgt Smoke dafür, dass Arschlöcher für ihre Sünden büßen. In dem Moment, wo die Schlampe Hammer mit ihrem getreuen Wichser Brazil in die Box gelaufen kommt, um ihren beknackten Hund zu retten, hol ich die Nadel raus und hau Popeye vor ihren Augen das Rattengift rein. Während die versuchen, den Hund zu retten, der sofort Krämpfe kriegt und schreckliche Schmerzen, schießen wir beiden 'ne Kugel in'n Kopf und rennen anschließend zum Hubschrauber.«

Das Szenario war unaussprechlich grausam, aber Possum beherrschte sich und zeigte keinerlei Reaktion. Tatsächlich schien er fast zu schlafen und für nichts Energie aufzubringen als für den Gedanken, den Tory-Schatz zu schnappen, bevor ihn jemand anders kriegte.

»Wenn einer von den Fischern den Schatz kricht, bevor wir nach'm Rennen da sind«, sagte Possum, »dann warten wir auffer Insel auf sie und blasen ihnen das Hirn raus, und dann schmeißen wir die Leichen in die Bucht und behalten den Schatz. Und Cat is schon da und hat alles vorbereitet, und darum is er auch nich hier im Moment, und wir haben sogar unseren eigenen Trooper, der für uns arbeitet. Mann, das is doch krass, Smoke«, sagte Possum.

Als Regina später an diesem Morgen zum Frühstückstisch hinunterging, fand sie auch alles krass, aber durchaus nicht im positiven Sinn. Sie hatte einen weiteren schrecklichen Reifen-Alptraum gehabt und musste sich nun endlich der Wahrheit stellen: Andys Deutung war richtig.

Das Leben zog an ihr vorüber. Sie war ekelerregend fett und hatte einen miesen Charakter. Zum ersten Mal in ihrem Leben regte sich Reginas Gewissen, und sie fühlte Scham und Bedauern in sich aufsteigen.

»Guten Morgen«, sagte Pony, als Regina mit düsterer Miene einen Stuhl heranzog und sich darauffallen ließ.

»Soll das heißen, es ist ein guter Morgen, oder wünschst du mir einen guten Morgen, oder sind die Worte in Wirklichkeit völlig bedeutungslos?«, murmelte Regina und betrachtete das dampfende Essen, das Pony auf den Tisch stellte.

»Ich denke, ein guter Morgen«, erwiderte Pony fröhlich. »Ich werde in Kürze ein freier Mann sein, Miss Reginia! Die Sache ist nur» – er servierte Rühreier und Würstchen von einem Teller, auf dem das goldene Siegel des Commonwealth of Virginia prangte –, »dass ich wohl drei Jahre länger im Gefängnis war, als ich eigentlich hätte müssen, und zwar wegen diesem Mr. Trader. Anscheinend hat er mit irgendwelche Leuten dran gedreht, weil er mich hier nich rauslassen wollte.«

Regina starrte auf ihr Essen und stellte voller Verwunderung fest, dass sie nicht hungrig war. Sie konnte sich nicht erinnern, wann sie das letzte Mal keinen Hunger gehabt hatte, ausgenommen an dem Abend, als sie ins Krankenhaus musste, nachdem sie die Schoko-Nuss-Kekse gegessen hatte, die Trader vergiftet hatte. Aber da war ihre Appetitlosigkeit nur vorübergehend gewesen und hatte medizinische Ursachen gehabt. Das war nicht zu vergleichen gewesen mit ihrer jetzigen Verfassung.

»Sie essen ja gar nix, Miss Reginia«, sorgte sich Pony, der am gegenüberliegenden Ende des Tisches stand, mit der weißen, steifen Jacke und einer Leinenserviette über dem Arm.

»Du hättest gar nicht ins Gefängnis gehört.« Regina erschrak selbst über diese mitfühlende Regung. »Ich habe nie gesehen, dass du etwas Falsches tust, und ich hab auch nie Angst vor dir gehabt.«

»Oh, vielen Dank, Miss Reginia.« Pony lächelte verwirrt. Er war es nicht gewohnt, dass Regina sich zu seinem Wohlbefinden äußerte oder sein Privatleben zur Kenntnis nahm. »Das ist mächtig nett von Ihnen. Übrigens glaube ich, dass ich Ihnen mit Trip helfen kann. Wie's aussieht, reagiert er nur auf kurze Kommandos – ein oder zwei Wörter. Wenn man länger mit ihm reden will, dann verwirrt ihn das, und er hört nich mehr zu.«

Das heiterte Regina sichtlich auf.

»Wie wär's, wenn ich Ihnen eine Liste mit Kommandos aufschreib? Vielleicht hilft Ihnen das heute Abend schon beim Rennen?«, schlug Pony vor. »Ich hab 'n paar der Unterlagen gelesen, die der Trainer hier gelassen hat. Der kleine Kerl macht keine Probleme beim Reisen. Sie müssen ihm nur 'ne Windel umbinden, dann können Sie ihn glatt in die Limo oder den Hubschrauber stecken. Meine Frau is im Moment grad im Wäscheraum und macht 'ne hübsche kleine Decke mit'm Siegel von Virginia zurecht, die kann er unterm Geschirr tragen.«

Reginas Laune besserte sich von Minute zu Minute, als hätten Ärger und Depression in ihrem Leben eine unüberwindliche Wand gebildet, die plötzlich zu bröckeln begann. Sie dachte an Andy und seinen Vortrag über ihren Mangel an Mitgefühl, und sie übte im Stillen ein oder zwei mitfühlende Äußerungen, während Pony ihr erläuterte, dass Trip stubenrein war, wie man ihm seine Tennisschuhe anzog und dass er gern schmuste, wenn er nicht arbeiten musste.

»Ich bin froh, dass Papa die Geschichte mit Ihrer Haftstrafe geklärt hat.«

»Aber ich hoffe sehr, dass Sie weiter für uns arbeiten, Pony, auch wenn Sie nicht mehr dazu gezwungen sind.«

Pony war wie vor den Kopf geschlagen und fragte sich, ob Regina wohl Fieber hätte. Sie sah etwas blass aus an diesem Morgen, hatte ihr Essen nicht angerührt, und es sah ihr gar nicht ähnlich, so nett zu sein.

»Ich wäre Ihnen sehr dankbar, wenn Sie diese Kommandos für mich aufschreiben würden.« Regina brachte Pony mit ihrer Freundlichkeit völlig aus der Fassung. »Papa wird heute Abend beim Rennen Trips Hilfe benötigen, und ich möchte sichergehen, dass ich alles weiß, was es zu wissen gibt. Ich bin sehr froh, dass Papa jetzt dieses Blindenpferd hat. Vielleicht braucht er nun all die Vergrößerungsgläser nicht mehr.«

Regina stand vom Tisch auf und faltete ihre Serviette sorgfältig zusammen, während Pony sie anschaute, als hätte eine gute Fee sie in einen anderen Menschen verwandelt.

»Vielen Dank, Miss Reginia«, sagte Pony. »Ich stelle dann die Liste zusammen. Wenn Sie's wünschen, kann ich Ihnen vielleicht auch ein paar Sachen zeigen.«

»Vielen Dank, Pony«, sagte Regina und ging die Treppe zum Schlafzimmer ihrer Eltern hinauf.

Die First Lady saß an ihrem reich verzierten chinesischen Schreibtisch und blätterte gespannt in einer Internetdatei.

»Wo ist Papa?«, fragte Regina und zog einen Stuhl heran, um zu sehen, wofür sich ihre Mutter so interessierte.

»Ich glaube, er ist mit dem Pony im Garten«, antwortete Mrs. Crimm und blätterte mit dem Cursor nach unten.

»Wir sollten nicht von Pony sprechen, wenn wir Trip meinen«, gab Regina in einem ungewöhnlich besonnenen Ton zu bedenken. »Er ist ein Minipferd, kein Pony. Wenn Papa erst einmal anfängt, *Pony* dies und *Pony* das zu rufen, denkt Pony, er wäre gemeint. Das verwirrt ihn und verletzt möglicherweise auch seine Gefühle.«

Die First Lady warf Regina einen überraschten Blick zu und sagte: »Nun, ich nehme an, du hast Recht. Du scheinst heute Morgen außergewöhnlich guter Laune zu sein. Du erscheinst mir so verändert. Bist du krank?«

»Ich weiß nicht genau, was mir fehlt«, sagte Regina und starrte über die Schulter ihrer Mutter auf einen Text, bei dem es sich offenbar um den neuesten Trooper-Truth-Artikel handelte. »Aber ich hab schon wieder von diesen Reifen geträumt, Mama, und dann musste ich daran denken, was Andy auf dem Weg ins Leichenschauhaus gesagt hat. Und dann dachte ich auch ans Leichenschauhaus und fragte mich, ob ich da wohl geendet wäre, wenn ich mehr von diesen Keksen gegessen hätte, mit denen Major Trader Papa vergiften wollte. Und auf einmal habe ich ein kleines bisschen Hoffnung gefasst. Weißt du, ich habe nicht mehr geglaubt, dass es noch Hoffnung gibt.«

»Aber natürlich gibt es Hoffnung, mein Kleines«, sagte Mrs. Crimm abwesend und fragte sich, ob die Fischer von Tangier wohl tatsächlich diesen Tory-Schatz finden könnten. Bestimmt würden darunter einige Untersetzer von den überfallenen Plantagen sein – nicht, dass sie überzeugt war, die Piraten hätten Untersetzer benutzt, aber wer wusste das schon so genau? Sicherlich hatten sie auf ihren Schiffen gekocht, und da konnte man doch annehmen, dass sie einen heißen Topf auf einen Untersetzer stellten, um zu vermeiden, dass die hölzernen Tischplatten in der Kombüse Brandstellen bekamen.

»Wie lange, glaubst du, kann ein Untersetzer auf dem Meeresboden liegen, ohne zu rosten?«, fragte sie laut, während sie durch ihre Brille mit der antiken Fassung und der langen Goldkette auf den Bildschirm starrte. »Du solltest das lesen. Es ist sehr interessant; über ein altes Stück Eisen, das wahrscheinlich zum Tory-Schatz führt. Ich nehme an, wenn ein Stück Eisen nach einigen hundert Jahren unter Wasser noch erhalten ist, kann ein Untersetzer es auch überstehen. Viele von ihnen sind ja aus Eisen.

Allerdings glaube ich auch, dass dein Vater bestimmt nicht glücklich sein wird, wenn ich ihm das hier vorlese. Ich kann mir nicht vorstellen, dass er auf den Anspruch Virginias verzichtet. Es macht keinen Unterschied, von wem Wheland ihn gestohlen hat. Welches Recht hat North Carolina auf irgendeinen Fund in der Chesapeake Bay? Was zählt, ist doch allein die Tatsache, dass der Schatz hier in Virginia gefunden wurde und daher auch nach Virginia gehört, und deshalb gehören auch alle Untersetzer, die gefunden werden, in den Besitz der Gouverneursvilla.«

Regina stand auf, um sich die Website, die ihre Mutter betrachtete, etwas genauer anzuschauen. Obwohl Regina immer der Meinung gewesen war, dass der Finder seinen Fund behalten sollte, war sie in diesem Fall nicht so sicher, was sie davon denken sollte. Fanden die Inselbewohner den Schatz und verfuhren sie mit ihm nach ihrem Belieben, dann bot sich der Öffentlichkeit nicht mehr die Möglichkeit, sich an den alten Kanonen, Münzen und Juwelen in den Museen Virginias zu erfreuen.

»Die alten Kanonen und Juwelen sollten allen zur Verfügung stehen«, sagte Regina just, als sie zwei Paar Turnschuhe und ein Paar Hausschuhe hinter sich hörte.

»Was?« Der Gouverneur stellte seine übliche Frage, nachdem er den letzten Teil der Unterhaltung zwischen Regina und Mrs. Crimm mitgehört hatte. »Geh weiter, immer weiter«, sagte er zu Trip, der dieses Kommando nicht benötigte, setzte er doch auch so seinen Weg fort, bis man es ihm anders befahl.

»Papa, ich glaube, er gehorcht besser, wenn man weniger Wörter benutzt«, versuchte Regina zu helfen.

»Okay«, sagte der Gouverneur, und das Wort *okay* entband Trip von allen bisher gegebenen Kommandos. So blieb er neben dem schwarz lackierten und perlmuttverzierten Schreibtisch der First Lady stehen. »Ich habe dir zwar nicht gesagt, du sollst stehen bleiben, aber genau das wollte ich von dir«, schwatzte der Gouverneur auf sein Pferdchen ein und streichelte ihm liebevoll die Nüstern. »Ich glaube, er versteht viel mehr, als wir glauben, Regina.«

»Möglich«, antwortete sie. »Aber was er versteht und was du von ihm willst, sind unter Umständen zwei verschiedene Dinge.«

»Ich verstehe. Was ist das mit den Kanonen und den Juwelen, die jedem zur Verfügung stehen sollen?«, wollte der Gouverneur wissen und suchte in der Tasche seines Morgenmantels nach seinem Vergrößerungsglas, denn mochte sein Minipferd auch eine noch so große Hilfe sein, beim Lesen konnte es ihm nun einmal nicht helfen.

Regina gab ihm in kurzen Worten Trooper Truths Artikel wieder und äußerte dann erneut die Meinung, der Schatz solle nicht einfach dem Finder überlassen bleiben, sondern der Öffentlichkeit zugänglich gemacht werden.

»Vorausgesetzt, einige Objekte kommen in die Villa«, fügte die First Lady rasch hinzu.

»Vielleicht ein oder zwei Kanonen für den Garten«, überlegte der Gouverneur, und bei dem Gedanken an den verhassten Konkurrenten North Carolina wurde seine alte Obsession wieder wach. »Egal, wie schrecklich dieser Pirat Wheland gewesen ist, er gehört zu Virginias Geschichte, und ich will verdammt sein, wenn ich zulasse, dass diese Fischer den Schatz zuerst finden und ihn an irgendeinen Antiquitätenhändler, oder schlimmer noch, an North Carolina verkaufen.«

»Ach Bedford«, flehte Mrs. Crimm, »du musst etwas unternehmen, jetzt gleich, bevor es zu spät ist! Kannst du nicht einen Flugzeugträger oder so was hinschicken, damit diese Tangieraner den Schatz nicht einfach wegschaffen können? Sie haben kein Recht dazu!«

»Nein, das haben sie nicht«, stimmte Regina zu, und es war das erste Mal, dass sie nicht mit Trooper Truth einer Meinung war. »Wie merkwürdig«, fügte sie hinzu. »Auf wessen Seite ist Trooper Truth überhaupt? Er war sonst immer so vernünftig und hat immer für Wahrheit und Gerechtigkeit plädiert.«

»Er könnte sehr wohl mit Tangier Island unter einer Decke stecken. Vielleicht versucht er deshalb, mich zu überreden, denen den Schatz zu überlassen«, sagte der Gouverneur, der die Dinge viel klarer sah, seit er aufgehört hatte, auf Trader zu hören und von dessen Süßigkeiten zu essen. »Ich gebe sofort eine Pressemeldung heraus, die alle Schatzsucher davor warnt, dem Krebskorb mit der gelben Boje zu nahe zu kommen«, erklärte der Gouverneur. »Die Tangieraner sollen nur versuchen, nach dem versunkenen Schiff zu tauchen. Ich werd ihnen die Suppe schon versalzen. *Darauf* könnt ihr wetten.« Er tätschelte Trip den Hals. »Hab ich *Recht,* kleiner Kerl?«

Trip entzog sich dem Griff seines Besitzers und marschierte erst auf den Fahrstuhl zu und bog dann nach rechts ab.

»So ist's recht!«, sagte Regina, stolz auf die Energie und die Entschlossenheit ihres Vaters, während Trip sich wieder nach rechts wandte und vor dem eigenen Spiegelbild in einem vergoldeten Chippendale-Spiegel stehen blieb.

»Wie weit *runter* muss man wohl, um ihn zu bergen?«, fragte sich die First Lady und sah vor ihrem geistigen Auge Gold, Familiensilber und Juwelen, die einer Königin zur Ehre gereicht hätten.

»*Runter?*«, fragte Regina erstaunt. »Wie weit *runter* muss wer?« Vor seinem Spiegelbild legte sich Trip flach auf die Erde, starrte sein Konterfei unverwandt an und fragte sich verwundert, worunter er denn kriechen sollte und wie oft.

»Wenn man den Verlautbarungen dieses Trooper Truth Glauben schenken kann«, erwiderte der Gouverneur, »würde ich meinen, der Schatz liegt ziemlich tief, denn er befindet sich in der Schutzzone für Krebse, und da befindet sich ein tiefer Graben in der Bucht, wenn ich mich nicht irre.«

»Na, dann ist's ja gut«, sagte die First Lady erleichtert. »Je tiefer, desto besser, denn dann ist der Schatz umso schwerer zu finden. Ich bezweifle, dass die Tangieraner geeignete Geräte haben, um so tief zu tauchen und große Kanonen zu bergen. Das halten ihre kleinen Boote ja gar nicht aus.«

Innerhalb einer Stunde sorgten Radio und Fernsehen dafür, dass sich die Nachricht vom Tory-Schatz wie ein Lauffeuer verbreitete – in Virginia, in den Vereinigten Staaten und besonders in North Carolina. Die Kommentatoren vermuteten, die Anordnung des Gouverneurs, eine Patrouille der Küstenwache zu entsenden und jeden Tangieraner, der näher als fünf Meilen im Umkreis des Krebskorbes mit der gelben Boje angetroffen werde, sofort zu verhaften, werde die Tangieraner in äußerste Wut versetzen. Eventuelle Schatzsucher und ihre Mannschaften wurden warnend darauf hingewiesen, dass man ihre Boote sofort beschlagnahmen würde. Der Luftraum zwischen der Küste Virginias und Tangier Island wurde für alle Flüge gesperrt, die keine Sondergenehmigung hatten, und die Marine bereitete eine Blockade rund um die Insel vor.

Fonny Boy und Dr. Faux hörten die Nachricht im Autoradio, nachdem sie eine Kaution hinterlegt und sich so schnell wie möglich aus Richmond entfernt hatten. Sie fuhren in Richtung Reedville, wo der Zahnarzt plante, auf das Postboot zu gehen und den Kapitän zu bestechen, damit er ihnen half, den Krebskorb zu finden, den Fonny Boy ins Wasser geworfen hatte.

»Die Küstenwache wird wohl kaum das Postboot verdächtigen«, erläuterte der Zahnarzt seinen Plan, während Fonny Boy fasziniert aus dem Fenster blickte und zuschaute, wie die Telefonmasten vorbeiflogen.

»Däs isch bös! Däs därfet sä nöd! Dä Schatz, der isch mei!«, sagte Fonny Boy in regelmäßigen Abständen von einer Minute.

»Wir teilen ihn fifty-fifty«, erinnerte Dr. Faux ihn. »Du schuldest mir was für die Kaution und für das Geld, das ich dem Kapitän des Postboots zahlen muss. Wir brauchen auch eine Ausrüstung, die wird teuer. Es gibt einen Anglerladen in der Nähe vom Pier, wo das Postboot anlegt, aber wir müssen uns höllisch beeilen, also mach bloß keinen Ärger, Fonny Boy. Wenn die Polizei spitzkriegt, dass wir Richmond verlassen haben, nehmen sie uns wegen Verstoßes gegen die Kautionsauflagen fest, und dann wird uns der Richter böse was aufbrummen.«

»Dä tät us do gwiss in Ruhe lasse!« Fonny Boy redete *zruck* und meinte also, dass sie bis zum Hals in Schwierigkeiten stecken würden, wenn man sie dabei erwischte, wie sie den Schatz zu bergen versuchten.

»Und wenn sie das Postboot beschlagnahmen, wen kümmert's?«, antwortete Dr. Faux. »Es gehört uns doch nicht. Wenn sie uns fragen, dann schieben wir einfach alles auf den Kapitän und sagen, dass wir aufs Boot gegangen sind, um ein paar Briefe und Zahnarztrechnungen aufzugeben. Ehe wir uns versehen hätten, sei das Boot dann in Richtung des Schatzes davongebraust. Da hätten wir halt mitfahren müssen.«

»Nei!« Natürlich wollte Fonny Boy damit das genaue Gegenteil zum Ausdruck bringen.

Major Trader und seine Zellengenossen erfuhren ebenfalls von der Neuigkeit, denn einer der Wächter hatte die Angewohnheit, seinen Walkman so aufzudrehen, dass die Häftlinge jeden Song, jede Werbung und jede Nachrichtendurchsage deutlich durch seine Kopfhörer verstehen konnten.

»Jetzt hört mir mal zu«, sagte Trader. »Anstatt eure Zeit damit zu vergeuden, mich in der Toilette zu ertränken, könntet ihr euch doch mit mir verbünden. Wenn wir einen Weg finden, hier rauszukommen, dann könnten wir zuerst beim Schatz sein.«

»Glaubst du?«, fragte Slim Jim zweifelnd. »Ich mein, selbst wenn wir hier rauskommen, wie solln wir den Krebspott finden und denn den ganzen Schatzkram vom Grund der Bucht raufholen?«

»Ich kann nich schwimm'«, fügte Snitch hinzu.

»Ich konnt auch noch nie schwimm'«, gab auch Stick zu.

»Ihr müsst auch nicht schwimmen, ihr Idioten!«, gab Trader ungeduldig zurück.

Er hatte das Bett mit dem Mexikanerjungen getauscht, denn wenn es etwas gab, von dem Trader Ahnung hatte, dann war es Büropsychologie. Seine Maxime war sehr simpel. Will man Freundschaft und Sympathie vortäuschen, setzt man die Person, die man zu beeinflussen wünscht, in eine ansprechende, wohnliche Umgebung, in der nichts zwischen einem selbst und dem anderen steht als ein Couchtisch. Will man dagegen jemanden einschüchtern, setzt man ihn vor einen Schreibtisch, der eine eindrucksvolle Barriere bildet und dem anderen das Gefühl gibt, klein und unbedeutend zu sein. Hat man die Absicht, den anderen zu verwirren und zu demütigen, verabreicht man seinem Opfer Ex-Lax und richtet es so ein, dass wichtige Unterhaltungen geführt werden, während man durch das Gebäude geht oder im Auto sitzt – der Gouverneur konnte ein Lied davon singen.

Das Stahlbett des Mexikanerjungen, so stellte sich am nächsten Morgen im Tageslicht heraus, stand in der Mitte der Zelle. Trader nutzte den Augenblick, als der Mexikaner auf der Toilette war, und bemächtigte sich nicht nur des Bettes, sondern auch der Rolle des Anführers, auf die er es abgesehen hatte. Ohne es sich erklären zu können, betrachteten die Zellengenossen Trader plötzlich mit etwas mehr Respekt. Dieser wusste nur zu gut, wie heftig plötzliche Magenkrämpfe sein können, und wies Reverend Justice daher an, sich genau in dem Augenblick, da die Wache vorbeikam, unter lautem Klagen und Stöhnen wie unter großen Schmerzen zusammenzukrümmen. Die anderen sollten sich um ihn scharen, um Hilfe schreien und verlangen, dass der Reverend an die frische Luft gebracht werde.

»Die Wache wird in die Zelle gestürmt kommen, um Hilfe zu leisten«, erklärte Trader. »Und wenn sie kommt, dann wirst du« – er wandte sich an Stick – »ihm mit dem Finger ins Auge stechen, und du« – dies richtete er an Cat – »wirst dir das Radio schnappen, und du« – diesmal war Slim Jim an der Reihe – »greifst dir die Schlüssel, damit du alle Türen aufschließen kannst, und du« –

jetzt war der Mexikanerjunge gemeint – »richtest den Finger aus der Hosentasche auf ihn, tust so, als sei es eine Pistole, und drohst zu schießen, weil niemand hier Spanisch spricht, und du» – er nickte Snitch zu – »bleibst hier in der Zelle. Wenn sie dich später fragen, behauptest du, bei unserem Ausbruch habe uns jemand vom Personal geholfen und du hättest gehört, dass draußen ein Fluchtauto warte, mit dem wir nach Charlotte wollten.«

»Aber wir ham doch gar kein Fluchtauto«, sagte Stick, dem der Gedanke, er solle jemandem mit dem Finger ins Auge stechen, gar nicht gefiel.

»Hier kommst du ins Spiel«, sagte Trader zu Reverend Justice. »Die Wärter bringen dir viel mehr Respekt entgegen als uns anderen. Sie fragen dich um Rat in religiösen Dingen und bitten dich, für sie zu beten. Ich glaube bestimmt, man wird dir erlauben, das Münztelefon zu benutzen, wenn du behauptest, eines deiner Gemeindemitglieder läge im Sterben und du würdest ihm die letzten Sterbesakramente über das Telefon spenden.«

»Baptisten spenden keine Sterbesakramente«, protestierte der Reverend. »Und ich bin mir auch nicht sicher, dass ich beteiligt werden möchte. Ich habe schon genug Ärger am Hals, weil ich versucht habe, diese blöde Jungfer anzumachen.«

Sie verstummten, als der Wachmann mit dröhnenden Kopfhörern vorbeiging und zum Takt eines Rap-Songs mit den Fingern schnippte.

»Sobald du am Telefon bist«, fuhr Trader fort, »rufst du jemanden an, der für dich arbeitet, jemanden, der ein bisschen dämlich und naiv ist und keine überflüssigen Fragen stellt, und dem sagst du, er soll dich an der Straße abholen. Du sagst, du hättest noch ein paar Freunde dabei, und dann sehen wir zu, dass wir aus dieser verdammten Stadt rauskommen. In dem unwahrscheinlichen Fall, dass sie uns schnappen, sage ich einfach, wir hätten dich entführt und du hättest mit dem ganzen Plan nichts zu tun.«

Nach dieser Erklärung von Trader fühlte sich Reverend Justice schon etwas wohler in seiner Haut. Immerhin war er, Reverend Pontius Justice, eine lokale Berühmtheit und hatte es sich zur Lebensaufgabe gemacht, arme Seelen zu retten und Verbrechen zu verhindern. Mochte ihn auch hin und wieder ein gewisser Triebstau dazu veranlassen, eine gewerbsmäßige Liebesdienerin aufzulesen, so zahlte er doch gewissenhaft, was er ihr schuldig war, und hatte obendrein stets ein freundliches Wort des Dankes für sie.

Andy dagegen hatte noch kein Wort des Dankes von Hammer gehört, und es ging ihm ziemlich auf die Nerven, dass sie nichts anderes im Sinn zu haben schien, als den Teppichboden in ihrem Büro platt zu laufen und sich zu beschweren.

»Sie hätten mich zuerst informieren müssen«, sagte sie immer wieder hinter fest verschlossenen Türen, auch wenn an einem Samstagmorgen nur sehr wenige Leute im Hauptquartier waren. »Himmel noch mal, Andy, was ist bloß in Sie gefahren, als Sie diesen ganzen Quatsch über den so genannten Tory-Schatz verzapft haben? Sehen Sie doch nur, was Sie da angerichtet haben! Sie haben die Inselbewohner praktisch dazu aufgefordert, sich den Schatz zu holen, und ihnen eingeredet, sie hätten einen moralischen Anspruch auf ihn. Daraufhin stößt der Gouverneur wilde Drohungen aus und setzt das Militär in Marsch. Wenn es bisher noch keinen Bürgerkrieg gegeben hat, ist er jetzt so sicher wie das Amen in der Kirche. Und ehrlich gesagt muss ich dem Gouverneur beipflichten. Die Inselbewohner haben kein Anrecht auf den Schatz. Er gehört in ein Museum.«

»Das versuche ich Ihnen doch die ganze Zeit klar zu machen«, sagte Andy, dem es endlich gelang, zu Wort zu kommen. »Ich wollte doch nur erreichen, dass jeder glaubt, die anderen wollten ihm etwas wegnehmen. Um Tangier Island so richtig gegen Virginia aufzuhetzen, musste ich Virginia gegen Tangier Island aufbringen. Wenn Macovich heute Abend in einem Hubschrauber der Staatspolizei, beladen mit NASCAR-Leuten, bei denen es sich in Wirklichkeit um Smoke und seine Straßenpiraten handelt, auf der Insel erscheint, was meinen Sie wohl, wie die Begrüßung ausfällt? Unsere zivilen Trooper werden kaum vonnöten sein.«

»Das ergibt alles überhaupt keinen Sinn. Sie machen mir richtiggehend Angst!«, sagte Hammer. »Ich dachte, Trooper Truth sollte immer die Wahrheit sagen. Nun scheinen Sie in Ihrem letzten Artikel größte Anstrengungen zu unternehmen, alle Welt an der Nase herumzuführen, und entschuldigen sich damit, dass es für einen guten Zweck sei. Oder was Sie dafür halten. Verdammt! Ich versteh das alles nicht.«

»Ich habe ja Verständnis für Ihre Bedenken«, sagte Andy. »Aber glauben Sie mir bitte, ich weiß, was ich tue. Wir wissen doch beide, wie skrupellos und gefährlich Smoke ist. Wenn der Hubschrauber auf der Insel landet und er Leute sieht, die ihm *nicht* wie Insulaner vorkommen, auch wenn sie so gekleidet sind, ist es durchaus denkbar, dass er sofort das Feuer eröffnet. Deshalb müssen wir für ein Überraschungsmoment sorgen, das ihn lange genug ablenkt, um uns Gelegenheit zu geben, ihn einzukreisen und ohne weiteren Zwischenfall festzunehmen.«

»Also gut, dann mobilisieren Sie unsere Leute«, entschied Hammer. »Der Gouverneur wird nach dem Rennen mit dem Auto in die Villa zurückkehren müssen. Sie und ich fliegen mit dem Hubschrauber nach Tangier Island und sehen zu, das wir diesen Schlamassel hinter uns bringen. Wie kommen Sie übrigens darauf, dass in der Bucht tatsächlich ein Tory-Schatz liegt?«

»Ich bin mir absolut nicht sicher«, erwiderte Andy. »Aber das alte Eisenstück stammt eindeutig von einer Waffe, die möglicherweise von Piraten benutzt wurde. Und dieser loyalistische Wendehals Wheland hat mit der Plünderei der Plantagen und anderer Schiffe in all den Jahren zweifellos ein gewaltiges Vermögen zusammengetragen. Was ist mit der ganzen Beute passiert?«

Barbie Fogg war noch nie auf einer richtigen Plantage gewesen, aber sie bekam eine gewisse Vorstellung davon, wie ein solches Anwesen aussehen mochte, als sie am Mittag am Eingangstor der Gouverneursvilla eintraf, gerade rechtzeitig, um einen merkwürdigen Vorgang zu beobachten.

Zwei kräftig gebaute Trooper vom Personenschutz schaufelten Sägespäne in den rückwärtigen Teil einer langen schwarzen Limousine. Barbie fuhr durch das sich öffnende Tor und parkte auf der runden Auffahrt. Sie suchte alles zusammen, was sie für das Makeover brauchte. Zum Glück passte alles in einen Handwerkskasten. Außerdem holte sie noch eine Tüte mit Kleidungsstücken aus dem Kofferraum.

»Was machen Sie denn da?«, fragte sie die Trooper. »Ich will ja nicht neugierig sein, aber warum schaufeln Sie denn die Sägespäne die schöne Limousine? Wollen Sie da drinnen Blumen anpflanzen? Das ist wirklich eine hübsche Idee. Dann kann der Gouverneur in einem Garten herumfahren.«

Unwirsch erwiderten die Trooper, das gehe sie nichts an, dann öffnete sich die Eingangstür der Villa, und ein schwarzer Butler in einer gestärkten weißen Jacke begrüßte Barbie mit einem Lächeln.

»Kommen Sie herein«, sagte er freundlich. »Miss Regina erwartet Sie schon. Darf ich Ihnen den Mantel abnehmen? Vielleicht auch den Werkzeugkasten?«

»Vielen Dank«, sagte Barbie, und unter ihrem Mantel kam ein hautenges, aufregendes Lederoutfit zum Vorschein, das nicht recht mit ihrer Geziertheit und der sanften Stimme in Einklang zu bringen war. »Ich brauche den Kasten und die Tüte, damit ich an Regina arbeiten kann.«

Pony wusste, dass Reginas Erscheinung eine Menge Arbeit erforderte, doch dass dazu ein ganzer Werkzeugkasten erforderlich war, machte ihn traurig. Er führte Barbie die Wendeltreppe hinauf in die Privaträume der First Family, wo Regina in ihrem Kleiderschrank wühlte, nichts als Latzhosen und Sweatshirts zutage förderte und immer mutloser wurde.

»Ach!«, rief sie erleichtert, als Barbie eintrat und Werkzeugkasten und Tüte auf dem Bett absetzte. »Bin ich froh, dass Sie hier sind! Ich finde gar nichts zum Anziehen, und vor meinem Spiegelbild habe ich mich regelrecht erschreckt. Glauben Sie wirklich, Sie können mich bis zum Rennen einigermaßen hinkriegen?«

»Natürlich kann ich das«, versicherte Barbie, die aus dem Fenster beobachtete, wie die Trooper weiter Sägespäne in die Limousine schippten.

»Das ist für Trips Trip«, erklärte Regina.

»Trip-trip?« Barbie war verwirrt. »Was ist ein Trip-trip?«

»Nein, *Trips* Trip, nicht Trip-trip«, sagte Regina. »Trip ist Papas neues Minipferd, das abgerichtet wurde, Blinde zu führen. Papa muss ihn überall mit hinnehmen, wo er auch hingeht, wissen Sie, und weil ich ja die Verantwortung übernommen habe, habe ich ein paar Informationen eingeholt und dabei erfahren, dass Minipferde viel besser im Auto reisen, wenn sie Sägespäne haben.«

Sie machte eine Pause, um zu sehen, ob Barbie verstand. Sie verstand nicht.

»Damit sie sich wie im Stall fühlen«, unternahm Regina einen neuen Versuch. »Wie in einer Box.«

»Oh«, sagte Barbie überrascht. »Und ich dachte, dass da ein kleiner mobiler Garten angepflanzt wird. Wie dumm von mir. Aber ich dachte, wenn ein kleines Pferd sein Geschäft in einer Limo verrichtet – Sägespäne oder nicht –, dann ist das doch sicher sehr unangenehm für jeden, der mitfährt.«

»Pferdeäpfel stinken nicht so schlimm wie Hundekacke«, erklärte Regina. »Und wenn Trip etwas macht, schippt man sofort Sägespäne darüber, und dann fällt es gar nicht mehr auf.«

»Und was passiert, wenn Sie in der Gouverneursloge auf der Rennbahn sind?«, fragte Barbie, während sie ihren Werkzeugkasten öffnete und begann, die Flaschen mit Make-up, Abdeckpaste, Nagellack, Haarpflege, Färbungen und Dutzenden weiteren Kosmetikartikeln auf einer antiken Kommode aus Walnussholz zu arrangieren.

»Wenn er mal muss, dann kratzt er an der Tür«, erwiderte Regina. »Dann fahre ich mit ihm im Fahrstuhl runter und suche nach einem Fleckchen Gras. Wofür ist die Schere? Wollen Sie mir die Haare schneiden?«

Barbie wies Regina an, sich in den Shaker-Schaukelstuhl zu setzen und einen Moment still zu verharren. Dann umrundete Barbie ihr bisher schwierigstes Projekt, besah es sich von allen Seiten und beschloss, zuerst müsse Reginas langes krauses Haar mit den kaputten Spitzen dran glauben.

»Zeigen Sie mal Ihre Zähne«, sagte Barbie.

Weit öffnete Regina den Mund und zog die Lippen zurück, wobei sie gelbe Zähne entblößte, die ironischerweise, so dachte Barbie, ebenso gut einem Minipferd hätten gehören können.

»Ich habe etwas Zahnbleiche mitgebracht«, sagte sie mit mehr Optimismus in der Stimme, als sie eigentlich empfand. »Am besten tragen wir sie gleich auf, damit sie wenigstens anfängt, ihre Wirkung zu entfalten. Und was Ihr Haar betrifft, meine Liebe, so hat es eigentlich keine Farbe. Ich nehme an, es ist eher scheckig – so ein fleckiger Mix aus Braun und Schwarz. Ich glaube, die Lösung wäre, es schwarz zu färben und dann auf Ohrlänge zu schneiden, in Stufen natürlich, das wird die harte Kontur von Nase und Kinn etwas mildern. Außerdem dachte ich, wir nehmen ein bisschen Selbstbräuner, den wir nach dem Salzpeeling, dem Totes-Meer-Bad, der Maniküre, Pediküre und der Schlammmaske auftragen können. Sie bekommen eine goldbräunliche Farbe, ohne dass Sie Ihre Haut auch nur einem einzigen schädlichen Sonnenstrahl aussetzen müssen. Ist das nicht toll?«

Dessen war sich Regina nicht so ganz sicher. Erstens hatte sie nicht damit gerechnet, dass Barbie von ihr verlangen würde, sich nackt auszuziehen und einer fast Fremden zu erlauben, Salz, Schlamm und Lotionen auf ihrem umfänglichen und unansehnlichen Körper zu verteilen.

»Ja, ja, ich weiß, was Sie denken«, sagte Barbie, während sie ein Tuch um Reginas Nacken legte und anfing, Massen von struppigem Haar abzuschneiden, das Barbie an die Tumbleweeds aus alten Western erinnerte, die sie sich manchmal mit Lennie ansah. »Aus unserem Gespräch weiß ich ja, dass Sie ein angeknackstes Selbstbild haben und Ihren Körper nicht mögen. Da macht es Sie bestimmt ein bisschen nervös, dass Sie sich nackt zeigen sollen, um mit all diesen Dingen eingerieben, gepeelt und gerubbelt zu werden, aber es wird Ihnen gefallen, und Sie werden sich wahnsinnig über das Ergebnis freuen.«

»Nichts von dem, womit Sie mich einreiben wollen, kann das Fett wegzaubern«, sagte Regina freimütig, während sich der Boden allmählich mit Haaren bedeckte. Unter normalen Umständen hätte ihr der Gedanke an solche Körperkontakte heimliches Vergnügen bereitet.

Aber Barbie Fogg war nicht Reginas Typ. Überhaupt nicht. Barbie war ihr nicht robust genug. Außerdem schien sie zu der Art von Frauen zu gehören, die den ganzen Tag an einer anderen Frau rumkneten können, ohne auch nur einen Anflug von Erregung zu spüren oder mehr zu wollen. Regina bezweifelte, dass Barbie überhaupt erotisches Interesse an anderen Körpern hatte, egal, ob weiblich oder männlich. In dieser Hinsicht hatte sie wahrscheinlich große Ähnlichkeit mit Reginas Mutter, die, solange sich Regina erinnern konnte, schon immer weit mehr Interesse an den Objekten ihrer Sammelleidenschaft gehabt hatte – den gusseisernen Bänken, alten Kaffee- oder Tabakdosen und Untersetzern – als an homo-, hetero- oder auch autoerotischen Spielen.

»Wir fangen sofort mit einer Diät an«, sagte Barbie, während sie unaufhörlich an Regina herumschnippelte. »Das heißt, dass Sie heute beim Rennen einen großen Bogen um Buffets machen, in Ordnung? Sie werden sich mit Salat, Sellerie, Karotten und Radieschen über Wasser halten. Und versuchen Sie, eine positivere Einstellung zu sich selbst zu finden. Sie wissen doch, wie es so schön heißt: *Clothes are a girl's best friend*. Daher habe ich mir die Mühe gemacht und bin zu dieser süßen kleinen Boutique gefahren, um etwas Besonderes für Sie zu suchen.«

»Was denn?« Regina fürchtete sich fast, diese Frage zu stellen, während Barbie anfing, einzelne Strähnen mit einem Rasiermesser zu bearbeiten.

»Ach, ein süßes Outfit. Es ist hinreißend, wirklich. Ich habe versucht, mir vorzustellen, worin Sie sich wohl fühlen würden und was Ihre gesamte Erscheinung, Ihr Gesicht, Ihre Figur, Ihre Persönlichkeit am besten zur Geltung bringen würde, und dann habe ich dieses einfach perfekte Jeans-Outfit gefunden! Ich konnte mein Glück kaum fassen, als ich es sah! Halten Sie bitte still und schaukeln Sie nicht. Ganz nebenbei bemerkt, das ist ein wundervoller Schaukelstuhl, aber ich möchte Sie wirklich nicht mit dem Messer schneiden, während ich Ihren Nacken ausrasiere, bevor ich eine Wachsbehandlung Ihrer Oberlippe und Ihres Kinns vornehme und mich vielleicht auch noch Ihren Augenbrauen und Ihren Koteletten widme.

Wie dem auch sei, ich habe diesen stonewashed Overall gefunden, der einen süßen Rock hat statt Hosenbeinen, und Sie können dazu dieses schicke langärmlige Seidenshirt tragen, dass ein bisschen wie ein Holzfällerhemd aussieht, nur dass es einen Spitzenkragen hat und Ihren Busen ins rechte Licht rückt. Den betonen wir noch mal extra mit dem Push-up-BH, den ich auch gefunden habe. Ich musste raten, aber Sie tragen doch bestimmt Größe 100 E, habe ich recht?«

»Ich trage normalerweise gar keinen BH«, antwortete Regina durch einen Vorhang von fallenden Haaren. »Ich hasse BHs und trage meistens nur Unterhemden, denn durch die Sweatshirts, die ich trage, kann ohnehin niemand etwas erkennen.«

»Na, heute Abend werden die Leute auf jeden Fall etwas erkennen«, zwitscherte Barbie fröhlich. »Sie werden so viel Dekolleté haben, dass Sie darin picknicken könnten! Und was die Schuhe betrifft, denn kein Outfit ist komplett ohne Schuhe, so habe ich ein traumhaftes Paar halbhohe Tennisschuhe in knallrotem Lackleder entdeckt. Können Sie das glauben? Das Converse-Logo am Knöchel ist aus Pailletten, und die Schnürsenkel sind aus weißem Leder. Man trägt sie am besten mit Designerstrümpfen, die wie altmodische Kniestrümpfe aussehen, nur dass diese hier aus Seide sind! Lassen Sie mich raten, Ihre Schuhgröße ist 41? Und Ihre Kleidergröße 46?«

»Männer- oder Frauengrößen?«, fragte Regina, die sehr still gehalten hatte, während ihr Nacken immer noch mit dem Rasierapparat bearbeitet wurde. »Ich trage nur Männersachen, also weiß ich gar nicht, welche Frauengröße ich habe.«

»Keine Sorge. Ich bin sehr gut, wenn es darum geht, die Kleidergrößen anderer Leute zu erraten«, sagte Barbie und trat einen Schritt zurück, um ihr Werk zu bewundern. »Das liegt wohl daran, dass ich in meiner Beratungstätigkeit gelernt habe, die Menschen generell gut einzuschätzen. Hier.«

Barbie hielt einen Handspiegel hoch, damit Regina ihren neuen Haarschnitt begutachten konnte.

»Ich weiß nicht«, sagte Regina zweifelnd. »Sieht aus wie ein Rennfahrerhelm.«

»Der letzte Schrei«, strahlte Barbie. »Es heißt NASCOIF. Ist das nicht superschick? Und Sie würden eine hübschen Preis dafür bezahlen, wenn Sie in einen Salon gingen, vorausgesetzt, Sie bekämen jetzt, während der Rennsaison, einen Termin oder auch nur einen Platz auf der Warteliste.«

»Wenn es so schick ist, warum haben Sie denn nicht auch einen NASCOIF?«, wollte Regina wissen.

»Ach, meine Gesichtzüge sind zu fein«, sagte Barbie. »Und jetzt geht's ab in die Wanne.«

DREISSIG

Auch Hooter verbrachte den Tag damit, sich für das Rennen aufzubrezeln. Es hatte Stunden gedauert, bis sie ihre Dreadlocks entflochten hatte. Jetzt köchelte ihr Haar unter einer Frisierhaube, während sie sich neue Acrylnägel anklebte, die wie lange, gekrümmte amerikanische Flaggen aussahen. Dann zwängte sie sich in schwarze Leggins aus imitiertem Schlangenleder und zog darüber bauschige Silberstiefel mit Klettverschlüssen, wodurch das Ganze eine Art Astronauten-Look bekam.

Es bedurfte sorgfältiger Überlegung, um diesem Outfit den letzten Schliff zu geben. Schließlich entschied sie sich für ein einfaches schwarzes Tube-Top. Als Krönung kam noch eine perlenbesetzte Jacke, auf der in grellen Farben die Logos von Kodak, Du-Pont und Pennzoil prangten und die sie in der NASCAR-Ecke einer Billig-Boutique auf der East Broad Street entdeckt hatte.

Andy gab sich ebenfalls große Mühe mit seinem Outfit, allerdings weniger aus Eitelkeit oder um seine Wirkung auf Frauen zu steigern. Eher weil er noch nie auf dem Richmond International Racetrack gewesen war und deshalb nicht wusste, wie ein betrunkener NASCAR-Fan aussah.

Doch er dachte sich, je unauffälliger und je besser er gerüstet war, desto besser. Also trug er ausgebeulte Jeans und abgetragene Cowboystiefel, die weit genug waren, um ein Pistolenhalfter im Schaft zu verstecken. Über seine kugelsichere Weste zog er ein Redskins-Sweatshirt und eine Lederjacke. Er hatte am Morgen auf die Rasur verzichtet, und nun fühlte er sich mit seinem Stoppelbart, der Pferdeschwanzperücke, der Sonnenbrille mit Spiegelglas und der Neun-Millimeter-Pistole, die hinten im Hosenbund steckte, sicher und gut getarnt. Smoke würde ihn nicht erkennen. Niemand würde ihn erkennen.

Er hatte gerade begonnen, sich mit Bier einzusprengen, als es an der Tür klingelte.

»Wer zum Teufel …?«, murmelte er, etwas beunruhigt, denn er erwartete keinen Besuch. »Wer ist da?«, fragte er unwirsch durch die geschlossene Tür.

»Ich bin's«, antwortete eine gedämpfte weibliche Stimme, die Andy zunächst nicht einzuordnen wusste. Deshalb dachte er an den Serienmörder, der möglicherweise eine Mörderin war und das Beweismaterial auf seiner Veranda hinterlassen hatte.

»Wer ist ich?«, fragte er.

»Hammer.«

»Na, so was«, sagte er überrascht und öffnete die Tür. »Tut mir Leid, dass ich so unfreundlich war, aber ich hatte keine Ahnung, dass Sie es sind. Jedenfalls zuerst nicht. Und Ihre Stimme habe ich auch nicht gleich erkannt, denn ich …«

Als er sie jetzt von oben bis unten betrachtete, setzte eine leichte Blutleere in seinem Gehirn ein. Hammer hatte sich als Outlaw verkleidet, als Mitglied einer berüchtigten Motorradgang. Sie war ganz in schwarzes, mit Nieten besetztes Leder gehüllt, dazu trug sie Dingostiefel und eine Harley-Jacke. Über der Schulter hing ihr eine Harley-Tragetasche, in der sie zweifellos ein kleines Waffenarsenal untergebracht hatte. Die feinen Gesichtszüge lagen unter grellem Make-up, ein Kopftuch verbarg ihr Haar.

»Bloß keine blöden Sprüche«, sagte sie beim Eintreten. »Es macht mir wahrhaftig keinen Spaß, mich wie eine billige Motorrad-Nutte auszustaffieren, aber ich musste was unternehmen. Ich fürchte, wir erregen ziemliches Aufsehen, wenn wir in diesem Aufzug mit dem Hubschrauber eintreffen«, sagte sie mit einem Blick auf seine Verkleidung. »Außerdem können wir keine Zivil-Trooper auf Tangier Island einfliegen, denn die einzigen Piloten, die ich habe, sind Sie und Macovich, und Sie sind beide anderweitig verplant. Auch die Fähren fahren nicht, weil der Gouverneur wegen Ihres Tory-Schatz-Artikels diese verdammten Beschränkungen erlassen hat. Deshalb habe ich beschlossen, bei Ihnen vorbeizuschauen und Sie zu fragen, ob wir uns die Sache nicht noch einmal überlegen wollen.«

Sie setzen sich ins Esszimmer, sein behelfsmäßiges Büro. Als Hammer den Computer, Drucker, Aktenschrank und die Stapel mit Recherchematerial betrachtete, beschlich sie ein eigenartiges Gefühl: Sie befand sich im geheimen Hauptquartier von Trooper Truth – obwohl sie natürlich von Anfang an gewusst hatte, wer Trooper Truth war und wo er arbeitete und lebte. Ihr wurde klar, dass auch sie merkwürdigerweise angefangen hatte, eine Beziehung zu dem fiktiven Autor zu entwickeln.

»Das ist ja komisch«, sagte sie.

»Ich weiß«, stimmte Andy zu. »Ich sehe ziemlich dämlich aus. Außerdem stinke ich nach Bier und bin unrasiert, und vermutlich haben Sie Recht. Ein Hubschrauber der State Police passt nicht so ganz zu unserem Outfit.«

»Was ich meinte, war eigentlich, dass es komisch ist, hier zu sitzen, wo Sie Ihre Artikel schreiben. Ich habe das Gefühl, als sei ich gerade hinter den Vorhang getreten und hätte den Zauberer von Oz oder die Höhle von Batman erblickt. Und ich muss zugeben, ein Teil von mir ist enttäuscht, denn auch ich hatte irgendwie angefangen, an Trooper Truth zu glauben. Ach du lieber Gott, sagen Sie jetzt bloß nicht, dass ich drauf und dran war, ein Fan zu werden!« Sie schüttelte den Kopf und seufzte. »Ich bin wohl dabei, meinen Verstand zu verlieren. Ich habe überhaupt keine Begabung zum Fan. Ein Fan ist dumm und irrational. Was kann einen vernünftigen Menschen dazu veranlassen, jemand anders in den Olymp zu erheben, ihn zum Gott zu erklären und sein Bild überall aufzuhängen?

Was hat es für einen Sinn, einen völlig fremden Menschen zu bewundern oder sogar mit ihm schlafen zu wollen?«, fuhr sie fort, während Andy seine Hände betrachtete und sich ein bisschen unbehaglich und verletzt fühlte, weil sie Trooper Truth offenbar mehr Sympathien entgegenbrachte als ihm. »Das heißt wohl auch, dass es da draußen vermutlich Tausende, wenn nicht gar Millionen von Fremden gibt, die Trooper Truth lesen, ihn verehren und ihn zum Gegenstand ihrer sexuellen Phantasien machen«, fuhr Hammer fort. »Für Windy gilt das beispielsweise mit Sicherheit, allerdings ist sie davon überzeugt, dass Trooper Truth mindestens achtzig und auf eine Gehhilfe angewiesen ist. Die Komödie muss eine Ende haben«, erklärte Hammer und schlug mit der Hand auf den Tisch.

»Welche Komödie?«, gab Andy verletzt und verärgert zurück. »Es gibt keine Komödie und gab nie eine. Es ist doch völlig egal, was für ein Pseudonym ich habe oder ob ich überhaupt eins benutze. Schließlich bin ich es, der die Artikel verfasst hat. Ich *bin* Trooper Truth!«

»Trooper Truth gibt es nicht«, sagte Hammer.

»Also gut, dann beantworten Sie mir folgende Frage«, sagte Andy, bemüht, seine Fassung wiederzugewinnen. »Wenn Sie an Trooper Truth gedacht haben, was war er dann für Sie? Vielleicht auch ein Objekt einschlägiger Phantasien?«

»Wir sollten diese sinnlose und alberne Unterhaltung auf der Stelle beenden«, sagte Hammer. »Wir haben weiß Gott Wichtigeres zu tun, und darauf sollten wir uns jetzt konzentrieren!«

»Sie haben völlig Recht«, erwiderte er in ruhigerem Ton. »Es ist ja wirklich egal, ob Sie ein Fan von Trooper Truth sind oder nicht oder von jemand anders, einschließlich meiner Person. Ich bin im Übrigen auch niemandes Fan. Nie gewesen«, fügte er in dem Augenblick hinzu, als das Telefon klingelte.

»He, Mann! Wir haben ein echtes Problem, Brazil«, ertönte die aufgeregte Stimme von Macovich am anderen Ende der Leitung. »Der Gouverneur will nich mit dem Scheißhubschrauber zum Rennen fliegen!«

»Du machst Witze«, antwortete Andy. »Warum zum Teufel nicht? Du musst ihn dazu überreden. Sag ihm, dass er aus Sicherheitsgründen fliegen …«

»Hat keinen Zweck. Scheint so, als hätte er es sich plötzlich in den Kopf gesetzt, dass er ein großes Scheißhaus für das kleine Pferd braucht, das er sich gerade zugelegt hat. Ich glaube, seine Tochter, diese hässliche Billardschlampe, hat was damit zu tun. Hab nie in meinem Leben so 'n Scheiß gehört, aber wir können nix machen. Ein paar Trooper ham seine Limo hinten schon mit Sägespänen gefüllt, und wir können ihm das nich mehr ausreden. Er und die First Family nehmen die Limo, basta. Ich muss ihn fahren. Tut mir echt Leid, aber ich kann nix dran machen.«

»Und was wird aus Smoke und den Straßenpiraten?«, protestierte Andy. »Was machen die, wenn der Hubschrauber nicht auftaucht, um sie zum Rennen zu fliegen? Und die haben Popeye!«

»Ich weiß bloß, dass die beim Hubschrauberlandeplatz auf mich warten und dass ich nich auftauchen werd.«

»Scheiße!«, rief Andy und warf den Hörer aufs Telefon.

Er informierte Hammer über die unerwartete Wendung und sah voller Mitgefühl den Schmerz in ihren Augen, als sie begriff, dass Popeye nun möglicherweise nicht gerettet werden könnte und dass sich ihr gesamter Plan gerade in Wohlgefallen aufgelöst hatte. Smoke und die Straßenpiraten würden wohl auf freiem Fuß bleiben, es sei denn, ihr fiel ein neuer Plan ein. Auf jeden Fall war es unwahrscheinlich, dass sie beim Rennen auftauchen würden.

»Wenn die auf den Hubschrauber warten und er kommt nicht, dann wissen sie sofort, dass etwas nicht stimmt«, sagte Hammer entmutigt. »Dann können sie sich denken, dass wir Cat geschnappt haben und dass die halbe State Police an der Rennstrecke versammelt ist, um sie in Empfang zu nehmen. Alles nur wegen diesem verdammten Minipferd!«

Andy schwieg. Sie wussten beide, dass Andy in einem seiner Trooper-Truth-Artikel den Gouverneur auf die Idee mit dem Minipferd gebracht hatte.

»Ich weiß nicht, was ich sagen soll; ich bin …«, begann Andy.

»Es ist zu spät für Entschuldigungen«, unterbrach ihn die niedergeschlagene Polizeichefin. »Sie brauchen sich auch nicht zu entschuldigen, Andy. Es ist ja nicht Ihre Schuld. Schließlich hab ich ja bei der ganzen Trooper-Truth-Scharade mitgemacht und war einfach zu blauäugig, ich hab mir die möglichen Konsequenzen nicht klar gemacht. Ich hoffe nur, Popeye … Nun«, sagte sie, und ihre Stimme zitterte. »Ich hoffe nur, sie muss nicht leiden …«, stieß sie hervor, und die Tränen stiegen ihr in die Augen. »Verdammt noch mal!«

»Warten Sie mal«, sagte Andy, als ihm eine Idee kam, die so unglaublich wie einfach war. »Donny Brett fliegt einen 430er!«

»Wer?«, fragte Hammer und wühlte in ihrer Harley-Tasche

zwischen klirrenden Handschellen und Pistolen nach einem Taschentuch.

»Sie wissen schon, Nummer 11! Er hat dieses Jahr schon sechsmal gewonnen, unter anderem Martinsville und Bristol. Ich weiß von seinem Vogel, weil Bell das in einer Reihe von Werbeanzeigen vermarktet hat. Die Kiste ist in Bretts Farben angemalt, und er fliegt mit ihr zu jedem seiner Rennen, also steht sie in diesem Moment wahrscheinlich auf dem Hubschrauberlandeplatz der Rennbahn. Jawohl!« Andys Gedanken überschlugen sich, daher ergab sein Gequassel kaum einen Sinn. »Die Familie eines der Fahrer. Das ist es! Und wir tauchen einfach alle in Bretts Hubschrauber am Landeplatz der Medizinischen Hochschule auf und fliegen den Hundesohn Smoke und seine Straßenköter selber!«

»Aber wie zum Teufel bringen wir diesen Brett Soundso dazu, uns zu dieser späten Stunde seinen Hubschrauber zu leihen?«, warf Hammer ein. »Das ist unmöglich.«

»Ganz einfach«, erwiderte Andy. »Wir begeben uns ins Reich der Phantasie und verwandeln die Fiktion in Realität.«

»Ein schlecht gewählter Zeitpunkt, um in poetischen Bildern zu reden!«, verwies ihn Hammer, während sie sich die Nase putzte.

»Wir setzen Sie zu mir nach vorn und erzählen ihnen, Sie seien meine Freundin«, sagte Andy, während der Plan in seinem Kopf langsam Gestalt annahm.

»Und wer sind Sie?«

»Ich bin Donny Bretts Bruder«, sagte Andy. »Wir müssen Smoke und seinen Straßenpiraten einreden, Macovich habe es nicht geschafft, die vermeintliche Jolly-Goodwrench-Boxencrew abzuholen, und habe Brett überreden können, ihm auszuhelfen. Wir holen die Mistkerle ab, stationieren überall verdeckte Ermittler, und sobald wir gelandet sind, nehmen wir sie alle hops. Kommen Sie. Wir müssen zur Rennbahn.«

Angesichts der vielen Staus, die die 150 000 NASCAR-Fans auf dem Weg zum Rennen verursachten, blieb Andy und Hammer nur eine Möglichkeit – die Staus in einem Hubschrauber der State Police zu überfliegen. Hastig machten sich die beiden auf die Suche nach Donny Brett, dem *All-American Boy* und Familienmenschen, wie ihn die Medien beschrieben, der überdies Polizeiabzeichen und Waffen sammelte. Ein echter Sicherheitsfreak, wie Hammer und Andy feststellen konnten, als sie sich durch die Menge bis zu Bretts Luxuswohnwagen auf dem Gelände der Rennbahn durchkämpften, denn dort wurden sie von einer Hand voll kräftiger Burschen empfangen, die nicht so aussahen, als würden sie lange fackeln, wenn irgendwelche Fans allzu begeistert und närrisch zu werden drohten.

»Wir müssen dringend mit Mr. Brett sprechen«, sagte Hammer.

»Er ruht sich aus, verschwinden Sie!«, sagte einer der Bodyguards unfreundlich.

Hammers Brieftasche war in der Gesäßtasche ihrer Lederhose an einer Kette befestigt. Sie ließ die Polizeimarke aufblitzen und sagte leise: »Wir sind von der State Police. Es geht um eine äußerst wichtige verdeckte Operation.«

Andy wühlte in seiner Jeans und ließ seine Marke ebenfalls sehen.

»Wir haben wirklich nicht die Absicht, Mr. Brett zu stören, und wir können auch verstehen, dass er seine Ruhe braucht, bevor er in seinen Wagen steigt, um das Rennen hoffentlich zu gewinnen, aber wir müssen ihn sprechen«, erklärte Andy.

»Ich kann nur hoffen, dass er das Rennen gewinnt«, sagte ein zweiter Bodyguard. »Sonst hat er eine Stinklaune. Vor dem Rennen macht er gern die Augen zu und meditiert ein wenig. Aber ich schau mal rein und sag ihm, was los ist. Warten wir ab, was er dazu sagt.«

»Sie machen Witze, oder?«, sagte Donny Brett nur wenige Minuten später, als die Motorrad-Oma und das Landei, das sie sich geangelt hatte, von Bodyguards in den feudalen Wohnwagen eskortiert wurden. »Ich will Ihnen gern glauben, dass Sie tatsächlich Cops sind, aber ich wäre ja wohl bescheuert, wenn ich jeden dahergelaufenen Hans und Franz meinen Hubschrauber fliegen ließe. Und wie soll ich nach dem Rennen hier wegkommen?«

»Wir könnten Ihnen die 430 der State Police zur Verfügung stellen«, sagte Andy zu dem berühmten Fahrer, der blendend aussah, aber ohne seinen farbigen Rennanzug eher etwas langweilig wirkte. »Und sobald die Autokolonne des Gouverneurs in der Villa eingetroffen ist, wird ein Trooper namens Macovich herkommen und Sie abholen. Versprochen!«

Brett dachte eine Weile nach und öffnete eine Pepsi.

»So, so«, sagte er. »Und wie sieht der Vogel der State Police aus? Welche Farben hat er?«

»Die Farben der State Police«, antwortete Hammer.

»Wenn ich also das Rennen gewinne, wird es so aussehen, als würde ich eine Polizeieskorte bekommen?« Die Idee gefiel Brett offensichtlich.

»Auch wenn Sie nicht gewinnen«, sagte Hammer.

»Aber Sie gewinnen natürlich«, fügte Andy rasch hinzu.

Brett saß am Tisch und stieß einen tiefen Seufzer aus. Auf einmal sah er klein und unsicher aus und ganz und gar nicht mehr nach dem gefeierten und als Werbeträger hoch gehandelten Helden der röhrenden Pferdestärken.

»Die Wahrheit ist, ich bin mir da absolut nicht sicher«, sagte er und ließ den Kopf hängen. »Jeder sagt, ich sei der Favorit, aber das setzt mich nur noch mehr unter Druck. Tatsächlich kommt Labonte in dieser Saison weit besser zurecht als ich. Wissen Sie, im dritten Punktrennen in Vegas hat er die Spitze von Jarrett übernommen, und seitdem fährt er wirklich stark. Mein Problem ist, dass ich auf Pokale steh. Viel zu sehr, um ehrlich zu sein. Und ehrlich gesagt ist Richmond nicht gerade meine Lieblingsbahn. Zum Teufel, im letzten Frühjahr beim Pontiac Excitement 400 war ich Achtzehnter, können Sie sich das vorstellen?

Das hat mich total fertig gemacht, auch wenn die Öffentlichkeit davon nichts mitkriegt. Wahrscheinlich hab ich mir deshalb diesen Riesenhelikopter zugelegt. Wissen Sie, die Menge spielt verrückt, wenn ich in dem Ding einflieg, und das baut mein Selbstvertrauen auf. Dann bin ich für die Fans wieder die Nummer 1 – obwohl bestimmt nicht mehr lang, wenn ich so weitermache.«

Hammer wurde ungeduldig und warf einen Blick auf die Uhr, während Andy einen Stuhl heranzog und Brett aufmerksam zuhörte.

»Sehen Sie«, sagte Andy. »Da draußen stehen zwanzig oder

fünfundzwanzig Autos, und jedes von ihnen, einschließlich der Nummer 11, hat die Chance, als Erstes durchs Ziel zu gehen.«

»Ja, da haben Sie Recht, Mann«, sagte Brett, nahm einen Schluck von seiner Pepsi und blickte noch niedergeschlagener drein. »Jeder könnte gewinnen. Die Konkurrenz ist so verdammt groß, deshalb ist mein Selbstvertrauen auch im Arsch, seit ich hier als Achtzehnter eingetrudelt bin.«

»An jedem beliebigen Rennwochenende«, fuhr Andy fort, »kann jeder beliebige Fahrer einen taktisch klugen Zug machen und gewinnen, und ich glaube, dass Sie heute Abend am Zug sein werden. Sie können das schaffen, Donny. Sie sind ein Bud-Pole-Gewinner, genau wie Rudd, Labonte, Skinner, Wallace und Earnhardt Junior. Sie haben beim Daytona 500 in der Pole Position gestanden, und beim Bud Shoot Out ebenfalls, richtig? Und vergessen Sie nicht, dass Sie in der Wertung *Raybestos Rookie of the Year* immer noch in Führung liegen und dass beim Winston Race in Charlotte alle alt ausgesehen haben gegen Sie.«

»Aber Achtzehnter, Mann ...« Brett war einfach nicht zu trösten. »Das ist das Einzige, woran ich denken kann, wenn ich mich heute Abend in meine Kiste setzte. Wenn du Schiss hast, dann fährst du in die Bande und machst Dreher, denn konzentrierst du dich nich und siehst nich, wie die andern fahren.«

»Sie sind doch berühmt für Ihren Instinkt und Ihre Reaktionen«, sagte Andy. »Erinnern Sie sich noch an die Busch Series 1999?«

»Jetzt müssen wir wirklich los«, sagte Hammer mit einer Stimme, die ihre Anspannung verriet. »Wenn wir jetzt nicht gehen, ist es zu spät!«

»Wie könnt ich die vergessen?« Brett schüttelte den Kopf. »Das war eine meiner besten.«

»Genau«, ermutigte Andy ihn. »Und warum? Weil Sie um jeden Zentimeter der Bahn gekämpft haben. Überall gab's Wracks und Karambolagen. Und was haben Sie gemacht? Als nach dem Unfall von Nummer 40 in der vierten Kurve sieben Runden hinter dem Safety Car gefahren wurden und als Hamilton in der zweiten Kurve Gas gab und Burton und Fuller überholte, da waren Sie klug genug, vom Gas auf die Bremse zu gehen, und erst dann sind Sie von hinten gekommen und haben es geschafft.«

»Ja«, sagte Brett. Er hob seinen Kopf und blickte schon sehr viel zuversichtlicher drein. »Das hab ich, verdammt noch mal.«

»Und das ist genau hier passiert«, schloss Andy und klopfte mit dem Finger auf den Tisch. »Das war hier auf der Rennstrecke von Richmond.«

»Ich weiß, ich weiß. So bin ich wohl gestrickt, immer denk ich nur an meine Schwächen«, sagte Brett mit einem verlegenen Grinsen. »Und wissen Sie was? Heute Abend tu ich das mal nicht, und wenn Sie meinen Vogel ausleihen wollen, dann können Sie das gerne machen, solange nur jemand weiß, wie man so ein Ding fliegt.«

»Sie können sich drauf verlassen, dass ich das Baby gut behandeln werde«, erwiderte Andy. »Und wenn Sie heute Abend da draußen sind, dann denken Sie an meine Worte: Sie sind am Zug. Und Sie werden genau wissen, wann.«

»Was zum Teufel hatte das alles zu bedeuten?«, fragte Hammer, als sie in Bretts prächtigem 430, der auf schwarzem Lack seine Startnummer und leuchtend gelbe, lilafarbene und rote Verzierungen trug, in Richtung downtown Richmond flogen. »Ich dachte, Sie hätten noch nie ein Rennen besucht.«

»Hab ich auch nicht, aber manchmal schaue ich sie mir im Fernsehen an und versuche, die Strategien zu verstehen, egal, ob es sich um Rennfahrer, Tennisspieler oder Scharfschützen der Navy handelt«, antwortete Andy über Mikrofon, als er mit 150 Knoten die Interstate 95 überquerte, die, so weit das Auge reichte, aus einer einzigen, kriechenden Autoschlange bestand. »Ich bin froh, dass wir hier oben sind und nicht da unten«, fügte er hinzu.

Barbie Fogg hatte es geschafft, dem Stau der Massen auszuweichen, die zur Rennstrecke wollten. Nicht weil sie besonders raffinierte Nebenstrecken und Abkürzungen kannte, sondern weil etwas vollkommen Unerwartetes passierte, nachdem sie Hooter am Mauthäuschen abgeholt hatte. Barbies Handy hatte geklingelt, und zu ihrer Überraschung und Erleichterung hatte sie die Stimme von Reverend Justice erkannt.

»Wo um Himmels willen stecken Sie?«, fragte Barbie, während Hooter im Beifahrersitz ihre Nägel präsentierte und stolz auf ihre kleinen Acrylflaggen blickte.

»Ich war dienstlich in der Gefängniskapelle«, antwortete der Reverend. »Und mein Auto hat eine Panne, deshalb müssen Sie so schnell wie möglich herkommen und mich abholen. Ich habe ein paar Brüder dabei, Sie müssten also Platz haben für – warten Sie – sechs Leute, mich eingeschlossen.«

»Ach je, das wird ganz schön eng«, sagte Barbie, während Hooter die Klettverschlüsse ihrer Astronautenstiefel aufriss und wieder verschloss. Sie war happy über ihr schickes Outfit und malte sich aus, wie sie von der Privatloge des Gouverneurs aus das Rennen beobachten würde.

Hooter fragte sich, ob wohl auch der große, dreiste Trooper Macovich auftauchen würde, nahm es aber stark an. Schließlich gab er ja immer damit an, wie wichtig sein Job war. An dem Abend, als sie mit ihm aus gewesen war, hatte es ständig *Gov'* hier und *Gov'* da geheißen, und Hooter spürte einen Hauch von Reue. Sicherlich, Macovich war frech und dachte immer nur an das eine, auch wenn er ständig vom Gouverneur redete und von der großen Villa am Capitol Square, in der er so wichtige Aufgaben hatte und jeden im Billard besiegte, aber Hooter war einsam.

»Ich sach dir, Liebste, vielleicht bin ich ja zu streng mit ihm gewesen«, sagte Hooter mit einem Seufzer, während Barbie die nächste Tankstelle ansteuerte und wendete. »Irgendwie hoff ich ja, dass er heute Abend da is. Was meinst du, wie findet er meine Klamotten?«

»Ich finde, du siehst klasse aus«, versicherte ihr Barbie, die sich im Augenblick allerdings fragte, ob sie rechtzeitig zum Rennen eintreffen würden, wenn überhaupt.

Der Anruf des Reverend war überraschend und höchst ungewöhnlich, dachte Barbie, während sie tiefer in das heruntergekommene Viertel im Nordwesten der Innenstadt hineinfuhr, wo sie gegenüber dem Stadtgefängnis auf dem Parkplatz hinter dem Jugendgericht parken wollte, wie der Reverend es ihr aufgetragen hatte. Seine Brüder und er wollten sich in einem kleinen Baumbestand verbergen und herauskommen, sobald sie ihren Minivan erblickten. Dann sollte sie losfahren und keine weiteren Fragen stellen.

»Vielleicht solltest du den Trooper anrufen und ihm sagen, dass wir ein bisschen später kommen«, schlug Barbie mit wachsender Unruhe vor. »Und bitte ihn doch auch, dass er uns die Plätze in der Loge des Gouverneurs freihält.«

»Wieso *später?*«, rief Hooter, denn sie hatte nicht auf das Gespräch geachtet, das Barbie vor ein paar Minuten über das Handy geführt hatte. »Meine Liebe, wir könn' nich zu spät kommen! Oje, wir sind spät, wir kriegen nich mit, wie all die Rennfahrer aus ihr'n Wohnwagen kommen und in ihre Autos steigen! Dann gibt's auch kein Bild von dir mit kei'm von den'! Die Chance gibt's nur einmal im Leben, wir könn' nich zu spät komm'!«

Als Barbie Gas gab, bemerkte Hooter einen großen bunten Hubschrauber, der in der Nähe des Medical College in der Luft schwebte.

»Oh, guck mal den Hubschrauber!« Hooter beugte sich vor, um ihn besser zu sehen. »Das wäre doch der Knaller, Mädel, was? In ein' Hubschrauber zu fliegen? Das muss irgendein armer Hund sein, den sie zur Notaufnahme bringen, aber ich hab noch nie ein' Rettungshubschrauber in solchen Farben gesehen.«

»Oh, Herr im Himmel«, rief Barbie aus und wäre dabei fast von der Straße abgekommen. »Das sind Donny Bretts Farben! Und sieh nur, da ist seine Nummer auf der Tür, die 11. O lieber Gott, er muss schon einen Unfall gehabt haben!«

»Aber das Rennen hat noch nich mal angefangen«, gab Hooter zu bedenken. »Vielleicht hat er ja 'n Herzinfarkt oder so. Weißt du, der muss ja mächtig unter Druck sein, weil er doch das letzte Mal, als er hier war, nur Achtzehnter geworden is.«

EINUNDDREISSIG

Andy und Hammer standen unter erheblich größerem Druck als Donny Brett. Trotz der Zuversicht, die er zur Schau trug, und der Behauptung, er wisse genau, wie er Smoke zu behandeln habe, hatte Andy in Wirklichkeit keine Ahnung, was ihn erwartete. Außerdem verrutschte seine Perücke ständig unter dem Kopfhörer, den er trug, und bald war es auch zu dunkel, um seine Ray-Ban aufzubehalten. Er hielt den Hubschrauber im Schwebeflug und drehte die Nase der Maschine herum, als er Smoke, eine zierliche Frau mit kurzem, platinblondem Haar und zwei der Straßenpiraten erblickte, die vor dem Zaun um den Landeplatz der Medizinischen Hochschule aus einem schwarzen Land Cruiser kletterten. Die Gangster waren in NASCAR-Farben gekleidet, und der kleinste von ihnen hielt ein kleines Bündel, das anscheinend in eine Art schwarze Flagge eingewickelt war.

»Das muss Possum sein«, sagte Andy über Mikrofon zu Hammer. »Und es sieht so aus, als hätte er Popeye dabei.«

Hammer riss sich zusammen, um keine Reaktion zu zeigen. Sie wusste, wie unklug es wäre, wenn sie ungewöhnliches Interesse an dem Inhalt des schwarzen Päckchens zeigte, denn im Augenblick war sie die Freundin von Donny Bretts Bruder und konnte nicht wissen, wer Popeye war.

»Ganz ruhig«, sagte Andy, während er den Hubschrauber auf den Betonboden setzte und beide Turbinen auf Leerlauf stellte. »Ich geh rüber und rede mit ihnen. Wenn irgendwas passiert, dann stellen Sie die Turbinen aus und schießen durchs Fenster. Es lässt sich zur Seite schieben.«

Die Straßenpiraten und die junge Frau standen am Zaun und starrten ehrfürchtig auf den glänzenden Hubschrauber, wirkten aber ein wenig verwirrt, als sie das Landei mit dem Pferdeschwanz direkt auf sich zukommen sahen.

»Wer zum Teufel bist du denn, du Arschloch?«, fragte Smoke, und das kleine Bündel in Possums Arm bewegte sich.

»Mein Bruder hat mich geschickt, um euch abzuholen«, antwortete Andy, der sein Drehbuch erneut veränderte.

»Dein Bruder is Donny Brett?«, fragte Cuda mit weit aufgerissenen Augen. »Wow, Mann, der is abgefahren! Ich hoffe nur, er kricht das heute Abend gebacken, denn ich weiß, dass er letztes Frühjahr echt Scheiße gefahren ist. Achtzehnter is er geworden.«

»Halt die Fresse!«, brüllte Smoke. »Wir solln hier von der Staatspolizei abgeholt werden«, sagte er zu Andy. »Wieso zum Teufel schickt uns dein Bruder seinen Hubschrauber?«

Andy beobachtete, wie Smokes Finger über einer Tasche seiner knallroten Winston-Cup-Jacke zuckten, wo er wahrscheinlich eine großkalibrige Waffe versteckt hielt. Andy blickte kurz auf Smokes Freundin, die ziemlich nach Trailer-Park aussah, doch etwas in ihren Augen jagte ihm einen Schauer über den Rücken. Irgendwie kam sie ihm bekannt vor.

»Alles, was ich euch sagen kann«, sagte Andy, »is, dass ich und meine Freundin hier grad in Donnys Trailer warn und ihn 'n bisschen aufmuntern wollten, da kommt dieser riesige schwarze Typ rein und is voll in Panik. Er labert was vom Gov-Hubschrauber und wie der 'ne Ölwarnlampe eingebaut kriegen soll und dass der nicht fliegen kann, aber dass er downtown 'n Boxenteam abholen soll und nich weiß, was er machen soll, aber vielleicht kann Donny ihn helfen, weil sein Hubschrauber ja bloß rumsteht. Ihr seid doch die Jolly-Goodwrench-Crew, oder?«, fügte Andy hinzu und tat so, als kämen ihm plötzlich Zweifel.

»Klar«, rief Possum laut, um den Lärm der Rotorblätter zu übertönen.»

Er verstand jetzt und verbarg seinen Schreck vor den anderen. Der blonde Typ mit dem Pferdeschwanz war nicht Donny Bretts Bruder, sondern Trooper Truth in Verkleidung! Also hatte Trooper Truth den Plan geändert! Possum hatte die ganze Zeit das Gefühl gehabt, in letzter Minute würde noch etwas schief gehen, und er hatte Recht gehabt. Sonst wäre Trooper Truth hier nicht mit Donny Bretts Hubschrauber aufgetaucht!

»Hör mal, wir könn' hier nich den ganzen Tag stehn und labern«, sagte Andy laut. »Wir müssen los zum Rennen. Also steigt ein oder lasst es bleiben, ich muss jedenfalls wieder zurück.«

»Kommt«, sagte Smoke. Freundin, Straßenpiraten und er selbst kletterten über den Zaun und hielten die Baseballkappen mit den Aufnähern von MAC Tools, M&M und Excedrin fest, als sie durch den heftigen Rotorwind auf den 430 zuliefen.

Barbie und Hooter sahen zu, wie der bunte Hubschrauber sich über die Dächer erhob und in der Ferne entschwand, während der Minivan auf den leeren Parkplatz des Gerichtsgebäudes bog. Sie hielt auf die Rückseite zu, und augenblicklich stürmten sechs finster aussehende Männer, unter ihnen auch der Reverend, aus einem kleinen Waldstück hervor, rasten auf den Minivan zu, rissen die Türen auf und quetschten sich hinein. Hooter bemerkte sofort, dass die Männer allesamt ungewaschen rochen, nicht rasiert waren und weder Gürtel noch Schnürsenkel trugen. Sie erkannte einen Häftling, wenn sie einen vor sich hatte, und erstarrte vor Angst.

Oh, oh, oh, worauf hatte sie sich hier bloß eingelassen? Und war das nicht der Mexikanerjunge, den sie vor kurzem an ihrem Mauthäuschen gesehen hatte?

»Fahren Sie los!«, rief der Reverend.

»Ja, verdammte Scheiße, bloß weg hier!«, schrie Slim Jim.

»Unten bleiben!«, brüllte Trader.

»Mann, du zerquetschst mich ja!«, beschwerte sich Cat.

Die Männer duckten sich am Boden, während Barbie vom Parkplatz raste und einen Streifenwagen mit Blaulicht bemerkte, der auf den tristen Backsteinbau zuhielt, in dem sich das Gefängnis befand.

»Fahr ganz normal«, sagte Hooter, denn jemand musste ja kühles Blut bewahren und die Übersicht behalten. »Wenn du so heizt, halten uns die Cops unter Garantie an. Dann kassieren sie uns, weil wir Gefangenen zur Flucht verholfen ham.«

»Was?« fragte Barbie entsetzt und umklammerte das Steuerrad. »Gefangenen?«

»Wir wurden zu Unrecht verhaftet, Barbie«, sagte der Reverend vom Fußboden aus. »Es war Gottes Wille, dass wir entkamen und Sie uns helfen. Und ich hatte keine Wahl, denn diese anderen Häftlinge hier haben mich gezwungen, so zu tun, als wäre was in meinem Bauch geplatzt. Als der Wachmann in die Zelle kam, um mir zu helfen, habe ich ihm das Tablett auf den Kopf gehauen, genau wie es Pinn passiert ist, als er im Strafvollzug tätig war.

Daher hatte ich die Idee aus meinem Interview bei *Unter vier Augen mit Pinn*. Sind die Wege des Herrn nicht wirklich unergründlich?«, predigte Reverend Justice weiter. »Wäre ich nicht Gast in der Talkshow gewesen, um über Moses Custer und die Nachbarschaftshilfe zu sprechen, die ich in der Nähe des Obst- und Gemüsemarktes ins Leben gerufen habe, dann wäre ich wohl nie auf den Gedanken verfallen, jemanden mit einem Tablett zu schlagen. Andererseits hätte ich wohl auch nicht versucht, die alte Frau anzusprechen, damit sie mir Erleichterung verschaffe, wenn ich nicht so überreizt und gestresst gewesen wäre von all der Publicity, die so plötzlich kam, und dann hätte ich wohl auch niemanden mit einem Tablett schlagen müssen.«

Vielleicht war es nur Aberglaube, aber Moses Custer war überzeugt, dass über ihn geredet wurde, wenn ihn das Ohr juckte. Als er in der Autokolonne des Gouverneurs fuhr, juckte sein rechtes Ohr ganz fürchterlich unter dem Verband. Wussten die vielen Menschen da draußen also, dass er als VIP-Gast in einer Limousine saß und bald in der Loge des Gouverneurs das Rennen verfolgen würde? Durch das getönte Glas starrte er hinaus auf den Stau, während im Auto der Gouverneur schnarchte, seine merkwürdige Tochter mit dem pechschwarzen Helmhaarschnitt ihr wogendes Dekolleté beäugte und das winzige fuchsfarbene Pferd in den Sägespänen stand und ab und zu auf Moses' Fuß trat.

Macovich versuchte in der Zwischenzeit, sich durch den Verkehr zu kämpfen, während er Funkkontakt mit Andy hielt, der den Sprechfunk des Hubschraubers auf *Crew Only* geschaltete hatte, damit die Straßenpiraten nicht hören konnten, was er sagte.

»Zu allem Überfluss«, erzählte ihm Macovich über Funk, »sind gerade sechs Häftlinge aus dem Gefängnis getürmt. Jetzt toben hier überall die Streifenwagen rum, ich kann dir sagen, hier unten is das totale Chaos. Ich weiß nich, wann wir auf der Rennstrecke sind, aber auf jeden Fall wird's zu spät sein.«

»Hör zu, ich muss mich jetzt auf Plan B konzentrieren«, gab Andy zurück, als er die Strecke, die schwarz von Menschen war, 300 Meter unter sich auftauchen sah.

»Sind wir inzwischen nich schon längst bei Plan G oder H angekommen?«

»Ich bleib so lange im Schwebeflug über der Rennstrecke, bis du eine Hand voll uniformierte Polizisten zum Landeplatz beordert hast, damit Smoke seine Meinung ändert und stattdessen nach Tangier Island geflogen werden will«, erklärte Andy.

»Aber wir ham da keine Zivil-Trooper, Mann!«, gab Macovich zu bedenken.

Andy schaute auf die vielen tausend Fans, die dem Hubschrauber begeistert zuwinkten und den Landeplatz umdrängten.

»Das hätte ich wirklich bedenken müssen«, sagte er, »Bretts Fans haben natürlich seinen Hubschrauber erkannt und werden uns am Boden über den Haufen rennen. Da könnte es Verletzte und Tote geben, oder Smoke entwischt uns. Ich lande da auf keinen Fall.«

»Zehn-vier«, meldete sich Macovich. »Ich meine, Roger.«

Die Tribüne begann sich zu füllen, als Andy die blinkenden Landelichter anstellte und die Geschwindigkeit drosselte. Er stellte den Sprechfunk auf *Alle*, sodass man ihn nun auch wieder im hinteren Teil durch die Kopfhörer hören konnte.

»Wir landen in ein paar Minuten«, verkündete Andy. »Aus Sicherheitsgründen ist es erforderlich, dass ihr alle Anweisungen beachtet. Wenn wir aufsetzen, bleibt ihr auf euren Sitzen, und die Bodenmannschaft holt euch raus.«

Smoke blickte aus seinem Fenster. Als der Landeplatz in Sicht kam, bemerkte er Dutzende von Polizisten, die sich ihren Weg durch die Menge bahnten. Außerdem war Smoke aufgefallen, dass etwas mit dem Pferdeschwanz des Piloten nicht stimmte.

Ihm schien, als säße der Pferdeschwanz, der vor einer Minute noch in der Mitte war, nun etwas seitlich.

»Was wollen all die Bullen?«, fragte Smoke durchs Mikrofon.

»Keine Ahnung, aber die werden mir schon Platz zum Landen machen«, erwiderte Andy, während Hammer sich ungeheuer zusammennehmen musste. Gar zu gern hätte sie sich nach Popeye umgesehen.

»Ach ja?«, entgegnete Smoke, und seine Stimme war voller Bösartigkeit. »Nun, vielleicht stinkt die ganze Sache auch.«

»Mann! Schau dir nur all die Leute da unten an«, freute sich Cuda. »Und alle zeigen auf uns und winken! Die denken bestimmt, wir sind Donny Brett!«

»Blödsinn!« In Andys Kopfhörer dröhnte Smokes Stimme, und plötzlich riss ihm jemand von hinten die Perücke vom Kopf.

Andy erinnerte sich an die Worte, die ihm Macovich während der Flugstunden eingebläut hatte: *Immer nur an den Hubschrauber denken.* Egal, was passiert oder wie aussichtslos die Situation auch scheint, Andy hatte die verdammte Pflicht, ans Fliegen zu denken und sonst an gar nichts. So hielt er den Hubschrauber in stetigem Sinkflug, auch als er den harten, kalten Lauf einer Pistole in seinem Nacken spürte und Smoke ihm obszöne Schimpfworte ins Ohr brüllte und drohte, den Hund umzubringen.

»Immer mit der Ruhe.« Es war Hammer, die sprach. »Wollt ihr Idioten etwa, dass wir abstürzen? Ihr verhaltet euch da hinten schön ruhig, damit wir diese Riesenkiste fliegen können. Oder kann vielleicht einer von euch damit umgehen? Na also. »

»... Scheißbullen!« Smoke war außer sich. »Ich weiß, wer ihr seid, ihr Arschlöcher! Und ich hab deinen Scheißhund hier hinten, du alte Schlampe. Wenn du nicht tust, was ich sag, dann pump ich ihm den Arsch voll Rattengift!«

Hammer nahm an – und hoffte inständig –, dass Smoke nur bluffte, aber Possum sah die Spritze, die Smoke aus der Tasche zog. Durch die Flagge konnte Possum spüren, wie Popeye zitterte, während Unique ganz still, wie in Trance, dasaß und ein unheimliches Licht in ihren Augen tanzte.

»Mach das noch nich«, sagte Possum zu Smoke. »Wenn du dem

Hund das Zeug jetzt gibst, dann kricht er Krämpfe und fängt an rumzuzappeln, und wenn er dann tot ist, dann has du nix mehr, womit du die da vorn erpressen kannst.«

Smoke überlegte einen Augenblick und kam zu dem Ergebnis, dass Possum Recht hatte. Die Angst schnürte Hammer das Herz zu, als sie begriff, dass Smoke womöglich wirklich eine Spritze voll Rattengift dabeihatte. Dieser Bastard. Wenn sie nach der Landung noch am Leben war, dann würde sie Smoke töten, mochte das hundertmal gegen die Vorschriften verstoßen, ihre Karriere ruinieren oder sie sogar wegen Totschlags hinter Gitter bringen.

Unique zog ein Teppichmesser aus der Tasche, ihren schauerlichen Blick unverwandt auf den Nacken des blonden Bullen gerichtet. Der Nazi hatte ihr zu verstehen gegeben, dass sie eine Möglichkeit zur Umsetzung ihres *Projekts* finden würde, und sie hatte sie gefunden. Zunächst ordnete sie ihre Moleküle zur Unsichtbarkeitskonfiguration an, machte den Vorgang aber wieder rückgängig, weil ihr klar wurde, dass der Bulle, den sie verfolgt und der sich als Andy Brazil entpuppt hatte, sie ja schon gesehen hatte, als er sie mit dem Hubschrauber abgeholt hatte. Es gab also keinen Grund, sich unsichtbar zu machen. Außerdem, wie sollte er sie wiedererkennen? Ein warmes Gefühl machte sich in ihrer Leistengegend breit, als sie sich ausmalte, wie sie seinen Hals von einem Ohr zum anderen durchschnitt. Dann würde die Kopilotin das Steuer übernehmen. Nach der Landung würde Unique ihr den Hals ebenfalls durchschneiden und dann noch einige Zeit allein mit ihrem Körper verbringen.

»Bring uns hier weg!«, befahl Smoke. »Sofort! Bring uns nach Tangier Island! Und ja kein Wort, das ich hier hinten nicht verstehen kann!«

ZWEIUNDDREISSIG

Macovich hatte den weißen Minivan mit dem Regenbogenaufkleber zwei Autos weiter vorn gesehen und erinnerte sich, dass der gleiche Aufkleber an Hooters Mauthäuschen geprangt hatte. Und während er so an Hooter dachte, bemerkte er zu seiner Verblüffung, dass sie auf dem Beifahrersitz des Minivans saß und sich mit Leuten hinter ihr unterhielt, die Macovich nicht sehen konnte.

»He, Mädchen, was geht denn hier ab?«, murmelte Macovich, als er bemerkte, dass der Minivan etwas ziellos von Spur zu Spur irrte, wohl um zügiger voranzukommen, und dabei mal langsamer und mal schneller wurde.

Macovich schaltete die Blaulichter ein, mit denen die Limousine ausgerüstet war, und hängte sich an die Stoßstange seines Vordermannes, sodass der auf den Seitenstreifen ausweichen musste. Genauso verfuhr er mit dem nächsten Wagen und befand sich nun mit pulsierendem Blaulicht direkt hinter dem Minivan.

»Was ist los?«, fragte Regina, die gerade etwas von dem Gesichtspuder ausprobierte, das Barbie ihr gegeben hatte.

»Ich versuche nur, uns durch diesen Stau zu bringen«, antwortete Macovich, während er sich auf die linke Spur schlängelte und neben dem Minivan auftauchte.

Er begann Hooter zuzuwinken, und als sie schließlich zu ihm herübersah und ihn erkannte, nachdem Barbie sie auf ihn und die Limousine aufmerksam gemacht hatte, machte sie ein ernstes Gesicht und formte mit ihren Lippen ein lautloses *Hilfe!*

»Scheiße!«, sagte Macovich, denn solange er den Gouverneur chauffierte, war es ihm nicht erlaubt, Verkehrskontrollen oder andere Polizeiaktionen durchzuführen.

Er zuckte mit den Schultern, um Hooter klar zu machen, dass er nichts tun könne. Er deutete zum hinteren Teil der Limousine und malte mit den Händen einen Kasten in die Luft, der besagen sollte, dass er *Das Paket* transportierte. Hooter rollte mit den Augen und wiederholte ihren Hilferuf, während sie zum hinteren Teil des Minivans deutete und dann sechs Finger in die Luft hielt und danach mit zwei Fingern wedelte, was in ihrer Zeichensprache sechs laufende Menschen bedeuten sollte. Macovich runzelte die Stirn und fragte sich, was sie ihm damit signalisieren wollte. *Sechs Passagiere im Minivan, die liefen?* He, dachte er. Waren da nicht gerade ganz in der Nähe sechs Häftlinge aus dem Gefängnis ausgebrochen? Was hatten schließlich normale, unschuldige Leute für einen Grund, sich unter den Sitzen eines Minivans zu verstecken?

Macovich nahm sein Funkgerät und forderte Verstärkung an, während er Hooter per Handzeichen anwies, ihre etwas naiv aussehende Fahrerin irgendwie zum Verlassen der Straße zu bringen.

»Meine Liebe«, sagte Hooter laut zu Barbie. »Tut mir total Leid, aber ich muss mal für kleine Mädchen, und wenn ich sage, ich *muss*, dann mein ich das auch so.«

»Vergiss es!«, kam Cats drohende Stimme vom Boden. »Wir halten nicht an, bevor wir nicht aus diesem Verkehr raus sind, und irgendwo, wo keine Bullen rumhängen!«

»Jetzt will ich dir mal was sagen«, zischte Hooter über die Rückenlehne ihres Sitzes, »wenn eine Dame sagt, sie muss mal raus, dann muss sie raus, verstanden? Hat deine Mutter dir keine Manieren beigebracht, oder was? Hat sie dir nix übern Umgang mit Damen gelernt und ihre monatlichen Umstände und darüber, wie eine Dame ganz unschuldig daherfahrn kann, wenn sich ganz plötzlich ihre Fruchtbarkeit meldet, obwohl die eigentlich erst in zwei Tagen komm' soll?«

Die Männer am Boden schwiegen betreten.

»So, meine Liebe, jetzt biegst du hier schön in diese Tankstelle ein, und ich spring da schnell rein. Ich beeil mich auch. Hoffentlich bekomm ich keine Krämpfe, o lieber Gott, lass mich bitte keine Krämpfe bekomm'.«

Barbie war so besorgt, dass sie augenblicklich die Häftlinge in ihrem Minivan vergaß. Barbie selbst hatte in jüngeren Jahren schrecklich unter Krämpfen gelitten, und sie wusste nur zu gut, wie unerträglich und lähmend die Schmerzen sein konnten. Sie betätigte den rechten Blinker und tätschelte mitfühlend Hooters Arm.

»Weiterfahren!«, befahl Trader.

»Hast du Midol dabei?«, fragte Barbie Hooter.

»Neeee, oohhhh«, stöhnte Hooter und hielt ihren Bauch. »Ohhhh! Ich hab nix mitgenommen, weil ich nich im Traum dachte, dass ich meine Tage krieg. Ohhhhhh! Gütiger Gott, warum muss das ausgerechnet heut passiern?«

»Es tut mir so Leid«, sagte Reverend Justice voller Mitgefühl und atmete dabei einen Mund voll Staub vom Teppichfußboden ein. Er schob Cats Fuß aus seinem Gesicht. »Ich werde dafür beten, dass der Herr, unser Hirte, Sie von den Krämpfen befreien möge. Lieber Gott» – er nieste zweimal –, »bitte erlöse diese Frau, deine getreue Dienerin, von den Krämpfen. Im Namen deines eingeborenen Sohnes Jesus Christus bitte ich um Heilung für dieses arme Weib!«

»Ohhhhhhh!«, stöhnte Hooter nur noch lauter, während der Minivan langsam in dem Stau dahinkroch, in dem die NASCAR-Fans allmählich die Geduld verloren und befürchteten, sie könnten den Start des Rennens verpassen – jenen magischen Augenblick, da das Pace Car auf die Rennstrecke fährt und die F-16-Staffel im Formationsflug über die Rennstrecke donnert.

»Okay, okay«, ließ sich Slim Jims Stimme vernehmen, denn es ging ihm entsetzlich auf die Nerven, wenn eine Frau über Krämpfe klagte und möglicherweise auch noch die Macken und die Scheißlaune, die sich unausweichlich einstellten, an ihm ausließ. »Fahr hier raus, aber du machst besser zu. Und wehe, du redest mit jemandem oder lenkst die Aufmerksamkeit auf uns!«

Macovich machte sich große Sorgen um Hooter, während er neben ihr herfuhr. Offenbar war sie verletzt und brauchte dringend einen Arzt. Panik erfasste ihn. Womöglich hatte einer der flüchtigen Häftlinge mit einem scharfen Gegenstand zugestochen, und jetzt verblutete sie vor seinen Augen.

»'tschuldigung, Sir?« Moses wandte sich an den Gouverneur.

»Was denn?«, fragte dieser, von der Ansprache aus seinem Schlummer geweckt.

»Das kleine Pferd hat seinen Huf auf meinem Fuß, und ich krieg ihn einfach nicht runter«, sagte Moses, der keine Schwierigkeiten machen wollte, aber fürchterliche Schmerzen hatte.

Regina überlegte, wo sie die Liste mit den Kommandos hingelegt hatte, und ihr fiel ein, dass sie sie in der Villa vergessen hatte. Sie wusste, es gab einen Befehl für das Anheben eines Hufes. Verzweifelt suchte sie in ihrem Gedächtnis. Wie lautete er nur?

»Näher«, sagte sie zu Trip.

Trip reagierte, indem er etwa dreißig Zentimeter näher an seinen Herrn rückte, in diesem Fall den Gouverneur.

»Ahhhh!«, schrie Moses, als das Minipferd gegen seinen eingegipsten Arm stieß und dann auf seinen anderen Fuß trat. »Ich will ja nich jammern, aber ich werd hier fast so geschunden wie im Krankenhaus!«

»Sie haben völlig Recht!« Panik ergriff Regina, und alle Befehle, die sie sich angeschaut hatte, gingen wild in ihrem Kopf durcheinander. »Es tut mir Leid.«

Trip wandte sich nach rechts und schlug dabei Moses bandagierten Kopf gegen das Fenster. Der schrie erneut auf und bat, das Auto verlassen zu dürfen.

»Ich nehm mir 'n Taxi und leg mich zu Haus ins Bett«, sagte er und versuchte, das Minipferd beiseite zu drücken.

»Können Sie anhalten?«, rief Regina Macovich zu, während sie an ihrem Jeansrock zog, der ihr immer wieder an den gewaltigen Oberschenkeln nach oben rutschte. »Mister Custer fühlt sich nicht wohl und möchte gehen!«

»Wohin gehen?«, fragte Macovich, der immer noch neben dem Minivan fuhr.

»Zurück«, rief Regina, woraufhin Trip zurücktrat und dieses Mal sein gesamtes Körpergewicht auf Moses' Füße verteilte.

»Auuuuu!«, schrie dieser auf.

»Ohhhhh«, stöhnte Hooter, als Barbie endlich auf die Tankstelle fuhr und die Autokolonne des Gouverneurs ihr folgte.

Andere NASCAR-Fans, die hier ebenfalls einen Boxenstop eingelegt hatten, blickten überrascht auf die Limousine mit den blinkenden Blaulichtern und die drei schwarzen Wagen, die ihr folgten. Glänzende schwarze Türen öffneten sich, und es stiegen aus, um frische Luft zu schnappen: der Gouverneur, ein fettes Mädchen mit schrecklicher Frisur und merkwürdigem Kleidergeschmack, jemand, der aussah, als gehöre er eher ins Krankenhaus, ein fuchsfarbenes Miniaturpferd, Fahrer in Zivilkleidung, die Pistolen unter ihren Jacken trugen, sowie der Rest der First Family.

Der Gouverneur griff sich Trips Geschirr und machte ein paar unsichere Schritte, während Macovich auf den Minivan zulief, den Hooter gerade schreiend und wild mit den Armen gestikulierend verließ.

»Entflohene Verbrecher ham uns gekidnappt!«, schrie sie. Sofort begannen alle NASCAR-Fans, die hier Bier kauften oder sich des schon verzehrten Bieres entledigten, zu grölen und zu johlen.

Slim Jim, Stick, Cruz Morales, Trader, Cat und der Reverend kamen aus dem hinteren Teil des Wagens hervorgekrochen und stoben in alle Windrichtungen davon. Zwei von ihnen wurden von Bubba Loving zu Boden geworfen. Macovich schnappte sich Cruz und Stick am Kragen, während Cat im Zickzack lief, sich duckte und genau auf den Gouverneur zuhielt, den er sich als Geisel schnappen wollte. Regina, der einfiel, dass sie noch immer Polizeipraktikantin war, beschloss, die Sache in die Hand zu nehmen, und rief Trip zu: »Fass ihn!«

Das Minipferd kannte dieses Kommando nicht und entschied sich daher für Untätigkeit, als Cat an ihm vorbeilief. Der Gouverneur gestikulierte wild und klopfte seine Taschen nach dem Vergrößerungsglas ab. Regina, die sich als Kind oft bei den Bewohnern und dem Personal der Villa unbeliebt gemacht hatte, weil sie ihren Kopf in deren sensiblere Körperteile stieß, senkte ihren NASCOIF-behelmten Kopf und begann mit ihren roten Lackleder-Turnschuhen zu scharren. So leitete sie einen gewaltigen atavistischen Rückfall in frühkindliche Verhaltensweisen. Sie stürmte auf den Häftling zu und rammte ihren Kopf in seine Weichteile. Der segelte ein paar Meter durch die Luft und fiel auf Trader. Regina sprang auf die beiden Männer, setzte sich auf deren Brust und stieß einen gellenden Schlrei aus, während sie ihnen die Köpfe aneinander schlug und sie zu erdrosseln versuchte. Hooter eilte hinüber, um ihr zu helfen, während die johlende Menge das fette Mädchen aufforderte, sie solle *noch mal Gummi geben, sie platt machen* und *ihre Ärsche von der Strecke fegen.*

Smoke war noch immer damit beschäftigt, seine Waffe in Andys Kopf zu bohren und anzukündigen, er werde Popeye umbringen, wenn Andy und Hammer nicht genau das täten, was er von ihnen verlangte.

»Ich weiß, dass ihr Knarren dabeihabt, also her damit«, befahl Smoke durchs Mikrofon.

Bloß ruhig weiterfliegen, sagte Andy zu sich selbst.

»Eure Knarren, wird's bald!«, ertönte Smokes bösartige Stimme in Andys Kopfhörer.

»Ich fliege diese Kiste«, antwortete Andy. »Dafür brauche ich beide Hände und Füße, also denk ich nicht daran, nach irgendwelchen Waffen zu suchen, die ich angeblich trage. Du musst dich schon gedulden, bis wir auf dem Boden sind.«

»Ich habe keine Waffe«, behauptete Hammer, während sie überlegte, sich umzudrehen und Smoke mit der Neun-Millimeter in ihrer Harley-Tasche zu erschießen.

Sie kam zu dem Schluss, dass es keine gute Idee sei. Smoke auf diese Entfernung zu erwischen war kein Problem, doch wenn Andy verwundet oder gar getötet werden würde, dann war niemand mehr da, der den Hubschrauber fliegen konnte. Außerdem war nicht auszuschließen, dass ihre Kugel Smoke durchschlug, den Hubschrauber beschädigte und ebenfalls einen Absturz herbeiführte. Sie schaute auf den dunklen Lauf des James River, der in die Chesapeake Bay mündete, und ihre Angst vor dem Ertrinken kam ihr in den Sinn.

»Setz dich hin und halt die Klappe«, befahl sie Smoke in dem unwirschen Ton, den sie in Verhören verwendete. »Wir sind jetzt über der Bucht. Möchtest du, dass wir die Kontrolle über den Hubschrauber verlieren? Wenn wir jetzt abstürzen, ertrinkt ihr alle. Ihr werdet hier drinnen wie im Käfig sitzen, an die Türen hämmern und verzweifelt versuchen, sie zu öffnen. Das wird aber wegen des Unterdrucks nicht gehen. Also werdet ihr in der kalten Dunkelheit weiterkämpfen, während sich das Innere des Hubschraubers mit Wasser füllt und ihr einen langen, langsamen Tod sterbt.«

»Bleib cool«, sagte Cuda zu Smoke. »Bleib bloß cool, Mann. Ich will nich ertrinken!«

Possum hielt die in die Flagge gehüllte Popeye fest an sich gedrückt. Smoke setzte sich wieder und spielte mit der Spritze, während Unique ihren irren Blick unverwandt auf Trooper Truths Hals richtete. Das Teppichmesser umklammerte sie so fest, dass ihre Fingernägel das Fleisch des Handballens aufrissen. Sie spürte keinen Schmerz, nur den dumpfen, harten Schlag ihres Herzens und die schnellen, heftigen Frequenzen und Schwingungen, die ihr aus ihrer Dunkelheit ins Bewusstsein drangen.

Andy überprüfte seine Tabelle und stellte die Frequenz von Patuxent im Funk ein. Nur wenige Minuten später hatte er Kontakt mit dem Tower des Militärs. »Helikopter zero-one-one-delta-bravo«, meldete Andy.

»One-delta-bravo«, kam es vom Tower zurück.

»Sind die Sperrgebiete six-six-oh-nine und four-zero-zero-six heiß?«, fragte Andy.

»Negativ.«

»Erbitte Durchflug auf Höhe eintausend in Richtung Tangier Island«, sagte Andy.

»Erlaubnis verweigert.« Der Tower gab genau die Antwort, die Andy erwartet hatte.

»Roger«, sagte Andy und gab über Funk den Code 7500 ein, der für Hijacking stand. Durch ein unauffälliges Zeichen gab er Hammer zu verstehen, dass es geklappt hatte.

Er würde jetzt durch das Sperrgebiet fliegen. Da Patuxent ihn auf dem Radar hatte, seine Hecknummer kannte und wusste, dass er Hijacker an Bord hatte, würde das Militär in irgendeiner Form reagieren. Er erhöhte die Turbinenleistung und freute sich über den Rückenwind, der sie auf hundertsiebzig Knoten brachte.

Fünfzehn Minuten später befanden sie sich im Luftraum von Patuxent.

Andy atmete tief durch und ging auf Autopilot. Smoke hatte keine Ahnung, dass Andy nun beide Hände und Füße frei hatte. Langsam griff Andy nach der Pistole im Halfter. Seinem Beispiel folgend, zog Hammer ihre Neun-Millimeter aus der Tasche. Beide verbargen sie ihre Waffen unter ihren Beinen, sodass Smoke sie nicht sehen konnte, falls er wieder von seinem Sitz aufstand und ins Cockpit schaute.

Auch Fonny Boy und Dr. Faux konnten nicht erkennen, was los war, als sie, für alle sichtbar, die Janders Road entlanggingen und nicht einen einzigen Inselbewohner erblickten. Nur vereinzelt brannte Licht in den kleinen Häusern, und in der dunklen Kälte kam weder ein Golfcart noch ein Fahrrad an ihnen vorbei. Sie hatten die Insel praktisch verlassen vorgefunden, als sie von Bord des Postschiffs gegangen waren, nachdem sich der Kapitän geweigert hatte, sie zum Krebskorb mit der gelben Boje zu bringen.

»Verflix ond zugneih! Villich isch Chrischti Widäkähr gwäs«, sagte Fonny Boy, dem die *Wiederkunft* angekündigt wurde, seit er sich erinnern konnte. »Ond us hätt sä nöd mitgnomme wägn unsre Sünd.«

»Das ist albern«, antwortete der frustrierte Zahnarzt.

Er war durchgefroren, hungrig und müde und nahm an, die Inselbewohner hätten sich alle in ihren Booten auf die Suche nach dem Tory-Schatz gemacht. Er fragte sich, ob die Küstenwache sie wohl alle aufgegriffen und in Haft genommen hatte oder ob die Fischer sich irgendwie mit den Behörden geeinigt hatten. Dr. Faux hatte schlicht und einfach keine Ahnung, was vor sich ging, doch er war verängstigt und wünschte, er wäre nie so töricht gewesen, seine Rechnungen zu manipulieren, sich an Kindern zu bereichern und die Zähne seiner Patienten zu ruinieren, und das alles nur, weil er den Hals nicht voll kriegen konnte.

Als sie zum Haus gelangten, in dem Fonny Boy wohnte, trafen sie auch dort niemanden an.

»Mei Mudder sullt hi sin ond si ums Hus kummere. Sä gaht

sonst nimmär usse, wanns duschter isch«, wunderte sich Fonny Boy, dessen Angst stetig wuchs. »I glubb würkli, dä Chrischt isch vo Himmel nunterkomme ond hätt all mitnomme, usser us!«

»Hör schon auf«, befahl der Zahnarzt. »Niemand ist in den Himmel gekommen, Fonny Boy. Das ist ein Märchen. Es muss eine andere Erklärung dafür geben, dass die Insel verlassen ist, also lass uns einfach den Golfcart deiner Familie nehmen. Ich schlage vor, dass wir zum Flughafen rüberfahren und nachsehen, ob wir dort was finden.«

Doch der Akku des Golfcart war leer, und das verstärkte Fonny Boys böse Ahnung, sie seien ewiger Verdammnis ausgeliefert.

»Dann müssen wir wohl gehen«, sagte Dr. Faux, drehte sich um und schlug eine Richtung ein, die quer über die Felder führte. »Ich gebe zu, das ist merkwürdig. Wenn alle draußen auf dem Wasser sind, um nach dem Schatz zu suchen, warum haben wir dann so viele Boote im Hafen gesehen, als wir das Postboot verlassen haben?«

»Scht!«, machte Fonny Boy und legte einen Finger an seine Lippen. »I kunn dä Häli hörn! Däs muossen dä Lüt vun dä Kuschtenwacht sin!«

Der Zahnarzt lauschte angestrengt und vernahm in der Ferne das dumpfe Geräusch der Rotoren, aber er hörte auch noch etwas anderes.

»Gesang«, sagte er. »Hörst du das auch, Fonny Boy?«

Beide hielten inne, streckten lauschend die Köpfe vor und vernahmen die schwachen Töne eines Kirchengesangs, die ihnen von dem gleichen Seewind zugetragen wurden, der ihnen die Haare zerzauste.

»Däs kummt vo dä McMann-Leon-Methodisten-Kirch in dä Main Street«, sagte Fonny Boy ganz außer Atem vor Aufregung. »I wiss nu nöd, wieso. In dä Kirch sin sonscht nuer Versammlunge am Samschtagobbe.«

Eilig brachen Fonny Boy und der Zahnarzt in Richtung der Kirche auf, während das Geräusch der Hubschrauber zunahm und zwei grelle Lichter im Westen des sternübersäten Himmels auftauchten und rasch größer wurden. Fonny Boy begann zu laufen und vergaß den Zahnarzt vollkommen.

»He! Warte auf mich!«, rief Dr. Faux hinter ihm her. »Ach, was soll's, ich laufe zum Landeplatz und sehe zu, ob mich nicht einer der Hubschrauber mitnimmt!«

Fonny Boy lief so schnell wie noch nie in seinem Leben und war außer Atem und in Schweiß gebadet, als er die Kirchentreppe hinaufstürmte und die Tür aufriss. Er mochte kaum glauben, was er erblickte. Ausnahmslos schienen sich die Inselbewohner in die kleine Kirche gezwängt zu haben, das elektrische Licht war ausgeschaltet, und alle hielten Kerzen in den Händen. Ohne musikalische Begleitung sangen sie *Amazing Grace.* Starr vor Verwirrung und Angst stand Fonny Boy in der Tür. Etwas Schlimmes musste passiert sein, dachte er. Oder etwas ganz Wunderbares. Vielleicht wussten sie, dass der Tag der Wiederkunft gekommen war, und sie erwarteten den Herrn Jesus Christus auf seiner Wolke. Doch das war ja alles Blödsinn, sagte sich Fonny Boy. Warum war niemand draußen auf der Suche nach dem Tory-Schatz, und warum kümmerte sich niemand um die Hubschrauber, die immer näher kamen? Die Rotorblätter machten so viel Lärm, dass er sogar in der Kirche zu hören war. Fonny Boy zog seine Mundharmonika aus der Tasche, legte seine Hand dicht um sie herum, stampfte rhythmisch mit dem Fuß auf und spielte den Blues nach allen Regeln der Kunst.

Augenblicklich verstummte der Gesang. Reverend Crockett stieg auf die Kanzel und blickte über das Meer der flackerndern Kerzen.

»Wer spielet do si Brummis?«, fragte er.

»Bi nu nöd mär verlu-u-urn.« Fonny Boy improvisierte den Text und veränderte auch ein paar Noten. »Han kei Sundagsschuuh ond dä Tasch gfullt, bi abä än frimutig Bueb ond wör nimmä-ä-är arm si!«

Rings um ihn wurden unterdrückte Schreie laut. *Lobbet dä Härr, Dank, Jesus* und *Äs isch ä Wundr,* rief man. Dann taumelte Fonny Boys Mutter aus ihrer Bank hervor und drückte Fonny Boy fest an sich. Der Vater hob ihn in die Luft, während Tränen über sein wettergegerbtes Gesicht rannen. Alle auf der Insel hatten geglaubt, Fonny Boy sei tot, als sie vom Tory-Schatz und der

Festnahme des Zahnarztes hörten. Da in den Nachrichten Fonny Boys Name nicht erwähnt worden war, hatten die Inselbewohner angenommen, er sei von dem raffgierigen Dr. Faux über Bord gestoßen worden.

»Lasset us all zsamme dän Härrn lobe!«, ertönte Reverend Crocketts Stimme. »Där Härr lasset sei Gnod walte übär us ond hät däm vertrunkene Bueb widdä dä Odäm däs Läbbs ingäbe!«

»Lobbet dän Härrn!«, weinte Fonny Boys Mutter. »Är hätt mi mei Baby vo dä Tot wiedärbringet!«

»I will schtantepäde tot umfalle, wann i scho tot gwäs bin!«, sagte Fonny Boy, dem mit einiger Rührung klar wurde, dass sich die ganze Insel hier versammelt hatte – und das möglicherweise schon einige Nächte lang –, um für ihn zu beten, weil er auf dem Meer geblieben war. »Dä Dentischt hätt mi vor dä Dunkelhit zruckbringet.«

Ein Beben durchfuhr die Kirchengemeinde, als die Hubschrauber über ihren Köpfen dröhnten und das Dach der Kirche erschütterten.

»Däs isch's!«, donnerte der Reverend in frommem Zorn. »Dä Dentischt isch wiädä uff Tangier!«

»Nei!«, rief Fonny Boy *zruck.*

»Wo isch är?«

»Är luffet uff däm Wäg zm Landestriff!«, erwiderte Fonny Boy.

»Där Hund vun feschte Land hät mi än Zahn gzoge!«, sagte Mrs. Pruitt so laut, dass es alle hören konnten.

»Mi au.«

»Mi au.«

»Jo! Mi au.«

»Där will do sichär mit dä Heli fliehe!«

Noch bevor Fonny Boy weitere Erklärungen abgeben konnte, vereinten sich die lauten Rufe der Entrüstung zu einem ohrenbetäubenden Lärm. Die gesamte Einwohnerschaft der Insel verließ die Kirche und bewegte sich in einem zielstrebigen, zusammenfließenden Lichtfleck aus vielen Kerzen in Richtung Landebahn, die zu Fuß nur fünf Minuten entfernt war, gab es doch auf der Insel überhaupt keine größeren Entfernungen.

Die Soldaten in Kampfanzügen erblickten das Meer von Kerzen, das sich auf sie zubewegte, als sie aus den beiden Black-Hawk-Hubschraubern kletterten. Auch Andy sah die seltsame Lichterscheinung, als er in fünfhundert Meter Höhe darüber hinwegflog, und zwar genau in dem Augenblick, als Unique auf einen Knopf drückte und die Klinge des Taschenmessers heraussprang.

»Was ist denn da unten los?«, entfuhr es Hammer.

»Versucht lieber nichts, oder ihr seid alle tot!«, drohte Smoke, der ebenfalls auf die wogende Menge der Lichter und die großen Black-hawk-Hubschrauber hinunterschaute. »Was habt ihr gemacht? Was zum Teufel ist hier los? Raus mit der Sprache!«

Possums ganze Aufmerksamkeit war auf die Spritze in Smokes Hand gerichtet. Er kannte Smoke gut genug, um zu wissen, was als Nächstes passieren würde. In dem Augenblick, wo der Hubschrauber sicher gelandet war, würde Smoke Popeye durch die Flagge hindurch die Spritze verpassen und sie voller Rattengift pumpen, dann würde er Hammer und Trooper Truth erschießen und Cuda und Possum als seine Straßenpiraten für immer auf der einsamen Insel festhalten. Plötzlich bemerkte Possum, dass Unique zuckte, als hätte sie eine Art Anfall, und ihren Sicherheitsgurt löste.

»Bye-bye, Popeye!«, sagte Smoke zynisch und zog die orangefarbene Kappe von der Spritze.

»*Nein, Unique*!«, schrie Possum. Sofort fiel Andy ein, dass Possum in einer E-Mail geschrieben hatte, es sei »*Unique* gewesen«, als es darum ging, wer Moses so zugerichtet hatte, und er erinnerte sich weiter daran, dass Moses von einem Engel gesprochen hatte, der ihm eine »einzigartige« Erfahrung versprochen hätte. Also rief Andy »*Mayday, Mayday*« in sein Mikrofon und drosselte die Geschwindigkeit. Er richtete die Nase des Hubschraubers nach unten und machte eine Bewegung nach rechts, sodass die Maschine zur Seite rollte. Eine entsetzliche Sekunde standen sie auf dem Kopf, die Alarmsignale heulten auf, die Notlichter begannen zu blinken, und der Hubschrauber bäumte sich auf wie ein wild gewordener Hengst.

»*Crash Position! Crash Position!*«, rief Andy ins Mikrofon, als er das Gas vollständig drosselte und den Hubschrauber nur mit dem Aufwind der Rotorblätter durch die Luft gleiten ließ, um zu verhindern, dass sie wie ein Stein vom Himmel fielen.

Es war nichts dabei, den Motor mitten im Flug abzustellen. Andy übte den Autorotationsflug regelmäßig, nicht nur weil er für Notfälle gerüstet sein wollte, sondern auch weil er das erregende Gefühl genoss, einen vier Tonnen schweren Hubschrauber ohne Hilfe des Motors zu landen. Und noch einen weiteren kleinen Trick hatte er einstudiert: Er wartete, bis die Maschine etwa zehn Meter über dem Boden war, dann schaltete er den Motor abrupt wieder ein, sodass der Helikopter steil wie eine Rakete in die Nacht emporschoss. Als sie eine Höhe von hundert Metern erreicht hatten, wiederholte Andy das Ganze, er schaltete den Motor aus und lächelte Hammer zu, als die Warnsignale wieder losschrillten, weil der Vogel erneut zu einer Notlandung ansetzte. Nachdem er das gefährliche Manöver noch drei weitere Male wiederholt und seine Sondereinlage schließlich mit einer normalen Landung beendet hatte, war er keineswegs überrascht, als er sich umwandte und Smoke, Cuda und Possum aschfahl im Gesicht und zusammengekrümmt sah, während Unique sogar ohnmächtig auf dem Boden lag.

»Ich übernehme Smoke, Sie das Mädchen!«, rief Andy Hammer zu, als sie im heftigen Rotorwind die hinteren Türen aufrissen. »Vorsicht! Sie ist unsere Schlitzerin!«

Andy richtete seine Pistole auf Smoke, der total weggetreten war und seine Pistole schon lange verloren hatte. Andy zerrte das Monster aus der Kabine und warf es wie einen Sack Kartoffeln auf den Asphalt, während sich Hammer Unique griff. Das Kerzenmeer hatte inzwischen einen Kreis um sie gebildet, und auch die Soldaten eilten herbei, um zu sehen, was da passiert war.

»Piraten!«, verkündete Andy den verdutzten Inselbewohnern und legte Smoke Handschellen an. Hammer hatte Unique, die in kurzen Abständen zu sich kam und wieder in Ohnmacht fiel, sogar an Füßen und Händen gefesselt.

»Tut mir Leid«, sagte Andy zu den Soldaten. »Ich musste die Sperrzone verletzen, weil die Piraten mich dazu gezwungen haben. Aber das habt ihr ja wahrscheinlich schon am Code gemerkt, den ich euch zugefunkt habe. Ihr könnt mir helfen, schnappt euch den anderen Piraten, der gerade in die Tüte kotzt. Aber lasst den kleinen Kerl in Ruhe. Er heißt Jeremiah Little, und er ist eine unschuldige Geisel. Er kommt mit uns nach Virginia.«

»Ich kenn mich mit den Vier-dreißigern aus. Soll ich ihn für dich ausschalten?«, fragte einer der Soldaten.

»Danke«, erwiderte Andy, während Popeye Hammers Gesicht mit Küssen bedeckte und Dr. Faux herangeschlichen kam und Hammer einen verlogen-gönnerhaften Klaps auf die schwarze Lederschulter gab.

»Ich weiß zwar nicht, was im Einzelnen passiert ist, aber ich bin wirklich froh, dass es Ihrem Hund gut geht. Ist es nicht unglaublich, wie sehr Haustiere Kindern ähneln? Ich hänge so sehr an meinen Katzen. Wenn es Ihnen nichts ausmacht«, fuhr er fort, »dann wäre es wohl am besten, wenn ich mit Ihnen nach Virginia zurückkomme. Ich nehme doch an, dass Sie gleich losfliegen?«

»Jo, bringet än hinfurt!«, dröhnte Reverend Crockett. »Mer wolle nix mit äm z' tun habbe! Nähmet än fescht!«

»*Nei!*«, kam es von den Inselbewohnern, die wie aus einem Munde *zruck* sprachen, und ihre Stimmen erhoben sich über das Donnern der Rotorblätter. »Bringet än uff's feschte Land!«, riefen sie im Chor.

Donny Bretts Triumph!

von Trooper Truth

Nun, liebe Rennsportfans, was für eine Nacht!

Die schlechte Nachricht zuerst: Es gibt keinen Tory-Schatz, zumindest nicht an der Stelle, den die gelbe Boje markierte, denn die war offenbar von der Strömung der Bucht davongetrieben worden, bis sie eine flachere Stelle erreichte und sich der Krebskorb schließlich rund eine Meile vor der Küste Virginias im Seegras verfing. Viel wichtiger ist jedoch, dass Fonny Boy der einzige Schatz war, der den Inselbewohnern wirklich am Herzen gelegen hatte, und dass es Officer Reggie gelang, die entflohenen Strafgefangenen im Alleingang dingfest zu machen!

Aber zurück zu unserem Superboy Donny. Leider war ich letzte Nacht mit einem dringenden Fall beschäftigt, aber ich habe im Fernsehen die vielen Wiederholungen seines großen Augenblicks gesehen, als er Seite an Seite mit Nummer 4 fuhr, bis ein Unfall die Nummer 33 in der vierten Kurve aus dem Rennen holte, woraufhin sieben Runden hinter dem Safety Car gefahren wurden, bis in Runde 94 das Rennen weiterging. Und wahrlich, Donny hat die Gunst der Stunde genutzt und seinen großen Moment gehabt.

Genau, liebe Rennsportfreunde. Ihr konntet deutlich sehen, wie gekonnt er die Nummer 4 ausbremste, außen an ihr vorbeiging und die Spitze bis zum Schluss hielt.

»Ich bin einfach nur in mich gegangen«, sagte ein überglücklicher Donny Brett nach dem Rennen und nahm einen Schluck Champagner. »Ich habe lediglich versucht, mich wieder auf meinen Sport zu konzentrieren, Freude an ihm zu haben und mir keine Gedanken ums Verlieren zu machen, verstehen Sie? Und ich möchte mich bei dem Polizisten bedanken, der sich Zeit genommen und mit mir geredet hat in meinem Wohnwagen. Ich kenne Ihren Namen nicht, aber trotzdem vielen Dank, Mann.

Und ich möchte seinen Rat an alle dort draußen weitergeben. Es geht nicht darum, besonders gut zu sein, sondern nur darum, zu wissen, wann die Zeit reif ist für deinen großen Moment.«

Und nun ist mein großer Moment gekommen, meine geschätzten Leser, und ich möchte Ihnen sagen, es gibt eine Zeit zum Reden und eine Zeit zum Schweigen. Ich werde mich nun von Ihnen verabschieden. Dies ist mein letzter Artikel. Vielleicht melde ich mich eines Tages wieder, aber das weiß ich noch nicht. In letzter Zeit ist so viel passiert, ich muss vieles erledigen und über vieles nachdenken.

Ich werde auch weiterhin alle E-Mails lesen, die an mich gerichtet sind, und ich danke Ihnen allen für Ihre Anregungen, Informationen und Ihr Bemühen, diese Welt ein Stückchen besser zu machen. Falls ich Ihnen nicht antworten kann, so seien Sie gewiss, es liegt nicht daran, dass Sie mir gleichgültig wären. Beherzigen Sie die goldene Regel und denken Sie stets daran: Auch das geringste Lebewesen hat wie alles auf dieser Welt seine eigene Geschichte. Wir müssen uns nur die Zeit nehmen, auf sie zu hören.

Passen Sie gut auf sich auf!